Das Buch

Griechenland zur Zeit der Antike: Der noble Spartaner Aristarchos hat zwei Söhne: Brithos und Kleidemos. Der jüngere Kleidemos wurde mit einem verkrüppelten Fuß geboren. Die Tradition des Kriegervolks der Spartaner verlangt, dass missgebildete Kinder ausgesetzt und ihrem Schicksal überlassen werden. Der Vater setzt Kleidemos im Wald aus. Dort wird er von dem Hirten Kritolaos, einem Heloten, gefunden, der ihm den Namen Talos (Wolf) gibt und ihn zum Krieger ausbildet. Die Heloten sind von den Spartanern besiegt worden und müssen ihnen seitdem als Sklaven dienen. Talos, der nichts von seiner Herkunft weiß, soll an ihrer Seite gegen die Spartaner für die Freiheit kämpfen. Doch bevor der Traum vom Sieg Wirklichkeit wird, muss Talos, der Wolf noch viele Prüfungen bestehen.

Der Autor

Valerio M. Manfredi ist Altertumsforscher und hat an verschiedenen Universitäten in Italien, aber auch außerhalb des Landes gelehrt. Neben seiner wissenschaftlichen Tätigkeit hat sich Manfredi als Autor intelligenter und spannungsgeladener Prosa einen Namen gemacht. Im Wilhelm Heyne Verlag erscheinen: *Das Orakel* (01/10596), *Turm der Einsamkeit* (01/10844) und *Das Standbild der Athene* (01/13056).

VALERIO M. MANFREDI

DER SCHILD DES TALOS

Roman

Aus dem Italienischen
von Brigitte Lindecke

WILHELM HEYNE VERLAG
MÜNCHEN

HEYNE ALLGEMEINE REIHE
Band-Nr. 01/13180

Die Originalausgabe
LO SCUDO DI TALOS
erschien 1988 bei Arnoldo Mondadori Editore S.p.A.,
Mailand

Umwelthinweis:
Dieses Buch wurde auf
chlor- und säurefreiem Papier gedruckt.

Redaktion: Birgit Groll

Deutsche Erstausgabe 8/2000

Printed in Germany 2000
Umschlaggestaltung: Nele Schütz Design, München,
unter der Verwendung des Gemäldes »Der Raub der Sabinerinnen«
von Jacques Louis David, 1748 – 1825
Satz: Buch-Werkstatt GmbH, Bad Aibling
Druck und Bindung: Pressedruck, Augsburg

ISBN: 3-453-17320-1

http://www.heyne.de

Widmung

Für Giulia und Fabio

ERSTER TEIL

Gast, was auch immer aus dem Willen
Der Götter geschehen mag, kann der
Mensch nur schwerlich aufhalten, denn die
größte Strafe der Menschen ist die: Viele
Dinge vorauszusehen, doch keine Macht
über sie zu haben.

HERODOT

I
TAYGETOS

Das Herz voller Trauer betrachtete der große Aristarchos seinen kleinen Sohn Kleidemos, der seelenruhig in dem großen väterlichen Schild schlief, der ihm als Wiege diente. Nicht weit entfernt schlief in einem Bettchen, das von der Decke herabhing, sein großer Bruder Brithos.

Die Stille, in die das alte Haus der Kleomeniden gehüllt war, wurde plötzlich von dem Rauschen der Eichen im nahe gelegenen Wald durchbrochen – ein langer, tiefer Seufzer des Windes.

Tiefe Nacht lag über Sparta, der Unbesiegbaren, und lediglich das Feuer, das auf der Akropolis brannte, warf einen rötlichen Schimmer in den von schwarzen Wolken durchzogenen Himmel. Aristarchos schüttelte sich schaudernd und ging zum Fenster, um es zu öffnen und einen Blick auf die im Dunkeln liegenden, verschlafenen Felder zu werfen.

Er dachte, dass nun der Moment gekommen sei, in dem er tun musste, was von ihm verlangt wurde, der Moment, in dem die Götter den Mond verhüllten und die Erde verdunkelten, und die Wolken im Himmel voller Tränen hingen.

Er nahm den Mantel von dem Haken an der Wand und warf ihn sich über die Schultern, dann beugte er sich über den Sohn, hob ihn hoch, drückte ihn zärtlich an die Brust und entfernte sich behutsam, während die Amme des Kleinen sich im Schlaf in ihren Decken wälzte.

Aristarchos hielt einen Augenblick inne, in der inständigen Hoffnung, dass irgendetwas ihm erlauben möge, diese schreckliche Tat noch aufzuschieben, doch als er erneut den schweren Atem der Frau vernahm, nahm er all seine Kraft zusammen und verließ das Zimmer durch das Atrium, das von einer tönernen Öllampe spärlich beleuchtet war. Im Hof schlug ihm eine eisige Windböe entgegen, die die ohnehin schon schwache Flamme beinah auslöschte und als er sich umdrehte, um die schwere Eichentür hinter sich zu schließen, stand plötzlich, wie eine Göttin in der Nacht, seine Frau Ismene vor ihm, mit bleichem Gesicht und weit aufgerissenen, wild funkelnden Augen.

Todesangst stand ihr ins Gesicht geschrieben: Ihr zusammengepresster Mund wirkte wie eine Wunde, schien unmenschlichen Schmerz einschließen zu wollen.

Aristarchos spürte, wie ihm das Blut in den Adern gefror. Seine Beine, die stämmig waren wie zwei Pfeiler, wurden weich.

»Wir haben ihn nicht für uns …«, flüsterte er mit gebrochener Stimme. »Wir haben ihn nicht für uns gezeugt … Es muss diese Nacht sein, sonst werde ich nie wieder die Kraft finden …«

Ismene streckte ihre Hand nach dem in Tücher gewickelten Kind aus, ihr Blick suchte den ihres Mannes … Der Kleine erwachte und begann zu weinen. Aristarchos stürzte davon und floh in die Felder. Ismene blieb wie angewurzelt auf der Türschwelle stehen, sah ihrem forteilenden Mann nach und lauschte dem Weinen ihres Sohnes, das immer schwächer wurde: Der kleine Kleidemos, den die Götter – noch in ihrem Bauch – geschlagen hatten. Sie trugen die Schuld daran, dass er als Krüppel auf die Welt gekommen und somit nach den unbarmherzigen Gesetzen Spartas zum Tode verurteilt war.

Sie schloss die Tür und schlich langsam in die Mitte des Atriums, wo sie stehen blieb, um die Standbilder der Götter zu betrachten, denen sie während ihrer gesamten Schwangerschaft großzügige Gaben gebracht und zu denen sie viele Monate vergeblich gebetet hatte, damit sie diesem kleinen verkümmerten Füßchen Kraft geben mögen.

Sie setzte sich an die Feuerstelle, die sich in der Mitte des großen, kahlen Zimmers befand, löste ihre schwarzen Zöpfe und breitete ihr Haar über Brust und Schultern. Dann sammelte sie die Asche vom Boden des kupfernen Dreifußkessels und ließ sie auf ihr Haupt rieseln. In dem zitternden Lichtschein der Öllampe blickten die Statuen der Götter und Helden sie mit ihrem unwandelbaren Lächeln an. Ismene beschmutzte ihr schönes Haar mit der Asche, kratzte ihr Gesicht blutig und ein eiskalter Schraubstock schien ihr Herz zu zermalmen.

Währenddessen lief Aristarchos über die Felder, das Kind fest an die Brust gepresst, sein Mantel wirbelte – vom Nordwind gepeitscht – durch die Luft.

Er erklomm die Berge und bahnte sich einen Weg durch das Dickicht und die Brombeersträucher des Waldes. Sobald der Wald vom Blitz erleuchtet wurde, sah man beängstigende Schatten über den Boden kriechen. In dieser Stunde größten Kummers waren die Götter Spartas fern. Nun musste er ganz allein weiterlaufen, bedrängt von den dunklen Geschöpfen der Nacht, den bösen Ausgeburten des Waldes, die den Vorübergehenden nachstellen und die Albträume aus dem Erdinneren heraufholen.

Als er den dichten Wald hinter sich gelassen hatte, lag der Weg, der noch weiter hinauf führte, vor ihm. Keuchend blieb er einen Moment stehen, um Atem zu schöpfen. Der Kleine weinte nicht mehr, sondern strampelte nur noch mit den winzigen Beinchen in den Windeln wie ein Welpe, der in den Fluss geworfen werden soll.

Der Krieger hob den Blick zum Himmel, über den riesige Wolken in bizarren, bedrohlichen Formen zogen. Er stieß ein paar Beschwörungsformeln der Alten zwischen den Zähnen hervor und erklomm den steilen Pfad, während die ersten Regentropfen mit einem kleinen dumpfen Geräusch im Staub versanken. Nachdem er die Lichtung überquert hatte, tauchte er erneut in den dichten Wald ein. Die Zweige und Dornen zerkratzten sein Gesicht, das die Hände nicht schützen konnten. Der Regen war nun dicht und schwer geworden und begann, das Laub zu durchdringen und den Boden aufzuweichen. Aristarchos fiel auf Knie und Ellbogen, besudelte sich mit Schlamm und fauligen Blättern und zerriss seine Kleider an den spitzen Steinen, die hier und da aus dem Erdreich des immer schmaler und steiler werdenden Pfades ragten. Mit letzter Kraft erreichte er den ersten bewaldeten Gipfel des Gebirges und tauchte sogleich in einen kleinen Eichenwald ein, der sich inmitten einer Lichtung erstreckte, die dicht mit Kornelkirsche und Ginster bewachsen war.

Der Regen prasselte nunmehr in Strömen herab. Mit durchnässten Kleidern, die Haare in die Stirn geklebt, lief Aristarchos nun langsam und vorsichtig über das weiche, faulig riechende Moos. Schließlich blieb er von einer hundertjährigen Steineiche mit einem großen, hohlen Stamm stehen, kniete sich zwischen die Wurzeln und legte sein Bündel in eine Nische. Er verharrte einen Augenblick, um den Sohn noch einmal anzusehen, der die kleinen Händchen aus der Decke herausstreckte, und biss sich auf die Lippen, bis sie bluteten; spürte, wie ihm das Wasser in Strömen den Rücken hinablief. Doch sein Mund war trocken, die Zunge klebte am Gaumen wie ein Stück Leder. Er hatte getan, was getan werden musste, die Götter würden das Schicksal vollbringen. Es war Zeit, nach Hause zurückzukehren, Zeit, für immer die Stimme des Blutes und den Schrei des Herzens zu ersticken. Er erhob sich langsam und mühsam, als laste das Leid der ganzen Welt auf seinen Schultern, und ging wieder dorthin zurück, von wo er hergekommen war.

Das Unwetter schien sich zu legen, als Aristarchos die Felsen des Taygetos hinabkletterte und ein leichter Nebel aus dem Berginneren aufstieg, sich zwischen den hundertjährigen Baumstämmen ausbreitete, den triefenden Ginster einhüllte und über Pfade und Lichtungen schwebte. Der Wind wehte noch immer kräftig und blies mit heftigen Böen das Wasser von den Blättern. Endlich verließ Aristarchos den Wald und erreichte das Tal, wo er einen Moment stehen blieb und noch einmal den Blick zum Berggipfel hob. Vor ihm, inmitten der regennassen Felder, schimmerte das Wasser des Eurotas, hier und da erleuchtet von den kalten Strahlen des Mondes, der sich nun als schmale Sichel zwischen den Wolken zeigte. Als er gerade die Holzbrücke, die über den Fluss führte, betreten wollte, hörte er ein Geräusch zu seiner Linken: Er drehte sich ruckartig um und erblickte in dem unbestimmten Licht des Mondes einen Reiter – das Gesicht unter einer Sturmhaube verborgen – auf einem schweißnassen, dampfenden Ross. Auf der polierten Rüstung blitzte für einen Moment das Zeichen der königlichen Wache auf. Sparta ... Sparta wusste es schon ..., dachte Aristarchos bitter. Dann gab der Reiter dem Pferd die Sporen, das Tier bäumte sich auf und stürmte davon. Kurz darauf verlor sich der Galopp mit dem fernen Wind in den Feldern.

»Krios! Krios! Bei allen Göttern, willst du wohl stehen bleiben? Komm her, sag' ich dir!« Der kleine Mischlingshund kümmerte sich nicht im Geringsten um die Rufe seines Herrn und trabte entschlossen den Weg entlang, dass das Wasser nur so aus den Pfützen spritzte, während der alte Hirte unbeholfen und fluchend hinter ihm herlief. Das Tier steuerte geradewegs auf den Stamm einer mächtigen Steineiche zu und blieb winselnd und Schwanz wedelnd vor ihm stehen.

»Verflucht noch mal«, murmelte der Alte, »du wirst nie ein guter Hirtenhund ... Was ist es denn diesmal? Ein Stachelschwein oder vielleicht ein Amselkind ... nein, es ist noch zu früh für Amselkinder. Beim Zeus und beim Herakles, ist es vielleicht ein Bärenjunges? O ja, dann kommt bestimmt die Mutter des Kleinen und reißt uns in Stücke!«

Der Alte war inzwischen bei dem Hund angelangt; er beugte sich hinab, um ihn auf den Arm zu nehmen und umzukehren, doch plötzlich verharrte er auf halber Höhe. »Das ist kein Bärenjunges, Krios«, stammelte er und streichelte das Tier, um es zu beruhigen, »das ist ein Menschenkind ... vielleicht ein Jahr alt, oder etwas mehr ... sehen wir mal«, sagte er und schlug die Decke zurück. Doch als er den Kleinen erblickte, der sich kaum noch rührte, so steifgefroren wie er war, wurde sein Blick ernst. »Sie haben dich ausgesetzt«, sagte er. »Bestimmt hast du irgendeinen Fehler, der dich daran gehindert hätte, Krieger zu werden. Und nun, Krios, was sollen wir tun? Sollen wir ihn einfach hier lassen? Nein, nein, Krios, die Heloten setzen keine Kinder aus. Wir nehmen ihn mit«, entschied er und nahm das Bündel aus dem hohlen Baumstamm. »Du wirst sehen, dass er es überstehen wird ... wenn er bis jetzt noch nicht gestorben ist, muss er sehr stark sein. Und jetzt gehen wir zurück, schließlich haben wir die Herde unbewacht zurückgelassen.« Gefolgt von dem Hund ging der Alte davon und passierte kurz darauf die Einfriedung des Bauernhofes, während der Hund zu der Herde lief, die nicht weit entfernt weidete. Er öffnete die Tür zur Hütte und trat ein. »Sieh mal, was ich gefunden habe, Tochter«, sagte er zu einer nicht mehr ganz jungen Frau, die gerade dabei war, einen großen Krug Milch zu entrahmen. Geschickt nahm die Frau mit einem Tuch die Molke von der Milch. Sie hing das Tuch an einen Haken an der Decke, dann ging sie zu dem Alten, der das Bündel auf eine Bank gelegt hatte und es nun behutsam öffnete. »Da, sieh mal, ich habe ihn eben im hohlen Baumstamm der großen Steineiche gefunden. Das ist bestimmt einer von ihnen ... sie müssen ihn letzte Nacht ausgesetzt haben, im Schutze der Dunkelheit und des Unwetters. Er hat bestimmt einen Makel ... vielleicht dieses Füßchen ... siehst du? Er kann es nicht bewegen. Weißt du, wenn ihre Körper nicht vollkommen unversehrt sind, werfen sie sie den Wölfen zum Fraß vor, diese verfluchten ... Aber Krios hat ihn entdeckt und ich will ihn hier behalten.«

Ohne ein Wort zu sagen, ging die Frau einen Beutel mit Milch füllen, band den Beutel an einer Seite ab, um eine Art Ausguss herzustellen, stach mit einer Nadel ein kleines Loch hinein und legte es dem Kleinen an die Lippen, der, als er der Wärme der Flüssigkeit gewahr wurde, erst ganz langsam, dann immer gieriger zu saugen begann.

»He, ich habe doch gesagt, dass er stark ist!«, rief der Alte zufrieden. »Wir werden einen guten Hirten aus ihm machen, dann wird er länger leben, als wenn er bei ihnen geblieben wäre. Sagt nicht der große Achill in der Unterwelt zu Odysseus, dass es besser ist, ein bescheidener Hirte im Reich der Sonne und im Land der Lebenden zu sein, als ein König im Reich der Nacht, dem Land der Toten?«

Die Frau sah ihn mit ihren grauen Augen, über denen ein Schleier von Traurigkeit lag, an. »Auch wenn das stimmt, was du sagst, und die Götter ihn wirklich geschlagen haben, so wird er dennoch immer ein Spartaner bleiben, er ist Sohn und Enkel von Kriegern. Er wird nie einer von uns. Aber wenn du willst, werde ich ihn ernähren und großziehen.«

»Natürlich will ich das, beim Herakles! Wir sind arm und das Schicksal hat uns zu Sklaven gemacht, aber wir können ihm wenigstens das Leben schenken, das sie ihm nehmen wollten. Außerdem kann er uns bei der Arbeit helfen. Ich werde alt und du musst die schwere Arbeit fast allein machen. Du hast dich immer danach gesehnt, Kinder zu haben, und hast deinen Mann verloren, ehe du empfangen konntest. Dieser Kleine braucht dich und kann dir das Mutterglück schenken, das du nie gekannt hast.«

»Aber wenn sein Fuß verletzt ist«, sagte die Frau kopfschüttelnd, »wird er vielleicht nie laufen können und unsere Herren haben uns eine zusätzliche Last aufgebürdet … Ist es das, was du willst?«

»Beim Herakles! Der Kleine wird laufen und stärker und wendiger sein als andere Jungen. Weißt du denn nicht, dass eine Behinderung die Gliedmaßen stabiler, die Augen schärfer und den Verstand schneller macht? Du weißt, was zu tun ist, Tochter: Sorge für ihn und lass es ihm an nichts fehlen, gib ihm frische Kuhmilch, und wenn du kannst, stehle dem Herrn Honig, ohne dass er es merkt. Der alte Kratippos ist noch verblödeter als ich und sein Sohn hat nur noch die Schenkel seiner schönen Frau im Kopf, die er nur einmal die Woche sehen kann, wenn sie ihn aus der Kaserne rauslassen. Keiner in der Familie kümmert sich um die Felder und die Herden. Sie werden einen Esser mehr nicht bemerken.«

Die Frau nahm nun einen Korb, legte ein paar Lammfelle und eine Wolldecke hinein und bettete dann das Kind darauf, das, erschöpft und gesättigt von dem Mahl, fast augenblicklich einschlief. Der Alte sah es mitleidig an, dann ging er zu seiner Herde, wo der Hund ihn freudig begrüßte und kläffend an ihm hochsprang.

»Bleib bei den Schafen! Verflucht noch mal, du sollst bei den Schafen bleiben, nicht bei mir! Kleiner unfähiger Bastard … Bin ich etwa ein Schaf? Nein, ich bin kein Schaf, ich bin der Alte Kritoloas … der alte Verrückte … genau der bin ich … Geh weg, hab' ich dir gesagt! So ist es gut, genau, bring die Tiere, die da unten auf den Abhang zulaufen, hierher! Mensch, eine durchgedrehte Ziege würde mir bessere Dienste erweisen als du!« Während er so vor sich hin murrte, war der Alte an den Rand der Wiese gelangt, auf der die Herde weidete. Vor seinen Augen tauchte ganz deutlich das Tal auf, durch das sich das silberne Band des Eurotas schlängelte. In der Mitte schimmerte die Stadt. So weit das Auge reichte, erstreckten sich niedrige Häuser mit Dachterrassen und über ihnen erhob sich auf der einen Seite das gewaltige Bauwerk der Akropolis, auf der anderen die mit roten Ziegeln gedeckten Dächer des Artemis-Orthia-Tempels. Rechts neben der Stadt konnte man die kleine staubige Straße erkennen, die sich in der Ferne in Richtung Meer verlor.

Der Alte betrachtete nachdenklich den zauberhaften Ausblick, dessen leuchtende Farben in der klaren Luft des heranbrechenden Frühlings noch mehr strahlten, doch er war mit dem Herzen woanders. Seine Gedanken trieben ab zu einer weit zurückliegenden Zeit, in der sein Volk noch frei und mächtig war und das fruchtbare, getreidereiche Tal bewohnte. Die Zeit, von der die Geschichten der Alten erzählten, in der die hochmütigen Herrscher noch nicht gekommen waren, um sein stolzes und unglückseliges Volk zu unterjochen. Die Meeresbrise zerzauste zärtlich das schneeweiße Haar des Alten, seine Augen schienen in der Ferne nach Bildern zu suchen: Die Totenstadt der Heloten auf dem Berge Ithome, die verlorenen Gräber der Könige seines Volkes, der mit Füßen getretene Stolz … Nun saßen die Götter in der erhabenen Stadt der Herrscher … Wann würde die Zeit der Ehre und der Freiheit zurückkehren? Nur das Blöken der Schafe, die Stimmen der Sklaven drangen an sein Ohr. Seine Gedanken kehrten zu dem Kleinen zurück, der gerade erst dem sicheren Tod entgangen war. Wer war seine Familie, wer die Mutter mit dem Herzen aus Stein, die ihn verstoßen hatte, wer der Vater, der ihn den wilden Tieren im Wald ausgeliefert hatte? War das die Stärke der Spartaner? Und das Mitgefühl, das ihn gerührt hatte, war das die Schwäche der Sklaven, der Besiegten?

»Vielleicht«, dachte er, »zeichnen die Götter für jedes Volk, genau so wie für jeden Menschen, das Schicksal vor, und den vorbestimmten Weg gilt es zu beschreiten, ohne zurückzublicken. Sie waren Menschen, arme Sterbliche, Krankheiten und Unglück aufgeliefert, so wie Blätter dem Wind ausgeliefert sind … Doch da gibt es auch noch die Stimme des Herzens und des Geistes, auf sie sollte man hören … Ja, der kleine Krüppel wird ein Mann werden, der vielleicht leiden und ganz sicher sterben wird, aber nicht schon zu Beginn des Lebens …«

Der Alte spürte in diesem Moment, dass er den Lauf eines bereits vorgezeichneten Schicksals verändert hatte. Der Kleine würde erwachsen werden und er würde ihm alles beibringen, was ein Mann wissen musste, um den Lebensweg zu beschreiten. Und mehr noch: Er würde ihm alles zeigen, was ein Mann wissen musste, um den Lauf des Schicksals eines Sklaven … Einen Namen, er musste einen Namen bekommen. Gewiss hatten die Eltern schon einen Namen für ihn gewählt, den Namen eines Mannes, der nur Vernichtung kannte. Doch was für einen Namen konnte ein Sklave einem anderen Sklaven geben? Einen alten Namen seines Volkes? Nein, er war kein Teil dieses Volkes und die Zeichen des Blutes löschte man nicht so einfach aus, doch er war noch nicht einmal mehr ein Sohn Spartas. Die Stadt hatte ihn zurückgewiesen. Er dachte an die unzähligen Geschichten, um die die Kinder ihn oft an Winterabenden baten: »… In einer weit, weit zurückliegenden Zeit, als die Helden noch durch die Straßen der Welt liefen, hatte der Gott Hephaistos einen Riesen erschaffen, der durch und durch aus Bronze war und der den in einer tiefen Grotte auf der Insel Lemnos versteckten Schatz der Götter bewachen sollte. Der Riese lief und bewegte sich so, als wäre er lebendig, denn der Gott hatte ein Zaubermittel in seinen großen hohlen Körper gegossen, das ihn zum Leben erweckte. Unter der Ferse des Riesen, sodass es niemand sehen konnte, befand sich ein Verschluss, damit die Flüssigkeit nicht auslaufen konnte. Der linke Fuß also war der schwache Punkt des Riesen, der sich Talos nannte.«

Der Alte kniff die Augen zusammen und sagte laut: »Der Name soll ihn an sein Unglück erinnern und Kraft und Zorn in ihm lebendig halten. Er wird Talos heißen.« Er erhob sich, auf seine Weidenrute gestützt, die die großen, schwieligen Hände im Laufe der Jahre blank gerieben hatten, und ging zu seiner Herde zurück. Die Sonne begann über dem Meer allmählich zu sinken und von den vereinzelten Häusern in den Bergen erhoben sich zarte Rauchsäulen: Die Frauen bereiteten die mageren Abendessen für ihre Männer zu, die bald von der Arbeit zurückkehren würden. Es war Zeit, die Herde zusammenzutreiben. Der Alte stieß einen Pfiff aus und der Hund begann, um die Schafe herumzulaufen, die blökend Gruppen bildeten; die Lämmchen, die über die Wiese sprangen, suchten unter dem Bauch der Mutter Schutz, während der Widder sich an die Spitze der Herde begab, um sie in den Stall zu führen. Nachdem die Tiere eingeschlossen und die Männchen von den Weibchen getrennt waren, begann Kritolaos mit dem Melken und sammelte die dampfende Milch in einem Krug. Davon nahm er eine Schale voll ab und trug sie in die Hütte. »Hier«, sagte er, als er eintrat, »hier ist frische Milch für unseren kleinen Talos.«

»Talos?«, fragte die Frau überrascht.

»Ja, Talos, das ist der Name, den ich für ihn ausgesucht habe, so habe ich entschieden und so muss es sein. Aber sag mir lieber, wie es ihm geht. Lass sehen … Oh, wie's aussieht, geht es ihm schon viel besser, stimmt's?«

»Er hat fast den ganzen Tag geschlafen, er ist eben erst aufgewacht. Das arme kleine Ding muss wirklich erschöpft gewesen sein, der Kleine muss geweint haben, bis ihm die Puste ausging, er kriegt jetzt nicht mal mehr den kleinsten Ton raus … Wenn er nicht auch noch stumm ist.«

»Ach was stumm! Die Götter schlagen niemals ein und denselben Menschen zweimal … So sagt man zumindest.« Und genau in dem Augenblick ließ der Kleine ein Stöhnen verlauten.

»Siehst du? Der ist alles andere als stumm, im Gegenteil, ich bin sicher, dass uns der kleine Floh bald nachts aus dem Schlaf holt mit seinem Geschrei.« Während er das sagte, näherte er sich dem Weidenkörbchen, in dem das Kind lag, und streckte eine Hand aus, um es zu streicheln. Sofort griff der Kleine nach dem knorrigen Zeigefinger des Hirten und drückte ihn mit aller Kraft.

»Beim Herakles! Mit den Beinen können wir kaum laufen, aber starke Hände haben wir, he? Weiter so, weiter so, drück' fest zu, Kleiner! Lass dir nichts aus den Händen nehmen, was dir gehört ...«

Durch den Türspalt drangen die letzten Sonnenstrahlen herein, legten sich auf das weiße Haar des Alten und ließen es golden glänzen, verwandelten die Haut des Kleinen in Bernstein und Alabaster und glitten über die rußgeschwärzte Einrichtung der Hütte. Der Alte nahm das Kind auf den Schoß und setzte sich auf eine Bank, nahm ein dunkles Brot und ein Stück Käse vom Tisch und machte sich daran, sein Abendbrot zu verzehren. Vom Stall drang das Blöken der Lämmer herüber und vom Rand der Lichtung das tiefe Seufzen des Waldes und der herzzerreißende Gesang der Nachtigall.

Es war die Stunde der langen Schatten, die Stunde, in denen die Götter die Herzen der Menschen von ihrem Leid erlösen und ihnen von ihren rosaroten Wolken aus den alles besänftigenden Schlaf schicken ... Doch dort unten, im Tal, war das stolze Haus der Kleomeniden bereits von den dunklen, kalten Schatten der Furcht einflößenden Berge verschlungen. Von ihren bewaldeten Höhen gingen Schrecken und Leid aus. Die stolze Frau des Aristarchos lag in ihrem Ehebett und starrte schmerzerfüllt die Balken an der Decke an, in ihrem versteinerten Herzen heulten die Wölfe des Taygetos, in ihren Ohren tönte das Mahlen der stählernen Kiefer ... Die gelben Augen leuchteten in der Dunkelheit. Weder die kräftigen Arme noch die starke Brust des Ehemannes vermochten sie zu trösten, noch die süßen Tränen, die das Herz von Leid befreien ...

Das lahme Bein hinterherziehend und den Weidenstock fest in der linken Hand, trieb Talos seine Herde die blühenden Ufer des Eurotas entlang. Um ihn herum schaukelte ein Meer von Mohnblumen sanft im Wind, in der Luft breitete sich plötzlich der Geruch von Rosmarin und Thymian aus. Schweißgebadet blieb der Junge stehen, um sich in dem Wasser des Flusses zu erfrischen, während die Schafe, erschöpft von der Hitze, sich eines nach dem anderen unter einer Ulme ausstreckten, deren spärliches, sonnenverbranntes Laub ein wenig Schatten spendete. Der Hund kauerte sich neben dem kleinen Hirten zusammen. Er wedelte mit dem Schwanz und winselte unterwürfig, bis sein junger Herr sein mit Hafer und Klee gespicktes Fell streichelte, worauf er sich noch näher an ihn herankuschelte und begann, seinen verkümmerten Fuß zu lecken, als wäre er eine schmerzende Wunde. Der Junge sah das Tier fröhlich an und zerzauste von Zeit zu Zeit sein dichtes Fell, doch sein Blick trübte sich plötzlich, als er sich auf die in der Ferne liegende Stadt richtete. Im Tal erhob sich die von der Sonne angestrahlte Akropolis, verschwommen wie eine beunruhigende Fata Morgana in der flirrenden Hitze und dem ohrenbetäubenden Zirpen der Zikaden.

Talos zog aus dem Quersack, den er sich umgehängt hatte, die Flöte aus Rohr, die Kritolaos ihm geschenkt hatte, und begann zu spielen: Eine leichte, frische Melodie breitete sich über dem Klatschmohnfeld aus, verband sich mit dem Gurgeln des Flusses und dem Gesang der Lerchen, die sich um ihn herum zu Dutzenden erhoben und geblendet auf die Feuerkugel der Sonne zuflogen, um dann wieder wie vom Blitz getroffen zwischen die Stoppeln und das gelb gewordene Gras herabzustürzen. Dann wurde der Klang der Flöte auf einmal dunkel, wie der Klang eines Baches, der einer finsteren Grotte, den Tiefen eines Berges entspringt. Die Seele des kleinen Hirten vibrierte kräftig in der Musik seines Instrumentes. Von Zeit zu Zeit legte er die Flöte beiseite und sah zu der staubigen Straße, die aus dem Norden kam, als warte er auf etwas.

»Ich habe gestern die Hirten der Hochebenen gesehen«, hatte der Alte gesagt. »Sie sagen, dass die Krieger zurückkehren, und mit ihnen viele der unseren, die dem Heer als

Träger und Maultiertreiber dienen.« Und Talos wollte sie sehen. Zum ersten Mal war er mit der Herde von den Bergen ins Tal hinabgestiegen, um die Krieger zu sehen, von denen so viel gesprochen wurde. Voller Zorn, voller Verachtung, voller Bewunderung und voller Angst …

Krios hob plötzlich seine Schnauze, um in der nunmehr fast stehenden Luft eine Witterung aufzunehmen, dann knurrte er dumpf.

»Was gibt's, Krios?«, fragte der kleine Hirte und war mit einem Satz auf den Beinen. »Schon gut, schon gut, es war nichts«, versuchte der das Tier zu beruhigen, das sich wieder zusammenkauerte. Der Junge lauschte eine Weile, bis er meinte, in der Ferne etwas zu hören, den Klang einer Flöte wie die seine, und doch ganz anders. Und der Flötenklang war von einem rhythmischen Geräusch begleitet, das dunkel war wie der Donner, wenn er sich langsam zum Meer hin entfernt. Nach einer Weile vernahm Talos ganz deutlich unzählige Schritte auf der Erde, wie damals, als die messinischen Hirten mit ihren Rinderherden vorübergezogen waren. Und plötzlich sah er sie hinter dem Hügel zu seiner Linken auftauchen: Sie waren es, die Krieger!

Ihre verschwommenen Silhouetten wirkten im Mittagsdunst Furcht einflößend. Die Geräusche, die er anfangs gehört hatte, kamen von einer Gruppe von Männern, die am Anfang der Kolonne marschierten und Flöte spielten, und von dem rhythmischen Trommeln der Tambours und dem metallischen Klang der Pauken begleitet wurden.

Es war eine seltsame Musik, monoton, bedrängend, aus starren und vibrierenden Tönen, und doch versetzte sie das Herz des Jungen in ungekannten Aufruhr, eine nie zuvor empfundene Erregung, die sein Herz schneller schlagen ließ. Hinter ihnen marschierten die Hopliten in eng anliegenden, bronzenen Beinröhren und Brustharnisch, das Gesicht unter der Sturmhaube verborgen, die bei den Anführern mit rotem und schwarzem Helmschmuck verziert war. Am linken Arm trugen sie den großen runden Schild, auf dem sich Fantasietiere und Monster tummelten, die Talos aus Kritolaos' Geschichten kannte. Die Kolonne marschierte im Gleichschritt und wirbelte einen dichten Staub auf, der sich auf Helmschmuck, Standarten und auf die Schultern der Krieger legte.

Als die Ersten näher kamen, bekam er es mit der Angst und wollte am liebsten fliehen, doch eine rätselhafte Kraft aus der Tiefe seines Herzens schien ihn festzunageln. Die Ersten gingen so nah an ihm vorüber, dass er ihre Lanzen, auf die sie sich beim Laufen stützten, hätte berühren können, wenn er seine Hand ausgestreckt hätte. Er sah ihnen nacheinander fest ins Gesicht, um herauszufinden, zu begreifen, was man ihm über sie erzählt hatte. Hinter den grotesken Masken der Helme sah er weit aufgerissene Augen, die von dem Schweiß brannten und von der gleißenden Sonne geblendet waren. Er sah staubverschmutzte Bärte, spürte den säuerlichen und beißenden Geruch von Schweiß und Blut in der Nase. Die Krieger hatten Wunden an Schultern und Armen, dunkle Blutkrusten an den Händen, an den schweißglänzenden Schenkeln, an den Spitzen ihrer Lanzen; sie liefen immer weiter, ungeachtet der Fliegen, die sich gierig auf ihre geschundenen Glieder setzten. Völlig außer sich, den Mund weit aufgesperrt, betrachtete Talos diese Gestalten, die in einem nicht enden wollenden Zug an ihm vorüberliefen, im Rhythmus dieser Musik, die sich immer mehr entfernte und immer unwirklicher wurde, wie in einem nächtlichen Albtraum.

Das Gefühl, dass plötzlich jemand hinter ihm stand, massig und Furcht einflößend, ließ ihn zusammenzucken. Er drehte sich um. Vor ihm tauchte eine kraftvolle Brust in einem bemalten Harnisch auf, zwei behaarte Arme, narbenübersät wie die Stämme von Steineichen, an denen Bären ihre Krallen wetzen, ein finsteres Gesicht, umrahmt von einem rabenschwarzen Bart, in dem die ersten weißen Haare sprossen; eine stählerne Hand, die den Griff der langen Lanze aus Eschenholz umklammerte … ein Paar Augen, so schwarz wie die Nacht, die willensstark und gequält aufblitzten.

»Halt deinen Hund fest, Junge, oder willst du, dass eine Lanze ihm die Knochen bricht? Die Krieger sind müde und gereizt. Also zieh ihn zurück und verschwinde von hier, das ist nicht der richtige Ort für dich.«

Talos schüttelte sich verwundert, als erwache er aus einem Traum, rief den Hund zu sich und humpelte, auf den Hirtenstab gestützt, davon. Doch nach einem kurzen Stück blieb er stehen und drehte sich langsam um. Der Krieger stand reglos und mit verwirrtem Gesichtsausdruck da und sah ihm mit rasendem Schmerz nach; sein Blick war auf den deformierten Fuß gerichtet. Er biss sich auf die Unterlippe und bebte am ganzen Körper, dass die Bronzeschenkel wie Espenlaub zitterten. Nach einer Weile zog er sich den großen Helm ins Gesicht, packte den Schild, auf dem ein Drache abgebildet war, und schloss sich dem Ende der Kolonne an, die schon fast hinter einer Wegbiegung verschwunden war. Die schreckliche Anspannung, die ihn bis zu diesem Moment nicht losgelassen hatte, fiel plötzlich von ihm ab, und Talos spürte, wie warme Tränen aus seinem Herzen aufstiegen, seine Augen füllten und seine Wangen hinabliefen, bis seine eingefallene, knochige Brust ganz nass war. Da hörte er eine ängstlich zitternde Stimme, die von dem Pfad kam, der vom Berg herabführte. Es war der alte Kritolaos, der ihn rief, während er ihm entgegen kletterte, so gut sein Alter und seine wackligen Beine es zuließen.

»Talos, mein Sohn!«, sagte der Alte erschrocken und umarmte den Jungen. »Warum hast du das getan, warum bist du hierher gekommen? Weißt du denn nicht, dass das kein Ort für dich ist? Du darfst nie wieder hierher kommen, das musst du mir versprechen, nie wieder.« Gemeinsam machten sie sich auf den Heimweg, während der Hund die Schafe zusammentrieb und den Berg hinaufführte. Weit unten, im Tal, marschierte der lange Zug in die Stadt ein, der nun aussah wie eine Schlange, die sich in ihren Bau zurückzieht.

In jener Nacht lag Talos auf seinem Lager lange wach. Er konnte diesen durchdringenden und schmerzerfüllten Blick nicht vergessen, dieses unbestimmte, rätselhafte Leid, die Hand, die sich um die Lanze klammerte, als wollte sie sie zerquetschen. Wer war der Krieger mit dem Drachen auf dem Schild? Warum hatte er ihn so angesehen?

In seinem Kopf spielte nun wieder diese seltsame Musik, die so viele Gefühle in seinem Herzen hervorgerufen hatte. Doch schließlich siegte die späte Stunde über seine Lider. Die Augen des Kriegers verschwammen im Dunkeln, die Musik wurde langsamer, bis sie ganz sanft wurde, wie der Gesang einer Frau, der sein müdes Herz liebkoste, und endlich senkte sich der Schlaf über sein dunkles Haupt.

II
DER BOGEN DES KRITOLAOS

»Hör mir gut zu, Junge«, sagte der Alte und blickte Talos durchdringend an, »du weißt sehr wohl, dass ein Vogel, der sich den Flügel bricht, nicht mehr fliegen kann.« Talos saß neben Krios auf dem Boden und lauschte ihm. »Aber bei Menschen ist das anders. Du bist in der Tat recht geschickt und flink, obwohl dein Fuß lahm ist. Hör zu, ich möchte, dass du stärker und sicherer wirst als die anderen Jungen. Der Stock, auf den du dich stützt, muss für dich zu einem dritten Bein werden und ich werde dich lehren, ihn zu benutzen. Es wird dir merkwürdig erscheinen, aber um zu lernen, was ich dir beibringen will, musst du deinen gesamten Willen aufbringen. Es geht nicht nur darum, dich beim Laufen auf den Stock zu stützen, wie du es bisher getan hast. Der Stock wird zu einer Achse, um die du deinen Körper bewegst und auf die du dich mit einem oder mit beiden Armen stützt, je nachdem.«

»Warum sagst du mir das, Kritolaos? Ich bewege mich doch schon mühelos. Ich gehe schnell, ich kann die Lämmchen einfangen, die von der Herde weglaufen, und wenn wir zu den Weiden oben auf dem Berg wandern, habe ich mehr Ausdauer als Krios, obwohl er vier Pfoten hat!«

»Das stimmt, Junge, aber mir ist aufgefallen, dass dein Körper sich biegt wie grünes Holz, das zu lange in der Sonne liegt.« Talos' Blick verfinsterte sich. »Und das will ich nicht. Wenn wir nichts dagegen unternehmen, wirst du immer unbeweglicher und wenn deine Knochen erst einmal hart und steif sind, kannst du dich nicht mehr auf deine Kräfte verlassen. Talos«, fuhr der Alte fort, »dein Fuß wurde verletzt, als die Hebamme dich aus dem Leib deiner Mutter zog. Dein Vater Hylas wurde in den Bergen von einem Bären verletzt und starb in meinen Armen. Bevor er die Augen für immer schloss, musste ich ihm versprechen, dass ich einen Mann aus dir machen werde. Sicher, ich kann durchaus behaupten, dass es mir schon gelungen ist, denn deine Seele ist rein, dein Verstand scharf, dein Herz groß, aber ich möchte, dass du stark wirst, sehr stark, und so geschickt, dass nichts für dich unmöglich ist.« Der Alte schwieg einen Moment und kniff die Augen zusammen, als suche er in seinem alten Herzen nach weiteren Worten. Dann legte er seine Hand auf die Schulter des Jungen und fuhr langsam und bedächtig fort:

»Talos, antworte mir ganz ehrlich ... Bist du trotz meines Verbotes ins Tal zurückgekehrt, um den Kriegern zuzusehen?« Der Junge senkte den Blick. »Ich verstehe«, fuhr der Alte fort. »Du bist dorthin zurückgekehrt. Das habe ich mir gedacht und ich glaube auch den Grund zu kennen.«

»Wenn es so ist«, unterbrach der Junge trotzig, »dann nenn' ihn mir, denn ich kenne ihn nicht.«

»Du bist dorthin zurückgekehrt, weil dich ihre Stärke und ihre Macht fasziniert. Vielleicht hast du doch nicht nur das Herz eines einfachen Hirten ...«

»Machst du dich lustig über mich, Kritolaos? Was sollten wir denn sonst sein, wenn nicht Sklaven und Hirten der Herden anderer?«

»Das ist nicht wahr!«, rief der Alte. In seinen Augen flammte für einen Augenblick eine stolze und edle Kraft auf und seine Hand ergriff wie die Klaue eines alten Löwen das Handgelenk des Jungen, der ihn sprachlos ansah. Kritolaos zog langsam die Hand zurück und senkte den Blick wie jemand, der sich zum Gehorsam zwingen muss. »Das ist nicht wahr«, fuhr er etwas ruhiger fort, »unser Volk war nicht immer ein Volk von Sklaven. Es gab eine Zeit, in der wir über die Berge und Täler, die sich bis zum westlichen Meer erstrecken, herrschten, und über die

Ebene bis zum Kap Tänaron, in der wir feurige Pferde züchteten. Nestor und Antilochos, die Herrscher von Pylos und Ithome, kämpften an der Seite Agamemnons vor den Mauern Trojas. Als die Dorier in dieses Land eindrangen, kämpfte unser Volk mit dem Mut der Verzweifelten, ehe es sich ergeben musste. In unseren Adern fließt das Blut von Kriegern: von König Aristomenos und König Aristodemos ...«

»Sie sind tot!«, platzte der Junge hervor. »Tot! Und ebenso die Krieger, von denen du sprichst. Und wir sind Sklaven, für immer, verstehst du? Sklaven!« Kritolaos sah ihn mit verwundertem und schmerzerfülltem Blick an. »Sklaven ...«, wiederholte Talos und senkte erschrocken seine Stimme: »... Sklaven.«

Er griff nach der Hand des Alten, der verwirrt schwieg. »Wie viele Jahre ist das, von dem du sprichst, her? Der Ruhm deiner Könige ist vergessen. Ich weiß, was du denkst, ich weiß, dass dich meine Worte überraschen, weil ich deinen Geschichten immer mit offenem Mund gelauscht habe. Es sind sehr schöne Geschichten. Aber ich bin kein Kind mehr und meine Träume schmerzen mein Herz.« Ein langes Schweigen herrschte zwischen den beiden, lediglich unterbrochen von dem Blöken der Herde, die in ihrem Gehege eingepfercht war. Es wurde dunkel und der Alte stand auf und lauschte.

»Was ist los?«, fragte Talos.

»Hörst du sie? Das sind Wölfe. So haben sie auch in jener Nacht geheult, in der ... du zur Welt kamst. Und es ist noch keine Paarungszeit.«

»Es ist fast dunkel«, sagte Talos. »Gehen wir wieder rein.«

»Nein, warte. Die Götter setzen manchmal Zeichen. Es ist Zeit, dass du es erfährst. Geh rein, hole meinen Mantel und eine Fackel und folge mir.«

Kritolaos ging auf den Wald zu, der sich bedrohlich am Rand der Lichtung erhob. Dort angelangt schlug der Alte, gefolgt von dem jungen Mann, der stumm und nachdenklich voranschritt, einen Pfad ein, der sich mitten durch die Bäume schlängelte. Nach fast einer Stunde schweigenden Fußmarsches waren die beiden an einem Felsvorsprung angelangt, der dicht mit Moos bewachsen war. Zu Füßen der Klippe lag ein Haufen Steine, die offenbar vor langer Zeit von dem Felsvorsprung abgebrochen und herabgestürzt waren.

»Schiebe die Steine zur Seite«, sagte Kritolaos. »Ich schaffe das nicht mehr.« Talos gehorchte, inzwischen selbst ungeduldig und neugierig, was der Alte ihm wohl für ein Geheimnis offenbaren wolle. Er machte sich eifrig an die Arbeit, jedoch nicht ohne Schwierigkeiten. Die von glitschigen Algen und Moos bedeckten Steine rutschten ihm zwischen den Händen fort, doch der junge Mann machte ohne Rast weiter, bis man im Lichtschein der Fackel, die der Alte in der Hand hielt, zu Füßen des Felsens undeutlich den Eingang zu einer Höhle erkennen konnte. Als Talos die Steine beiseite geschoben hatte, tauchte endlich ein Gang auf, der unter die Erde führte; an seinem Ende konnte man vage ein paar von grauem Schimmel bedeckte Stufen erkennen.

»Gehen wir rein«, sagte Kritolaos und beugte sich zum Eingang des Stollens herab. »Hilf mir«, fügte er dann hinzu, »ich will mir in diesem Schlauch nicht die Beine brechen.«

Talos ging als Erster hinunter, dann reichte er Kritolaos die Hand, der sich auf den Jungen stützte, um nicht auszurutschen. Als sie die groben, in den Fels geschlagenen Stufen hinuntergestiegen waren, fanden die zwei sich in einer kleinen Grotte wieder, von deren Decke, die kaum höher war als sie selbst, an mehreren Stellen Wasser tropfte. Die Höhle schien leer, bis Kritolaos mit der Fackel in eine Ecke leuchtete, in der eine große, mit Bronzebeschlägen verstärkte und vollkommen dreckverkrustete Holztruhe sichtbar wurde. Der Deckel war an den Längsseiten mit Pech versiegelt. Der Alte öffnete das Schloss und kratzte mit der Messerspitze das Pech aus den Ritzen.

»Öffne den Deckel«, sagte er schließlich zu Talos, der ihm wortlos zugesehen hatte.

»Was ist in der Truhe?«, fragte der Junge. »Ist da vielleicht ein Schatz drin, den du bis zu diesem Moment versteckt hast?«

»Nein, Talos, es sind keine Reichtümer darin, sondern Dinge, die für mich sehr viel wertvoller sind als Gold und Silber. Öffne und du wirst sehen.«

Der junge Mann streckte die Hand aus: »Gib mir das Messer.« Der Alte gab es ihm; Talos machte sich daran, den Deckel der Truhe aufzustemmen, der sich nur ganz allmählich von dem Hohlkörper zu lösen begann, mit dem er zusammengeschweißt schien. Als das Messer endlich den gesamten Rand entlanggleiten konnte, erhob sich der Junge; er blickte seinen Gefährten an, der wohlwollend nickte, dann hob er mit aller Kraft den Deckel hoch und lehnte ihn an die Wand der Grotte. Dann nahm er Kritolaos die Fackel aus der Hand und leuchtete in das Innere der Truhe.

Was nun vor seinen Augen auftauchte, verschlug ihm die Sprache: In der Truhe lag ein glänzender Helm aus Bronze, der mit in das Metall eingelassenen Wolfszähnen verziert war, ein schwerer Harnisch, ebenfalls aus Bronze und mit Verzierungen aus Zinn und Silber, dann ein Schwert mit einer Griffstange aus Bernstein, das in einer Scheide steckte, und schließlich mit Reliefs versehene Beinharnische und Beinröhren und einen großen Schild mit einem Wolfskopf, all das auf wunderbare Weise erhalten.

»Das ist unglaublich«, sagte Talos an den Alten gewandt und wagte nicht, die Hand nach diesen Gegenständen auszustrecken. »Wie ist es möglich … diese Truhe ist seit undenklichen Zeiten verschlossen, doch diese Rüstung ist unversehrt.«

»Sieh genau hin … Fass sie an«, sagte der Alte.

Der Junge streckte die Hand aus und berührte die glänzenden Waffen: »Fett«, flüsterte er, »sie sind mit Fett eingerieben. Warst du das, Alter?«

»Ja, ich war das, und viele andere vor mir, viele Jahre lang. Auch dieser Sack wurde in Fett getränkt, ehe er das letzte Mal eingeschlossen wurde. Öffne ihn«, sagte der Alte und zeigte auf ein dunkles Bündel, das Talos, geblendet von der fantastischen Rüstung, nicht bemerkt hatte. Seine Hände öffneten fieberhaft den steifen und zerknautschten Sack, griffen hinein und holten einen riesigen Bogen hervor, der von einer dicken Schicht Hammelfett gedeckt war.

»Ausgezeichnet«, sagte Kritolaos und säuberte ihn langsam mit der Rückseite des Messers. »Ausgezeichnet … Er ist noch in einem hervorragenden Zustand: Er wird auch wieder zielen können, wenn er von einer geschickten Hand geführt wird«, seine zusammengekniffenen Augen leuchteten, »… von einer geschickten Hand …«, wiederholte er und drehte sich zu dem Jungen, wobei seine Augen entschlossen aufblitzten: »Von deiner Hand, Talos!«

Der hagere, knochige und mit blauen Adern übersäte Arm streckte dem Jungen den riesigen Bogen entgegen, der ihn anstarrte, jedoch nicht wagte, ihn anzufassen. »Nimm ihn, Junge, er gehört dir!« Der junge Mann gab sich einen Ruck und nahm die fantastische Waffe in die Hände. Sie war vollkommen aus leuchtendem und blank poliertem Horn, lediglich der Griff war mit feinem Blattsilber besetzt, auf dem ebenfalls ein Wolfskopf eingraviert war. Eine tiefe Einkerbung auf der rechten Seite ließ darauf schließen, dass viele Pfeile von dieser Waffe abgeschossen worden waren, und zwar mit unglaublicher Kraft. Talos war überwältigt, tausend Gedanken schossen ihm durch den Kopf. Von diesem alten, Furcht einflößenden Gegenstand schien ein seltsames Fluidum auszugehen, das durch seinen Körper strömte und ihn zittern ließ wie Espenlaub.

»Von wem ist dieser Bogen, Kritolaos? Von wem sind diese Waffen? Ich habe noch nie etwas Ähnliches gesehen, nicht einmal die Krieger unten im Tal hatten so etwas. Dieser Bogen ist nicht aus Holz …«

»Stimmt, er ist aus Horn.«

»Aber es gibt keine Tiere mit so langen Hörnern.«

»Das ist wahr, Talos, es gibt sie nicht, zumindest nicht in unserem Land. Das Tier, von dem sie stammen, lief vor mehr als zehn Generationen durch die Steppen des fernen Asiens. Dieser Bogen war das Geschenk eines Herrn jener Länder …«

»Wem hat er gehört?«

Der Alte antwortete feierlich: »Dieser Bogen gehörte König Aristodemos, dem Herrn von Pylos und Ithome, Herrscher der Messenier, Erbe des Nestor, Hirte der Völker.«

Er senkte kurz sein weißhaariges Haupt, dann blickte er dem Jungen, der ihm mit weit aufgerissenen Augen und halbgeöffnetem Mund gegenüberstand, erneut ins Gesicht:

»Talos, mein Junge, ich habe so lange auf diesen Augenblick gewartet …«

»Was für einen Augenblick, Kritolaos? Wovon redest du? Ich verstehe nicht, ich bin so verwirrt.«

»Auf den Augenblick, in dem ich dir den Bogen des Königs überreichen werde«, antwortete der Alte mit fester Stimme. »Ich bin der letzte Wächter der Waffen, die seit Generationen eifersüchtig gehütet werden … sie sind das Symbol und der Stolz unseres Volkes, die letzte Erinnerung an unsere Freiheit. Die Zeit ist gekommen, dich in dieses schreckliche und kostbare Geheimnis einzuweihen. Ich bin alt und meine Tage sind gezählt.«

Der Junge hielt den Bogen aus Horn fest in seinen Händen und betrachtete mit leuchtenden Augen die Rüstung in der Truhe; plötzlich hob er den Blick und sah Kritolaos an: »Aber was soll ich tun? Ich kann doch gar nichts, ich kenne nicht einmal unser Volk. Die Waffen sind zum Kämpfen gemacht, nicht wahr? Ist es nicht so, Kritolaos? Ich bin lahm und nur ein Junge. Schließe die Truhe wieder. Ich kann nicht … Ich weiß nicht … Nein«, fuhr er mit einem Mal entschlossen fort, »nein, du hättest mir die Waffen nicht zeigen dürfen, es ist sinnlos … niemand wird sie je tragen dürfen.«

Der Alte legte eine Hand auf seine Schulter: »Beruhige dich, Talos, beruhige dich, es gibt viele Dinge, die du nicht weißt und die du lernen musst; es braucht noch etwas Zeit, aber eines Tages wird jemand diese Rüstung tragen und mit ihm wird König Aristodemos zu seinem Volk zurückkehren, um ihm seine verlorene Freiheit zurückzubringen: Die Götter kennen schon seinen Namen … Du wirst nun diesen Bogen nehmen und ich werde dich lehren, ihn zu benutzen, damit du dich verteidigen und mit deinem Geheimnis leben kannst, wenn ich einmal nicht mehr bin. Er wird dir ein treuer und sicherer Freund sein, er wird dich vor Wölfen und Bären beschützen … Und auch vor den Menschen, Talos, auch vor den Menschen.«

»Welche Gefahr droht mir von den Menschen, Kritolaos? Ich habe niemandem etwas getan. Wer sollte schon einem lahmen Hirten nach dem Leben trachten?«, fragte er traurig.

»Es gibt Dinge, die ich dir noch nicht sagen kann, Junge … Hab' Geduld, eines Tages wirst du es erfahren. Aber jetzt schließe die Truhe, es ist Zeit zu gehen.«

Talos legte den Bogen nieder und näherte sich der Truhe, um den Deckel herunterzulassen. Er warf noch einmal einen Blick auf die Waffen, die im zitternden Licht der nunmehr fast verlöschenden Fackel unheimlich leuchteten, dann streckte er plötzlich eine Hand zur Griffstange des Schwertes aus.

»Nicht, Talos! Nein!«, schrie der Alte, dass Talos zusammenzuckte. »Berühre diese Waffe bloß nicht!«

»Hast du mich erschreckt«, sagte Talos beleidigt.

»Warum darf ich sie nicht anfassen? Im Grunde ist das doch nur ein Schwert, auch wenn es einem König gehörte.«

»Einem großen König, Talos, aber das ist es nicht«, fuhr Kritolaos feierlich fort und schloss die Truhe eilig selbst. »Diese Waffe ist verflucht!«

»Ach, hör auf mit deinen dummen Märchen, Alter, du bist ja schlimmer als ein altes Weib. Du willst ja nur die Leute erschrecken.«

»Das ist kein Scherz, Talos«, gab Kritolaos energisch zurück. »Du kannst es nicht wissen. Mit diesem Schwert opferte König Aristodemos seine eigene Tochter den Göttern der Unterwelt, um den Sieg über seine Feinde und Freiheit für sein Volk zu gewinnen. Doch es war unnütz … Niemand hat je wieder gewagt, das Schwert in die Hand zu nehmen, und nicht einmal du darfst es.«

Talos schwieg eisig; er nahm dem Alten die Fackel aus der Hand und strich mit ihr am Rand der Truhe entlang, um das Pech zu schmelzen und sie wieder zu versiegeln. Als das vollbracht war, verließen die beiden den Stollen und verschlossen den Eingang wieder mit den Steinen. Talos bedeckte die verschobenen Steine mit Moos und lief dann hinter Kritolaos her, der, die nunmehr zu einem Stummel heruntergebrannte Fackel hoch erhoben, schon den Weg erreicht hatte. Schweigend liefen sie ein gutes Stück nebeneinander her, bis sie an den Rand der Lichtung kamen. In der Ferne konnte man die Hütte erkennen, im schwachen Lichtschein des Mondes, der schon im Begriff war, unterzugehen. Krios' Winseln deutete darauf hin, dass ihre Rückkehr nicht unbemerkt blieb. Kritolaos warf den Stummel der Fackel fort und blieb stehen. Dann sagte er zu Talos: »Eines Tages wird jemand das Schwert wieder ergreifen, Talos. Es steht geschrieben, dass er stark und unschuldig sein muss, getrieben von einer so großen Liebe zu seinem Volk, dass er selbst die Stimme seines Blutes opfert …«

»Wo steht das geschrieben und wer hat es gelesen? Und du, woher weißt du das? Wer bist du in Wirklichkeit?«, fragte Talos und suchte im Halbdunkel nach den Augen des Alten.

»Eines Tages wirst du auch das erfahren ... und das wird der letzte Tag des Kritolaos sein ... Und nun gehen wir, die Nacht ist schon weit vorangeschritten und morgen wartet die Arbeit auf uns.« Er ging entschlossenen Schrittes auf die Hütte zu, gefolgt von Talos, der den großen Bogen aus Horn in den Händen hielt: Den Bogen des Aristodemos, des Königs.

Die Augen im Dunkeln weit aufgerissen, lag Talos auf seinem Strohlager. Tausend Gedanken schwirrten in seinem Kopf umher, versetzten ihn in Aufruhr. Sein Herz schlug wie an jenem Tag, an dem dort unten, im Tal, der geheimnisvolle Krieger das Wort an ihn gerichtet hatte. Er setzte sich auf und streckte die Hand aus, um den Bogen herunterzunehmen, den Kritolaos ihm überreicht hatte. Er umfasste ihn fest mit beiden Händen. Er fühlte sich blank und kalt an, wie ein Todesgedanke. Er schloss die Augen und lauschte auf seinen rasenden Herzschlag, das Pochen in seinen glühenden Schläfen, dann beruhigte er sich ganz allmählich wieder. Und hinter seinen geschlossenen Augen sah er eine von mächtigen Mauern umgebene, mit Türmen gespickte Stadt, aus riesigen grauen Felsblöcken gebaut, hoch oben auf einem trostlosen Berg, in eine Staubwolke gehüllt ... Plötzlich erhob sich ein heftiger Wind, der den dichten Nebel über den verdorrten Feldern aufriss, und es tauchten Krieger auf, die gleichen, die er im Tal gesehen hatte. Es waren Tausende, eingeschlossen in ihre glühenden Rüstungen, die Gesichter unter Sturmhauben verborgen. Sie kamen von allen Seiten, bildeten einen Kreis und stiegen zur Stadt hinauf, die ausgestorben schien. Sie tauchten hinter Felsen, Büschen, aus Erdlöchern auf wie Gespenster, angetrieben von einem Trommeln, das aus dem Nichts zu kommen schien. Je weiter sie langsam voranschritten, umso enger und kompakter wurden ihre Reihen, ihr Schritt gleichmäßiger, die aneinandergehaltenen Schilde wurden zu einer bronzenen Mauer: Eine monströse Zange, die sich um die einsame, verlassene Stadt schloss. Je enger sich der fürchterliche Kreis zog, umso mehr schnürte es Talos die Kehle zu, nahm ihm den Atem, doch so sehr er sich auch anstrengte, es gelang ihm nicht, die Augen zu öffnen und den Bogen loszulassen. Wie ein Donner explodierte plötzlich innerhalb der Stadtmauern ein grauenhafter Schrei der Verzweiflung und auf einmal bevölkerte sich die Glacis mit unzähligen Kriegern, die jedoch anders aussahen als die zuvor. Sie trugen seltsame Rüstungen und riesige Schilde aus Rinderhaut. Ihre Helme, auch die aus Leder, ließen ihre Gesichter frei – Gesichter von Männern, jungen Burschen, Greisen mit weißen Bärten. Hunderte von Leitern lehnten an den Mauern, an denen von allen Seiten die Feinde – mit der Waffe in der Hand – hinaufkletterten, schweigend … Als sie die Glacis fast erreicht hatten, teilte sich auf dem höchsten Turm plötzlich die Menge und ein riesiger Krieger trat vor, der von Kopf bis Fuß in einer leuchtenden Rüstung aus Bronze steckte, an deren Seite ein Schwert mit einer Griffstange aus Bernstein hing. Dann verschwamm alles vor Talos' Augen, sein Herzschlag verlangsamte sich, immer mehr, wie der dumpfe Klang der Trommeln. Er beobachtete noch immer die Szene, die jedoch nach und nach entschwand … Der Krieger hielt den leblosen Körper eines jungen Mädchens in den Armen … Bedeckt mit einem schwarzen Tuch, ein Blutfleck auf der Brust, ein Schleier aus Haaren. Wie gern hätte er diese zarten und blutleeren Lippen liebkost … Talos, der Lahme … Das Trommeln der Tambours setzte wieder ein, lauter, immer lauter, die Bronzekrieger ergossen sich über die Glacis wie ein Hochwasser führender Fluss über seine Ufer tritt, ihre Schwerter zerfetzten die großen Schilde aus Rinderhaut, durchbohrten die Lederrüstungen, unaufhörlich. Zu Hunderten näherten sie sich dem Mann, der immer noch auf dem höchsten Turm stand. Er legte den zarten Körper des Mädchens ab und stürzte sich auf seine Feinde, das Schwert mit der Griffstange aus Bernstein herumwirbelnd. Von allen Seiten getroffen fiel er, tauchte wieder auf wie ein Stier in einer Schar von Wölfen. Und dann herrschte Stille. Langsame Schritte hallten zwischen den qualmenden Ruinen, den eingestürzten Häusern. Tot, alle tot. Auf die gefolterten Körper, die niedergerissenen Mauern, die einstürzenden Türme senkte sich ganz langsam und schwerfällig eine dicke Schicht aus Staub, den ein warmer, schwüler Wind gebracht hatte. Eine Gestalt saß reglos auf einem rußgeschwärzten Felsblock: Ein alter, gebückter Mann, der sein Gesicht in den Händen vergrub, Hände, an denen Tränen herabliefen. Der weiße Kopf erhob sich, ein von Leid gezeichnetes Gesicht – das Gesicht von Kritolaos!

Das Gesicht von Kritolaos, erleuchtet von einem Strahl der aufgehenden Sonne, war über ihm. Der Alte sagte etwas, doch Talos hörte nichts, als wären seine Gedanken und seine Sinne in einer anderen Welt gefangen. Dann plötzlich fand er sich auf seinem Strohlager sitzend wieder, während Kritolaos zu ihm sagte: »Es ist Zeit, Talos, die Sonne ist schon aufgegangen, wir müssen die Herde zur Weide führen. Aber was hast du? Du bist so seltsam. Vielleicht hattest du einen aufregenden Traum und hast dich nicht richtig erholt. Komm, die frische Luft wird dir gut tun und das Bergwasser wird dich wach machen. Deine Mutter hat schon Milch in deine Schale gegossen. Zieh dich an und komm rüber«, sagte er dann, als er hinausging.

Talos schüttelte sich und blieb, den Kopf zwischen den Händen, einen Moment wie betäubt sitzen. Er sah sich langsam um und suchte den Bogen, den Kritolaos ihm überreicht hatte: Nichts. Der Bogen war verschwunden.

Er sah unter dem Strohlager nach, zwischen den Ziegenfellen, die in einer Ecke auf dem Boden aufgetürmt waren: Ist das alles etwa ein Traum gewesen?, dachte er. Aber nein, das ist unmöglich … Aber dann … Er blieb einen Moment verwirrt stehen, dann schob er den Vorhang beiseite, der sein Lager von dem Rest des Zimmers trennte und setzte sich vor die Schale Milch, die seine Mutter ihm eingegossen hatte.

»Mutter, wo ist Großvater? Ich sehe ihn nicht.«

»Er ist schon draußen«, antwortete die Frau. »Er hat gesagt, dass er mit den Schafen an der oberen Quelle auf dich wartet.«

Talos stürzte eilig seine Milch hinunter, steckte ein Brot in den Quersack, nahm seinen Stock, ging hinaus und lief schnurstracks zu dem Ort, den seine Mutter ihm genannt hatte. Die obere Quelle war die kleine Quelle, die nicht weit entfernt von Talos' Hütte dem Berg entsprang.

Die Hirten des Taygetos nannten sie so, um sie von der anderen, der größeren Quelle zu unterscheiden, die auf der Lichtung am Waldrand entsprang und an der sie abends für gewöhnlich ihre Tiere tränkten, bevor sie sie in den Stall zurückbrachten. Talos überquerte in Windeseile die Lichtung, dann schlug er im Wald den Weg ein, der bergauf führte, und nach wenigen hundert Metern erblickte er in der Ferne Kritolaos, der vor sich die Herde hertrieb, unterstützt von dem guten alten Krios. Er holte ihn keuchend ein:

»Großvater! Hör zu, ich …«

Er ließ ihn gar nicht erst ausreden.

»Ich weiß, du hast den Bogen nicht gefunden«, sagte der Alte lächelnd. Dann öffnete er den Mantel. »Hier ist er, Junge, der Bogen ist in guten Händen, wie du siehst.«

»Beim Zeus, Großvater, ich dachte, ich müsste sterben, als ich ihn heute Morgen nicht gefunden habe. Aber warum hast du ihn weggenommen und warum hast du nicht wie sonst auf mich gewartet?«

»Ich wollte vermeiden, dass du mir in Gegenwart deiner Mutter Fragen stellst.«

»Also darf sie es nicht wissen ...«

»Nein, deine Mutter weiß sehr wohl, wohin ich dich gestern geführt habe und was du dort gesehen hast, aber mehr weiß sie nicht und darf sie auch nicht wissen. Das Herz einer Frau ist leichte Beute der Angst. Und jetzt folge mir«, sagte er und setzte seinen Weg fort, wobei er den Bogen wieder unter seinem Mantel verbarg. Sie liefen ein gutes Stück des Weges nebeneinander her, dann brach Talos erneut das Schweigen.

»Warum hast du den Bogen genommen, Großvater, und warum versteckst du ihn?«

»Die erste Frage ist richtig«, gab der Alte zurück, »die zweite ist dumm.«

»Nun gut, die Heloten tragen keine Waffen, weil es ihnen nicht gestattet ist, und das ist schließlich eine Waffe.«

»Eine sehr außergewöhnliche und einzigartige!«

»Einverstanden, aber kann ich wenigstens eine Antwort auf meine erste Frage haben?«

»Das stimmt, Talos, du hast ein Recht auf eine Antwort«, sagte Kritolaos und blieb mitten auf dem Weg stehen. Krios, der das Ziel der Reise nun erahnte, trieb die Herde entschlossen zu der Stelle, an der der Weg in eine kleine Wiese mündete, hinter der sich die obere Quelle befand.

»Nun, ich möchte, dass du lernst, mit dem gleichen Geschick mit dieser Waffe umzugehen wie der große Odysseus.«

»Aber das ist nicht möglich, Großvater, du bist sehr alt und ich ...«

»Du musst nur an dich glauben«, sagte Kritolaos feierlich, »und was mich betrifft ... Glaube mir, ich habe nicht umsonst dieses Alter erreicht!«

Sie waren an der kleinen Wiese angelangt, wo die Herde unter dem wachsamen Blick von Krios, der sich unter einem Busch zusammengekauert hatte, bereits in aller Seelenruhe zu weiden begonnen hatte. Kritolaos sah sich um, dann blickte er hoch zu den Kuppen der umstehenden Hügel, um sich zu vergewissern, dass der Ort vollkommen einsam war. Dann warf er seinen Mantel ins Gras und reichte Talos den Bogen.

»Ich bin also zu alt, stimmt's?«, fragte er in ironischem Ton. »Hör mir gut zu, du Grünschnabel«, fuhr er unter seinen Falten zwinkernd fort. »Wer lehrte den großen Achilles den Umgang mit dem Bogen?«

»Der Vater seines Vaters, im Wald des Epirus.«

»Bravo«, lachte der Alte zufrieden. »Ich hatte schon befürchtet, dass du mit zunehmendem Bartwuchs verblödest. Wie du siehst, ist es die Erfahrung der Alten, die den unwissenden anmaßenden Jungen gewährt, zu Männern zu werden, die dieser Bezeichnung würdig sind.«

Talos rieb sich eine Weile das Kinn, denn die Bezeichnung Bart schien ihm doch recht übertrieben für den zarten Flaum, der in seinem Gesicht spross. Dann umfasste er den Bogen fest mit beiden Händen und wurde plötzlich ernst.

»Nicht so, beim Herakles, das ist kein Stock, mit dem man Ziegen in ihr Gehege treibt. Sei vorsichtig ... Hier, sieh mal, dies hier mit der Silberschicht, das ist die Zwinge, oder auch der Griff, den du mit der linken Hand fest umschließen musst.« Der Junge nickte und tat, was ihm gesagt wurde.

»Sehr gut«, fuhr der Alte fort. »Mit der rechten Hand musst du die Sehne spannen, die den Pfeil abschießt.«

»Aber hier ist keine Sehne«, sagte Talos verblüfft.

»Das glaub ich gern, wenn da eine wäre, könntest du die Waffe wegwerfen. Die Sehne spannt man erst ein, wenn man den Bogen benutzt, dann nimmt man sie wieder ab. Sonst würde sie ganz brüchig werden und ihre Elastizität und damit ihre Kraft verlieren. Aber mach dir keine Sorgen, hier ist die Sehne«, sagte er und kramte in seinem Quersack. »Sie ist aus einer Rindersehne, ich selbst habe sie vor Wochen hergestellt, ohne dass du es wusstest. Jetzt müssen wir sie nur noch in den Bogen einspannen. Pass gut auf, stell den Bogen mit einem Ende auf den Boden und halte ihn mit der linken Hand in dieser senkrechten Position gut fest. Genau, so ist's gut. Nun hake die Sehne an dem unteren Ring ein und dann befestige das andere Ende oben am Bogen.«

»Aber sie ist nicht lang genug!«

»Natürlich nicht, das würde noch fehlen! Wenn es so wäre, hätte der Bogen nicht genügend Spannkraft und deine Arme würden nicht ausreichen, ihn zu spannen. Um die Sehne einzuhaken, musst du dich mit deinem ganzen Körpergewicht oben auf den Bogen legen, bis er sich biegt, und mit der rechten Hand ziehst du die Sehne nach oben, bis du sie durch den Ring schieben kannst, der sich oben am Bogen befindet. Ist doch ganz leicht, oder?«

»Das sagst du so, Alter«, schnaubte der Junge, während er versuchte, alles so auszuführen, wie es ihm gerade erklärt worden war. »Aber dieses Gerät ist störrisch, das denkt gar nicht daran, sich zu biegen, und außerdem«, fuhr Talos fort und gab das Unternehmen betrübt auf, »wenn es schon so mühsam ist, die Sehne einzuspannen … Verflucht, Großvater, wenn ich mich vor einem Feind verteidigen müsste, wie du sagst, hätte der mich doch schon längst bequem in Stücke geschlagen, während ich hier wie ein Vollidiot an diesem Gerät hänge, das gar nicht daran denkt, sich zu biegen. Ich fürchte, du hast dein Vertrauen in den Falschen gesetzt. Du magst vielleicht wie Chiron oder wie der Vater von Laertes sein, aber ich bin weder der große Achilles noch der tapfere Odysseus. Ich bin Talos, der Lahme.«

»Wenn du damit fertig bist, dich selbst zu bemitleiden«, platzte Kritolaos verärgert hervor, »und wie ein kleines Mädchen zu heulen, werde ich dir andere Dinge beibringen, die du lernen musst. Zunächst einmal dies:

Hör auf zu glauben, dass man alles ganz leicht und sofort lernen kann. Schwierige Dinge – und diesen Bogen zu benutzen ist gewiss keine leichte Übung – erfordern vor allem Geduld. Es fehlt dir nicht an Muskeln, sondern an Glauben an dich selbst. Und jetzt Schluss mit dem Geschwätz, nimm diesen Bogen und tu was ich dir gesagt habe, beim Herakles!«

Der Ton seiner Stimme war so energisch, dass es Talos nicht einmal in den Sinn kam, auch nur den kleinsten Widerspruch zu wagen. Er schluckte den Kloß, den er in seiner Kehle aufsteigen spürte, einfach hinunter und umfasste mit der linken Hand das obere Ende des Bogens, während er mit der rechten die Sehne ergriff. Er biss die Zähne fest zusammen und sammelte all seine Kräfte. Dann presste er das linke Knie gegen den Bogen, spannte seine Muskeln an, bis sie fast verkrampften, und begann, mit einer beständigen, beharrlichen Kraft zu ziehen.

»Gut so, mein Junge, weiter so, drück fest zu!« Ein kurzer Augenblick und Kritolaos hörte, wie seine eigenen Worte in seinem Kopf widerhallten, er sah ein kleines Händchen, das seinen Zeigefinger drückte, den er über eine ärmliche Wiege hielt. Das ferne Licht eines Sonnenuntergangs, das durch einen Türschlitz fiel … Die langen Schatten … Das Bild verschwamm plötzlich und Kritolaos sah Talos' schweißgebadetes Gesicht, den triumphierenden Ausdruck in den geröteten Augen. Er hielt den großen, gezähmten Bogen in der linken Hand und mit der rechten zog er an der Sehne, die mit einem dumpfen Surren vibrierte.

»Meintest du das, Alter?«, fragte er lächelnd. Kritolaos sah ihn voller Rührung und Verwunderung an.

»Du hast den Bogen des Aristodemos gespannt«, sagte er mit zitternder Stimme. Der Junge betrachtete die funkelnde Waffe, dann blickte er dem Alten selig in die Augen, die sich mit Tränen füllten.

»Der Bogen des Aristodemos«, flüsterte er.

Mehrere Monate waren vergangen, seit Kritolaos begonnen hatte, Talos im Umgang mit dem Bogen zu unterrichten, und es war kein Tag ohne ein hartes Training vergangen. Oft war Talos kurz davor gewesen, aufzugeben, doch die Hartnäckigkeit seines Meisters hatte bewirkt, dass der Junge schließlich am Ende des Herbstes, als sich in den Bergen die ersten Kälteeinbrüche bemerkbar machten, in seinen Bewegungen geschickt und geschmeidig geworden war. Die Arme waren durch die ständige Anspannung während der Übungen muskulös und kräftig geworden: Talos' gesamter Körper hatte sich entwickelt und er sah nun mehr aus wie ein Mann als wie ein Junge, obwohl er gerade erst sechzehn geworden war.

Kritolaos' Kräfte hingegen schienen immer mehr zu schwinden, als ob die Energie, die durch die Glieder seines Schülers strömte, aus dem Mark seiner müden Knochen stammte. In Wirklichkeit hatte die Anstrengung dieses unaufhörlichen Unterrichtens den Geist des Alten geschwächt. Mit jedem Tag schien er ängstlicher zu werden, bedrängt von der Eile, die geboten war, seine Aufgabe zu erfüllen, denn seine Tage waren nunmehr gezählt. Und so schien er immer neue Energien aufzubringen, wenn er, im Schutze vor neugierigen Blicken, sei es in einem versteckten Tal oder auf einer einsamen Wiese, die immer schwierigeren Übungen für Talos dirigierte. Der junge Mann hatte auch gelernt, Pfeile herzustellen, sie ganz genau auszurichten und mit vollkommener Präzision und größter Kraft zu treffen. Die Waffe, die anfangs nach der langen Ruhezeit noch steif gewesen war, wäre mehrere Male beinahe gebrochen, doch dann hatte sie allmählich die Elastizität zurückgewonnen. Talos hatte sie tausend Male mit Büffelfett eingerieben und im Feuer gewärmt.

Der Tag der letzten Prüfung rückte allmählich näher, der Prüfung, die für ihn fast die Bedeutung einer Initiation hatte, des Erwerbs der vollen Manneskraft. Die Bestätigung seiner stets wachsenden Fähigkeiten erregte und begeisterte ihn, doch oft lag er des Nachts auf seinem Lager und dachte lange nach. Er verstand nicht recht, was der Alte mit diesem ständigen, oft aufreibenden Training bezweckte. Er hatte ihm nicht nur beigebracht, den Bogen zu benutzen, sondern auch den Stock. Die Weidenrute war in seinen Händen zu einem gefügigen und zugleich grausamen Instrument geworden. Die Verteidigung der Herde vor Dieben und wilden Tieren mochte ein Grund sein, doch das erklärte lange nicht alles. Talos grübelte darüber nach, ohne jedoch eine Lösung für seine Fragen zu finden. Zugleich sorgte er sich um Kritolaos, dessen Kräfte immer mehr nachließen. Der Alte lief immer gebückter, war unsicher auf den Beinen; in manchen Augenblicken schien sein Blick erlöschen zu wollen.

III
DER MEISTER

Der Tag, den Kritolaos für die letzte Prüfung ausgewählt hatte, war rein und klar, doch sehr windig.

Sie standen sehr früh auf und stiegen zügig zur oberen Quelle hinauf. Talos warf den Mantel auf den Boden und wusch sich im kalten Wasser der Quelle, dann nahm er, auf ein Zeichen Kritolaos' hin, den Bogen, hing sich den Köcher aus Lammfell um und entfernte sich etwa dreißig Schritt. Der Alte stellte sich neben eine junge, gerade gewachsene, zierliche Kornelkirsche, und als er sie am obersten Ende gepackt hatte, zog er sie herab, bis ihre Spitze fast den Boden berührte. Dann wandte er sich an Talos:

»Pass auf!«, rief er. »Wenn ich die Spitze losgelassen habe, zählst du bis drei und dann schießt du, verstanden?«

»Verstanden«, antwortete Talos und legte die Hand auf den Köcher.

Alle möglichen Schwierigkeiten waren in der Prüfung enthalten: Es galt, ein kleines Ziel in Bewegung zu treffen und zudem die Windrichtung und Windstärke zu berechnen. Talos betrachtete die Blätter auf den Baumspitzen, dann sein Ziel, das ihm auf diese Entfernung unglaublich klein erschien, kaum größer als ein winziger Zweig. Er wählte einen langen und recht schweren Pfeil, dann nahm er langsam eine Schießposition ein.

»Jetzt!«, rief Kritolaos, ließ die Spitze des Pflänzchens los und duckte sich zur Seite. Das Bäumchen zischte wie eine Peitsche und, in seine Ausgangsposition zurückgekehrt, vibrierte es noch eine Weile. Talos hielt den Atem an, zeichnete einen Moment mit ausgestrecktem Arm, die Hand fest um den Griff gelegt, die Bewegung des Zieles nach und schoss. Der perfekt ausgerichtete, schwere Pfeil zischte mit einem dumpfen Dröhnen durch die Luft, streifte die Rinde der Pflanze und blieb nicht weit entfernt in der Wiese stecken.

»Daneben, verflucht noch mal!«, rief Talos wütend und lief auf das Ziel zu, das immer noch wippte.

»Im Gegenteil, du hast getroffen, beim Herakles, Junge, du hast getroffen«, sagte der Alte halblaut, während er die Pflanze begutachtete. »Großer Zeus, aus dreißig Schritt Entfernung, in Bewegung und auch noch bei Wind …« Dann hob er den Blick zu dem Jungen, der keuchend auf ihn zukam: »Du hast getroffen, verstehst du? Was hast du denn gedacht, dass der Pfeil in der Mitte stecken bleibt? Talos, weißt du, was das bedeutet? In wenigen Monaten, du hast das in wenigen Monaten geschafft!«

Der alte Hirte war überwältigt von seinen Gefühlen, es war deutlich zu sehen, wie sehnsüchtig er auf diesen Augenblick gewartet hatte, seine Beine zitterten.

»Warte, hilf mir, mich hinzusetzen, Junge. Ich kann mich nicht mehr auf den Beinen halten. Komm her, setz dich neben mich. Genau, so ist's recht. Und jetzt hör mir gut zu, mein Junge: Du wirst ein großer Bogenschütze, genauso groß wie Ajax von Oyleus, wie Odysseus …«

Talos lachte herzlich: »Wir wollen nichts überstürzen, Alter. Reißt du deinen zahnlosen Mund nicht ein wenig zu weit auf? Das war doch nur Glück!«

»Kleiner unverschämter Bastard!«, rief Kritolaos aus und verdrehte die Augen, die von einem dichten Netz aus Falten umgeben waren. »Ich werde dich prügeln, bis der Stock auf deinem Buckel bricht, damit du lernst, die alten Leute zu respektieren!«

Talos rollte sich zur Seite, um dem Stock auszuweichen, den der Alte im Spaß nach ihm warf, dann sprang er auf, lief auf den Wald zu und rief nach dem Hund.

»Hierher, Krios, na los, du dummer Hund, komm her und fang mich!«

Das Tier stürzte schwanzwedelnd und kläffend hinter seinem jungen Herrn her, das war ein Spiel, das sie schon tausend Male gespielt hatten, doch noch ehe er ihn eingeholt hatte, bleib Talos plötzlich stehen. Hinter dem dicken Stamm einer Rotbuche stand reglos ein in einen schweren Wollmantel gehüllter Mann, das Gesicht von einer Kapuze halb verdeckt. Er blieb einen Moment stehen, um den Jungen anzusehen, dann nahm er ein Bündel Reisig und lief eilig über den Weg davon. Inzwischen war Kritolaos keuchend bei ihm angelangt. Vollkommen außer sich packte er den Jungen am Arm.

»Was ist denn, Großvater, hast du noch nie einen Wanderer gesehen?«

Kritolaos blickte der Gestalt mit der Kapuze, die sich allmählich entfernte, schweigend nach, dann hielt er dem jungen Mann den Bogen hin.

»Töte ihn«, sagte er eisig.

»Bist du verrückt geworden? Warum sollte ich ihn töten? Ich kenne ihn noch nicht einmal, er hat mir doch nichts getan.«

»Er hat dich mit dem Bogen gesehen und er ist keiner von uns, er ist ein Spartaner. Du musst ihn töten, na los, mach schon, solange noch Zeit ist.« Der Alte war vollkommen aufgewühlt, seine Stimme verriet Furcht.

»Nein, ich kann nicht«, sagte Talos mit fester Stimme. »Wenn er mich angreifen würde, könnte ich vielleicht schießen, aber doch nicht so, auf einen unbewaffneten Mann, von hinten.«

Den Rest des Tages war Kritolaos schweigsam, trotz Talos' Versuche, ihn aufzumuntern. Er schien furchtbar niedergeschlagen, als ob all seine Hoffnungen sich von einer Sekunde zur nächsten in Nichts aufgelöst hätten. In den darauf folgenden Tagen schien er immer bekümmerter. Auf der Weide war er übertrieben vorsichtig und wagte kaum noch, seinen jungen Schüler mit dem Bogen üben zu lassen, oder aber, wenn er es doch tat, dann suchte er weit entfernte, abgelegene Orte. Er verhielt sich, als fühlte er sich beobachtet, ausspioniert. Bei dem kleinsten Geräusch schreckte er hoch, seine Augen füllten sich mit Furcht und Talos begann, sich große Sorgen zu machen.

Es vergingen Tage, Monate. Der Frühling war nunmehr weit vorangeschritten und es war nichts Verdächtiges vorgefallen. Kritolaos beruhigte sich ganz allmählich, doch sein Gesundheitszustand wurde immer schlechter, sodass er manches Mal nicht mehr zur Weide ging und lange Stunden auf seinem Schemel saß. Die Männer der benachbarten Hütten, die zur Arbeit gingen oder ihre Herden zur Weide trieben, kamen vorbei, um zu grüßen oder mit ihm zu schwatzen. Alle schienen seltsam besorgt um ihn, als spürten sie, dass es mit dem Alten zu Ende ginge. Abends kehrte Talos mit der Herde und dem Hund zurück und wenn er seine Arbeiten verrichtet hatte, ließ er sich zu Füßen des Großvaters nieder und sprach lange mit ihm. Er erzählte ihm von den Fortschritten, die er im Umgang mit dem Bogen, den er nun wieder bei sich trug, machte. Es kam vor, dass er einige Tage in Folge fort blieb, wenn er sich zu weit entfernt gelegenen Weiden begab und dort in einer kleinen Hütte aus Zweigen und Laub übernachtete.

Eines Tages, als der Frühling zu Ende ging, befand er sich an den Hängen des Berges Taygetos, nicht weit von zu Hause weg. Kritolaos hatte sich in der vorangegangenen Nacht nicht wohl gefühlt, daher wollte er sich nicht allzu weit entfernen. Im Notfall hätte die Mutter ihn schnell erreichen oder jemanden nach ihm schicken können. Es war fast Mittag und die Sonne brannte. Er setzte sich unter einen Baum und sah auf das Tal hinunter, in dem die Olivenbäume silbern schimmerten. Dahinter konnte man ein langes Stück der Straße erkennen, die aus dem Norden kam und menschenleer schien. Von Kameraden, die in der Stadt dienten, hatte er gehört, dass sich große Ereignisse anbahnten. Die Fischer von Gytheion, die nachts den Fisch auf den Markt brachten, hatten von einer riesigen Flotte erzählt, die aus dem Orient kam: Hunderte und Aberhunderte von Schiffen mit langen Rammspornen aus Bronze, die die Wellen durchfurchten. Sie wurden von einem großen König jenseits des Meeres geschickt, der gegen die Athener den Krieg eröffnen wollte.

Talos hatte eine recht vage Vorstellung von dem, was jenseits seines Berges geschah. Kritolaos hatte ihm von den anderen Völkern in Griechenland erzählt, doch außer den Leuten des Taygetos und den Kriegern der Stadt hatte er noch nie jemanden gesehen. Er fragte sich, warum dieser große König wohl gegen eine so kleine Stadt wie Athen Krieg führen wollte und warum er mit so vielen Schiffen kam, wenn es überhaupt stimmte, was die Fischer von Gytheion erzählten. Dann wiederum dachte er, dass er gerne einmal ein Schiff sehen würde. Man sagte, es gäbe so große Schiffe, dass die Bewohner eines ganzen Dorfes darin Platz hätten, doch das waren sicherlich nur Märchen. Dennoch lag seit einiger Zeit etwas in der Luft: Fast jeden Tag marschierten Trupps von Kriegern über die Straße gen Norden oder zum Meer. Viele Hirten und Bauern in den Bergen fürchteten, dass ein Krieg ausbrechen könnte und auch sie mit den Kriegern ziehen müssten, um ihnen zu dienen und die Waffen zu tragen.

Während Talos – den Blick in der Landschaft verloren – seinen Gedanken nachhing, bemerkte er, dass sich in der Ferne, auf der Straße, die aus dem Norden kam, etwas bewegte; etwas, das nicht viel größer war als ein schwarzer Punkt in einer Staubwolke. Er sah genauer hin: Da kam jemand von der Straße von Argos. Jemand, der ganz allein unter der Sonne auf Sparta zulief.

Talos stand neugierig auf, um besser sehen zu können und stieg gleichzeitig langsam den Berg hinab zu einer kleinen Quelle, die unten neben der Straße sprudelte. Dort angekommen, setzte er sich auf den Rand des steinernen Trogs, in dem das Wasser gesammelt wurde.

Der schwarze Punkt, der kurz zuvor noch weiter entfernt gewesen war, nahm nun klarere Umrisse an: Es war ein Mann, der am Straßenrand entlanglief. Auf dem Rücken trug er ein kleines Bündel, an seinem Gürtel baumelte ein Messer. Der kurze Chiton, der gerade einmal seinen Schritt bedeckte, ließ darauf schließen, dass es sich um einen Krieger handelte. Er war nun recht nah herangekommen und Talos konnte ihn gut sehen. An der Quelle angekommen blieb der staubbedeckte und verschwitzte Mann stehen. Er atmete auf eine merkwürdige Art, indem er geräuschvoll durch den Mund ausatmete und den mächtigen Brustkorb rhythmisch hob. Dann nahm er mit gefalteten Händen etwas Wasser aus dem Trog und wusch sich das Gesicht, die Arme, die Beine, und – nachdem er den Chiton abgelegt hatte – nach und nach den restlichen Körper, wobei er zuweilen zusammenzuckte, wenn das eisige Bergwasser seinen Körper berührte.

Talos lächelte: »Kalt, was?«

»Und ob, Junge, es ist kalt, aber es tut gut, stählt die Muskeln und den Körper und weckt die Energie in den müden Gliedern.« Der fast nackte Mann stellte einen großartigen Körper zur Schau: kräftige Arme, gewaltiger Brustkorb, lange muskulöse Beine. Talos sah ihn aufmerksam an. Er musste ein Krieger sein, aber er begriff nicht, aus welchem Land er kam. Er hatte eine seltsame, sehr melodiöse Sprache und eine Vertrauen erweckende Art. Talos wunderte sich selbst darüber, wie selbstverständlich er das Wort an ihn gerichtet hatte, obgleich er vermutete, dass es sich um einen Krieger handelte. Der Unbekannte zog sich wieder an.

»Ist Sparta noch weit?«, fragte er.

»Nicht sehr, wenn du weiter läufst wie eben, bist du schnell da. Hier sieh mal, hinter der nächsten Kurve kannst du die Stadt schon sehen, du kannst sie gar nicht verfehlen. Aber was willst du in Sparta? Du bist kein Spartaner. Du musst von weit her kommen«, fügte er dann hinzu. »Ich habe noch nie jemanden so reden hören wie dich, nicht einmal die messenischen Hirten und die Fischer aus Gytheion, die zum Markt kommen.«

»Dann hast du mich gut beobachtet. Bist du vielleicht ein Spion?«

»O nein, ich war nur dort oben mit meinen Schafen und habe dich zufällig die Straße entlang laufen sehen. Ich habe noch nie jemanden gesehen, der so weit gelaufen ist. Also willst du mir nicht sagen, wer du bist und woher du kommst?«

»Sicher, Junge, ich bin Pheidippides von Athen, der Sieger der letzten Olympiade. Und du, wer bist du?«

»Ich bin Talos«, gab der Junge zurück und sah dem Fremden direkt in die Augen.

»Talos, und wie weiter?«

»Talos, der Lahme.«

Der Fremde schwieg einen Moment verblüfft.

»Was ist mit deinem Fuß passiert? Bist du in den Bergen gestürzt?«

»Nein«, antwortete der Junge ruhig. »Mein Großvater Kritolaos sagt, dass die Hebamme mich etwas unglücklich aus dem Schoß meiner Mutter gezogen hat. Aber ich halte dich auf, du musst sicher weiter.«

»Ja, Talos, ich sollte eigentlich weiterlaufen, aber wenn ich mich nicht ein wenig ausruhe, macht mein Herz nicht mehr mit. Ich bin vorgestern im Morgengrauen in meiner Stadt aufgebrochen.«

Talos sah ihn sprachlos an: »Das ist nicht möglich, ich weiß ganz genau, dass Athen jenseits des Meeres liegt, du kannst nicht zu Fuß hierher gekommen sein.«

»Und doch ist es so, Pheidippides lügt nicht, Junge. Gestern vor Sonnenaufgang war ich in Agros.«

»Ich glaube dir, nur mein Großvater Kritolaos hat gesagt, dass man von hier bis nach Athen fast eine Woche braucht.«

»Dein Großvater Kritolaos muss sehr viel wissen ...

Vielleicht weiß er auch, wer Pheidippides ist«, sagte der Athlet lächelnd.

»Mein Großvater Kritolaos weiß alles, ich bin sicher, dass er auch deinen Namen kennt. Einmal hat er mir von der Olympiade erzählt und er hat mir von dem Tal berichtet, in dem die Athleten wetteifern. Der Fluss, der dort fließt, entspringt in unseren Bergen, nicht weit von hier. Also«, fuhr er fort, »bist du in nur zwei Tagen hierher gekommen. Du musst es sehr eilig haben und viele wichtige Dinge zu berichten wissen.«

»Ja, sehr wichtige Dinge, nicht nur für mich, sondern für alle Griechen.«

Er wurde plötzlich sehr ernst und ein Schatten legte sich über seine hellen Augen.

»Ich glaube, ich weiß, worum es geht«, sagte Talos. »Die Fischer von Gytheion haben gesagt, dass der König des Morgenlandes Hunderte von Schiffen mit Soldaten losgeschickt hat, die die Inseln plündern sollen.«

»Nicht nur die Inseln«, sagte der Athlet niedergeschlagen. »Sie sind bereits auch vor dem Festland vor Anker gegangen. Sie sind so zahlreich wie die Heuschrecken und haben ihre Lager am Strand aufgeschlagen, kaum mehr als zweihundert Messlatten von Athen, an einem Ort, der sich Marathon nennt. All unsere Krieger sind dort unten, aber sie werden niemals ausreichen, dieses Riesenheer zu vertreiben. In der Nacht sind ihre Feuer so zahlreich wie die Sterne am Himmel. Die Masten ihrer Schiffe sind hoch wie Türme, sie haben Tausende von Pferden, Wagen, Sklaven …«

»Du bist gekommen, um die Spartaner um Hilfe zu bitten, stimmt's? Sie werden nicht kommen. Mein Großvater Kritolaos sagt, dass die Spartaner grausame Krieger sind, die besten, aber sie sind völlig abgestumpft und sehen nicht über ihren eigenen Tellerrand hinaus. Außerdem hat ihre Stadt keine Mauern, weißt du, deshalb widerstrebt es ihnen, sie schutzlos zurückzulassen. Auch das ist ziemlich dumm. Wenn sie sie mit Mauern umgeben würden, würden ein paar Mann ausreichen, sie zu bewachen, und der Großteil der Krieger könnte weit fortziehen, um eine Gefahr zu bekämpfen, statt zu warten, bis sie die Ufer des Eurotas erreicht.«

»Du bist sehr klug für dein Alter, Talos. Und du hast einen scharfen Verstand, aber ich hoffe dennoch, dass es mir nicht allzu Leid tut, wenn dein Großvater sich einmal irrt, zumindest was den Stumpfsinn der Spartaner betrifft. Sie müssen mich anhören. Wenn sie es zulassen, dass die Perser uns zerstören, sind sie die Nächsten, und dann wird Athen nicht mehr da sein, um ihnen zu helfen.«

»Ich weiß, aber leider musst du nicht mich überzeugen, sondern sie. Ich für meinen Teil, wenn ich könnte ... Nun, ich würde gerne an eurer Seite kämpfen. Ich weiß nicht warum, aber mir scheint, du kannst gut reden. Sind die Athener alle wie du?« Der Athlet lächelte. »Oh, es gibt auch viel bessere als mich, was das betrifft.«

»Das glaube ich nicht«, sagte Talos und schüttelte den Kopf. »Du hast die Olympiade gewonnen.«

»Das stimmt, Junge, aber in meiner Stadt zählen nicht nur Muskeln, im Gegenteil, der Verstand zählt mehr und das Volk wählt immer die klügsten Männer für den Stadtrat aus, nicht die stärksten.«

»Willst du damit sagen, dass in deinem Land das Volk entscheidet, wer regiert? Habt ihr keine Könige?«

»Nein, Talos. Wir hatten mal welche, aber jetzt nicht mehr.«

»Das muss ja ein komisches Land sein, wo du herkommst!«

»Ja, vielleicht, aber ich glaube, dass du dich dort wohl fühlen würdest.«

»Ich weiß nicht ... Glaubst du, es gibt ein Land, in dem ein Sklave sich wohl fühlen kann?«

Der Athlet stand auf und sah den Jungen traurig an: »Ich muss jetzt weiter«, sagte er und machte Anstalten, fortzugehen. Dann drehte er sich zu dem Jungen um, zog sein kupferbeschlagenes Lederarmband aus und reichte es ihm.

»Das ist für dich, Talos, ich habe es bei der Olympiade getragen, aber ich glaube nicht, dass ich es noch brauchen werde. Das wird dich ab und zu an Pheidippides erinnern.«

Er schnallte seinen Gürtel um die Hüften und lief los in Richtung Sparta. Talos verharrte einen Moment sprachlos, dann lief er dem bereits weit entfernten Athleten hinterher.

»Meister! Meister!« Pheidippides blieb einen Moment stehen und drehte sich um.

»Viel Glück!«

Der Athlet hob den rechten Arm zu einem ausladenden Abschiedsgruß, dann lief er wieder los, im gleißenden Sonnenlicht.

In ein schneeweißes Pallium gehüllt saß der Athener dem edlen Aristarchos gegenüber, der ihm aufmerksam zuhörte.

»Ich danke dir für deine Gastfreundschaft, Aristarchos, der Edelmut und die Ehrbarkeit der Kleomeniden sind auch in Athen wohl bekannt und es ist mir eine große Ehre, an deinem Tisch zu sitzen.«

»Die Ehre ist ganz auf meiner Seite, Pheidippides. Dieses Haus ist stolz darauf, den Meister der Olympiade zu empfangen. Du hast unsere besten jungen Männer geschlagen und die Spartaner wissen den Wert eines Gegners von deinem Kaliber zu schätzen. Leider ist meine Tafel sehr bescheiden und ich kann dir keine raffinierten Speisen anbieten. Ich weiß, dass ihr Athener euch oft über unsere Küche lustig macht und dass insbesondere unsere schwarze Brühe Gegenstand zahlreicher Witze ist. Wie du siehst, zwinge ich dich nicht, mit ihr Bekanntschaft zu schließen.«

»Und das war ein Fehler, Aristarchos, ich war wirklich neugierig darauf, sie zu kosten.«

»Ich fürchte, dass es eine eher unangenehme Erfahrung für dich gewesen wäre. Ich erinnere mich gut an das Gesicht von Aristagoras von Milet, als er sie während eines Mittagessens probierte, zu dem unsere Regierung anlässlich seiner Mission in Sparta vor nunmehr acht Jahren einlud. Einer Mission, die im Übrigen recht wenig Erfolg hatte, wie du wohl weißt.«

»Sicher, ihr habt ihm keine Hilfe gewährt, im Gegensatz zu uns Athenern, die wir nun unsere Geste von damals teuer bezahlen. Andererseits erachtet die Volksversammlung es für angemessen, den hellenischen Städten, die sich dem Großkönig widersetzten, jegliche Unterstützung zukommen zu lassen. Denkst du nicht auch, dass es die richtige Entscheidung war?«

»Muss ich etwa annehmen, dass du die ablehnende Haltung unserer Regierung gegenüber den Forderungen Aristagoras verurteilst?«

»Nicht wirklich, Aristarchos«, sagte der Athener, der bemerkt hatte, dass er bei seinem Gastgeber auf einen wunden Punkt gestoßen war. »Ich weiß sehr wohl, dass es für euch Spartaner damals nicht leicht war, eine so schwer wiegende Entscheidung zu treffen.«

»Das ist nicht der Punkt, Pheidippides. Dieser Mann schien uns zunächst von ehrbaren Idealen getrieben. Er erklärte uns, in welcher Lage sich die griechischen Städte Kleinasiens befanden, die gezwungen waren, das Joch des Großkönigs zu ertragen, und sein einziges Ziel schien es, sie zu befreien. Seine Rede vor der Volksversammlung war von einer Leidenschaft, die die Krieger faszinierte. Du weißt sicher, dass wir Spartaner eine solche Redekunst nicht gewöhnt sind. Wir sind einfache Leute, die keine großen Worte machen, aber wir sind nicht dumm. Die Ephoren, die gemeinsam mit unserem König unsere Stadt regieren, wussten sehr wohl, dass Aristagoras versucht hatte, die von Griechen bevölkerte Insel Naxos zu unterwerfen. Dazu hatte er sich der persischen Truppen bedient, um sich in den Augen des Großkönigs – der sich damals in Thrakien aufhielt, um jenseits des Flusses Istros gegen die Skythen zu kämpfen – verdient zu machen. Die Einwohner Naxos' konnten den Angriff abwehren und die persischen Offiziere erklärten, dass die Schuld für diese Niederlage zweifellos Aristagoras zufiel. Voller Angst vor dem Zorn des Großkönigs machte er sich einen Zwischenfall zu Nutze, der sich zwischen persischen und griechischen Offizieren der Flotte ereignet hatte, um einen Aufstand zu verkünden. Natürlich folgten ihm die Griechen Kleinasiens, was jedoch lediglich zeigt, dass sie sich von der persischen Herrschaft befreien wollten. Was dagegen Aristagoras angeht, wussten wir sehr wohl, dass er aus rein persönlichen Interessen gehandelt hatte. Wenn ihm so sehr an der Freiheit der Griechen lag, warum versuchte er dann, die Insel Naxos zu erobern? Jedenfalls hatten wir gute Gründe, anzunehmen, dass er den Aufstand gegen die Perser nur entfesselt hatte, um dem Zorn von König Dareios zu entgehen, wenn dieser aus dem Krieg gegen die Skythen zurückkehren würde. Du musst zugeben«, fuhr er fort, wobei er Wein in das Glas seines Gastes füllte, der ihm an den Lippen hing, »du musst zugegen, dass man sich nicht so ohne weiteres auf einen Mann verlassen kann, der sich in einer ausweglosen Situation befindet und vorgibt, aus Leidenschaft für die Freiheit zu handeln. Aber ich erzähle dir Dinge, die du sicher besser weißt als ich.«

»Sicher, zum Teil bin ich auf dem Laufenden«, antwortete Pheidippides, »doch fahr bitte fort, denn ich möchte deine Meinung darüber hören.«

»Nun gut«, fuhr Aristarchos fort, »vielleicht hätte er sogar die Gleichen der Versammlung überzeugen können, Tatsache ist jedoch, dass die endgültige Entscheidung den Ephoren und den Königen zusteht, und sowohl die einen als auch die anderen hatten einen sehr schlechten Eindruck von Aristagoras, abgesehen davon, was sie ohnehin schon über den Mann gehört hatten. Ich erinnere mich an eine Episode, über die du vielleicht lachen wirst: Eines Tages war ich zufällig im Hause des Königs Kleomenes, der gerade Aristagoras zu Gast hatte. Der Gast war kurz zuvor erst aufgestanden und saß da, die Hände unter dem Mantel verborgen – in der Tat wurde im Haus des Königs erst nach Sonnenuntergang Feuer gemacht –, während ihm einer seiner Diener die Schuhe zuband. Die kleine Tochter des Königs, die gerade sechs Jahre alt war, zeigte mit dem Finger auf Aristagoras und rief: ›Sieh mal, Papa, der fremde Gast hat keine Hände!‹ Ich schwöre, ich musste mich zur Seite drehen und mir den Mund zuhalten, damit ich nicht in Gelächter ausbrach. Tatsächlich konnte dieser Mann, der vorgab, Anführer einer Revolte zu sein, sich nicht einmal allein die Schuhe zubinden!«

»Also waren wir Athener viel zu gutgläubig in Bezug auf Aristagoras«, sagte Pheidippides mit einem säuerlichen Lächeln.

»O nein, mein Freund, das wollte ich damit nicht sagen. Ich kritisiere Athens Vorgehensweise keineswegs, im Gegenteil, es war damals sehr großzügig von euch. Die Aussendung von Schiffen und Truppen zur Unterstützung der ionischen Rebellen war gewiss nicht beschlossen worden, weil Aristagoras euch reingelegt hatte. Im Grunde hat eure gemeinsame Abstammung und euer Blut euch mit den Ionern, euren Kolonien in Kleinasien vereint, und somit ist es verständlich, dass ihr ihnen helfen wolltet. Natürlich hing unsere Weigerung damals mit unserem natürlichen Misstrauen zusammen. Uns schien, dass dieser Mann Sparta in ein verzweifeltes Unternehmen hineinziehen wollte, zu dem ihn lediglich sein Ehrgeiz trieb.«

»Ich verstehe, was du mir sagen willst, doch Tatsache ist, dass die Perser nun in Griechenland sind und die Freiheit aller Hellenen auf dem Spiel steht.« Der Spartaner schwieg einen Moment nachdenklich und knetete mit der linken Hand seinen Bart. »Ich weiß sehr wohl«, sagte er dann, »dass es sinnlos ist, die damaligen Ereignisse dafür verantwortlich zu machen. Wir Spartaner könnten behaupten, dass wir die Perser nicht in Griechenland hätten, wenn die Athener nicht in Asien einmarschiert wären. Ihr Athener wiederum könntet behaupten, dass die Expedition vielleicht siegreich ausgegangen wäre, wenn auch Sparta damals mitgezogen hätte.«

»Ich stimme dir vollkommen zu, Aristarchos, doch die Lage ist verzweifelt. Sparta muss unbedingt an unserer Seite einschreiten. Heute sind Athen und die attischen Städte in Gefahr, aber vielleicht morgen schon sind Korinth, Megara und Sparta selbst an der Reihe. Der König der Perser hat Hunderte von Schiffen, die Abertausende von Kriegern an jedem Punkt Hellas' an Land spucken können.«

»Genau das hast du auch in deiner Rede heute vor der Volksversammlung gesagt, eine zweifellos sehr überzeugende Rede.«

»Findest du?«

»Natürlich, so wie ich meine Leute kenne, werden deine Worte ihre Wirkung sicher nicht verfehlt haben. Deine Regierung hat eine gute Wahl getroffen, als sie nicht einen Mann der Politik, sondern den Sieger der Olympiade nach Sparta geschickt hat. Die Spartaner sind eher geneigt, der Kraft und der Tapferkeit Glauben zu schenken, denn eleganten Worten.«

»Also glaubst du, dass ich Athen morgen das Versprechen bringen kann, dass euer Heer unverzüglich einschreiten wird?«

»Es ist wahrscheinlich, dass wir dem Bündnis zustimmen werden. Was das unverzügliche Einschreiten betrifft ...«

»Nun?«, fragte Pheidippides ängstlich.

»Ich fürchte, dass wir auf Vollmond warten müssen. Erst dann wird die Volksversammlung einberufen, um der Entscheidung der Ephoren zuzustimmen.«

»Aber das ist doch absurd!«, rief der Athener. Doch als er

sah, dass sich der Blick seines Gesprächspartners augenblicklich verfinsterte, fügte er hinzu: »Verzeih mir, aber auf den Vollmond zu warten kommt einer Verweigerung gleich. Die Perser können jeden Augenblick angreifen.«

Aristarchos schien besorgt, er strich sich mit der Hand über die Stirn: »Ihr könntet euch hinter euren Mauern verschanzen und warten, bis wir kommen.«

»Und zulassen, dass auf dem Land geplündert und zerstört wird? Dutzende von Dörfern sind nicht befestigt und selbst wenn sie es wären, hätten sie keine Chance, Stand zu halten. Weißt du nicht, was sie mit Eretria gemacht haben? Ganz Euböa wurde überfallen und niedergebrannt und schließlich musste sogar die Stadt kapitulieren. Die gesamte Bevölkerung wurde zu Sklaven gemacht. Nein, Aristarchos, wir haben keine andere Wahl, wir müssen sie am Strand überwältigen, aber allein können wir es nicht schaffen. Zumindest glaube ich das nicht«, sagte Pheidippides enttäuscht, dann nahm er den Kopf in die Hände und schwieg.

»Ich verstehe«, antwortete der Spartaner, während er aufstand und nervös im Zimmer auf und ab ging. »Andererseits ist unser Gesetz nun einmal so und ich weiß wirklich nicht …«

»Also gibt es wirklich keine Hoffnung …«

»Hör zu, Pheidippides, ich werde morgen ein Wort für dich einlegen, was die unverzügliche Aussendung des Heeres angeht, mehr kann ich nicht tun. Im schlimmsten Fall wird es eine Weile dauern. Bis zum Vollmond ist es nicht mehr lange und in kaum mehr als einer Woche könnten wir schon Seite an Seite in Marathon kämpfen. Du musst mir glauben, wenn ich dir sage, dass ich es aus tiefstem Herzen wünsche.«

»Ich glaube dir«, sagte der Meister und drückte herzlich die Hand des spartanischen Kriegers. »Dennoch wünsche ich mir, dass deine Worte Gehör finden werden. Ich bin sicher, dass wir den Feind gemeinsam besiegen können, und dann ist es an mir, die Gastfreundschaft, die du mir so großzügig angeboten hast, zu erwidern. Und jetzt muss ich dich bitten, mich zu entschuldigen, ich bin sehr müde und möchte mich zurückziehen. Möge die Nacht dir Rat bringen, edler Aristarchos, und auch deinen Mitbürgern, in deren Hand nicht nur das Schicksal meiner Heimat liegt, sondern das Schicksal ganz Hellas'.«

»Möge der Wille der Götter geschehen«, sagte Aristarchos und stand auf, um den Gast zu seinem Gemach zu begleiten.

»Brithos! Brithos! Lauf zu, unsere Leute kehren zurück, die Vorhut kommt schon von der Straße aus Argos!«

»Ich komme, Aghias, warte auf mich!«

Die beiden jungen Männer liefen die Straße entlang, die den Stadtkern durchschnitt und zum Nordtor führte. Sie liefen inmitten einer Gruppe von Frauen, Alten und Kindern, die von allen Seiten kamen und in die Hauptstraße drängten, um einen guten Platz zu ergattern, von dem aus man alles sehen konnte. Von einem Boten benachrichtigt, standen die fünf Ephoren bereits am Tor, um auf das Eintreffen des Heeres zu warten.

»Sieh mal, Aghias«, sagte Brithos zu seinem Kameraden, »da ist schon die Spitze des Heeres und da drüben ist der König.« Und tatsächlich, auf einem schwarzen Vollblut ritt – umgeben von seinem Gefolge – König Kleomenes, mit leicht hängenden Schultern und angegrautem Bart, der sein nicht mehr ganz junges Alter verriet.

»Komisch«, sagte Brithos, »ich kann meinen Vater nirgends sehen. Als Verwandter des Königs müsste er an seiner Seite reiten.«

»Du brauchst dir keine Sorgen zu machen«, beruhigte ihn Aghias, »es hat keine Schlacht gegeben, also ist auch niemand gefallen. Das haben zumindest die Botschafter den Ephoren berichtet. Man erzählt, dass unser Heer erst eingetroffen ist, als die Athener die Schlacht schon gewonnen hatten. Das Schlachtfeld von Marathon war mit Leichen der Perser übersät. Aber bald wissen wir mehr. Da ist der König, er wird von den Ephoren begrüßt. Heute Nachmittag müsste der Bote in der Agora verkünden, wie es gelaufen ist.«

Die Jungen näherten sich der Kolonne der Krieger, die in die Stadt einmarschierte, wobei ihre Reihen sich allmählich auflösten, denn die Krieger gingen gleich zu ihren Familien, die auf sie warteten.

»Da ist mein Bruder Adeimantos, lass uns hören, was passiert ist. Er kann uns sicher sagen, wo dein Vater ist«, sagte Aghias und zeigte dem Freund einen Hopliten in der Nachhut. »Sieh mal«, fügte er dann hinzu, »da ist auch deine Mutter mit deiner Amme. Sie machen sich sicher Sorgen.«

Die beiden Jungen verließen ihren Beobachtungsposten und liefen Adeimantos entgegen, der sich in dem Moment aus den Reihen löste und den schweren Helm auszog, den Aghias ihm fast aus der Hand riss.

»Lass uns deine Waffen tragen, Adeimantos, du bist sicher müde.«

»Ja, wir tragen sie dir nach Hause«, wiederholte Brithos und zog ihm den Schild vom linken Arm. Das Grüppchen entfernte sich in Richtung des östlichen Stadtviertels, wo sich das Haus Adeimantos' befand. Den Kriegern war gestattet, nach Hause zu ihren Familien zu gehen, statt in ihre Kasernen, wie es sonst üblich war.

»Wo ist mein Vater?«, fragte Brithos sofort. »Warum ist er nicht mit euch zurückgekommen? Die Frauen zu Hause machen sich Sorgen.«

»Keine Angst«, gab Adeimantos zurück. »Deine Mutter wird noch von einer Wache des königlichen Gefolges benachrichtigt werden. Dein Vater ist noch dort geblieben, um der Trauerfeier für einen gefallenen athenischen Krieger beizuwohnen.«

Inzwischen waren sie zu Hause angelangt. Der Krieger

wurde von seiner Familie freudig empfangen. Er öffnete seinen Brustpanzer und setzte sich, während eine der Frauen ein Bad für ihn vorbereitete.

»Weißt du, wer das war?«, fragte Brithos neugierig. Adeimantos' Gesicht verfinsterte sich. »Erinnerst du dich an den athenischen Meister, der nach Sparta gekommen ist, um uns um Hilfe zu bitten?«

»Natürlich«, erwiderte Brithos. »Er war unser Gast, als er in der Stadt war.«

»Der Olympiameister?«, fragte nun auch Aghias.

»Genau der«, antwortete der Bruder. »Als die Schlacht zu Ende war, flüchteten sich die besiegten Perser zu ihrer Flotte, um den Hafen von Phaleron zu überfallen, den sie unbewacht glaubten, doch der Kommandant der Athener schickte Pheidippides, den Meister, um den Sieg zu verkünden und die Verteidigung der Stadt zu alarmieren. Er hat zweihundertfünfzig Messlatten von Marathon nach Athen zurückgelegt, ohne auch nur einmal stehen zu bleiben, und das, nachdem er den ganzen Morgen in erster Reihe gekämpft hatte. Diese furchtbare Anstrengung kostete ihn das Leben. Er hat seine Nachricht rechtzeitig überbracht, dann ist er erschöpft zusammengebrochen. Die Anstrengung hat ihn umgebracht.«

Die beiden Jungen schwiegen fasziniert und tief gerührt von diesen Worten.

»Er war ein anständiger und großherziger Mensch, er ist den Tod eines Kriegers und Meisters gestorben. Die Griechen werden ihn niemals vergessen.«

Brithos erhob sich. »Ich muss nach Hause«, sagte er, »meine Mutter ist allein und wartet auf mich. Wir sehen uns morgen auf dem Sportplatz«, fügte er an den Freund gewandt hinzu. Nachdem er sich von Adeimantos verabschiedet hatte, trat er auf die Straße hinaus und schlug eilig den Weg zum Nordtor ein, von dem er gekommen war. Am Tor bog er rechts ab in Richtung Taygetos, denn er wohnte fast zu Füßen des Berges. Am Straßenrand bemerkte er eine kleine Gruppe von alten Leuten, Frauen und Kindern. Das waren die Familien der Heloten, die dem spartanischen Heer als Diener und Waffenträger gefolgt waren. Die Freude dieser armen Leute war enorm. Viele von ihnen hatten mit Entsetzen und Angst ihre Lieben in den Krieg ziehen sehen. Man erzählte schreckliche Dinge von der persischen Armee und auch wenn die Heloten nicht in die Kampfhandlung mit einbezogen wurden, gab es dennoch Anlass zur Sorge.

Die Feinde hätten sie im Falle eines Sieges bestenfalls als Sklaven gefangen genommen und weit fort gebracht. Und für diese Unglückseligen gab es keine Möglichkeit, zu verhandeln und sie freizukaufen, denn ihre Familien hatten kaum genug zum Überleben. Und die Berichte über die grausamen Massaker, die die Perser auf den Inseln angerichtet hatten, hatten das ihre getan. Man sagte, dass ganze Bevölkerungen in weit abgelegene Gebiete gebracht worden waren, von denen es kein Zurück mehr gab. Der junge Brithos beobachtete sie, ohne ein Gefühl der Verachtung unterdrücken zu können. Diese Leute, die nichts anderes im Sinn hatten, als das eigene, jämmerliche Leben zu retten, schienen ihm nicht einmal würdig, als Teil der Menschheit betrachtet zu werden. Zugleich spürte er, wie auf ihm und auf dem Kriegerstand, zu dem er gehörte, die Schande des verfehlten Einsatzes in Marathon lastete. Der unerwartete und großartige Sieg der Athener warf einen Schatten auf das Ansehen, das die spartanische Armee immer genossen hatte. Ihm war, als freuten sich diese unglückseligen Heloten über die Niederlage ihrer stolzen Herren, natürlich ohne es sich anmerken zu lassen.

Als er sich der Gruppe näherte, verstummte das Geflüster, die Blicke senkten sich, bis auf einen: ein Junge, nur wenig jünger als er selbst, blickte ihm mit einem seltsamen Ausdruck direkt in die Augen. Dann entfernte er sich in Richtung Taygetos, mit einem merkwürdig schwankenden Gang.

IV
DER SCHILD

Der Rest dieses ereignisreichen Jahres verlief für die Leute in den Bergen ohne weitere Erschütterungen. Sie nahmen ihr stets gleichförmiges Leben, das nur vom Wechsel der Jahreszeiten und der Feldarbeit bestimmt war, wieder auf.

Talos war ein kräftiger junger Mann geworden. Er suchte nun recht häufig die Gesellschaft seiner Altersgenossen, denn er bewegte sich inzwischen viel freier. Sein Bauernhaus, das abgelegen in der Nähe der oberen Quelle lag, hatte ihn fast seine gesamte Kindheit über von den anderen Jungen fern gehalten, und abgesehen davon lebten die Heloten verstreut in den Feldern und Wiesen, denn die Spartaner hatten zu verhindern gewusst, dass sie sich in Dörfern zusammenschlossen. Nur die Alten erzählten von weit zurückliegenden Zeiten, in denen auch ihr Volk seine von Mauern umgebenen und von Türmen bewachten Städte hatte, und sie erzählten von der Totenstadt, die verlassen auf dem Berg Ithome lag, im Herzen Messeniens. Unter den moosbedeckten Ruinen ruhten die alten Könige. Die eingestürzten und bröckelnden Türme waren nunmehr Krähen- und Sperbernester und zwischen den zerfallenen Häusern wuchsen wilde Feigen und Oliven. Die Hirten, die mit ihren Herden dort vorbeikamen, wenn sie die Weideplätze wechselten, erzählten, dass in jeder ersten Vollmondnacht im Frühling ein großer grauer Wolf heulend inmitten der Ruinen umherlaufe und zwischen den eingestürzten Mauern plötzlich seltsame Lichter aufflackerten. Und wenn der Mond hinter einer Wolke verschwand, könne man ein Klagen hören, das aus dem Erdinneren, aus den Tiefen des Berges aufstieg, das Weinen der Könige, Gefangene von Thanatos …

Talos lauschte mit offenem Mund diesen wunderbaren Geschichten, doch er hielt sie für Spinnereien, denn auch die Männer haben ihre Märchen zu erzählen. Er dachte an die Arbeit, die zu tun war und an die Ereignisse des Alltags. Es war nun seine Aufgabe, der Familie des alten Kratippos die Erzeugnisse des Hofes zu liefern, und er wusste, dass das Leben recht ruhig verlaufen würde, solange es im Hause des spartanischen Herren unten im Tal an nichts fehlte. Auf dem Weg von seinem Berg ins Tal hinunter hatte er einmal die Bekanntschaft eines helotischen Bauern gemacht, der am Ufer des Eurotas ein anderes Stück Land aus Kratippos' Besitz bewirtschaftete.

Der alte Pelias war Witwer und hatte nur eine einzige Tochter. Es bereitete ihm große Mühe, die Feldarbeit zu verrichten, und so begab sich Talos bisweilen mit seiner Herde ins Tal, vertraute sie dem Mädchen an und verrichtete die schwierigsten und mühsamsten Arbeiten, wozu er sich oft mehrere Tage auf dem Bauernhof aufhielt.

»Mir scheint, du hast dein eigenes Haus ganz vergessen«, scherzte Kritolaos manchmal. »Man sieht dich kaum noch. Es hat doch nicht zufällig mit der kleinen Antinea zu tun, dass du eine solche Leidenschaft für die Feldarbeit entdeckt hast? Beim Zeus, ich wollte einen Hirten aus dir machen, und jetzt habe ich einen Bauern vor mir.«

»Hör doch auf, Großvater«, erwiderte Talos grob, »dieses kleine Mädchen interessiert mich nicht. Aber der arme Pelias schafft es nicht mehr alleine. Wenn ich ihm nicht bei den schwierigsten Arbeiten helfen würde, wüsste er gar nicht, was er tun sollte.«

»Natürlich«, antwortete Kritolaos, »ich weiß sehr wohl, dass du zu deinen kräftigen Armen auch noch ein gutes Herz hast. Ich habe nur gehört, dass die kleine Antinea sehr anmutig geworden sein soll, das ist alles.«

Die Tochter von Pelias war in der Tat sehr schön. Sie hatte langes blondes Haar und Augen von einem so saftigen Grün wie taubedecktes Gras. Ihr Körper war – obgleich er sich an die Landarbeit hatte gewöhnen müssen – immer noch schlank und grazil und schon oft hatte Talos sich von der Arbeit ablenken lassen, wenn sie mit ihrem anmutigen Gang, den mit Quellwasser gefüllten Tonkrug auf dem Kopf, an ihm vorüberlief. Und nicht nur das. Zuweilen ertappte er sich dabei, dass er die Form ihrer Brüste und ihrer Hüften unter dem kurzen Chiton, den sie in der Taille mit einer Kordel zusammengebunden hatte, zu erahnen versuchte. Und all das versetzte sein ansonsten stets heiteres Gemüt in Aufruhr, sodass sein Verhalten dem Mädchen gegenüber grob, ja fast abweisend wurde. Ihm war, als könne sie seine Gedanken lesen, also tat er alles, um sich nichts anmerken zu lassen. Dennoch konnte er nicht umhin, sie anzusehen, und wenn sie sich herabbeugte, um ein Bündel Heu für die Tiere aufzuheben, und ihre Schenkel unter der Tunika hervorblitzten, verschlug es ihm den Atem, das Blut stieg ihm in die Wangen und es pochte in seinen Schläfen. Doch was ihn am meisten verwirrte, war die Tatsache, dass Kritolaos sich nicht einmal besondere Mühe geben musste, um zu erraten, was in ihm vorging, als könne er in ihm lesen wie in einem offenen Buch. Und es war ihm unerträglich, wie ein dummer Widder in der Brunst vor ihm dazustehen. In solchen Momenten zog er es vor, allein zu sein und dem Gesang der Lerchen oder Amseln zu lauschen oder durch die Wälder zu streifen und Fallen für die Füchse aufzustellen. Bedeutete das also, ein Mann zu werden? Das und vieles Andere mehr: In sich selbst geheimnisvolle Klänge zu hören, ein plötzliches Beben zu spüren, Lust zu bekommen, loszulaufen und die höchsten Berggipfel zu erklimmen, um einen Schrei auszustoßen und auf das Echo zu warten, das weit entfernte Schluchten zurückwarfen. Lust zu haben, zu weinen, wenn die Sonne unterging und die Wolken in Brand setzte, da sie aussahen wie tausend kleine Lämmer mit flammendem Fell, die in dem Blau des Himmels weideten, um sich dann in der Dunkelheit aufzulösen. Die

Nachtigall in seiner Brust zu spüren, mit ihrer Melodie, und den Sperber mit seinen schrillen Schreien; sich zu wünschen, Flügel zu haben, große weiße Flügel, um durch die Weite, über Berge und Täler mit silberglänzenden Olivenbäumen zu fliegen, über mit Pappeln gesäumte Flüsse, in stillen und duftenden Nächten, im fahlen Schein des Mondes …

Dies und andere Dinge spürte Talos, der Lahme, in seinem Herzen.

Eines Tages stieg Talos wieder einmal mit seinen Schafen den Berg hinab, um Pelias zu helfen. Das große Fest der Artemis Orthia stand nunmehr bevor, das Fest, bei dem die jungen Spartaner, die zu Kriegern ausgebildet werden sollten, geweiht wurden. Es galt, das Haus des Kratippos aufzuräumen und zu schmücken, das Holz für den Ofen vorzubereiten, das Lamm für das Bankett zu schlachten. Er war beim ersten Tageslicht aufgebrochen und hatte sich auf den Weg zur Ebene gemacht. Als die Sonne sich soeben über den Horizont erhob, verließ er gerade den Wald. Plötzlich hörte er Rufe, die von einer nahe gelegenen Lichtung zu ihm drangen.

»Los, Brithos, schnapp sie dir! Nein, da drüben ist sie! Los, lass sie nicht entwischen, du Faulpelz!«

»He, helft mir doch mal, diese kleine Wilde läuft wie ein Hase und kratzt wie eine Katze.«

Talos ahnte sofort, was vor sich ging und stürzte aus dem Wald auf eine Wiese, auf der ein paar Pferde längs eines Baches grasten. Ihre Herren, allesamt junge Spartaner, hatten Antinea umzingelt, die sich in der Mitte des Kreises befand, voller Panik, mit zerrissenen Kleidern und zerzausten Haaren. Von seinen Kameraden angefeuert näherte sich der junge Mann, der Brithos genannt wurde, dem Mädchen, das sich die zerrissenen Kleider an die Brust presste und zurückwich.

»He, Brithos, zeig uns, ob du auch dieses Fohlen zähmen kannst«, rief flegelhaft ein Junge mit roten Haaren und Sommersprossen.

»Lasst sie los!«, schrie Talos und warf sich voller Wucht in den Kreis und stellte sich neben das Mädchen, das sich zitternd an ihn schmiegte.

»Was hast du getan, Talos«, schluchzte sie, »sie werden dich töten.«

»Freunde!«, sagte Brithos, als er seine erste Überraschung ob dieses plötzlichen Auftretens überwunden hatte. »Die Göttin Artemis hat uns ihre Gunst erwiesen, indem sie uns nicht nur dieses Reh geschickt hat, sondern auch noch diesen Rehbock.«

Wutentbrannt umfasste Talos seine Weidenrute fest mit beiden Händen und baute sich entschlossen vor seinen Gegnern auf.

»He, der ist aber gefährlich«, spottete ein anderer, »er hat einen Stock. Wir müssen aufpassen, dass wir uns nicht verletzen, sonst können wir nicht an dem Weihfest teilnehmen!«

»Also, wer packt ihn sich?«, fragte ein dritter.

»Ich mach' das«, rief der Junge mit den roten Haaren und näherte sich Talos von hinten, der sich sofort umdrehte, um ihm die Stirn zu bieten.

»He, der lahmt ja!«, rief wieder ein anderer. »Das gilt nicht, Aghias, das ist zu einfach!«

»Na gut«, erwiderte der Rothaarige, der weiterhin auf Talos zuging. »Dann werde ich unbewaffnet mit ihm kämpfen.« Er ließ den Speer, den er in seiner Rechten hielt, zu Boden fallen und stürzte nach vorn. Auf den Stock gestützt, den er in den Boden gerammt hatte, warf Talos sich blitzschnell zur Seite, stellte seinem Gegner ein Bein und trat ihm in den Nacken, worauf dieser das Bewusstsein verlor. Nur der Bruchteil einer Sekunde verging, und er war schon wieder auf der Hut, den Stock in den Händen.

Unter den jungen Burschen herrschte plötzlich Stille,

dann wandte sich der, der sich Brithos nannte und der Anführer zu sein schien, schäumend vor Wut an die anderen. »Das reicht!«, schrie er. »Ein Duell gibt es nur unter Kriegern, machen wir diese Laus fertig und gehen wir. Mir ist der Spaß vergangen.« Sie stürzten sich alle zusammen auf ihn und versuchten, die Schläge mit dem Stock abzuwehren, der mit tödlicher Präzision durch die Luft zischte. Zwei fielen – am Brustbein getroffen – um, wanden und erbrachen sich. Die anderen machten sich über ihn her und schlugen mit den Stöcken ihrer Speere wie wild geworden auf ihn ein. Brüllend wie ein verwundetes Tier verteidigte Talos sich und versuchte, sich von seinen Gegnern zu befreien, die ihn mit Tritten und Schlägen in Bauch und Rücken malträtierten. Schließlich drückten sie ihn mit den Schultern zu Boden und einer von ihnen presste sein Knie auf seine Brust.

»Geh zur Seite«, befahl Brithos seinem Kameraden, der keuchend Platz machte. Er schwenkte den Speer, um den tödlichen Stoß auszuführen, während Talos, der am ganzen Leib zitterte, ihn mit tränengefüllten und blutunterlaufenen Augen ansah. Brithos zögerte einen Moment und Antinea, die die ganze Zeit über vor Angst gelähmt gewesen war, warf sich mit einem Aufschrei auf Talos und verdeckte ihn mit ihrem Körper. Außer sich vor Wut hielt Brithos inne, presste, fast wie in einem Krampf, die Zähne aufeinander und starrte leicht dämlich auf den Rücken des Mädchens, der von Schluchzern geschüttelt wurde. Dann ließ er den Speer langsam sinken: »Sammelt diese Schwachköpfe zusammen«, sagte er zu den anderen und zeigte auf die Kameraden, die bewusstlos am Boden lagen, »und dann gehen wir.«

Sie gingen zu ihren Pferden und ritten gen Sparta davon. Brithos dachte an diesen Blick, der ihn hatte zögern lassen; diese Augen hatten ihn schon einmal angesehen, aber er wusste weder wo noch wann. Er erinnerte sich lediglich daran, ohne zu wissen, warum …

Ihm war, als erwache er aus einem tiefen Schlaf, die schwachen Glieder schmerzten von brennenden Stichwunden. Eine zarte, warme Berührung – Antineas' Körper schien seiner von Schauern heimgesuchten, mit kaltem Schweiß bedeckten Haut wieder Leben einzuhauchen. Er öffnete seine geschwollenen Augen und erblickte das Gesicht des Mädchens, beschmutzt mit seinem Blut, tränenüberströmt. Antinea unterdrückte ihr Weinen und liebkoste ihn, strich mit ihren kleinen Händen durch sein schmutzverklumptes Haar:

»Talos, du lebst ...«, flüsterte sie, als könne sie nicht glauben, was sie sagte.

»Ich glaube schon«, brachte der Junge mühsam hervor, »aber wer weiß wie lange noch. Sie haben mich massakriert, diese Bastarde.«

Antinea lief zum Fluss, tunkte ein Ende ihrer Tunika in das kalte Wasser und ließ sich dann wieder neben Talos nieder, um ihm das entstellte Gesicht, den geschwollenen Mund, die aufgequollenen Augen zu säubern.

»Kannst du aufstehen?«, fragte sie dann. »Oder soll ich meinen Vater rufen?«

»Nein, lass nur«, erwiderte Talos. »Ich bin zwar ein bisschen verbeult, aber immerhin ist noch alles dran. Hilf mir, ja, genau so. Gib mir meinen Stock.« Das Mädchen gab ihn ihm und Talos erhob sich – auf den Stock gestützt und den linken Arm um die Schultern des Mädchens gelegt – und streckte die schmerzenden Glieder. Langsam machten sie sich auf den Weg, hielten von Zeit zu Zeit inne, um auszuruhen, und erreichten den Hof von Pelias, als die Sonne schon hoch am Himmel stand. Als der Hund bellte, trat Antineas' Vater in den Hof hinaus und lief – entsetzt von dem Anblick, der sich ihm bot – den jungen Leuten entgegen.

»Im Namen der Götter, was ist geschehen?«, fragte er erschrocken. »Was haben sie mit euch gemacht?«

»Vater, hilf mir, schnell«, sagte das Mädchen weinend.

»Talos hat mir geholfen und mich vor ein paar jungen Spartanern verteidigt. Es ist ein Wunder, dass er noch lebt.«

Sie legten ihn auf ein Bett und deckten ihn mit einer Wolldecke zu. Er zitterte am ganzen Leib von der Anstrengung, die er hinter sich hatte und wegen des heftigen Fiebers, das ihn schüttelte.

»Ich bitte euch«, sagte er mit hauchdünner Stimme, »sagt meiner Familie nichts davon. Sie würden sterben vor Angst.«

»Sei nur unbesorgt, mein Junge«, beruhigte ihn Pelias, »ich werde jemanden schicken, der ihnen ausrichtet, dass du noch ein paar Tage bei uns bleibst, um mir bei den Vorbereitungen zu dem Fest und bei der Heuernte zu helfen. Sobald es dir wieder besser geht, kannst du nach Hause gehen und dir irgendeine Geschichte einfallen lassen. Erzähl ihnen einfach, dass du in eine Felsspalte gerutscht bist.«

»Gut, in Ordnung«, flüsterte Talos und schloss die Augen.

Pelias sah ihn mit feuchten Augen an, dann sah er zu Antinea, deren Blick immer noch angsterfüllt war: »Zieh dir ein anderes Kleid an«, sagte er. »Von deinem ist nicht viel übrig geblieben. Und dann komm gleich wieder zurück und lass ihn nicht einen Moment aus den Augen. Ich muss in die Stadt zu unserem Herren. In zwei Tagen ist das Fest und ich habe noch viel zu erledigen.« Er verschwand, wobei er die Tür hinter sich schloss.

Erschöpft von der Anstrengung und dem Fieber, war Talos in einen tiefen Schlaf gesunken. Von Zeit und Zeit klagte er schwach, wenn er sich auf seinem Lager umdrehte, und bei jedem Stöhnen fuhr Antinea zusammen und schlich ganz nah an ihn heran, um im Halbdunkel jeden Gesichtsausdruck zu erforschen, dann setzte sie sich wieder auf einen Hocker, die Hände in den Schoß gelegt. Pelias kehrte zurück, als es schon fast dunkel war.

»Wie geht es ihm?«, fragte er halblaut, als er eintrat.

»Besser, glaube ich. Er schläft ruhig und das Fieber scheint gesunken zu sein, aber die Schwellungen sind schlimmer geworden«, antwortete das Mädchen.

Pelias öffnete das Fenster einen Spalt und ließ ein wenig Licht des Sonnenunterganges ins Zimmer. Er verzog bekümmert das Gesicht, als er Talos' aufgequollenes Antlitz betrachtete. Seine Brust war voller Wunden, die Arme aufgerissen und blutverschmiert. Pelias ballte die Hände zu Fäusten: »Diese verfluchten Hunde«, zischte er, »diese verfluchten Hunde. Und das sind Sprösslinge der angesehensten Familien der Stadt – Brithos, Sohn des Aristarchos, Aghias, Sohn des Antimakos, Philarchos, Sohn des Leukippos.«

»Woher kennst du ihre Namen?«, fragte Antinea überrascht.

»Von unseren Freunden, die in ihren Familien dienen. Einige dieser verdammten Bengel sind ziemlich übel zugerichtet nach Hause zurückgekehrt, und so ist die Wahrheit ans Licht gekommen, auch wenn man überall herumerzählt, dass es ein Unfall bei einer militärischen Übung war. Der Junge hat sich gut geschlagen, obwohl er ganz alleine war. Seltsam, das hätte ich niemals für möglich gehalten. Er ist stark, sicher, aber wie hat er es nur geschafft, drei junge Krieger zu bezwingen, die den ganzen Tag nichts Anderes tun, als sich im Kampf und im Fechten zu üben?«

»Ich weiß nicht, Vater, auch ich war überrascht. Du hättest sehen sollen, wie er diesen Stock benutzt hat«, sagte das Mädchen und zeigte auf die Weidenrute, die in einer Ecke an die Wand gelehnt war. »Er hat sie mit unglaublicher Geschwindigkeit und furchtbarer Kraft gehandhabt. Wenn sie sich nicht alle gleichzeitig auf ihn gestürzt hätten, hätten sie ihn niemals kampfunfähig machen können.«

Pelias schien einen Moment nachzudenken, während

er den blanken Weidenstock anstarrte, dann packte er ihn und tastete ihn mit beiden Händen ab: »Der alte Kritolaos …«, flüsterte er. »Nur er …«

»Was hast du gesagt?«, fragte das Mädchen.

»Nichts, nichts, mein Kind, ich habe mit mir selbst gesprochen.« Er stellte den Stock wieder an seinen Platz, dann setzte er sich an das Bett, in dem Talos schlief. »Doch der Junge ist nun in Gefahr. Sie können ihn jederzeit töten.«

»Nein!«, rief das Mädchen erschrocken aus.

»Ist dir klar, was er getan hat? Er hat sich nicht nur gegen Spartaner aufgelehnt, er hat sie auch noch geschlagen. Es genügt schon viel weniger, um einen Heloten zu töten. Zum Glück hat ihn noch niemand erkannt, doch sie werden nicht lange brauchen, um herauszufinden, wer er ist. Sie haben gesehen, dass er hinkt.«

Antinea knetete nervös ihre Hände und blickte Talos ängstlich an.

»Er muss sofort fliehen und sich irgendwo verstecken.«

»Und wo, Tochter? Ein Helot auf der Flucht kommt nicht weit und wer sollte ihn verstecken? Jede Familie, die ihn aufnehmen würde, würde sofort ausgelöscht werden, sobald sie dahinter kommen.«

»Gibt es denn gar keine Hoffnung?«

»Beruhige dich, Tochter, wir werden eine Lösung finden. Jetzt ist er erst einmal sicher, niemand hat euch hierher kommen sehen, das hoffe ich zumindest, und einen leisen Funken Hoffnung gibt es …«

»Welchen?«, fragte das Mädchen voller Furcht.

»Du hast mir doch gesagt, dass Talos fest gehalten wurde und einer der Jungen den Speer erhoben hat, um ihn zu durchbohren, war es nicht so?«

»Ja, genau so war es.«

»Aber er hat es nicht getan.«

»Das stimmt, aber ich habe mich auf ihn geworfen und ihn gedeckt, die Spartaner töten keine Frauen …«

»Ich glaube nicht, dass es nur das war. Wenn dieser

Junge gezögert hat, gibt es vielleicht einen Grund dafür. Einen Grund, den wir jetzt vielleicht noch nicht kennen, doch einen Grund, der genügt hat, seine Hand fest zu halten. Jedenfalls, wenn er gewollt hätte, hätte er dich von seinen Kameraden fortziehen lassen und ihn dann getötet. Also war es sein Wille, ihn nicht zu töten, und wenn er es in jenem Moment nicht getan hat, in dem er vor Wut geschäumt haben muss, ist es unwahrscheinlich, dass er es später tut, wenn seine Wut sich wieder abgekühlt hat.«

»Aber die anderen?«

»So wie du ihn mir beschrieben hast, muss es sich um Brithos handeln, den letzten Sprössling des ehrwürdigen Hauses der Kleomeniden. Wenn er es nicht will, tun die anderen gar nichts. Nun, jedenfalls haben wir erst einmal Zeit. Die Stadt bereitet sich auf die Initiationszeremonie für die neuen Krieger vor, die übermorgen im Artemis-Orthia-Tempel stattfinden wird.« Pelias näherte sich Talos, um sein Gesicht aus der Nähe zu betrachten, und strich ihm durchs Haar: »Armer Junge«, flüsterte er, »tapfer wie ein Löwe … Er verdient es nicht, zu sterben: Er ist noch nicht einmal zwanzig!«

Er drehte sich zu Antinea um: »Geh und mach etwas zu essen, dann kann auch er etwas zu sich nehmen, wenn er aufwacht.«

Als Antinea aufstand, fiel ihr ein, dass sie den ganzen Tag noch nichts gegessen hatte, und sie ging, um das Abendessen für sich und die beiden Männer vorzubereiten. Dann rief sie den Vater, der sich hinsetzte und lustlos sein Essen hinunterschlang. Sie legten sich früh schlafen, ermüdet von dem schrecklichen Tag.

Talos schlief immer noch einen Schlaf voller Albträume. In schneller Aufeinanderfolge tauchte das wutentbrannte Gesicht Brithos' vor ihm auf, das heimtückische Leuchten der Metallspitze, die wie ein Todesurteil über seinem Haupt schwebte, dann die Gesichter der anderen, die wie in einem Strudel um ihn herumwirbelten.

Ihr spöttisches Gelächter hallte immer lauter in seinem Kopf wieder: »Das gilt nicht, Aghias, er ist lahm! Er ist lahm! Er ist lahm!«, wiederholte diese schrille Stimme, zehn Mal, hundert Mal, immer kräftiger, immer lauter …

Talos erwachte mitten in der Nacht mit einem Angstschrei. Schweiß stand ihm auf der Stirn, das Herz schlug wie wild. Vor ihm tauchte – von einem Mondstrahl schwach beleuchtet – die zierliche Gestalt Antineas' auf. Ihr Haar schien wie aus Silber, und umgab unbestimmt, wie eine zarte Wolke, das weiche Oval ihres Gesichts, ihr kurzer Mädchen-Chiton reichte ihr nicht einmal mehr bis zum Knie. Sie stellte die Lampe auf einen Schemel und setzte sich auf den Bettrand, während Talos – noch im Halbschlaf – versuchte, zu sich zu kommen. Antinea streckte ihre Hand aus und begann schweigend, ihm mit einem Ende der Bettdecke ganz langsam den Schweiß von der Stirn zu wischen.

Talos sah sie an, sein Herz war in Aufruhr, doch diese kühle Hand, die nun auf seiner Brust lag, schien ihn aus seinem Albtraum zu reißen. Antineas' Gesicht zeichnete sich nach und nach im Halbdunkel ab, ihre angsterfüllten und unendlich sanften Augen streichelten Talos' schmerzende Seele und seinen verwirrten Geist. Er sah, wie das Gesicht sich zu ihm hinabbeugte, spürte dieses Haar auf seiner Brust wie eine warme Welle, die Lippen, die sich wie zarte Blumen auf seinen schmerzenden und durstigen Mund legten. Sein Herzschlag beruhigte sich, das Zittern seiner Glieder ließ nach, der beißende Geruch nach Blut in seiner Nase verschwand und Talos, der Lahme, sog den Geruch nach Heu, reifem Korn und Feldblumen ein, und sein Herz träumte von der goldfarbenen Haut Antineas', dem Duft ihrer Brüste … zum ersten Mal.

Antinea verließ den Stall und schleppte mühsam einen Eimer mit frischer Milch, während über den Feldern Hahnenkrähen erklang. Ihr Vater Pelias war bereits zur Stadt aufgebrochen, um – in zwei Säcken, die am Packsattel seines Esels hingen – das Frühobst zu bringen, das Kratippos' Tafel an diesem Festtag schmücken sollte. Das Mädchen stemmte sich mit dem Rücken gegen die Haustür, um sie zu öffnen, und als sie eingetreten war und den Eimer abgestellt hatte, nahm sie eine Schale und füllte sie mit dampfender Milch. Es war Zeit, Talos zum Frühstück zu wecken. Sie ging in das Zimmer, in dem er schlief und erblickte in dem Sonnenstrahl, der das Zimmer erhellte, sofort das leere Strohlager, das noch hier und da mit Blut befleckt war. Das Mädchen fühlte sich einer Ohnmacht nah und lehnte sich an den Türrahmen. Dann dachte sie, dass er nicht weit gekommen sein könne und stürzte ins Freie. Zunächst lief sie den Fluss entlang zum Wald, fand jedoch nicht die leiseste Spur von Talos, dann schlug sie den Weg zum Berg ein, gab ihr Vorhaben aber gleich wieder auf. Es gab keinen Grund, dass Talos zu seiner Familie zurückkehrte, ohne vorher Bescheid zu sagen. Es gab nur eine Möglichkeit: Talos musste nach Sparta gegangen sein, der einzige Ort, den sie wie auch ihr Vater ihm um jeden Preis verboten hätten.

Niedergeschlagen kehrte sie zum Haus zurück und setzte sich weinend vor die Haustür, während ein erst vor wenigen Tagen geborenes Kälbchen sie mit großen feuchten Augen anblickte. Nachdem sie ihren ersten Anflug von Trostlosigkeit überwunden hatte, stand Antinea auf, trat ins Haus, nahm einen Mantel, dessen Kapuze sie über ihren Kopf zog, und lief flink in Richtung Stadt, deren Straßen und Plätze sich inzwischen bevölkerten.

Ihre Intuition hatte sie nicht getäuscht. Die Kapuze über den Kopf gezogen, um nicht erkannt zu werden, lief Talos schon seit geraumer Zeit auf seinen wackligen Beinen durch die Menge, die sich immer zahlreicher in die Straßen ergoss, die zum Artemis-Orthia-Tempel führten, wo bald die große Opferzeremonie für die Initiierung der neuen Krieger beginnen sollte.

Von den umliegenden Feldern waren viele Periöken mit ihren Familien gekommen, und es waren auch nicht wenige Heloten zu sehen. Viele kamen sicher von den Bauernhöfen, um ihren Herren das Frühobst aus ihren Ländereien zu bringen, andere wiederum waren wohl aus Neugier gekommen, um dem Fest und dem grausamen Initiationsritus beizuwohnen.

Plötzlich vernahm man vom Ende des Tempelvorplatzes Trommelwirbel und Flötenklang, jenen Klang, an den Talos sich so gut erinnern konnte, da er ihn gehört hatte, als er das erste Mal in das Eurotastal hinabgestiegen war, um die Krieger zu sehen. Die Menge öffnete sich und der Zug tauchte auf. Als Erstes kamen die Priesterinnen, die in schneeweiße Kleider gehüllt waren und lange Wollbänder um ihre Köpfe gewickelt hatten, die bis zu ihren Schultern herabhingen. Dahinter kamen die Boten und die Tempeldiener. Ein Stück entfernt marschierten die Regimenter der Gleichen, der Krieger, die in Tuniken und Purpurmäntel gekleidet und von Kopf bis Fuß mit blitzenden Rüstungen bedeckt waren und mit Rosshaar verzierte Helme trugen.

Talos, der sich halb hinter eine Säule verbarg, lief ein Schauer über den Rücken, als er sie in perfekten Reihen im Gleichschritt marschieren sah. Er sah sich wieder als Kind am Rand der staubigen Straße stehen, vor einem Krieger, der ihn mit schmerzerfülltem Blick ansah. Die Gleichen machten nun eine Kehrtwendung und stellten sich in vier Reihen um den Platz herum auf. Dann blieben sie stehen, reglos wie Statuen, Schild an Schild, die Hände fest um die Griffe der langen, glänzenden Speere gelegt. Das Ende der Kolonne bildete die königliche Leibgarde mit der scharlachroten Helmzierde, die im Wind wehte, und den großen Schilden, die mit den Wappen der angesehensten Familien der Stadt geschmückt waren. Auf einem dieser Schilde prangte der Drache mit den leuchtenden Schuppen aus Kupfer. Talos fuhr hoch, versuchte vergeblich, einen Blick unter das Visier der Sturmhaube zu erhaschen, die das Gesicht des Kriegers fast völlig bedeckte. Hinter ihnen ritten König Kleomenes auf seinem schwarzen Pferd und König Leotychidas auf einem korinthischen Fuchs, beide in bemalten Rüstungen und großen blauen Mänteln, die bis über die Rücken ihrer Streitrösser fielen. Zum Schluss kamen die Paidotriben, die Aufseher der Kasernen, und schließlich die jungen Männer, die Eirenen werden wollten, Soldaten die die Macht und Würde ihrer Stadt verteidigten.

Als die beiden Könige Platz genommen hatten, gaben sie den Boten Zeichen, in ihre Trompeten zu blasen und das Opferritual begann. Das dampfende Blut der Opfertiere, denen auf dem Altar die Kehle durchgeschnitten wurde, rann auf den Boden und ein beißender Geruch verbreitete sich auf dem Platz, als die Eingeweide der Tiere auf dem Scheiterhaufen verbrannt wurden. Der große Moment war gekommen: Die Pforten des Tempels öffneten sich und die fünf Ephoren traten heraus und nahmen ihre Plätze unter den Ältesten ein. Der Erste von ihnen hob die rechte Hand und die Boten begannen, die jungen Aspiranten mit ihren Namen aufzurufen: Kresilas, Sohn des Eumenes, Kleandridas, Sohn des Eupites, Brithos, Sohn des Aristarchos …

Talos zuckte zusammen. Obgleich er vollkommen erschöpft war vor Müdigkeit, spürte er eine seltsame Kraft durch seine Glieder strömen. Ihm wurde bewusst, dass er nur deshalb gekommen war. Dieser junge Mann, den er noch nie gesehen hatte, hatte ihn töten wollen, und vielleicht würde er ihn noch vernichten können. Er musste irgendwie herausfinden, ob das passieren würde.

Nachdem die Priesterinnen die Beschwörungsformeln des Rituals gesprochen hatten, traten sie zur Seite und die Diener entkleideten die jungen Männer und packten sie dann jeweils zu zweit an den Armen. Mit Einsetzen der

Flöten begann die Geißelung, und die Menge verstummte. Bei den ersten Peitschenhieben versuchten die Jungen noch, sich ganz steif zu machen und spannten sämtliche Muskeln ihres Körpers an, bis sie fast verkrampften, doch dann ließen sie, erschöpft von der Anstrengung, nach und zuckten schmerzerfüllt bei jedem Hieb zusammen.

Talos versuchte sich einen Weg durch die Menge zu bahnen und musste immer wieder die Zähne zusammenbeißen, weil er in dem Gedränge geschubst und gestoßen wurde, doch endlich gelang es ihm, in der ersten Reihe unter den Zuschauern dieses grausamen Rituals einen Platz zu ergattern. Seine Augen richteten sich mitleidlos auf den geschundenen Körper Brithos', der sich immer noch auf den Beinen hielt, während seine beiden Kameraden, die mit ihm zusammen zu der Prüfung gerufen worden waren, bereits in die Knie gingen. Die seltsame, kalte Musik der Flöten spielte immer noch, begleitet von dem rhythmischen Schnalzen der Peitschen, die auf die nackten Rücken schlugen. Kresilas fiel als Erster zu Boden, und sofort eilten die Diener ihm zu Hilfe, um ihn aus dem geweihten Kreis herauszuholen, dann gab Kleandridas nach. Obwohl alle die Prüfung bestanden hatten, versuchten sie, so lange wie möglich durchzuhalten, um ihre Schmerzunempfindlichkeit unter Beweis zu stellen. Brithos, der nun allein übrig geblieben war, biss die Zähne zusammen, die Haare klebten ihm in der Stirn, seine Brust war schweißgebadet, an seinen Beinen lief Blut herab. Sein Blick war glasig geworden, doch er hielt sich immer noch auf den Beinen.

Talos wandte angeekelt den Blick ab und als er wieder hinsah, sah er, wie Brithos in die Knie ging, dann auf seine Hände fiel und den Kopf hängen ließ. Eine verbitterte Schadenfreude ergriff sein von Rachegelüsten vergiftetes Herz. Die Diener näherten sich Brithos, um ihm aufzuhelfen, doch er wies sie ab. Dann hob er langsam Kopf und

Oberkörper und sah in die Menge. Talos zog die Kapuze tief ins Gesicht, um sein verwundetes Antlitz zu verbergen. Brithos blinzelte mehrfach, um die Augen von Tränen und Schweiß zu befreien und erkannte ihn. Sie sahen sich lange an, wütend, rachsüchtig, herausfordernd … bewundernd.

Das Ritual dauerte an, bis alle jungen Männer sich der Initiationsprüfung unterzogen hatten. Dann erhielten die neuen Krieger, deren Schultern nun mit den roten Mänteln der Eirenen bedeckt waren, die Schilde, auf denen ein großes Lambda prangte, der Anfangsbuchstabe von Lakedämon, dem alten Namen Spartas.

»Welcher dieser jungen Männer wird eines Tages den Schild mit dem Drachen tragen?«, fragte sich Talos. Die Väter der Eirenen legten nacheinander ihre Waffen nieder, traten aus ihren Reihen vor und nahmen von den Priesterinnen den Schild entgegen, den sie ihren Söhnen selbst überreichten. So sah Talos auch, wie der Krieger mit dem Drachen seine Waffen niederlegte, aus der Reihe der königlichen Leibgarde von König Kleomenes heraustrat, von den Priesterinnen den Schild mit dem Lambda in Empfang nahm und ihn Brithos überreichte. Talos war in dem Moment so aufgewühlt, als würde eine tief verborgene Empfindung aus seiner Kindheit in seinem Herzen wieder geboren und auf seinen Hass auf Brithos stoßen, auf seinen Groll, seinen verletzten Stolz, seine Angst.

»Du Verrückter, willst du dich unbedingt töten lassen?«, flüsterte eine Stimme in sein Ohr. Es war Pelias, der von Antinea benachrichtigt worden war und sich sogleich auf die Suche gemacht und ihn in der Menschenmenge ausfindig gemacht hatte.

»Mach dir keine Sorgen, Pelias«, antwortete Talos ruhig. »Ich bin schon erkannt worden, aber es ist nichts passiert. Ich weiß nicht warum, aber es ist nichts passiert.«

»Aber warum bringst du dich so leichtsinnig in Todesgefahr?«, fragte Pelias ihn vorwurfsvoll.

»Frag mich nicht, ich weiß selber keine Antwort. Ich weiß nur, dass ich es tun musste. Außerdem glaube ich nicht, dass man dem Schicksal entfliehen kann. Also bietet man ihm besser die Stirn.« Antinea nahm ihn sanft bei der Hand. »Lass uns gehen, Talos, du bist noch schwach und müde.« Talos zog sich die Kapuze über den Kopf und folgte Pelias und Antinea. Das Grüppchen verließ die Hauptstraße und bog sofort in eine der vielen kleinen Gassen ein, die das dichte, verworrene Straßennetz der Altstadt bildeten. Sie gelangten zu dem Platz, an dem sich der andere große Tempel befand, der Athene gewidmet war, das Bronzehaus. Hinter dem gewaltigen Gebäude bogen sie ab und begaben sich wieder in das Gewirr aus niedrigen, weiß getünchten Häusern, bis sie die Straße nach Amyklä erreichten, die sie kurz darauf verließen, um den Weg zu Pelias' Bauernhaus einzuschlagen.

V
KRYPTEIA

In dem Haus des edlen Aristarchos fand an jenem Tag ein großes Fest statt. Sein Sohn Brithos war zu einem Eirenen geworden und verbrachte die letzte Woche bei seiner Familie, ehe er als eines der fünfzehn Mitglieder der zwölften Syssitie – die im dritten der vier großen Bataillons eingeschrieben war, aus denen zu jener Zeit Spartas Armee bestand – in die Kaserne musste. Zehn lange Jahre sollte sie seine Familie sein, er würde dort essen und schlafen, und nach Hause käme er lediglich zu besonderen Anlässen. Ismene, seine Mutter, hatte sich schon lange auf diese Trennung vorbereitet und wie jede spartanische Mutter war sie sich darüber im Klaren, dass sie diesen Sohn in erster Linie für ihre Stadt auf die Welt gebracht hatte, und dann erst für sich und ihren Ehemann. Außerdem hatte Brithos bereits verschiedene Stufen seiner Ausbildung durchlaufen und über lange Zeiträume mit seinen Kameraden draußen gelebt – auf Geheiß der Paidotriben, die ihn mit härtesten Übungen darauf vorbereitet hatten, Anstrengung, Kälte und Hunger zu widerstehen und Schmerzen auszuhalten, ohne sich etwas anmerken zu lassen. Brithos hatte die Bewunderung sämtlicher Zuschauer des Artemis-Orthia-Festes auf sich gezogen, indem er der Geißelung länger als jeder andere Stand gehalten hatte und alle waren überzeugt, dass der junge Mann ganz sicher einer der stärksten und tapfersten Krieger Spartas werden würde. Dennoch gelang es Ismene nicht, den zufriedenen Stolz ihres Mannes zu teilen. Der Verlust ihres anderen Sohnes hatte in ihr unauslöschliche Spuren hinterlassen.

Obgleich sie von klein auf dazu erzogen worden war,

den Verlust eines Sohnes für die Ehre und das Wohl des Vaterlandes standhaft hinzunehmen, rief das Wissen, dass Brithos der einzige Sohn war, der ihr noch blieb, eine gewisse Angst in ihr hervor, von der sie sich nicht zu befreien vermochte, zumal das Temperament des jungen Mannes ihn immer unter die Ersten bringen würde, was immer ein Risiko mit sich brachte, und leider war Krieg für ihre Stadt sehr viel wahrscheinlicher als Frieden. Während sie mit Hilfe der Amme und eines Dieners seine Sachen packte, betrachtete sie ihn. In nur sechs Tagen hatte er sich von der schweren Prüfung erholt, und obgleich er noch nicht ganz stabil war, bewegte er sich schon wieder mühelos. Sie selbst hatte die Salbe für ihn bereitet und seine blauen Flecken und Wunden, die die Peitsche auf seinem Rücken hinterlassen hatte, gepflegt.

Und nun war der Moment gekommen. Aristarchos würde ihm in wenigen Augenblicken das Geschenk überreichen, wie es zu solchen Anlässen üblich war. Und tatsächlich hörte sie ihn vom Hof draußen nach dem Sohn rufen: »Brithos, willst du nicht sehen, was dein Vater dir schenkt?« Der Junge ließ sofort alles stehen und liegen und lief hinaus in den Hof. »Hier ist mein Geschenk«, sagte Aristarchos. Dann gab er ein Zeichen und hinter dem Haus tauchte ein Diener auf, der ein Prachtexemplar eines lakonischen Molossers brachte, den er nur mit Mühe halten konnte. Strahlend drückte Brithos die Hand seines Vaters: »Nur der edle Aristarchos kann ein so schönes und wertvolles Geschenk machen, Vater, er ist wirklich wundervoll. Ich glaube, ich habe noch nie ein so schönes Tier gesehen.«

»Er ist auch schon dressiert, mehr noch: Seit drei Jahren kümmert sich der beste Hundezüchter auf unserem Gut bei Tegea um ihn.«

»Das war sehr unvorsichtig, Vater«, sagte Brithos lächelnd. »Stell dir vor, ich hätte die Prüfung nicht bestanden.«

»Ach, in dem Fall hätte ich ihn selbst behalten. Wie du siehst, wäre das keine Verschwendung gewesen. Aber lass dir eines sagen: Ich war sicher, dass Aristarchos' Sohn der Beste ist, und ich habe mich nicht getäuscht. Der König hat mir höchstpersönlich zu deiner hervorragenden Leistung gratuliert, aber du hättest dich nicht so sehr quälen müssen. Deine Mutter hat auf dem Platz sehr gelitten. Sie ist eine stolze Frau, aber immerhin eine Frau«, sagte Aristarchos und senkte den Blick.

»Ach Vater, du weißt doch, dass ein Krieger auf so etwas keine Rücksicht nehmen darf.«

»Ja, mein Sohn, das wird gemeinhin behauptet. Aber bedenke, dass ein wahrer Krieger auch ein wahrer Mann ist, und ein wahrer Mann hat kräftige Glieder, einen wachen Verstand, aber auch Herz: Wenn eines dieser Dinge fehlt, ist die Rüstung, die dich schützt, nur eine leere Hülle.«

Brithos schwieg und sah den Vater verblüfft an.

»Nun, mein Sohn«, fuhr Aristarchos fort, »willst du dein Geschenk nicht? Hier, sieh mal«, sagte er und nahm dem Diener die Leine aus der Hand. »Er heißt Melas, ich habe ihm wegen der Farbe seines Fells diesen Namen gegeben. Ein so tiefes und leuchtendes Schwarz ist selten.«

Der riesige Molosser, der schwarz war wie die Nacht, näherte sich seinem neuen Herren und beschnupperte seine Hand.

»Siehst du?«, sagte Aristarchos lächelnd. »Anscheinend hat er verstanden, dass du sein Herr bist. Ihr werdet sicher gute Freunde. Aber nun geh zu deiner Mutter und verbringe noch ein wenig Zeit mit ihr. Morgen musst du in die Syssitie und in den nächsten zwei Jahren wirst du nicht mehr oft Gelegenheit haben, mit ihr zu sprechen.«

Am nächsten Morgen erwachte Brithos mit den ersten Sonnenstrahlen, nahm mit den Eltern ein bescheidenes Frühstück zu sich, dann zog er seine Rüstung an und verabschiedete sich. Er durchquerte das große Atrium und verabschiedete sich mit einem Nicken von den Statuen der kleomenidischen Götter. Dann schob er den Riegel vor der Tür beiseite und wollte soeben in den Hof hinaustreten, wo bereits der helotische Diener mit seinem Gepäck auf ihn wartete. Doch plötzlich hörte er, wie er gerufen wurde: »Brithos!« Es war seine Mutter, die neben der Feuerstelle stand. Der junge Mann drehte sich um: »Was möchtest du, Mutter?«

»Ich habe eine Frage an dich, wenn du erlaubst«, erwiderte Ismene.

»Nur zu, frage ruhig«, sagte der Junge.

»Erinnerst du dich an den Tag deiner Prüfung?«

»Ja, natürlich.«

»Nachdem du auf die Knie gefallen bist.«

»Was war da?«

»Die Diener wollten dir aufhelfen, doch du hast sie abgewiesen. Für einen Moment bliebst du in dieser Position und sahst jemanden vor dir an …« Brithos runzelte die Stirn.

»Wer war das?«

»Ein Helot.«

»Ein Helot?«

»Ein … hinkender Helot.« Dann drehte er sich um und schritt erneut durch das Atrium, in dem seine Schritte mit den Nagelschuhen widerhallten, und ging hinaus, wobei er die schwere Eichentür hinter sich offen ließ. Ismene starrte mit ihren großen dunklen Augen, über denen ein Tränenschleier lag, auf die Asche in der Feuerstelle.

Besorgt, dass seine lange Abwesenheit seine Familie ängstigen könne, versuchte Talos gegen den Willen seines Gastgebers, der ihn lieber noch eine Weile bei sich behalten hätte, so bald wie möglich nach Hause aufzubrechen.

»Ich muss gehen, Pelias, meine Mutter wird Verdacht schöpfen, und mein Großvater Kritolaos wird unerträglich werden. Dieser Alte ist ein Fuchs, er wird mir tausend

Fragen stellen und mich schließlich überlisten. Glaub mir, es ist besser, wenn ich gehe, auch für dich. Wenn mir nichts geschieht, komme ich bald wieder.«

»Ja, vielleicht ist es besser, wenn du gehst, mein Sohn, aber sei vorsichtig, pass gut auf dich auf. Bist du sicher, dass du dich wohl fühlst? Es ist ein weiter Weg und der Pfad, der in die Berge führt, ist sehr steil. Soll ich mit dir kommen?«

»Nein, Pelias, wenn du mich begleitest, werden wir Misstrauen erwecken, mein Großvater Kritolaos …«

»Ich weiß, dein Großvater Kritolaos ist schlau wie ein Fuchs. Also lebwohl Talos. Ich werde nie vergessen, was du für Antinea getan hast. Wann immer du mich brauchen solltest, du kannst dich auf mich verlassen, meine Tür wird dir immer offen stehen, und das bisschen, das ich habe …«

»Ach Pelias«, unterbrach ihn Talos mit einem Lächeln, »sag doch nicht so etwas, im Grunde habe ich doch gar nicht viel getan, außer ein paar Schläge einzustecken.«

Er machte sich auf den Weg zum Taygetos, nachdem er Antinea zum Abschied einen langen Blick geschenkt hatte.

»Ich begleite dich bis zum Wald«, sagte das Mädchen.

»Nein, bleib lieber hier. In den nächsten Tagen solltest du dich eigentlich gar nicht vom Haus entfernen.«

Er strich ihr durchs Haar: »Sei unbesorgt, Antinea, du brauchst keine Angst um mich zu haben, auf dem Berg kann mir nichts passieren.«

Dann ging er davon und verschwand kurz darauf zwischen den Olivenhainen, die sich am Fuße des Taygetos erstreckten.

Talos eilte die Straße entlang, von einer Unruhe erfasst, die er sich nicht erklären konnte. Er war nun schon einige Tage nicht mehr zu Hause gewesen, und auch wenn Pelias ihm versichert hatte, dass seine Familie beruhigt worden war, war ihm dennoch nicht wohl bei dem Gedanken,

Kritolaos etwas zu verheimlichen. Abgesehen davon hatte er Angst vor dem, was ihm zustoßen konnte und er fühlte sich alleingelassen, wenn er daran dachte, dass er diesmal nicht den Rat und die Erfahrung des Großvaters nutzen konnte, der für ihn unbestritten der weiseste Mann der Welt war. Was würde in den nächsten Tagen, Monaten, Jahren geschehen? Er wusste von Männern, über die die Spartaner das Todesurteil verhängt hatten, und die lange überlebt hatten, bis sie dann doch eines Tages unerwartet ihr Schicksal ereilte. Der Kapuzenmann kam ihm wieder in den Sinn, der ihnen damals an der Quelle begegnet war, an dem Tag, an dem Kritolaos ihn auf die Probe gestellt hatte. Sehr wahrscheinlich wusste man in Sparta auch davon. Aber warum war ihm dann nichts zugestoßen? Worauf warteten sie? Er hatte sich in die Stadt begeben und sich auf dem Platz gezeigt, hatte sich zweifellos vor jenem Spartiaten zu erkennen gegeben, und doch war nichts geschehen. Und in dem Moment fiel ihm wieder ein, was er über die schreckliche Krypteia gehört hatte, die Geheimorganisation des Heeres. Die Heloten der Berge erzählten, dass deren Männer alle überwachten, die sie für gefährlich hielten, um sie gnadenlos auszulöschen, meist unerwartet, im Dunkel der Nacht oder inmitten der Wälder. Wie oft hatte er diesen Namen, der Angst und Schrecken verbreitete, gehört, wenn wieder einmal die Leiche eines Heloten im Wald oder in seiner Hütte aufgefunden worden war. Kritolaos hatte ihm einmal von einem Bauern aus dem Tal erzählt, der auf der Flucht vor der Krypteia mit Hilfe der Hirten bis nach Messenien gekommen war, doch dann hatte ihn die unerbittliche Rache der Spartaner vier Jahre später in einer Hafenspelunke in Methone ereilt. Plötzlich erschien Talos der Wald, in dem er sich bisher immer sicher und beschützt gefühlt, in dem er oft furchtlos einem Wolf oder Bären gegenüber gestanden hatte, feindlich und voller lauernder Gefahren. Er fühlte sich beobachtet, verfolgt. Er verscheuchte diese Gedanken und beschleunigte seinen Gang, versuchte sich zu beruhigen. Wie sehr hätte er sich gewünscht, jetzt nicht alleine zu sein. Schon die Gegenwart des alten kleinen Krios hätte ihm einen Stein vom Herzen genommen. Antinea. Wie seltsam, er vermochte nicht zu begreifen, was mit ihm geschehen war. Es war wie ein Zauber gewesen und nun sah er stets ihr Gesicht und ihre Augen vor sich, er dachte an ihre kleinen, rauen Bäuerinnenhände, ihre nackten Füße, ihr goldenes Haar. Doch das genügte nicht. Er dachte an die unglückseligen Bauern der Ebene, an die Hirten in den Bergen, die ihre Arbeit an die Kette legte, unterdrückt von der Verantwortung für eine Familie, die stets der Grausamkeit ihrer Herren ausgesetzt war. Er dachte an Pelias, der die Schändung seiner Tochter hätte hinnehmen müssen, um nicht noch schlimmeres Unheil auf sich zu ziehen. Er dachte an seinen Kampf gegen die jungen Spartiaten und empfand großen Stolz. Nein, er würde sich nichts gefallen lassen. Wenn er seine Herren hatte Staub fressen lassen, war er vielleicht doch nicht zum Sklaven geboren. Er dachte an den großen Bogen aus Horn und an das verfluchte Schwert, das unter der Erde verborgen lag. Was erwartete Kritolaos von ihm? Was wollte er? Es war der Zeitpunkt gekommen, das herauszufinden. Er musste ihn fragen.

In seine Gedanken versunken, hatte Talos nunmehr das Ende seiner Reise erreicht und trat aus dem Wald auf die große Lichtung auf dem Berg.

Er blieb stehen, um sein Grundstück, sein Haus, das in der Ferne mit seinem Strohdach auftauchte, und das Gehege der Schafherde zu betrachten. Gleich würde ihm Krios bellend entgegenkommen und ihn freudig begrüßen. Er überquerte die Wiese und bemerkte schnell eine kleine Gruppe von Leuten im Hof. Alles Hirten aus den Bergen, wie ihm schien, doch Krios war nirgends zu sehen. Was konnte nur geschehen sein? Er beschleunigte seinen Schritt und betrat den Hof. Der Hund schmiegte sich schwanzwedelnd an ihn und suchte mit seinen vom grauen Star verschleierten Augen den Blick seines Herrn. Einer der Männer nahm ihn am Arm: »Talos«, sagte er, »dein Großvater Kritolaos …«

Der junge Mann spürte, wie es ihm eiskalt den Rücken hinunterlief. »Was ist passiert?«, fragte er voller Furcht.

»Es geht ihm schlecht.«

»Willst du damit sagen, dass er stirbt?« Der Mann senkte den Blick. Talos öffnete die Tür und trat ein: Er schritt durch den Raum mit der Feuerstelle und schob den Vorhang beiseite, der ihn vom Nebenraum trennte, in dem sich Kritolaos' Strohlager befand. Seine Mutter saß auf einem Schemel und sah ihn schweigend und mit tränenerfülltem Blick an. Ein Sonnenstrahl erleuchtete das ärmliche Strohlager, die knochigen Hände des Alten, das eingefallene Gesicht und die heiteren Augen, die ferne Bilder zu suchen schienen. Talos kniete sich neben das Bett und nahm diese kalte Hand fest in die seine. Der Alte drehte ihm den Kopf zu. »Ich wusste, dass du kommen würdest«, sagte er schwach. »Ich habe auf dich gewartet, ich hätte die Augen nicht schließen können, ohne dich noch einmal zu sehen.«

»Aber was redest du da?«, unterbrach Talos ihn mit zitternder Stimme. »Du warst schon oft krank, du bist bald wieder auf den Beinen und wir gehen zusammen zur Quelle.«

»Nein, Talos. Heute Nacht habe ich gespürt, wie Thanatos sich über das Dach unseres Hauses gelegt hat, meine Stunde hat geschlagen.« Talos strich durch sein schneeweißes Haar. »Unsinn, Großvater, ich steige aufs Dach und prügle Thanatos mit meinem Stock fort … Ich lasse dich nicht gehen. Es gibt noch so viele Dinge, die du mir beibringen musst.« Er spürte, wie ihm ein Kloß im Hals aufstieg. »Willst du diesen kleinen Einfaltspinsel allein lassen, Kritolaos?« Der Alte sah ihn mit trübem Blick an. »Kritolaos ist müde«, hauchte er, »er wird zu seinen

Vorfahren gehen … Der kleine Einfaltspinsel«, fügte er hinzu und deutete ein schwaches Lächeln an, »nein, ich sehe jetzt einen jungen Wolf.«

Talos spürte, wie die Hand des Alten die seine schwach drückte. »Ich habe alles erfahren«, sagte er. »Ich wusste, dass es eines Tages geschehen würde.«

»Was hast du erfahren?« fragte Talos und beugte sich vor, um sich nicht einen Atemzug des sterbenden Alten entgehen zu lassen.

»Dein … Kampf … im Tal.« Der Alte betrachtete die noch gut sichtbaren Spuren der Schläge in Talos' Gesicht und auf seinen Armen.

»Talos … hör mir gut zu. Sie werden kommen, du weißt es, sie werden kommen, du musst bereit sein … der Bogen … der Bogen des Königs darf ihnen nicht in die Hände fallen.«

»Ja … der Bogen des Königs ist in Sicherheit, sprich jetzt nicht weiter, es ist zu mühsam für dich.«

»Das nützt nichts, Talos, dies ist der letzte Tag von Kritolaos, erinnerst du dich?« Talos sah wieder den dunklen unterirdischen Raum vor sich, die Waffen, die im Schein der Fackel leuchteten.

»Talos, mein Junge, ich werde das Tageslicht nie wieder erblicken. Ich werde mit den letzten Sonnenstrahlen von euch gehen. Du bist der Wächter der Waffen von König Aristodemos. Des heiligen … und verfluchten Schwertes.«

Talos lief ein Schauer über den Rücken, er drückte Kritolaos' knochige Hand noch fester, seine Augen füllten sich mit Tränen, sein Herz war schwer.

»Dieser Alte …«, fuhr Kritolaos immer schwächer fort, »dieser Alte ist das letzte Oberhaupt dieses Volkes … Talos, Talos … eines Tages wird dein Volk das Joch abschütteln und die Stadt … die Totenstadt in Messenien wird aus ihren Ruinen wieder geboren. Dies wird der große Tag der Prüfung sein … der letzten Prüfung.«

Der Alte sprach nunmehr mit größter Mühe, die hagere

Brust hob sich im Todeskampf: »Hör mir zu, Talos … hör zu, an jenem Tag wird ein Mann zu dir kommen, der auf einem Auge blind ist, er kann den Fluch vom Schwert des Königs nehmen …«

Der Alte suchte mit dem Blick das Sonnenlicht, das durch die angelehnten Fensterläden hereinfiel. Wie eine ferne Musik drang mit dem blendenden Licht das Zirpen der Zikaden herein. Talos spürte seine nunmehr eiskalten Hände und legte den Kopf auf seine Brust: »Geh nicht fort, Kritolaos … Geh nicht fort«, klagte er mit gebrochener Stimme. »Wie soll nur Talos, der Lahme …«

»Nein«, erwiderte der Greis, »nein … Talos, der Wolf … das Schwert … des Königs.« Talos spürte, wie Kritolaos' Herz stehen blieb, sah, wie er in seinem Bett nachgab, sein Haupt zur Seite fiel, die hellen Augen starr ins Leere blickten. Er ließ eine Hand über seine Stirn gleiten und schloss die Augen. Dann stand er auf und blieb mitten in dem stillen Zimmer stehen, um ihn anzusehen. Auch das Zirpen der Zikaden war verstummt in der stehenden Luft und man vernahm nur das monotone und stets gleich bleibende Summen der Fliegen; die Fliegen, Kameraden des Thanatos. Er schob den Vorhang leicht beiseite und trat hinaus. Seine Mutter hatte sich in einer Ecke zusammengekauert und weinte leise. Er wandte sich an die Hirten, die Männer aus den Bergen: »Kritolaos ist tot«, sagte er. »Erweist ihm eure letzte Ehre.«

Die Leute blickten schweigend zu Boden, dann kam ein bärtiger Riese auf ihn zu und legte eine Hand auf seine Schulter: »Geehrt sei Kritolaos«, sagte er. Dann wandte er sich an die anderen: »Und geehrt sei Talos, der Wolf!«

In dem Moment traf Talos' Blick den seiner Mutter. Ihre grauen Augen, die keine Tränen mehr hatten, waren voller schmerzerfülltem Staunen.

»Er muss sterben!«, schrie Aghias außer sich. »Es ist unverzeihlich, was dieser Bastard getan hat. Und ich verstehe nicht, wieso du ihn so hartnäckig verteidigst. Wenn du nicht wärst, hätten wir ihn schon längst erledigt.«

»Aghias hat Recht«, mischte sich Philarchos ein, »wir müssen ihn aus dem Weg räumen, und zwar sofort. Außerdem könnte er uns gefährlich werden.« Brithos schwieg, bedrängt von seinen Freunden. Plötzlich stand er auf.

»Gefährlich?«, fragte er ironisch. »Ein hinkender Helot? Krieger von Sparta, seid ihr sicher, dass ihr nicht den Verstand verloren habt? Ihr schlagt mit den Flügeln wie ein Haufen erschrockener Gänse, bloß weil ein lahmer Hirte euch ein paar Stockschläge verpasst und euch damit das Vergnügen verdorben hat, eine nach Stall und Kuhscheiße stinkende Bäuerin zu nehmen.«

»Das ist überhaupt nicht komisch«, unterbrach ihn Philarchos schäumend vor Wut, »du weißt genau, was unser Gesetz sagt. Wenn wir diesen Bastarden erlauben würden, sich gegen uns aufzulehnen, hätten wir hier in Kürze einen Aufstand. Die Heloten sind eine ständige Gefahr für Sparta und das weißt du sehr wohl. Hast du nicht gesehen, wie er seinen Stock eingesetzt hat? Jemand muss ihm eine militärische Technik beigebracht haben. Irgendetwas stimmt doch da nicht.«

»Das sind doch Spinnereien, Philarchos«, erwiderte Brithos sogleich. »Alle Hirten wissen ihren Stock einzusetzen, sie müssen schließlich ihre Herden vor Wölfen beschützen oder einen Fuchs aus dem Hühnerstall vertreiben. Wenn es aber wahr ist, was du sagst, dass dieser Lahme von jemandem unterrichtet wurde, so darf man ihn erst recht nicht töten. Hör mir gut zu«, fügte er hinzu und legte eine Hand auf die Schulter seines cholerischen Freundes, »und auch du, Aghias, und ihr, Freunde, benutzt euer Hirn, wenn ihr könnt. Wenn es stimmt, dass an der Art, in der dieser Hirte mit seinem Stock umgeht, wirklich etwas Verdächtiges ist und tatsächlich so etwas wie ein militärischer Unterricht dahinter steckt, wenn ich euch recht verstanden habe, dann lösen wir das Rätsel sicher nicht, indem wir ihn töten. Die Toten sprechen nämlich nicht mehr, wie wir alle wissen, stimmt's?«

Die jungen Männer schwiegen verblüfft. Wie immer war ihnen der Sohn von Aristarchos mit seiner Persönlichkeit überlegen.

»Am Tag unserer Initiation«, fuhr er fort, wobei er sich wieder in den Kreis seiner Freunde setzte, »haben wir bewiesen, dass wir unter den jungen Männern Spartas die Stärksten sind. Nun sind wir auch Mitglieder der Krypteia, und das bedeutet, dass unsere Vorgesetzten uns zutrauen, dass wir nicht nur unsere Hände, sondern auch unseren Kopf zu gebrauchen wissen. Ich werde dieses Problem lösen, aber auf meine Art. Oder würdet ihr vielleicht behaupten, dass ich je vor irgendetwas gezittert habe oder zurückgeschreckt bin? Während der ganzen langen Zeit unserer Ausbildung habt ihr mich ganz andere Dinge leisten sehen, als einen jämmerlichen, hinkenden, nur mit einem Stock bewaffneten Heloten auf dem Boden fest zu halten. Außerdem, wenn wir unsere Vorgesetzten informieren und ihnen mitteilen, dass wir diesen Hirten vernichten wollen, müssen wir ihnen eine Erklärung geben, unter anderem, weil er sicherlich im Dienste einer der Familien in der Stadt steht. Glaubt ihr etwa, Wölfe von Sparta, dass es euch zur Ehre gereicht, wenn man erfährt, dass ein hinkender Helot euch zu Boden gebracht hat?«

Die jungen Burschen blickten verlegen zu Boden.

»Abgesehen davon«, fuhr Brithos ungerührt fort, »dass ihr, wenn wir ihn erst einmal getötet haben, niemals erfahren werdet, ob ihr in der Lage seid, ihn – einen lächerlichen Hirten – mit gleichen Waffen zu besiegen, denkt daran!«

»Brithos hat Recht«, sagte einer der Anwesenden, dann wandte er sich an ihn: »In Ordnung, Brithos, aber was schlägst du vor?«

»Bravo, Euritos, hilf mir, diese Dickköpfe zu überzeugen.«

Er dachte einen Moment nach, dann sagte er, wobei er seiner Stimme einen weicheren Ton verlieh: »Hört zu, Freunde, um diese Geschichte werde ich mich kümmern, mit drei oder vieren von euch, nicht mehr. Wir werden ihm zu verstehen geben, dass er nie wieder auch nur im Traum daran denken darf, sich gegen uns aufzulehnen. Und wir werden ihm ein für alle Mal die Lust dazu vertreiben, den Helden zu spielen.«

Aghias stand auf. »Wie du willst, Brithos. Die Gründe, aus denen du das Leben dieses Bastards retten willst, sind mehr als ausreichend für mich. Aber ich bin sicher, dass es noch einen anderen Grund gibt, den nur du kennst und uns nicht sagen willst.« Er warf sich seinen Mantel über die Schulter und stürzte, die Tür hinter sich zuknallend hinaus.

»Ja, vielleicht gibt es einen anderen Grund«, flüsterte Brithos, »aber du irrst dich, Aghias, wenn du glaubst, ich würde ihn kennen …«

Es vergingen mehr als zwei Monate nach dieser Nacht, zwei schreckliche Monate, in denen Talos, aus Kummer über Kritolaos' Tod, das stumme Leid der Mutter, den Gedanken an das Erbe, das er antreten musste, Tage, und zuweilen auch Nächte lang, finsteren Gedanken nachhing. Er war sicher, dass ihm eine wahre, eine große Aufgabe auferlegt worden war; das merkte er daran, wie die Leute vom Berg ihn behandelten. Tag für Tag begegnete er neuen Menschen, spürte, wie um ihn herum eine seltsame Hoffnung wuchs, eine Art Glaube. Die Menschen des Taygetos sprachen nun mit ihm wie mit einem der ihren, teilten ihm ihr Leid, ihre ohnmächtige Wut, ihre Angst mit. Doch was erwarteten sie von ihm? Was wussten sie in Wirklichkeit von dem, was Kritolaos ihm verraten hatte? Abgesehen davon musste er auch immer noch an die Begebenheit unten im Tal denken, an seine Auseinandersetzung mit den jungen Spartiaten, und er gab sich nicht der Illusion hin, dass alles vorbei wäre. Er hatte Angst um seine Mutter, um Pelias, um Antinea, die er flüchtig gesehen hatte, als er nachts ihren Bauernhof an der Straße nach Amyklä besucht hatte. Oft trauerte er den Tagen nach, an denen er unbeschwert und unbefangen sein Hirtenleben geführt hatte, er trauerte den langen Winterabenden nach, an denen er den wunderbaren Geschichten des Großvaters gelauscht hatte, den Zeiten, in denen das langsame und immer gleich bleibende Verstreichen der Jahreszeiten sein glückliches Leben bestimmt hatte. Zeiten, die ihm nun unendlich fern schienen.

Eines Tages – der Abend brach gerade herein – kam ein Bauer aus dem Tal zur Hütte. Pelias hatte ihn geschickt. Er sagte ihm, er solle Acht geben, denn er habe eine seltsame Unruhe am Waldrand bemerkt und zudem würde in der Nacht der Mond nicht scheinen. Talos dankte dem Überbringer dieser Nachricht, maß dem Vorfall jedoch nicht allzu große Bedeutung bei. Er wusste, dass Pelias sich oft zu Unrecht Sorgen machte. Ganz normale Übungen eines Regiments oder eine Gruppe junger Leute konnten ihn alarmiert haben. Doch er täuschte sich.

Mitten in der Nacht erreichten sie zu viert die Lichtung, in dunkle Mäntel gehüllt, lediglich mit Speer und Dolch bewaffnet, das Gesicht unter korinthischen Helmen verborgen.

Talos wurde plötzlich von Krios' wütendem Gekläffe geweckt. Er sprang auf, um das Fenster zu öffnen und konnte gerade noch ein verzweifeltes Winseln und schließlich ein Röcheln wie im Todeskampf hören. Ein fahler Mondstrahl, der sich für einen Augenblick einen Weg durch die dichte Wolkendecke bahnte, erlaubte ihm, Schatten am anderen Ende des Hofes auszumachen. Neben dem Zaun stand ein riesiger Molosser und zerfetzte den nunmehr leblosen Körper von Krios. Er stürzte in das Zimmer mit der Feuerstelle, in dem er seine Mutter vorfand, mit zerzaustem Haar, zitternd vor Angst, die gerade versuchte, eine Lampe anzuzünden. Genau in dem Moment wurde die Tür aufgetreten und vier Gestalten mit verhüllten Gesichtern drangen in die Hütte ein und richteten ihre Speere auf ihn. Talos glaubte sich verloren. »Tut ihr nichts«, sagte er und zeigte auf seine Mutter, »ich ergebe mich.«

Sie entrissen ihn den Armen seiner Mutter, die sich weinend an ihn klammerte, und zogen ihn nach draußen. Zwei hielten ihn fest, ein dritter schlug ihn brutal mit der Speerstange auf Knie, Brust und in den Bauch. Der vierte öffnete das Gehege der Schafe, die aufgeregt umherliefen und erschrocken blökten.

»Sieh mal!«, rief eine Stimme, die in dem Bronzehelm dröhnend hallte, dann richtete sie sich an den Hund, der nicht weit entfernt wartete: »Lauf, Melas!«

Das schwarze Monstrum tollte wie eine Furie durch das Schafgehege und massakrierte die von Panik erfassten Tiere, zerbiss den Widdern die Hufe, zermalmte die Lämmer zwischen seinen furchtbaren Kiefern. Als das Gelände mit Kadavern der armen Tiere übersät war, rief die geheimnisvolle Gestalt die blutverschmierte Bestie zurück:

»Hierher, Melas! Das genügt, gehen wir!« Er gab einem seiner Kameraden ein Zeichen, worauf dieser Talos mit der Speerstange mitten auf das Brustbein schlug, mit einer solchen Wucht, dass der Junge sich wimmernd vor Schmerzen krümmte.

Die gellenden Schreie seiner Mutter hinderten ihn noch eine Weile daran, ohnmächtig zu werden, er spürte, wie ihn jemand trat, während er sagte: »Hoffen wir, dass das genügt. Wenn er es überhaupt überlebt. Gehen wir, Brithos!«

Er sah den Molosser über sich, spürte seinen dampfenden Atem, dann legte sich ein roter Schleier vor seine Augen und sein Geist tauchte langsam in eine eisige Stille.

Ein stechender Schmerz im Bauch weckte ihn in der tiefen Finsternis der Nacht. Er spürte, wie er von zwei kräftigen Armen hochgehoben und dann kurz darauf auf sein Lager gelegt wurde. In dem unbestimmten Licht der Öllampe erkannte er ein breites, bärtiges Gesicht, das sich über ihn beugte: Das war der riesengroße Hirte, der ihn vor zwei Monaten gegrüßt hatte, als er aus Kritolaos' Zimmer gekommen war. Er versuchte, etwas zu sagen, doch es gelang ihm lediglich, ein leises Wimmern von sich zu geben.

»Ich heiße Karas«, sagte der bärtige Riese. »Leider bin ich zu spät gekommen, aber das wird nicht mehr vorkommen. Von nun an werde ich immer da sein, um dich zu beschützen. Dir darf nichts geschehen.«

Er deckte seinen geschwollenen und schmerzenden Bauch zu: »Beinah hätten sie dich ganz durchstoßen … Verfluchte tollwütige Hunde, aber auch für sie wird der Tag kommen …«

Talos sah zu seiner Mutter, die in einer Ecke kauerte, die Hände im Schoß, die Augen gerötet.

»Sie hatten sie eingesperrt«, flüsterte Karas, »um sie nicht im Weg zu haben. Als ich dich herbrachte, dachte sie, du wärst tot. Sie muss sich erst noch erholen.« Der Koloss ballte seine schwieligen Hände zu Fäusten, als suche er etwas, woran er sich abreagieren könnte; er bebte vor Wut und biss die schneeweißen Zähne zusammen, die aussahen, wie die eines Wolfes. Dann wandte er sich an die Frau: »Mach ihm etwas, damit er schlafen kann«, sagte er. »Das ist alles, was er braucht … Er wird sich wieder erholen, hab keine Angst.«

Am nächsten Morgen wurde Talos von dem Sonnenlicht geweckt, das durch das halbgeöffnete Fenster hereinfiel. Seine Mutter kam mit einem dampfenden Heilmittel in einer Holzschale herein: »Trink, mein Sohn«, sagte sie, »bevor die Schmerzen in deinem Bauch wieder erwachen.« Er sah sie liebevoll an, während er trank.

»Wo ist Karas?«, fragte Talos und wischte sich den Mund ab.

»Er wird gleich kommen«, antwortete die Frau, dann senkte sie den Blick, ihre Augen füllten sich mit Tränen: »Er ist im Gehege und sammelt die Kadaver unserer abgeschlachteten Tiere auf.«

In dem Moment trat Karas herein, eine blutbeschmierte Schürze am Gürtel befestigt und ein Fleischermesser in der Hand.

»Ich habe die toten Tiere gehäutet. Es sind mindestens ein Dutzend und weitere werden bald an ihren Verletzungen sterben, aber mach dir keine Sorgen, ich werde es den Hirten auf dem Berg erzählen und deine Herde wird wieder vervollständigt werden. Ihr müsst keinen Hunger leiden, um euren Herrn zu entschädigen.«

»Aber das will ich nicht«, sagte Talos. »Auch die anderen haben oft schwer mit Elend und Hunger zu kämpfen.«

»Das stimmt, Talos, doch diesmal hat das Unglück dich härter getroffen als die anderen. Man hilft einander im Unglück, so lautet unser Gesetz. Wusstest du das nicht? Aber sag mir lieber, wie haben sie all diese Tiere getötet? Einige sind fast zermalmt worden.«

»Das war ein Hund, ein Riesenvieh, mit einem unglaublichen Kiefer, schwarz wie die Nacht«, gab Talos zurück.

»Das ist ein lakonischer Molosser, ein furchtbares Tier. Man sagt, dass drei von ihnen einen Löwen bezwingen können.« Talos erschauerte. In dem Moment hörte er wieder Krios' verzweifeltes Winseln. »Mein Hund«, sagte er und blickte den Mann fragend an, »er ist tot, stimmt's?«

»Ja«, antwortete der Schäfer. »Seine Kehle war aufgerissen.«

Der kleine Krios, der Spielkamerad seiner Kindheit, würde ihn nie mehr zur Weide begleiten und ihm nie wieder am Abend schwanzwedelnd entgegenkommen. Ein Knoten verschloss ihm den Hals.

»Begrabe ihn neben Kritolaos, ich bitte dich«, sagte er zu Karas und verbarg sein Gesicht in den Händen.

VI
PERIALLA

An den Tagen, an denen Talos sich in seinem Zimmer einschloss um sich von den Schlägen zu erholen, hatte er Gelegenheit, ausgiebig über sich nachzudenken. In nur wenigen Monaten hatte sein Leben eine vollständige Wendung genommen. Nun, da Kritolaos tot war, hatte er zweifellos dessen moralische Autorität über die Leute des Taygetos geerbt, und vielleicht nicht nur über sie, wie Karas' Worte erahnen ließen. Karas und er waren unzertrennliche Freunde geworden, Karas, von dem er nichts wusste, außer dass er mit seiner Herde aus Messenien gekommen war und sich in einer Hütte in der Nähe der oberen Quelle niedergelassen hatte.

Er dachte lange über den Überfall der Krypteia nach. Die Männer, die daran teilgenommen hatten, mussten die gleichen sein – dessen war er sich sicher –, mit denen er sich in der Ebene geschlagen hatte, um Antinea zu verteidigen. Außerdem war er ziemlich sicher, gehört zu haben, wie einer der Anwesenden den Namen Brithos ausgesprochen hatte. Dieser junge Mann war sein größter Feind, daran bestand kein Zweifel, doch er glaubte auch, dass dieser ihn nicht für so gefährlich hielt, dass man ihn beseitigen musste, auch wenn Karas hundert Mal das Gegenteil behauptete.

Er versuchte, Ordnung in seinen Kopf zu bringen, in dem unzählige Bilder und widersprüchliche Gefühle durcheinander wirbelten. Da war etwas, das Brithos' Hand fest gehalten hatte, unten in der Ebene, was ihn auch daran gehindert hatte, ihn von seinen Kameraden oder von dieser blutrünstigen Bestie, die er mitgebracht hatte, töten zu lassen. Doch so sehr er auch nachdachte, es gelang ihm nicht, einen Grund für dieses Verhalten zu finden. Er dachte an die instinktive Bewunderung, die Spartiaten all denen entgegenbrachten, die sich als würdig erwiesen, doch es gab keine Erklärung dafür, einen rebellierenden Heloten, einen, der gewagt hatte, sich zu verteidigen und zum Gegenangriff überzugehen, am Leben zu lassen. Irgendetwas zog ihn zu der Stadt der Spartiaten, und zwar das Gleiche, das ihn als Kind in die Ebene gezogen hatte. Von Zeit zu Zeit kehrte das Bild des Kriegers mit dem Drachen in seine Erinnerung zurück, von dem er nun wusste, und daran gab es keinen Zweifel, dass er der Vater seines Todfeindes war. Er spürte auch, dass er Antinea liebte, und dieses Gefühl erwärmte sein Herz, wenn er sich am einsamsten fühlte und Angst verspürte. Er hoffte, dass sie ihn besuchen würde, auch wenn er wusste, dass es eine Gefahr für sie darstellte. Einige Dinge jedoch wurden klarer in seinem Kopf: Er konnte nicht fliehen, sei es, weil er eine Aufgabe zu erfüllen hatte, sei es, weil er es Kritolaos an seinem Sterbebett versprochen hatte. Außerdem wollte er in Antineas' Nähe bleiben, und ihm wurde klar, dass es – trotz der Todesgefahr – tausend Mal besser war, zu bleiben, als weit fort zu laufen, verfolgt und gehetzt wie ein Tier, ohne jemanden zum Reden zu haben, jemanden, an den man sich anlehnen, dem man seine Ängste anvertrauen konnte.

Und Antinea kam eines Morgens und trat schweigend in sein Zimmer: »Talos, mein armer Talos«, und schon war sie bei ihm und warf sich ihm in die Arme. Er spürte, wie ihm die Röte ins Gesicht stieg, sein Herz schlug wie wild. Er drückte sie fest an sich, als wolle er sie nie wieder loslassen doch dann löste er sich aus der Umarmung: »Du hättest nicht kommen dürfen«, log er. »Du weißt doch, dass der Wald voller Gefahren ist, und auch die Ebene.«

»Ach, mach dir keine Sorgen, an mich denkt doch niemand mehr, und außerdem hat mein Vater mich begleitet. Wir haben gehört, was dir passiert ist, deshalb wollten wir kommen, um euch zu helfen. Ich bleibe bei euch und führe die Herde zur Weide, bis du dich wieder erholt hast. Mein Vater braucht mich im Moment nicht so dringend. Wenn du wieder gesund bist, kannst du kommen und uns bei der Ernte helfen, einverstanden?«

»Ja, natürlich«, antwortete Talos verlegen und gerührt zugleich, »natürlich komme ich …« Dann überlegte er einen Moment, als suche er nach Worten und sagte dann: »Antinea …, ich werde voller Ungeduld auf die Erntezeit warten … um zu dir zurückzukehren.« Er sah sie eine Weile an, überwältigt von einer tiefen Rührung, und sah, wie ihre Augen aufleuchteten. Er nahm eine Hand: »Antinea … Antinea, warum sind wir Sklaven? Warum kann ich nicht einfach an dich denken, ohne Angst vor dem haben zu müssen, was uns zustoßen kann?«

Das Mädchen legte eine Hand auf seinen Mund: »Sag so etwas nicht, Talos, für mich bist du kein Sklave und ich bin keine Sklavin für dich … Ist es nicht so? Du bist für mich ein großer Krieger, und zudem der wertvollste und großherzigste Mensch, du bist kein Sklave, Talos.«

»Ich weiß, was du meinst, Antinea, aber ich weiß auch, was es bedeutet, von Angst heimgesucht zu werden, von Albträumen, die einen mitten in der Nacht aus dem Schlaf reißen. Mein Leben ist vorgezeichnet und ich weiß nicht, wohin es mich führt, denn es liegt in den Händen anderer. Und wenn ich dein Leben mit meinem verbinde, weiß ich weder, wo du enden wirst, noch wie … Verstehst du, was ich dir damit sagen will?«

»Ich verstehe es, Talos«, erwiderte das Mädchen und senkte den Blick.

»Und deshalb wünschte ich manchmal, dass wir uns nie begegnet wären.«

Antinea sah ihn mit ihren leuchtenden Augen an. »Talos, ich bin nur die Tochter von Pelias, dem Bauern, und ich weiß sehr wohl, dass unsere Leute dich als denjenigen sehen, den Kritolaos ausgebildet hat.«

Talos setzte sich im Bett auf. »Ausgebildet … ja, Antinea, Kritolaos hat mich ausgebildet, er hat mich gelehrt, so viel er konnte und hat mir ein finsteres und schwer wiegendes Erbe hinterlassen. Aber ich weiß nicht warum … Vielleicht eines Tages …«

»Ja, Talos, eines Tages. Wir dürfen das Schicksal nicht erzwingen. Wenn die Götter für dich und für unser Volk etwas vorgesehen haben, wirst du es eines Tages erfahren, wenn es soweit ist. Jetzt müssen wir erst einmal weiterleben, ohne uns Fragen zu stellen.« Antinea beugte sich langsam über ihn, streichelte seine Stirn, küsste ihn sanft und legte dann ihren blonden Kopf auf seine Brust, lauschte seinem Herzschlag, der nun langsam und kräftig ging, wie die Trommel der Krieger.

Es vergingen der Sommer und der Herbst und seltsamerweise geschah nichts weiter. Talos nahm seine Arbeit wieder auf, doch nicht nur das. Jedes Mal, wenn er sich zur oberen Quelle begab, trug er – unter seinem Mantel verborgen – den Bogen bei sich. In den abgelegensten und vor neugierigen Blicken geschützten Wäldern und Wiesen hatte er wieder mit seinen Übungen begonnen, diesmal unter der Anleitung von Karas, seinem geheimnisvollen Freund. Sie gingen auch gemeinsam auf die Jagd und Talos' unfehlbare Pfeile streckten Hirsche und Wildschweine nieder, die dann in Karas' Hütte heimlich gehäutet und zerlegt wurden. Wehe, wenn jemand bemerkt hätte, dass sich eine solche Waffe in den Händen der Heloten befand. Talos spürte, dass sein Freund irgendetwas mit Kritolaos zu tun haben musste. Seinen Worten konnte man entnehmen, dass auch er sehr viele Dinge wusste, auch wenn er darüber niemals sprach. Unter seiner Anleitung lernte er, noch besser mit dem Stock zu kämpfen. Er führte aufreibende Duelle mit ihm und ließ sich im Kampf unterweisen, und oft kehrte er mit blauen Flecken und kleineren Wunden nach Hause zurück. Antinea und seiner Mutter, die ihn besorgt fragten, woher diese blauen Flecken und Verletzungen rührten, antwortete er lächelnd, dass er sie sich während eines Spieles zugezogen habe, mit dem er sich an langen Nachmittagen auf den oberen Weiden die Zeit vertrieb. Die schrecklichen Ereignisse des nunmehr zu Ende gehenden Jahres verblassten langsam, als seien sie vor langer Zeit geschehen, und Talos begann sich an die Vorstellung zu gewöhnen, ein Leben zu führen, das geprägt war von der Wärme der schüchternen und demütigen Zuneigung seiner Mutter, der beschützenden und beruhigenden Gegenwart Karas' und der feurigen Leidenschaft Antineas'.

Antinea liebte ihn und zwar so sehr, dass er manchmal alles andere vergaß. Nur wenige Monate zuvor, unten auf dem Bauernhof ihres Vaters, war Talos für sie lediglich der hinkende Junge gewesen, der mit seinen Schafen aus den Bergen herunterkam; der widerspenstige Junge, mit dem sie sich höchstens hätte necken wollen. Und nun gab es nichts Anderes mehr für sie als ihn. Wenn er besorgt die Stirn runzelte, wurde sie traurig, wenn sie ihn lächeln sah, strahlten ihr Gesicht und ihr Herz. Mit unendlicher Zärtlichkeit erinnerte sie sich daran, wie sie sich zum ersten Mal geliebt hatten, ganz langsam, um ihm, der von seinen Verletzungen noch nicht genesen war, nicht weh zu tun. Sie dachte an die unbekannte, wunderbare Kraft, die ihren Körper geführt hatte, die Hitzewallungen, die ihren Schoß und ihr Herz entflammt hatten, Talos' Hände auf ihren Hüften. Sie dachte, dass sie das Schönste auf der Welt besaß und dass ihre Gefühle niemals versiegen würden. Wenn sie bei ihrem Vater war, wartete sie voller Sehnsucht darauf, dass er zu ihr kam und noch vor Sonnenaufgang des herbeigesehnten Tages, wenn sie noch im Dunkeln in ihrem Bett lag, konnte sie ihn förmlich sehen, wie er sich die Schuhe band, den Stock nahm und in das Licht der Morgensterne hinaustrat, das Gatter öffnete und die Herde herausließ … Und dann sah sie ihn auch schon den Abhang hinunterkommen, den Wald durchqueren, in die ersten Sonnenstrahlen hinaustreten, mit seinem tauglänzenden Haar, begleitet von dem großen Widder mit den gekrümmten Hörnern; dann unter den Olivenbäumen durch die Ebene schreiten wie ein junger Gott und wenn sie dann aus dem Hof herausgetreten war und sich an der Quelle wusch, blickte sie geradeaus, in der Gewissheit, jeden Moment in der Ferne das Blöken der Lämmer zu hören. Und dann würde er auftauchen, mit einem Lächeln auf dem Gesicht und mit seinen gütigen Augen, die voller Liebe für sie waren. Und sie lief ihm barfuß entgegen, seinen Namen rufend, und fiel ihm um den Hals und zerzauste lachend und spielerisch sein Haar.

Antinea wusste, dass die jungen Männer sich eine Partnerin suchten, wenn der richtige Zeitpunkt gekommen war, und sie wusste, dass Talos keine andere wollen würde als sie. Im Grunde maß sie ihren Ängsten und Sorgen keine Bedeutung bei. Es würde die Zeit kommen, in der sie jede Nacht an seiner Seite schlafen würde, ihm das Essen bereiten würde und das Wasser, mit dem er sich wusch, wenn er von der Weide kam. Und sie würde in Winternächten im Lichtschein des Feuers Kleider für ihn weben. Und wenn er nachts – von bösen Träumen heimgesucht – aus dem Schlaf aufschreckte, würde sie ihm den Schweiß von der Stirn tupfen und sein Haar streicheln, bis er wieder einschlief.

Mit diesen Gedanken verbrachte sie den Sommer und den Herbst, in denen sie mit Talos auf den Feldern arbeitete oder ihm zu den oberen Weiden folgte, bis der Nordwind die Blätter von den Bäumen des Waldes fegte. So wie die Natur unwandelbar ihren Lauf nahm, so dachte Antinea, würde auch ihr Leben an der Seite des jungen Mannes verlaufen, den sie liebte. Doch die Götter führten Anderes im Schilde.

Eines Abends – der Winter neigte sich seinem Ende zu – saß Talos vor seiner Hütte und betrachtete den Sonnenuntergang über den noch kahlen Bäumen, als er plötzlich sein Schicksal über die Lichtung laufen sah. Es war eine seltsame alte Frau, die gebeugt unter einem Lumpenbündel lief und sich auf einen Stock stützte. Die grauen, im Nacken zu einem Knoten zusammengefassten Haare waren von einem weißen Wollband gehalten, von dem Metallplättchen herabbaumelten. Irgendwann bemerkte die Frau ihn, verließ ihren Weg und kam auf ihn zu. Talos beobachtete sie mit einer gewissen Sorge, ja beinahe Angst. Ihr Gesicht war eingefallen und voller Falten, doch ihr entschlossener, fast hastiger Gang verriet eine unerwartete Energie.

Talos erschauerte; er konnte nicht umhin, an eine der vielen Geschichten zu denken, die Kritolaos ihm erzählt hatte, als er noch ein kleiner Junge war, damit er brav in sein Bett ging, ohne zu protestieren und zu heulen. Die Harpyie Kelaino, die des Nachts in Gestalt einer alten Frau umherlief, um Kinder zu stehlen und in ihr verfaultes Nest auf einer weit entfernten Insel zu bringen. »Unsinn«, sagte er zu sich selbst, während die Frau sich ihm näherte. Dennoch konnte er nicht begreifen, wieso eine alte Frau ganz allein und zudem bei Einbruch der Dunkelheit in den Bergen umherwanderte.

Inzwischen war sie vor ihm stehen geblieben und blickte ihn mit zwei grauen, heimtückisch glitzernden Augen an, die von schwarzen Augenrändern umrahmt waren.

»Hirte«, sagte sie mit rauer Stimme, »in dieser Gegend lebt ein Mann mit Namen Karas und ich muss ihn sehen, jetzt sofort. Kannst du mir sagen, wo ich ihn finde?«

Talos zuckte zusammen; das Letzte, was er erwartet hätte, war, dass dieses merkwürdige Etwas ihm diese Frage stellte.

»Woher kennst du seinen Namen?«, fragte er verwundert.

»Frage nicht«, erwiderte die Frau energisch, »sondern antworte mir, wenn du kannst.« Talos zeigte auf den Weg, von dem sie gekommen war. »Kehre auf diesen Weg zurück«, sagte er, »und geh weiter bergauf, bis du an eine Abzweigung kommst, dort gehst du links weiter und kommst in den Wald, lauf einfach immer weiter, bis du an eine Lichtung gelangst. Dort findest du eine Quelle und neben der Quelle eine Hütte: Klopfe drei Mal an die Tür und Karas wird dir öffnen. Aber bist du sicher«, fuhr er fort, »dass du jetzt gehen willst? Es wird dunkel und der Wald ist nachts gefährlich. Die Wölfe sind hungrig und greifen oft unsere Herden an.«

»Die Wölfe machen mir keine Angst«, sagte die Alte mit einem seltsamen Lächeln. Dann blickte sie ihn mit ihren kalten Augen an. »Nicht einmal du hast Angst«, sagte sie. »Bist du nicht vielleicht auch ein kleiner Wolf?« Dann drehte sie sich grußlos um und setzte ihren Weg fort. In der Dunkelheit hörte Talos noch lange das Klingeln der Glöckchen, die an dem langen Stock hingen, auf den sie sich beim Gehen stützte. Er ging ins Haus, um sich am Feuer wieder aufzuwärmen, doch die Schauer, die ihm den Rücken hinunterliefen, rührten nicht nur von der Kälte her.

»Wer war das da draußen bei dir?«, fragte ihn die Mutter, die ihm eine Schale Suppe brachte.

»Eine Alte, die ich noch nie hier gesehen habe. Sie hat mich nach Karas gefragt.«

»Nach Karas? Und wo ist sie jetzt?«

»Sie ist zur Hütte hinaufgegangen, zur oberen Quelle.«

»Aber du hättest ihr den Weg nicht sagen dürfen, vielleicht möchte Karas nicht, dass Fremde zu ihm kommen.«

»Ach Mutter, was soll ihm denn eine alte Frau tun? Sie war schon merkwürdig, das stimmt. Aber sie war eher etwas verrückt als gefährlich. Zu dieser Zeit in den Wald zu gehen, ganz allein …« Er begann schweigend zu essen und grübelte vor sich hin. Vor allem dieser seltsame Ausdruck war ihm im Gedächtnis haften geblieben: »Bist du nicht vielleicht auch ein kleiner Wolf?« So hatte ihn auch

Kritolaos genannt, bevor er starb, und Karas hatte ihn so begrüßt. Er aß hastig auf, dann nahm er den Mantel und ging zur Tür.

»Wohin gehst du?«, fragte die Mutter besorgt. »Es ist dunkel, nicht einmal der Mond scheint. Du hast doch selber gesagt, dass es keinen Grund gibt, sich um Karas zu sorgen.«

»Ich sorge mich nicht um ihn, aber die Ärmste könnte von einem Wolf zerfleischt werden.«

»Aber sie ist doch schon längst da, und wenn sie angegriffen worden ist, kannst du ohnehin nichts mehr tun.«

»Aber ich will wissen, wer sie ist, und zwar sofort. Mach dir keine Sorgen, wenn ich nicht gleich zurückkomme. Ich bin bewaffnet und kann mich verteidigen. Geh schlafen, du musst müde sein.« Er ging hinaus und war bald in der Dunkelheit verschwunden. Seine Mutter stand in der Tür und lauschte dem Geräusch seiner Schritte, bis es ebenfalls von der Stille der Nacht verschlungen wurde.

Karas' mächtige Mähne erschien in der Tür, das Innere der Hütte hinter ihm war von dem rötlichen Schein des Feuers, das im Ofen brannte, hell erleuchtet. Er riss die Augen im Dunkel auf, als glaube er nicht, was er sah.

»Perialla!«, rief er. »Du hier?«

»Lass mich rein, schnell«, sagte die Alte, »ich bin schon ganz steif gefroren.«

Karas trat zur Seite und ließ die Frau hinein, die sich sogleich auf einem Hocker niederließ und ihre Hände vor das Feuer hielt. Karas setzte sich neben sie: »Hast du Hunger?«, fragte er.

»Ja, ich habe Hunger, ich bin schon seit Sonnenaufgang unterwegs und habe nichts weiter zu mir genommen als ein Stück Brot und etwas Käse. Hast du nicht ein bisschen Wein?«, fragte die Frau dann. »Ich habe einen trockenen Mund.«

Karas nahm eine Strohflasche aus einem Schränkchen und goss ihr Rotwein in eine Holzschale.

Er ließ sie ein paar Schluck trinken, dann setzte er sich, nachdem er sich vergewissert hatte, dass die Tür wieder verschlossen war.

»Nun? Kannst du mir sagen, was passiert ist? Ich verstehe nicht, wie du hierher gekommen bist und wie du mich finden konntest«, sagte er und sah sie dabei misstrauisch an.

»Wie ich dich finden konnte? Oh, Karas«, grinste sie, »was kann schon vor Perialla verborgen bleiben, der Prophetin, der Stimme des Gottes von Delphi?« Karas senkte den Blick.

»Nein«, fuhr die Frau fort, »sei nur beruhigt, niemand ist mir gefolgt, aber …«

»Aber?«

»Ich glaube dennoch, dass wir Besuch bekommen werden.« Karas fuhr hoch und griff sofort nach dem gewaltigen Knüppel, der hinter ihm an der Wand hing.

»Beruhige dich«, sagte die Frau, »es besteht keine Gefahr. Wenn mein Geist mich nicht trügt, hat sich mir vor kurzem ein junger Wolf an die Fersen geheftet.«

»Was soll das heißen?«

»Oh, es handelt sich nicht um ein Tier, es ist ein junger Hirte, den ich unten auf der Lichtung nach deiner Hütte gefragt habe.«

Perialla zog die grauen Augenbrauen hoch, als versuche sie, sich an etwas zu erinnern.

»Ich habe ihn mir genau angesehen«, fuhr sie langsam fort, wobei sie die Worte rhythmisch aussprach, »er hat das Herz eines Wolfes. Daher fürchtet er sich nicht, nachts durch den Wald zu gehen. Ich habe das Misstrauen in seinen Augen gelesen … Er wird kommen.«

Karas sah sie finster an.

»Weißt du, wer das ist?«

»Nein«, sagte die Frau, »aber er ist kein Hirte.«

Karas goss ihr noch etwas zu trinken ein.

»Warum hast du den Tempel verlassen?«

»Ich musste«, seufzte die Frau. »Ich habe dem Betrug meinen Mund geliehen und meine Seele verkauft … wenn auch zu einem guten Preis.«

Sie stürzte den Wein in einem Zug hinunter und brach dann in unbändiges Gelächter aus.

»Weißt du, warum in der Stadt der Spartaner Leotychidas auf dem Thron des Demaratos sitzt, und warum der nun schon seit Jahren im Exil lebt?« Karas verstand nicht. Die Frau packte eine Strähne seines Haares und schüttelte daran seinen Kopf.

»Ich werde es dir sagen«, fuhr sie fort, »auch wenn dein Verstand offenbar eingeschlafen ist. Weil ich, Perialla, die Pythia von Delphi, ihn verkauft habe.« Sie lachte erneut, hysterisch.

»Ich habe gehört, dass er, noch bevor die Athener bei Marathon gekämpft haben, abgesetzt wurde, weil man herausgefunden hat, dass er nicht der Sohn seines Vaters war.«

»Dummkopf«, flüsterte die Frau, »ich habe einen Bastard aus ihm gemacht. König Kleomenes, der ihn gehasst hat, hat mich dazu überredet, und Kobons Gold.« Karas riss die Augen weit auf. »Viel Gold, mehr als ich je in meinem Leben gesehen habe. Und auch du hättest etwas davon abbekommen«, fügte sie kopfschüttelnd hinzu. »Ich habe nie vergessen, dass Karas, der Hirte, mich erschöpft und halb verhungert aufgenommen hat, als ich vor dem geflohen bin, der mich zu einer Sklavin gemacht hat.«

»Das hättest du nicht tun dürfen«, flüsterte Karas aufgewühlt.

»Aber ich habe es getan und alles schien verborgen zu bleiben … Es sind fast vier Jahre vergangen …«

»Kobon …«, sagte Karas nachdenklich. »Ich erinnere mich an ihn … ist er nicht der Tempelschreiber?«

»Ja, du hast ein gutes Gedächtnis. Kobon wurde von den Athenern bezahlt, dessen bin ich mir ziemlich sicher. Sie haben König Demaratos nie verziehen, dass er sich Kleomenes widersetzt hat, als er die Äginäer bestrafen wollte, weil sie sich zur Zeit der Schlacht bei Marathon den Persern unterworfen haben.«

»Also, wenn ich das richtig verstanden habe, haben sich die Athener und Kleomenes zusammengeschlossen, um Demaratos zu vernichten!«

Die Alte sah ihn mit einer seltsamen Grimasse an. »Das kann sein, Karas, aber ich glaube nicht, dass das für uns jetzt von Bedeutung ist. Das Gericht der Amphiktyonen hat mich verurteilt: Ich bin verdammt … für immer.« Sie hob ihren Kopf, wobei die Metallplättchen ihres Bandes klingelten.

»Verbannt … ja, aber sie haben nicht gewagt, mich zum Tode zu verurteilen.« Ihre Augen leuchteten im Lichtschein der schwachen Flammen: »Sie hatten Angst … vor Perialla.«

»Du kannst hier bleiben, wenn du willst«, sagte Karas, »ich habe eine Herde …«

»Schweig!«, unterbrach die Frau ihn und lauschte. »Draußen ist jemand.« Karas packte den Knüppel und war mit einem Satz draußen.

»Halt ein, Karas, ich bin es!«

Es war Talos, der gerade eintreten wollte.

»Schnell, wir müssen dem Mann dort folgen«, sagte er dann und fasste nach dem Arm, der den Knüppel hielt und zeigte auf eine Gestalt mit Kapuze, die nunmehr am anderen Ende der Lichtung davoneilte. Sie rannten hinterher und Karas hatte ihn beinahe eingeholt, doch der Kapuzenmann war mit einem Satz in einem dichten Gebüsch, sodass er sofort seine Spur verlor. Talos kam kurz darauf keuchend an.

»Dieses verfluchte Bein, ich hätte ihn fast gehabt, aber ich bin gestolpert. Und dann bist du gekommen und hättest mir mit dem Baum, den du da in der Hand hast, fast den Schädel eingeschlagen.«

»Verzeih mir, Talos, aber es ist so dunkel … Wer war der Mann?«

»Ich weiß es nicht, ein Spartaner, glaube ich. Ich wollte gerade zu dir, weil eine komische alte Frau …«

»Ich weiß«, unterbrach Karas ihn.

»Gut, jedenfalls habe ich auf halbem Weg diesen Mann aus dem Wald kommen sehen und habe ihn verfolgt, ohne dass er es merkte. Leider musste ich ein gutes Stück hinter ihm bleiben, weil der Weg voller trockener Blätter und Zweige war, die bei jedem Schritt knistern. Der Mann ist hierher gekommen und hat am Fenster gelauscht. Ich habe mich leise an ihn herangeschlichen und wollte ihn gerade überwältigen, doch ich bin über einen trockenen Ast gestolpert und während ich fiel, hat er sich losgerissen und ist geflohen. Ich verstehe nicht, warum dein Hund ihn nicht angegriffen hat.«

»Dieser Bastard ist heute Nacht wieder verschwunden, es ist Paarungszeit und er wird wahrscheinlich heulend irgendeiner läufigen Hündin hinterherjagen.« Sie traten durch die immer noch weit offen stehende Tür ein und Talos blieb einen Moment verblüfft auf der Schwelle stehen, als er die alte Frau, die unten auf der Lichtung mit ihm gesprochen hatte, neben dem Feuer sitzen sah.

»Der junge Wolf«, sagte sie, ohne sich umzudrehen. »Ich wusste, dass er kommen würde.«

»Ja«, sagte Karas, »aber vor ihm ist auch eine spartanische Schlange vorbeigekommen, die uns ausspioniert hat.«

»Ich hatte etwas bemerkt«, sagte die Frau, »doch mein Geist ist zurzeit benebelt und ich kann nicht klar sehen.«

»Komm rein, Talos«, sagte Karas zu dem jungen Mann, der fast ängstlich neben der Tür stand. »Diese Frau ist dir nicht feindlich gesinnt. Sie kann viel Gutes und viel Schlechtes tun, je nachdem, wie ihr Herz geneigt ist, doch du musst sie nicht fürchten. Eines Tages wirst du erfahren, wer sie in Wirklichkeit ist. Sie wird jetzt bei mir bleiben, denn sie weiß nicht, wo sie hin soll und das Schicksal hat ihr böse mitgespielt.«

»Komm rein«, sagte die Frau, die sich immer noch nicht umgedreht hatte. Talos setzte sich auf die andere Seite der Feuerstelle auf eine Matte auf dem Boden. Das Gesicht der Frau sah in dem schwachen Lichtschein der Glut fast gespenstisch aus. Ihre grauen Augen sahen ihn durch einen schmalen Schlitz an.

»Es ist etwas Schreckliches in ihm«, sagte sie plötzlich zu Karas, »aber ich kann nicht sehen, was.« Talos zuckte zusammen; er verstand nicht, wie diese Frau so reden konnte. Wer war sie? Er hatte noch nie jemanden wie sie gesehen. Die Alte schloss ihre Augen, dann zog sie etwas aus einem Quersack und warf es in die Glut, aus der sofort ein dichter, aromatischer Rauch aufstieg.

»Perialla, nein!«, rief Karas. Die Frau sah ihn nicht einmal an, sondern beugte sich über die Feuerstelle und atmete die emporsteigenden Dämpfe tief ein. Ihr Gesicht zog sich zusammen.

Sie nahm den Stock, der neben ihr lag, und begann, ihn rhythmisch zu schütteln, dass die Glöckchen bimmelten. Talos fühlte sich wie berauscht, als wäre ihm ein starker Wein zu Kopf gestiegen. Perialla keuchte und zitterte am ganzen Leib, ihre Glieder versteiften sich, auf der Stirn bildete sich Schweiß. Plötzlich stieß sie einen Klagelaut aus, als bohre sich eine Klinge in ihre Brust.

»Allmächtige Götter!«, rief sie. »Allmächtige Götter, lasst Perialla sehen.« Sie brach zusammen und ließ den Kopf hängen. Dann stand sie plötzlich wieder, auf den Stock gestützt, auf und öffnete die Augen. Sie blickten starr geradeaus, reglos, wie aus Glas. Man hörte ein entferntes Heulen, im Wald; die Frau fuhr hoch.

»Dein Zeichen ... oh, Herr der Wölfe, Febos, Perialla hört dich ... Perialla sieht ...« Dann schüttelte sie wieder die Glöckchen, stimmte ein seltsames Klagelied an, während die beiden Männer sie wie verzaubert anstarrten, schweigend, unfähig, auch nur einen Finger zu rühren. Plötzlich tauchten in dem wirren Klagelied allmählich Worte auf, wie Baumspitzen in einem Meer von Nebel, und verbanden sich miteinander:

Drache und Wolf werden sich erst mit
unerbittlichem Hass bekämpfen
dann fällt – vom Speer gezähmt,
den der langmähnige Meder wirft –
der Löwe von Sparta durchbohrt,
der gezittert hat nimmt das Schwert,
den Bogen nimmt der Wächter der Herde,
und gemeinsam gehen sie unsterblichem Ruhm
entgegen …

Perialla schwieg einen Moment und schloss die Augen, dann schüttelte sie abermals die Glöckchen an ihrem Stock. Aus ihrem Mund kam wieder dieses seltsame, monotone Klagelied, ein erst sanfter, ruhiger Gesang, der dann immer lauter, fast schrill wurde. Die Prophetin schien etwas in ihrer Stimme zu suchen, schreckliche Gedanken ließen sie die Augen aufreißen, die Stirn runzeln, als leide sie unter furchtbaren Krämpfen. Ihre Augen, die plötzlich ins Leere starrten, senkten sich auf Talos' Gesicht. Aus ihrer monotonen Stimme tauchten erneut die Worte auf:

Der glänzende Ruhm geht unter wie die Sonne.
Dem Bronzevolk kehrt er den Rücken, wenn
Enosigeos den Boden der Peloponnes erschüttert.
Vor dem Ruf des Blutes verschließt er die Ohren
Wenn er Macht hat und in der Stadt der Toten,
die Stimme des Herzens ihn ruft …

Dann fiel sie erschöpft zu Boden, ihr Stöhnen erlosch.

Und so begann das Schicksal sich von jenem Tag an zu vollziehen. Wie sie aufgetaucht war, so verschwand Perialla wieder, und lange Zeit beschrieben die Hirten der Berge in ihren Erzählungen die alte umherirrende Prophetin. Nachdem der Betrug aufgedeckt wurde, durch den König Kleomenes angeordnet hatte, Demaratos ins Exil zu schicken, wurde er ebenfalls abgesetzt. Eines Tages, bei Einbruch der Dunkelheit, ritt er – in seinen Mantel gehüllt – auf seinem schwarzen Vollblut davon. Einige seiner Freunde begleiteten ihn, darunter auch Kratippos, der Herr von Talos und Pelias. Der Bauer war gezwungen, seinen Hof zu verlassen und mit seiner Tochter dem Herrn in ein fernes Land zu folgen. An einem Sommerabend blieb Talos allein auf dem Hof zurück und sah Antinea und ihrem Vater nach, die sich auf ihren Eseln entfernten. Er winkte Antinea lange nach, bis ihr Bild hinter einem Schleier heißer Tränen verschwamm. Sein Herz zog sich zusammen wie ein verwundeter Igel; keine andere Frau würde in seinen Augen schön und begehrenswert erscheinen. Er kehrte auf seinen Berg zurück, während die Stadt den neuen König Leonidas ehrte, den Sohn Anaxandridas', aus dem Geschlecht des Herakles.

VII
DER GROSSKÖNIG

In einer Ecke im Vorzimmer des königlichen Palastes saß Demaratos und starrte finster auf die geschmückte Tür, die von zwei gigantischen Soldaten der Wache der Unsterblichen bewacht wurde. Hinter dieser Tür befand sich der Thronsaal, in dem ihn der Großkönig Xerxes, der Sohn von Dareios dem Großen, in Kürze empfangen würde. Irgendwann lief der karthagische Botschafter in einem wunderschönen, goldgesäumten Purpurmantel vorüber, gefolgt von zwei Würdenträgern, die edelsteinbesetzte Mitren trugen. Sie sprachen schnell in ihrer unverständlichen Sprache und blickten zufrieden drein. Mit einem bitteren Lächeln sah er auf seine abgenutzten Schuhe, rückte das Schwert an seiner Seite zurecht, drapierte den grauen Wollmantel auf seiner Schulter so gut es ging, nahm den mit Helmbusch geschmückten Helm – das Einzige, was ihm von seiner vergangenen Königswürde geblieben war – unter den Arm und erhob sich. Der Moment war gekommen. Die Tür öffnete sich und der Kammerherr und der Übersetzer, ein Grieche aus Halikarnassos, kamen ihm entgegen.

»Oh, Demaratos, der Großkönig erwartet dich«, sagte der Grieche zu ihm. Der Spartaner folgte ihm durch die Tür, die von den beiden Wachen nun geöffnet wurde. Als er den Saal betrat, wurde er erst einmal geblendet von glänzendem Marmor, farbenprächtigem Zierwerk, von Gold, Edelsteinen und prunkvollen Teppichen. Nie hätte er für möglich gehalten, dass es auf der Welt so viel Reichtum an einem einzigen Ort geben könne. Am Ende des Saales, unter einem großen Baldachin, saß Xerxes: der lange Bart gekräuselt, die goldene Mitra auf dem Kopf, das mit Edelsteinen übersäte Elfenbeinzepter in der rechten Hand. Hinter ihm zwei Diener, die langsam mit Fächern aus Straußenfedern wedelten. Ein Gepard, der zu Füßen der Treppe lag und sich träge sein Fell leckte, hob plötzlich seinen kleinen Kopf, um das herannahende Grüppchen zu beobachten. Vor der Treppe blieben sie stehen: Der griechische Übersetzer und der Kammerherr knieten nieder, den Blick auf den Boden gerichtet, während Demaratos stehen blieb und mit einem Kopfnicken grüßte. Der König warf ihm einen verärgerten Blick zu, und der Kammerherr, der immer noch zu Boden blickte, raunte dem griechischen Übersetzer etwas zu, der darauf den Kopf leicht anhob und aufgeregt flüsterte: »Du musst niederknien, na los, knie nieder und berühre mit der Stirn den Boden.«

Demaratos jedoch blickte den Großkönig weiterhin ungerührt an. »Mach keinen Unsinn«, stöhnte der Übersetzer, während der Kammerherr ihm weiterhin energisch in persischer Sprache Befehle zuknurrte. Demaratos sah sie einen Moment mit einem Grinsen an, dann sagte er, an den offenkundig wutschnaubenden Herrscher gewandt, der jedoch immer noch reglos wie eine Statue in der Feierlichkeit der schweren königlichen Kleider dasaß:

»Ich bin Demaratos, Sohn des Ariston, König der Spartaner. Die Notwendigkeit und ein Missgeschick haben mich zu dir geführt und ich danke dir für deinen gütigen Empfang, aber dennoch werde ich nicht vor dir niederknien. Spartaner sind freie Menschen, die vor niemandem niederknien.« Er schwieg und sah den König der Könige ungerührt an.

Auf ein Zeichen des Zeremonienmeisters, der am Fuße der Treppe stand, erhob sich der griechische Übersetzer zusammen mit dem Kammerherrn und übersetzte hastig mit zitternder Stimme. Es war das erste Mal in seiner langen Laufbahn als fügsamer und eifriger Sklave, dass er für die Ohren seines Herrn eine Weigerung übersetzen musste. Es folgte ein langes verlegenes Schweigen. Auch die Fächer aus Straußenfedern verharrten einen Moment in der Luft. Xerxes und Demaratos sahen einander einige nicht enden wollende Augenblicke in die Augen und der arme Kammerherr, der weiß war wie ein Laken, spürte, wie sich ihm, in seinem fetten, schlaffen Bauch, der Magen umdrehte.

Der König der Könige sprach: »O Demaratos, niemandem ist es gestattet, unsere Majestät herauszufordern, wie du es getan hast, doch es ist unser Wille, dich wissen zu lassen, dass wir dich als König der Spartaner betrachten, und du uns folglich – da du König bist – nahe stehst. Auch im Unglück hast du den Kopf nicht geneigt. Das zeigt uns, dass du ein wahrer König bist.« Als er das übersetzt hatte, seufzten der Übersetzer und dann auch der Kammerherr, erleichtert auf, fast als trauten sie ihren eigenen Ohren nicht. Demaratos neigte den Kopf als Zeichen des Dankes. Der Großkönig fuhr fort: »Sag uns, o Demaratos, wer sind diese Spartaner, denn deren Name ist uns nicht sehr geläufig.«

Dermaratos fuhr hoch, es schien ihm unmöglich, dass die mächtigste Nation Hellas' dem persischen Monarchen praktisch unbekannt war, dann antwortete er: »O Herr, die Spartaner sind die stärksten und ehrbarsten Griechen, niemand kommt ihnen in der Kriegsführung gleich und niemand kann sie beherrschen. Sie kennen keinen anderen Herrn außer dem Gesetz, vor dem sie alle gleich sind, auch die Könige.« Xerxes zog die rechte Augenbraue ein wenig hoch und noch bevor er die Übersetzung gehört hatte, bemerkte der Kammerherr, dass der Fremde den Herrscher verblüfft haben musste, der recht gut Griechisch verstand, sich jedoch aus Gründen der Etikette und um ganz sicher zu gehen, alles richtig verstanden zu haben, des Übersetzers bediente. Xerxes machte ein Zeichen und der Zeremonienmeister brachte einen Hocker mit einem purpurroten Kissen und bedeutete Demaratos, sich zu setzen. Dann fuhr er fort: »Wir kennen diese Spartaner nicht, von denen du sprichst, aber wir wollen dir glauben, auch wenn es uns schwer fällt. Wir kennen jedoch die Athener. Sie sind die Ruchlosesten aller Menschen, sie haben gewagt, unseren untertänigen Ioniern zu helfen, als sie sich gegen uns aufgelehnt haben. Wir haben beschlossen, sie so zu bestrafen, dass ihr Untergang ein Exempel statuiert und dass nie wieder jemand wagt, unsere Streitmacht herauszufordern. Alle Griechen des Kontinents und der Inseln müssen unsere Autorität anerkennen, niemand darf mehr wagen, an Rebellion auch nur zu denken. Du kennst diese Völker besser als jeder Andere und kannst uns eine große Hilfe sein. Das sind unsere Überlegungen und die sollst du wissen.« Der König schwieg und als der Übersetzer geendet hatte, gab der Zeremonienmeister dem Kammerherrn ein Zeichen, der Demaratos bedeutete, sich zurückzuziehen. Die Audienz war beendet und der Spartaner verabschiedete sich mit einem Kopfnicken vom Herrscher, dann drehte er sich um und ging zur Tür, begleitet von den beiden Würdenträgern. Die Korridore hallten unter den Nagelschuhen des Königs von Sparta wieder.

In den folgenden Jahren galoppierten die Kuriere des Großkönigs durch alle Provinzen des unermesslichen Imperiums, um alle in Alarmbereitschaft zu versetzen und die Truppen einzuberufen. Die Rajahs des fernen Indiens, die Satrapen von Baktrien, Sogdiana, Arachosien, Medien, Arabien, Lydien, Kappadokien, Ägypten begannen, Krieger zu versammeln. In den Häfen Ioniens und Phöniziens wurden Hunderte von Schiffen gebaut, ganze Wälder wurden im Libanon und in Taurien abgeholzt, um das nötige Holz zu liefern, während die Strategen von Xerxes den umfangreichen Plan für die Invasion in Europa austüftelten. Die Könige von Thrakien und Mazedonien, die sich auf dem Weg der Invasionsroute befanden, wurden gezwungen, sich zu unterwerfen und zu kollaborieren. Ionische Architekten trieben das Projekt einer riesigen Brücke auf Booten voran, die dem riesigen Heer die Überquerung der Meerenge des Hellespont gewähren sollte, sowie die Durchbrechung der Landenge von Chalkidike, um der Flotte zu ersparen, um dem Berg Athos herumzusegeln, um den herum gefährliche Felsen aus dem Meer ragten. Ganz Asien bereitete sich darauf vor, ein Meer von Fußtruppen und Kavallerie auf Griechenland niedergehen zu lassen, um eine neue Provinz zu gewinnen, die dem Fürsten von Susa untertan war, oder andernfalls eine Wüste mit brennenden Ruinen zu hinterlassen.

Die ersten Nachrichten von diesen Vorbereitungen trafen mit den ersten Schiffen in Griechenland ein, die die schöne Jahreszeit in die Häfen von Athen, Ägina, Gytheion führte, doch ihnen wurde zunächst kein Glauben geschenkt. Zudem beschäftigten in Sparta schon seit einiger Zeit ganz andere dramatische Ereignisse die Köpfe der Regierenden und der Bürger. Denn es hatte sich die Nachricht verbreitet, dass König Kleomenes – aus Empörung darüber, abgesetzt und aus der Stadt verbannt worden zu sein – sich mit Arkadien und Messenien verbündet hatte und es sogar in Erwägung zog, in seinem Vaterland einzumarschieren. Nachdem sie gewarnt worden waren, beschlossen die Ephoren, ihn zurückzurufen und ihm anzubieten, ihn wieder in sein Amt als König einzusetzen, damit sie ihn besser kontrollieren könnten. Als er an einem Sommernachmittag – staubbedeckt und gezeichnet von den Jahren und der lange ausgebrüteten Wut – zurückkehrte, wurde er von Aristarchos und seinem Sohn Brithos sowie einer Hand voll Freunden empfangen. Der alte König stieg von seinem Pferd und nahm den reich verzierten Helm ab, sah in die Runde und zählte die wenigen, übrig gebliebenen Anhänger. Da schien ihm bewusst zu werden, dass seine Zeit vorbei war. Der alte Löwe war in die Falle gegangen, aber vielleicht war er ohnehin zu müde, um noch zu kämpfen. Er drückte Aristarchos die Hand, der ihn flüchtig auf die Wange küsste. »Wir freuen uns, dass du zurückgekehrt bist, o König, und wir bieten dir die Kraft unserer Arme und die Treue unseres Herzens.« Der König blickte zu Boden und flüsterte: »Du bist ein ehrbarer Mann, Aristarchos, denn du scheust dich nicht, zu deiner Freundschaft zu dem zu stehen, dem großes Unglück widerfährt, doch gebe Acht auf dich und deine Familie. Wir leben in einer Zeit voller Heimtücke und Niedertracht. Mut und Ehrbarkeit scheinen aus dieser Stadt verschwunden zu sein.« Dann entfernte er sich auf der Straße, die zu seinem seit nunmehr langer Zeit verlassenem Haus führte. Als er vorüberging, kehrten die Leute in ihre Häuser zurück und schlossen die Türen. Vor seinem Haus standen bereits die Ephoren, die ihn erwarteten. Der Älteste verbeugte sich kaum merklich und überreichte ihm das Zepter: »Sei gegrüßt, oh Kleomenes, Sohn des Anaxandridas. Wir geben dir das Zepter zurück, das deinem Vater gehörte.« Der König nickte leicht zum Gruß und trat durch die lose in den Angeln hängende Tür ins Haus. Er legte den staubigen Mantel ab und warf ihn auf einen Hocker, dann setzte er sich hin und legte die Hände auf die Knie. Plötzlich vernahm er Schritte hinter sich, drehte sich jedoch nicht um, sondern dachte an den Dolch, der gleich zwischen seinen Schulterblättern in ihn eindringen würde. Stattdessen aber hörte er eine wohl bekannte Stimme.

»Ich erweise meinem König die Ehre und grüße meinen Bruder.«

»Leonidas, du?«

»Ja, ich. Bist du überrascht, mich zu sehen?«

»Nein, bin ich nicht, aber ich hätte dich lieber vorhin gesehen, bei Tageslicht, zusammen mit den Freunden, die mich empfangen haben. Aus deinen Händen hätte ich das Zepter empfangen wollen, nicht von dieser Giftschlange da draußen.«

»Du hättest nicht zurückkommen dürfen. Alle wissen,

dass du die Pythia von Delphi überredet hast, gegen Demaratos weiszusagen. Die Ephoren haben dich nur aus Angst zurückgeholt, wenn es sich nicht gar …«

»Ich weiß, wenn es sich nicht gar um eine Falle handelt, um mich ein für alle Mal aus dem Weg zu räumen. Ich habe es bemerkt, als ich ankam. Fast niemand hat auf mich gewartet, außer Aristarchos mit seinem Sohn Brithos und ein paar wenigen Freunden. Nicht einmal du, aber ich kann dich verstehen, du warst bereits König und meine Rückkehr bedeutet …«

»Sie bedeutet nicht, was du denkst«, unterbrach ihn Leonidas. »Ich hatte es nie darauf abgesehen, dir auf den Thron zu folgen, unter anderem auch, weil mein unglückseliger Bruder Dorieus vor mir an die Reihe gekommen wäre, der nun im fernen Sizilien zwischen Barbaren begraben liegt. Als du fortgingst, trauerte meine Seele und ich hatte nicht den Mut, mit dir zu sprechen. Mir schien, dass dir etwas durch den Kopf ging, was ich nun zu sehen glaube …« Kleomenes hörte geistesabwesend zu, während er in der Asche der Feuerstelle seltsame Feuerzeichen malte. Dann hob er den Kopf und betrachtete im Dunkeln Leonidas' Gesicht, das von dem kurzen, kupferfarbenen Bart eingerahmt war.

»Ich bin dir für deine Worte dankbar, Leonidas! Dies ist für mich ein Moment voller Bitterkeit und mein Schicksal sieht düster aus. In Momenten wie diesem ist das Wort eines Freundes die einzige Medizin gegen das Unglück. Doch hör mir zu, hör mir gut zu: Mit Kleomenes geht es zu Ende, auch wenn ich noch eine leise Hoffnung hegte, ehe ich gekommen bin. Irgendetwas braut sich gegen mich zusammen und vielleicht ist es nur recht und billig, dass es so geschieht; schließlich habe ich es gewagt, die Heiligkeit des Tempels zu entweihen und den delphischen Gott zu beleidigen. Wenn ich verflucht bin, so werde ich nicht versuchen, meinem Schicksal zu entgehen. Aber du darfst mich nicht mehr treffen. Bald wird das Zepter des Anaxandridas, unseres Vaters, wieder in deinen Händen sein, die die meinen nicht mehr drücken dürfen. Denn dies sind die Hände eines Frevlers, der von den Göttern verstoßen wurde.« Leonidas machte Anstalten, ihn zu unterbrechen.

»Nein, hör mir zu«, fuhr Kleomenes fort, »du musst tun, was ich sage, und Aristarchos ebenfalls. Lass ihn wissen, dass ich seine Freundschaft und seinen Mut nicht vergessen werde, doch er hat einen Sohn, einen wertvollen Krieger, der des Ruhmes seines Vaters würdig ist. Ich will nicht, dass seine Zukunft darunter leidet, dass er mir geholfen hat und mein Freund war. Kleomenes muss von nun an allein bleiben, um sich seinem Schicksal zu stellen. Es gibt keinen anderen Weg für mich.«

Er stand auf. »Lebwohl, Leonidas, erinnere dich eines Tages daran, dass ich nicht gezögert habe, mich selbst für das Wohl meiner Stadt und aller Griechen aufzugeben. Nur dafür habe ich nicht einen Augenblick gezögert, zu einer Lüge zu greifen, um Demaratos aus dem Weg zu räumen. Er hat die Freunde der Perser und der Barbaren verteidigt, und nun ist er – dessen bin ich sicher – beim Großkönig. Doch das zählt nun alles nicht mehr. Es steht geschrieben, dass Kleomenes mit Schmach bedeckt in seiner Stadt sterben muss.« Leonidas sah ihm in die müden Augen, die Augen eines alten Mannes. Was war übrig geblieben von dem schrecklichen Krieger, dem kalten und scharfen Verstand, der in der Lage war, kühne Schlachtpläne zu entwerfen und sie von einem Moment auf den anderen ausführen zu lassen? Er empfand tiefes Mitleid mit diesem Mann, den sein Vater mit einer anderen Frau gezeugt hatte und den er immer bewundert hatte, auch wenn er ihn nicht wie einen richtigen Bruder geliebt hatte.

»Vielleicht hast du Recht«, sagte er. »Nur wenige Männer hatten so viel Mut, die Götter herauszufordern, und du bist einer von ihnen, Kleomenes. Ich werde tun, was du sagst, denn es dürfen Sparta nicht noch weitere Wunden geschlagen werden. Der Stadt stehen schwere Zeiten bevor. Lebwohl, mein König, ich weiß, dass du nichts tun wirst, was deinen Ruhm als Krieger beschmutzen wird. In deinen Adern fließt das Blut des Herakles.« Er ging hinaus, blieb noch einen Moment im Türrahmen stehen, dann entschwand er auf die menschenleere Straße.

Kleomenes fand ein schreckliches Ende.

Das Gerücht ging um, dass er – wie die Barbaren aus dem Norden – zu trinken begonnen hatte, literweise puren Wein, und dass er allmählich den Verstand verlor. Man erzählte sich, dass er inzwischen alle hasse und er jeden, den er auf der Straße traf, mit seinem Zepter schlage. Irgendwann erklärten die Ephoren, dass man eine derartige Schande nicht mehr hinnehmen dürfe. Sie ließen ihn festnehmen und mitten auf einem Platz in der Stadt an einen Baumstumpf binden. In Ketten gelegt, die ihm in die Handgelenke schnitten, die Kleider zerrissen, der Bart ungepflegt, kurzum, dem Spott seiner Gegner preisgegeben – so kniete der König da, sah stumpfsinnig die Vorübergehenden an und flehte sie an, ihn zu töten. Eines Morgens, kurz vor Sonnenaufgang, gelang es ihm, den Heloten zu überwältigen, den man – um ihn zu beleidigen – für ihn zur Wache abgestellt hatte. Als dieser eingeschlafen war, würgte er ihn mit seinen Ketten, nahm ihm den Dolch ab und begann, sich auf grausame Weise die Beine aufzuschneiden. Manch einer sagte, dass er ihn in der Stille des Morgens habe schreien hören, manch anderer wiederum behauptete, dass in den umliegenden Häusern ein langes, verrücktes Lachen widergehallt habe, das einem das Blut in den Adern habe gefrieren lassen, und dass der Helot, als er die Augen wieder öffnete, den König gesehen habe, der in einer Blutlache gelegen und ihn mit funkelnden Augen und schmerzverzerrtem Gesicht angestarrt habe. Dann habe der König ein letztes Mal den Dolch gegen sich erhoben und sich den Bauch aufgeschlitzt.

So starb Kleomenes, der Sohn Anaxandridas, indem er vor den Augen seiner Stadt sein eigenes Blut vergoss und sein eigenes Fleisch aufriss.

Als Talos erfuhr, dass Kleomenes zurückgekehrt war, hoffte er, Antinea wieder zu sehen, doch er wurde enttäuscht. Er erfuhr, dass Kratippos nicht gewagt habe, sofort nach Sparta zurückzukehren, sondern sich auf seine Besitztümer in Messenien zurückgezogen und Pelias und seine Tochter mit sich genommen habe. Doch was er auch tat, es gelang ihm nicht, mehr in Erfahrung zu bringen. Nur einmal erzählten ein paar messenische Bauern, dass der alte Pelias sich abmühe, ein erbärmliches kleines Feld zu bestellen, und dass das Mädchen sich den ganzen Tag abrackere, um dem Vater einen Teil der Last abzunehmen. Sie ließ ihm ausrichten, dass sie ihn nicht vergessen habe und ihr Herz niemals jemand anderem gehören würde. Das erzählte ihm Karas, der es wiederum von den Hirten gehört hatte, und er sagte ihm, dass er nicht verzweifeln dürfe; eines Tages würden die beiden vielleicht wieder auf ihren Hof in der Ebene zurückkehren. Doch Talos mochte nun lieber nicht mehr hoffen, um sich nicht noch mehr zu quälen.

Auch in Kratippos' Abwesenheit übergab er dem Oberaufseher jedes Jahr die Ernte, ging – wenn er konnte – zusammen mit Karas zur Jagd und kümmerte sich um seine Mutter. Die aufregenden Ereignisse seiner frühen Jugend rückten in immer größere Ferne, und es verging kein Tag, an dem er sich nicht zur Zerstreuung mit den anderen Hirten aus den Bergen traf. Das Geheimnis, dessen einziger Hüter er war, ruhte in den Tiefen seiner Seele – in eine Art Schlummer getaucht, wie ein unnützer Gegenstand, der in einer Ecke einer verlassenen Hütte vergessen worden war.

Die Gerüchte über die Vorbereitungen des Großkönigs in Asien begannen allmählich, bis zu ihm auf den Berg, wo er ein stets gleichförmiges Leben führte, durchzusickern, und weckten zunächst die Neugier der Leute, dann nach und nach die Sorge. Man fragte sich, ob der Krieg wirklich bis zu ihnen vordringen würde, ob der Perserkönig seine Truppen tatsächlich über das Meer schicken würde. Die Gerüchte ängstigten die Frauen, die schon den Tag fürchteten, an dem ihre Männer mit den Kriegern ziehen und ihre Häuser, die Feldarbeit und ihre Herden allein lassen mussten, um Mühen, Hunger, Durst und schreckliche Unannehmlichkeiten auf sich zu nehmen, ohne irgendeinen Vorteil daraus ziehen zu können, ohne jede Hoffnung damit zu verbinden. Der Krieg wurde für diese Leute, die bereits im Alltag eine schwere Bürde zu tragen hatten, zu einem Albtraum. Schon der letzte Krieg, den König Kleomenes gegen die Argiver geführt hatte, hatte viel Leid gebracht und nicht wenige Menschenleben gefordert, doch er hatte sich immerhin nicht weit von zu Hause abgespielt. Wenn wirklich der Großkönig nach Griechenland käme, konnte niemand voraussehen, wo die Truppen Stellung beziehen müssten und wie lange der Konflikt dauern würde. Ob die einen oder die anderen gewinnen würden, war ohnehin nicht von Bedeutung; für die unglückseligen Heloten würde sich nicht viel ändern, denn die neuen Sieger würden gewiss nicht das Joch von ihnen nehmen, das sie tragen mussten.

So vergingen drei Jahre, bis sich eines Tages die Nachricht verbreitete, das Heer des Königs, das aus unglaublich vielen Kriegern bestand, sammelte sich bei Sardes, um auf dem Hellespont aufzumarschieren. Botschafter aus allen Teilen Griechenlands kamen nach Sparta, andere wurden in alle Himmelsrichtungen verschickt. Das waren die Mobilisierung und der Alarmzustand, die jedem Krieg vorausgingen. König Leonidas und König Leotychidas brachen an einem Herbstmorgen mit ihrem Gefolge nach Korinth auf. Dort sollten sie sich auf dem Isthmos in der Nähe des Poseidontempels mit den Vertretern Dutzender anderer Städte treffen, um einen allgemeinen Verteidigungsplan zu entwerfen. Die beiden Herrscher wussten sehr wohl, wie die Ephoren, der Ältestenrat und die Kriegerversammlung dazu standen: Sie wollten die Verteidigungslinie genau auf dem Isthmos errichten, um die Straße der Peloponnes für das Heer der Angreifer zu sperren, auch wenn sie wussten, dass die Athener, die Platäer und Phoken verlangen würden, dass die verbündeten Truppen auf dem Thermopylenpass Stellung bezogen, um von dort auch Mittelgriechenland zu schützen.

In der großen Aula des Rates von Korinth saßen die Vertreter der einunddreißig griechischen Staaten, die beschlossen hatten, dem Großkönig Widerstand zu leisten. Als die Könige von Sparta Einzug hielten, nahmen die beiden Wachen Haltung an und präsentierten die Waffen. König Leonidas und König Leotychidas nahmen auf den Stühlen Platz, die für sie reserviert waren. Der Saal war bereits gefüllt und der Vertreter von Korinth erhob sich, um die Versammlung zu eröffnen. Er verlas das Traktat, das alle unterschreiben mussten. Darin stand, dass für die Dauer des Krieges gegen die Barbaren größtmögliche Eintracht herrschen musste. Ferner verkündete er die Einberufung aller politisch Verbannten und die Gründung des Heeres des griechischen Bundes. Das Oberkommando wurde Sparta angeboten. König Leonidas und König Leotychides sollten die Bodentruppen führen, der Flottenkommandant Eurybiades sollte das Oberkommando über die Marine übernehmen, deren Großteil an Schiffen allerdings von Athen gestellt werden sollte. Der korinthische Beamte erklärte darüber hinaus, dass auch die Korkyräer das Bündnis anstrebten und auch sie ihre Flotte schicken würden; Syrakus hingegen hatte sich geweigert, denn der Tyrann Gelon hatte das Oberkommando, oder zumindest das Kommando über die Flotte übernehmen wollen, doch das konnte man ihm unter keinen Umständen zugestehen.

Kundschafter waren bereits nach Asien, nach Sardes, ausgeschickt worden, um Genaueres über die Armee des Königs zu erfahren, und deren Zusammensetzung war Gegenstand vieler Diskussionen. In der Tat hielten einige die Fakten, die bisher überbracht worden waren, für absurd. Bis dahin lief alles gut. Die Stimmung war sicherlich nicht entspannt, doch es bestand kein Zweifel daran, dass ein gemeinsamer Wille die Abgeordneten beseelte – der Wille, Widerstand zu leisten. Schwierigkeiten tauchten jedoch auf, als es darum ging, die strategischen Entscheidungen zu treffen. König Leotychidas war nicht umzustimmen. Die Hauptverteidigungslinie sollte längs des Isthmos verlaufen, wo bereits seit einiger Zeit mit dem Bau einer dreifachen Umgebungsmauer begonnen worden war. Denn selbst wenn das restliche Griechenland würde kapitulieren müssen, so könnte man immerhin noch von dem Peleponnes aus die Zurückeroberung starten. Seine Argumentation begründete er vor allem damit, dass es nördlich des Isthmos keine andere Stellung gab, die man so leicht verteidigen konnte.

Doch das stimmte nicht und der Abgeordnete Athens, Themistokles, Sohn des Neokles, sprang sofort auf und ergriff das Wort. Er war ein Mann, der sich zweifellos von allen anderen unterschied. Seine Worte waren eindringlich, hart, zuweilen sogar schneidend, ein Mann von klarem, scharfem Verstand, und in seiner Argumentation überzeugend. Während er sprach, hörte König Leonidas ihm aufmerksam zu, ohne sich auch nur ein Wort von dem, was er sagte, entgehen zu lassen; und ihm wurde bewusst, dass die Griechen die Genialität der Athener ebenso brauchten wie die Stärke der Spartaner.

Themistokles, der Sohn des Neokles, schloss: »Deshalb, ihr Herren, ist es unerlässlich, dass die Verteidigungslinie auf dem Thermopylenpass errichtet wird. Der Pass ist nicht nur eine Tür zu Attika, wie ich heute in diesem Saal gehört habe, sondern zu ganz Griechenland. Indem wir die Thermopylen verteidigen, verteidigen wir auch die Peloponnes. Ganz davon abgesehen«, fügte er hinzu, »wenn Athen von den Barbaren überwältigt und zur Kapitulation gezwungen werden sollte«, Leonidas richtete sich auf seinem Stuhl auf und wechselte bedeutsame Blicke mit seinem Kollegen, »wer beschützt dann eure Küsten vor den Persern? Was nützen die Befestigungen, die längs des Isthmos eifrig errichtet werden, wenn es keine Flotte gibt, die sie verteidigt? Der Feind könnte an jedem Punkt Lakoniens, Argolis', Messeniens oder sogar an mehreren Stellen gleichzeitig Truppen an Land bringen und euch zwingen, euer Heer aufzuteilen, und dann könnte er den Hauptangriff mit dem Großteil seiner Streitmacht durchführen. So tapfer die Spartaner auch sein mögen«, fuhr der Redner fort und wandte sich nun direkt an die beiden lakedämonischen Könige, die ihm gegenüber saßen, »nicht einmal sie können hoffen, einen Angriff ganz Asiens ohne Deckung durch die Flotte abwehren zu können.«

Die Könige von Sparta konnten sich also dem Versprechen nicht entziehen, Truppen zu den Thermopylen zu entsenden, auch wenn sie nicht den Einsatz der gesamten peloponnesischen Streitmacht garantieren konnten. Sie wussten in der Tat nur zu gut, dass die Ephoren und der Ältestenrat niemals zustimmen würden, alle spartiatischen Krieger aus dem Peleponnes abzuziehen. Als alle Redner ihre Reden beendet hatten, öffneten sich die Pforten des großen Saales und die Priester traten herein, um die Vereidigungszeremonie durchzuführen. Die Verbündeten schworen auf den delphischen Gott, sich nicht aus dem Krieg zurückzuziehen, ehe der letzte Barbar den griechischen Boden verlassen hatte, und sie schworen, alle Griechen zu bestrafen, die den Persern halfen und damit ihr Blut verrieten. Als es Abend wurde, kehrten die Abgesandten nach Hause zurück. König Leonidas und König Leotychidas übernachteten in Korinth, denn sie mussten sich noch mit den Beamten der Stadt einigen, um die Kriegsstrategien, die Einberufung der Truppen und die Bereitstellung der Schiffe zu koordinieren, die sich mit der verbündeten Flotte aufstellen mussten. Nach einem bescheidenen Abendessen hatte König Leonidas sich in das Haus zurückgezogen, das ihm die Stadtregierung zur Verfügung gestellt hatte, als die Wache, die am Eingang abgestellt war, ihm ankündigte, dass ihn jemand sprechen wolle. Es war Themistokles, der Athener Admiral. »Komm herein«, sagte der Herrscher, der ihn am Eingang empfing, »ich heiße dich in diesem Hause willkommen.« Der Athener setzte sich und zog den schneeweißen Pallium auf seinen Schultern zurecht. »Was ist der Grund deines Besuches?«

»Ach König, ich bin hier, um dich über sehr schwer wiegende Dinge in Kenntnis zu setzen, die vor sich gehen und die unserer Sache großen Schaden zufügen können.«

Der König sah ihn beunruhigt an.

»Worum geht es?«

»Ich weiß mit Sicherheit, dass die Staaten Mittel- und Nordgriechenlands vorhaben, sich dem Großkönig zu unterwerfen oder mit ihm zu kollaborieren. Aber nicht nur das, auch das delphische Orakel ist auf ihrer Seite. Weißt du, was es den Abgesandten meiner Stadt gesagt hat, als sie es zu Rate gezogen haben?«

»Ich habe gehört, dass es sich um eine durchaus entmutigende Weissagung handelt, aber ich kenne den Inhalt nicht so genau.«

»Entmutigend ist sehr zurückhaltend formuliert«, fuhr der Athener fort. »Das Orakel hat den Städten schreckliches Unheil, Zerstörung und grenzenlose Trauer prophezeit, wenn die Athener sich den Medern widersetzen. Die Abgesandten waren so entmutigt, dass sie sich nicht in die Stadt zurücktrauten. Daher beschlossen sie, als Bittsteller erneut vorzusprechen, um eine neue Weissagung zu bekommen. Und da hat das Orakel mir, ohne es zu wissen, eine Möglichkeit genannt, wie man die Stadt retten kann. Die Worte, die die Pythia ausgesprochen hat, waren nicht weniger erschreckend als zuvor, doch zum Schluss sagte sie, dass die Stadt sich verteidigen könne, wenn sie einen Wall aus Holz erbaue. Scheinbar eine völlig bedeutungslose Nichtigkeit, doch ich habe es so interpretiert, dass unsere einzige Rettung in einer großen Flotte aus Kriegsschiffen besteht.« Leonidas sah ihn überrascht an. »Du bist klüger als Odysseus«, sagte er, »doch was du sagst, ist sehr ernst. Glaubst du wirklich, dass das Orakel redlich ist?« Themistokles schwieg perplex; es schien ihm wirklich etwas zu weit hergeholt, daran zurückzudenken, wie König Kleomenes die Pythia von Delphi überredet hatte, Demaratos eine uneheliche Geburt anzuhängen. Doch er begriff, dass er auf den Einwand nicht eingehen brauchte, als König Leonidas verwirrt den Kopf senkte.

»Dessen bin ich absolut sicher«, antwortete nun der Athener Admiral. »Außerdem kontrollieren die Staaten des Nordens mit absoluter Stimmenmehrheit den Bund der delphischen Städte. Die einzige Möglichkeit, die uns bleibt, um dieser Politik entgegenzuwirken und sie zu neutralisieren, besteht darin, unseren Verbündeten ganz deutlich zu machen, dass wir nichts gegen das Heiligtum haben, und noch einmal den Teil unseres Eides zu betonen, in dem ausdrücklich gesagt wird, dass Verräter bestraft und gezwungen werden, einen Zehnten an den Apollontempel zu zahlen. Doch weh uns, wenn wir als Gegner des Gottes oder als Missachtende des Orakels gebrandmarkt werden. Bis jetzt ist es mir gelungen, das zu verhindern, aber das war nicht leicht. Wie dem auch sei, wir müssen mit Thessaliern, Böotiern, Perrhäbern und Änäern abrechnen, von den Mazedoniern ganz zu schweigen. König Amyntas ist unser Freund, doch seine Stellung ist nicht haltbar. Er würde nicht einen Tag Stand halten. Wenn es dem Großkönig gelingt, seine Truppen in Mittelgriechenland zu stationieren, kann er uns von dort aus ungestört angreifen, denn er kann auf die Unterwerfung und Kollaboration der Verräter vertrauen. Schon allein deswegen ist es unerlässlich, dass eure Regierung sich überzeugen lässt, alle verfügbaren Truppen zu den Thermopylen zu schicken.«

Nachdem der König von Sparta aufmerksam zugehört hatte, antwortete er: »Ich stimme dir in dem, was du sagst, zu, Themistokles, und du kannst sicher sein, dass ich alles tun werde, was in meiner Macht steht, um die Ephoren und den Ältestenrat zu überzeugen. Aber du weißt sehr wohl, dass meine Autorität Grenzen hat. Wisse jedoch, dass ich an den Thermopylen auf jeden Fall zugegen sein werde.«

»Das ist schon viel, o König«, sagte Themistokles, »dann kann ich befriedigt in meine Stadt zurückkehren, denn ich weiß, dass König Leonidas nicht nur ein tapferer Krieger ist, sondern auch ein kluger und großherziger Mann. Dein Versprechen ist sehr wertvoll für mich, so wertvoll, dass ich es mit einem Gastgeschenk belohnen möchte, wie es üblich ist. Du sollst wissen, dass, sobald König Leonidas sich mit seinen Truppen am Thermopylenpass aufgestellt hat, auch Themistokles' Schiff da sein wird, um ihn vom Meer aus zu schützen, und er wird lieber mit seinem eigenen Leben bezahlen, als sein Versprechen zu entehren. Und nun«, sagte er und stand auf, »haben wir alle ein wenig Ruhe nötig. Möge die Nacht dir gnädig sein, o König Leonidas.«

»Und auch dir, athenischer Gast«, sagte der Herrscher und erhob sich, um Themistokles zur Tür zu begleiten.

Da vernahm man plötzlich das Galoppieren eines Pferdes auf dem Straßenpflaster. Es kam geradewegs auf sie zu. Einen Augenblick später hörte man ein Wiehern, dann aufgeregte Stimmen hinter der Tür. Schließlich klopfte es und eine Wache trat ein:

»O König, ein Botschafter bittet darum, dich sofort sehen zu dürfen.«

»Lasst ihn herein«, sagte der König. Ein staubbedeckter und vollkommen erschöpfter Mann kam herein und reichte Leonidas eine Lederrolle, dann grüßte er militärisch und ging hinaus. Der König öffnete die Rolle und überflog schnell die Nachricht. Themistokles sah, dass er blass wurde.

»Ist es etwas Schlimmes?«

»Der Ältestenrat hat jemanden geschickt, das Orakel wegen des Krieges, den wir führen werden, zu befragen, und nun ist die Antwort gekommen.« Er begann, langsam zu lesen:

Euch, ihr Einwohner Spartas, der Stadt mit den weiträumigen Straßen,
Wird entweder der ruhmvolle Sitz durch persische Krieger
zufallen; wenn aber nicht, dann wird aus Herakles' Stamme
Eines Königs Tod das Land Lakonien beweinen.

Themistokles trat näher und nahm den König am Arm. »Schenkt dem kein Gehör, Leonidas, das Orakel steht nunmehr vollkommen zu Gunsten der Perser, du darfst diesen Worten keine Bedeutung beimessen.« Leonidas sah ihn geistesabwesend an.

»Vielleicht stimmt es, was du sagst, athenischer Gast, doch manchmal gelingt es dem Gott, seine Worte durch den Mund Treuloser zu verkünden.« Er öffnete die Tür zur Straße.

»Zu Beginn des Frühlings werde ich an den Thermopylen sein«, sagte er mit fester Stimme.

Der Athener nickte zustimmend, reichte ihm die Hand, zog seinen weißen Mantel fest zu und ging fort. Auf der Straße wirbelten kalte Windböen die trockenen Blätter der Platanen durch die Luft.

VIII
DER LÖWE VON SPARTA

In der Zwischenzeit arbeiteten an den Ufern des Hellespont Tausende und Abertausende von Menschen unter der Leitung der Architekten des Großkönigs eifrig an der großen Brücke. Das riesige Bauwerk musste in jedem Fall vor Einbruch der schlechten Jahreszeit fertig gestellt werden. Die beiden, zwanzig Stadien langen Tragtaue – aus Flachs das eine, von den Phöniziern gefertigt, aus Papyrus das andere, von den Ägyptern hergestellt – waren an der asiatischen Küste befestigt und dann mit jeweils zwei Kriegsschiffen zum europäischen Ufer geschleppt worden. Dort waren sie in die Nut zweier riesiger Holzwinden eingezogen und gespannt worden. Um sie aus dem Wasser auf die nötige Höhe zu heben, waren sechzig Paar Ochsen und zwanzig Paar Pferde erforderlich gewesen. Zwischen den Tauen waren die Schiffe angeordnet, die den Brückenboden halten sollten, der aus einer mit gepresster Erde bedeckten Schicht Reisigbündel bestand. Zum Schluss bewunderten die Architekten des Großkönigs zufrieden das unglaubliche Werk, doch ihre Freude war von kurzer Dauer. Als die neue Jahreszeit hereinbrach, warf ein heftiger Nordwind eine kräftige Flutwelle gegen die Brücke, und sie mussten sich eingestehen, dass sie einen Fehler gemacht hatten. Das Bauwerk stand senkrecht zur Windrichtung und zur Strömung und das Flachsseil, das ohnehin schon schwerer war als das aus Papyrus, tränkte sich mit Regenwasser und brachte die gesamte Konstruktion aus dem Gleichgewicht. Die Anker, die es hielten, wurden herausgerissen und die Sturzwellen kippten das wunderbare Werk in wenigen Stunden. Der Großkönig ordnete wutentbrannt an, das Meer mit

Ruten auszupeitschen, und dazu sollten folgende Worte gesprochen werden: »Du Wasser der Bitternis, unser Herr legt dir diese Strafe auf, weil du ihn beleidigt hast, ohne dass er dir ein Unrecht tat. König Xerxes wird über dich hinweggehen, du magst wollen oder nicht. Dir aber opfert mit Recht kein Mensch, weil du nur schmutziges Salzwasser bist.«

Die Architekten wurden festgenommen und geköpft, damit ihre Nachfolger vorsichtiger wären, wenn sie ihre Pflicht erfüllten. Und so geschah es. Im Frühling war die Brücke wieder aufgebaut, statt zweier Taue waren es nun vier, deren Position so verändert wurde, dass das Gewicht perfekt verteilt war. Auch die Lage der Anker im Boden wurde verändert, sodass die Brücke parallel zur Strömung ausgerichtet und die Tragseile stets gespannt waren. Die Länge der Taue, die die Anker auf dem Meeresboden hielten, wurden je nach Windstärke der Winde, die aus dem Norden kamen, und jener, die im Frühling sanft von Osten her wehten, variiert.

Dreihundertsechzig Dreiruderer und Fünfzigruderer wurden innerhalb der Tragseile vertäut, und darauf wurden maßgesägte Baumstämme gelegt, die die Fahrbahn in der gestampften Erde stützten. Rohr- und Weidengeflechte wurden an den Seiten hochgezogen, damit die Pferde nicht erschraken wenn sie die Wellen des Meeres sahen.

Als die Störche am Himmel von Troas und Bithynien auftauchten, war das Unternehmen vollbracht und Xerxes' unermessliches Heer setzte sich in Bewegung. Als Erstes kamen die Meder, die Kissier und die Hyrkanier vorüber, dann die Syrer mit ihren konischen Helmen und den schweren Nagelkeulen; dann passierten die Skythen auf kleinen struppigen Steppenpferden, die Baktrer mit ihren sonnenverbrannten Gesichtern, die Inder mit den Lanzen aus Rohr und ihrer tätowierten Haut. Als Nächstes kamen die Parther vorüber und die Chorasmier mit den langen Krummsäbeln, die Kaspier mit den schweren Ziegenledermänteln; die Sogder aus der Wüste; die kraushaarigen, mit Leoparden- oder Löwenfell bekleideten und mit langen Speeren bewaffneten Äthiopier; die in weite Mäntel gehüllten Araber auf ihren Dromedaren und schließlich die Lybier, Kappadoker, Phryger, Myser, Thraker, Mossynoiken, Ägypter, Paphlagonier und Kolcher. Ihr Aufmarsch dauerte Tage, und als Letzte zogen die ›Unsterblichen‹ vorüber, die Leibgarde Xerxes'. Es waren zehntausend, in lange, reich verzierte Tuniken gehüllt, mit goldenen und silbernen Armbändern geschmückt, und sie trugen lange Bögen und um den Hals wunderbare Köcher. Sie waren die Crème de la crème des königlichen Heeres, hoch gewachsen, tapfer und ihrem Herrscher treu ergeben bis zum letzten Opfer. Auf einem Thron aus Ebenholz sah der Großkönig dem Aufmarsch zu, selbst ein wenig überrascht, wie viele Völker und Menschen innerhalb der Grenzen seines unendlichen Reiches lebten.

Am Strand der europäischen Küste hatte sich eine Menschenmenge versammelt – alles Hirten und Bauern aus den nahe gelegenen Dörfern –, um sich dieses unvorstellbare Schauspiel anzusehen. Zur gleichen Zeit liefen aus den Häfen Ioniens und Phöniziens verschiedene Schiffsgruppen aus, die zusammen die grandiose Flotte bilden sollten, die das Heer während seines langen Marsches auf dem Landweg unterstützen und versorgen sollte.

Die Küstenbevölkerung sah die Schiffe von Tyros, Sidon, Byblos, Arados, Askalon, vorüberziehen, dann die langen, mit Rammspornen versehenen Schiffe aus Halikarnassos, Knidos, Smyrna, Samos, Chios, Zypern und Phokäa, die majestätisch mit gesetzten Segeln, Standarten und Heckfahnen, auf denen die Zeichen der Schiffskommandanten prangten, über das Meer fuhren.

Schon bald erreichten die ersten Nachrichten das Hauptquartier von König Leonidas und König Leotychidas, die die peloponnesische Armee sofort in Alarmbereitschaft versetzten, woraufhin man einen Teil des Heeres am Isthmos und bei Korinth aufstellte. Inzwischen begannen sich in den Häfen von Piräus, Ägina und Korinth selbst die Kriegsschiffe zu sammeln, die der Flotte des Großkönigs den Seeweg versperren sollten.

Themistokles sah von der Hütte des Admiralsschiffs aus zu, wie seine soeben erst gebildete, erhabene Mannschaft die Anker lichtete, inmitten eines lärmenden Durcheinanders aus Rufen, Befehlen und Trommeln, die den Hunderten von Matrosen, die unter Deck an den langen Rudern saßen, den Ruderrhythmus vorgaben. Eines nach dem anderen fuhren die strahlenden Dreiruderer aus der Hafeneinfahrt heraus – reinste Juwelen der athenischen Schifffahrtstechnik. Sie ragten nur ganz knapp über die Wasseroberfläche hinaus, um den Schüssen der Ballisten und den feindlichen Katapulten so wenig Angriffsfläche wie möglich zu bieten, waren zudem lang und schmal, um die Kraft des Windes und der Ruder optimal auszunutzen. Zu guter Letzt waren sie mit einem spitzen Rammsporn ausgestattet, der mit Bolzen auf dem Hauptträger am Kiel befestigt war und jegliche Mauer durchstoßen konnte, ohne dass der Bug Schaden nahm. Ihre Ingenieure hatten hervorragende Maschinen entworfen und konstruiert, die nicht so leicht zu besiegen oder gar zu vernichten waren.

In den Gewässern, die der Stadt vorgelagert waren, hatten die Truppen den gesamten vorangegangenen Sommer und Herbst über – so lange das Wetter es zugelassen hatte – sich in den hitzigsten und gefährlichsten Manövern geübt, die Ruderer hatten sich die Haut aufgerissen und den Rücken geschunden. Doch nun bewegten sich Tausende von Händen in vollkommener Harmonie und fügten sich den Kommandos der Ruderführer. In Sparta versammelten sich die Ephoren und der Ältestenrat sowie die beiden Könige, um zu entscheiden, was zu tun war. Alle waren der Meinung, dass man das spartiatische Heer nicht außerhalb der Peloponnes aufs Spiel setzen dürfe. Folglich sollte zu den Thermopylen ein Kontingent von Peloponnesern abgestellt werden: Nur dreihundert Spartiaten wurden König Leonidas zugestanden, die mit ihm ziehen sollten. Obgleich er tat, was in seiner Macht lag, bekam der Herrscher nicht einen Mann mehr, vielleicht auch, weil ihm die Unterstützung seines Kollegen fehlte, der die Meinung der Ephoren und des Ältestenrates teilte. Die Ephoren und der Ältestenrat suchten die dreihundert Spartiaten aus, die Leonidas zu den Thermopylen folgen sollten. Darunter waren fast vollständig die Mitglieder der zwölften Syssitie des dritten Bataillons, die von nun an in die königliche Leibgarde aufgenommen waren. Aghias, Brithos, Kleandridas, Kresilas und die anderen Kameraden nahmen die Einberufung, die ihnen die Möglichkeit bot, sich als Erste in direkten Kontakt mit dem Feind zu begeben, begeistert auf. Sie verschwendeten nicht einen Gedanken daran, dass ihre Überlebenschancen im Kampf gegen ein derart riesiges Heer, wie das des Großkönigs, recht gering waren.

Aristarchos wurde auf Grund seiner Tapferkeit und seiner Erfahrung zum Feldadjutanten des Königs ernannt und so geschah es, dass Vater und Sohn im gleichen Kontingent gen Norden aufbrachen.

Auch in den Bergen hatte sich die Nachricht über die Einberufung verbreitet, und nun wurde allen der Ernst der Lage bewusst. Man musste sich bereit machen, fortzugehen. Eines Tages kam ein Botschafter auf den Taygetos und verkündete die Einberufung aller Heloten, die in der Lage waren, ihre Kriegspflicht zu erfüllen. Und so musste auch Talos von seiner Mutter Abschied nehmen und zusammen mit vielen anderen seiner Freunde in die Ebene hinuntersteigen.

In der Stadt sollten die Krieger unter ihnen nacheinander ihre Knechte und Waffenträger aussuchen. Talos jedoch war überzeugt, dass sie ihn wegen seines körperlichen Makels zurücklassen würden und er nicht fortmüsse. Kein Krieger würde einen lahmenden Heloten in seinem Gefolge haben wollen.

Sie wurden auf den Platz des Bronzehauses geführt und mussten sich in drei Reihen aufstellen. Die Krieger stellten sich gegenüber auf, traten in der Reihenfolge ihres Alters vor und liefen durch die Reihen, um sich ihren Diener und Waffenträger auszusuchen. Zum Schluss kamen die jüngeren Krieger an die Reihe. Talos erstarrte, als er Brithos erkannte, der vortrat und den Platz überquerte. Er begann, durch die Reihen zu laufen, bis er genau vor ihm stand. Als er ihn erkannte, sah er ihn spöttisch an, dass ihm das Blut in den Adern gefror, dann sagte er zu dem Musterungsoffizier: »Ich will den hier.«

»Aber Brithos«, sagte der Offizier und kam näher. »Bist du sicher? Siehst du nicht, dass er lahmt? Er kann doch als Trossknecht arbeiten, da nutzt er mehr. Dein persönlicher Diener muss kräftig sein.«

»Mach dir keine Sorgen«, gab Brithos zurück, »dieser ist sehr kräftig, ich kenne ihn gut.«

Und so war Talos nach Jahren – wenn nicht des Glücks, so doch des Friedens – wieder in vollkommener Aufruhr. Als er sich auf dem Weg zum Lager befand, das vor der Stadt aufgeschlagen war, dachte er mit wehmütigem Herzen an Antinea, die er nun seit Jahren nicht gesehen hatte und die er vielleicht nie wieder sehen würde, an seine Mutter, die noch immer hoffte, dass er zur Hütte auf dem Taygetos zurückkehren würde, an den Großvater Kritolaos, der in seinem mit Eichenlaub zugedeckten Grab am Waldrand lag, und an den armen Krios. Alles war zu Ende.

Nun wurde er auch noch von zu Hause fortgerissen, von seinen Leuten, seiner Mutter. Jetzt war er vollkommen allein und zudem in der Gewalt seines unbarmherzigen Feindes. Doch er ließ den Mut nicht sinken und gab sich nicht geschlagen. Nun kam es darauf an, seine Haut zu retten. Außerdem hatte gewiss auch sein neuer Herr ganz schön zu knabbern, wenn es stimmte, was man sich erzählte. So rückte die Stunde des Aufbruchs immer näher, ohne dass irgendetwas Besonderes vorfiel. Er sah Brithos nur ein paar Mal, als er zur Syssitie ging, um Brithos' Ausrüstung abzuholen oder als dieser einmal zum Lager kam, um ihm ein paar Anweisungen für die Reise zu erteilen. Talos war gerade dabei, neue Riemen an der Innenseite des Schildes anzubringen. Brithos trat ein, löste seinen Harnisch und legte ihn in einer Ecke ab, dann setzte er sich auf einen Schemel.

»Ist alles bereit?«, fragte er, ohne ihn anzusehen.

»Jawohl, Herr, es ist alles bereit; ich habe die Riemen des Schildes ausgewechselt, denn sie waren schon ganz morsch. Die Waffe muss eng am Arm sitzen.«

Brithos sah ihn forschend an.

»Du weißt ganz schön viel, dafür, dass du nur ein Hirte bist, der sich noch nie von seinem Berg entfernt hat.«

»Die Alten meines Volkes haben mich alles gelehrt, was man wissen muss, um diese Arbeit zu verrichten.«

»Die Alten deines Volkes müssen dir auch andere Dinge beigebracht haben«, fuhr Brithos fort, wobei er ihn immer noch durchdringend ansah, »und du weißt sehr wohl, was ich damit meine. Ich habe es nicht vergessen, auch wenn seitdem einige Jahre vergangen sind, und auch du hast es nicht vergessen, glaube ich.«

»Nein, Herr«, erwiderte Talos knapp und setzte seine Arbeit fort, »ich habe es nicht vergessen.«

»Aber du bist klug. Die Lektion, die dir erteilt wurde, hat dir die Flausen ausgetrieben, zumindest sieht es so aus. Aber ich bin mir überhaupt nicht sicher. Jedenfalls«, fuhr er fort und löste seine Beinröhren, »irgendetwas an dir überzeugt mich nicht und als ich dich zusammen mit den anderen Heloten unten auf dem Platz gesehen habe, hatte ich plötzlich Lust, herauszufinden, was es ist.«

»Es gibt nichts herauszufinden, Herr«, flüsterte Talos, ohne den Blick von seiner Arbeit zu heben. »Ich bin nur ein armer Hirte.«

»Das werden wir sehen«, sagte Brithos eisig. »Auf diesem Berg sind in den letzten Jahren seltsame Dinge geschehen. Erst vor einem Monat ist ein Hirsch gefunden worden, der im Eurotas starb, getroffen von einem merkwürdigen Pfeil, der noch nie bei uns benutzt wurde. Ich habe den Eindruck, dass du mehr darüber weißt.«

»Du irrst dich, Herr, ich weiß von nichts; ich habe mich immer nur um meine Herde gekümmert.«

»Wie heißt du?«

»Talos.«

»Und weißt du, wer ich bin?«

»Du bist Brithos, der Sohn des Aristarchos, Kleomenide.«

Brithos erhob sich und begann, im Zelt auf und ab zu gehen. Dann blieb er stehen und kehrte ihm den Rücken zu.

»Und was ist aus deiner schönen ... Bäuerin geworden?«

»Pelias' Familie ist dem edlen Kratippos nach Tegea und dann glaube ich nach Messenien gefolgt.« Talos stand auf und als Brithos sich umdrehte, fand er ihn direkt vor sich. Mit aufeinander gepressten Zähnen sah er ihn fest an.

»Geh wieder an die Arbeit, Hirte, es ist viel vorzubereiten, wir reisen morgen ab.« Er warf sich den kurzen Militärmantel über die Schulter und ging hinaus.

Am nächsten Morgen stellte sich das Heer in perfekter Reihenfolge auf. Ganz vorne die dreihundert Spartiaten in acht Viererreihen pro Abteilung, dahinter die verbündeten Peloponnesen und als Letztes die helotischen Diener mit den Wagen und dem Gepäck.

Der König kam – umringt von den Würdenträgern – als es noch dunkel war. Hinter ihm in seinem Gefolge tauchten die Mütter der neuen Krieger auf. Die alte Zeremonie der Schildüberreichung stand bevor. Weiß gekleidet und das Gesicht verschleiert, stellten sie sich den Hopliten gegenüber auf. Als eine Fanfare ertönte, traten die jungen Krieger zwei Schritte vor die Reihen und stellten bei einer zweiten Fanfare ihre Schilde mit dem roten Lambda, die sie am Tag der Initiation von ihren Vätern empfangen hatten, auf dem Boden ab. Auf ein Zeichen des Königs näherte sich die erste Frau ihrem Sohn, nahm den Schild, zog ihn ihm über den Arm und sprach dabei mit fester Stimme die alte Formel:

Du wirst mit ihm wiederkehren oder auf ihm.

Das bedeutete, du wirst siegen und mit deinem Schild zurückkehren, oder du wirst sterben und auf ihm zurückgetragen. Schließlich kam Ismene an die Reihe. Die Stadt hatte ihr eine grausame Ehre bereitet, denn sie hatte ihr – ungeachtet der Regel, niemals zwei Männer einer Familie einzuberufen, damit ein Name nicht Gefahr liefe, auszusterben – den Mann und den Sohn genommen. Ismene kniete nieder und nahm den Schild, dann richtete sie sich vor Brithos auf. Im grauen Licht des heranbrechenden Tages zeichnete sich das finstere Profil des Jungen ab, ließ seine Gesichtszüge härter wirken, und Ismene meinte für einen Augenblick, die Gesichter der in das Zypressenholz geschnitzten Kleomenidischen Helden zu sehen. Ihr lief ein Schauer über den Rücken und ihre Stimme zitterte, als sie die Formel sprach. Die Sonne tauchte hinter den Bergen auf, während die Letzte der Frauen an ihren Platz zurückkehrte, und unter den Blicken der Mütter von Sparta begann die dunkle und reglose Masse der Krieger hier und da unheilvoll aufzuleuchten. Ohne eine Träne betrachteten sie ihre Söhne, denn sie wussten, dass sie sie sterblich geboren hatten, und Schmerz und Leid hielten sie seit Menschengedenken in der Tiefe ihres Schoßes verborgen.

Der König setzte sich den Helm mit dem dreifachen

Helmbusch auf den Kopf und gab das Zeichen zum Aufbruch. Das Trommeln und der Flötenklang verloren sich kurz darauf auf der Straße, die nach Norden führte.

Leonidas bezog etwa zwei Wochen später am Thermopylenpass Stellung und gab sofort Anweisung, die alte Befestigungsmauer, die den Pass umgab, in Stand zu setzen. Dann entsandte er eine Gruppe von siebenhundert phokischen Hopliten, die den Pass von Anopäa besetzen sollte, damit der Feind nicht ausweichen konnte. Schließlich organisierte er Wachablösungen und die Lieferung von Lebensmitteln und Waffen.

Als Themistokles erfahren hatte, dass die persische Flotte an Chalkidiki vorbeigesegelt war und nun Kurs in Richtung Süden nahm, bezog er unter dem Vorgebirge von Artemision Stellung, um Leonidas von der Meerseite aus zu decken. Des Nachts sandte er von der Hütte des Admiralsschiffes mit einer Fackel oder einem Spiegel Zeichen aus, um Leonidas über die Vorgänge auf dem Laufenden zu halten.

Eines Tages, an dem der König gerade die Befestigungsanlagen inspizierte, kam einer der Männer, die für gewöhnlich auf der Passstraße patrouillierten, aufgeregt angelaufen. Der Mann eilte den Berg hinunter und war vollkommen erschöpft, als er ihn erreichte.

»O König«, keuchte er, »sie kommen! Es sind Hunderttausende. Wo sie vorbeikommen, vertrocknen die Flüsse, ihre Feuer erhellen den Horizont in der Nacht. Noch nie hat man ein Heer von solchem Ausmaß gesehen.« Sofort gab der König eine Reihe von kurzen Anweisungen: Die Regimenter in Kriegsausrüstung bezogen hinter der Mauer Position, während einige der Spartiaten vor der Mauer blieben, um die Lage besser überblicken zu können. Um die Wartezeit zu nutzen und in der Aussicht auf die bevorstehende Schlacht machten sie gymnastische Übungen, um die Muskeln aufzuwärmen.

Plötzlich tauchte auf einem Hügel ein persischer Reiter auf. Man konnte ihn leicht an der weiten, bestickten Hose und dem konischen Helm erkennen. Die jungen Spartiaten würdigten ihn kaum eines Blickes und setzten ihre Gymnastik fort, als wäre nichts geschehen. Nachdem der Perser das Schauspiel eine Weile beobachtet hatte, gab er seinem Pferd die Sporen und galoppierte den Hügel wieder hinunter.

»Sie werden bald über uns herfallen«, sagte Aristarchos zu Leonidas.

»Das glaube ich auch«, antwortete der König. »Sie haben keinen Grund, es noch hinauszuzögern.« Doch nach etwa einer Stunde erschien ein Trupp von Reitern mit einer Fahne.

»Sie sind nicht bewaffnet«, stellte Aristarchos fest, »das müssen Botschafter sein.«

Und so war es auch. Die Reiter begaben sich auf den Pass und kamen langsam mit vorgehaltener Fahne heran, bis sie zu Füßen der Mauer stehen blieben. Ein Übersetzer, der griechisch sprach, trat vor.

»Dies ist eine Gesandtschaft Xerxes', des Königs der Könige, Herrn der vier Erdteile. Wir möchten mit eurem Oberbefehlshaber sprechen.«

Aristarchos trat hinter der Mauer hervor, ging auf den Übersetzer zu und kündigte an: »Unser Oberbefehlshaber – Leonidas, Sohn des Anaxandridas, König der Spartaner.« Er trat beiseite und ließ den König vorbei, der aus einem Versteck kam. Die drei roten Rosshaarbüsche auf dem Helm schaukelten im Wind, der vom Meer herüberblies.

Der persische Botschafter war in einen Mantel aus himmelblauem Byssus gehüllt, am Gürtel trug er den Säbel der Unsterblichen mit der kunstvoll bearbeiteten, goldenen Griffstange. Er hielt eine lange Rede, dann nickte er kurz, als Zeichen, dass er fertig war.

Mit seiner leicht singenden, ionischen Aussprache

übertrug nun der Übersetzer: »Der König der Könige, Xerxes, Herr der vier Erdteile, unser Herr, lässt dir ausrichten: ›Verlasst diesen Pass, o Menschen Griechenlands, um nicht unnötig unseren Zorn herauszufordern. Es haben sich bereits alle Völker und Nationen bei dem Anblick unserer Soldaten, die zahlreicher sind als die Sandkörner am Strand, unterworfen. Wir möchten gnädig sein und sind bereit, euch euer Leben zu schenken, wenn ihr euch ergebt und die Waffen niederlegt.‹« Er unterbrach sich einen Moment. »Wie also lautet eure Antwort?«

König Leonidas, der sich die ganze Zeit nicht gerührt sondern dem Perser direkt in die Augen geblickt hatte, ohne den Übersetzer auch nur eines Blickes zu würdigen, antwortete in seinem harten lakonischen Dialekt: »So soll er sie sich holen.«

Der Übersetzer war bestürzt, dann wandte er sich an den Botschafter und übersetzte die Antwort. Der Perser sah den Mann erstaunt an, der ihm gegenüber stand, dann gab er seinem Gefolge verärgert ein Zeichen, drehte sein Pferd und galoppierte in einer Staubwolke davon.

Kurz darauf überbrachte er seinem König die Antwort, wozu er sich ihm zu Füßen legte und demütig zu Boden sah. Demaratos, der sich im königlichen Pavillon befand, näherte sich dem Thron und sagte: »Ich habe es dir gesagt, auch wenn sich alle anderen ergeben, die Spartaner kämpfen.«

Der Großkönig schäumte förmlich vor Wut, rief seine Generäle zusammen und befahl ihnen, zum Angriff überzugehen. Die Spartaner sollten lebend gefasst, in Ketten gelegt und ihm dann vorgeführt werden. Im Lager hallten aufgeregte Befehle wider, die Trompeten bliesen zum Appell und die riesige Horde setzte sich in Bewegung und steuerte auf den Pass zu.

König Leonidas führte seine Truppen vor die Mauer und stellte sich selbst in die erste Reihe des rechten Flügels, während Aristarchos im linken Flügel Stellung bezog. Irgendwann hörte man von fern das unheilvolle Dröhnen der Trommeln, das sich mit dem Wiehern der Pferde und dem Knarren der eisernen Räder der Kriegswagen verband. Dann tauchte am Ende der Straße die gigantische Armee auf. Die Spartiaten, die sich auf der rechten Seite aufgestellt hatten, drückten sich fest aneinander und bildeten so eine undurchdringliche Mauer aus Schilden, die mit funkelnden Lanzen gespickt war.

Mit Grauen erregendem Gebrüll griffen die Perser plötzlich an und stürzten sich auf die erste Reihe der Griechen.

Es war ein furchtbarer Kampf. Die Perser, die es gewöhnt waren, einen sehr dynamischen Krieg mit vorwiegend leichten Waffen und Kavallerie zu führen, sahen sich auf engstem Raum zusammengedrängt und fielen zu Hunderten, aufgespießt von den schweren Lanzen der von Kopf bis Fuß mit Bronze bedeckten Hopliten. Die Schlacht wurde immer wilder, und die Griechen ließen von ihren nunmehr unbrauchbaren Lanzen ab, zogen ihre Schwerter und begannen den Nahkampf.

In dem dichten Staub, der aufgewühlt worden war, konnte man die rote Helmzier Leonidas' erkennen, der seine Männer in einem unaufhaltsamen Sturmangriff mit sich riss. Die dreihundert Mann bahnten sich nun ihren Weg durch die feindlichen Reihen, stiegen über Berge von Toten, die auf dem vom Blut der Gefallenen aufgeweichten Boden lagen.

Als der persische Kommandant sah, dass der Feind sein Mittelfeld zu umstellen drohte, ordnete er den Rückzug an. Unter den Schreien der Verletzten und dem Wiehern der Pferde, die verrückt waren vor Angst, zog sich die Masse zaghaft zurück, um die Reihen nicht völlig aufzulösen. Da gab auch Leonidas Befehl zum Rückzug, und seine Männer schulterten ihre Schilde und flüchteten sich eilig in Richtung Mauer.

Als der persische Kommandant das sah, glaubte er,

dass der Feind sich aus lauter Erschöpfung hinter die Mauer zurückziehen wolle und blies erneut zum Angriff. Neuen Mutes stürzten seine Männer sich mit Gebrüll vorwärts und bildeten sogleich eine neue Front. Genau das aber hatte Leonidas bezweckt. Kaum dass sie die Mauer erreicht hatten, machten seine Leute blitzschnell kehrt und boten dem Feind als geschlossener Trupp die Stirn. Die Perser schwappten grüppchenweise und ungeordnet heran und wurden kurz und klein geschlagen. Von Panik ergriffen, versuchten sie, zurückzuweichen, doch ihre Offiziere schoben sie unter Einsatz von Peitschen immer wieder nach vorn und schrien Befehle in tausend verschiedenen Sprachen. Die Verwirrung war vollkommen und in dieser Hölle aus Schreien, Staub und Blut bewegte sich die von Leonidas angeführte, geschlossene Schar vorwärts und überrannte einfach alles, was ihr in den Weg kam. Endlich bliesen die Trompeten zum Rückzug und die Soldaten des Großkönigs verließen verwundet und erschöpft den Pass.

König Leonidas wandte sich zu seinen Truppen um, nahm den verbeulten und blutbeschmierten Helm ab und stieß einen Siegesschrei aus, der gemeinsam mit dem seiner Männer in den Schluchten des Oita widerhallte.

Talos hatte von seinem Platz hinter der Mauer das ganze Spektakel verfolgt, obwohl all seine Kameraden – vollbeladen mit Waffen, deren Spitzen abgebrochen waren, oder mit entzweigegangenen Lanzen, die repariert werden mussten – wie aufgescheucht hin und her eilten, um den Kriegern neue Waffen an die Front zu bringen. Als er sah, wie die Truppe im Eilschritt auf die Mauer zukam, sprang er auf und lehnte sich über die Glacis, drauf und dran, die erstbeste Waffe, die in seiner Nähe war, zu packen und sich ins Getümmel zu stürzen.

Nie hätte er es für möglich gehalten, dass es ihn derart überkommen würde. Im Laufe der Schlacht spürte er mehrmals, wie das Blut in seinen Adern kochte und sein

Wunsch, sich in die Schlacht zu stürzen, wurde noch verstärkt durch eine unerklärliche Begeisterung für diesen verzweifelten Widerstand, für diesen übermenschlichen Mut, der diese wunderbaren Truppen überstrahlte, die geschlossen dem roten Helmbusch von König Leonidas folgten. Und immer größer wurde der Zorn, weil er sich nicht als Teil dieses großartigen, leidenschaftlichen Kampfes fühlen durfte, dieses gewaltigen Feuers, das die zur Verteidigung der Freiheit vieler Nationen aufgestellten Kämpfer antrieb. Er sah, wie die Krieger von Sparta, Trachis und Tegea sich schweißgebadet, mit Blut besudelt, staubbedeckt und verletzt hinter die Mauer schleppten, er sah die Fußtruppen von Mantinäa und Orchomenos, mit ihren staubweißen Bärten, den zerbrochenen Lanzen und den zerbeulten Schilden. Er sah Brithos in seiner funkelnden Bronzerüstung mit den Kupferornamenten und seinen Vater, Aristarchos – die korinthische Sturmhaube ins Gesicht gezogen, den großen Schild mit dem Drachen verbeult – und er wünschte, einer von ihnen zu sein.

Der Oberbefehlshaber kam angestürzt und befahl, Essen und Wasser bereitzumachen, damit die Krieger sich waschen und stärken könnten. Die Verletzten wurden in ein Zelt gebracht, in dem man ihre Wunden behandelte und sie verband. Immer mehr Heloten kamen hinter der Mauer hervor, um die Gefallenen einzusammeln und für Eilbegräbnisse herzurichten.

König Leonidas lief unermüdlich auf dem Feld umher, gab Anordnungen und teilte die Wachen für die Mauer ein. Während er einen Moment ausruhte – er hatte noch nicht einmal Zeit gehabt, sich der Rüstung zu entledigen – kam ein Bote mit einer Depesche für den König. Die Flotte hatte den Feind zum ersten Mal angegriffen und es geschafft, ihn zurückzudrängen. Themistokles hatte sein Wort gehalten und wachte über das Meer, um der kleinen Armee, die den Pass verteidigte, Rückendeckung zu geben. Kein Zeichen jedoch erhielten sie von dem Pass von

Anopäa, wo die Phoker den einzigen Landweg besetzten, von dem aus man dem griechischen Kontingent in den Rücken hätte fallen können. Der König schickte nun seinerseits eine Depesche an Sparta, um Verstärkung zu rufen und darauf hinzuweisen, dass man den Pass nur verteidigen könne, wenn frische Truppen bereitgestellt würden. Er wusste nicht, dass sein Schicksal schon besiegelt war und dass seine Regierung unter gar keinen Umständen Männer vom Isthmos von Korinth abziehen würde.

Xerxes wollte seinen Augen nicht trauen, als er seine Truppen in diesem Zustand zurückkehren sah. Er musste sich eingestehen, dass seine Armee in diesem engen Schlauch, der von einer Hand voll Männern, die zu allem entschlossen waren, verteidigt wurde, keine Chance hatte, ihre offensichtliche Überlegenheit zu entfalten. Demaratos hatte Recht, es war ein großer Fehler gewesen, die Griechen und vor allem die Spartaner zu unterschätzen. Er gab also Befehl, seine beste Truppe zum Angriff zu schicken: die Unsterblichen. Auf dem Schlachtfeld, von dem sich Stöhnen und Klagen erhob, ertönten plötzlich Trommeln und in kürzester Zeit standen zehntausend bestens ausgerüstete persische Krieger in Reih und Glied, um den Pass zu stürmen und ein für alle Mal die hartnäckige Verteidigung der Gegner zu überrennen. Die Nachricht erreichte sehr bald das griechische Lager, überbracht von einem Wachposten, der am Eingang zum Pass abgestellt war.

»Oh König, eine zweite Attacke ist im Anmarsch, aber diese sind anders, sie marschieren schweigend, geschlossen, sie scheinen ein disziplinierter Korps zu sein, den man fürchten muss.«

Leonidas blickte niedergeschlagen drein. Wie sollte man Männer, die bereits ihr Äußerstes gegeben hatten, bitten, noch einmal zu den Waffen zu greifen, die sie gerade niedergelegt hatten? Wie viel frische Truppen konnte der König noch gegen seine zermürbten Männer aufstellen? Er ließ zum Appell blasen. Die Männer stellten sich schweigend vor der Mauer auf. Wer in erster Reihe gekämpft hatte, ging in die dritte, die Nachhut stellte sich diesmal an die Front. Die Perser näherten sich im Gleichschritt als geschlossene Formation.

»Sie haben sich in einer Phalanx aufgestellt«, sagte Leonidas zu Aristarchos, »aber sie haben kürzere Lanzen als wir. Gib Befehl, die Zwischenräume zwischen den Männern so gut es geht zu schließen, es dürfen nur noch die Speere herausragen.«

Aristarchos brüllte den Befehl und mit einem metallischen Dröhnen schloss sich die Armee: Aus der bronzenen Mauer aus Schilden ragten nur noch die schweren Lanzen aus Eschenholz heraus und bildeten einen undurchdringlichen Zaun. Der König machte zur Mauer hin ein Zeichen, und eine Gruppe Heloten blies in die Flöten und trommelte. Die Schlachtreihe bewegte sich auf den Pass zu und wirbelte eine Staubwolke auf dem noch immer leichenübersäten Terrain auf. Die Soldaten stiegen über Berge von Toten, bis sie ein freies Stück Feld erreichten, dann gingen sie, auf Befehl des Königs, der immer noch rechts außen aufgestellt war, zum Angriff über. Die beiden Fronten stießen mit einem Furcht erregenden Getöse zusammen. Für einen Moment schwankten die Frontlinien der beiden Armeen unsicher, denn keiner der beiden gelang es, die andere zurückzuschieben. Zuweilen hörte man den angespannten, fast verzweifelten Klang der Flöten, das Donnern der Trommeln, bis König Leonidas – die dreihundert Eirenen im Schlepptau – mit lautem Gebrüll angriff. Er durchbohrte den persischen Offizier, der vor ihm stand, schnitt einen anderen entzwei, der ihm den Weg versperrte und rannte vorwärts wie eine losgelassene Furie, während Aristarchos ihn mit seinem riesigen Schild vor seitlichen Angriffen schützte.

Xerxes, der seinen Thron auf einen nahe gelegenen Hügel hatte stellen lassen, damit er den Sieg seiner Truppen beobachten konnte, sprang auf, denn er ahnte schon, was sich anbahnte. König Leonidas hatte ihn erblickt und versuchte, sich durch das persische Heer einen Weg zu ihm zu schlagen. Er wurde blass. Der schreckliche Kopf mit den drei zinnoberroten Helmbüschen drang immer tiefer in den Korpus seiner Armee ein, die sich ängstlich öffnete. Noch wenige Augenblicke und es würde ein Graben entstehen, in dem sich das gesamte griechische Heer auf den Großkönig stürzen würde, um ihn zu töten und die Horde der Invasoren zu enthaupten.

Von Panik erfasst gab Xerxes Befehl zum Rückzug und die dezimierten Unsterblichen wichen überstürzt zum Hügel zurück, stellten ihre Schlachtreihe wieder her und bemühten sich dann, langsamer zu gehen, damit der Rückzug nicht zu einer Niederlage wurde.

Fünf Tage lang ließen die Feinde sich nicht mehr blicken und Leonidas begann zu hoffen, dass er Verstärkung bekäme. In einer mondlosen Nacht sahen seine Wachen auf der Wasseroberfläche wiederholt ein Leuchtsignal aufblinken. Kurz darauf legte ein Boot am Strand an. Der Mann, der daraus ausstieg, bat darum, sofort mit dem König sprechen zu dürfen. Leonidas unterhielt sich in seinem Zelt gerade mit Aristarchos. Der Bote trat ein und verbeugte sich.

»O König, ich muss dir Dinge berichten, die nur für deine Ohren gedacht sind«, sagte er.

»Sprich nur«, antwortete der König, »dieser Mann ist der tapferste Krieger von Sparta und mir treu ergeben.«

Der Bote begann: »Mein Kommandant, Themistokles, lässt dich grüßen und dir ausrichten, dass er sein Wort gehalten hat. Doch nun wird die gesamte Flotte von allen Seiten bedroht und muss den Rückzug antreten. Hinzu kommt, dass er erfahren hat, dass Sparta euch keine Verstärkung schicken wird, weil die Ephoren und der Ältestenrat keine Männer vom Isthmos abziehen wollen. Deine

Tapferkeit war sehr groß und dein Tod wäre den Griechen in keinster Weise von Vorteil, daher möchtest du deine Männer am Strand versammeln und noch heute Nacht werden seine Schiffe kommen, um euch an Bord zu holen und auf den Isthmos von Korinth in Sicherheit zu bringen.«

König Leonidas wurde bleich. Nun wusste er, dass er vollkommen alleingelassen worden war. Dennoch antwortete er in ruhigem Tonfall, der seine Erregung verbarg: »Sage deinem Kommandanten, König Leonidas schickt dich, ihm zu sagen ›Sei gegrüßt, deine Worte waren ein großer Trost für uns, denn das Wort eines Freundes ist immer ein wertvolles Geschenk, auch in großen Momenten, doch ich werde deine Einladung nicht annehmen. Wir haben einen Befehl bekommen und müssen gehorchen. Daher werden wir kämpfen, solange unsere Kräfte es uns erlauben, und dann werden wir ehrenhaft fallen, wie es sich für Krieger geziemt.‹ Nun geh, mögen die Götter dir beistehen.«

Der Bote grüßte, erstaunt ob dieser übermenschlichen Standhaftigkeit, und schlich in die Nacht hinaus, zurück zu seinem Boot. Kurz darauf, an Bord des Admiraldreiruderers, überbrachte er seinem General, der in der Hütte im Schein einer Öllampe wachte, die Antwort.

»So ein sturer Spartaner!«, rief Themistokles aus, als er die Nachricht vernahm, und schlug mit der Faust auf die Reling. »Der lässt sich abschlachten wie ein Stier vor dem Altar. Er will einfach nicht verstehen, dass sie ihn geopfert haben, um uns sein Blut ins Gesicht zu spritzen, wenn es darum geht, den Isthmos von Korinth mit unserer Flotte zu verteidigen.« Er entließ den Boten und lief nervös auf der Brücke auf und ab. Dann trat er aufs Oberdeck hinaus und blickte zum Land hinüber. Zu seiner Rechten sah er die tausend Feuer des persischen Lagers aufflackern, zu seiner Linken die fast verloschenen Lichter der Feldnachtlager des nunmehr zum Tode verdammten kleinen griechischen Heeres. Er biss sich auf die Lippe, dann sagte er – fast als spräche er zu sich selbst – zu dem Offizier, der sich neben ihn gestellt hatte: »Wir können nicht länger warten. Gebt Befehl zum Ablegen.«

Aus den Schiffsflanken tauchten die mit Fett eingeriebenen Ruder geräuschlos in das Wasser und der große Dreiruderer glitt sanft über das Wasser des Euriposkanals. Der Tag brach an.

König Leonidas hatte vor dem Schlafengehen Anweisungen für den nächsten Tag gegeben und den jungen Kresilas mit einer Augenentzündung in das nahe gelegene Dorf Alpenos bringen lassen. Fast blind, wie er war, hätte er keinesfalls mehr kämpfen können. Nachdem er auch Aristarchos entlassen hatte, legte er sich auf sein Lager, um ein wenig auszuruhen. Er hatte erst wenige Stunden geschlafen, als der Wachtposten ihn plötzlich weckte.

»Herr, wir sind verloren, gerade ist eine Nachricht gekommen, dass ein Verräter das persische Heer auf den Anopäapass geführt hat. Die dort aufgestellten Phoker haben sich auf den Gipfel zurückgezogen, um sich besser verteidigen zu können, doch die Feinde haben sie gar nicht angerührt, sondern sind direkt auf der anderen Seite den Berg hinuntergelaufen. Bei Sonnenaufgang sind sie bei uns.« Leonidas bewaffnete sich nicht einmal, als er das Zelt verließ, sondern warf sich nur einen Mantel über die Schultern, und ließ die Truppen antreten.

»Krieger Griechenlands«, sagte er, »groß und lobenswert war euer Mut, doch Mut vermag nur wenig gegen Verrat. Jemand hat dem Feind den Weg über Anopäa gezeigt und wir werden in Kürze umzingelt sein. Es ist unnötig, dass Tausende tapferer Krieger umsonst sterben. Ihre Lanzen können die Barbaren noch in anderen Schlachten töten, die mit Sicherheit bald überall in Griechenland stattfinden werden. Die verbündeten Truppen mögen sich also nun zurückziehen, zu ihren Städten zurückkehren und allen Mut machen, damit sie sich dem Feind nicht unterwerfen. Die Spartiaten werden hier bleiben und ihren Rückzug decken. Fürchtet nicht, feige zu sein. Ihr habt euren Mut bereits bewiesen und niemand kann behaupten, dass ihr Angst hattet. Im Gegenteil, ihr habt dem Befehl eures Kommandanten gehorcht. Und nun geht, denn euch bleibt nicht viel Zeit.«

Schweigen folgte auf die Worte des Königs, dann verließen die Krieger ganz allmählich grüppchenweise die Versammlung, um sich auf den Aufbruch vorzubereiten. König Leonidas kehrte zu seinem Zelt zurück und ließ sich erschöpft auf einen Stuhl sinken. Kurz darauf trat Aristarchos ein.

»O König«, sagte er mit fester Stimme, »wir werden bis zum letzten Augenblick an deiner Seite kämpfen. Unsere Krieger fürchten den Tod nicht.«

»Ich danke dir«, sagte der König. »Ich habe nie an deinem Mut und an der Tapferkeit unserer Krieger gezweifelt, doch nun geh, es ist Zeit, sich auf die letzte Stunde vorzubereiten.« Er setzte sich, zog eine Lederrolle, wie er sie benutzte, um Nachrichten zu schreiben, aus einer Truhe, dann rief er die Wache und erteilte ihr einen Befehl. Es dauerte nicht lang, bis Brithos und sein Freund Aghias – beide bereits bewaffnet – antraten. Sie grüßten und nahmen auf ein Zeichen Leonidas' Platz.

»Der Pass ist verloren und uns bleiben nur noch wenige Stunden«, sprach der König. »Ich möchte jedoch, dass der Ältestenrat, die Ephoren und König Leotychidas diese Nachricht bekommen«, er zeigte auf die Rolle, die auf seinem Tisch lag. »Sie ist äußerst wichtig und ich kann diese Aufgabe nur zwei sehr tapferen Kriegern, wie ihr es seid, anvertrauen, zwei geschickten und klugen Männern, die den Gefahren dieses langen Weges bis nach Sparta auszuweichen wissen. Ihr wart Mitglieder der Krypteia und seid für diese Mission wie geschaffen. Denkt daran: Die Nachricht muss direkt den Ephoren übergeben werden und im Beisein von König Leotychidas.«

Brithos erblasste. »Aber Majestät, wie kannst du uns befehlen, dich in diesem Augenblick allein zu lassen, und – gestatte mir diese Bemerkung – erfahren sie denn in Sparta nicht, dass die Thermopylen verloren sind, sobald unsere Verbündeten ihre Häuser erreichen? Wir sind dir gefolgt, um dich niemals allein zu lassen«, er zögerte einen Moment verwirrt, »oder hat vielleicht ... hat vielleicht mein Vater Aristarchos, geblendet von der Liebe, die er zu mir hegt ...«

König Leonidas fiel ihm ins Wort und sprang mit rotem Gesicht auf.

»Wie kannst du es wagen«, schrie er, »wie kannst du es wagen, deinem Vater so etwas zu unterstellen? Er weiß nicht einmal, dass ich dich gerufen habe. Ich habe es ihm nicht gesagt, weil ich sicher bin, dass er das nicht zugelassen hätte. Doch nun genug, ihr habt einen eindeutigen Befehl von eurem König erhalten, führt ihn aus!« Er setzte sich und zog nervös den Mantel über seine Knie.

»O König«, fuhr Brithos, der all seinen Mut zusammennahm, fort, »wenn es eine Möglichkeit gibt, dass du deine Meinung änderst, ich flehe dich an, schicke jemand anderen mit Aghias, mein Vater wird wie ihr alle sterben und ich möchte in der letzten Stunde an seiner Seite sein.« Der König, dessen Zorn sich wieder gelegt hatte, näherte sich dem jungen Krieger und legte eine Hand auf seine Schulter.

»Glaubst du wirklich, dass der König nicht daran gedacht hat? Brithos, unser Vaterland kann nur leben, wenn seine Söhne ihre Pflicht tun, ohne ihre Interessen vor das allgemeine Interesse zu stellen. Unsere Pflicht ist es, zu bleiben und zu sterben, wenn die Götter es so wollen, eure Pflicht ist es, euch zu retten und diese Nachricht zu überbringen. Nimm auch deinen Heloten mit dir. Dein Vater hat mir gesagt, wie geschickt und stark er ist, trotz seines lahmen Fußes. Er wird dir auf deiner Reise nützlich sein. Und nun geht, denn es ist nicht mehr viel Zeit.«

Die beiden jungen Männer verabschiedeten sich von ihrem König und verließen das Zelt. Kurze Zeit später kam Talos mit zwei Pferden und einem Maultier und sie waren bereit zum Aufbruch. Aristarchos, der ahnte, was vorgefallen war, kam aus dem Lager angelaufen, wo er gerade dabei war, die spartanischen Truppen aufzustellen, zu denen sich auch alle Thespier gesellten, die nicht gehen wollten.

»Der König will, dass wir nach Sparta reiten, um eine Nachricht zu überbringen«, sagte Brithos. »Ich konnte nichts tun, um ihn davon abzubringen. Ich lasse dich mit gebrochenem Herzen zurück, Vater.« Aristarchos sah ihn mit leuchtenden Augen an.

»Wenn der König dir das befohlen hat, bedeutet es, dass es getan werden muss. Denk nicht an mich, Sohn, das ist der Tod, den jeder Krieger sich wünscht.« Seine Stimme zitterte leicht. »Sag deiner Mutter, dass Aristarchos' Herz bis zum letzten Augenblick mit unveränderter Leidenschaft für sie geschlagen hat.« Dann blickte er Talos an, der etwas abseits auf seinem Maultier wartete, und wieder lag dieser heftige und verzweifelte Schmerz in seinem Blick, wie an jenem Tag in der Ebene. Dann setzte er den verzierten Helm auf und ging davon, um seinen Platz in den Reihen einzunehmen.

Die Sonne stand schon hoch am Himmel, als König Leonidas aus seinem Zelt kam, sein langes, kupferfarbenes Haar oben am Kopf zu einem Knoten band, den Helm aufsetzte und Lanze und Schild aus den Händen des Heloten nahm, der sie ihm hinhielt. Dann nahm er seinen Platz in der ersten Reihe des rechten Flügels ein. Aristarchos hatte den Abteilungen bereits Anweisungen gegeben. Sie sollten sofort auf das freie Feld stürzen, um so viele Feinde wie möglich zu töten.

Kurz darauf tauchten die Perser am Eingang des Passes

auf. König Leonidas gab das Signal und die Flöten begannen zu spielen. Die monotone und bedrängende Musik verbreitete sich in dem Tal, in dem lediglich die schweren Schritte der persischen Armee widerhallten. König Leonidas erhob den Speer und das kleine Regiment ging in seine letzte Schlacht. Als sie das andere Heer fast berührten, senkten sie die Lanzen und stürmten los. Wie eine entfesselte Naturgewalt tötete der König alle, die ihm in den Weg kamen. Jedes Mal, wenn die Perser versuchten, ihn von der Seite zu erwischen, erhob sich an seiner Seite – wie ein bronzener Fels – der Schild mit dem Drachen und dahinter teilte Aristarchos, der aus einem Meer von Feinden emporragte, zu allen Seiten Hiebe aus und schuf damit um sich herum Platz. Jedes Mal, wenn die Perser versuchten, sie einzukesseln, rannten die Griechen zum Engpass zurück, dann machten sie plötzlich wieder kehrt und griffen an, als hätte sie die Tollwut gepackt, als durchströme ihre Körper eine unerschöpfliche Energie. Totenblass beobachtete Xerxes von seinem Thron aus das Schauspiel, während Demaratos betreten zu Boden blickte.

Das unglaubliche Karussell wiederholte sich mehrmals, ohne dass es den Persern gelang, die blitzschnellen und unerwarteten Bewegungen des kleinen Trupps unter Kontrolle zu bringen, doch irgendwann ließen die Kräfte der Spartaner nach und die Krieger gaben allmählich nach, ließen sich von der Horde, die über sie herfiel, überwältigen. Ein Pfeil traf plötzlich Aristarchos' rechten Arm, der daraufhin das Schwert losließ. Ein Kamerad nahm sofort seinen Platz ein, doch schon bohrte sich ein persischer Säbel in Leonidas' ungeschützte Seite. Das Gesicht des Königs verzog sich zu einer schmerzverzerrten Maske, doch sein Arm säte weiterhin den Tod, solange er noch Kraft hatte. Erschöpft und blutüberströmt brach Leonidas sterbend zusammen und sofort stürzte sich ein Pulk von Feinden auf ihn, um ihm ein Ende zu bereiten und sich seines Leichnams zu bemächtigen. Da packte Aristarchos, der sich den Pfeil aus dem Arm gezogen hatte, mit beiden Händen sein Schwert, warf sich mit aller Kraft in den feindlichen Haufen und befreite Leonidas' Leichnam. Die Kameraden bildeten eine Mauer, sodass sich ein wütendes Handgemenge um den gefallenen König entfachte. Plötzlich hallte im Rücken der spartiatischen Krieger ein wilder Schrei wider: Das war der persische Trupp, der vom Anopäapass herunterkam.

Aristarchos brüllte einen Befehl und alle begannen, sich auf einen Hügel links des Passes zurückzuziehen, wo sie sich zur letzten Verteidigung aufstellten. Die Perser griffen nun von allen Seiten an, während die Spartaner, nunmehr am Ende ihrer Kräfte, sich in rasendem Zorn mit ihren Schwertern – und, wer keine Waffen mehr besaß, mit Fingernägeln und Zähnen – wehrten, bis schließlich die Offiziere des Großkönigs die Fußsoldaten zurückzogen, damit sie nicht noch weitere Männer verloren, und die Bogenschützen vorschickten. Erschöpft und mit Wunden übersät, hoben die Übriggebliebenen ihre Schilde, um den Todeskampf ihres Königs zu beschützen, ehe sie, einer nach dem anderen, auf den mit ihrem Blut getränkten Boden zusammensackten.

IX
DER GEZITTERT HAT

Brithos und Aghias ritten ohne Unterlass Tag und Nacht, hielten nur kurz an, um zu schlafen und sich auszuruhen, und auch dabei wechselten sie sich ab. Talos saß auf seinem Maultier und folgte ihnen schweigend in dreißig Schritt Entfernung. Wohin sie auch kamen, überall fanden sie Bilder des Schreckens vor. Die Einwohner Mittelgriechenlands verließen in Panik ihre Häuser und flohen mit ihrem Hausrat in die Berge. Wer nicht mehr so weit laufen konnte, blieb und bereitete sich auf das Schlimmste vor. Am ersten Tag kamen sie durch Orchomenos und Koronäa, bei Einbruch der Dunkelheit erreichten sie dann Thespien. In der kleinen Stadt, die an den Thermopylen siebenhundert Krieger verloren hatte, hörte man das verzweifelte Klagen der Frauen und Kinder, die die Nachricht über den Tod ihrer Männer, ihrer Väter erhalten hatten. Die Alten liefen verstört durch die staubigen Straßen, wie betäubt von dem schrecklichen Unglück. Andere saßen vor den Pforten des Tempels und flehten um den Tod. Ein alter, vornüber gebeugter, fast blinder Mann kam den Reitern an den Toren der Stadt entgegen. Er hatte einen ungepflegten Bart und schmutziges, langes Haar, das unordentlich herabhing. Er hob den Blick und sah Brithos mit vom Weinen geröteten Augen an.

»Wer seid ihr?«, fragte er mit zitternder Stimme.

»Wir sind Phoker«, antwortete Brithos sofort, »wir kommen vom Anopäapass. Und wer bist du, Alter, was willst du von uns?«

»Ich heiße Diadromos, ich bin der Vater von Demophilos, dem Anführer unserer Krieger, die unter Leonidas' Kommando geblieben sind. Ich bitte euch, sagt mir, ob es wahr ist, dass sich niemand gerettet hat, dass alle tot sind.«

»Leider ist es wahr«, erwiderte Brithos, »sie wollten ihren Posten nicht verlassen … sie sind als Helden gestorben.«

»Aber ihr …«, fuhr der Alte mit zitternder Stimme fort, »aber ihr seid keine Phoker, ich kenne eure Sprache … ihr seid Lakoner, Spartaner …« Brithos erschauerte.

»Ihr seid Spartaner«, fuhr der Alte fort, »warum seid ihr hier? Ihr seid geflohen, ihr habt eure Kameraden im Stich gelassen …«

Brithos gab Aghias und Talos ein Zeichen und galoppierte durch die Straßen der fast leeren Stadt davon. Der Alte sank schluchzend in dem Staub auf die Knie: »Ihr habt sie im Stich gelassen …«, sagte er immer wieder, »ihr habt sie im Stich gelassen …«

Schweigend ritten sie im Schritttempo weiter, in dem Dunkel, das nur ein wenig von der Mondsichel erhellt wurde, die in dem Moment zwischen den Olivenbäumen auftauchte. Aghias sah seinen Kameraden an, der stumm weiterritt, den Kopf zwischen die Schultern gezogen. Plötzlich hielt er die beklommene Stimmung nicht mehr aus.

»Es reicht«, platzte er hervor, »es reicht, Brithos, die Aufgabe, mit der wir betraut wurden, ist undankbar, doch irgendjemand musste es tun. Wir erfüllen eine Pflicht, die weit schwieriger ist, als die unserer Kameraden, die ruhmvoll an der Seite König Leonidas' gestorben sind. Ihre Namen werden von Dichtern besungen werden, während unsere im Dunkeln versinken, wenn nicht gar in Ungnade fallen. Aber hätten wir uns deshalb verweigern können?«

»Hast du gehört, was dieser alte Mann gesagt hat?«, erwiderte Brithos mit harter Stimme. »Hast du gehört, Aghias? Er hat um seinen Sohn getrauert, der mit den unseren gefallen ist, und uns hat er für Feiglinge gehalten, die aus lauter Angst geflohen sind. Und wie Feiglinge sind wir gezwungen zu lügen, uns zu verstecken …«

»Hör zu«, fing Aghias nun wieder an, »diese Botschaft muss von größter Bedeutung sein und etwas mehr enthalten, als die simple Nachricht über den Verlust des Passes. Wenn König Leonidas uns eine so verhasste Aufgabe gegeben hat, bedeutet das, dass er Sparta, den Ephoren und vor allem König Leotychidas etwas wirklich Ernstes mitzuteilen hat. Anders kann ich es mir nicht erklären. Wie du schon richtig bemerkt hast, werden unsere peloponnesischen Verbündeten längst von unserer Niederlage an den Thermopylen berichtet haben.«

»Du hast Recht«, sagte Brithos, »da ist etwas Wahres dran. Unsere Verbündeten von Tegea können Sparta in wenigen Stunden erreichen und sind uns gegenüber damit im Vorteil. Aber warum hat König Leonidas uns dann dieser Schande ausgesetzt?«

Sie ritten eine Weile schweigend weiter. Irgendwann gelangten sie auf einen Hügel und sahen unterhalb die Wellen des Golfes von Korinth schimmern. Sie beschlossen, eine Rast zu machen, um etwas zu essen und ein paar Stunden auszuruhen, denn sie waren nunmehr wirklich hungrig und erschöpft von den unmenschlichen Anstrengungen, die in der letzten Zeit von ihnen abverlangt worden waren. Darüber hinaus verursachten die Verletzungen, die sie sich in den Kämpfen zugezogen hatten, bei beiden ein leichtes Fieber.

Talos band die Pferde und sein Maultier an, machte im Schutze eines Felsvorsprungs Feuer und bereitete einen bescheidenen Gerstenbrei zu. Nicht einmal der Gedanke, seine Mutter und seine Leute wieder zu sehen, vermochte ihn aufzuheitern; es war, als laste ein bleiernes Gewicht auf seinem Herzen. Er kauerte sich in einer Ecke zusammen und schlang widerwillig sein Essen hinunter, dann setzte er sich auf einen Felsen über dem Meer. Auf der ruhigen Wasseroberfläche breitete der Mond seine silbernen Strahlen aus und eine leichte Brise bewegte sanft die Blätter der Oliven- und Mandelbäume, welche den intensiven Duft nach Wasserminze mit sich führte. Er drehte sich um, um die dunklen Gestalten zu betrachten, die nicht weit entfernt um das Feuer herum saßen; er empfand keinerlei Hass oder Groll mehr. Wie in einem Traum sah er das Schlachtfeld vor sich, das sie gerade erst verlassen hatten, die gefallenen Krieger, für die es keine Bestattungen, keine klagenden Frauen geben würde. Er spürte fast, wie ihre Schatten über das kleine Lager schwebten. Er dachte an den Krieger mit dem Drachen, an seinen Schild, der – staubbeschmutzt und verbeult – zwischen den Leichenbergen liegen musste, an die Tragödie, die bald ganze Völker in Aufruhr versetzen würde. In seinem Herzen hallten die verzweifelten Schreie der Frauen Tespiens wieder, er sah die geröteten, mit Tränen gefüllten Augen des Alten vor sich.

Sein Herz quoll über vor Leid und Zorn, weil ein grausames Schicksal ihn seinem Volk und denen, die er liebte, entrissen hatte, und zugleich nicht zuließ, dass er Teil dieses anderen Volkes wurde, das er gehasst, doch auch zutiefst bewundert hatte, zunächst unbewusst, wie damals als Kind, als er die Krieger in der Ebene gesehen hatte, oder später, als Junge, als die jungen Spartiaten ohne zu klagen die Geißelung vor dem Arthemis-Orthia-Tempel über sich hatten ergehen lassen. Und nun schließlich war seine Bewunderung offenkundig geworden, nun da er den unglaublichen Mut und die außergewöhnliche Tapferkeit der dreihundert Mann bei den Thermopylen aus nächster Nähe hatte beobachten können.

Das Geräusch von Schritten riss ihn aus seinen Gedanken. Er drehte sich um und sah im Mondlicht Brithos' Rüstung funkeln. Sie schwiegen lange, der spartiatische Krieger stand reglos wie eine Statue da, der Helot saß auf einem Stein. Brithos brach das Schweigen.

»Das Schicksal ist seltsam«, sagte er fast geistesabwesend. »Wie oft habe ich – wenn ich deine Leute betrachtet habe – gedacht, wie viel besser es wäre, zu sterben, statt ein so jämmerliches Leben zu führen, wo die Tage sich gleichen wie ein Ei dem anderen, ein Leben ohne Höhen und Tiefen.« Talos erhob sich. »Und doch beneide ich dich jetzt, Helot. Du wirst in deine Berge zurückkehren und dein Leben retten. Das ist das Einzige, was dich interessiert. Ich dagegen … kehre in eine Stadt zurück, die mich verurteilen wird, lasse meinen Vater unbeerdigt zurück, aasfressenden Hyänen und Schändungen durch die Barbaren ausgesetzt. Ich lasse meine Freunde zurück, massakriert, zerfetzt, ihre Leichen dem Spott und der Verstümmelung preisgegeben. Vor mir liegt nur Dunkelheit, vielleicht sogar Schande, Verachtung …«

Er schwieg, voller Zorn, Verzweiflung, Scham. Aghias schlief, in seinen zerrissenen roten Mantel gehüllt, und er war von so unerträglicher Angst getrieben, dass er zu einem Sklaven sprach. Talos sah ihn traurig an.

»Glaubst du wirklich, dass das Leben das Einzige ist, das mir etwas bedeutet? Und woher willst du mein Leben und das meines Volkes kennen? Weißt du, was es bedeutet, stumm zu dienen, das Joch zu tragen, wie ein Tier, jeden Tag, ohne Hoffnung auf Erlösung? Nicht die Götter haben uns zu Sklaven gemacht, sondern die Menschen, Menschen wie du … und vielleicht wie ich. Morgen, vielleicht auch gerade jetzt, in diesem Moment, werden von der unaufhaltsamen Streitkraft der Invasoren ganze blühende, freie Völker zu Sklaven gemacht. Edle, stolze, tapfere Männer, wie dein Vater, wie du. Sicher, wer in Ketten geboren wird, weiß nicht, was Freiheit ist, aber er weiß, was Mut ist. Ein Mut, den du dir nicht einmal vorstellen kannst. Der Mut, jeden Tag eine schwerere Bürde zu tragen, ohne sich zu bücken, der Mut, weiterzuleben, für sich selbst, für die, die man liebt.«

Brithos sah wieder den jungen, von Kriegern umzingelten Hirten vor sich, wie er sich – lediglich mit einem Stock bewaffnet – wie ein wildes Tier schlug, und er sah ein blondes Mädchen, das sich schützend auf ihn warf.

»Nun wirst auch du erfahren, ob du Mann oder Sklave bist«, fuhr Talos mitleidlos fort. »Lebe, wenn du kannst, wie es dir befohlen wurde, überlebe das, was du als Schande empfindest. Auch ein Esel erträgt die Peitsche ohne zu klagen.«

Brithos spürte, wie im die Röte ins Gesicht stieg.

»Auch Tiere können streiten und einander tödlich verletzen ...«

»Genug«, rief Brithos und legte eine Hand an sein Schwert. »Reize mich nicht.«

»Doch nur ein Mensch ist fähig, zu überleben, die Schreie seines Herzens verstummen zu lassen, sein Leid zu unterdrücken, seinen Widerstand, seine Wut und die Schande auf seinen Schultern zu tragen wie eine widerwärtige Bürde. Du bist mit Bronze bedeckt, Brithos, doch die Haut, unter der sich deine Knochen verbergen, vibriert höchstens wie die der Trommeln, die zum Kampf rufen. Hast du je geweint, Brithos? Hast du je Tränen in den Augen gehabt? Dein Ruhm wurde dir genommen und schon bist du wie ein Gefäß voller Sand.« Er tippte ihm mit dem Zeigefinger an die Brust. »Was steckt in dieser Rüstung, Brithos, was steckt darin?« Dann biss er sich auf die Lippen und schwieg, die Hände so fest zu Fäusten geballt, dass die Fingernägel ins Fleisch schnitten.

»Und nun ziehe ruhig dein Schwert, Krieger«, sagte er kalt, »und siehe, wie sehr ein Sklave an seinem elenden Leben hängt.«

Brithos senkte den Kopf und antwortete nicht.

Eine schwarze Wolke, die bei Sonnenuntergang von den Gipfeln des Helikon herüberzog, verdeckte mitten in der Nacht die Mondscheibe und eine plötzliche Dunkelheit hüllte das kleine Lager ein, ließ das Glitzern des Meeres erlöschen und für einen Moment das Zirpen der Grillen im Gras verstummen. Lediglich die Glut des Feuers verbreitete ein schwaches Licht. Aghias, der eigentlich an der

Reihe war, Wache zu schieben, wurde von der Müdigkeit überwältigt. Da tauchte plötzlich ein Schatten aus dem Nichts auf und glitt flink zwischen die spärlichen Sträucher – vielleicht einer der Geister, die die Erde in ihrem Bauch verbarg und die auf der Suche nach ihrem einst verlorenen Leben durch die Nacht wandeln; so geräuschlos war sein Gang. Nun befand sich der Schatten, der bedrohlich wirkte wie ein Furcht erregendes Gespenst, hinter Brithos und Aghias. Plötzlich schien er sich zu ducken, als suche er etwas, dann schließlich ging er … oder löste sich in Luft auf. Talos glaubte, geträumt zu haben … Als der Mond wieder hinter den Wolken auftauchte, waren alle drei jungen Männer vom Schlaf übermannt; nur Aghias rappelte sich wieder hoch, als eine feuchte Brise vom Meer herüberblies und ihn erschauern ließ.

Kurz vor Sonnenaufgang machten sie sich wieder auf den Weg, hielten nur kurz an, um ihre Tiere an einem Bach zu tränken. Sie erreichten das Meer, als es am Horizont zu dämmern begann. Als die Sonne schon hoch am Himmel stand, waren sie am Isthmos, und hielten nass geschwitzt und staubbedeckt an einer verlassenen Behausung an, um eine Hand voll Oliven zu essen, die Talos mit einem Stück trockenem Brot aus seinem Quersack zog.

Kurz darauf gelangten sie an die Mauer, die die peloponnesischen Truppen hochgezogen hatten, um den Durchgang nach Süden zu versperren. Der spartanische Offizier beugte sich über das Bollwerk:

»Wer seid ihr?«, rief er. »Was wollt ihr?«

»Ich bin Brithos, Sohn des Aristarchos, Spartaner«, lautete die Antwort. »Wir kommen von den Thermopylen.« Man hörte aufgeregte Rufe und dann wurde sofort eine eisenbeschlagene Tür am Fuße der Mauer geöffnet.

»Kommt herein, schnell«, sagte der Offizier und trat beiseite.

»Aber sagt«, fügte er sogleich hinzu, »wie ist es euch gelungen, euch zu retten? Die Verbündeten sind wenige

Stunden vor euch angekommen, sie haben erzählt, dass sich keiner gerettet hat.«

»Das ist richtig«, sagte Brithos mit gebrochener Stimme, »sie sind geblieben, um den Rückzug der Verbündeten zu decken. Wir sind hier, weil König Leonidas uns eine Botschaft für die Ephoren anvertraut hat, wir haben Befehl, sie ihnen persönlich zu überbringen.«

»Der König?«, fragte der Offizier.

»Er ist nun tot«, antwortete Aghias, »niemand kann sich gerettet haben, ihr werdet sicher schon wissen, dass jemand den Feinden den Weg über Anopäa gezeigt hat. Wir sind rechtzeitig aufgebrochen, um nicht in die Falle zu geraten. Doch nun lasst uns gehen, wir müssen weiter und unsere Mission zu Ende bringen.«

Eine kleine Schar Soldaten hatte sich um die Gruppe versammelt.

»Wer sind die?«, fragte jemand.

»Die sind von uns, sie kommen von den Thermopylen.«

»Von den Thermopylen? Aber sie haben doch gesagt, dass sich niemand gerettet hat!«

»Die hier haben es geschafft.«

»Anscheinend haben sie eine Nachricht von König Leonidas.«

Brithos gab seinem Pferd die Sporen und bahnte sich einen Weg durch die Soldaten, die zur Seite traten, um ihn vorbei zu lassen. Kurz darauf hatten sie die Front und die Lager hinter sich gelassen und preschten den Abhang hinunter, der zur Argolisebene führte. Misstrauisch machten sie einen Bogen um Argos, das vielleicht schon in den Händen der Perser war, und schlugen den Weg nach Mantinäa ein, das sie bei Einbruch der Dämmerung erreichten. Am Tag darauf waren sie vor den Pforten Spartas. Die Stadt strahlte in der hoch am Himmel stehenden Sonne; von einer Säule baumelte unbeweglich ein langes, schwarzes Tuch.

Sie ritten durch die Stadt, die voller Menschen war, und als sie vorüberritten, bildeten die Leute ein Spalier und sahen sie mit einer Mischung aus Neugier und Misstrauen an. Die schweißglänzenden Pferde schleppten sich mühsam durch den Staub der Straße, die Ohren gesenkt, den Schweif hängend. Die beiden Krieger mit den verbeulten Rüstungen, den dreckigen, zerrissenen Kleidern, den mit blauen Flecken und Wunden übersäten Armen und Beinen, ließen die Köpfe hängen, von denen in der Hitze der Schweiß tropfte. Sie kamen zum großen Platz vor dem Bronzehaus und standen endlich vor dem Gebäude, in dem der Ältestenrat und die Ephoren tagten, um über die Geschehnisse zu beratschlagen und eine Entscheidung zu treffen. Die Nachricht über die Niederlage an den Thermopylen war tatsächlich bereits angekommen, ein Reiter aus Tegea hatte sie im Morgengrauen überbracht.

Ein Wachtposten führte Brithos und Aghias in den Ratssaal; ihr Eintreten wurde mit verwundertem Raunen aufgenommen. Sie waren kaum wieder zu erkennen, so abgemagert, zerlumpt und schmutzig wie sie waren, die geröteten Augen von tiefen, schwarzen Rändern umgeben. Sie wirkten wie Geister, die geradewegs aus der Hölle kamen.

Brithos begann zu sprechen: »Ehrwürdige Väter, Verrat hat unseren Widerstand am Pass zunichte gemacht. Jemand hat den Feinden das Tal von Anopäa gezeigt und so hat König Leonidas die Verbündeten entlassen, um sie nicht unnötig zu opfern, und ist selbst mit unseren Kriegern geblieben, um ihren Rückzug zu decken. Wir sind die einzigen Überlebenden, denn der König hat uns befohlen, euch diese Nachricht zu bringen.«

Er gab einer Wache die Lederrolle, der sie dem ältesten der Ephoren überreichte.

»Er hat befohlen, dass sie in Gegenwart des Ältestenrates, der Ephoren und von König Leothidas verlesen wird, und zwar sofort.«

Der Ephore sagte, ohne die Rolle zu öffnen: »Uns ist von dem großen Mut unserer Krieger an den Thermopylen berichtet worden; sie haben ihr Blut für die Freiheit der Hellenen vergossen, und die Stadt wird ihnen mit würdigen Totenfeiern ihre letzte Ehre erweisen. Und sie wird auch euch ihre Ehre erweisen, weil ihr bis an die Grenzen eurer Kraft gekämpft und die Befehle eures Königs befolgt habt. Die Nachricht wird verlesen, sobald König Leotychidas eintrifft. Er ist bereits gerufen worden, damit er an dieser Versammlung teilnimmt. Geht nun, ihr habt die Erlaubnis, nach Hause zu gehen, bevor ihr in der Syssitie antreten müsst.«

»Unsere Syssitie existiert nicht mehr«, flüsterte Brithos tonlos. Dann traten die beiden Krieger – die einander stützten – auf den Platz hinaus, der von einer glühenden, unbarmherzigen Sonne überflutet wurde. Sie schlossen schützend ihre schmerzenden Augen und Brithos hielt sich die Schläfen, die zu platzen drohten. Als er wieder etwas erkennen konnte, bemerkte er, dass es auf dem Platz vor Menschen wimmelte, die sie ansahen. In einer Ecke mühte sich Talos damit ab, die nervösen Tiere, die von lästigen Bremsen gequält wurden, am Halfter fest zu halten.

»Sie kommen aus der Hölle zurück«, sagte ein Kind, das sich halb hinter den Beinen des Vaters versteckte und die Augen weit aufriss. Brithos und Aghias stiegen schwankend die Treppe des Rathauses hinunter und die Menge teilte sich, um sie durchzulassen.

»Das ist der Sohn des Aristarchos«, sagte jemand, der sich vorbeugte, um ihm ins Gesicht zu sehen. Eine Frau rief: »Warum haben sie sich gerettet? Warum nur sie?«

Das Raunen, das durch die Menge ging, wurde lauter, die Menge schien sich um die beiden Unglückseligen schließen zu wollen. Da plötzlich wandten sich alle Köpfe zu einer Seite; einer der Ältesten war vor die Tür des Ratssaales getreten. Er hob zu sprechen an; die Menge beruhigte sich.

»Spartaner«, sagte der Alte. »Die beiden Krieger, die durch eure Mitte schreiten, sind zwei tapfere Männer. Sie haben eine Nachricht von König Leonidas überbracht und es war sein Wille, dass sie die Thermopylen verließen.« Die Menge öffnete sich wieder und die beiden Krieger schleppten sich bis zum Ende des Platzes, vor das Bronzehaus. Neben dem Baumstumpf, an dem sich König Kleomenes zu Tode gequält hatte, stand, leichenblass, Ismene.

»Mutter«, röchelte Brithos. Sein Schild glitt zu Boden und schlug hallend auf dem Pflaster auf.

»Mutter … mit ihm … oder auf ihm … hast du gesagt.« Er fiel auf die Knie, während Aghias hinter ihm schwankte, wie ein an einem Haken aufgehängter Hampelmann. Brithos sah zu seiner Mutter hoch und befeuchtete sich mit der Zunge die verbrannten und ausgetrockneten Lippen.

»Mutter … er hat dich bis zum letzten Augenblick geliebt.«

Ismene kniete sich neben ihn.

»Mutter, ich wollte ihn nicht alleine lassen … ich wollte ihn nicht alleine lassen!«, schrie er mit gebrochener Stimme. Dann schlug er schluchzend die Hände vors Gesicht.

Einer der Ephoren machte der Wache ein Zeichen, die sofort den Saal verließ und die eisenbeschlagene Tür hinter sich schloss, dann trat er in die Mitte des Saales.

»Meine Herren«, sagte er, »König Leonidas und unsere Krieger sind den Heldentod gestorben, um Griechenland zu verteidigen. Nun werden die Athener nicht verweigern können, ihre Flotte unter dem Kommando unseres Flottenkommandanten Eurybiades aufzustellen, um die Peloponnes zu verteidigen. Unsere Aufgabe ist es nun, unsere Verteidigung am Isthmos zu verstärken. In der Zwischenzeit soll unseren Gefallenen die letzte Ehre erwiesen werden und man wird versuchen, all ihre Leichen zu finden, um sie zu bestatten. Unsere phokischen Verbündeten werden das übernehmen. Dann werden wir einen neuen Regenten wählen müssen, da der Sohn Leonidas', Pleistarchos, noch zu jung ist, den Thron zu besteigen. Für dieses Amt hat dieser Rat bereits Kleombrotos vorgeschlagen, den Bruder des verstorbenen Königs, der das in dieser gefahrenvollen Zeit schwierige Amt der Regentschaft sicher annehmen wird. Wir sind auch in Kenntnis gesetzt worden, wer das Heer des Großkönigs zum Anopäapass geführt und damit das Ende unseres Kontingents an den Thermopylen herbeigeführt hat.«

Ein Alter mit langem weißen Bart erhob sich von seinem Senatsstuhl. »König Leonidas wäre in jedem Fall gestorben. Wir wissen sehr wohl, dass sein Schicksal in dem Moment besiegelt wurde, als diese Versammlung beschlossen hat, nicht einen einzigen Mann von der Verteidigung des Isthmos abzuziehen.« Der erste Redner erblasste. »Oder«, fuhr der Greis ungerührt fort, »edler Ältestenrat und edle Ephoren, wollen wir den wahren Grund leugnen, aus dem König Leonidas am Thermopylenpass in den Tod geschickt wurde? Jemand hat, ehrwürdige Väter, gedacht, dass das der geringste Preis sei, den man zahlen müsse, um die Athener zu zwingen, ihre Flotte zur Verteidigung des Isthmos aufzustellen. Und niemand hat dagegen gestimmt, auch ich nicht, aber ich fordere euch auf, das Gedächtnis an tapfere Männer zu respektieren, die wir freiwillig und bewusst geopfert haben, und die heuchlerisch zu verlachen wir nicht das Recht haben. Natürlich hat der Verräter den Soldaten des Großkönigs den Weg gezeigt, wie sie unseren Kämpfern in den Rücken fallen konnten. Doch wäre das nicht geschehen, ehrwürdige Väter, was hätte das geändert, außer dass sich der Todeskampf von König Leonidas und seinen Männern in die Länge gezogen hätte?« Der Alte setzte sich, zog die Kapuze seines Mantels über den Kopf und hüllte sich in ein empörtes Schweigen. Nach einer langen, verlegenen Pause ergriff der Ephore wieder das Wort.

»Der edle Archelaos hat sich von seinen Gefühlen mitreißen lassen. Aber wir alle wissen, dass der Verräter bestraft werden muss. Sein Name ist Ephialtes, Sohn des Eurydemos, ein Mann aus Malis. Von nun an wird er keine Ruhe mehr haben, ehe er für seine Freveltat gebüßt hat. Und nun«, fuhr der Redner fort, »soll die Nachricht verlesen werden, die König Leonidas uns zukommen lassen wollte, bevor er starb.« Er öffnete das Siegel, das die Lederrolle verschloss und rollte sie auf, während es im Saal totenstill wurde.

»Sie ist leer …«, flüsterte er und wurde bleich, »es steht nichts darin geschrieben.«

Brithos und Aghias hofften, in der Stadt wieder aufgenommen zu werden, nun, da der Grund, aus dem sie unbeschadet in ihre Heimat zurückkehren konnten, öffentlich bekannt gegeben worden war. Doch das Misstrauen wuchs stetig. In der Versammlung blieben die Plätze neben ihnen immer leer, die Freunde von einst sprachen nicht mehr mit ihnen. Aghias ging tagsüber nicht mehr aus dem Haus, um niemandem zu begegnen. Er verbrachte die Tage, indem er auf seinem Lager lag und die Risse in der Decke anstarrte. Nur bei Nacht verließ er das Haus und lief im Dunkeln durch die leeren Straßen. Nach und nach begann er, den Verstand zu verlieren. Und nicht einmal die Liebe seiner Eltern, die niemals das Vertrauen in ihn verloren hatten, vermochte, etwas dagegen auszurichten. Verstoßen von der Stadt, der er immer hingebungsvoll gedient hatte, und erdrückt von der Schmach, mit der seine Leute ihn bedachten, hatte er die Freude am Leben verloren.

Eines Nachts kehrte er, betrunken und von Fieber befallen, nach Hause zurück. Es ging ein warmer, drückender Wind, der in den stillen Straßen der schlafenden Stadt Staub aufwirbelte. Er öffnete die Haustür und ein kräftigerer Windstoß löschte das Feuer, das vor den Götterstatuen brannte. Verängstigt von diesem unheilvollen Vorzeichen kehrte er auf die Straße zurück und wollte erneut eintreten, als er plötzlich, einer seltsamen Eingebung folgend, auf das Haus eines alten Freundes, der in der Nähe wohnte, zusteuerte, um ihn um Feuer zu bitten, damit seine Eltern es am nächsten Morgen nicht erloschen vorfanden. Er klopfte wiederholt an die Tür, während der Hund an der Kette wütend kläffte. Der Freund kam heraus, ein Laken um die Hüften geschlungen.

»Aghias …«, sagte er, »was tust du hier, um diese Zeit, was willst du …«

»Ich wollte gerade nach Hause«, erwiderte Aghias verwirrt, »aber der Wind hat bei mir das Feuer ausgeblasen. Bitte zünde mir eine Fackel an deinem an.«

Der Freund sah ihn mit Mitleid und Verachtung an.

»Nein, Aghias, es tut mir Leid, aber ich gebe dir kein Feuer … Auch mein Bruder ist an den Thermopylen gestorben … erinnerst du dich?« Dann schloss er wieder die Tür, während der Wind immer kräftiger wurde und das hartnäckige Gebell des Hundes weit fort trug. Aghias trat schwankend von der Türschwelle zurück, lehnte sich an die Stadtmauer und weinte leise. Am nächsten Morgen fand man ihn erhängt auf. Er hatte sich mit seinem zerrissenen roten Mantel an einem Balken in der Decke aufgeknüpft.

Die Nachricht von Aghias' furchtbarem Tod verbreitete sich wie ein Lauffeuer in der Stadt und erreichte bald auch Brithos' Haus. Seine Mutter war es, die sie ihm überbrachte.

»Brithos«, sagte sie und näherte sich ihm, als er gerade seinen Molosser fütterte, »Brithos, ich habe eine schreckliche Nachricht, Aghias … ist tot.«

»Tot?«, fragte der junge Mann und drehte sich ruckartig um.

»Ja, mein Sohn, er hat sich heute Nacht in seinem Haus aufgehängt.«

Brithos war wie vom Blitz getroffen, es gelang ihm nicht, sein Zittern zu unterdrücken. Dann ging er hinaus und machte sich auf den Weg zu seinem Freund. Vor der Tür stand bereits eine kleine Gruppe schwarz gekleideter Frauen, die jämmerlich klagten. Er trat in das verdunkelte Zimmer. In der Mitte lag der leblose Körper des Freundes, auf dem Totenbett aufgebahrt und mit seinen Waffen geschmückt, die die Eltern gesäubert haben mussten, um ihnen zumindest einen Teil ihres alten Glanzes zurückzugeben. Die Mutter saß verschleiert neben dem Toten, weinte jedoch keine einzige Träne. Der Vater kam ihm entgegen und umarmte ihn.

»Brithos«, sagte er mit gebrochener Stimme, »Brithos, es wird keine Beerdigungsfeier für deinen Freund geben, und auch keine Eskorte der Waffenkameraden. Der Kommandant eures Bataillons hat gesagt, dass es keine letzte Ehrerweisung gibt für die, die gezittert haben.«

»Die gezittert haben …«, flüsterte Brithos außer sich. »Die gezittert haben.« Er drückte den leidgeplagten Alten an sich. »Aghias wird seine Eskorte zum Begräbnis bekommen«, sagte er mit fester Stimme, »wie es einem Gleichen gebührt.« Dann kehrte er nach Hause zurück. Inzwischen richteten vier Heloten die Bahre her, um den Leichnam zur Einäscherung zu überführen, wo ein bescheidener Scheiterhaufen aus Reisig vorbereitet war. Unter dem überraschten Blick seiner Mutter zog Brithos die Paraderüstung der Kleomeniden aus dem Schrank, die sein Vater an Feiertagen getragen hatte, wenn er an der Seite von König Kleomenes vor dem Bronzehaus erschienen war. Er wusch sich sorgfältig, kämmte sein langes, rabenschwarzes Haar, parfümierte es und steckte es hoch. Dann legte er die mit Reliefs versehenen Beinröhren an, die bemalte Rüstung mit Verzierungen aus Kupfer und Zinn, schnallte den breiten Gürtel, der über Feuer gearbeitet war, um und hängte das schwere Schwert mit dem Elfenbeingriff daran. Dann befestigte er einen langen schwarzen Mantel mit einer Spange –

in deren Mitte ein Bernsteintropfen eingelassen war – an der Schulter, nahm das Schild mit dem Drachen in den Arm und ergriff die Lanze.

»Sohn, warum tust du das, wohin gehst du?«, fragte Ismene ihn verängstigt.

»Der Kommandant unseres Bataillons hat eine Eskorte zu Aghias Begräbnis verweigert. Er hat gesagt, dass dem, der gezittert hat, keine Ehre erwiesen wird. Also wird der Feigling auf seinem letzten Gang von einem Feigling begleitet. Ich werde Aghias' Ehrenwache sein.«

Er setzte den Helm mit den drei schwarzen Rossbüschen auf und marschierte zu Aghias' Haus, vorbei an verblüfften und staunenden Passanten. Die ganze Nacht hielt er neben dem Leichnam seines Freundes Wache, wie die Statue des Kriegsgottes.

Kurz vor Sonnenaufgang, als die Stadt noch wie ausgestorben war, bewegte sich ein kleiner Trauerzug durch die stillen Straßen. Vorweg die vier Heloten mit der Bahre, dahinter führten die Eltern mit bedeckten Köpfen ein spärliches Grüppchen von Verwandten an. Als Letzter kam Brithos in der stolzen Paraderüstung, die im fahlen Licht des Morgengrauens schimmerte. Sie durchquerten das Stadtzentrum; vor dem Bronzehaus dampften die nunmehr erloschenen Dreifüße nur noch leicht. Sie steuerten auf das Südtor zu. In der Totenstille vernahm man lediglich das Winseln der Hunde von den Behausungen, die vor der Stadt lagen, und hier und da Hahnenkrähen, das von der stehenden Luft sofort verschluckt wurde. Während sie über die Straße, die nach Amyklä führte, auf das Land hinausgingen, bemerkte Brithos eine Gestalt, die in einen abgenutzten grauen Mantel gehüllt war: Es war Talos. Er machte ihm ein Zeichen, näher zu kommen.

»Nur du hast noch gefehlt«, sagte er heiser, »bei der Beerdigung von dem, der gezittert hat.«

Talos gesellte sich zu dem Zug, der langsam über die staubige Straße schritt. Er lief ein Stück vor und sah zu der

Bahre, auf der der Tote zum ungleichmäßigen Schritt der vier Träger schwankte, dann zog er seine Rohrflöte aus dem Quersack und begann zu spielen. Die Musik stieg vibrierend aus dem Instrument empor und ließ Brithos erschauern, der weiter in seinem langsamen Trauermarsch einherschritt: Es war die Kriegshymne der Thermopylen.

Als sie angelangt waren, wurde der Leichnam auf den Scheiterhaufen gelegt und die Flammen verbrannten die armen, von den Entbehrungen und dem Wahnsinn verzehrten Glieder.

Das war die Trauerfeier zu Ehren Aghias', Sohn des Antimachos, einem Gleichen der zwölften Syssitie des dritten Bataillons, Spartaner.

X
DER EINSAME HOPLIT

Die Episoden, die Aghias' Ende begleiteten, ließen Brithos sich immer mehr in sich selbst zurückziehen. Er sprach und aß nicht mehr. In einer mondlosen Nacht verließ er das Haus in dem Entschluss, sich das Leben zu nehmen. Er wollte seiner Mutter das grausame Schauspiel ersparen, das Aghias' Eltern hatten mitansehen müssen; daher ging er in Richtung Taygetos. Er wartete, bis die Nacht vorgerückt war und alle schliefen, dann durchquerte er barfuß das Atrium und ging in den Hof hinaus. Melas, der Molosser, schmiegte sich winselnd an ihn, worauf er ihn streichelte, um ihn zum Schweigen zu bringen.

»Ist ja gut, Melas, ist ja gut«, sagte er leise und befahl ihm, Platz zu machen. Er strich über seinen glänzenden Rücken und dachte voller Bitterkeit an den Tag, an dem sein Vater ihn ihm geschenkt hatte. Dann stand er auf, verschwand in den Feldern und entfernte sich auf dem Weg, der in den Wald führte und den er als Junge tausende Male mit seinen Kameraden gegangen war. Lange irrte er durch den Wald, und immer wieder überkam ihn die Angst vor diesem finsteren Tod, ohne Ehre und ohne Trost, ein Tod, auf den ihn nie jemand vorbereitet hatte. Er suchte einen Ort, an dem ihn niemand finden würde, doch zugleich erschauerte er bei dem Gedanken daran, dass sein Körper unbestattet bleiben und den wilden Tiere ausgesetzt würde, und dass seine Seele keinen Frieden finden und an der Schwelle zur Unterwelt umherirren würde. Er dachte an seine Stadt, die König Leonidas' Blut gewollt hatte, und auch das seines Vaters. Vielleicht waren die beiden sinnlos geopfert worden, wie Tiere auf dem Altar. Diese Stadt, die auch für die grausame Qual

König Kleomenes' und des armen Aghias' verantwortlich war, und – ohne es zu wissen – auch für die seine. Inzwischen war er zu einer Lichtung auf einem Hügel gelangt, in deren Mitte sich eine riesige Steineiche mit hohlem Stamm erhob, um den dicht wachsende Brombeersträucher wucherten. Der Moment war gekommen, in dem er alle Stimmen in sich zum Schweigen bringen und tun würde, was getan werden musste. Er zog den Dolch hervor und setzte dessen Spitze an sein Herz, dann bereitete er sich darauf vor, mit der Handfläche zuzustoßen, um den Dolch tief in das Herz zu treiben. In dem Moment fiel eine riesige, behaarte Faust wie ein Hammer auf seinen Kopf und streckte ihn nieder, dass er wie tot auf dem Boden lag.

»Beim Zeus, Karas, ich habe dir gesagt, du sollst ihn bewusstlos schlagen, nicht umbringen«, sagte eine Stimme.

»Tatsache ist doch wohl«, brummte der Koloss, »dass diese jungen Männer heute nicht mehr aus dem gleichen Holz geschnitzt sind wie früher.«

»Was soll das heißen?«

»Genau das, was ich gesagt habe«, erwiderte die Stimme hinter dem dicken Bart, »du hättest das vor zwanzig Jahren erleben müssen, als wir auf dem Hellespont gegen die Thraker gekämpft haben, da hat ein spartanischer Söldner seine Lanze verloren und mit bloßer Faust die Schilde der Feinde durchbohrt.«

»Du hast mir gar nicht erzählt, dass du auch gegen die Thraker gekämpft hast.«

»Ich habe gegen alle gekämpft«, brummte Karas, während er Brithos auf seine Schultern hob. »Aber lass uns gehen, bevor es hell wird.«

Sie schlugen den Weg zur oberen Quelle ein und erreichten Karas' Hütte, als es Morgen wurde.

»Endlich«, schnaubte Karas und entledigte sich seiner Last auf einem Lager aus Ziegenfell. »Er fing an, schwer zu werden.« Talos nahm die Kapuze ab und zog den Mantel aus, in den er vollkommen eingemummt war, und setzte sich.

»Warum holst du nichts zu essen raus?«, fragte er. »Dieser nächtliche Spaziergang hat mich hungrig gemacht.«

»Stimmt«, erwiderte Karas, »aber ich glaube, ich habe nicht viel. Ich hatte in den letzten Tagen nicht viel Zeit, mich ums Haus zu kümmern.« Er zog eine Brotkruste aus einem Quersack und holte aus einem Schränkchen eine Honigwabe.

»Zum Glück habe ich das hier«, sagte er und legte alles auf einen Schemel. »Das habe ich gestern in dem hohlen Stamm einer Eiche oben bei Amyklä gefunden. Und jetzt«, fuhr er fort, »sag mir, was du mit dem da vorhast.« Dabei zeigte er auf Brithos, der nicht weit entfernt auf dem Fußboden lag.

»Ich will, dass er gerettet wird, sonst nichts.«

»Ah«, brummte der bärtige Riese, »ich sage dir, wir müssen verrückt sein. Wenn wir den Dingen einfach ihren Lauf gelassen hätten, gäbe es jetzt einen Spartaner weniger, aber nein«, fuhr er mit vollem Mund fort. »Erst lässt du mich diesen ganzen Spaziergang machen, um diesem Verrückten hinterherzurennen, dann muss ich ihn wie einen Sack Mehl von der Steineiche bis hier her schleppen: Er hat bestimmt etwas mit ihm vor, denke ich noch, er wird sich für ein Unrecht rächen wollen, oder ein Lösegeld fordern oder ihn den Persern ausliefern, wenn sie hierher kommen; aber nein, mein Herr, er will ihn retten und damit basta!«

»Hör mir gut zu, du Dickkopf«, erwiderte Talos. »Da ist irgendetwas an diesem Mann und an seiner Familie, das ich unbedingt herausfinden muss, und deshalb will ich nicht, dass er stirbt, verstehst du?«

»Ich verstehe, ich verstehe«, brummte Karas und schluckte den Bissen hinunter, »ich will nicht mehr darüber reden.«

»Sehr gut, und nun muss er schlafen, sonst fängt er

noch an zu schreien, wenn er wach wird, oder er dreht völlig durch.« Karas hob seine Zyklopenfaust.

»Nicht so, beim Zeus, du bringst ihn noch um!«

»Hör mal gut zu, mein Junge, du willst doch wohl nicht, dass ich ihn auf den Arm nehme und ihm ein Schlaflied vorsinge. Er ist schon zu groß und ich habe nicht die geringste Lust dazu.«

»Lass das, Karas, das ist nicht der richtige Moment für deine Witze. Ich dachte eigentlich, dass wir ihm eine Medizin geben könnten, die ihn schlafen lässt. Ich weiß, dass du so etwas hast, denn du hast mir nach dem Überfall der Krypteia davon zu trinken gegeben, als ich völlig zerschlagen war und mir jeder Knochen wehtat. Das hat die Schmerzen vertrieben und ich konnte gut schlafen.«

»Davon habe ich nichts mehr«, brummte der Hirte und zog aus einem Ledersäckchen ein Pulver, das er mit Honig und Wein mischte. Talos lächelte. Kurz darauf flößte er Brithos, der immer noch halb bewusstlos war, ein paar Schluck von der Flüssigkeit ein.

»Und nun hör mir gut zu«, fing Talos wieder an, »du musst mir einen großen Gefallen tun.«

»Was ist es denn diesmal? Soll ich dir König Leotychidas in einem Sack herbringen und vielleicht noch die fünf Ephoren?«

»Nein, Karas, ich will eine Rüstung.« Karas' Blick verfinsterte sich. »Du hast doch eine, eine Rüstung … wenn du sie wirklich willst.«

»Nein Karas, der Augenblick dafür ist noch nicht gekommen.«

»Aber was für eine Rüstung meinst du dann? Ich verstehe nicht.«

»Du sollst mich auch nicht verstehen, Karas, sondern nur tun, worum ich dich bitte. Wenn es dir recht ist.«

»Dann soll ich sie wohl stehlen, wenn ich mich nicht irre.«

»Du irrst dich nicht … Also?«

»Ach, ich schrecke vor nichts zurück, was für eine Rüstung darf es denn sein?«

»Nicht irgendeine … Ich möchte die Rüstung des edlen Aristarchos … Sie befindet sich in einem Tresor im Hause der Kleomeniden.«

Karas schluckte: »Das Haus der Kleomeniden? Beim Pollux, konntest du dir keinen anderen Ort aussuchen?«

»Ich weiß, Karas, also, wenn du nicht kannst …«

»Ach was, bei allen Furien der Unterwelt, wenn du dieses Zeug willst, bringe ich es dir. Es wird nur nicht leicht werden, diese verfluchte Bestie loszuwerden, die immer im Hof auf und ab läuft. Ich würde mich lieber mit Zerberus anlegen als mit diesem schwarzen Monstrum.«

»Du kannst auf die Hilfe des Dieners zählen, er ist einer von uns.«

»Nun gut«, sagte Karas, »in spätestens zwei Tagen hast du die Rüstung.«

Er versuchte, sich aufzurichten, doch ein stechender Schmerz im Kopf ließ ihn gleich wieder ins Bett zurücksinken; es gelang ihm zunächst nicht, sich zu erinnern, wo er war, doch ganz allmählich wurden die Bilder klarer, und der Nebel vor seinen Augen lichtete sich.

»Du bist wach, endlich«, sagte Talos, der an der Feuerstelle saß, »weißt du, wie lange du geschlafen hast?«

»Du?«, fragte Brithos verwirrt. »Wo bin ich? Wer …«

»Ich werde dir alles erklären, aber zuerst musst du mir zuhören … Nein«, sagte Talos, als er sah, wie Brithos' Hand den Gürtel abtastete. »Nein, wir haben dir deinen Dolch weggenommen. Du hast bewiesen, da du nicht richtig damit umgehen kannst.« Brithos, der endlich durchschaut hatte, was geschehen war, versuchte noch einmal wütend, sich aufzurichten, doch das Stechen im Kopf ließ ihn erneut auf dem Bett aus Ziegenfell zusammensacken.

»Karas hat schwere Hände«, sagte Talos, »ich fürchte, du wirst für eine Weile Kopfschmerzen haben. Abgesehen davon haben wir dir ein Mittel verabreicht, damit du schlafen konntest. Ich werde dir jetzt etwas zu essen geben. Du musst wieder zu Kräften kommen.«

»Ich werde nichts essen«, erwiderte Brithos schroff, »dann werde ich ebenfalls sterben. Mein Entschluss steht fest und ich werde ihn nicht ändern, nur weil du und dieser Karas, von dem du gesprochen hast, mich bei einem Verrat erwischt habt. Glaubst du etwa, ich wollte mich umbringen, weil ich einen Moment niedergeschlagen war? Ein spartiatischer Krieger verliert nicht den Mut, Helot. Ich muss sterben, weil ich nicht mit der Schande leben kann, ebenso wenig wie Aghias.«

»Hör auf, so zu reden, als wärst du der große Zeus in Person. Im Moment bist du ein Mensch wie ich. Ich weiß sehr wohl, was du denkst und ich weiß auch, was man in deiner Stadt über dich denkt. Sie nennen dich Der-gezittert-hat.« Brithos sah ihn hasserfüllt an.

»Das ist deine Stunde, was Helot? Genieße sie, solange du kannst, denn wenn ich schon nicht mir selbst das Leben nehmen kann, werde ich eben dich mit diesen Händen töten.« Talos grinste.

»Eine wirklich ruhmreiche Geste, einen hinkenden Heloten zu töten. Ich weiß, dass dir diese Art von Unternehmen nicht neu sind, auch wenn du dich für gewöhnlich mit zahlreichen Kameraden umgibst, um sicher zu gehen, dass nichts schief gehen kann.«

»Verfluchter Krüppel«, knurrte Brithos, »ich hätte dich wie einen Hund töten sollen, an jenem Tag.« Talos zog Brithos' Dolch aus Karas' Sack und hielt ihn ihm hin.

»Wenn es das ist, was du willst: Bitte, das kannst du jederzeit nachholen«, sagte er eisig. Brithos sah die Klinge einen Moment wie verzaubert an, dann senkte er den Kopf.

»Warum hast du mich daran gehindert, mich umzubringen?«

Talos seufzte, dann legte er die Waffe wieder weg. »Um die Wahrheit zu sagen, ich weiß es noch nicht einmal selbst, denn dich am Leben zu halten, nützt mir nichts. Sagen wir jedoch, dass ich einen Grund habe, aber das geht nur mich etwas an und im Moment kann ich es dir nicht sagen. Ich kann dir jedoch einen Grund nennen, aus dem du dir wünschen solltest, am Leben zu bleiben.«

»Wenn es einen gäbe, hätte ich ihn schon gefunden«, erwiderte Brithos mit einem verbitterten Grinsen, »oder glaubst du, es ist angenehm, sich einen Dolch in die Brust zu rammen?«

»Hör mir gut zu«, sagte Talos, »ich kenne euren Ehrenkodex nicht gut, aber ich denke, wenn du dich umgebracht hättest, hättest du ihre Anschuldigungen, dass du dich mit deinem Freund Aghias vor dem Blutbad an den Thermopylen drücken wolltest, nur bestätigt. Außerdem hättest du deine Mutter allein gelassen, die bereits ihren Mann verloren hat.«

»Eine spartanische Frau ist es gewohnt, allein zu leben«, unterbrach ihn Brithos, »und sie ist darauf vorbereitet, dass ihre Männer bei der Verteidigung ihres Vaterlandes sterben.«

»Richtig«, fuhr Talos fort, »aber hast du den Eindruck, dass du letzte Nacht bei der Verteidigung deines Vaterlandes gestorben wärst? Was eure Frauen betrifft: Sicher, sie klagen nicht mit lautem Geschrei wie die Frauen in anderen Städten, sondern ertragen ihr Unglück mit Würde, aber glaubst du, sie fühlen keinen Schmerz? Aber das ist nicht der Punkt. Wenn du ein Mann bist, musst du am Leben bleiben und zeigen, dass du nie gezittert hast, zeigen, dass du zu Unrecht mit Schmach bedeckt wurdest, und du musst die Ehre deiner Familie, die einst zu den angesehensten der Stadt gehörte, wieder herstellen.«

Brithos sah mit halbgeschlossenen Augen eine Weile geistesabwesend ins Leere, dann brach er das Schweigen: »Wie soll ich das anstellen? Es gibt keine Zeugen … oder vielleicht doch: Kresilas, genau, Kresilas wurde mit einer Augenentzündung nach Alpenos gebracht und vielleicht …«

»Kresilas ist tot«, unterbrach Talos ihn ungerührt. »Als er hörte, dass die Dreihundert umzingelt waren, ließ er sich von seinen Heloten an die Hand nehmen und aufs Schlachtfeld führen, wo er sich – fast blind, wie er war – sofort auf die Perser stürzte. Er wurde sofort niedergeschlagen.« Brithos setzte sich langsam auf und führte die rechte Hand an die Stirn.

»Du weißt zu viele Dinge, dafür dass du ein Helot bist.«

»Du siehst das falsch, Brithos. Gerade weil ich ein Helot bin, weiß ich viel. Eure Kaste vermag ohne uns gar nichts und deshalb sind unsere Leute überall: Sie waren an den Thermopylen, bei Kresilas, sie waren bei der Beerdigung von Aghias.«

»Verrückt«, flüsterte Brithos, »du glaubst doch wohl nicht, dass ich meine Ehre und die meiner Familie zurückgewinnen kann, indem ich deine Leute bitte, durch die Gegend zu laufen und allen zu erzählen, wie tapfer ich war!«

Talos lächelte. »So verrückt bin ich auch wieder nicht. Oder sagen wir, ich bin noch viel verrückter.«

»Was soll das heißen?«

»Dass du deine Ehre nur zurückgewinnen kannst, indem du kämpfst; das ist die einzige Möglichkeit, die einem Krieger bleibt.«

»Das ist unmöglich«, erwiderte Brithos mit enttäuschtem Gesicht. »Meine Kameraden würden mich zurückweisen. Niemand möchte sich neben mir zum Kampf aufstellen.«

»Das meine ich auch nicht«, gab Talos zurück, »ich weiß sehr wohl, dass du dich nicht wieder in den Reihen deines Heeres aufstellen kannst.«

»Aber was dann?«

»Du kannst alleine kämpfen.« Brithos sah ihn verblüfft an.

»Du hast mich richtig verstanden. Wenn du wirklich mutig bist und für dich die einzige Möglichkeit, zu überleben, darin besteht, deine Ehre zurückzugewinnen, musst du alleine kämpfen. Hör mir gut zu: Fürs Erste musst du dich erholen und wieder zu Kräften kommen, dann werden wir nach Norden aufbrechen und in jeder uns möglichen Art und Weise gegen die Perser kämpfen, bis dein Ruhm deine Stadt dazu bringt, sich eines Besseren zu besinnen und dich zurückzurufen.«

»Du bist wirklich verrückt, Helot«, sagte Brithos, nachdem er einen Moment nachgedacht hatte. »Niemand hat je etwas Ähnliches versucht und außerdem bin ich unbewaffnet.«

»Wenn du nicht genug Mut hast, um dich in einem zugegebenermaßen verzweifelten Unternehmen zu behaupten, habe ich dir nichts Anderes zu sagen. Was mich angeht, so denke ich, dass nur ein verzweifeltes Unternehmen jemanden aus einer verzweifelten Lage erlösen kann. Was die Waffen betrifft: Du wirst sie haben, ehe die Sonne ein zweites Mal untergegangen ist.«

Brithos begann wieder, Interesse zu zeigen, zu diskutieren und gegenzuhalten, Einwände zu erheben. Talos wurde sich gewahr, dass er ihn dem Tod entrissen hatte … zumindest diesem Tod.

»Ich könnte nach Hause zurückkehren und meine Waffen holen«, sagte er.

»Nein«, fiel Talos ihm gleich ins Wort. »Es darf dich niemand mehr sehen, bevor der Moment gekommen ist, nicht einmal deine Mutter. Denke an das, was ich dir gesagt habe, überlege es dir gut.«

In dem Moment öffnete sich die Tür und Karas trat ein.

»Wer ist das?«, fragte Brithos.

»Der, dem du dein Leben verdankst«, antwortete Talos lächelnd, »und deine Kopfschmerzen. Er heißt Karas.«

»Wie ich sehe, geht es ihm schon besser«, brummte der Riese und setzte sich neben das fast erloschene Feuer. »Siehst du, dass du dir keine Sorgen machen musstest?«

»Was gibt's Neues, Karas?«, fragte ihn Talos.

»Viel, und vor allem Wichtiges: Die Athener haben die

persische Flotte bei der Insel Salamis niedergeworfen, die Ionier sind zu ihrer Seite übergelaufen und der Großkönig musste sich zurückziehen. Athen ist wieder in der Hand seiner Bürger, die Stadt wird wieder aufgebaut, doch der Großteil der persischen Landstreitkräfte ist noch in Griechenland. Anscheinend bereiten sie sich darauf vor, in Thessalien zu überwintern und im Frühling wieder zum Angriff überzugehen. Deine Leute«, fuhr er an Brithos gewandt fort, »schicken Botschafter zu allen Verbündeten, um auch den letzten Mann für die Schlacht zu rekrutieren, die unvermeidlich im nächsten Frühling stattfinden wird.«

»Also«, sagte Talos zu Brithos, »hast du mehrere Monate zur Verfügung.«

»Wozu?«, fragte Karas.

»Das wirst du schon rechtzeitig erfahren«, erwiderte Talos. »Geh jetzt, du musst tun, worum ich dich gebeten habe.« Karas nahm seinen Mantel und seinen Quersack und ging hinaus.

»Nun«, fuhr er dann fort, als Karas gegangen war. »Was hältst du von meinem Vorschlag?«

»Vielleicht hast du Recht«, sagte Brithos. »Aber warum hast du vorhin gesagt, ›wir werden aufbrechen‹?«

»Weil ich mit dir kommen werde.«

»Ich verstehe nicht …«

»Ich habe meine Gründe und außerdem kann ich dir nützlich sein, du weißt, dass ich kämpfen kann.«

»Mit dem Stock? Ich glaube, du hast keine Vorstellung …«

»Warte«, unterbrach Talos ihn. Er zog ein Kuhfell beiseite, das den Boden der Hütte bedeckte, hob eine Bodenluke aus Holz hoch und holte einen fettgetränkten Sack hervor, öffnete ihn und zeigte den großen Bogen aus Horn.

»Wo hast du diese Waffe her?« fragte Brithos. »So etwas habe ich in meinem ganzen Leben noch nicht gesehen.«

»Auch das darfst du nicht wissen. Es genügt, dass ich

damit umgehen kann, und zwar ziemlich gut. Du wirst also die schwere Infanterie sein und ich die leichte. Zu zweit bilden wir ein Heer.«

»Also ist es wahr, was die Leute erzählen. Auf diesem Berg ist tatsächlich jemand mit Pfeil und Bogen bewaffnet.«

Talos lächelte. »Das war Karas' Schuld. Er wollte unbedingt diesen Bogen benutzen, als wir eines Tages zur Jagd gingen. Er traf einen Hirsch, tötete ihn jedoch nicht, und das Tier lief mit dem Pfeil im Leib davon.«

Brithos sah ihn an, seine Neugier war wieder übermächtig geworden. Er wollte wissen, wer dieser Helot in Wirklichkeit war, der eine so fantastische Waffe besaß, die eines Königs würdig war und die er perfekt zu benutzen wusste, wie er sagte. Zugleich begann die Vorstellung, für einen einsamen Krieg zu den Waffen zu greifen, seine Gedanken von seiner Todessehnsucht abzulenken, die ihn die ganze Zeit beherrscht hatte. »Gut, Talos«, sagte er nach einem langen Schweigen, »sorge dafür, dass ich meine Waffen bekomme und wir brechen auf, wann immer du willst.«

Talos lächelte geheimnisvoll und als er sah, dass Brithos im Begriff war, wieder einzuschlafen, ging er hinaus, um nach Hause zu gehen.

»Wir sehen uns morgen«, sagte er. »Rühre dich auf gar keinen Fall hier weg.«

»In Ordnung«, erwiderte Brithos etwas aufgemuntert. Dann streckte er sich auf dem Bett aus Fellen aus und gab sich dem Schlaf hin. Er spürte, dass er aus der Unterwelt zurückgekehrt war und der Lebenswille begann wieder, seine Adern zu durchströmen.

Am nächsten Tag wachte Brithos im frühen Morgengrauen auf. Die Hütte war leer. Er rieb sich die Augen und sah sich um. Plötzlich zuckte er zusammen. In einer Ecke glaubte er einen von Kopf bis Fuß bewaffneten Krieger zu sehen. Er sah genauer hin und bemerkte überrascht, dass es lediglich eine Rüstung war, die Rüstung seines Vaters, mit dem reich verzierten Helm und dem großen Schild mit dem Drachen.

Im Zentrum des Dorfes waren die Familienoberhäupter von einer Gruppe persischer Soldaten zusammengetrieben und an die Mauer gestellt worden. Ein von Dienern umgebener und von einem Übersetzer begleiteter Offizier verkündete die Beschlagnahmungsordnung. Die in Thessalien gebliebene Armee des Großkönigs benötigte Getreide, nun da die besiegte Flotte sie nicht mehr versorgen konnte. Einer der Familienoberhäupter, ein alter Bauer mit grauen Haaren, beschwor ihn: »Wovon sollen wir leben, wenn uns unsere ganze Ernte weggenommen wird?«

Der Offizier, ein Meder mit langen, gelockten Haaren, wandte sich an seinen Übersetzer: »Sag ihm, dass wir nicht hier sind, um mit ihm diskutieren. Die beiden Wagen müssen mit Getreide gefüllt werden. Wenn etwas für sie übrig bleibt, ist es mir egal, aber ich muss die Menge zum Lager bringen, die mir aufgetragen wurde.«

Der Übersetzer übersetzte und fügte hinzu: »Es hat keinen Sinn, sich zu widersetzen, Bauer, diese Männer haben Befehl, das Getreide um jeden Preis einzutreiben. Ihre Armee muss versorgt werden und sie werden nicht zögern, euch zu töten, wenn ihr euch widersetzt.«

»Aber du als Grieche …«, stöhnte der Ärmste.

»Ich bin kein Grieche«, fuhr der Übersetzer ihn verärgert an, »ich bin ein Untertan des Großkönigs und ihr ebenfalls, alle in diesem Land, das gewagt hat, sich seiner Armee zu widersetzen, werden es sein. Also los, was soll ich dem Kommandanten sagen?«

Der Mann ließ den Kopf hängen.

»Wir haben keine Wahl. Das Getreide ist in der Hütte da hinten, wir haben es gerade erst gedroschen.«

»Sehr brav«, flötete der Übersetzer mit seinem lispelnden Akzent. »Du hast die richtige Entscheidung getroffen. Also vorwärts, beweg dich, du willst doch wohl nicht, dass die Soldaten das Getreide einladen.« Der Bauer sprach einen Moment leise mit seinen Kameraden, dann führte er sie zur Hütte.

»Sehr gut«, sagte der Offizier und strich zufrieden seinen mit Speck gefetteten Bart glatt. »Die hier scheinen vernünftig zu sein. Sie müssen sich langsam an den Gedanken gewöhnen, einen Herrn zu haben. Im Frühling werden wir uns dann die anderen vorknüpfen, diese verfluchten Athener und diese Bastarde von Spartanern.« Er konnte den Satz nicht mehr zu Ende führen; denn plötzlich hörte man nur noch das Schwirren eines Pfeils, der sich ihm in das Brustbein bohrte. Der Meder brach blutspuckend zusammen. Die Soldaten sahen sich bestürzt um und griffen nach ihren Waffen. Doch es war niemand zu sehen. Plötzlich sprang ein mit einem riesigen Bogen bewaffneter Mann hinter einem Haus hervor, schoss blitzschnell und sprang sofort hinter eine dicke Ulme. Ein anderer Soldat schlug durchbohrt auf den Boden auf.

»Schnappen wir uns diesen verfluchten Hund!«, schrie einer der Perser und stürmte mit gezücktem Säbel vorwärts. Die anderen folgten erzürnt, blieben jedoch sofort wieder stehen und rissen ungläubig die Augen auf. Hinter dem Baum trat ein von Kopf bis Fuß in einer Rüstung steckender Hoplit hervor, am Arm trug er einen Schild, auf dem ein Drache mit weit aufgerissenem Rachen prangte. Auf der Sturmhaube wippten drei schwarze Federbüsche im warmen Bergwind. In dem Moment, in dem die Perser stehen blieben, trat auch wieder der Bogenschütze hinter dem Schild hervor, der noch einmal blitzschnell einen Pfeil abschoss und sich sogleich wieder hinter dem Hopliten versteckte. Während ein anderer Perser mit durchbohrtem Hals zusammensackte, warf der Hoplit sich den schwarzen Umhang, der ihn bedeckte, über die Schulter und schwang kraftvoll seine Lanze. Ein Skythe duckte sich wendig wie eine Katze flach auf den Boden und die Lanze durchbrach den Schild seines Kameraden, der hinter ihm stand, zerfetzte den Leinenwamst, der ihn schützte, und riss ihm den Bauch auf. Der Ärmste wälzte sich schreiend im Staub, der sich sofort mit seinem Blut tränkte. Die anderen fünf, die noch übrig waren, stürzten sich alle zugleich auf den Hopliten und stimmten dabei ein wildes Gebrüll an, um sich Mut zu machen. Da kam plötzlich der Bogenschütze aus seinem Versteck und stellte zweien der Feinde ein Bein, worauf diese in den Staub rollten, dann machte er sich über den nächsten her und bevor der sich's versehen konnte, durchbohrte er ihm den Brustkorb mit einem Ende seines Bogens. Inzwischen hatte der Hoplit einen anderen mit einem Schwerthieb zu Boden geworfen und einen zweiten mit seiner Lanze aufgespießt. Die Bauern des Dorfes waren – als sie sich von dem Schreck erholt hatten – aus ihren Verstecken hervorgekommen und hatten angefangen, Steine auf die am Boden liegenden Soldaten zu werfen.

»Der Übersetzer!«, rief der Bogenschütze. »Er darf nicht entkommen.« Alle sahen sich um. Unter einem großen Weidenkorb blitzte ein Stück Stoff hervor, das die Anwesenheit des Gesuchten verriet. Der Unglückliche wurde in die Mitte des staubigen Platzes gezerrt und zwei geheimnisvollen Personen vorgeführt, die aus dem Nichts aufgetaucht schienen. Mit unerwarteter Kraft riss sich der Übersetzer von den beiden, die ihn fest hielten, los, warf sich dem Hopliten zu Füßen und klammerte sich an seine Beine.

»Ich bin Grieche, ich bin auch Grieche«, stöhnte er mit seinem Lispeln. »Herr, lass mich am Leben, rette mich aus den Fängen dieser Bestien!« Der Gestank des großen, schwitzenden Körpers in seiner Nase, die nur noch an die zarten orientalischen Düfte gewöhnt war, rief in ihm Übelkeit hervor, doch die Panik, von den wütenden Bauern in Stücke gerissen zu werden, zwang ihn, sich weiter an den behaarten Beinen festzuklammern.

Der Hoplit stieß ihn von sich, worauf er sich im Staub überschlug. Blass, schmutzig und staubbedeckt schloss der arme Mann die Augen und wartete auf den Gnadentod.

»Erhebe dich«, sagte die Stimme des Kriegers entschlossen.

»Gibt es noch andere Gruppen auf dem Land, die Getreide beschlagnahmen?«, fragte er dann.

»Schenkst du mir mein Leben, wenn ich es dir sage?«, fragte der Übersetzer und riss die törichten Augen weit auf.

»Ich glaube nicht, dass du in deiner Situation versuchen solltest, zu verhandeln«, mischte sich der Bogenschütze spöttisch ein.

»Ja, es gibt noch mehr. Eine Gruppe von zehn Soldaten und einem Offizier wird morgen im Dorf Leukopedion sein, ich sollte sie dort treffen. Von anderen weiß ich nichts.«

»Sehr gut«, sagte der Bogenschütze lächelnd. »Du wirst hingehen!« Der Übersetzer riss die heraustretenden Augen weit auf. »Mit uns, natürlich! Und nun«, sagte er an die Bauern gewandt, »fesselt ihm die Hände auf dem Rücken und überlasst ihn uns. Wir können ihn gut gebrauchen.«

»Wer seid ihr?«, fragte derjenige, der das Oberhaupt des Dorfes zu sein schien, und trat näher. »Sagt uns eure Namen, damit wir eurer gedenken können.«

»Das könnt ihr auch so, Freund«, sagte der Hoplit, während er die Spitze seiner Lanze in einer Tränke wusch. »Für den Moment ist es besser, wenn man unsere Namen nicht weiß. Lasst lieber die Leichen verschwinden, säubert die Erde von dem Blut, verbrennt die Wagen und verwischt alle Spuren. Ihr könnt die Maultiere behalten, wenn sie kein Brandmal haben. Sollten Perser kommen, so sagt ihnen, dass ihr niemanden gesehen habt. Versteckt einen Teil eures Getreides und behaltet es in Reserve, falls weitere Beschlagnahmungstrupps kommen.«

Der Bogenschütze übernahm den Übersetzer und dann entfernte sich das Grüppchen in Richtung eines Hügels im Norden, während die Bauern sie vom Platz des Dorfes aus beobachteten.

Als sie den Hügel hinter sich gelassen hatten, stiegen sie in ein Tal hinunter, das vor neugierigen Blicken geschützt war. An einen Olivenbaum gebunden stand dort ein Maultier, das den Kopf schüttelte und hin und wieder auch mit dem Schwanz schlug, um die Fliegen zu verjagen. Der Hoplit legte seine Waffen und die Rüstung ab und lud sie auf das Maultier, zusammen mit dem Bogen seines Freundes, dann deckte er alles mit einem Tuch zu.

»Du hast dich hervorragend geschlagen, Talos«, sagte der Hoplit, »ich hätte nicht gedacht, dass du so geschickt bist.«

»Diese Waffe ist tödlich«, erwiderte der Bogenschütze, wobei er auf das Bündel zeigte, das sich auf dem Rücken des Maulesels befand, »so alt sie ist, hat sie immer noch eine unglaubliche Kraft.«

»Wir müssen jedoch bedenken, dass diese Männer mittelmäßige Kämpfer waren, mit den Unsterblichen hätten wir sicher nicht so ein leichtes Spiel gehabt. Meine Rüstung ist für den Kampf in einer geschlossenen Schlachtordnung geschaffen, wo du seitlich von den Schilden der Kameraden geschützt bist.«

»Genau deshalb wollte ich dir folgen«, sagte Talos. »Du brauchst einen Bogenschützen, der dir den Rücken freihält und schon einmal ein wenig aussiebt, wenn sie dich zu mehreren angreifen.«

Sie zogen sich hinter einen großen Felsen zurück und warteten im Schatten darauf, dass der Abend hereinbrach. Am Tag darauf, kurz vor Sonnenuntergang, kam der lydische Offizier gerade zufrieden und vollbeladen mit Getreide und Gerste mit seiner Truppe aus Leukopedion zurück, als er plötzlich zu träumen glaubte, denn auf einmal hörte er Hilferufe in seiner Sprache, mit dem unverwechselbaren Akzent von Sardes. »Bei der großen Göttermutter«, dachte er, »was macht denn jemand aus Sardes hier an diesem Ort?« Auch seine Männer blieben verblüfft stehen, doch sie konnten nicht ausmachen, woher die Schreie kamen, denn der Weg führte ein Stück weiter zwischen zwei Felsvorsprüngen hindurch, knickte dahinter abrupt ab und führte bergab zur Furt des Wildbaches Askreon. Der Offizier rief ein paar Soldaten und schickte sie vor, um nachzusehen, was dort vor sich ging, doch sie verschwanden hinter dem Engpass und kehrten nicht mehr zurück, so laut sie auch nach ihnen riefen. Die Sonne war inzwischen untergegangen und es begann zu dämmern. Der Offizier wollte gerade Befehl geben, verstreut auf den Engpass zuzugehen, als abermals der Hilferuf erklang, diesmal jedoch vom Gipfel des Massivs, das sich links vom Weg erhob. Alle drehten sich um und griffen nach ihren Waffen, doch schon schoss etwas mit einem schrillen Pfiff durch die Luft und einer von ihnen fiel mit einem Pfeil in der Stirn zu Boden. Und noch bevor die Kameraden sich von dem Schreck erholt hatten, fiel ein weiterer Soldat der kleinen, abkommandierten Abteilung mitten in die Brust getroffen zu Boden.

»Das ist ein Hinterhalt!«, schrie der Offizier. »Duckt euch, schnell!«, und schon warf er sich zu Füßen des Felsens zu Boden, seine Männer taten es ihm nach. »Es können nicht viele sein«, keuchte er, »aber wir müssen sie aus ihrem Nest da oben holen, sonst kommen wir nicht vorbei. Ihr geht hier rüber«, befahl er dreien seiner Männer, »und wir gehen dort drüben hin. Wer auch immer die sein mögen, wir umzingeln sie und sie werden für ihren Scherz bitter büßen.« Sie machten gerade Anstalten, ihre Position zu ändern, als hinter ihnen ein gellender Schrei ertönte, der ihnen das Blut in den Adern gefrieren ließ.

Der Offizier drehte sich ruckartig um und konnte gerade noch einen schwarzen Dämon hoch oben auf dem Felsen entdecken, der eine Lanze schwang, dann brach er – vollkommen durchbohrt – fluchend und blutspeiend zusammen. Dieses Wesen flog mit einem Satz vom Felsen herab und wirbelte mit Gebrüll durch die entsetzten Übriggebliebenen, die nicht in der Lage waren, sich gegen die Pfeile zu wehren, die immer noch von oben herabregneten und den Boden mit Leichen übersäten. Die wenigen Überlebenden flohen Schutz suchend in die Wälder.

An jenem Abend beklagte der Kommandant der abkommandierten persischen Abteilung, die in der Nähe von Trachis kampierte, das Fehlen zweier Kommandos und eines griechischen Übersetzers. Er sandte berittene Trupps aus, die die Verlorengegangenen suchen sollten, doch die kehrten in vorgerückter Nacht unverrichteter Dinge zurück. Die Männer waren verschwunden, ohne die geringste Spur zu hinterlassen.

In den letzten Monaten dieses trockenen Sommers und im Herbst geschahen noch viele andere recht seltsame oder unerklärliche Dinge in den Dörfern, die verstreut zu Füßen des Oita und des Kallidromos oder an den Ufern des Kopais-Sees lagen.

Das unglaublichste Ereignis aber traf eine Gruppe paphlagonischer Soldaten von der Armee des Großkönigs, die – von einem Unwetter überrascht – in einem verlassenen Tempel Zuflucht suchten, der Ares geweiht war, den die Griechen als Kriegsgott verehrten. Das Gebäude war Monate zuvor geplündert worden, doch merkwürdigerweise stand die Statue des Gottes noch auf ihrem Sockel, unversehrt, in einer funkelnden Rüstung und mit einem großen Schild am Arm, auf dem ein Drache mit weit aufgerissenem Rachen abgebildet war. Einer der Barbaren dachte sofort, dass es eine Schande sei, diese prachtvollen Gegenstände der Gnade des Erstbesten zu überlassen und näherte sich der Statue in der guten Absicht, das Plünderungswerk zu vervollständigen, das seine Kameraden im Frühling unvollendet gelassen hatten. Doch wie groß war seine Überraschung, als er sah, wie sich der Kopf der Statue zu ihm wandte und die Augen des Gottes im Dunkel der

Sturmhaube unheilvoll funkelten. Er hatte weder Zeit, sich von dem Schrecken zu erholen, noch zu schreien, denn schon schlug ihm der Gott Ares das Schwert auf den Kopf, und zwar mit solcher Gewalt, dass das Genick brach; dann schwenkte er die riesige Lanze, schleuderte sie in die Gruppe der anderen Paphlagonen und schlachtete dabei einen von ihnen ab und nagelte einen anderen am Türpfosten fest. Zugleich hallten in dem halbverfallenen Dachstuhl grauenhafte Schreie wider, die gewiss nicht von einem Menschen stammten, und es begann, tödliche Pfeile zu regnen, die viele leblos zu Boden streckten.

Als die Überlebenden in panischer Angst ihrem Kommandanten von dem Vorfall berichteten, schenkte man ihnen keinen Glauben, sie wurden vielmehr hart bestraft. Denn es war gemeinhin bekannt, dass die Paphlagonen übermäßig tranken und im Suff zu allen möglichen Exzessen fähig waren.

Natürlich schienen viele dieser Erzählungen unglaubwürdig und übertrieben, doch die Ereignisse dieser Art häuften sich, statt weniger zu werden, wie es sonst bei Fällen üblich ist, die man für Zauberei zu halten gewillt ist. Und so verbreitete sich unter den Phokern und den Lokresen, aber auch unter den verräterischen Böotiern und in jedem Dorf zwischen den Bergrücken des Kallidromos, dem Massiv des Helikon und den verderbten Gewässern des Kopais-Sees die Nachricht von dem einsamen Hopliten, der auf einmal irgendwo auftauchte, begleitet von einem Bogenschützen mit seltsam schaukelndem Gang, der jedoch schnell wie der Blitz war und unbarmherzig wie das Schicksal.

»Ich bin sicher, dass er kommen wird«, sagte Talos zu seinem Freund, der in seinen schwarzen Mantel eingemummt war. Der Herbst war nunmehr vorangeschritten und der Abendwind drohte Regen mit sich zu bringen. Die beiden standen unter einem uralten, völlig verfaulten

Olivenbaum; ein paar Dutzend Schritte entfernt befand sich die Kreuzung der beiden Straßen von Platää und Thespien. Etwas abseits, zu Füßen eines Hügels, hinter dem das Flussbett des Asopos verlief, war eine Nische mit einer Persephonestatue aus Olivenholz. Talos zeigte sie dem Freund. »Karas kennt sie sehr gut, er hat sie mir beschrieben. Heute ist die erste Neumondnacht im Herbst, also können wir uns nicht geirrt haben. Du wirst sehen, dass er kommt.« Es verging noch eine Weile, doch dann, als es allmählich dunkel wurde, tauchte auf der Straße von Platää eine korpulente Gestalt auf einem kleinen Esel auf, der unter der Last schwankte.

»Er ist es!«, rief Talos aus.

»Das glaube ich auch«, erwiderte Brithos und kniff die Augen zusammen. Der seltsame Reiter trieb seinen Esel voran, indem er ihm seine Fersen in die Flanken schlug, dann lenkte er ihn von der Straße herunter und auf die Nische neben der Kreuzung zu. Er band das Tier an und setzte sich auf den Boden des Heiligtums. Talos und Brithos verließen ihr Versteck.

»Ah, da seid ihr ja!«, rief Karas und stand auf. »Ich habe schon befürchtet, dass ich hier warten muss, bis ich aufgeweicht bin. Es wird gleich regnen.«

»Gehen wir, schnell«, sagte Talos und nahm ihn am Arm, »lasst uns hier verschwinden, bevor noch jemand vorbeikommt.« Sie entfernten sich – den Esel hinter sich herziehend – über einen Weg, der direkt hinter den Hügel führte, zum Tal des Asopos. Sie betraten einen verlassenen Stall, den die Hirten noch bis vor ein paar Monaten benutzt haben mussten, bevor die Horde der Invasoren eingefallen war. Vermutlich gab es schon keine Schafe mehr, die man hüten musste. Sie zogen ihre Mäntel aus, legten sie auf den Boden und setzten sich darauf.

»Ihr habt die ganze Region auf den Kopf gestellt, habe ich gehört«, fing Karas an. »Wo auch immer ich angehalten habe, hat man von dem Hopliten mit dem Drachen gesprochen, und von dem Bogenschützen, der ihn begleitet. Ein paar Alte sagen, dass der Hoplit Ajax von Oyleus ist, der zurückgekehrt ist, um seinem Volk beizustehen und die asiatischen Völker zu bekämpfen, wie zur Zeit des Krieges in Troja.«

»Und der Bogenschütze?«, fragte Talos lächelnd.

»Oh«, fuhr Karas fort, »mit deinem lahmen Fuß haben sie dich schon für Philottetes gehalten, abgesehen davon, dass noch nie jemand einen Bogen wie den deinen gesehen hat, und auch das regt die Fantasie und den Aberglauben der Leute an. Ihr solltet aber wissen, dass die Sache auch in Sparta bekannt ist, und nicht nur da. Die Stadt hat überall in dieser Gegend ihre Informanten, um die Bewegungen der persischen Truppen zu überwachen und zu studieren, und die berichten alles, was sie hören. Ich glaube jedoch nicht, dass die von Ajax und Philottetes sprechen. Der Schild mit dem Drachen ist da unten wohl bekannt. Aber der Bogenschütze sorgt für Verwirrung. Ich glaube, die Ephoren wären glücklich«, fügte er an Talos gewandt hinzu, »wenn sie dich aus der Nähe beobachten könnten.«

»Und meine Mutter?«, fragte Talos.

»Sie weiß, dass du lebst, doch die Angst um dich plagt sie jeden Tag.«

Brithos senkte den Blick und wagte nicht, seinerseits zu fragen.

»Ich kann dir nicht viel über deine Familie sagen«, sagte Karas zu ihm, »ich weiß nur, dass deine Mutter dich totgeglaubt hat. Ob sie jedoch Hoffnungen hegt oder von dem, was hier geschieht, Nachricht erhalten hat, kann ich dir nicht sagen. Deine Mutter spricht mit niemandem, sie führt ein sehr zurückgezogenes Leben. Es ist, als gäbe es sie gar nicht.«

Karas schwieg. In der Ferne vernahm man die schrillen Schreie der Kraniche, die sich längs der Ufer des Kopais-Sees sammelten und sich auf ihre Wanderung vorbereiteten.

»Im nächsten Frühling wird ein Heer der verbündeten Nationen hierher kommen, um die Perser anzugreifen«, fuhr er dann fort. »Die Vorbereitungen sind schon im vollen Gange.«

»Was kannst du uns über die andere Aufgabe berichten, mit der wir dich betraut haben?«, fragte Talos.

»Ich glaube, dass ich auf dem richtigen Weg bin«, lautete die Antwort. »Der Mann, der die Perser zum Anopäapass geführt hat, heißt Ephialtes, und die Regierung von Sparta sucht überall nach ihm. Es wird nicht leicht sein, ihnen zuvorzukommen. Unser einziger Vorteil ist, dass er nicht weiß, dass auch wir ihn suchen.«

»Glaubst du, dass er das persische Heer aufsuchen wird?«, fragte Brithos und brach damit sein Schweigen.

»Nein, nach allem, was ich gehört habe, treibt er sich irgendwo an der Golfküste herum. Er hält sich von der Peloponnes fern, aber es ist auch gut möglich, dass er versucht, an Bord zu gehen, um nach Asien oder Italien zu reisen. Morgen werde ich einen Mann von Trachis treffen, der mir vielleicht etwas Genaueres sagen kann.«

»Du weißt, was du tun musst, wenn du ihn findest«, sagte Brithos.

»Ich weiß es«, erwiderte Karas. »Er wird nicht einmal merken, wenn er stirbt. Ich hoffe, du weißt, dass das eine große Respektlosigkeit deiner Regierung gegenüber ist.«

»Ich weiß, aber das ist mir egal. Uns steht es zu, ihn zu bestrafen, und nicht der Stadt, die entschieden hat, Leonidas und meine Kameraden zu opfern.«

»Also«, gab Karas zurück und erhob sich, »mehr gibt es nicht zu sagen. Seid vorsichtig, wenn ihr den nächsten Frühling noch erleben wollt, denn sie suchen euch überall. Wenn ihr mich braucht, ihr wisst ja, wie ihr mich findet.« Er band den Esel los, führte ihn am Halfter und ging davon. Nur eine Gruppe von Enten war am Himmel zu sehen.

»Heute Abend fliegen sie an die Ufer des Eurotas«, flüsterte Brithos.

XI
KLEIDEMOS

In der Taverne stank es nach verbranntem Öl und nach Fisch. Sie war zum Bersten gefüllt mit Seeleuten, die vom Hafen kamen, und mit Pilgern, die dort Rast auf ihrer Wanderung zum Heiligtum von Delphi machten. Die Lichter der heiligen Stadt flimmerten auf halber Höhe der Steilküste.

Ephialtes trat ein, das Gesicht fast völlig von der breiten Krempe seines Hutes verdeckt. Er lehnte sich einen Augenblick an die Wand aus Rohrgeflecht und Mörtel und sah sich um. An einem langen Tisch saß eine Gruppe Arkader, die einen ganzen am Spieß gegrillten Hammel aßen und ab und zu mit vor Schmutz starrenden Händen ein paar Oliven von einem gemeinsamen Teller nahmen. In der Mitte des großen, verrauchten Raumes schwitzten ein paar Bergbewohner mit krausen, spreugespickten Haaren unter Ziegenfellmützen und verschlangen halbrohe, blutige Schweinswürste.

Auf einer Bank in einer Ecke schnarchte ein großer, bärtiger Kerl, der vermutlich mit Wein abgefüllt war, und rülpste von Zeit zu Zeit. Ephialtes setzte sich, als zwei Matrosen aus Korinth fluchend aufstanden, um ihrem Mannschaftskapitän zu folgen, der plötzlich ihm Türrahmen stand.

»Willst du essen oder trinken?«, fragte der Wirt, der mit einem Weinkrug in der Hand zu ihm kam.

»Beides«, erwiderte Ephialtes, ohne vom Tisch hochzublicken. »Lass den Wein hier und bring mir ein Stück Lamm.«

»Lamm gibt es nicht.«

»Dann bring mir Hammel und Kleiebrot.«

»Das kann ich gern tun«, sagte der Wirt, und verschwand in einer Nische, die als Küche diente. »Ist ja auch nichts Anderes mehr da als Kleiebrot. Bei all diesen Heeren und Flotten, die man satt kriegen muss, ist nur noch Kleie übrig geblieben.« Kurz darauf kehrte er zum Tisch zurück und brachte das gewünschte Gericht und ein Stück Brot.

»Das macht fünf Obolen«, sagte er und hielt seine schmierige Hand auf.

»Hier hast du deine fünf Obolen, du Dieb«, sagte Ephialtes und zog das Geld heraus. Ohne mit der Wimper zu zucken ließ der Wirt die Münzen in seiner Tasche vor seinem Bauch verschwinden. Er musste an solche Bemerkungen gewöhnt sein. Widerwillig begann Ephialtes zu essen und stürzte zwischen den Bissen jeweils einen Schluck Wein hinunter. Hin und wieder sah er zur Tür, als warte er auf jemanden. Er war fast fertig, als ein etwa sechzehnjähriger Junge hereinkam und zielstrebig auf seinen Tisch zuging.

»Der Kommandant der Handelsflotte Aèlla lässt dir ausrichten: ›Der Preis ist in Ordnung, die Einschiffung findet in etwa einer Stunde an der kleinen Mole statt. Morgen wird das Schiff nach Kerkyra auslaufen.‹ Der Ruderkapitän wartet vor der Tür auf dich, folge ihm«, sagte er und schon schlüpfte er mitten durch eine Gruppe von Matrosen aus Megara, die in dem Moment eintraten und dem Wirt etwas zubrüllten.

Ephialtes erhob sich, schulterte seinen Quersack und ging hinaus. Der Mann hatte sich an die Mauer der Taverne gelehnt, von seinen Schultern fiel ein langer Mantel herab und auf dem Kopf trug er eine große Kappe aus Wachstuch. Als er ihn kommen sah, machte er ihm ein Zeichen, dass er ihm folgen solle, und ging auf den Hafen zu. Sie liefen ein Stück die gewundenen, dunklen Straßen, die zu den Molen führten, entlang. Ephialtes brach als Erster das Schweigen.

»Glaubst du, dass es auf der Überfahrt Schwierigkeiten geben wird?«, fragte er seinen schweigsamen Kameraden.

»Ich glaube nicht«, antwortet der andere. »Das östliche Meer ist sicher und außerdem ist unser Kommandant sehr erfahren.«

»Um so besser«, sagte Ephialtes. »Lange Reisen sind ja an sich schon voller Gefahren, stimmt's?« Mittlerweile hatten sie einen kleinen Platz überquert und bogen hinter einem alten Laden in eine dunkle, leere Gasse ein. Der Mann blieb stehen, drehte sich um und nahm die Kappe ab.

»Es wird keine anderen Gefahren mehr für dich geben, Ephialtes, deine Reise endet hier.«

»Woher kennst du meinen Namen, wer bist du?«, stotterte der Ärmste, der nun spürte, dass er verloren war. »Du bist Spartane.«

»Nein«, sagte der Mann finster, warf den Mantel hinter die ungeheuren Schultern und streckte ihm zwei Hände, groß wie Bärentatzen, entgegen.

»Aber dann … warum«, stammelte Ephialtes verwirrt, während sich die Hände wie eine Zange um seinen Hals legten.

Sein Gesicht verfärbte sich blau, die Augen traten aus ihren Höhlen. Mit letzter Kraft versuchte er sich loszumachen, dann fiel er reglos in die Pfütze seines eigenen Urins, der im letzten Todeskrampf ausgetreten war.

So starb Ephialtes, Sohn des Eurydemos, der Leonidas an den Thermopylen verraten hatte, durch die Hände eines Unbekannten.

Der Frühling war nunmehr weit vorangeschritten und in Sparta wurde, da Kleombrotos gestorben war, die Regierung seinem Sohn Pausanias übertragen, denn Leonidas' Sohn war noch zu jung, um zu regieren. Der andere König, Leotychidas, war mit der verbündeten Flotte in Asien, um einer neuen Attacke, die der Großkönig gegen

Griechenland plante, die Stirn zu bieten. Die bevorstehende Schlacht würde mit Sicherheit die entscheidende werden und so rekrutierte Sparta alle verfügbaren Männer, einschließlich der Heloten, die leicht bewaffnet wurden. Sobald die Truppen sich gesammelt hatten, zog die Armee los und sammelte auf dem Weg alle verbündeten Truppen ein.

Als das der persische Feldherr Mardonios, der sein Heer erneut gen Attika führte, bemerkte, zog er sich nach Böotien zurück, wo er auf die Unterstützung der ihm treu ergebenen Thebaner zählen konnte. Nachdem Pausanias den Isthmos passiert hatte, drang er in Böotien ein und stellte seine Armee in der Nähe des Asopos auf. Es war ein Heer, wie man es noch nie zuvor gesehen hatte. Aus Athen, Korinth, Megara, Ägina, Troizen und Eretria hatten sich Tausende von Hopliten zusammengefunden, um ein für alle Mal die Perser aus Griechenland zu vertreiben und die Gefallenen der Thermopylen und von Salamis zu rächen. Doch die schnelle und wendige Kavallerie der Perser hatte auf diesem eher offenen Gebiet ein leichtes Spiel und das hellenische Heer musste oft in die Defensive gehen. Weit ab von den Versorgungsstellen gelang es dem großen Heer nicht, die Verbindung aufrecht zu erhalten und lief Gefahr, von der Versorgung abgeschnitten zu werden. Berittene persische Überfallkommandos vertrieben am Fluss alle, die sich mit Wasser versorgen wollten. Selbst die Quelle von Gargaphia hatten sie bereits zugeschüttet und verseucht, sodass Pausanias auch von Wassermangel bedroht war. Also sandte er einen Trupp von Sklaven und Trägern aus, die sich mit Lebensmitteln eindecken sollten, doch sie kehrten nicht mehr zurück. Mardonios' Kavallerie musste sie auf dem Berg Kithairon vom Tal abgeschnitten haben.

All das hatte Talos von den Heloten erfahren, die versuchten, Wasser aus dem Wildbach Oeroe zu besorgen, der etwas abgelegen und damit weniger den Angriffen der persischen Kavallerie ausgesetzt war.

Von einem Hügel in der Nähe des Dorfes Kreusis aus, beobachtete er die Feuer der überall in der Ebene verstreuten griechischen Feldlager. Sie waren ohne System hier und da verstreut und spiegelten die allgemeine Mutlosigkeit und Erschlaffung wider, die sich in den Reihen der Soldaten breit machte. Brithos, der an seiner Seite die Szenerie beobachtete, schlug sich auf die Schenkel.

»Verflucht«, rief er, »sie lassen sich töten. Entweder, sie verschwinden dort oder sie greifen an und bereiten dem Ganzen ein Ende.«

»Das wird nicht leicht sein«, erwiderte Talos. »Ein Rückzug könnte in einem Desaster enden. Pausanias ist praktisch ohne Kavallerie und wir sind hier nicht an den Thermopylen. Aber ich denke, dass morgen der entscheidende Tag ist.« Er drehte sich zu seinem Kameraden um, der plötzlich still geworden war.

»Willst du damit sagen, dass auch für mich der entscheidende Tag kommt?«, fragte Brithos.

»Wenn dein Entschluss noch steht, ja. Morgen werden deine Kameraden und dein König erfahren, wer der Mann wirklich ist, den sie als Feigling verstoßen haben.«

Brithos setzte sich in das vertrocknete Gras. Es war eine wunderschöne Nacht, Tausende von Glühwürmchen tanzten durch die Stoppelfelder und der Gesang der Grillen verbreitete sich in der nach Heu duftenden Luft.

»Woran denkst du?«, fragte Talos.

»An die letzten Monate ... an morgen. Ich lebe noch, weil du mich daran gehindert hast, mich zu töten, und du hast mir ein Ziel gegeben, das mir erlaubt hat, weiterzumachen. Morgen werde ich in die Schlacht gehen, und wenn wir siegen und ich meine Ehre wiedererlange, werde ich nach Hause zurückkehren, in meine Stadt.«

»Ich verstehe, was du sagen willst«, unterbrach Talos ihn. »Du wirst wieder ein Spartiat sein und ich ein Helot. Willst du etwa sagen, dass du traurig darüber bist?«

»Ich weiß nicht«, erwiderte Brithos, »meine Hände sind

feucht, und das ist mir noch nie passiert, nicht einmal an den Thermopylen. Ich habe seit Monaten auf diesen Augenblick gewartet und nun wünschte ich, dass es noch nicht so weit wäre. Es gibt noch so viele Dinge, die ich wissen möchte, auch über dich, aber es ist keine Zeit mehr. Wenn ich meine Schlacht gewinne, werden sich unsere Wege trennen. Wenn ich sie verliere, werde ich jedoch genauso wenig erfahren, was ich wissen will. Wir haben gemeinsam gekämpft, einander beschützt und hundert Mal das Leben des anderen gerettet. Wir haben getötet, um zu leben, oder zu überleben, wie du mir in jener Nacht am Meer sagtest, und doch weiß ich nicht, warum das alles geschehen ist, warum ein Helot mir das Leben gerettet hat, ein Mann, dem ich einst meinen Speer an den Hals gehalten habe. Ich weiß nicht, warum du deine Mutter und deine Leute verlassen hast und ich weiß nicht, warum dieser alte und schreckliche Bogen in deinen Händen ist.« Talos, der sich an den Stamm eines wilden Olivenbaumes gelehnt hatte, kehrte dem Kameraden den Rücken zu und setzte sich ebenfalls hin, einen Haferstängel in der Hand. Dann runzelte er die Stirn, als versuche er, sich an etwas zu erinnern, und sprach:

Drache und Wolf werden sich erst
mit unerbittlichem Hass bekämpfen
dann fällt – vom Speer gezähmt,
den der langmähnige Meder wirft –
der Löwe von Sparta durchbohrt,
der gezittert hat nimmt das Schwert,
den Bogen nimmt der Wächter der Herde,
und gemeinsam gehen sie unsterblichem Ruhm
entgegen …

Die Verse von Perialla, der flüchtigen Pythia, waren plötzlich aus der Tiefe seiner Erinnerung wieder aufgetaucht und kamen ihm ganz klar und deutlich über die Lippen.

»Was bedeuten diese Worte, Talos?«, fragte Brithos und erwachte aus seinen Gedanken.

»Das ist eine Prophezeiung, Brithos, die mir erst jetzt, in diesem Augenblick, klar wird. Der Drache der Kleomeniden und der Wolf des Taygetos bekämpfen sich erst mit unerbittlichem Hass, um dann gemeinsam unsterblichem Ruhm entgegenzugehen. Der gezittert hat und der Hirte der Herde … das sind wir.«

»Wer hat diese Worte gesprochen … und wann? …«, fragte Brithos erneut.

»Das sind Worte einer richtigen Prophezeiung … Erinnerst du dich an die Pythia Perialla?«

»Ja«, flüsterte Brithos. »Und ich erinnere mich an das grausame Ende von König Kleomenes.«

»Ich habe sie gesehen, in Karas' Hütte, und das hat sie mir prophezeit. Diese Verse waren lange Zeit in meiner Erinnerung begraben, sie machten keinen Sinn und nun erst habe ich sie wieder in mir klingen hören. Irgendetwas verbindet also unsere Schicksale miteinander, Brithos, das, was deine Hand fest gehalten hat, an jenem Tag in der Ebene, und was mich dazu getrieben hat, die deine fest zu halten, in jener Nacht im Wald. Aber mehr als das weiß ich nicht, Brithos, ich sehe den Grund nicht. Die Götter kennen ihn, Brithos, aber sie werden kaum zulassen, dass wir ihre Gedanken kennen lernen.«

»Was hat die Pythia dir noch gesagt?«

»Sie hat noch andere Dinge gesagt, aber ich kann sie nicht deuten, zumindest jetzt nicht. Der Moment ist sicherlich noch nicht gekommen. Du fragst, warum der große Bogen aus Horn in meiner Hand ist. Nun, eines Tages hat ihn mir jemand überreicht, damit ich ihn bewache, und er hat mir beigebracht, ihn zu benutzen, ebenso wie er mir gezeigt hat, meinen lahmen Fuß zu benutzen, mich zu bewegen, mein Herz und meinen Verstand einzusetzen. Dieser Bogen birgt ein Geheimnis meines Volkes. Bitte mich nicht, es dir zu verraten, denn du bist ein Spartaner und dein Geschlecht unterwirft mein Volk.«

»Du bist ein Krieger … Talos, du bist ein Krieger, ist es nicht so? Ein Krieger und ein Anführer deiner Leute. Das ist es vielleicht, was uns verbunden hat, und was zugleich unsere Schicksale voneinander trennt. Auch wenn unsere Herzen es wollen, wir können die Grenzen, die die Götter uns gewiesen haben, nicht überwinden.«

»Nicht die Götter, Brithos, die Menschen … Sieh mich an, niemand wird als Sklave geboren. Hast du je gesehen, dass ich vor irgendetwas gezittert habe? Habe ich je Verrat begangen? Dennoch habe ich jahrelang die Herden des alten Kratippos zur Weide geführt, habe seine Felder bestellt, ohne mich aufzulehnen. Stattdessen habe ich insgeheim geweint, wegen der Demütigung, wegen dem Schmerz, wegen der Angst. In jener schrecklichen Nacht wurde mein Hund Krios von den Reißzähnen deines Molossers zerfetzt. Aber welcher der beiden war tapferer? Mein kleiner Bastard, der sein Leben gegeben hat, um die Herde zu verteidigen, oder dein blutrünstiges, schwarzes Monster?

Mein Volk nimmt manchmal die Kinder auf, die ihr aussetzt und den wilden Tieren überlasst. Sie nehmen sie auf und ziehen sie groß und das ist ein viel größerer Mut als der eure. Wer verdient es also, Sklave zu sein? Nein, Brithos, sage mir nicht, dass das Schicksal uns zu Sklaven gemacht hat, dass die Götter euch Macht über uns gegeben haben.«

Brithos sah ihn aufgewühlt an und wenn Talos den Ausdruck in seinen Augen hätte sehen können, so hätte er den schmerzerfüllten, überraschten Blick des Kriegers mit dem Drachen wieder erkannt, unten in der Ebene, an einem weit zurückliegenden Tag in seiner Kindheit.

»Talos«, stammelte Brithos mit einer eigenartigen Erregung in der Stimme, »Talos … aber du …«

»Brithos, mein Vater nannte sich Hylas, Sohn des Heloten Kritolaos, und die Amme hat mich verletzt, als sie mich aus dem Leib meiner Mutter zog. Das ist die Wahrheit, so hat es mir Kritolaos, der klügste und aufrichtigste Mensch, berichtet. Und deshalb nennt ihr Spartaner mich den ›Lahmen‹, aber für meine Leute bin ich Talos, der Wolf.«

Die beiden jungen Männer schwiegen lange und betrachteten die Feuer in der Ebene. Hin und wieder drangen die Rufe der Wachtposten zu ihnen herauf und vermischten sich mit dem Zirpen der Grillen.

»Deshalb«, fuhr Talos fort, »werden sich unsere Wege mit dem Erwachen des neuen Tages trennen. Morgen werde ich dir helfen, die Rüstung anzuziehen, wie es einem Heloten gebührt, aber du wirst alleine gehen, denn auf diesem Feld gibt es keinen Ruhm für mein Volk ... Sondern nur Tod. Aber vergiss nicht, hinter der Bronzerüstung schlägt auch Talos' Herz, zusammen mit deinem.«

Er schwieg, weil ein Knoten ihm die Kehle zuschnürte, und Brithos weinte in jener Nacht lange still vor sich hin.

Nachdem Pausanias sich mit seinen Offizieren und den Kommandanten der Verbündeten beraten hatte, kam er zu dem Schluss, dass man die Stellung aufgeben musste, denn die Hopliten konnten den ständigen, tödlichen Überfällen der persischen Kavallerie nicht länger Stand halten. Man musste sich auf geschütztere Positionen zurückziehen, die geeignet waren, einen Angriff zu starten. Er stimmte also einem Rückzugsplan zu. Die Verbündeten sollten sich als Erste in Bewegung setzen und im Schutze der Dunkelheit den engen Platz hinter dem Heratempel von Plataä erreichen. Die Feuer der Lager sollten dabei weiterbrennen, um dem Feind vorzutäuschen, dass sie immer noch an der gleichen Stelle kampierten. Als Letzte sollten – in zwei parallelen Zügen – die Peloponneser und die Athener folgen, die rechts außen Stellung bezogen hatten. Doch obwohl die Dunkelheit sie bei ihrem

Rückzugsmanöver schützte, beeinträchtigte sie sie zugleich beim Marschieren, und bald musste der König von Sparta feststellen, dass sie die Verbindung zu den anderen verloren hatten. Nur die Athener bewegten sich mit ihren Truppen etwa ein Stadion entfernt im Verband vorwärts, marschierten die Hügel entlang und hielten sich in der Nähe der Küste, um notfalls vor der feindlichen Kavallerie Schutz zu suchen.

Diese ließ übrigens nicht lange auf sich warten. Kaum dass die ersten Sonnenstrahlen die Ebene erhellten, mussten Mardonios' Kundschafter feststellen, dass das griechische Lager geräumt war. Sofort setzte der General sein Heer in Bewegung und ließ die Kavallerie die Verfolgung aufnehmen. Sobald sie die Rückhut Pausanias' erreichte, begann ein Höllenkarussell. Gruppen von Reitern stürzten sich auf die Züge der Marschierenden und ließen einen dichten Regen aus Pfeilen und Speeren auf sie niedergehen. Viele Krieger fielen, ohne dass sie irgendetwas gegen die Angreifer ausrichten konnten, die den direkten Kontakt mieden und auf die Reichweite ihrer Bögen vertrauten.

Die Lage war kompliziert. Voller Zorn auf die Verbündeten, von denen er sich verlassen glaubte, gab Pausanias Befehl, geschlossen gegen den Feind vorzugehen, und es gelang den beiden Zügen, die sich auf dem Rückzug befanden, sich, wenn auch nicht ohne Verluste, zusammenzuschließen. Spartanische und tegeatische Hopliten, athenische Fußsoldaten und schwer bewaffnete Platäer kämpften Seite an Seite. Vor allem Letztere kämpften mit außergewöhnlicher Entschlossenheit und voller Rachedurst, denn die Perser hatten ihre Stadt gerade erst in Schutt und Asche gelegt.

Pausanias befahl, die Reihen zu schließen, und der Befehl, der wie ein Lauffeuer von Mann zu Mann ging, ließ die Front sich verdichten, sodass die Kampfhandlung der Kavallerie allmählich abflaute. Inzwischen hatte ein Botschafter in rasendem Galopp die Verbündeten eingeholt, die bereits vor dem Heratempel Stellung bezogen hatten, und befahl ihnen, sofort zur Front zurückzukehren. Doch diese weigerten sich. Schließlich hatten sie den Befehl erhalten, sich am Heratempel aufzustellen, sollten doch die anderen nachkommen. Außerdem wäre es purer Wahnsinn gewesen, wieder hinaus aufs ungeschützte Feld zu gehen. Das Heer von Pausanias, das am Rückzug gehindert war und sich unter Kontrolle des persischen Heeres befand, hoffte weiterhin darauf, bald Verstärkung zu bekommen, während die gegnerische Kavallerie immer näher rückte und ihre gesamte zahlenmäßige Überlegenheit ausspielte, zumal auch die Verräter aus Theben in ihren Reihen kämpften.

Der berittene Bote kam mit seinem schweißnassen Pferd zurück und verkündete, dass die Verbündeten vor Plataä warteten und nicht beabsichtigten, ihren Posten zu verlassen. Pausanias fühlte sich verloren und seine Mutlosigkeit übertrug sich auf die Soldaten, die müde waren von dem langen Marsch und den ständigen Angriffen der feindlichen Kavallerie. Als Mardonios merkte, dass die Truppen, die er vor sich hatte, verwirrt waren und Angst hatten, machte er sich für den Gnadenstoß bereit. Auf seinem weißen Pferd ritt er nach vorn, um Befehl zum Angriff zu geben. Tiefe Stille senkte sich über das von Leichen und Verwundeten übersäte Schlachtfeld.

In dem Moment hallte über den Hügeln, die das Schlachtfeld umgaben, ein Schrei wider, der aus der Erde zu kommen schien:

ALALALAI!

Alle drehten sich nach dorthin um, wo sie den Schrei gehört hatten, doch außer einem von der Sonne verbrannten Felsen war nichts zu sehen. Die griechischen Hopliten drehten sich wieder zu ihren Feinden um. Da ertönte der Schlachtschrei erneut:

ALALALAI!

Und auf dem grauen Gestein tauchte ein Hoplit auf, der den Abhang hinunterlief und wenige Augenblicke später zwischen den beiden Heeren stand: Auf dem Kopf trug er den Helm mit den drei schwarzen Büschen und am Arm den Schild mit dem Drachen. Er richtete seinen Speer auf das persische Heer und schrie noch einmal mit laut hallender Stimme:

ALALALAI!

Das sah in dem Moment auch Talos, der auf einem Felsvorsprung auftauchte, und erschauerte: Brithos griff ganz allein die feindliche Armee an! Er stürzte sich mit Gebrüll den Hügel hinunter, schrie verzweifelt nach ihm. Dann blieb er auf seinen aufgeschürften und blutenden Füßen stehen und begann in wilder Raserei, Pfeile abzuschießen, als Brithos wie ein Amokläufer losstürzte.

Das alles ereignete sich in wenigen Augenblicken, und ein Wunder geschah: Vierzigtausend Lanzen neigten sich bedrohlich und die riesige Phalanx, aus der Stachel ragten wie aus einem schrecklichen Igel, schwankte einen Moment und explodierte dann in diesem Schrei, der wie Donner widerhallte:

ALALALAI!

Und ohne auf den Befehl zu warten, stürzten die Fußsoldaten aus Athen und Platää, die Hopliten aus Sparta, Makistos, Amyklä und Tegea auf die persische Front zu, wie ein Hochwasser führender Fluss, der plötzlich sein Flussbett sprengt. Sie erreichten die feindliche Fußtruppe, und stießen mit einem solchen Getöse aufeinander, dass es die bleigeladene Luft zu zerreißen schien. Sofort versuchte eine Gruppe athenischer Hopliten, sich einen Weg freizuschlagen, als sie den schwarzen Helmbusch in einem Meer von Speerspitzen auftauchen sahen.

Eingekeilt in der feindlichen Masse ließ Brithos' Schwert und Schild kreisen und mähte alles nieder, was sich ihm in den Weg stellte, doch – bedrängt von allen Seiten – spürte er, wie allmählich seine Knie weich wurden und das Herz in seiner Brust zu explodieren drohte. Mit einem letzten Schrei nahm er noch einmal all die Kraft seiner Jugend zusammen und schlug mit aller Wucht auf seine Feinde ein. Dann brach er, von hinten in die Fersen getroffen, zusammen. Er fiel auf den Rücken und hielt den Schild schützend vor seine Brust, um in einem letzten Energieschub noch weiter zu schlagen, doch dann blieb er in einer Blutlache liegen, Schenkel und Eingeweide durchbohrt, die Kehle aufgeschlitzt.

Nun aber drängten die griechischen Lanzen das brüllende Meer von seinem Körper fort, nun wurde Mardonios von seinem stolzen Ross gezerrt und die Bronzeflut überschwemmte die medischen und kissischen Fußtruppen, schob die tapferen Saken zum linken Flügel und schloss sich in der Mitte wie eine tödliche Zange.

Talos kletterte über die Leichenberge und erreichte ihn, als er noch atmete, befreite ihn mit rasender Geschwindigkeit von den Leichnamen der gefallenen Feinde und dem blutverschmierten Schild; dann hob er seinen Kopf. Ein Blutstrahl spritzte aus einer großen Wunde unter dem Hals, sein Gesicht war bereits weiß wie der Tod.

»Du wolltest sterben … Du wolltest sterben, am Tag deines Triumphes …«

Der sterbende Krieger vermochte nur unter unglaublicher Anstrengung seine Hand zu heben und sie auf die blutbefleckte Rüstung zu legen.

»Was … steckt … in dieser Rüstung … Talos, was steckt darin?«

Und dann fiel sein Kopf leblos in den Nacken.

Die Sonne ging inzwischen über dem blutigen Schlachtfeld bei Platää unter, über den mit Wunden übersäten Körpern, über den Toten, die übereinander lagen, und der dichte Staub schien in den Strahlen der untergehenden Sonne wie aus Gold. Talos erhob sich und sah sich um, als erwache er aus einem Traum. In der Ferne sah er eine massige Gestalt auf einem Esel, die sich ihm näherte: Karas.

»Du kommst spät«, sagte Talos traurig. »Es ist alles vorbei.« Karas betrachtete Brithos' Leichnam, der bereits wie für eine Trauerfeier hergerichtet dalag.

»Er ist gestorben, wie er es gewollt hat, nachdem er seine Ehre zurückerlangt hat. Er wird mit allen Ehrerweisungen begraben werden.«

»Nein«, erwiderte Talos. »Nein, nicht von ihnen. Ich werde die Totenfeier ausrichten.«

Sie nahmen die Leiche und brachten sie an den Rand des Feldes, dann holte Talos am Fluss Wasser, um sie zu waschen, während Karas zerbrochene Speere und Holz von kaputten Wagen des nahe gelegenen persischen Lagers sammelte und einen bescheidenen Scheiterhaufen vorbereitete. Sie setzten sich nebeneinander und wachten bei dem Toten, der auf einer ärmlichen Bahre hoch oben auf dem Scheiterhaufen lag, zugedeckt mit dem schwarzen Mantel, den Brithos auf Aghias' Beerdigung getragen hatte und seitdem all die Monate stets bei sich getragen hatte.

»Ich wollte früher kommen«, sagte Karas. »Aber die Reise war lang und voller Gefahren.«

»Auch wenn du früher gekommen wärst, hättest du nichts tun können«, sagte Talos niedergeschlagen. »Er war entschlossen, zu sterben, eine andere Erklärung gibt es nicht. Und deine Mission?«, fragte er dann.

»Sie ist vollbracht: Ephialtes ist tot. Ich habe ihn mit meinen Händen erwürgt.«

»Gut, und nun, mein lieber Freund, erweisen wir ihm

die letzte Ehre, Brithos, Sohn des Aristarchos, Kleomenide ... Der gezittert hat«, fügte er mit einem bitteren Lächeln hinzu. Karas ging zum persischen Lager, das immer noch brannte und kehrte mit einem brennenden Holzscheit zurück. Plötzlich lenkte ihn irgendetwas ab und er tippte Talos auf die Schulter.

»Sieh mal«, sagte er. Der junge Mann drehte sich um und erblickte eine Gestalt mit Kapuze und einem langen grauen Mantel, die langsam über das Schlachtfeld schritt und dann etwa dreißig Schritt entfernt stehen blieb.

»Er ist es«, sagte Talos, »er ist der, der vor deiner Hütte stand, in jener Nacht ...«

»Soll ich mich um ihn kümmern?«, fragte Karas.

»Nein, er interessiert mich nicht, lass ihn.«

Er nahm ihm das Holzscheit aus der Hand und steckte den Scheiterhaufen in Brand. Die Flammen züngelten gierig empor, von der Abendbrise genährt, und erreichten schnell den in den schwarzen Mantel gehüllten Leichnam. In der Ferne sah man schwarze Rauchsäulen aufsteigen, von den großen Scheiterhaufen, die sie in ihrem Lager errichtet hatten und wo nun die Leichen verbrannt wurden, die sie nach und nach vom Schlachtfeld holten. Talos schnitt sich die Haare ab und warf sie in die Flammen, dann warf er auch seine Weidenrute hinein, die Kritolaos einst für ihn ausgesucht hatte.

In dem Moment spürte er eine Hand auf seiner Schulter. Die Augen voller Tränen drehte er sich um und fand sich König Pausanias gegenüber. In den Händen hielt er den großen Schild mit dem Drachen; am Rand hatte er mit der Spitze seines Dolches einen Namen eingeritzt: Kleidemos Aristarchou Kleomenides.

»Das ist dein Name«, sagte er. »Sparta hat deinen Vater und deinen Bruder verloren, zwei große Krieger. Eine so edle Familie darf nicht aussterben. Du warst lange Zeit fort. Nun ist der Moment gekommen, in dem du zu deinem Volk zurückkehrst. Sieh«, fügte er hinzu und zeigte auf das griechische Lager. Ein langer Soldatenzug bewegte sich auf sie zu. In Reih und Glied aufgestellt, noch immer mit Blut und Staub beschmutzt, marschierten sie ihnen entgegen, begleitet vom Klang der Flöten und dem Trommeln der Tambours.

Sie stellten sich schweigend vor dem nunmehr erloschenen Scheiterhaufen auf. Ein Offizier erhob das Schwert und brüllte einen Befehl. Die Soldaten salutierten und hoben die Lanzen, die im letzten Licht des Sonnenuntergangs funkelten. Drei Mal schrien sie dem Himmel ihren Schlachtruf entgegen, der ihnen den Mut verliehen hatte, die letzte Schlacht zu gewinnen, den Schrei von Brithos, von dem, ›der gezittert hat‹.

Dann gingen sie davon und der Flötenklang verlor sich in der Ferne. Karas sammelte die Asche und die Knochen vom Scheiterhaufen, legte sie in den Schild und deckte sie mit seinem Mantel zu. Er blickte zu den roten Wolken am Horizont, dann zu Talos, und flüsterte:

Der glänzende Ruhm geht unter wie die Sonne.
Dem Bronzevolk kehrt er den Rücken, wenn
Enosigeos den Boden der Peloponnes erschüttert.
Vor dem Ruf des Blutes verschließt er die Ohren
Wenn er Macht hat, und in der Stadt der Toten,
die Stimme des Herzens ihn ruft …

»Denke an diese Worte, Talos, Sohn von Sparta und Sohn deines Volkes, an dem Tag, an dem du mich wieder sehen wirst.« Er nahm seinen Esel am Halfter und verschwand in der Dunkelheit des Abends.

ZWEITER TEIL

Und wenn wir den Zorn eines Gottes
Erwecken, werden wir hart bestraft …

THUKYDIDES

I
AM SCHEIDEWEG

Die ganze Nacht saß Kleidemos an dem Feuer, das den Leichnam von Brithos verschlungen hatte, seines Bruders, den er gerade erst wieder gefunden und schon verloren hatte. Wie versteinert starrte er auf die Schatten, die durch die Glut huschten, und zuckte immer wieder zusammen und stieß einen heiseren Ton aus, wie das Röcheln eines verletzten Tieres. Hinter ihm erstreckte sich das unendlich große Totenfeld von Plataä. Er stand auf. Der Wind trug den schweren Geruch des Blutes, mit dem die Erde getränkt war, von den Ufern des Asopos bis zu den einsamen Säulen des Heratempels. Zu Dutzenden streiften ausgemergelte, streunende Hunde heulend durch das Gemetzel und zerrissen die totenstarren Glieder der Krieger des Großkönigs.

Im Lager der Griechen kündigte die Trompete die dritte Wachablösung an und ein riesiger Mond, rot wie ein blutbesudelter Schild, erhob sich zwischen den von der Hitze verdorrten Sträuchern. Kleidemos wandte seine weit aufgerissenen Augen zu der gigantischen Scheibe. Der Mond ... der Mond war ein ungeheurer, blutspeiender Schild und hinter ihm nahm eine schreckliche Gestalt Form an ... der Gott Ares, mit glänzenden Panzerschuppen bedeckt, wie eine Schlange, schwang eine zweischneidige Axt, die er mit unheilvollem Dröhnen durch die Luft kreisen ließ. Die Kadaver wurden plötzlich lebendig, tauchten – mit zerquetschter Brust, entstelltem Gesicht – aus dem Meer aus Blut auf und marschierten schweigend auf den schrecklichen Krieger zu. Er wirbelte das grauenvolle Beil und richtete ein neues Blutbad an, verstreute noch einmal zerfleischte

Glieder in der Ebene … wieder … und wieder … bis die Nacht sich aufzulösen begann.

Kleidemos schüttelte sich und blickte sich mit geröteten Augen um, während seine Gedanken, die das Licht des Morgengrauens zu neuem Leben erweckt hatte, sich in ihm zu regen begannen. Der Lärm des Gemetzels, das die ganze Nacht über unaufhörlich in seinem Kopf getost hatte, verklang allmählich.

Im Lager der Griechen wurde zum Appell geblasen und Kleidemos stand auf. Er zog langsam die Rüstung an, nahm Schild und Lanze und machte sich auf den Weg. Um ihn herum erklang das Summen von Fliegen … Er durchquerte das Lager wie in Trance, ohne etwas zu sehen, bis ihn die Stimme einer Wache aufrüttelte: »Folge mir, Kleidemos, König Pausanias erwartet dich in seinem Zelt.«

Kurz darauf passierte er die beiden Wachen, die den Vorhang beiseite schoben, und trat ein. Er hatte Mühe, sich in seiner Umgebung zurechtzufinden, doch als seine müden Augen sich an das Halbdunkel im königlichen Pavillon gewöhnt hatten, sah er vor sich den König.

Er war nicht sehr groß, hatte graues Haar und einen kurzen, spitzen Bart. Seine gepflegten Hände sahen nicht aus wie die eines Kriegers und auch seine Kleidung war von einer Gewähltheit, die Kleidemos bei Spartanern noch nie gesehen hatte. Auf einem Tisch glänzten zwei Silberbecher, in die roter Wein gegossen war.

»Trink«, sagte der König und hielt ihm einen der Becher hin, »heute ist ein großer Tag für Griechenland und dieser Wein von Kos ist ausgezeichnet. Im Zelt von Mardonios war jede Menge davon und diese Becher sind Teil seines Tafelservices. Diese Barbaren wissen zweifellos die angenehmen Dinge des Lebens zu schätzen.«

Mit einer Handbewegung lehnte Kleidemos höflich ab; er hatte Magenkrämpfe, da er lange nichts gegessen hatte. Pausanias stellte den Becher ab, dann wies er auf einen

Hocker. »Setz dich«, sagte er, »du bist sicher müde.« Der junge Mann ließ sich auf den Sitz fallen. Seine Augen waren gerötet, sein Gesicht sah müde aus, die Haare waren voller Asche. Pausanias betrachtete ihn eine Weile. »Die gleichen großen, dunklen Augen ...«, sagte er dann, »die gleichen zarten Lippen ... du bist das Ebenbild deiner Mutter.«

Kleidemos schüttelte sich: »Meine Mutter ...«, flüsterte er, »meine Mutter hat kleine graue Augen ...«

Pausanias setzte sich auf einen Stuhl mit Armlehnen und drehte in seinen Händen den persischen Becher hin und her, als suche er die rechten Worte. »Ich verstehe, was du sagen willst«, fing er dann an. »Wir sind alle Fremde für dich, vielleicht gar Feinde. Aber du musst dennoch hören, was ich dir zu sagen habe, denn es bleibt dir noch viel Zeit, die du mit den Söhnen Spartas verbringen wirst.

Die Waffen, die du getragen hast, waren die Waffen deines Vaters und deines Bruders, und deine Mutter hat dich keinen Augenblick vergessen. Du weißt sehr wohl, dass wir deine Existenz hätten ignorieren und dich zu den Heloten in die Berge zurückkehren lassen können, wo du den Rest deines Lebens wie ein Hirte gelebt hättest. Aber wir glauben, dass du nicht mehr so leben kannst. Du bist ein Krieger geworden und hast viele Monate an der Seite deines Bruders Brithos gekämpft. Du warst mit ihm an den Thermopylen, bist mit ihm nach Sparta zurückgekehrt, du hast ihm geholfen, seine Ehre zurückzugewinnen. Und nun bist du der Letzte einer großen Familie, die nicht aussterben darf.«

Kleidemos, der die ganze Zeit starr zu Boden geblickt hatte, sah hoch. »Es gibt viele Dinge, die ich nicht verstehe, und viele Dinge, die ich nicht weiß, auch wenn ich sie mir vorstellen kann. Wenn es stimmt, was du sagst, so sage mir, wie ich zu der Frau zurückkehren kann, die mich geboren hat, und die Frau verlassen soll, die mich ohne das Band des Blutes aufgenommen, ernährt und geliebt hat. Sag mir, wie ich für immer die bescheidenen und unglücklichen Leute verlassen soll, die mich aufgenommen haben, obwohl ich ein Kind ihrer Feinde bin, und sag mir, wie ich in die Stadt zurückkehren soll, die sie unterdrückt, die Stadt, die mich den Wölfen des Taygetos zum Fraß vorgeworfen hat, weil ich ein Krüppel bin. Glaubst du, dass ein Mensch zwei Mal geboren werden kann? Ich bin dem Tode entgangen, und der, der mich gefunden hat, Kritolaos, der klügste aller Menschen, gab mir den Namen Talos, damit ich mein Unglück niemals vergesse. Sag mir, wie ich mich von nun an Kleidemos nennen soll. Ich habe meine Mutter nie gesehen und mein Vater ist für mich nicht mehr als ein Gesicht … ein Blick … der Drache auf dem Schild der Kleomeniden. Und mein Bruder Brithos … ist nun Asche, auf dem Feld von Plataä.«

Pausanias wischte sich den Schweiß von der Stirn. »Hör mir zu«, sagte er, »auf all das gibt es eine Antwort, aber glaube nicht, dass du es verstehen kannst … zumindest jetzt noch nicht. Es gibt viel Geheimnisvolles im Leben der Menschen und ihr Schicksal liegt in der Hand der Götter. Aber ich kann dir viel erklären, was du nicht weißt, ich kann dir sagen, dass Sparta nicht grausam zu seinen Kindern ist. Doch wir alle unterstehen dem Gesetz, auch der König. Das wissen auch die Mütter von Sparta, die ihre Söhne in den Tod ziehen sehen. Das wusste dein Vater, der große Aristarchos, als er dich vor vielen Jahren, in einer schrecklichen, regnerischen Nacht, an seine Brust drückte und auf den Taygetos brachte. Die Bürde dieser schrecklichen, wenn auch notwendigen Tat sollte sein Herz noch lange bekümmern. Die Klinge, die ihm an den Thermopylen das Herz durchbohrte, war nicht schärfer und grausamer als die, die ihm in jener Nacht am Taygetos das Herz brach … Von da an legte sich ein schwarzer Schleier über seine Augen und nie wieder sah man Freude sein Gesicht erhellen. Nichts ist ihm erspart geblieben … und als er erfuhr, dass du am Leben warst, wurde seine

Qual noch größer und grausamer. Das Blut gefror ihm in den Adern, als er sah, wie Brithos eines Nachts bewaffnet den Berg hinaufstieg, vielleicht in dem Entschluss, dich zu töten, auch wenn keine Silbe über seine Lippen kam. Heiße Tränen, die niemand – nicht einmal deine Mutter – sah, rannen ihm Jahr um Jahr die Wangen herab, in einem unendlichen Todeskampf. Er hat dich bis zum letzten Atemzug geliebt ... verzweifelt geliebt ... voller Hass auf sein Leben ist er gefallen und hat sein Blut auf dem glühenden Staub vergossen ... unglücklich wegen dir. Das war dein Vater, der große Aristarchos ... der Drache.«

Kleidemos hatte seinen Blick vom Boden erhoben und saß reglos da, die Hände auf die Schenkel gestützt. Hin und wieder hob sich sein Brustkorb in einem langen Atemzug. Nur zwei dicke Tränen ließen Leben erkennen, auf seinem Gesicht, das grau war wie Stein. Pausanias stellte den Becher auf den Tisch neben sich, führte einen Moment die Hände an sein schweißtriefendes Gesicht und schwieg, als lausche er dem Zirpen der Zikaden, dem Stimmengewirr draußen vor dem Zelt. Dann hob er wieder zu sprechen an und seine Stimme mit dem metallischen Klang verriet eine gewisse Erregung.

»Und deiner Mutter hat das Schicksal ... oder die Bosheit der Götter kein besseres Leben vorbehalten. Ihre außergewöhnliche Schönheit ist frühzeitig verblüht, zerstört von einer tödlichen Qual, als du ihr entrissen wurdest; sie hat ihren Mann verloren, den Mann, den sie schon als kleines Mädchen von ganzem Herzen liebte, sie hat ihren Sohn Brithos von den Thermopylen zurückkehren sehen, als sie ihn bereits tot glaubte, um ihn erneut zu verlieren, als er vor einem Jahr, nach dem Selbstmord seines Freundes Aghias, plötzlich verschwand; und morgen, wenn man ihr die Urne mit seiner Asche überreicht, wird sie erfahren, dass er noch gelebt hat ... Die Frauen von Sparta wissen sehr wohl, dass sie ihre Kinder sterblich zur Welt gebracht haben, aber deshalb ist ihr Leid nicht geringer. Nun bleibst nur noch du ihr und sie wartet auf dich, auch wenn sie nicht zu hoffen wagt, dass du zurückkehrst.«

Kleidemos trocknete seine Tränen. »Auf mich wartet eine andere Frau, in der Hütte auf dem Taygetos, die Frau, die ich immer Mutter genannt habe«, sagte er tonlos.

»Ich weiß«, fuhr der Regent fort, »diese Frau ist dir sehr wichtig. Du wirst sie sehen können, wann immer du willst. Vergiss nicht, dass sie sehr viel mehr Glück hatte, als die Ärmste, die dich geboren hat … doch das ist nicht alles. Ich weiß, dass dir unsere Gesetze unmenschlich und unbarmherzig erscheinen, aber glaubst du, die Welt ist anders? Wir müssen in einer Welt überleben, die kein Mitleid mit den Besiegten kennt. Du hast gestern die Wut der Invasoren gesehen. Der Leichnam von König Leonidas wurde enthauptet und gekreuzigt an den Thermopylen gefunden, und das Gleiche hätte man mit mir gemacht, wenn wir verloren hätten. Brithos' Tapferkeit und sein Opfer haben Tausenden seiner Kameraden das Leben gerettet, jungen Männern wie dir, denen ihre Mütter bis ans Ende ihrer Tage nachgetrauert hätten. Sicher, die gleichen Kameraden haben ihm vor einem Jahr mit ihren Verleumdungen Unrecht zugefügt und ihn an den Rand des Selbstmords getrieben, doch es ist ihm gelungen, seine Ehre zurückzugewinnen und sein Name wird noch in Jahrhunderten gefeiert werden, ein Name, den er dir mit seinem letzten Atemzug vermacht hat. Brithos irrt nun durch das Reich der Schatten und seine Seele wird keinen Frieden finden, ehe du dieses Erbe, das in das Schild der Kleomeniden eingraviert ist, und das aus Opferbereitschaft und Ehre besteht, annimmst. Du stehst vor einem Scheideweg: Einer der Wege führt zu einem ruhigen und zurückgezogen Leben, der andere zu einem schwierigen und turbulenten Dasein, das dir jedoch anbietet, das Erbe eines Heldengeschlechts anzutreten. Es ist an dir, dich zu entscheiden, und niemand kann dir dabei helfen. Die Götter haben dich an diesen Punkt gebracht, denke daran. Dein Leben ist vorbestimmt und ich glaube, du wirst nicht zurückkehren.«

Pausanias schwieg und senkte den Blick, dann schlug er sein Schwert gegen den Schild, der an einem Pfeiler hing, der das Zelt stützte. Sofort kamen ein paar Frauen herein und brachten Wasser. Sie zogen den jungen Mann aus und wuschen ihn, während ein paar andere ihm eine Schlafstatt herrichteten. Kleidemos ließ sich die schmerzenden Glieder massieren und nahm die Tasse mit heißer Brühe, die ihm angeboten wurde, dankend entgegen, dann machte er es sich auf seinem Lager bequem und sank in einen tiefen Schlaf.

Der König betrachtete ihn lange mit einem seltsamen Lächeln, dann rief er eine Wache. »Lasst niemanden in dieses Zelt«, befahl er. »Unter gar keinen Umständen darf der Schlaf dieses Mannes gestört werden, solange ich weg bin. Sollte er wach werden, so lasst ihn hingehen, wohin es ihm beliebt, aber folgt ihm unauffällig und haltet mich über alles, was er tut, auf dem Laufenden.«

Die Wache ging hinaus, um ihren Posten zu beziehen. Kurz darauf kam auch der von Kopf bis Fuß bewaffnete König heraus, sprang auf sein Pferd und galoppierte durch das Lager – gefolgt von einer Gruppe der königlichen Leibgarde. Dann schlug er den Weg zu dem Lager der Perser ein, das bereits seit dem vorangegangenen Abend von seinen Truppen besetzt wurde.

In dem Zelt, das dem persischen Kommandanten gehört hatte, wurde er bereits von allen verbündeten Strategen erwartet.

»Freunde!«, rief König Pausanias aus und nahm einen Becher. »Freunde, ich trinke auf Zeus, den Göttervater, und auf Herakles, den Feldherrn, der uns den Sieg über die Barbaren geschenkt hat, und ich trinke auf die Eintracht aller Griechen, die diesen Tag so großartig und unvergesslich gemacht hat.«

Ein zustimmender Chor begleitete seine Worte, während die Sklaven die schnell geleerten Becher nachfüllten. Doch Pausanias war noch nicht fertig. »Ihr Herren Offiziere«, fuhr er fort, »lasst mich noch hinzufügen, dass diese Barbaren wirklich verrückt sein müssen! Sie haben all diese wunderbaren Dinge besessen, und haben so große Mühen und diese lange Reise auf sich genommen, um herzukommen und uns unsere erbärmliche schwarze Suppe streitig zu machen.«

Alle Gäste lachten amüsiert und das Bankett, das bis zum Abend dauerte, war eröffnet. An jenem Tag wurde Pausanias so nachhaltig beeindruckt von den Reichtümern und dem Luxus der Perser, dass er die strenge Bescheidenheit Spartas endgültig satt hatte.

II
NOSTOS

Von einer sanften Brise getrieben, zogen die Wolken langsam über den Himmel und versteckten hin und wieder die Sonnenscheibe, die nunmehr über dem Horizont zu sinken begann und lange Schatten auf die Ebene warf. Kleidemos sah, wie die Berggipfel des Taygetos in ein rotes Licht getaucht wurden. Wie viel Zeit war vergangen … Ihm war, als hörte er das Kläffen der Hunde, das Blöken der Schafe, die hoch oben auf den Weiden zu ihren Ställen geführt wurden, er dachte an das mit Eichenlaub bedeckte Grab von Kritolaos, dem klügsten aller Menschen. Er sah sich wieder als Kind, wie er am Ufer des Eurotas saß, mit dem kleinen Krios, der freudig mit dem Schwanz wedelte. Er dachte an die Frau, die für lange Zeit seine Mutter gewesen war, er sah sie vor sich, wie sie, einsam und traurig, auf der Türschwelle vor ihrer Hütte hoch oben auf dem Berg saß, mit schwieligen Fingern Wolle spann und mit ihren kleinen grauen Augen hoffnungsvoll zum Himmel blickte.

Nur wenige Schritte vor ihm öffnete sich der Weg auf den Berg und er blieb, auf die Lanze gestützt, stehen. Ein Reiter galoppierte vorüber und verschwand sogleich, bis nur noch eine Staubwolke von ihm übrig blieb.

Der Wind schwieg, doch die großen, nunmehr schwarzen Wolken hatten sich am Himmel zu einer riesigen Masse vereint, die langsam zu pulsieren schien. Kleidemos sah hinauf und betrachtete sie eine Weile verwundert. Ein Blitz leuchtete plötzlich im Bauch des unförmigen Riesen auf, der zusammenzuzucken schien, sich dann vor den Augen des jungen Mannes zu dehnen begann und auf die Mitte der blauen Himmelskuppel zustrebte, sich solange wendete und krümmte, bis er eine klare, unverwechselbare Form annahm … die Form eines Drachen.

Ihm war, als höre er für einen Moment die Worte, die Kritolaos in einer weit zurückliegenden Nacht gesprochen hatte, »… die Götter schicken uns manchmal Zeichen …«; er ging weiter und ließ schweren Herzens den Weg, der auf den Berg führte, links liegen. Wie von einer unsichtbaren Macht getrieben schritt er auf der staubigen Straße voran, bis vor ihm in der Dunkelheit, bewacht von majestätischen Eichen, das Haus der Kleomeniden auftauchte. Das matte Licht einer Öllampe hinter einem der Fenster war das einzige Anzeichen von Leben in dem großen, strengen Gebäude.

Kleidemos blieb zögernd stehen und wartete auf das Bellen von Melas, doch nicht das kleinste Geräusch durchbrach die Totenstille. Er blickte in den Hof und wandte den Blick gleich wieder voller Entsetzen ab. Der Molosser lag mit aufgeschnittener Kehle auf dem Hausaltar, die weißen Zähne blitzten aus einer grauenhaften Fratze hervor … das Tier war Brithos' Geist geopfert worden und nun irrte seine wilde Seele über die Wege des Ades auf der Suche nach seinem Herrn …

Er näherte sich der Tür, vor der ein schwarzer Schleier hing, legte die zitternde Hand dagegen und der wuchtige Türflügel gab nach und öffnete sich knarrend. Als Erstes erblickte er das nur schwach beleuchtete Atrium; in seiner Mitte saß, auf einem Hocker, die Hände in den Schoß gelegt, eine schwarz gekleidete Frau und sah ihn mit leuchtenden Augen an. Ihr Körper hingegen wirkte steif wie der einer Toten. Bei diesem Anblick blieb Kleidemos wie versteinert auf der Türschwelle stehen. Die Frau erhob sich taumelnd und kam ihm entgegen. Sie streckte ihre weißen Hände nach ihm aus. »Ich habe so sehr auf dich gewartet«, hauchte sie, »Sohn, wie lange du gebraucht hast, zu mir zurückzukehren …« Kleidemos sah sie schweigend an.

»Ich weiß«, fuhr die Frau fort, »du weißt nicht, was du

sagen sollst, aber du erkennst mich wieder, nicht wahr?« Sie ließ ihre Arme sinken: »Ich bin deine Mutter … Ismene, Frau des Aristarchos, Mutter von Brithos …«

Sie wandte ihren verstörten Blick zu den Statuen der kleomenidischen Helden, die mit schwarzen Bändern geschmückt waren: »… Tot … sie sind alle tot … und auch du warst tot … Kleidemos.« Dem jungen Mann lief ein Schauer über den Rücken, als Ismene eine Hand hob, um ganz sanft sein Gesicht zu berühren. »Aber nun bist du nach Hause zurückgekehrt …« Sie zeigte auf die geöffnete Tür. »Zweiundzwanzig Jahre … zweiundzwanzig Jahre sind vergangen, seit ich dich das letzte Mal sah, an dieser Tür, in den Armen deines Vaters.«

»Mein Vater …«, flüsterte der junge Mann wie in Trance, »mein Vater hat mich den Wölfen überlassen …«

Ismene fiel auf die Knie: »Nein, nein … nein, Sohn, dein Vater hat dich … der Gnade der Götter … anvertraut. Er hat die Schafe seiner Herde geopfert, damit die Götter Erbarmen mit dir hätten … er hat viele Nächte wachgelegen in seiner Angst, hat sich gequält, seine Tränen unterdrückt … und wenn das Leid ihn überwältigte, floh er aus dem Haus … er hüllte sich in seinen Mantel … er floh in den Wald … auf den Berg …«

Kleidemos sah zur Wand, sein Blick fiel auf einen Umhang mit Kapuze aus grauer Wolle, der an einem Nagel hing. Er zuckte zusammen. Für einen Augenblick sah er wieder die Gestalt des Kapuzenmannes mit dem Reisigbündel … oben, an der Quelle, an einem windigen Tag: sein Vater! Ismenes gebrochene Stimme holte ihn aus seinen Gedanken zurück: »Er hat sein Leben den Geistern unserer Ahnen geopfert, damit du verschont bliebst … o Sohn … Sohn … niemandem war es je gestattet, sich den Gesetzen der Stadt zu widersetzen, niemand hat je einen Ausweg gefunden … sondern nur furchtbaren Schmerz … eine unendliche Angst, in Erwartung des Todes … ein langes Leid.«

Ismene stieß einen Klagelaut aus und verbarg das Gesicht in den Händen. Ihr gebeugter Rücken wurde von einem anhaltenden Zittern geschüttelt und ihr leises Weinen in der tiefen Stille des Hauses war scharf wie eine Klinge, und dann wieder sanft wie ein Schlaflied … und düster wie die Totenklage eines Klageweibes. Kleidemos spürte, wie ihm warm ums Herz wurde, das Eis in seinen steifen, betäubten Gliedern schmolz. Er beugte sich über sie, nahm ihr den Schleier ab und legte eine Hand auf ihren Kopf … sanft strich er über ihr graues Haar. Ismene sah ihn mit geröteten Augen an.

»Mutter«, sagte er mit einem müden Lächeln, »Mutter, ich bin zurückgekehrt.«

Ismene klammerte sich an seine Arme, erhob sich mühsam und sah ihn lange ungläubig und voller Liebe an.

»Ja, Mutter … ich bin zurückgekehrt.«

Ismene drückte sich an ihn, umklammerte ihn … dabei flüsterte sie ihm unverständliche Worte ins Ohr. Kleidemos zog sie fest an sich und spürte wie das Herz seiner Mutter, gegen das seine gepresst, immer schneller schlug, wie das eines Spatzen, den ein Kind zu fest in seiner Hand drückt. Der Herzschlag wurde noch schneller, dann plötzlich schwächer, bis er ganz stehen blieb und Ismene leblos in die Arme ihres Sohnes sank.

Kleidemos sah sie lange ungläubig an, dann hob er sie hoch, drückte sie fest an seine Brust, lief zur Tür, stellte sich breitbeinig in den Türrahmen, hob den reglosen Körper gen Himmel und stieß einen dumpfen Klagelaut aus, ein wildes Stöhnen, das immer lauter wurde, bis es zu einem gellenden Schrei anwuchs, der sich – getränkt von Entsetzen und Verzweiflung – zu den fernen, kalten Sternen erhob. Er schrie wie ein Tier, das von einer wilden Meute zerrissen wird, und sein Schrei flog über die Felder, über die Dächer der Stadt, über die Ufer des Eurotas, hallte über den spröden Hängen des Taygetos wider, und verlor sich – zurückgeworfen in tausend Echos – über dem Meer.

III
LAHGAL

König Pausanias schlug eine Karte auf dem Tisch auf und befestigte sie an den Enden, dann sah er Kleidemos an, der ihm gegenüber saß. »Komm näher«, sagte er, »ich muss dir etwas zeigen.« Der junge Mann stand auf und stellte sich neben den Tisch. »Hier«, sagte der König und zeigte auf eine ausgefranste Linie auf der rechten Seite der Karte. »Das ist Asien, das Land der aufgehenden Sonne, oder besser gesagt, das ist die asiatische Küste, die der Küste unseres Landes gegenüberliegt. Asien breitet sich noch Zehntausende Stadien nach Osten aus bis zum Fluss Ozean, doch noch nie ist jemand an diesen Orten gewesen, abgesehen von den Männern des Großkönigs, und wir wissen sehr wenig von diesen fernen Ländern. Was du hier siehst«, fuhr er dann fort und zeigte auf ein paar rote Kreise längs der Küste, »das sind die von Hellenen bewohnten Städte: äolische, ionische und dorische Städte. Jede von ihnen ist größer, bevölkerter und reicher als Sparta. Unsere Siege in Platää und in Mykale haben sie vorerst von der Herrschaft der Barbaren befreit, doch wir können eine erneute Invasion nicht ausschließen. Der Großkönig hat weder Kontakt zu uns aufgenommen, noch hat er auf irgendeine Weise seine Niederlage zugegeben. Ist dir klar, was das bedeutet?«

»Dass der Krieg noch nicht zu Ende ist und dass die Feindseligkeiten jeden Moment wieder anfangen können.«

»Genau. Gleichzeitig müssen wir berücksichtigen, dass der Großkönig der Meinung ist, ganz Hellas müsse seine Herrschaft anerkennen. Er hat verstanden, dass er die Hellenen in Kleinasien nicht beherrschen kann, ohne die Hellenen auf dem Festland in seine Gewalt zu bringen. Wenn er sich noch einmal rühren wird, dann nur, um seine Armee in unser Land zurückzubringen. Also ist es erforderlich, Vorposten in Asien aufzustellen, die jede Bewegung der Heere des Großkönigs ständig überwachen. Für uns ist es besser, die Barbaren in Asien zu bekämpfen, als sie wieder von unseren Türen vertreiben zu müssen. Deshalb haben die Ephoren und der Ältestenrat entschieden, dass ich mit einer peloponnesischen Mannschaft Zypern besetze und wir anschließend einen Standort in Byzanz einrichten, denn Byzanz kontrolliert die Meerenge vom Hellespont. Hier, sieh mal«, sagte er und zeigte auf die Karte, »dieser dünne Meeresarm, der Asien von Europa trennt.«

Kleidemos konnte nicht begreifen, wie man das Meer und das Land auf ein Stück Schafleder zeichnen konnte und wie man damit dann auch noch zu einem Ort reisen und wieder zurückfinden konnte.

»Sag mir«, fragte er schüchtern, »ist auf diesem Bild auch der Taygetos?«

»Sicher«, erwiderte der König lächelnd, »sieh mal, dein Berg ist hier und das hier ist Sparta, unsere Stadt.«

»Aber gibt es noch andere Länder außerhalb der Grenzen dieses Bildes?«

»Ja, sehr viele sogar, im Norden und im Süden, im Osten und da, wo die Sonne untergeht, und alle sind von dem Fluss Ozean umgeben, dessen Gewässer kein von Menschen gebautes Schiff befahren kann. Ob es jenseits des Flusses Ozean noch etwas gibt, weiß kein Mensch …«

»Haben das Ephorat und der Ältestenrat schon einen Tag für die Abreise festgelegt?«

»Die Schiffe sollen mit dem Vollmond auslaufen und ich möchte, dass du mit mir kommst. Ich werde das Kommando über die verbündete Flotte übernehmen, die Zypern besetzen wird. Es ist ein wunderschönes Land, das wir unter unsere Kontrolle bringen müssen. Die persische Flotte darf keinen Stützpunkt in unserem Meer mehr haben. Was dich betrifft, glaube ich, dass es das Beste wäre, wenn du mich auf diesem Unternehmen begleitest. Du wirst neue Länder sehen, wunderschöne Städte, Dinge, von denen du noch nicht einmal geträumt hast. Du musst vergessen, was du erlebt hast und ein neues Leben beginnen. Die Sklaven werden auf dein Haus aufpassen, solange du weg bist.«

»Mein Haus ...«, flüsterte Kleidemos. »Ich weiß nicht, welches mein Haus ist, ich weiß gar nichts mehr. Nachts träume ich von meinem früheren Leben und wenn ich aufwache, erkenne ich nichts in meiner Umgebung wieder.«

Pausanias rollte die Karte wieder zusammen, dann stellte er sich neben den jungen Mann. »Ich verstehe, was in dir vorgeht; nur wenigen Männern ist ein Schicksal wie das deine vorbestimmt, sehr wenige mussten härtere Prüfungen bestehen. Nun aber liegt das erste große Abenteuer hinter dir; du kannst deine Zukunft in Angriff nehmen und das nächste Abenteuer ... mit Hilfe der Götter und der Menschen, die deine Kraft und deine Willensstärke kennen. Das Leben hält nicht nur Leid und Unglück, sondern auch Freude und Glück bereit. Die Götter haben dein Herz zur Genüge mit ihren Pfeilen durchbohrt! Sie haben dir sicherlich eine große Zukunft vorbehalten, und auch ich glaube an dich, Kleidemos, Sohn des Aristarchos.«

Die verbündete Flotte, die fast zweihundert Kriegsschiffe stark war, lief eines Morgens zu Beginn des Sommers in den Gewässern Zyperns ein. Noch nie hatte Kleidemos ein ähnliches Schauspiel erlebt. Er vergaß die Aufruhr in seinem Magen und seine Übelkeit, die ihn während der Überfahrt von Gytheion nach Kithera befallen hatten. Der Wind blähte die Segel der großen Schiffe, die in einer Kolonne angeordnet waren, und das von den kupfernen Rammspornen durchschnittene Meer schäumte an den bemalten Gallionsfiguren empor.

Auf Pausanias' Admiralsschiff wurde eine blaue Fahne

gehisst: Das Anlegemanöver begann. Die Ruder wurden an den Flanken in das Meer getaucht und die Flotte begann, sich Backbord zu halten, längs der Südküste der Insel. Am frühen Nachmittag ging die erste Mannschaft in strahlendem Sonnenschein vor Anker, ohne auf Widerstand zu stoßen. Die Streitmächte des Großkönigs hatten sich bereits zurückgezogen und die phönizischen Schiffe aus Tyrus und Sidon waren in ihre Häfen zurückgekehrt und warteten auf ihre Revanche. Pausanias schlug in einem schönen Haus im höchstgelegenen Teil der Stadt Salamis sein Quartier auf und die Honoratioren stellten ihm eine große Anzahl von Sklaven zur Verfügung.

Kleidemos verbrachte seine Zeit auf Sportplätzen und in Gymnastikhallen, wo er Kampftechniken erlernte, sowie das Anlegen der schweren Hoplitenrüstung, deren Gewicht ihn zu erdrücken schien. Eines Tages, als er sich gerade nach dem Bad abtrocknete, kam ein Junge mit dichten, schwarzen Haaren zu ihm. »Bist du Spartaner, Herr?«, fragte er und sah ihn neugierig an.

»Ja, das bin ich. Und wer bist du?«

»Ich heiße Lahgal, ich bin Syrer. Mein Herr ist der Besitzer dieses Bades, er hat mich auf dem Markt von Ugarit gekauft, eine schöne Stadt ... kennst du sie?«

»Nein«, erwiderte Kleidemos lächelnd, »ich kenne sie nicht. Das ist das erste Mal, dass ich meine Heimat verlassen habe, und das war meine erste Schiffsreise.«

»Willst du etwa sagen, dass du noch nicht einmal diese Insel kennst?«

»Richtig, ich habe mich noch nicht von Salamis fortbewegt.«

»Aber dann kennst du ja gar nichts, Herr. Diese Insel ist wunderbar, sie ist voller Köstlichkeiten. Hier wird das beste Öl hergestellt und der duftigste und berauschendste Wein. Hier reifen Granatäpfel und an den Palmen wachsen die süßesten Datteln, die am Ende des Sommers geerntet werden. In den Wassern dieses Meeres wurde die

Göttin geboren, die ihr Griechen Aphrodite nennt und wir Syrer Astarte, die Göttin der Liebe.«

»Wie ich sehe, gefällt dir dieses Land sehr. Vermisst du deine Heimat nicht?«

»Ach, Herr«, sagte der Junge achselzuckend, »ich bin hergekommen, als ich noch ganz klein war ... mein Herr muss mich für wenig Geld erstanden haben, aber er hat ein gutes Geschäft gemacht. Ich erledige Botengänge für ihn, ich putze diese Bäder und überwache die Mädchen, die auf dem Markt einkaufen gehen, damit sie nicht stehlen oder sich heimlich prostituieren, um das Geld zu behalten. Außerdem habe ich ziemlich viele Freiheiten. Ich komme und gehe, wann es mir passt, wenn ich meine Arbeit verrichtet habe.«

»Sag mal«, ergriff nun Kleidemos wieder das Wort, »hättest du Lust, mir die Insel zu zeigen, wenn sie so schön ist, wie du sagst? Glaubst du, dein Herr würde erlauben, dass du mich herumführst?«

»Ehrlich gesagt, Herr«, sagte der Junge etwas verwirrt, »mein Herr hat mir gesagt, dass man mit euch Spartanern keine guten Geschäfte machen kann. Euer hässliches Eisengeld will niemand. Mit den Athenern ist es viel besser, sie zahlen mit schönen Silbermünzen, auf denen ein Kauz abgebildet ist; sie trinken gern und amüsieren sich mit Mädchen. Aber du gefällst mir, auch wenn du Spartaner bist. Ich denke, ich werde dich herumführen. Wenn mein Herr mich nicht braucht, werde ich morgen beim ersten Hahnenkrähen hier vor der Tür auf dich warten. Hast du ein Pferd?«

»Nein, Lahgal, es tut mir Leid. Aber vielleicht kann ich einen Esel von den Trägern leihen. Ich glaube nicht, dass sie ihn im Moment brauchen, wir bleiben schließlich erst einmal hier.«

»In Ordnung«, sagte der Junge entschlossen. »Ein Esel ist auch gut, selbst wenn mir ein Pferd lieber gewesen wäre. Auf Wiedersehen!«

Am nächsten Morgen ritten sie bereits bei Sonnenaufgang die Küstenstraße entlang, die zu der Stadt Paphos führte, wo der Aphroditetempel stand. Die Straße schlängelte sich durch olivenbestandene Hügel, auf denen vereinzelt Häuschen standen, und fiel bisweilen zum Meeresufer hin ab. In der Luft lag der Duft von Pinienharz und Salz, die noch grünen Felder waren mit weißen und gelben Blumen gesprenkelt, auf denen Schmetterlinge zu fliegen begannen, sobald die Sonne auf ihren Flügeln den letzten Tau der Nacht getrocknet hatte.

Auf dem Rücken seines Esels und in Gesellschaft seines jungen Freundes, der vor ihm saß, fühlte Kleidemos sich schwerelos.

»Du hast mir noch gar nicht deinen Namen gesagt«, sagte Lahgal plötzlich.

»Es wird dir vielleicht merkwürdig erscheinen«, erwiderte Kleidemos mit einem Lächeln, »aber es ist sehr schwierig für mich, auf diese Frage zu antworten.«

»Du machst dich lustig über mich«, gab der Junge zurück. »Jedes Kind weiß doch seinen Namen.«

»Gut, Lahgal«, fuhr der junge Mann fort, »bei mir ist es jedoch so, dass ich zwei Namen habe, weil ich zwei Familien habe. Zudem habe ich keinen Vater mehr und die Mutter, die mir noch geblieben ist, ist nicht meine richtige Mutter, denn die richtige ist gestorben … vor ungefähr zwei Monaten, in meinem Haus, das ich vorher nie gesehen hatte, denn ich habe nur ein paar Monate darin gelebt, als ich noch zu klein war, um etwas zu verstehen oder mich an etwas zu erinnern.« Lahgal wandte sich verblüfft zu ihm um.

»Du hältst mich für verrückt, stimmt's?«, fragte Kleidemos lächelnd. »Aber was ich dir sage, ist die reine Wahrheit.« Lahgals verblüffter Blick wurde durchdringend und forschend, dann sah der Junge wieder nach vorn auf die staubige Straße.

»Vielleicht«, hob er nach einem kurzen Schweigen wieder an, »vielleicht bist du anders … anders als die anderen Menschen, die auf der Erde leben …«

»Nein, mein junger Freund, keineswegs. Ich bin einfach jemand wie du, dem die Götter jedoch ein merkwürdiges Schicksal vorherbestimmt haben. Wenn du willst, kann ich dir meine Geschichte erzählen.« Lahgal nickte. »Nun, vor vielen Jahren, als du noch nicht auf der Welt warst, wurde in einem großen Haus in Sparta, dem Haus einer hochwürdigen Familie, ein Kind geboren, das seine Eltern Kleidemos nannten. Sehr bald aber stellten sie fest, dass der Kleine verkrüppelt war und der Vater brachte ihn eines Nachts fort und setzte ihn auf einem Berg aus. So verlangte es das Gesetz von Sparta. Kinder, deren Körper nicht unversehrt waren und die somit keine Krieger werden konnten, mussten ausgesetzt werden. Der Kleine aber wurde von einem alten Hirten gefunden, einem Heloten, der die Schafherden seines Herren zum Weiden auf die Wiesen des Berges Taygetos brachte. Er nahm ihn zu sich und gab ihn seiner Tochter, damit sie ihn großzog. Er gab ihm den Namen Talos, und so nannten ihn die Heloten.

Der Junge wurde groß, lernte zu kämpfen und mit dem Bogen zu schießen, er nannte die Frau, die ihn großgezogen hatte, Mutter, und den alten Hirten Großvater. Er lernte auch, sich schnell und wendig zu bewegen, zwang seinen verkümmerten Fuß, wenigstens einen Teil seines Körpergewichtes zu tragen, unterzog sich schwierigen Prüfungen, um das Unglück auszugleichen, das die Götter ihm angetan hatten. Zugleich wuchs sein nur wenig älterer Bruder unter den jungen Männern der Stadt als Krieger auf.

Eines Tages trafen sie sich in der Ebene und Talos schlug sich, ohne es zu wissen, mit seinem Bruder, und wäre fast getötet worden …«

»Warum hast du dich mit deinem Bruder geschlagen?«, unterbrach ihn Lahgal. »Denn du bist doch Talos, oder?«

»Weil mein Bruder und seine Kameraden meine kleine Freundin überfallen hatten, die Tochter eines Bauern aus der Ebene. Von jenem Tag an hasste er mich. Eines Nachts kam er zu meiner Hütte herauf, ließ meine Schafe von seinem Molosser zerfleischen und schlug mich fast tot … Dann kamen die Jahre der Kriege zwischen den griechischen Städten und gegen den Großkönig.

Wir Heloten wurden in die Stadt gebracht, um von den Kriegern als Knappen ausgewählt zu werden, und ich wurde ausgerechnet von meinem Bruder ausgewählt. Ich sah ihn bei den Thermopylen kämpfen und dort sah ich auch meinen Vater – den, der mich als Kind ausgesetzt hatte –, ohne jedoch zu wissen, wer er war, doch er wusste es, glaube ich … ich erinnere mich an seinen Blick, die wenigen Male, die ich Gelegenheit hatte, ihm in die Augen zu sehen. In ihm schien ein grenzenloses Leid zu lodern, dessen er nur durch eine außergewöhnliche innere Kraft Herr zu werden schien … Mein Vater war ein großer Krieger, er war ein Vetter von König Kleomenes und König Leonidas. Er starb mit den anderen Kriegern von Sparta, allesamt regelrecht abgeschlachtet, auf den Felsen des Passes.«

Kleidemos schwieg, und für eine Weile vernahm man lediglich den Hufschlag des Eselchens auf der Straße, die nun sehr steinig geworden war. Ein Bauer, der auf einem Feld Heu mähte, hob den Kopf, um sich den Schweiß abzuwischen, und winkte mit ausgestreckten Armen. Ein paar Störche, die in dem frisch gemähten Heu nach Insekten suchten, flogen auf und verschwanden hinter einer Anhöhe.

»Ich habe auch von den dreihundert Helden der Thermopylen gehört«, sagte Lahgal plötzlich. »Vor ein paar Monaten habe ich ein Totenlied gehört, das ein großer Dichter der Inseln für sie geschrieben hat.«

»Wird in dem Lied gesagt, dass zwei der Krieger sich gerettet haben?«

»Nein, ich habe immer gedacht, dass alle gefallen wären.«

»Es ist, wie ich es dir sage: Zwei von ihnen haben sich gerettet und ich habe sie auf Befehl des Königs nach Sparta begleitet. Einer von ihnen war mein Bruder Brithos. Sie hatten eine Nachricht, die sie dem Ältestenrat übergeben sollten, doch niemand hat je erfahren, was darin stand. Schnell verbreitete sich das Gerücht, dass die beiden gelogen und sich den Auftrag des Königs erschlichen hätten, um zurückkehren und ihr Leben retten zu können. Niemand wollte mehr etwas mit ihnen zu tun haben, niemand sprach mehr mit ihnen. Man nannte sie Feiglinge und Verräter. Einer der beiden hängte sich in seinem Haus auf, der andere, mein Bruder, floh eines Nachts, um sich in den Bergen das Leben zu nehmen, doch ich beobachtete ihn schon eine Weile. Ich hielt ihn mit Gewalt von seinem Vorhaben ab, brachte ihn in meine Hütte und überzeugte ihn, seine Ehre zurückzugewinnen, indem ich ihm anbot, an seiner Seite gegen die Perser zu kämpfen und ihm in seinem einsamen Kampf zur Seite zu stehen.

Ein treuer Freund stahl die Rüstung unseres Vaters aus seinem Haus und in ihr kämpfte Brithos den ganzen Herbst, den ganzen Winter und den Frühling in Phokis, in Lokris, in Böotien, und ich mit ihm. Wir hielten uns in den Wäldern versteckt, schliefen in Grotten in den Bergen. Tagsüber überfielen wir persische Trupps, einzelne Gruppen, die nach Nahrung und nach Futter für ihre Pferde suchten. Mein Bruder war eine richtige Furie, er tötete in jener Zeit mehr als zweihundert persische Soldaten und Offiziere, während ich ihm mit meinem Bogen den Rücken freihielt.«

Die Sonne stand inzwischen hoch am Himmel und es wurde sehr heiß. Die Straße führte nun bergab zu einer kleinen Reede, an deren Ende eine Platane grünte. Der Esel trabte auf den Schatten zu, angezogen von dem Grün des Grases und der kühlen Luft. Kleidemos hielt ihn nicht zurück und als das Tier stehen blieb und zu grasen begann, stieg er aus dem Sattel und setzte sich mit Lahgal in den Schatten des riesigen Baumes. Das Meer benetzte mit seinen Wellen den Strand und Tausende kleiner Steinchen in allen Farben glitzerten im Sonnenlicht wie Edelsteine.

»Und ihr habt nie gemerkt, dass ihr Brüder wart?«, fragte Lahgal unvermittelt, seinem Kameraden immer noch den Rücken zugekehrt.

»Nein«, erwiderte Kleidemos und betrachtete die Gischt des Meeres, die zwischen den Felsen der Küste hochpeitschte. »Mein Bruder Brithos sah mir nicht ähnlich, abgesehen von den Augen. Er war das Ebenbild meines Vaters. Er war viel größer und kräftiger als ich. Die Gewohnheit, stets diese schwere Rüstung zu tragen, hatte seinen Körper muskulös gemacht. Wenn er sich auszog, um im Fluss zu baden, sah er aus, die die Statue von Herakles … Ich hingegen ähnelte meiner Mutter.«

»Und das genügte nicht?«, fragte Lahgal überrascht.

»Nein, es genügte nicht, denn ich sah aus wie ein Sklave und er wie ein Herr. Die Sklaverei gewöhnt dich daran, zu Boden zu blicken, sie schwächt dein Augenlicht, sie macht dich den Tieren, mit denen du dein Leben verbringst, immer ähnlicher …« Er unterbrach sich: Lahgal hatte sich plötzlich zu ihm gewandt und sah ihn mit feuchten Augen an. Kleidemos wandte sich ihm ebenfalls zu, als hätte er den Ernst seines Blickes gespürt: »Habe ich etwas gesagt, was dir unangenehm war? Ja, das habe ich … ich sehe es.«

Der Junge senkte den Blick und fuhr sich mit dem Ärmel über die Augen.

»Du musst nicht weinen, Lahgal«, fuhr Kleidemos fort, »ich war glücklich als Sklave, mit meinem Großvater in den Bergen, mit meinem Hund, mit meinen Schafen, und nun … habe ich meine Familie verloren, meine Leute. Ich trage den Schild und die Rüstung der Kleomeniden, einer der edelsten Familien von Sparta, aber ich weiß nicht mehr, wer ich bin. Ich vermisse das, was ich hinter mir gelassen habe, aber ich kann nicht umkehren und vor mir sehe ich nichts. Brithos starb bei Plataä. Er hat seine Ehre wieder gewonnen, aber er hat sein Leben verloren. König Pausanias, der nun diese Insel besetzt hält, überreichte mir die Waffen meines Bruders und enthüllte mir meinen wahren Namen: Kleidemos. Ich kehrte also in das Haus zurück, in dem ich geboren wurde, und begegnete der Frau, die mich geboren hatte, meiner Mutter Ismene. Nie werde ich diese Nacht vergessen und wenn ich tausend Jahre alt werde. Mein Herz war hart wie Stein, wenn ich an sie dachte, sie, die ihren eigenen Sohn den Wölfen der Berge überlassen hatte. Ich hätte sie sogar gerne gequält, sie leiden sehen, sie, die stolze Frau des Aristarchos. Doch stattdessen fand ich ein gebrochenes Geschöpf vor, ein vom Weinen ausgemergeltes Gesicht, eine Frau, die dem Wahnsinn nahe war.

Als ich sie an mich drückte und ihr versprach, sie nie wieder zu verlassen, vermochte ihr Herz den Gefühlen nicht Stand zu halten … sie starb in meinen Armen …«

Lahgal erhob sich, reichte seinem neuen Freund eine Hand, um ihm hochzuhelfen und führte ihn an das Meer. Sie liefen schweigend, bis zu den Knöcheln im Wasser, und lauschten dem Tosen der Wellen. Auf einmal beugte sich der Junge herunter, hob eine Muschel in den schönsten Farben auf und gab sie Kleidemos. »Nimm, sie bringt dir Glück.«

»Danke, Lahgal, sie ist sehr schön«, sagte der junge Mann und nahm das Geschenk.

»Ach, das ist doch gar nichts, aber wenn du wieder fort bist, wirst du dich an mich erinnern, Zwei-Namen.«

Kleidemos nahm die Muschel fest in die Hand. »ZweiNamen? Du hast mich Zwei-Namen genannt?«

»Ist das kein schöner Name, Zwei-Namen?«

»O doch, er ist sehr schön und außerdem scheint er mir … passend.«

Lahgal grinste. »Ich habe Hunger, Zwei-Namen, du nicht?«

»Ich habe einen Hunger, dass ich zwei Ochsen mitsamt Hörnern essen könnte.«

»Na dann lauf! Wer zuerst bei den Vorratssäcken ist!« Der Kleine lief los, dass das Wasser nur so spritzte.

Das Meer schien zu brennen, als am Ende einer Bucht der Hafen von Paphos erschien und die Sonne, die tief über der Wasseroberfläche hing, goldene Lichtreflexe auf die Häuser der Stadt zauberte. Hoch gewachsene Palmen wogten zwischen den niedrigen Dächern und schaukelten ihre prallen Palmwedel mit den ausgefransten gelben Spitzen. Hier und dort blitzten aus dem dichten und leuchtenden Grün des Laubes in den Gärten die scharlachroten Blüten der Granatäpfel hervor. Die olivenbestandenen Hügel ringsum glänzten wie Silber, das von schwarzen Zypressenspitzen gesprenkelt war. Kleidemos brachte den Esel zum Stehen, um das Schauspiel zu betrachten. »Ich habe in meinem ganzen Leben noch nie etwas so Schönes gesehen, Lahgal. Ist das die Stadt Paphos?«

»Nein«, antwortete der Junge, »das ist der Hafen. Die Stadt liegt im Landesinneren, hinter diesem Hügel dort rechts. Sie ist sehr alt und schmiegt sich ganz eng an den Tempel, das wichtigste Gebäude. Aber ich durfte noch nie in den Tempel, vielleicht weil ich ein Kind bin, oder weil ich ein Sklave bin … ich weiß es nicht. Aber man sagt, dass es darin wunderbare Dinge zu sehen gibt. Komm, lass uns weiterreiten, wir haben noch ein gutes Stück vor uns.«

»Aber wenn wir ankommen, ist es dunkel«, entgegnete Kleidemos, »und wir werden nichts mehr sehen können.«

»Du irrst dich«, sagte Lahgal und grinste schelmisch, »der Tempel bleibt abends lange geöffnet, für die Pilger, die Aphrodite Opfer bringen wollen. Sie sagen, dass die Göttin sie beobachtet, während sie ihre Opfer bringen, und wenn ihr einer gefällt, erscheint sie ihm in der Nacht …«

»Aber sag mir, Lahgal, worin das Opfer besteht.«

»Dann also«, sagte der Kleine und drehte sich zu seinem Kameraden um, »ist es doch wahr, was man über euch Spartaner sagt, dass ihr dumm und ein wenig schwer von Begriff seid!« Kleidemos sah ihn verblüfft an: »Was soll das heißen?«

Lahgal schlug mit den Fersen in die Flanken des Esels. »Ich habe verstanden, ich muss dir wirklich alles erklären. Also, in diesem Tempel leben viele wunderschöne Mädchen, sie sind Dienerinnen der Göttin. Die Pilger entrichten zuerst einmal eine Gabe für den Tempel, dann suchen sie sich eines der Mädchen aus, und mit ihr … vollziehen sie das Opfer für die Liebesgöttin. Hast du jetzt verstanden?«

»Ich habe verstanden«, sagte Kleidemos und deutete ein verlegenes Lächeln an. »Ich habe verstanden. Aber was hat die Göttin mit all dem zu tun? Mir scheint das Ganze eher eine Methode zu sein, den Tempel mit dem Geld eines Dummkopfes, wie du mich genannt hast, zu bereichern.«

»Sag so etwas nicht«, unterbrach ihn Lahgal, »bist du verrückt! Wenn die Göttin dich hört, wird sie dich hart bestrafen.«

»Genug, Lahgal, mach dich nicht lustig über mich. Die Götter können mich nicht mehr bestrafen, als sie es ohnehin schon getan haben. Mich kann nichts mehr erschrecken, nach dem, was ich durchgemacht habe.«

Lahgal drehte sich um und drückte die Hand seines Kameraden. »Vorsicht, Zwei-Namen, die Göttin gibt es wirklich und manchmal erscheint sie in diesem Tempel. Viele haben sie gesehen, meist in unterschiedlicher Gestalt. Aber wer auch immer sie gesehen hat, war so beeindruckt, dass sein Herz und sein Geist wie gewandelt waren. Man sagt sogar, ein persischer Statthalter, dem sie sich gezeigt hat, habe für immer die Sprache verloren.«

Es war inzwischen dunkel geworden und keine Menschenseele war mehr unterwegs. Das kleine Sträßchen schlängelte sich bergan in einen Steineichenwald, der in der sanften Meeresbrise rauschte. Unmengen von Vögeln nisteten dort und ließen den Wald mit ihrem Gurren, Gezwitscher und ihren Pfiffen erzittern. Von der langen Reise erschöpft, fröstelte Lahgal und zog seinen schäbigen Mantel enger um seine schmalen Schultern. In der Ferne erlosch der letzte Sonnenstrahl über dem Meer, das sich nun bleifarben tönte.

»Ich muss mal«, sagte er plötzlich und brach das ernste Schweigen.

»Ausgerechnet hier? Kannst du nicht wenigstens warten, bis wir die Stadt sehen können?«

»Wenn ich aber doch muss!«

»Schon gut, schon gut, keine Sorge.« Kleidemos zog die Zügel an und der Esel blieb stehen. Er stieg ab, doch der Kleine war bereits den Sattel heruntergerutscht und zum Straßenrand gelaufen. Schon war er wieder zurück.

»Alles in Ordnung?«

»Alles in Ordnung.«

»Dann steig auf, es ist schon spät.«

»Mir tut der Hintern weh, ich möchte lieber ein Stück laufen. Bleib du ruhig im Sattel sitzen. Weißt du, ich sitze die ganze Zeit auf meinen Knochen. Davon habe ich schließlich genug.«

»Einverstanden, gehen wir zu Fuß weiter.«

Über den Baumwipfeln war eine dünne Mondsichel aufgegangen und verbreitete ein zartes Licht über dem hellen Straßenstaub. Die beiden liefen schweigend nebeneinander her.

»Zwei-Namen, kann es sein, dass du den Tempel gar nicht mehr sehen willst?«

»Doch, natürlich will ich das. Nach all dem, was du mir erzählt hast, wäre ich doch blöd, wenn ich mir das entgehen lassen würde. Wer weiß, vielleicht hat die Göttin auch mir etwas zu sagen.«

»Und du hast keine Angst, Zwei-Namen?«

»Doch«, erwiderte Kleidemos, »vielleicht habe ich Angst. Die Götter können uns Dinge verraten, die wir lieber nicht wissen wollen.«

Hinter einer Wegbiegung tauchte die Stadt allmählich auf. Im fahlen Mondlicht erhob sie sich auf einer Anhöhe.

»Lahgal«, fing Kleidemos wieder an, »weißt du, wie die Statue der Göttin aussieht?«

»Ich habe sie nie gesehen, wie ich dir schon gesagt habe, aber sie ist mir beschrieben worden. Sie hat weder Körper noch Gesicht, wie die anderen Götterstatuen.«

»Aber wie sieht sie dann aus?«

»Sie hat die Form einer zweifachen Spirale, die nach oben hin spitz zuläuft.«

»Das ist ja komisch, so etwas habe ich noch nie gehört.«

»Man sagt, dass dies das Symbol oder die Form des Lebens selbst sei.«

»Aber das Leben hat unterschiedliche Formen, in den Menschen, den Tieren, den Pflanzen … in den Göttern selbst … findest du nicht?«

»Das ist das, was wir sehen, aber ich glaube, das Leben an sich ist einzigartig. Es zeigt sich in den Menschen, wenn sie sich bewegen, sprechen, denken, wenn sie lieben und hassen; bei den Tieren auf der Weide, in ihrem Spiel auf den Wiesen und nicht zuletzt in den Sträuchern in ihrem Grün und ihrer Blütenpracht. Wenn das Leben entweicht, vertrocknen und vermodern die Körper, die Bäume verdorren.«

»Und die Götter?«, fragte Kleidemos, verblüfft über den Vortrag des Jungen, der an seiner Seite lief und versuchte, seine Schritte dem schaukelnden Gang anzupassen.

»Wenn die Götter nicht sterben können, wie man sagt, haben sie gar kein Leben. Vielleicht sind sie das Leben. Und die Künstler, die sie wie Menschen darstellen, irren sich. Deshalb ist die Göttin, die du gleich sehen wirst, eine zweifache Spirale … sie hat die Form des Lebens …«

Kleidemos blieb einen Moment stehen und wandte sich an Lahgal: »Wer hat dir all das beigebracht? Ich habe noch nie ein Kind so reden hören wie dich.«

»Niemand hat mir das beigebracht, ich habe einfach die Gespräche einiger Pilger mitangehört, die sich meist lange in der Gegend des Tempels aufhalten, Leute, die einen alten Dialekt dieser Insel sprechen, den du nicht verstehen würdest. Und niemand achtet auf ein Kind, das zudem noch ein Sklave ist. Sie sprechen, als wäre nur ihr Pferd oder ihr Hund zugegen, aber ich höre zu, weil ich so viel wie möglich lernen möchte, und eines Tages … kann ich vielleicht frei sein, kommen und gehen wann ich will und ferne Länder und Städte sehen.«

Die ersten Häuser von Paphos waren nur noch einen Steinwurf entfernt. Lahgal steuerte entschlossen auf eine Straße zu, die durch eines der Tore in der übel zugerichteten und offenbar nicht mehr benutzten Stadtmauer führte. Endlich gelangten sie in die Oberstadt, wo man schon von weitem die Lichter des Tempels sah. An einem Brunnen blieben sie stehen.

»Wasch dich«, sagte Lahgal, »du stinkst nach Schweiß.«

»Hör mal, Lahgal, du denkst doch wohl nicht, dass ich die Absicht habe …«

»Ich denke gar nichts, du Dummkopf, aber du musst dich trotzdem waschen, wenn du in den Tempel willst, oder?«

Kleidemos zog seinen Chiton aus und wusch sich an dem Brunnen, dann führte Lahgal ihn zum Eingang des Tempels. Das nicht sehr hohe Gebäude war aus grauen Steinblöcken. Vor dem eigentlichen Tempel befand sich ein Säulengang, in dessen vorderen Teil Holzpfeiler mit bunten Figuren bemalte Balken trugen. Kleidemos blieb stehen, um sie anzusehen.

»Was guckst du?«, fragte Lahgal. »Das kannst du dir besser morgen bei Tageslicht ansehen. Geh jetzt erst einmal rein«, sagte er und schob ihn zum Eingang, »ich warte draußen.«

Kleidemos näherte sich der Türschwelle. Durch die halbgeöffneten Türflügel drang ein rötlicher Lichtschein.

Er trat in den großen Innenraum, der von zwei Säulenreihen unterteilt war; an jeder Säule hing eine dreiflammige Öllampe. In der Luft lag ein scharfer, berauschender Duft, der einem bronzenen Kohlenbecken am Ende des Saales entstieg. Dahinter befand sich die Statue der Göttin, eine große Bronzeskulptur, die sich auf einem Sockel erhob. Auf den Windungen des Idols zeichneten die flackernden Lichter der Lampen zitternde Reflexe, und ein immer wiederkehrendes, plötzliches Aufleuchten erweckte den Anschein, als wäre es lebendig und würde in einer geschmeidigen, aufsteigenden Bewegung zum Himmel streben. Ringsum herrschte tiefe Stille, in der man lediglich das Zischen des Feuers im Kohlenbecken vernahm. Auf dem Boden lag ein Rinderfell und Kleidemos setzte sich, ohne den Blick von der Statue abzuwenden. Er spürte, wie eine Benommenheit sich seiner Glieder bemächtigte, eine Art Müdigkeit, und die doppelte Spirale der Statue schien sich noch immer sanft zu bewegen. Sie kreiste von unten nach oben, die Windungen leuchteten blutrot und die Bewegung wurde unmerklich schneller. Kleidemos blinzelte, um das Trugbild abzuschütteln, denn es musste ja ein Trugbild sein … oder war das die Wirkung des seltsamen Duftes? Oder war es die Müdigkeit … der Hunger?

Nun stand die Statue reglos auf ihrem Sockel, doch auf ihrer rechten Seite … oder war es die linke? … stand eine Frau. Er erhob sich auf seine Knie, während sie ihn betrachtete und ihr rotes Kleid von ihrem goldenen Körper zu Boden glitt. Dort blieb es liegen wie eine Purpurrose, die zu ihren Füßen verblühte. Um ihre Rehbeine trug sie Ringe aus leuchtendem Bernstein … die gleichen Reflexe zeigten sich auf der Göttinnenstatue und den bronzenen Schenkeln … und der Duft war stärker und anders, wie der von Mandeln, fast ein wenig bitter … aber warum konnte man ihr Gesicht nicht sehen? Lange, leuchtend rote Haare, die bis auf die Brust herabfielen, verdeckten es. Sie kam näher … und noch näher … hob den Kopf (irgendwo spielte Musik … ein unbestimmter, ferner Flötenklang …) … sie zeigte ihr Gesicht … allmächtige Götter … allmächtige Götter! Es war das Gesicht Antineas'.

Er streckte die Arme aus. »O Göttin, Herrin dieses Ortes, mach, dass das kein grausamer Traum ist«, flüsterte er. »O meine Liebste in der Ferne … Bild einer viel zu kurzen Zeit … Antinea (ihr Gesicht verschwamm hinter einem Tränenschleier, eines Abends, als die Sonne unterging, um nie mehr zurückzukehren) … Antinea«, flüsterte er, »… Antinea …«

Berauscht lag er in einem Meer von duftendem, roten Haar, ließ seiner Leidenschaft freien Lauf, in einer glühenden Umarmung, die nie mehr zu enden schien. Das Licht der Lampen verschwamm, begann zu zittern, ein letztes Aufflackern in der Dunkelheit, in die das Heiligtum getaucht war. Das Bronzeidol, das nun im Dunkeln reglos und kalt wirkte, warf die fahlen Mondstrahlen zurück.

Der Morgen begann die große Säulenhalle des Tempels zu erhellen. Durch eine kleine Tür hinter der Statue trat ein Mann in einem dunklen Mantel ein und ging auf Kleidemos zu, der immer noch tief und fest schlief, und wandte er sich an die Frau, die neben ihm lag.

»Und? Hat er etwas gesagt?«

Das Mädchen bedeckte sich und stand auf. »Nein, nichts Besonderes«, sagte sie leise, »der Rauch des heiligen Kohlenbeckens hat ihn völlig berauscht. Aber er hat mich mehrmals bei einem bestimmten Namen genannt …«

»Was für ein Name? Das kann eine Bedeutung haben.«

»Antinea, glaube ich … Er sprach diesen Namen voller Leidenschaft aus, mit glühenden Augen, in denen Tränen standen … er hat mir Leid getan.« Sie warf dem jungen Mann einen Blick zu. Kleidemos kam zu sich, doch er hielt die Augen geschlossen. »Ich hätte das besser nicht getan«, fuhr das Mädchen leise fort.

»Beklage dich nicht«, sagte der Mann, »du wirst für

deine Unannehmlichkeiten reichlich entlohnt werden. Aber bist du sicher, dass er nichts gesagt hat? Nicht einmal im Schlaf?«

»Nichts. Ich war die ganze Nacht wach, damit mir auch nicht ein Seufzer entgeht, so wie du es mir aufgetragen hast. Aber was ist an diesem jungen Mann so Besonderes, dass er so viel Aufmerksamkeit bekommt wie ein persischer Statthalter oder ein sizilianischer Tyrann?«

»Frag mich nicht, ich weiß es genau so wenig wie du, ich weiß nicht einmal, wer hinter der ganzen Sache steckt. Es muss sich um etwas Wichtiges handeln, dieser junge Mann gehört vielleicht einer mächtigen Familie auf dem Kontinent an. Aber bist du dir wirklich sicher, dass er nichts im Schlaf gesagt hat?«

»Nichts von Bedeutung ... wenn es ein Geheimnis in seinem Kopf gibt, ist es so tief verborgen, dass nicht einmal die vollkommene Hingabe des Schlafes und der Liebe es freilegen können. Ich kann dir nur sagen, dass er diese Frau mit Namen Antinea mit unglaublicher Leidenschaft liebt. Er muss sie in dem Moment verloren haben, in dem er sie über alles liebte, sodass die Wunde sich nicht wieder schließen konnte. Unsere Macht und die Macht der heiligen Statue haben in ihm das Bild einer Frau heraufbeschworen, die er liebt. Er hat in mir Antinea gesehen, seine verlorene Liebe. Mehr gibt es nicht zu sagen. Diese Liebe ist jedoch so groß, dass sie mich erschreckt hat. Wäre die Illusion zerstört worden, hätte er mich vielleicht getötet ...«

»Das glaube ich nicht. Die Illusionen, die wir an diesem heiligen Ort hervorrufen können, entstehen ja nicht aus dem Nichts. In seiner Seele muss noch ein ganz anderer Wille oder eine andere Kraft sein, ja, vielleicht sogar ein anderer Mensch.«

»Warum hast du nicht die große Priesterin um Hilfe gebeten? Sie hätte auf den Grund seiner Seele blicken und sehen können ...«

»Die große Priesterin hat ihn gesehen, als er den Tempel betrat, doch sie hat hinter ihm den Schatten eines Wolfes gesehen, dessen rote Augen heimtückisch blitzten und der seine Zähne fletschte, als sie versuchte, in seinen Gedanken zu lesen.«

Das junge Mädchen runzelte die Stirn, zog ihr Kleid enger um ihren nackten Körper und entfernte sich zum anderen Ende des Saales, gefolgt von dem Mann. Dann verschwanden die beiden hinter der kleinen Tür, die offen geblieben war. Kleidemos öffnete die Augen und blickte nach oben. Durch eine Öffnung in der Decke fiel das Morgenlicht herein, auf dem Gesims des Daches gurrten weiße Tauben und steckten einander Futter in den Schnabel, das Schwirren von Spatzenflügeln drang durch die erleuchtete Luke und das Zwitschern der Finken und Stieglitze wurde immer lauter und kündigte den Sonnenaufgang an. Er stand auf, die Hände an die Schläfen gepresst, dann durchquerte er den Saal und trat nach draußen in den Säulengang. Zu Füßen der Treppe, neben dem Esel, stand Lahgal. Kleidemos ging mit finsterem Blick auf ihn zu. »Du falsche Schlange!«, schrie er und verpasste ihm eine Ohrfeige. »Du wusstest also alles.« Er sprang auf seinen Esel, trieb ihn durch die Gassen der Stadt nach unten, passierte das Osttor und schlug die Straße zum Hafen ein. Kurz darauf ließ er den Esel im Schritttempo weitergehen und dachte an das, was er zuvor im Tempel gehört hatte. Da vernahm er Rufe hinter sich.

»Zwei-Namen! Zwei-Namen, bleib stehen! Bleib stehen, ich bitte dich!« Es war Lahgal, der wie verrückt lief und zugleich weinte und schrie. Kleidemos drehte sich nicht um. Der Junge holte ihn keuchend ein.

»Zwei-Namen, ich weiß, was du denkst, aber ich dachte, ich tue dir nichts Böses. Mein Herr hat mir gesagt, dass ich dich zum Tempel bringen soll … was hätte ich denn tun sollen?« Kleidemos antwortete nicht. »Hör mal,

Zwei-Namen, was ist im Tempel passiert? Haben sie dir wehgetan?«

»Ich habe dir meine ganze Lebensgeschichte erzählt und als Dank dafür betrügst du mich. Ich will dich nicht mehr sehen, hau ab!«

Lahgal hielt ihn an der Tunika fest. »Du bist frei, ZweiNamen, und kannst sagen, was du willst. Ich bin ein Sklave, und wenn ich nicht tue, was sie mir sagen, schlagen sie mich tot, lassen mich verhungern oder verdursten.« Er lief vor den Esel, blieb mitten auf der Straße stehen, kehrte Kleidemos den Rücken zu, zog seine Kleider aus und zeigte ihm den mageren, narbenübersäten Rücken.

»Sieh dir meinen Rücken an, Zwei-Namen!«, schrie er weinend. »Auch du lügst, wenn du sagst, dass du Sklave warst und nicht verstehen kannst, was Lahgal getan hat.«

Kleidemos stieg von dem Esel und ging zu dem Jungen.

»Ich habe verstanden, Lahgal, ich weiß, was du sagen willst, verzeih mir, dass ich dich geschlagen habe.« Er legte ihm eine Hand auf die knochige Schulter.

»Heißt das, dass ich mit dir kommen kann, Zwei-Namen? Bist du nicht mehr wütend auf mich?«

»Nein, ich bin nicht mehr wütend.« Der Junge trocknete seine Tränen und zog sich wieder an. Sie liefen eine Weile schweigend, Hand in Hand. Die Sonne tauchte hinter den Hügeln auf, die sich zum Meer hin neigten und ihre langen Schatten auf den goldenen Staub der Straße warfen und der Himmel füllte sich mit Schwalben.

Der Reiter wurde sofort König Pausanias vorgeführt, der in seinem Zimmer im Licht eines großen, sechsarmigen Kandelabers wachte.

»Mögen die Götter dich stets bei Gesundheit halten, Herr«, sagte der Mann. »Ich komme, um dir den Ausgang der Mission zu berichten, die du mir anvertraut hast.«

»Setz dich«, erwiderte der König, »und sprich.«

»Nun, Herr, alles ist bestens gelaufen. Der junge Kleidemos hat keinen Verdacht geschöpft und hat den Tempel betreten und die ganze Nacht dort verbracht. Doch leider hat er nichts von dem erzählt, was dich interessiert. In einem Anfall von Leidenschaft glaubte er, in dem Mädchen, das ihm im Tempel erschienen ist, eine Frau zu sehen, die er sehr geliebt und dann verloren haben muss.«

»Hat er ihren Namen genannt?«, fragte der König.

»Antinea, er nannte sie Antinea. Der junge Bursche war jedoch immer noch Herr über einen Teil seines Verstandes, und kühner vorzugehen, hätte einen gefährlichen Zorn bei ihm hervorrufen können. Selbst die große Priesterin, die ihn bei seinem Eintreten gründlich erforscht hat, hatte Angst vor ihm.«

»Antinea ...«, flüsterte der König und fuhr mit einer Hand über seine Stirn. »Das ist sicherlich ein Mädchen aus den Bergen ... und er hat nichts Anderes gesagt, was Aufschluss über seine Gefühle geben könnte?«

»Nein Herr ... nur ... verliebte Worte«, erwiderte der Mann fast verlegen.

»Ich verstehe, ist schon gut, du kannst gehen. Du wirst die Entlohnung bekommen, die du mit meinem Schatzmeister vereinbart hast.«

Der Mann verbeugte sich und ging hinaus. Der König blieb nachdenklich allein. Also hatte der junge Kleidemos keine anderen Gefühle als rein private, persönliche. War ja auch verständlich, dass ein Mann in seinem Alter nur Liebe im Kopf hatte. Umso besser ... alles in allem war es so besser, wenn man bedachte, was er mit ihm im Sinn hatte. Außerdem hatte er Zeit, viel Zeit, und er würde ihn überzeugen, ihn an sich binden. Im Grunde hatte er keine Erfahrung mit der Welt, in der er leben würde, und nicht einen einzigen Freund auf Erden.

IV
ASIEN

Von Byzanz aus machte sich die Armee von Pausanias, unterstützt von der Flotte, die auf dem thrakischen Chersonesos kreuzte, daran, alle Gebiete nördlich und östlich des Heiligen Berges bis hin zu den Feldern von Salmydessos zu besetzen, in einem Feldzug, der mehr als drei Jahre dauerte und an dem Kleidemos stets unter dem Befehl des Königs teilnahm, auch dann noch, als die Athener und die anderen Verbündeten das Kommando über die Streitmächte zu Wasser für sich in Anspruch nahmen. Tag für Tag machte der Krieg Kleidemos' Herz härter und finsterer. Die eiserne spartanische Disziplin hatte aus ihm unmerklich eine brillante und unbarmherzige Vernichtungsmaschine gemacht, aber geschah das etwa nicht aus dem Willen der Götter heraus? Ein unausweichliches Schicksal hatte ihn an einen Punkt geführt, von dem es kein Zurück mehr gab; das Leben, das er führte, hatte all das ausgelöscht, was es in seinem Herzen an Unbefangenheit und Großmut gegeben hatte. Die Abteilungen, die er nun befehligte, die Männer, die sich zu Hunderten auf sein Geheiß bewegten, waren unter seinen Händen zu einer erschreckenden Macht geworden. Wie eine unaufhaltsame Maschine überrannte sein Bataillon jede Verteidigung, machte jeden Widerstand zunichte und in Kleidemos' gequälter Seele brannte das gleiche Feuer, das die Dörfer, Lager und Hütten der Unglücklichen verschlang, die sich der Streitmacht Spartas zu widersetzen wagten.

Und am Abend, wenn er unter seiner Fahne saß und zusah, wie die Gefangenen in Ketten vorbeizogen, war sein ganzes Leben nichts Anderes, als das Bewusstsein, mit einer simplen Geste Menschen vernichten, Hoffnung gewähren oder Leid, Folter oder den Tod anordnen zu können.

»Der Lahme« ... so nannten ihn seine Männer, doch ohne Hohn, ohne Verachtung. In diesem Wort schwang die ganze Furcht der Menschen vor demjenigen mit, der von den Göttern bestraft wurde, gezeichnet, doch nicht unterworfen. Seltsame Geschichten über ihn machten die Runde, über den, den niemand auf den Sportplätzen Spartas hatte aufwachsen oder im Eurotas baden sehen. Was waren das für Gliedmaßen, denen die Wölfe des Taygetos nichts anzuhaben vermocht hatten, die Gliedmaßen, die grau wie Eisen waren, blutbeschmutzt, schweißgebadet, unermüdlich, und diese Hand, stets um den Griff des Schwertes geklammert, diese stets eisigen Augen ... wer war Kleidemos wirklich?

Der Drache, der auf seinem Schild prangte, wies ihn als Mitglied des Kleomenidengeschlechtes aus, doch er musste der Sohn eines großen Felsens in den Bergen sein, oder stimmte es vielleicht sogar, dass die Wölfe ihn aufgezogen hatten ... Niemand hatte ihn je weinen sehen und auch nicht lachen. Lediglich die Wachtposten vor seinem Zelt hatten ihn im Schlaf schreien und sich wälzen hören. Und die Frauen, die ihm gebracht wurden, kamen verwirrt und in Tränen aufgelöst wieder aus seinem Zelt, als hätten sie neben einem Monstrum gelegen. Die Truppen der Barbaren und der Primitiven, gegen die er lange gekämpft und unter denen er Blutbäder angerichtet hatte, hatten sein Herz hart wie Stein gemacht. In den Augen des Königs Pausanias war er nunmehr darauf vorbereitet, sich im riesigen Asien zu bewegen, um den Willen desjenigen, der den Großkönig besiegt hatte, weit hinauszutragen und einen Plan zu Ende zu führen, der das Schicksal Spartas verändern würde, und mit ihm das Los der Griechen und der Barbaren.

Es gab nur einen Mann auf der Welt, auf den man diesen Plan gründen konnte: Kleidemos, und Pausanias wusste, wie er ihn unlöslich an sich binden konnte.

Vier Jahre lang hatte er ihn in der Hölle eines grauenhaften Krieges schmoren lassen und eine Todesmaschine aus ihm gemacht. Es würde genügen, ihm die Möglichkeit zu bieten, wieder ein Mensch zu werden, zu denken, zu empfinden, Gefühle zuzulassen, die trotz allem in der Tiefe seines Herzens immer noch lebendig sein mussten, und er hätte ihn für immer auf seiner Seite.

An einem kalten Morgen gegen Ende des Winters – der Tag brach gerade an – saß Kleidemos in seinen Mantel gehüllt unter einer einsamen Eiche, die ihre nackten Äste zum grauen Himmel Thrakiens erhob. Die ausgestorbene und feuchte Landschaft ringsum war von Hahnenkrähen erfüllt, obgleich man, so weit das Auge reichte, keine Behausungen sehen konnte.

Seine Gedanken waren finster. Er hatte geglaubt, seinem Schicksal zu folgen, indem er seinen Platz im Hause der Kleomeniden wieder einnahm, das Erbe seines Vaters Aristarchos und seines Bruders Brithos antrat, doch was er tat, war nicht ruhmreich: töten, plündern, Unzucht treiben, das war das Leben, das Sparta ihm geboten hatte. In keinem der Männer, die ihn umgaben, hatte er Edelmut, Großherzigkeit und Tapferkeit erkennen können. Vielleicht war das Zeitalter der Helden mit König Leonidas an den Thermopylen zu Ende gegangen und sein Leben hatte gar keine Bedeutung mehr.

Umkehren? Und wohin? Er dachte an die Frau, die er jahrelang für seine Mutter gehalten hatte … er dachte an Antinea … er wünschte sich zu sterben, sofort.

Von Norden her blies ein feuchter und kalter Wind, der die wenigen trockenen Blätter der Eiche schaukelte. Er sah in den bleifarbenen Himmel, der sich schwarz verfärbte, betrachtete die regennasse, graue Landschaft, den schlammigen Weg, und spürte, wie sein Herz in der Brust schmerzte und eine furchtbare Angst seine Seele gefrieren ließ. Er fühlte sich entsetzlich allein in diesem trostlosen Land. Wie gern hätte er einen Freund an seiner Seite gehabt, der ihm half, zu sterben. Er zog langsam das Schwert aus der Scheide, dachte an Kritolaos, den klügsten aller Menschen, er dachte an den warmen Busen Antineas', an ihre tiefgründigen Augen – wie viel Hoffnung … wie viele Träume hatte er gehabt, oben auf den Bergwiesen, an Herbstabenden, wenn der Wind die roten Blätter von den Buchen wehte und die Schwalben weit fort flogen – erzitterte die Erde? Oder war da ein entferntes Geräusch? Er kniete sich hin, setzte sich die Schwertspitze an die Brust – doch da war etwas am Horizont … ein schwarzer Punkt, der sich bewegte … Warum krähten die Hähne nicht mehr? Angst befiel ihn vor dem Reich der Schatten, aus dem es kein Zurück mehr gab. Er sah den höhnischen Totenschädel Thanatos' – da, ein Galoppieren … Thanatos-Thanatos-Thanatos … Plötzlich erschien am Horizont ein Blitz, der aussah wie eine Aspisviper, gefolgt von einem tosenden Donner. Er hob die Stirn, auf der Schweißperlen standen. Ein Reiter … ein Reiter kam auf ihn zu, der seinem Pferd wie wildgeworden die Sporen gab.

Wie ein fauliges Fass, das plötzlich birst, gab der Himmel einen Sturzregen frei, doch der Reiter trieb sein Pferd, dessen Bauch fast den Boden berührte, immer mehr an, winkte aufgeregt und schrie … Er rief: »Zwei-Namen! Zwei-Namen!« Dann zog er auf einmal die Zügel an, dass das Tier fast stürzte, und lief blindlings zu ihm, der das Schwert in den Schlamm hatte fallen lassen.

»Zwei-Namen! Ich habe dich gefunden, ich habe dich gefunden!«, schrie er und umarmte ihn im Regen. Kleidemos blickte triefend hoch. »Lahgal, du bist das … ich kann es gar nicht glauben … woher kommst du? Wie hast du mich gefunden, warum bist du hier?«

»Ich werde dir alles erzählen. Hör zu, ich habe eine großartige Nachricht für dich, aber ich muss ausführlich mit dir sprechen, deshalb bin ich zu deinem Lager gekommen. Aber du, was machst du hier, zu dieser Zeit, so weit entfernt?« Kleidemos holte tief Luft. »Nichts, ich konnte nicht schlafen und bin bis hierher gelaufen.«

Lahgal sah ihn fest an. »Du lügst, Zwei-Namen. Deine Augen sind voller Verzweiflung und Schrecken, ich weiß nicht, wie ich es geschafft habe, dich wieder zu erkennen … du hast dich verändert.« Kleidemos sah zu Boden. Sein sauberes Schwert glänzte in dem prasselnden Regen.

»Heb es auf«, sagte Lahgal, »steck es wieder in die Scheide. Ich weiß wirklich nicht, wie ich es geschafft habe, dich wieder zu erkennen … aus der Entfernung … in dem Regen. Und jetzt steig hinter mir auf das Pferd, wir kehren zum Lager zurück.« Im Schritttempo entfernten sie sich im strömenden Regen auf dem schlammigen Weg.

Sie schwiegen eine Weile, dann brach Lahgal das Schweigen: »Ich weiß nicht warum, aber ich habe das Gefühl, dass ich gerade noch rechtzeitig gekommen bin, um dich vor etwas Schrecklichem zu bewahren. Ist es nicht so, Zwei-Namen?« Kleidemos antwortete nicht. »Ist es nicht so?«

»Es ist so, Lahgal … danke, dass du gekommen bist.«

Lahgal drehte sich lachend um. »Das hast du ja wirklich toll gesagt! So empfängst du einen Freund, der dich nach so langer Zeit besucht? Und ich habe gedacht, dass ich von einer gut ausgerüsteten Phalanx empfangen werde und ich dich in einer strahlenden Paraderüstung bewundern kann!«

»Du hast Recht, warte, bis wir im Lager sind, und du wirst sehen, dass ich dich gebührend bewirten werde. Hier fehlen mir natürlich die Möglichkeiten …« Sie lachten gemeinsam, während der Regen schwächer wurde und der Himmel im Osten aufriss und die klaren Strahlen der Sonne, die am Horizont aufging, durchließ. Das Licht überflutete die Erde, erleuchtete die Pfützen, die in der gesamten Ebene verteilt waren, glitt über die spärlichen

Sträucher und kleidete sie mit Silberperlen aus, bemächtigte sich der einsamen Eiche, verwandelte sie in die Statue eines verzweifelten Riesen und legte sich auf seine ungeheuren Arme, die mit tropfendem, grünem Moos überwuchert waren. Kleidemos dachte an jenen Tag, an dem Lahgal noch ein Kind gewesen war und wie er vor ihm auf dem knochigen Rücken des kleinen Esels gesessen hatte, in der Hügellandschaft von Paphos … nun war er ein junger Mann geworden, in der Blüte seiner Jahre.

»Wer schickt dich, Lahgal?«, fragte er plötzlich.

Der junge Mann blickte geradeaus auf das spartanische Lager, das sich zu Füßen eines niedrigen Hügels erstreckte, dann sagte er, ohne sich umzudrehen: »Pausanias, der König.« Und gab dem Pferd die Sporen.

»Als ich dich das letzte Mal sah, warst du noch ein Kind. Wie alt bist du, Lahgal?«

»Sechzehn, ungefähr«, erwiderte der junge Mann.

»Vom Sklaven in einem öffentlichen Badehaus zu einem Melder des Königs von Sparta in nur vier Jahren … nicht schlecht«, bemerkte Kleidemos. »Wie hast du das gemacht?« Lahgal lächelte.

»Ausgerechnet du fragst mich das, Zwei-Namen? Warst du nicht auch noch vor wenigen Jahren ein unbekannter helotischer Hirte und befehligst nun eine spartanische Armee und verbreitest Angst und Schrecken unter den unbezähmbaren Thrakern? Das Schicksal der Menschen liegt in der Hand der Götter. Aber reden wir nicht weiter darüber. Seit zwei Jahren stehe ich König Pausanias persönlich zu Diensten und ich kann dir versichern, dass er jede deiner Bewegungen immer mit größter Aufmerksamkeit verfolgt hat; jedes deiner Unternehmen ist ihm berichtet worden. Nun ist er sich deiner Kraft und deiner Intelligenz sicher und braucht dich an seiner Seite, um dir eine äußerst wichtige und vertrauliche Aufgabe zu übertragen.«

»Weißt du, worum es sich handelt?«

»Nein, so vertraut bin ich mit dem König noch nicht. Ich kann dir jedoch sagen, dass du, sobald du diese Mission, die er dir anvertrauen möchte, erledigt hast, nach Sparta zurückkehren und die Frau, die du Mutter nennst, wieder sehen kannst.« Kleidemos zuckte zusammen. »Bist du sicher? Ist das nicht wieder ein Betrug? Was weißt du über meine Mutter?«

»Sie lebt und ist bei bester Gesundheit, auch wenn sie unter deiner Abwesenheit leidet. Sie lebt noch immer in ihrer Hütte in den Bergen. Wir wissen auch, dass sie von einem Mann Besuch empfangen hat … einem bärtigen Riesen.«

Kleidemos fuhr hoch. Karas!, dachte er und versuchte, sich seinen Aufruhr nicht anmerken zu lassen.

»Kennst du ihn?«, fragte Lahgal und sah ihn forschend an.

»Ich habe ihn ein paar Mal gesehen … er ist ein Hirte aus den Bergen, glaube ich. Aber erzähl mir mehr von meiner Mutter, ich bitte dich.«

»Mehr habe ich nicht zu sagen. Außer, dass du sie in deinen Dienst aufnehmen darfst … in das Haus der Kleomeniden.«

Kleidemos ergriff die Hand des jungen Mannes. »Sind das wirklich die Worte des Königs?«

»Sie sind es«, erwiderte Lahgal, »du kannst mir glauben. Ich habe doch nicht die ganze Reise gemacht, um dir Lügen zu erzählen.« Er sah einen Moment in Kleidemos' Augen, die zu leuchten begonnen hatten, als hätte sich das eisige Licht, das kurz zuvor darin gefunkelt hatte, in Feuer verwandelt. »Was soll ich dem König ausrichten?«

»Dass ich annehme«, sagte Kleidemos in einem Atemzug, »sag ihm, dass ich alles tun werde, was er will. Reite sofort zurück, ich bitte dich, kehre zum König zurück und berichte ihm …«

»Ist das die Gastfreundschaft, die du mir versprochen

hast?«, sagte Lahgal lachend. »Dann hätte ich mich nicht so abhetzen müssen.«

»Du hast Recht. Ich betrage mich schlecht dir gegenüber, aber du musst das verstehen. Nichts ist schlimmer als Einsamkeit und ich habe die ganzen Tage dieses schrecklichen Kriegslebens allein verbracht. Aber sag mir, wie ist das alles gekommen, wieso dienst du König Pausanias?«

»Der König hat mich meinem Herren abgekauft, als eure Flotte nach Zypern ausgelaufen ist. Ich habe ihm immer so gut wie möglich gedient, habe euren Dialekt gelernt und die Sprache der Perser. Ich habe sehr schnell begriffen, dass der König niemandem vertrauen konnte, denn er wurde von den Verbündeten ausspioniert, ja selbst von seiner eigenen Regierung, und er brauchte jemanden, der ihm absolut treu ergeben war. Das war mein Glück. Tag für Tag vertraute der König mir wichtigere Aufgaben an und nun vertraut er mir selbst in den geheimsten Missionen wie dieser, die ich in diesem Moment zu Ende geführt habe.«

»Wann werde ich mein Kommando verlassen können?«

»Sofort. Wenn du willst, kannst du mit mir nach Byzanz zurückkehren. Dein Leutnant wird solange das Kommando übernehmen, bis der König einen anderen Offizier schickt, der den nächsten Feldzug leiten wird.«

»Byzanz … ich kann noch gar nicht glauben, dass ich dieses Leben hinter mir lassen … und nach Sparta zurückkehren kann.«

»Warte, die Mission, die du erfüllen musst, wird weder leicht noch kurz sein, glaube ich.«

»Das macht nichts … alles ist besser, als diese Massaker fortzusetzen und ein weiteres Jahr in diesem wilden, öden Land zu verbringen. Lass uns sofort abreisen, Lahgal … schon morgen.«

»Wie du willst«, gab der junge Mann zurück. Er zog eine Lederrolle aus seiner Tasche. »Das sind die Anweisungen für deinen Leutnant. Du musst sie auf der Skytale verlesen.«

»In Ordnung«, sagte Kleidemos, »ich lasse ihn sofort rufen.« Kaum hatte er das Zelt betreten, gab er der Wache einen Befehl, die sich sogleich entfernte und mit dem Taxiarchos des ersten Bataillons zurückkehrte. Der Offizier salutierte, dann nahm er auf ein Zeichen Kleidemos' den Helm ab und setzte sich auf einen Schemel. Kleidemos zog aus einer Kiste die Skytale. Das war ein abgeschliffener Stock aus Buchsbaumholz, in den zwei parallele Linien eingeritzt waren, die sich spiralförmig nach oben zogen – die Führungen, in die die Lederrolle eingespannt werden musste, damit die Nachricht lesbar wurde. Kleidemos befestigte die Rolle an dem oberen Beschlag, dann drehte er den Stock und wickelte den Lederstreifen entsprechend der Führungslinien um ihn herum. Anschließend befestigte er das untere Ende am anderen Beschlag am unteren Ende des Stockes. Die Nachricht, die horizontal auf einen Stock von der gleichen Stärke und Länge geschrieben war, wurde lesbar: »Pausanias, König der Spartaner, grüßt Kleidemos, Sohn des Aristarchos, Kommandanten der Armee in Thrakien! Wir alle preisen deinen großen Mut, der des Namens, den du trägst, würdig ist, und wir danken dir für die Dienste, die du dem Vaterland erwiesen hast, indem du viele siegreiche Schlachten gegen die Barbaren geführt hast. Nun aber ist deine Tatkraft an anderer Stelle erforderlich. Du wirst folglich deinem Leutnant Deuxhippos das Kommando übertragen und so bald wie möglich die Rückreise antreten.« Kleidemos reichte die Nachricht dem Offizier, der sie seinerseits bis zum Ende überflog, wo sich das Feuersiegel Pausianas' befand.

»Wann wirst du abreisen, Kommandant?«, fragte Deuxhippos.

»Morgen, bei Tagesanbruch. Bereite dich also darauf vor, das Kommando zu übernehmen …« Der Offizier erhob sich, um das Zelt zu verlassen. »Ich weiß, dass es bei dir in guten Händen sein wird«, sagte Kleidemos und hielt ihm die rechte Hand hin.

»Danke, Kommandant«, erwiderte Deuxhippos und drückte sie fast ein wenig überrascht, »ich werde versuchen, mich dieser Ehre würdig zu erweisen.« Dann setzte er seinen Helm auf und ging hinaus.

»Du wirst in meinem Zelt schlafen«, sagte darauf Kleidemos zu Lahgal. »Ich habe keinen Pavillon für Gäste ... ich bekomme nicht viel Besuch.«

Lahgal zog sich aus, um sich hinzulegen, denn er war müde von der langen Reise. Er war nun ein Mann, doch seine braunen Gliedmaßen strahlten noch in der faszinierenden Schönheit orientalischer Kinder. Kleidemos bemerkte, dass der junge Mann seinen Körper pflegte, als wolle er seine Männlichkeit, die bereits in voller Blüte war, abschwächen, indem er seine Schenkel und seine Scham enthaarte. Als Lahgal eingeschlafen war, blieb er noch eine Weile auf und starrte auf die Glut im Kohlenkasten, der in der Mitte des Zeltes brannte. Er streckte seine Hände darüber aus und dabei fiel sein Blick auf das mit Beschlägen versehene Armband, das ihm Pheidippides, der Meister von Olympia, vor langer Zeit geschenkt hatte und an dem er die bunte Muschel befestigt hatte, die Lahgal ihm am Strand von Zypern gegeben hatte. Er riss sie ab, warf sie auf den Boden und zertrat sie mit dem Absatz.

»Und nun sage mir, Kleidemos, der du zwei Mal geboren bist und zwei Namen hast, wer bist du wirklich? Kannst du mir sagen, ob du ein Sohn Spartas bist oder der Leute, die dich auf dem Taygetos aufgenommen haben?«

König Pausanias erwartete eine Antwort, doch Kleidemos blieb stumm.

»Ich weiß schon, du kannst mir nicht antworten, weil dein Herz bei denen ist, die du geliebt hast, und doch kannst du die Macht deines wahren Geschlechtes in dir nicht unterdrücken, das Blut von Aristarchos, dem Drachen. Daher weiß ich, dass du verstehen und meinen Plan unterstützen wirst. Sparta kann nicht mehr hoffen, sich so zu halten, wie es war, als es von den Nachkommen Herakles' gegründet wurde. Die Zahl der Gleichen schrumpft von Jahr zu Jahr. Eines Tages – und der ist nicht mehr fern – werden wir nicht mehr genug Krieger haben, um einen Angriff von außen abzuwehren. Sogar die Heloten könnten mit ihrer immer größer werdenden Zahl eine Gefahr darstellen. Deshalb muss Sparta sich ändern und alle Bewohner Lakoniens müssen Vollbürger werden, ohne Unterschiede.«

»Das ist ein unmöglich zu realisierender Plan. Die Heloten hassen euch«, antwortete Kleidemos kalt.

»Ja, solange dieser Zustand andauert, doch wenn wir ihnen ihre Würde als freie Menschen wieder geben, ihre Länder und Herden, wird sich die Kluft zwischen ihnen und den Gleichen schließen. Vielleicht wird es lange dauern, doch sie wird sich schließen. In vielen anderen Staaten Griechenlands wurde das schon vor hundert Jahren gemacht. Und nur deshalb erbaut Athen ein Imperium am Meer und erblüht in Reichtum. Mein Plan kann und muss verwirklicht werden«, fuhr der König fort und ereiferte sich immer mehr, »aber damit das passiert, müssen die Wächter unserer Institutionen verschwinden. Wenn nötig, müssen sie vernichtet werden.« Kleidemos trafen die Worte des Königs, der nun in etwas ruhigerem Ton fortfuhr: »Ich stehe in diesem Unternehmen fast allein da, Kleidemos, und ich habe nicht mehr genug Kraft, um es zu Ende zu führen. Ich brauche einen mächtigen Verbündeten … den mächtigsten, den es gibt …«, er schwieg einen Moment gedankenverloren, dann sah er Kleidemos mit leuchtenden Augen an. »Den König der Könige!«

Der junge Mann fuhr hoch. »Mein Vater und mein Bruder sind gestorben, um die Perser aus Griechenland zu vertreiben, und ich werde dir nicht helfen, die Erinnerung an sie zu verraten«, sagte er und stand auf, um hinauszugehen.

»Setz dich«, befahl König Pausanias energisch. »Dein Vater und dein Bruder, und ebenso Leonidas und seine Männer wurden an den Thermopylen von der blinden Engstirnigkeit des Ephorats und des Ältestenrates sinnlos geopfert. Sie sind für den Tod der Deinen verantwortlich. Die unmenschlichen Gesetze, deren Wächter sie sind, haben deinem Vater auferlegt, dich auf dem Taygetos auszusetzen. Diese Epoche ist zu Ende gegangen und eine neue beginnt: Sparta muss sich ändern oder es wird untergehen und das Volk der Heloten mit sich in den Ruin nehmen. Deshalb brauche ich dich. Ich weiß, dass sie dir folgen und auf dich hören.

Es ist der Moment gekommen, dir etwas zu verraten. Ich weiß, was das für ein Bogen ist, den du bei Platää in der Hand hieltest. Ich habe das Zeichen gesehen, das in ihn eingeritzt ist – den Wolfskopf des Königs von Messenien. Der Mann, den du für deinen Großvater hieltest, der alte Kritolaos, wusste es und hat es dir sicher gesagt. Ich weiß viele Dinge, Kleidemos … ich habe zehn Jahre lang die Krypteia geführt. Ich wusste, dass dein Bruder Brithos in jener Nacht mit seinem Molosser zu deiner Hütte aufstieg, und ich weiß auch, dass ein Krieger von Sparta jahrelang in einen grauen Mantel gehüllt, den Kopf unter einer Kapuze verborgen, in den Bergen umherirrte …«

»Mein Vater …«, sagte Kleidemos zitternd.

»Ja, dein Vater. Hör zu, du trägst einen der angesehensten Namen Spartas und bist zugleich der Erbe Kritolaos', des Anführers der Heloten. Eines Tages wirst du zu ihnen zurückkehren und sie überzeugen, unseren Plan in die Tat umzusetzen. Ich werde inzwischen herausfinden, wie ich die Ephoren und den Ältestenrat loswerde, und auch König Leotychidas, wenn es sein muss … mit der Hilfe des Königs von Persien. Xerxes ist bereit, mich mit gewaltigen Mitteln zu unterstützen, denn er ist sicher, dass ich eines

Tages der treue Statthalter Griechenlands sein werde, das zu einer Provinz seines riesigen Reiches wird. Doch ich habe sein Heer bei Plataä besiegt und werde ihn wieder besiegen können – auch wenn ich im Moment sein Geld brauche.

Und wisse, dass ich auch in anderen Städten Griechenlands mächtige Freunde habe … auch in Athen. Nun aber muss ich leider nach Sparta zurückkehren, denn die Ephoren haben Verdacht geschöpft und ich muss sie beruhigen und meiner Loyalität versichern. Doch du kannst schon einmal meine Nachricht zum König von Persien bringen. Gib sie dem Wächter des kaiserlichen Palastes in Kelainai, in Phrygien, und warte so lange, bis du Antwort erhältst. Dann erst komme nach Byzanz zurück. Ich denke, das wird zu Beginn des nächsten Herbstes sein: Ich werde hier auf dich warten.«

Kleidemos hing seinen Gedanken nach. Alles, was er gerade gehört hatte, war nahezu unglaublich, doch in ihm bahnte sich der Gedanke einen Weg, dass die Welt, die Pausanias errichten wollte, nicht verkehrt war. In einer solchen Welt könnte er die Leute, die ihn als Kind aufgenommen hatten, befreien, ohne Blut zu vergießen, und den Namen der Kleomeniden unbefleckt weitertragen.

»Ich breche auf, wann du es möchtest«, sagte er plötzlich. Pausanias begleitete ihn zur Tür. Bevor er ihn entließ, legte er ihm eine Hand auf die Schulter.

»Es gibt eine Sache, die ich von dir nicht weiß und die ich gerne wissen möchte«, sagte er. »Wer ist Antinea?«

»Antinea«, flüsterte Kleidemos und senkte den Blick, »Antinea.«

Und er ging in die Nacht hinaus.

Er sah das reiche Kyzikos, das zwischen zwei Meeren lag, und das dicht besiedelte Adramyttion und Pergamon und dann Ephesos mit seinem Hafen, in dem es vor Schiffen nur so wimmelte. Er fuhr den majestätischen Mäander bis nach Hierapolis flussaufwärts, wo heiße Quellen entspringen. Er sah das riesengroße, steinreiche Sardes und den halb verfallenen Tempel der Großen Mutter der Götter, der von den Athenern während der ionischen Revolte angezündet worden war.

Lahgal begleitete ihn und diente ihm als Übersetzer bei den Barbaren, die sie streckenweise eskortierten, damit sie nicht den Räubern in die Hände fielen, die das Hinterland unsicher machten. Asien war groß und schön. Sanfte Hügel fielen zu grünen Tälern hin ab, die mit den purpurroten Distelblumen übersät waren und mit Klatschmohn, dessen Saft tiefe Rauschzustände hervorrief. Als die Sonne über der Horizontlinie allmählich sank, begann der Himmel zu leuchten und die scharlachroten Wolken verfärbten sich in ein Violett, das sich mit dem tiefblauen Antlitz des Himmels vereinte. Riesige Herden zogen zu ihren Ställen und wirbelten eine dichte Staubwolke auf, die man von weitem sehen konnte. Die Wolle der Lämmer und der Schafe glänzte wie Gold und das Blöken wurde immer schwächer, bis es in dem stillen Tal ganz verklang, während das Auge der Sonne sich mit einem letzten Aufleuchten schloss. Da überzog sich der unglaublich klare Himmel mit Millionen leuchtender Sterne, während sich von der Erde der monotone Gesang der Grillen erhob und hier und da das Heulen von Hunden erklang. Auch der Geruch Asiens war intensiv und eindringlich. Es war der Duft nach gelbem Ginster, der zuweilen so stark war, dass er einen berauschte, oder der spröde, bittere Geruch von Absinth; lediglich der Duft des wilden Salbeis erinnerte ihn an seine Jugend in den Bergen. Zuweilen ritten in der Stille der Nacht verschleierte Männer vorüber auf monströsen Tieren, mit Mäulern wie die von Schafen, jedoch mit zwei riesigen Höckern auf dem Rücken. Seltsame Tiere, die eine Art unglückliche Klagelaute von sich gaben, wenn sie in die Knie gingen, um ihre Reiter absteigen zu lassen.

Im Laufe der Zeit, während die Sonne den Himmel in einem immer größeren Bogen durchquerte, veränderte sich auch das Aussehen dieses Landes, das allmählich gelb und ockerfarben wurde und nur hier und da von kräftig grünen Flecken durchsetzt war, wo ein Bach oder ein Fluss in trägen Biegungen das vollkommen flache Land durchzog. Die Hitze wurde fast unerträglich und als der Abend hereinbrach, erhob sich ein heftiger Wind, der in der ausgedörrten Hochebene Dutzende von Windhosen aufwirbelte, Staubsäulen, die sich drehten, hin- und herschnellten, um sich dann wie Gespenster zwischen den spröden, von der Sonne ausgetrockneten Felsen zu verlieren.

Auch die hereinbrechende Dunkelheit vermochte diesen lohenden Atem nicht zu löschen; das unaufhörliche Sausen hielt Stunden an und verdorrte Amarynthzweige, die aussahen wie abscheuliche Spinnen, die über das trockene Gras huschten. Als der Wind sich endlich legte, erfüllte Rascheln, Knistern und Hauchen die weite Hochebene. Im Dunkel funkelten zuweilen die Augen von Schakalen und ihre traurigen Rufe hallten in den Schluchten wieder, wenn der große rote Mond sich langsam zwischen den einsamen Berggipfeln erhob und mit zartem blutrotem Strahl die gekrümmten Formen der Wildfeigen und die fleischigen Blätter der Johannisbrotbäume erhellte.

Hier und da erhoben sich in weiter Ferne die schwarzen Krater der Vulkane, die – wie erzählt wurde – seit Jahrtausenden schliefen. In den Tiefen des einen, sagte man, wohne Typhon. Aus seinem schrecklichen Mund stieg vielleicht der heiße Atem auf, der die Gräser und die Blumen vertrocknen ließ und die müden Glieder der Reisenden schwächte.

Eines Tages – sie waren nunmehr fast am Ziel angelangt – sah Kleidemos etwas, was er nie wieder vergessen sollte. In der Mitte der staubigen Ebene erhob sich eine riesige Platane, von Ausmaßen, wie er es noch nie in seinem Leben gesehen hatte. Der glatte, weiße Stamm teilte sich fast sofort in vier Äste, von denen ein jeder fast so groß war wie eine einzige erwachsene Pflanze. Er näherte sich in der Absicht, dieses Wunder aus der Nähe zu betrachten und in ihrem Schatten eine Pause einzulegen. Seine Verwunderung wuchs noch, als er unter dem ungeheuerlichen, einsamen Baum einen bewaffneten Mann bemerkte. Kleidemos kannte diese Waffen und diese Ornamente gut: Das war einer der Unsterblichen der Garde des Großkönigs!

Er trug einen bestickten Überrock, der an den Seiten geschlitzt war, darunter blitzten Hosen – auch diese aus einem wertvollen Stoff – hervor, die an den Knöcheln ganz eng saßen und mit fein gearbeiteten Rosetten aus Silberfaden verziert waren. Der krause schwarze Bart umrahmte ein olivfarbenes Gesicht und floss an den Schläfen in eine dichte Mähne ein, die ebenfalls äußerst gepflegt und parfümiert war. An den Ohrläppchen hingen Goldringe, um den Hals trug er einen buntbemalten Lederköcher, in der rechten Hand hielt er den geschmückten Silberbogen und die glänzende Lanze.

»Sei gegrüßt«, sagte Kleidemos zu ihm und Lahgal übersetzte seine Worte, »ich bin Kleidemos von Sparta und möchte mich mit meinem Freund im Schatten dieses Baumes ein wenig ausruhen. Bist auch du auf der Reise, edler Herr? Doch ich sehe deine Diener und deine Kameraden gar nicht.«

Der Krieger lächelte und zeigte seine schneeweißen Zähne unter dem rabenschwarzen Bart. »Nein«, sagte er in seiner Sprache, »ich bin nicht auf der Reise, ich bin auf Befehl meines Königs hier, von Xerxes, dem König der Könige, des Auserwählten von Ahura Mazda. Wenn er auf der Rückreise von Yauna durch diese trockene Gegend kommt, findet er Erholung im Schatten dieser Pflanze, deren Schönheit und Größe ihn bezaubern, und deshalb möchte er, dass sie stets von einem Unsterblichen seiner Garde bewacht wird, damit ihr nichts zustößt.«

Kleidemos wandte sich verblüfft an Lahgal, als dieser die Worte des persischen Soldaten übersetzt hatte. »Willst du damit sagen, dass immer ein Mann der königlichen Garde diese Pflanze bewacht?«

»So ist es«, erwiderte Lahgal. Sie blieben eine Weile und löschten ihren Durst an der Quelle, die neben der Pflanze entsprang und blickten von Zeit zu Zeit zu dem Unsterblichen, der auf einem Schemel saß und den Horizont betrachtete. Dann setzten sie ihre Reise fort. Nach fast einer Stunde Fußmarsch drehten sie sich um: Der Baum war immer noch imposant, während man den Krieger in der flirrenden Luft kaum noch sehen konnte; lediglich die Spitze seiner Lanze, die von der Sonne beschienen war, leuchtete silbern.

V
DAS GEHEIMNIS

Lahgal wurde krank. Das Klima der Hochebene zermürbte ihn mit jedem Tag mehr, und als sie schließlich auch kein Getreide mehr finden konnten und die Vorräte der Eskorte erschöpft waren, drehte ihm das Hammelfleisch, das oft schon verdorben war, den Magen um und verursachte heftigen Brechreiz. Kleidemos machte in mehreren Dörfern Rast, damit er sich erholen konnte und damit das Fieber sank und die Magenkrämpfe nachließen. In einem dieser Dörfer erfuhr er – und zwar aus dem Mund des Dorfoberhauptes selbst –, dass man vor allem mit dem Wasser vorsichtig sein müsse. Die Gewässer der Hochebene konnten nicht richtig zum Meer hin abfließen, weil oft die Berge den Weg versperrten, und so stand das Wasser oder floss langsam unterirdisch weiter, wodurch es sich mit schädlichen Flüssigkeiten verband. Diese konnten in manchen Fällen Schäden hervorrufen, die zuweilen sogar tödlich waren. »Der Magen wird dann derart zersetzt«, sagte das Dorfoberhaupt zu Kleidemos, »dass er keine Nahrung mehr aufnehmen kann und der Kranke muss sich schon erbrechen, wenn er nur eine Frucht isst.«

»Was kann man dagegen tun?«, fragte Kleidemos in der phrygischen Sprache, die er inzwischen – nach zweimonatiger Reise und vielen Aufenthalten in den Dörfern – recht gut sprechen konnte. Das Oberhaupt zog einen Tonkrug hervor und goss etwas dunkle Flüssigkeit in einen Becher. Es handelte sich um einen Aufguss des berauschenden Klatschmohns.

»Das beruhigt den Magen und lässt die Krämpfe zurückgehen«, sagte er. »Auf diese Weise kann man etwas Nahrung zu sich nehmen und der Körper kommt ganz allmählich wieder zu Kräften und kann die Krankheit bekämpfen.«

Das Getränk war zwar sehr bitter, aber wenigstens mit wilder Minze und Pfefferkraut aromatisiert, die überall auf den umliegenden Feldern wuchsen. Und tatsächlich war der Name des Dorfes ein phrygisches Wort, das soviel bedeutete wie ›Ort des Pfefferkrauts‹. Kleidemos schenkte dem Häuptling Vertrauen, was die Eigenschaften des Wassers betraf. Er selbst war bereits einen Monat zuvor bei einem Ort, der Kolossai hieß, in einem Fluss geschwommen, der plötzlich unter der Erde verschwand, als würde er von ihr verschluckt. Die Dorfbewohner behaupteten, der Fluss fiele in einem Wasserfall zwei Stadien tief herab und man könne in Winternächten, wenn die Stille durch nichts gestört werde, das Rauschen des Wassers hören, das in unterirdischen Grotten schäumte.

Innerhalb einer Woche erholte sich Lahgal, das Fieber sank, bis es ganz verschwunden war, und er konnte sich wieder von Fladenbrot, das auf Steinen geröstet wurde, ernähren. Auf der Reise konnte er unter den gegebenen Umständen nicht seine übliche Körperpflege betreiben. Sein Haar war gewachsen und fiel nun über die Schultern und sein braun gebranntes Gesicht wurde von einem dunklen Bart umrahmt. Seit geraumer Zeit ruhten Rasierer, Hautschabeeisen und Enthaarungszange vergessen ganz tief unten in einem Quersack.

»Jetzt siehst du wie ein richtiger Mann aus«, sagte Kleidemos eines Tages zu ihm, während der junge Bursche sich im Fluss wusch. Lahgal zuckte die Achseln.

»Ihr Spartaner seid ungeschliffen und unkultiviert, ihr wisst die schönen Dinge des Lebens nicht zu schätzen, ihr habt keine Kunst, nicht einmal Dichtung … nur Marschlieder.«

»Wie ich sehe, weißt du gut über Sparta und die Spartaner Bescheid«, sagte Kleidemos ironisch.

»Natürlich«, erwiderte Lahgal, »ich lebe ja auch seit Jahren mit ihnen.«

»Du meinst, du lebst … mit König Pausanias.«

»Na und?«

»Bist du sein Liebhaber?«

Kleidemos sah ihn kalt an. Lahgal zitterte und seine Augen füllten sich mit Tränen. Er schwieg einen Moment und blickte zu Boden.

»Ist es das, was du wissen willst, Zwei-Namen? Will der kleomenidische Held wirklich im Dreck wühlen? Im Elend eines syrischen Sklaven … aber wenn dich das neugierig macht und du dir mit obszönen Geschichten die Zeit vertreiben willst … Lahgal kann dich zufrieden stellen, o ja, Zwei-Namen, Lahgal kann dir viele Dinge erzählen. Die Narben auf meinem Rücken, die ich dir einst zeigte, sind nicht die einzigen, es gibt noch mehr, an intimeren Stellen …« Mit vor Scham und Wut leuchtenden Augen sah er ihn an. »Als du mich in Zypern kennen gelernt hast, hatte mein Herr mich schon prostituiert. Man hatte mir befohlen, es auch mit dir zu machen, wenn du gewollt hättest.«

»Hör auf!«, schrie Kleidemos. »Ich will das nicht wissen …«

»O doch, du willst es wissen, also wirst du es erfahren, bei den Göttern! Du hast mir eine sehr deutliche Frage gestellt, Zwei-Namen, gerade eben erst, schon vergessen? Es ist so, wie ich dir gesagt habe …

Und so ist meine Schönheit mir zum Fluch geworden. Ich habe meine missgestalteten Kameraden beneidet, wenn ich gezwungen wurde, mich miesen, abscheulichen Gestalten zu unterwerfen, jegliche Schmach über mich ergehen zu lassen, Ekel und Brechreiz unterdrücken musste. Ja, Zwei-Namen, ich bin der Liebhaber des Königs … aber habe ich eine andere Wahl? Habe ich je die Wahl gehabt? Das Einzige, was ich tun konnte, war, das kleinere Übel zu wählen. Pausanias hat mich nie misshandelt und einmal hat er sogar gesagt, dass er mich freilassen würde.« Kleidemos brachte kein Wort mehr heraus, also fuhr Lahgal mit leiserer Stimme fort: »Als wir uns in Zypern verließen, hoffte ich sehnsüchtig, dich wieder zu sehen … Du warst der einzige Mensch, der mir aufrichtige Zuneigung entgegengebracht hat, und als ich dich in Thrakien vollkommen durchnässt und verzweifelt unter dieser Eiche wieder fand, verstand ich, dass ich gerade rechtzeitig gekommen war, um zu verhindern, dass du dich mit eigenen Händen vernichtest. Meine Freude, dich wieder zu sehen, war riesengroß.«

»Meine auch«, sagte Kleidemos.

»Ja … das stimmt, am Anfang zumindest, doch dann hast du irgendetwas geahnt oder herausgefunden, und du hast dich vor mir zu ekeln begonnen. Seit Monaten spüre ich deine Verachtung, auch wenn du sie zu verbergen suchst. Und an deinem Armband trägst du nicht mehr die Muschel, die ich dir an jenem Tag geschenkt habe … Als ich dich in Thrakien wieder sah, hattest du sie noch.«

»Lahgal … ich wollte dich nicht verletzen«, sagte Kleidemos mit beschwichtigter Stimme. »Es interessiert mich auch nicht, was dein Schicksal dich – vielleicht gegen deinen Willen – hat erleiden lassen. Ich habe vier Jahre das Leben eines Soldaten geführt und habe viel Blut, viele Massaker gesehen. Ob ein Mann eine Frau liebt oder einen anderen Mann, das wird die Welt auch nicht schlechter machen als sie ohnehin schon ist. Der Grund, weshalb ich in dem Ton mit dir gesprochen habe, sind vielleicht die Zweifel, die mich überkommen, die mich manchmal nachts nicht schlafen lassen. Ich bin ganz allein auf der Welt, Lahgal, und ich habe niemanden, dem ich mich anvertrauen kann. Alle, die ich geliebt habe, sind verschwunden oder so weit fort, dass sie mir unerreichbar oder für immer verloren scheinen. Deine Rückkehr und die Worte des Königs haben mir meine Hoffnung wieder gegeben und das Leben in meinen Körper zurückkehren lassen, aber ich weiß nicht, ob all das, was mir gesagt wurde, wahr ist, oder ob er mich nur zu einem Instrument machen will, um seine Ziele zu erreichen. Im Feldlager in Thrakien habe ich viele Gerüchte über ihn gehört. Man sagte, dass er ein harter und erbarmungsloser Mann sei, der von einem unersättlichen Machthunger beherrscht werde. Verdorben von seiner Sucht nach Reichtum und Luxus … Sklave seiner Lüsternheit.

Du kannst dir sicher leicht vorstellen, was ich empfinde, obgleich du in all diesen Monaten, die wir umhergereist sind, nichts gesagt hast, mir nicht geholfen hast, zu verstehen. Und wenn du Dinge weißt, die mir unbekannt sind, so hast du sie – obwohl du die Zweifel in meinem Gesicht lesen konntest – mir nicht verraten wollen. Deshalb habe ich gedacht, da dich mit Pausanias ein außerordentlich starkes Band verbindet, dass der kleine Lahgal, der mir am Strand von Zypern bunte Muscheln schenkte, nur eine Erinnerung ist, die ich besser vergessen sollte.«

»Auch du hast dich verändert«, sagte Lahgal, »dein Blick ist leer und geistesabwesend, deine Stimme oft hart und scharf. Die ganze Zeit über war mir, als reiste ich mit einem Unbekannten. Wie hätte ich als Freund mit dir sprechen können? Ich fühlte, dass du mich verachtest … sonst nichts. Als wir aufbrachen, schien mir, dass du zufrieden wärst, diese Mission zu erfüllen und Pausanias' Plan zu unterstützen, ich konnte doch nicht wissen, dass dich Zweifel überkommen hatten. Außerdem hältst du selbst etwas vor mir geheim.«

Kleidemos sah ihn fragend an.

»Pausanias hat dir eine Nachricht gegeben, die du auf deiner Skytale lesen kannst.«

»Du kannst von mir alles wissen, was du willst, Lahgal. Du warst noch ein Kind, als ich dir meine ganze Lebensgeschichte erzählte. Doch was in dieser Nachricht steht, betrifft weder dich noch mich, sondern das Schicksal vieler Menschen, vielleicht ganzer Völker. Ich kann nicht …«

»Aber du hast diese Nachricht gelesen?«, unterbrach Lahgal ihn.

»Nein, noch nicht. Ich habe Anweisung bekommen, sie erst zu lesen, wenn ich meine Mission zu Ende geführt habe.«

»Und dir ist nie in den Sinn gekommen, sie vorher zu lesen?«

»Ich habe dem König mein Wort gegeben, Lahgal. Aber sag mir, warum willst du wissen, was in dieser Nachricht steht?«

»Zwei-Namen«, Lahgal knetete seine Hände, als suche er nach Worten. »Zwei-Namen … ich habe Angst.«

»Das verstehe ich nicht. Hier droht uns doch keine Gefahr.«

»Ich habe Angst, zu sterben.« Kleidemos sah ihn verwundert an.

»Aber warum denn? Du warst sehr krank, aber das war nichts Schlimmes. Man wird schnell krank, wenn man durch fremde Länder reist, wegen dem Essen, dem Wasser …«

»Nein, das meine ich nicht. König Pausanias hat bereits andere Botschaften zum Großkönig geschickt, doch ihre Überbringer … sind nie zurückgekehrt.«

»Was meinst du damit?«

»Das, was ich gesagt habe, Zwei-Namen, nicht mehr, nicht weniger. Ich weiß ganz genau, dass die Überbringer der Nachrichten nie zurückgekehrt sind. Verstehst du nun, warum ich Angst habe? In dieser Nachricht kann der Befehl für dich sein, mich zu töten … Warum sonst sollte der König dir befohlen haben, sie erst zu lesen, wenn die Mission abgeschlossen ist? Hör zu, Zwei-Namen: Als ich zu dir nach Thrakien kam und dir die Nachricht des Königs brachte, sah ich, dass allein der Gedanke daran, nach Sparta zurückzukehren, wieder mit der Frau vereint zu sein, die dich großgezogen hat, die Leute wieder zu sehen, die du liebst, dich ins Leben zurückbrachte und deinen Kampfgeist wieder erweckte. Ich glaube … ich fürchte, dass du alles tun würdest, um zu bekommen, was dir versprochen wurde. Und ich weiß nicht, was der König dir noch gesagt hat, in eurem Gespräch unter vier Augen; gewiss große, bedeutende Dinge. Ich weiß, dass er dich hoch schätzt. Das Leben eines syrischen Sklaven dagegen ist nicht viel wert. Deshalb habe ich Angst, Zwei-Namen. In knapp zwei Tagen Fußmarsch sind wir in Kelainai, wo du deine Nachricht übergeben und lesen wirst, was Pausanias dir darüberhinaus befiehlt. Und nun bitte ich dich, wenn er dir befiehlt, mich zu töten, schlitze mir nicht mit deinem Schwert die Kehle auf, ich flehe dich an … lass es mich selbst machen. Ich kenne ein Getränk, das einen sanft betäubt, wie im Halbschlaf, und einen ohne Schmerzen ins ewige Dunkel geleitet …«

Zwei dicke Tränen flossen nun aus Lahgals traurigen Augen. Er schwieg und wagte nicht, seinen Gefährten anzusehen. Kleidemos war eine Weile sprachlos; in seinem Kopf schwirrten die Gedanken durcheinander, er musste an all das denken, was ihm widerfahren war, an die große Hoffnung, die in ihm wieder erweckt worden war, an den Schrecken einer Tat, die ihm vielleicht bevorstand. Doch vielleicht irrte sich Lahgal, vielleicht waren die Männer, von denen er sprach, aus ganz anderen Gründen verschwunden, vielleicht hatten sie sich verirrt oder waren auf der langen Reise in einen Hinterhalt geraten. Doch in seinem Quersack war die Lederrolle mit der Botschaft des Königs und der Stock in seiner Hand, auf den er sich stützte, war die Skytale, der Schlüssel, um sie zu lesen … nicht mehr die Weidenrute, die Kritolaos für ihn ausgesucht hatte, und die auf Brithos' Scheiterhaufen in Platää verbrannt war, so wie auch seine Jugend auf jenem blutigen Schlachtfeld verbrannt war.

Lahgals Stimme rüttelte ihn auf, eine zitternde Stimme:

»Du hast schon oft den Befehl, zu töten, auf deiner Skytale gelesen, Zwei-Namen, Tausende von Menschen sind auf dein Geheiß gestorben. Du bist ein spartanischer Krieger und musst natürlich deinem Schicksal gehorchen. Die Götter haben dir oft das Leben geschenkt. Sie haben dich als Kind vor den Zähnen der Wölfe gerettet, sie haben dich tausend Mal vor den Speeren der thrakischen Krieger gerettet. Deine Soldaten können sich nicht erklären, wie du auf dem Schlachtfeld so oft ungestraft den Tod herausfordern konntest, ein lahmer Krieger, der vom Schicksal zwei Namen und zwei Leben bekommen hat. Du, der du dem Tod entronnen bist, den du selbst suchtest, mit deinem Schwert … ist es nicht so? Es ist ein großes, vielleicht ein schreckliches Schicksal, das dich erwartet und dem du nicht entkommen kannst. An jenem Tag, als ich dich in Thrakien zu Füßen der Eiche sah, war deine Verzweiflung übermächtig geworden … das konnte man in deinen teilnahmslosen Augen lesen, in deinem gezeichneten Körper, in deinem versteinerten Gesicht. Was ist schon das Leben eines Sklaven, das verkauft wird, noch bevor er es auch nur einen Moment lang in seinen eigenen Händen gehalten hat, ein für fünf Obolen prostituierter Körper …«

»Hör auf, Lahgal!«, schrie Kleidemos und nahm den Kopf in die Hände, doch Lahgal sprach weiter, seine Stimme hatte aufgehört, zu zittern und war dunkel und tief geworden, eine Stimme reinsten Leides.

»Du bist nun da angelangt, von wo es kein Zurück mehr gibt. Beachte mich gar nicht, lies diese Nachricht jetzt und wenn ich sterben muss, so lasse mich sterben. Ich werde dich noch heute und morgen begleiten, wie es sich für einen treuen Diener gehört, und am nächsten Morgen werde ich nicht mehr aufwachen. Du wirst es nicht einmal merken. Ich bitte dich nur darum, meine Leiche nicht den Schakalen zu überlassen. Beerdige mich, als wäre ich ein freier Mann, als wäre ich … ein Freund, den du geliebt hast. Lass nicht zu, dass mein Geist voller Leid die eisigen Ufer des

Acheron entlang irrt, wie es mit denen geschieht, die nicht beerdigt werden, wie man sagt …«

Kleidemos legte ihm eine Hand auf den Kopf.

»Du wirst nicht von meiner Hand sterben, Lahgal, noch wirst du selbst gezwungen sein, dich zu töten.« Dann zog er die versiegelte Rolle aus dem Quersack und wickelte sie um die Skytale, damit sie lesbar wurde:

Der Diener, den ich mit dir geschickt habe, hat nun seine Aufgabe erfüllt. Nun kennst du den Rückweg, den du allein antreten wirst, denn es darf keinen Zeugen deiner Reise in das Hinterland geben. Und vernichte auch diese Nachricht.

»Du hattest Recht, dich zu fürchten, Lahgal«, sagte er dann und warf die Rolle in den Wildbach, »der König befiehlt mir, dich zu töten.«

Die Mauern von Kelainai zeichneten sich gegen den blauen Himmel ab und in jeder Turmspitze befand sich ein Storchennest. Die großen Vögel kreisten im Segelflug – die Flügel reglos ausgestreckt – langsam über der Stadt und ließen sich von dem Wind der Hochebene tragen. Hinter einem Hügel tauchte das silberne Band des Mäanders auf, der angeblich hinter der Stadt in einer dunklen Grotte entsprang, die einst von Nymphen und Satyren bewohnt war und von einem von Singvögeln bevölkerten Pappelwald umgeben wurde.

»Wir sind da«, sagte Kleidemos an Lahgal gewandt. »Das ist die Stadt, in der uns der Abgesandte des Großkönigs erwartet, der Statthalter Artabazos.«

»So ist es«, erwiderte der Junge. »Dort auf dem Felsen befindet sich die Sommerresidenz des Großkönigs. Dort wohnt der Statthalter.« Sie traten vor das Südtor, das von zwei phrygischen Bogenschützen bewacht war. Kleidemos übergab Lahgal eine Tafel mit einem Siegel, das dieser einem der Bogenschützen hinhielt und in dessen Sprache sagte: »Bring Artabazos dieses Zeichen und sage ihm, der edle Kleidemos von Sparta, Sohn des Aristarchos, Kleomenide, ersucht darum, empfangen zu werden.« Der Bogenschütze ließ sich zwei Mal den langen und schwierigen Namen wiederholen, um sicherzugehen, dass er ihn genau wieder gab, und ging davon.

»Erzähl mir von dieser Stadt und dieser Gegend«, bat Kleidemos Lahgal und setzte sich auf eine Steinbank, die an der Mauer stand und streckte seine von der Feuchtigkeit der Nacht eingeschlafenen Gliedmaßen.

»Ich weiß nicht viel«, entgegnete Lahgal, »mir wurde gesagt, dass dies die östlichste Stadt Phrygiens sei. Hinter diesen Bergen«, fügte er dann hinzu und zeigte auf eine himmelblaue Gebirgskette, die – etwa zwei Tagesmärsche entfernt – die Hochebene durchzog, »beginnt Lycaonia, eine gefährliche und unsichere Region, in der wilde Räuber umherziehen, die nicht einmal die Truppen des Großkönigs immer in ihre Schranken verweisen können. Man braucht sechs Tage, um zu Fuß Lycaonia zu durchqueren und an den Fuß des Taurosgebirges zu gelangen, einer unwegsamen und unzugänglichen Gebirgskette, die man lediglich durch einen derart engen Pass überqueren kann, dass nicht einmal zwei beladene Lastesel nebeneinander hindurch passen. Von diesem Gebirge aus kann man das Meer innerhalb von drei Tagen erreichen, man muss nur durch eine Region, die Cilicia heißt. Im Osten wird Cilicia von einer weiteren sehr hohen Bergkette begrenzt, die die Bewohner der Gegend Saman nennen und hinter der sich Syrien erstreckt, das Land, in dem ich geboren wurde. Was diese Stadt betrifft, kann ich dir nur sagen, dass der Mäander hier entspringt und durch einen wunderschönen Park fließt, der voller Pflanzen jeglicher Art und voller wilder Tiere sein soll. Die Perser nennen ihn in ihrer Sprache ›Pairidaeza‹ und ihr Griechen ›Paradeisos‹. Der Großkönig geht dort mit seinem adligen Gefolge zur Jagd, wenn er in seinem Sommerpalast auf dem Felsen residiert. In der Stadt fließt auch ein anderer Fluss, der kleiner ist als der Mäander und den die Einwohner Marsuas nennen und ihr Griechen Marsyas. Hier ist vermutlich die Sage von dem Satyr Marsyas entstanden, der gewagt haben soll, Apollon in einem musikalischen Wettstreit herauszufordern. Nach dessen Niederlage soll Apollon ihm die Haut abgezogen und sie in einer Grotte neben der Quelle des Flusses aufgehängt haben. Wenn du willst, können wir sie ansehen, aber ich glaube, dass es nur die Haut einer Ziege ist, die möglicherweise vor langer Zeit irgendeiner Gottheit des Ortes geopfert wurde.«

»Ich höre gerne solche Geschichten«, sagte Kleidemos, »sie erinnern mich an die, die mir mein Großvater Kritolaos erzählte, als ich noch ein Kind war. Ich glaube sogar, dass er mir die Geschichte von dem Satyr, der bei lebendigem Leib von Apollon gehäutet wurde, schon einmal erzählt hat. Ich hätte jedoch nie gedacht, dass ich eines Tages den Ort sehen würde, an dem die Geschichte ihren Ursprung hat.« Kleidemos ließ den Blick über die Ebene schweifen, die sich zu Füßen der Stadt erstreckte, so weit das Auge reichte und in der der Mäander glänzte, der von der nunmehr hoch über dem Horizont stehenden Sonne beleuchtet wurde. Da kehrte im Laufschritt der phrygische Bogenschütze zurück und sagte: »Unser Herr, der Statthalter Artabazos, erwartet dich. Folge mir, ich werde dich zum Palast führen.«

Kleidemos und Lahgal folgten ihm durch die Stadt, deren Straßen sich bereits mit Menschen füllten, mit Männern und Frauen, die in eigentümliche Gewänder gehüllt waren und die die beiden Fremden neugierig betrachteten. Kinder liefen ihnen nach, zogen an ihren Kleidern und versuchten, ihnen bescheidene Waren zu verkaufen, die sie in Strohkörben und –taschen trugen. Der Bogenschütze scheuchte sie mit lautem Gebrüll fort und schlug mit dem Bogen nach ihnen, doch die Kinder wichen kreischend in alle Himmelsrichtungen aus, um sogleich wieder in einer Meute hinter dem Grüppchen herzulaufen, das eilig das Stadtzentrum ansteuerte. Plötzlich tauchte die Akropolis auf: Ein von einer Mauer umgebener Hügel, mit Pappeln begrünt, die zum Ufer des kleinen Flusses hin – das musste der Marsyas sein – eine dichte Macchia bildeten. Die Kinder liefen lachend und lärmend auf den Wildbach zu, ließen Kleider, Körbe und Taschen am Ufer zurück, stürzten sich nackt in die Fluten und spritzten einander nass. Währenddessen stiegen die drei die Treppe hoch, die zum Palast führte und wurden kurz darauf in das Atrium geführt. Kleidemos wurde in ein Bad gebracht, gewaschen, in frische Kleider gesteckt und endlich Artabazos vorgeführt. Der Statthalter, der auf ein paar Kissen saß, erhob sich und kam ihm entgegen.

»Sei gegrüßt, spartanischer Gast«, sagte er auf Griechisch zu ihm, »sei willkommen in diesem Haus. Ich hoffe, der edle Pausanias ist bei guter Gesundheit.«

»Das war er zumindest, als ich Byzanz vor mehr als zwei Monaten verlassen habe«, entgegnete Kleidemos und verbeugte sich. »Nun aber müsste er in Sparta sein.«

»In Sparta?«, fragte der Statthalter mit überraschter und leicht verärgerter Mine. »Ich dachte, er würde Byzanz nicht verlassen. Aber bitte, setze dich, du wirst müde sein«, fügte er dann hinzu und zeigte auf ein großes, dickes Wollkissen, das auf einem blauen Teppich lag. Nicht ohne Schwierigkeiten nahm Kleidemos in dieser unbequemen Position Platz und zog den persischen Überrock zwischen die Beine.

»In Sparta sind alle misstrauisch geworden und der König wollte Gerüchte aus dem Weg räumen, die gefährlich werden könnten. Er ist jedoch sicher, dass niemand auch nur den geringsten Beweis haben kann und dass es sich nur um Neid handelt. Ich denke in der Tat, dass seine Lebensweise in Byzanz, die nun gar nicht den spartanischen Gepflogenheiten entspricht, den Ephoren und dem

Ältestenrat einen Vorwand geboten hat, ihn zurückzurufen, damit sie ihm möglicherweise etwas anlasten können. Schließlich hatten sie immer schon Angst, dass die Autorität des Königs zu groß werden könnte. Jedenfalls versichert der König, dass er bald wieder volle Handlungsfreiheit haben und er so schnell wie möglich nach Byzanz zurückkehren wird. Dort werde ich ihm deine Worte überbringen … oder die Worte des Großkönigs.«

Artabazos strich eine Weile seinen grauen Schnurrbart glatt, dann wandte er sich abermals an den Gast und sagte: »Der Großkönig lässt Pausanias ausrichten ›Sei gegrüßt. Dein Freundschaftsbeweis hat uns tief gerührt. Du hast wahrhaftig Menschen befreit, die uns sehr nahe stehen und die deine Soldaten in Gefangenschaft genommen hatten. Wir sind also bereit, dich als unseren Verbündeten zu betrachten und dir alles bereitzustellen, was du benötigst, ganz gleich, ob es sich um Geld, Waffen oder jegliche andere Art von Hilfeleistungen handelt. Was deine Bitte betrifft, dir eine unserer Töchter zur Frau zu geben, so sind wir gerne bereit dazu und warten inzwischen darauf, dass du uns über deine weiteren Schritte in Kenntnis setzt. Du kannst deine Antwort von nun an dem Statthalter in Daskyleion in unserer Provinz Karien mitteilen, den deine Botschafter von Byzanz aus leicht erreichen können.‹«

Kleidemos antwortete: »Die Worte, die du mir gesagt hast, stehen von nun an in meinem Gedächtnis geschrieben und werden so überbracht werden, wie du sie ausgesprochen hast.«

»Sehr gut«, sagte der Statthalter, »aber sag mir, was hat König Pausanias nun vor?«

»Zunächst einmal muss er jeden Verdacht der Ephoren und des Ältestenrates zunichte machen. Seine Lage hat in der Tat unter diesen Autoritäten großes Misstrauen erweckt. Doch der Sieg bei Plataä hat ihm zu höchstem Ansehen verholfen.«

Kleidemos bemerkte einen leichten, jedoch offensichtlichen Ausdruck der Enttäuschung auf Artabazos' Gesicht und dachte, dass es vielleicht besser gewesen wäre, dieses Thema zunächst nicht anzusprechen. Aber er fuhr dennoch fort: »Er ist darüber hinaus Kommandant der Armee der Meerenge, Kommandant der peloponnesischen Flotte und außerdem noch Vormund von König Pleistarchos, dem Sohn Leonidas', der jedoch noch – wie du sicherlich wissen wirst – ein Kind ist. Unter normalen Umständen gelingt es den Ephoren und dem Ältestenrat noch, einen König gegen den anderen aufzuwiegeln und eine Rivalität zu fördern, die ihnen gestattet, ihre Macht auszuspielen und zu festigen. Doch Pausanias ist praktisch allein und hält eine enorme Macht in seiner Hand. Allein deshalb erweckt er Misstrauen und Verdacht. Da liegt es doch auf der Hand, dass die Ephoren und die Ältesten versuchen, ihm irgendetwas anzulasten, das ist alles ... zumindest glaube ich das. Jedenfalls erschien mir Pausanias seiner Sache sicher zu sein. Man muss bedenken, dass er auch auf die Unterstützung der Versammlung der Gleichen zählen kann. Die Krieger bewundern seine Intelligenz und seinen militärischen Mut und außerdem fühlen sie sich schon traditionell den Königen, die sie in die Schlacht führen, näher als den Ephoren und dem Ältestenrat.«

Artabazos lief eine Weile im Saal auf und ab, dann blieb er in der Mitte stehen und wandte sich erneut an seinen Gast: »Also liegt es in unserem Interesse, so schnell wie möglich zu handeln, solange wir auf einen Verbündeten auf der Höhe seiner Macht zählen können. Wenn Pausanias angeklagt oder auch nur des Kommandos über das Heer beraubt würde, müssten wir all unsere Pläne ändern. Wie du sicher weißt, ist die Lage in Athen im Moment sehr verwirrend.« Kleidemos, der von nichts eine Ahnung hatte, nickte wissend. »Themistokles, der athenische Kommandant, der unsere Flotte bei Salamis herausgefordert hat, wurde aus der Stadt vertrieben und lebt nun im Exil.« Kleidemos konnte nur mit Mühe seine Überraschung verbergen. »Er könnte eines Tages unser Verbündeter werden, allein schon, um sich an seinem undankbaren Vaterland zu rächen. Sage also deinem König, dass er sich bereithalten soll, denn die Stunde wird bald gekommen sein. Du bist ohne Eile nach Kelainai gekommen, denn schließlich wird Pausanias ohnehin nicht vor Ende des Sommers nach Byzanz zurückkehren, doch den Rückweg solltest du auf dem schnellsten Weg bestreiten. Denn sollte Pausanias zufällig doch früher kommen, solltest du schon in Byzanz auf ihn warten, um ihm zu berichten, was ich dir gesagt habe. Dann wirst du sofort mit dem Statthalter von Daskyleion in Verbindung treten. Diese Reise muss jedoch geheim bleiben. Ich weiß, dass du einen Sklaven bei dir hast, wir dürfen nicht riskieren, dass er redet und alles verdirbt. Wenn du willst, werde ich mich darum kümmern und dir einen anderen Diener oder eine Frau geben, wenn du willst … ein schönes Mädchen, oder ist dir ein junger Mann lieber?«, fragte der Statthalter überaus freundlich.

»Oh, nein, Herr«, erwiderte Kleidemos sogleich, »das wäre übertriebener Luxus und würde den Verdacht oder den Neid meiner Kameraden auf mich lenken. Besser, nicht auffallen. Um den Sklaven werde ich mich selbst kümmern, wenn ich in der Nähe der Küste bin. Ich hatte ohnehin die Anweisung, es zu tun.«

»Wie du willst«, gab der Statthalter zurück. »Nun aber erlaube mir, dir meine Gastfreundschaft anzubieten, damit du dich ein paar Tage erholen und wieder zu Kräften kommen kannst, bevor du die Rückreise antrittst.«

Kleidemos nahm an, denn er war auch neugierig, zu sehen, wie die Barbaren, wie die Griechen sie nannten, lebten.

Der Palast war sehr viel schöner als alle anderen Wohnsitze, die er in Griechenland und in Asien gesehen hatte.

Lahgal war in ein Sklavenviertel gebracht worden, doch ihm hatte man ein Zimmer im oberen Teil des Palastes zugewiesen, das nach Osten und Westen geöffnet war, sodass nachts eine erfrischende Brise durch das Zimmer strich.

Gegen Sonnenuntergang aß er mit Artabazos zu Abend und kostete wunderbare Speisen: Wild jeglicher Art, gebraten und mit duftenden Kräutern gewürzt. Was ihn am meisten beeindruckte, war ein großes Flugwild, das die Köche mitsamt Schwanzfedern auftafelten – unglaublich lange Federn von fantastischen, irisierenden Farben, und eine jede trug am oberen Ende ein großes, grünblaues Auge, das seine Farbe bei jeder Bewegung änderte. Als der Statthalter die Verwunderung seines Gastes bemerkte, gab er einem Sklaven Anweisung, einen Käfig mit einem lebenden Exemplar hereinzubringen, damit er es in Natura sehen könne. Es war ein wundervolles Tier von derart leuchtenden Farben, dass es Kleidemos die Sprache verschlug. Das Gefieder des Vogels war auf Brust und Hals von einem strahlenden Blau und sein Schwanz war fast zwei Ellen lang. Lediglich sein Rufen war das erbärmlichste, was man je gehört hatte. Man erklärte ihm, dass dieses Tier aus dem fernen Indien komme, der östlichsten Provinz des Großkönigs, hinter der sich nur noch der unendliche Ozean erstrecke.

Ihm wurde auch ein anderer Vogel gezeigt, kleiner als der erste, doch von einem noch abwechslungsreicheren Gefieder und noch leuchtenderen Farben, von Gold bis Purpurrot, von Schwarz bis Weiß. Sie erzählten ihm, er würde im Land der Phasianer gejagt, einem nordischen Stamm, der seinen Namen von dem Fluss Phasis erhalten hatte, der im Kaukasus entspringt und in das Schwarze Meer mündet. Nach dem Wild wurden die Süßspeisen und Früchte aufgetragen: Granatäpfel, Feigen und eine Art rosiger Äpfel, die mit einem zarten Flaum bedeckt waren und sehr süß und saftig waren, jedoch in der Mitte einen sehr harten Kern trugen. Kleidemos biss sich beinah einen Zahn aus und sorgte damit unter seinen Tischgenossen für Heiterkeit. Diese Früchte wurden ausschließlich im Garten des Palastes angebaut, die Pflanzen waren direkt aus dem fernen Persien gebracht worden, daher nannte man sie ›persische Äpfel‹ oder einfach ›Persische‹.

Dann kam die Ruhestunde. Ein Eunuch des Palastes begleitete Kleidemos in sein Gemach, ein sehr schöner und weitläufiger Raum, dekoriert mit bunten Emaillegegenständen, die Blumen und Bäume mit bemalten Vögeln oder wilden Tieren darstellten. Das Bett aber verwunderte den Gast am meisten, denn es war so groß, dass mindestens vier Menschen darin hätten schlafen können. Es stand auf vergoldeten Bronzefüßen in Form geflügelter Menschenfiguren.

Auf dem Bett lag ein sehr schönes Mädchen von dunkler Hautfarbe, den Körper von einem hauchzarten Unterkleid aus Milet bedeckt. Der Eunuch sagte in ausgesprochen bemühtem Griechisch, dass er hoffe, dass sie ihm zusage. Sie sei von einem nordischen Stamm, den man Mossynoiken nenne und der dafür bekannt sei, dass er jegliche sittliche Zurückhaltung ignoriere und Männer und Frauen sich – vor den Augen aller – paarten. Der Eunuch unterstrich seine Worte mit ein paar obszönen Gesten, als wolle er dem Gast zu verstehen geben, welch ein Genuss ihn erwartete. Er fügte jedoch hinzu, dass noch weitere Mädchen zur Verfügung stünden, Bithynerinnen, Kappadokerinnen, Lykerinnen, sogar Ägypterinnen, die alle gut unterrichtet waren in den Riten Aphrodites.

Kleidemos bedankte sich und sagte, diese sei ausgezeichnet und er würde möglicherweise erwägen, sie – wenn nötig – für die nächste Nacht auszuwechseln. Der Eunuch wandte sich zum Gehen und wünschte mit einem verschmitzten Grinsen noch einmal eine glückliche Nacht, wobei er die Tür aus duftendem Zedernholz hinter sich schloss. Kleidemos betrachtete das Mädchen, das ihn ihrerseits neugierig von Kopf bis Fuß musterte, dann trat er an einen der Balkone, um einen Blick nach draußen zu werfen. Sogleich war er wie verzaubert: Zu seinen Füßen erstreckte sich die Stadt, die noch in ein rotes Licht getaucht war, ein Abglanz des Sonnenuntergangs. Dahinter öffnete sich nach Süden hin die riesige Hochebene, in der sich hier und dort dicht über dem Boden viele kleine Staubwolken bewegten. Einige wurden plötzlich von einem Strahl der untergehenden Sonne getroffen und glühten auf, andere pulsierten einen Augenblick in einem zart goldenen Widerschein, um kurz darauf behutsam im Schatten zu erlöschen. Es waren Herden. Angeführt von ihren Hirten kehrten sie in das Tal von Kelainai zurück, Schutz suchend vor der Nacht, die in wenigen Augenblicken über den fernen Bergen Armeniens hereinbrechen würde.

Man konnte nun das Blöken der Schafe vernehmen, oder vielleicht bildete sich Kleidemos auch nur ein, es zu hören und sah sich selbst, wie er – auf den Stock gestützt – zwischen Schafen und Lämmern, dicht gefolgt von dem großen Widder, dem Leithammel, voranschritt … wie einst, in weit zurückliegenden Zeiten … wie weit, vermochte er selbst nicht einmal mehr zu sagen. Dann verfinsterte sich mit einem Mal das Tal und der dunkle Schatten überzog die Hochebene, bis er den Fuß den Gebirges streifte, über dem das Antlitz des Himmels ruhte, blau und hauchzart wie ein Schleier. Da tauchte auf der gegenüberliegenden Seite der Mond auf, weiß und leuchtend, als hätte er bereits seit geraumer Zeit die Wasser des Ozeans verlassen, aus dem er – wie man sagte – aufstieg.

Kleidemos spürte eine sanfte Berührung an seiner Schulter und drehte sich um, um das Mädchen anzusehen, das nun, nackt und vom Mondlicht beleuchtet, hinter ihm stand. Er ließ sich an der Hand zum Bett führen, ausziehen und lange streicheln. Das Mädchen blickte ihm von Zeit zu Zeit lächelnd ins Gesicht und flüsterte ein paar Worte, die er nicht verstehen konnte, doch ihre Stimme war unglaublich sanft, ihre Hände waren so weich und zart, dass er ihre Berührung kaum spürte. Und als sie ihn mit Lippen, so feucht und frisch wie die Blätter eines Veilchens, küsste und ihre starken Brüste an ihn presste, dachte er, dass so wohl die Körper der Göttinnen beschaffen sein mussten, die weder Leid noch Mühsal kannten, und er dachte an Antinea, die einzige, die er in seinem Leben lieben würde: Ihre Hände waren sicher durch die harte Arbeit schwielig geworden und ihre Haut von der Sonne verbrannt, doch ihre Augen … ihre Augen leuchteten vielleicht noch, grün, wie die Wiesen des Taygetos.

VI
DAS BRONZEHAUS

Nachdem sie mit der Nachricht des Statthalters von Kelainai aufgebrochen waren, reisten Kleidemos und Lahgal ohne Unterbrechung etwa einen Monat und erreichten Sardes am Ende des Sommers. Als sie aufgebrochen waren, waren die Felder noch grün gewesen, und nun, da sie zurückkehrten, hatten die Bauern das Korn bereits auf der Tenne gedroschen, schwenkten es und warfen es mit ihren Heugabeln in die Luft, damit der Wind die Spreu vom Weizen trennte. In der Nähe eines Bauernhofes stieg Kleidemos vom Pferd, band das Tier an einen Pfahl der Umzäunung und machte Lahgal ein Zeichen, näher zu kommen. Dann nahm er ihn am Arm und führte ihn hinter einen Pappelwald.

»Lahgal«, sagte er zu ihm, »es ist der Moment gekommen, in dem wir uns trennen müssen, denn in Sardes könnte dich jemand wieder erkennen. Ich werde Pausanias berichten, dass ich seinen Befehl ausgeführt habe, aber du musst für immer verschwinden.«

»Das werde ich tun, Zwei-Namen«, erwiderte der junge Mann, »danke, dass du mir das Leben gerettet hast, ich werde es niemals vergessen.«

»Wo wirst du hingehen?«, fragte Kleidemos.

»Ich weiß nicht, für einen Sklaven auf der Flucht ist es nicht leicht, einen sicheren Ort zu finden. Vielleicht nach Süden, nach Patara, dort könnte ich mich gen Westen einschiffen. Ich habe gehört, dass Sizilien ein schönes und reiches Land sein soll. Das Geld, das du mir gegeben hast, müsste genügen, um die Schiffsreise zu bezahlen.«

»Das scheint mir eine gute Idee zu sein. Dort unten

wird dich niemand finden, doch du musst dir einen neuen Namen suchen.«

»Ja, so wie du. Pausanias hatte mir übrigens schon einen griechischen Namen gegeben, weil er meinen nicht aussprechen konnte. Hast du nie gehört, dass er mich mit dem Namen gerufen hat?«

»Doch, ich glaube schon, ein oder zwei Mal. Aber ich erinnere mich nicht …«

»Argheilos, er nannte mich Argheilos, aber mir gefällt der Name nicht. Ich werde mir einen anderen Namen suchen.«

Die beiden Männer schwiegen eine Weile.

»Dieser Moment ist sehr bitter für mich«, fing Kleidemos das Gespräch wieder an. »Einen Freund wieder finden, um ihn erneut zu verlieren ist immer … sehr traurig.«

»Sag so etwas nicht, Zwei-Namen, hättest du je gedacht, dass du den kleinen Jungen wieder sehen würdest, als du von Zypern fortgingst? Dass an einem grauen, verregneten Morgen der kleine Junge plötzlich als Mann vor dir stehen würde, auf einem öden Feld in Thrakien, unter einer einsamen Eiche? Wer weiß, Zwei-Namen, das Schicksal der Sterblichen liegt in Zeus' Händen. Vielleicht sehen wir uns eines Tages wieder.«

»Vielleicht«, flüsterte Kleidemos.

»Also … lebwohl«, sagte Lahgal mit einem leisen Zittern in der Stimme.

»Willst du einen alten Freund nicht umarmen, bevor du ihn für immer verlässt?«

Lahgal umarmte ihn fest. »Die Götter mögen dich beschützen, Zwei-Namen. Dein Leben war hart, wie auch das meine«, sagte er, ohne ihn loszulassen, »nun kann es eigentlich nur noch besser werden.«

»Möge das der Wille der Götter sein«, sagte Kleidemos und löste sich aus der Umarmung. »Und nun geh.«

Lahgal sprang auf seinen Esel und schlug die Fersen in

seine Flanken, worauf der Esel lostrabte. Er ritt durch die grünende Ebene und verschwand hin und wieder hinter einer der vielen Spreuwolken, die die Bauern in die Luft warfen. Kleidemos sah ihm nach, bis der Wind stärker wurde und den feinen goldenen Staub der leuchtenden Strohhalme aufwirbelte. Er band sein Pferd los, um weiterzureiten, doch während er in den Sattel stieg, war ihm, als trage der Wind ferne Laute zu ihm. Er drehte sich um. Jenseits des Staubes meinte er, auf einem sonnenbeschienenen Hügel eine kleine Gestalt zu sehen, die mit beiden Armen ruderte. Dann hörte er es kurz ganz deutlich »Zwei-Namen!« rufen, doch der Wind änderte seine Richtung und die Gestalt wurde von einer Staubwolke verschluckt, die an den Seiten des Hügels emporkroch.

Pausanias trieb sein Pferd die steile Anhöhe hinauf, die zu einer Ruine führte, die die Leute ›das Grab des Menelaos‹ nannten. Als er dort fast angelangt war, zog er die Zügel an und ließ das Tier Schritt gehen. Er drehte sich um und ließ den Blick über die Straße, die von Sparta herführte, schweifen. Niemand war ihm gefolgt. Er stieg aus dem Sattel, band die Zügel an einem Baum fest und lief zur Ruine, in der überall Wildfeigen wucherten. Die Sonne ging nunmehr in der Ferne, hinter dem Gebirgszug des Taygetos unter. Pausanias betrat das bröckelnde Gemäuer, das Schwert in der Hand, und bahnte sich vorsichtig einen Weg, wobei er sich nach allen Seiten umsah. Ein Pilaster, an dem die Zeit gefressen hatte, versperrte den Blick auf den Hauptraum, der einst die Grabkammer des Monumentes gewesen sein musste und dessen eingestürzte Decke ein Stück Himmel durchscheinen ließ. Er beugte sich behutsam vor und erblickte den Ephoren Episthenes, der auf einem rechteckigen Stein saß. Er verließ sein Versteck und steckte das Schwert wieder in die Scheide. »Sei gegrüßt, Episthenes, wartest du schon lange auf mich?«

»Nein, nicht sehr. Ich bin gestern Morgen in der Stadt

aufgebrochen und habe gesagt, dass ich zu meinem Gutshof reite, der hier ganz in der Nähe ist. Wenn dir keiner gefolgt ist, wird niemand von diesem Treffen erfahren.«

Der König setzte sich ebenfalls auf einen Baumstumpf. »Mir ist niemand gefolgt, sei unbesorgt. Also, was kannst du mir berichten?«

»Der Rat der Ephoren konnte nichts finden, um dich anzuklagen.«

»Und die Krypteia?«, fragte Pausanias misstrauisch.

»Die Krypteia kann selbst dann Beweise konstruieren, wenn es keine gibt, das weißt du auch. Dein Glück, dass in der Stadt noch Gerechtigkeit herrscht.«

»Dann kann ich in Byzanz also wieder mein Kommando übernehmen. Die günstigste Zeit für die Navigation neigt sich dem Ende zu, ich muss so schnell wie möglich aufbrechen.«

Der Ephore runzelte die Stirn. »Hüte dich, Pausanias. Es ist noch nicht vorbei. Auch wenn nichts gefunden wurde, was dich belasten könnte, musst du bedenken, dass die Ephoren und der Ältestenrat gegen dich sind und früher oder später versuchen werden, dich zu stürzen.«

»Aber die Versammlung …«

»Du weißt besser als ich, dass die Versammlung nicht die Macht hat, Entscheidungen zu treffen und es wäre gewiss nicht das erste Mal, dass die Ältesten gegen den ausdrücklichen Willen der Versammlung entscheiden.«

»Was glaubst du, was geschehen wird?«, fragte Pausanias, dessen Gesicht sich plötzlich verfinstert hatte.

»Im Moment nichts, doch ich bin trotzdem sehr besorgt. Die Ephoren müssen dich nicht direkt mit einem Prozess oder einer Absetzung aus dem Weg räumen, sie können dich auch von jemand Anderem vernichten lassen, ohne selbst auf den Plan zu treten.«

»Und wer würde es wagen …«, entgegnete der König.

»Hör mir gut zu«, fiel ihm der Ephore ins Wort. »Du warst sehr lange fort und hast keine Ahnung, was hier alles vorgefallen ist. In Athen wurde Themistokles in einem Volksaufstand, den die Aristokraten geschickt hochgeschaukelt haben, gestürzt und ins Exil gejagt. Nicht einmal der beträchtliche Ruhm seines Sieges bei Salamis konnte ihn retten, also kannst du dir sicher sein, dass auch dir dein Sieg bei Plataä nichts nutzen würde. Die persische Invasion liegt nunmehr weit zurück und die Leute vergessen schnell. Die Demokraten in Athen sind sehr geschwächt und Kimon ist der Mann der Stunde.«

»Der Sohn des Miltiades?«

»Genau der, der Sohn des Siegers von Marathon. Kimon ist intelligent, geschickt und von traditionellem Gedankengut; folglich findet er auch hier Anhänger. Wenn ich das richtig beurteilen kann, liegt ein Einverständnis in der Luft, das auf einen Pakt zwischen der athenischen Adelspartei, deren Kopf Kimon ist, und der spartanischen Regierung hinausläuft. Wenn dieser Pakt Wirklichkeit wird, so fürchte ich, ist für dich kein Platz mehr.«

»Das verstehe ich nicht«, hob nun Pausanias wieder an. »Ich kenne Kimon nicht, doch ich weiß, dass er eine gewisse Wertschätzung für mich hegt und außerdem, sagt man, mache er antipersische Politik. Warum sollte er sich gegen den Sieger von Plataä stellen?«

»Das ist doch logisch, auch wenn es dir vielleicht kompliziert erscheint.« Pausanias vermochte seine Verärgerung nicht zu unterdrücken. »Ein Heer zu führen und eine Lanze zu handhaben ist etwas Anderes, als Politik zu machen. Hör mir lieber zu, ich will dir nur helfen. Natürlich kann Kimon nicht persönlich etwas gegen dich haben, weil er dich sicherlich als einen großartigen Feldherrn ansieht. Doch wenn er ein Bündnis mit Sparta anstrebt und Sparta gegen Pausanias ist, so muss sich auch Kimon gegen Pausanias stellen. Mit Themistokles an der Macht hatte sich die Beziehung zu Athen derart verschlechtert, dass die Gefahr eines Krieges bestand. Nun aber wurde Themistokles aus dem Weg geräumt und Kimon ist bereit, mit Sparta ein neues Bündnis gegen die Perser zu schließen. Wenn die patriotische Absicht, die Barbaren zu bekämpfen, auch die etwas praktischere Absicht, die Demokraten zum Schweigen zu bringen, zufrieden stellt, kann uns das gleich sein. Bedeutende Männer und großartige Strategen sind schon oft für weniger geopfert worden.«

Pausanias ließ die Hände entmutigt in den Schoß sinken. »Aber sag mir wenigstens den wahren Grund, warum die Ephoren und die Ältesten mich vernichten wollen«, sagte er und hob den Kopf.

»Es gibt viele Gründe, Pausanias, und leider sind sie alle einsehbar: Da König Pleistarchos noch ein Kind ist, bist du praktisch der richtige König. Du kontrollierst die Meerenge, indem du Byzanz besetzt hältst, und damit ist der Handelsweg für das Getreide, der von Pontos nach Griechenland führt, in deiner Hand. Du hast großen Einfluss auf die Gleichen, die in deinem Heer gekämpft haben, und folglich unterstützt dich die Mehrheit der Versammlung. Außerdem sind Gerüchte in Umlauf. Man sagt, dass du dich in Byzanz wie ein orientalischer König aufführst, dich in persische Tücher hüllst und dich mit den Kommandanten der Barbaren berätst, statt deine Regierung hinzuzuziehen. Darüber hinaus unterstellt man dir Sympathien für die athenischen Demokraten und direkten Kontakt zu Themistokles, was allerdings nicht bewiesen ist. Und schließlich fand jemand den persönlichen Schutz, den du diesem Talos gewährst, verdächtig ...«

»Sein Name ist Kleidemos, Sohn des Aristarchos, Kleomenide!«, platzte Pausanias verärgert hervor.

»Wie du willst«, sagte Episthenes mit einem leichten Anflug von Mitleid. »Tatsache ist jedoch, dass dieser Mann nun ein hoher Offizier des spartanischen Heeres ist, wir aber nicht wissen, welche Beziehungen er zu den Heloten hatte.«

»Was für Beziehungen soll er denn gehabt haben! Er hat vier Jahre in Thrakien gekämpft und ist nur für wenige Wochen nach Byzanz zurückgekehrt. Kleidemos hat sich in Plataä wie ein Held geschlagen und ist einer meiner besten Offiziere.«

»Ich verstehe dich ja, doch du weißt sehr wohl, dass jegliche Beziehung zwischen Spartiaten und Heloten, die – sagen wir mal – von der traditionellen Norm abweicht – mit Argwohn betrachtet wird.«

»Kleidemos ist kein Helot.«

»Das weiß aber keiner. Im Grunde hat er zwanzig Jahre mit diesen Leuten zusammengelebt und seine richtigen Eltern praktisch nie kennen gelernt. Jedenfalls habe ich dich nun gewarnt, du weißt, welche Risiken du auf dich nimmst.«

»Ich danke dir, Episthenes, ich werde es nicht vergessen«, sagte der König und stand auf. »Nun aber muss ich gehen, ich will nicht, dass meine Abwesenheit in der Stadt bemerkt wird. Lebwohl.«

»Lebwohl«, gab der Ephore zurück und stand ebenfalls auf, »und sei auf der Hut.«

Pausanias ging hinaus und sah sich um, wartete, bis ein Bauer mit seinem Heukarren hinter einer Straßenbiegung verschwunden war, dann sprang er in den Sattel und galoppierte über die Felder davon.

Kleidemos erreichte Byzanz kurz bevor Pausanias auf einem Kriegsschiff einlief. Als er zur Residenz des Königs kam, wurde er herzlich aufgenommen.

»Ich freue mich, dich zu sehen«, sagte der König und umarmte ihn.

»Ich auch«, sagte Kleidemos und erwiderte die Umarmung.

»Wie war die Reise, hast du Schwierigkeiten gehabt?«

»Nein, die Reise war angenehm und ich habe meine Mission zu Ende geführt.«

»Vollkommen?«, fragte der König und senkte den Blick.

»Vollkommen«, gab Kleidemos kalt zurück.

»Verurteile mich nicht«, sagte der König, »dieser Sklave war mir teuer, doch ich hatte keine andere Wahl. Ich musste jemanden mit dir schicken, dem ich absolut vertrauen konnte, doch ich konnte ihn nicht am Leben lassen. Es steht zu viel auf dem Spiel, da dürfen wir kein Risiko eingehen.« Der König unterbrach sich kurz, dann fragte er verlegen: »Wusste er, dass er sterben würde?«

»Nein«, entgegnete Kleidemos. »Er hat es noch nicht einmal gemerkt.«

»Um so besser. Wie ich dir schon sagte, ich hatte den Jungen sehr gern.«

»Ich verstehe«, erwiderte Kleidemos in einem Ton, der zu verstehen gab, dass er das Thema als abgeschlossen betrachtete.

»Dann sage mir«, begann Pausanias nun wieder, »was Artabazos dir gesagt hat.«

»Der Großkönig wusste den Gefallen, den du ihm erwiesen hast, indem du seine Leute freigelassen hast, sehr zu schätzen und betrachtet das als einen Beweis deiner Aufrichtigkeit. Er vertraut dir und ist bereit, dich in jeder Hinsicht zu unterstützen. Er ist auch bereit, dir ... die Hand einer seiner Töchter zu geben.«

»Sehr gut«, sagte der König mit gespielter Gleichgültigkeit. »Ist das alles?«

»Es gibt nichts Anderes. Ich habe lange mit Artabazos gesprochen und habe herausgefunden, was der Standpunkt der Perser in dieser Sache ist. Sie sind der Meinung, dass nun der Zeitpunkt gekommen ist, zu handeln, denn sie glauben, dass du jetzt auf dem Höhepunkt deiner Macht bist, doch sie wissen nicht, wie lange das so bleiben wird. Sie wissen auch, dass Admiral Themistokles aus Athen verbannt wurde, und ich hatte den Eindruck, dass sie sich darüber freuen würden, wenn sie ihn aufnehmen könnten. Von nun an musst du den Statthalter von Daskyleion über deine Schritte informieren.«

»Unsere Schritte«, entgegnete Pausanias.
»So ist es, mein König«, sagte Kleidemos.
»Du scheinst von dem allen noch nicht überzeugt zu sein, aber vielleicht brauchst auch du, wie der Großkönig, einen Beweis, und ich kann ihn dir geben. Da du ein wichtiger Verbündeter in meinem Plan bist, ist es nur verständlich, dass du Sicherheiten brauchst. In Sparta habe ich jemanden getroffen, der dir sehr nahe steht.«
Kleidemos fuhr hoch: »Wen? Sag es mir, ich bitte dich.«
»Ein bärtiger Riese …«
»Karas!«
»Ja, der.«
»Wie hast du ihn gefunden?«, Kleidemos zitterte, überwältigt von seinen Gefühlen.
»Das war nicht sehr schwierig«, erwiderte der König. »Ich habe einen Heloten aus den Bergen wissen lassen, dass ich Nachrichten von Talos habe und sie einem engen Freund von ihm mitteilen würde. Es vergingen sechs Monate und ich dachte, dass es mir nicht mehr gelingen würde, jemanden zu treffen. Eines Nachts, als ich nach Hause ging, hörte ich hinter mir plötzlich eine Stimme, die sagte: ›Der Freund von Talos ist hier.‹ Ich unterdrückte die Versuchung, mich umzudrehen und sagte: ›Folge mir in ein paar Schritt Entfernung.‹ Ich wusste, dass mich jemand überwachen konnte und wollte kein Misstrauen erregen. Ohne mich umzudrehen und langsamer zu werden gelang es mir, ihm mitzuteilen, wo und wann wir uns treffen konnten, dann hörte ich, wie seine Schritte sich entfernten. Wenige Tage später traf ich ihn in einer verlassenen Hütte auf einer meiner Ländereien. Unsere Unterhaltung dauerte sehr lang und war schwierig, denn dieser Mann ist ausgesprochen misstrauisch. Er wollte einen Beweis, dass du noch am Leben und unter meiner Obhut bist, den ich ihm gab, und schließlich sagte ich ihm, dass du so bald wie möglich zurückkehren und unseren Plan in die Tat umsetzen würdest.«

»Aber woher wusstest du, dass du ihm trauen kannst?«, fragte Kleidemos.

»Dieser Mann war mit dir in Platää«, erwiderte Pausanias ruhig, »und außerdem weiß ich, dass er die Frau, die du Mutter nennst, ein paar Mal auf dem Taygetos besucht hat. Als ich dir in Byzanz vor ein paar Monaten das erste Mal davon erzählte, konntest du deine Erregung kaum verbergen. Dieser Mann ist sehr wichtig für dich, nicht wahr?«

»So ist es«, gab Kleidemos zu.

»Willst du mir nicht sagen, wer er in Wirklichkeit ist?«

»Ich weiß es selbst nicht, wirklich«, erwiderte Kleidemos. »Er tauchte auf dem Berg auf, als mein Großvater Kritolaos starb. Als ich ihn kennen lernte, gab er mir zu verstehen, dass er gekommen war, um auf mich aufzupassen und mir zu helfen. Er kannte das Geheimnis des großen Bogens.«

»Der Bogen mit dem Kopf des messenischen Wolfes ...«

»Ja, aber nicht nur das. Er kannte noch ein anderes, noch schrecklicheres Geheimnis, das ich dir jedoch nicht verraten kann. Ich selbst habe Angst davor. Aber erzähl mir lieber, was Karas dir gesagt hat.«

»Dass er bereit sei, jedoch keinen Finger rühren würde, wenn du nicht selbst kommen und meine Worte bestätigen würdest.«

»Sonst hat er nichts gesagt?«

»Nein. Als er zu Ende gesprochen hatte, ist er aufgestanden und gegangen. Ich habe ihn nicht wieder gesehen.«

Während der König sprach, dachte Kleidemos an die vergangene Zeit, sah die Augen seiner Mutter, die voller Tränen waren, sah das raue Gesicht von Karas und seinen Stierkopf, hörte seine tiefe Stimme und sehnte sich aus tiefster Seele danach, zurückzukehren.

»Wann kann ich zurück?«, fragte er den König mit ängstlichem Blick.

»Du musst Geduld haben«, erwiderte der König und legte ihm eine Hand auf die Schulter. »Ich weiß, was du empfindest und wie übermächtig dein Wunsch ist, zurückzukehren, aber du weißt, dass wir noch viele wichtige Dinge erledigen müssen. Zu allererst musst du dem Statthalter in Daskyleion meine Antwort für den Großkönig bringen. Sobald wir das Gold der Perser haben, werde ich ein Heer einberufen und eine Flotte ausstatten. So werden wir nach Sparta zurückkehren. Wir werden die Heloten aufwiegeln und auch die Gleichen auf unsere Seite ziehen. Schließlich habe ich sie in Platää geführt.«

Kleidemos senkte den Kopf. »Wie du willst. Wann soll ich aufbrechen?«

»Bald. Wir haben nicht mehr viel Zeit. Du wirst dich auf den Weg machen, noch ehe der Mond am Himmel steht.«

Kleidemos brach also auf, doch das war nicht die einzige Mission, die ihn nach Daskyleion führte. Im Laufe des Winters kehrte er mehrere Male dorthin zurück, und immer traf er tausend Vorsichtsmaßnahmen. Zu Beginn des darauf folgenden Frühlings geschah das, was Pausanias selbst gefürchtet hatte: Die athenische Flotte unter dem Kommando von Kimon tauchte an der Mündung des Bosporus auf und der Admiral schickte ihm den Befehl, sofort die Stadt zu verlassen. Der Befehl war von den spartanischen Amtsgewalten gegengezeichnet worden. Pausanias versuchte zunächst, Widerstand zu leisten, doch dann wurde er sich bewusst, dass er der Seeblockade nicht allein würde Stand halten können. Außerdem traute er den Söldnern, die er mit dem persischen Gold angeworben hatte, nicht allzu viel zu. Nachdem er Byzanz verlassen hatte, marschierte er in Troas ein und bezog in einem Ort in der Nähe von Daskyleion Aufstellung, wohin Kleidemos ihm kurz darauf folgte.

Die Lage spitzte sich für ihn immer mehr zu und die Perser begannen, ihn mit einer gewissen Ablehnung zu behandeln. Ihm blieb nichts Anderes übrig, als zu versuchen, seinen Plan in Sparta zu Ende zu führen. Der Moment war gekommen, in dem Kleidemos Asien verlassen und nach Lakonien zurückkehren sollte. Der offizielle Grund sollte lauten, dass er nicht mehr die Absicht habe, einem Kommandanten zu gehorchen, der der Regierung entsagt hatte, und dass er zurückkehre, um sich den Ephoren und dem Ältestenrat zur Verfügung zu stellen.

»Lebwohl, Kleidemos«, sagte der König und drückte ihm die Hand, »alle Hoffnungen sind nun in dich gesetzt. Verliere nicht den Mut. Ich werde zurückkommen und du wirst sehen, dass noch nicht alles verloren ist.«

»Lebwohl, mein König«, erwiderte Kleidemos. »Ich werde im Haus der Kleomeniden auf dich warten. Dort werden wir uns wieder sehen, wenn es der Wunsch der Götter ist.« Dann stieg er auf sein Pferd und preschte im Galopp über die Straße nach Kyzikos davon.

Pausanias hingegen ging zu Fuß zum Hauptquartier und führte sein Pferd am Zügel. Es war ein schöner Tag, große weiße Wolken schwebten über einen klaren Himmel und die Brise blies, angespannt wie ein Bogen. Ein ideales Wetter, um nach Griechenland zu segeln, dachte der König von Sparta und drehte sich um, um die Weite der Ägäis zu betrachten, die in der Ferne glitzerte wie ein Spiegel, den eine Göttin hatte fallen lassen. Da schob sich eine Wolke vor die Sonne und der König setzte langsam seinen Weg fort.

Kleidemos ging in Gytheion von Bord. Er ließ sein Pferd ausladen und machte sich auf den Weg nach Sparta.

Da er in den frühen Morgenstunden aufgebrochen war, rechnete er damit, noch vor Sonnenuntergang die Stadt vor sich auftauchen zu sehen. Dann konnte er noch bei den Ephoren vorsprechen und ihnen unterbreiten, was er mit Pausanias besprochen hatte. Schon bald erreichte er das rechte Ufer des Eurotas und folgte den ganzen Tag lang seinem Verlauf, bis er am frühen Nachmittag in die Nähe der Stadt Pharis kam und die Bergrücken des Taygetos vor ihm auftauchten. Er betrachtete lange die Berge, erforschte mit dem Blick die Gipfel, die Schluchten, die Wälder und versuchte, sich die genaue Stelle vorzustellen, an der ihn, wie er hoffte, noch die Frau erwartete, die er nie aufgehört hatte, Mutter zu nennen.

Er zog ein Stück Brot und etwas Käse aus dem Quersack, um sich zu stärken, löschte seinen Durst am Fluss und bereitete sich darauf vor, in die Stadt zu reiten.

Er legte Brustpanzer und Beinröhren an, nahm den Schild mit dem Drachen aus dem ledernen Schutzüberzug und befestigte ihn am Sattel, dann setzte er den Helm mit den drei schwarzen Federbüschen auf und ritt so vor das Stadttor. Eine Wache erblickte ihn von seinem Turm aus und staunte. Der Krieger, der in seiner funkelnden Rüstung auf seinem schönen, nesaischen Schlachtross feierlich angeritten kam, sah für einen Augenblick aus wie der große Aristarchos, der aus der Unterwelt zurückgekehrt war. Erst als er ganz nah herangekommen war, wurde ihm klar, wer das wirklich war. Er blickte ihm nach, bis er die Häuser erreicht hatte und im Labyrinth der Gassen verschwand.

Kleidemos schlug den Weg zum Ratssaal ein und ließ sich von der Wache ankündigen: »Sag ihnen, dass Kleidemos, Sohn des Aristarchos, Kleomenide, Kommandant des vierten Bataillons in Thrakien darum bittet, empfangen zu werden.« Kurz darauf wurde er dem Ephoren Episthenes vorgeführt, der ihm lächelnd entgegenkam. »Es ist mir eine Ehre, den Sohn des großen Aristarchos, den edlen Kleidemos, dessen glorreiche Taten in Thrakien uns wohl bekannt sind, in seiner Heimat willkommen zu heißen. Die ehrwürdigen Väter des Ältestenrates werden erfreut sein, dich so bald wie möglich empfangen zu dürfen und aus deinem Munde einen ausführlichen Bericht über die Ereignisse in Byzanz zu hören, wie auch über die

Lage des Regenten Pausanias, dessen Verhalten uns in der letzten Zeit Anlass zur Sorge gegeben hat. Ich werde dich selbst darüber in Kenntnis setzen, wann du vorsprechen sollst. Doch nun wirst du erst einmal zu den Unterkünften deines Bataillons begleitet, damit du dich ausruhen und stärken kannst. Ich werde mich darum kümmern, dass du bald wieder dein Haus beziehen kannst, das seit Jahren unbewohnt ist. Es ist nur noch ein alter Sklave dort, der es bewacht und dir alles sagen kann, was du über deine Ländereien und über die Heloten, die sie bewirtschaften, wissen möchtest.«

»Danke, Herr, ich werde warten, bis du mich rufst«, sagte Kleidemos und nachdem er salutiert hatte, folgte er der Wache, die ihn zur Syssitie führte.

Er führte das Pferd am Zügel und durchquerte zu Fuß die Stadt, die Viertel Pitane und Limnai. Als er am Fuße der Akropolis vorbeiging, blickte er zur Fassade des Athenatempels, dem Bronzehaus, hinauf und sah sich im Geiste wieder als den Jungen, der damals in Pelias' Mantel gehüllt, Brithos' Auspeitschung beiwohnte – das Herz voller Hass –, und ihm war, als könne er das Schnalzen der Peitsche hören ... als wäre überhaupt keine Zeit vergangen. Während er durch die Straßen der Stadt schritt, hing er weiter seinen Gedanken nach, bis ihn plötzlich die Stimme der Wache aufrüttelte: »Wir sind da, Kommandant, wenn du willst, werde ich dein Pferd zu dir nach Hause bringen und dafür sorgen, dass es jemand versorgt.«

Kleidemos löste den Schild vom Sattel, nahm Sack und Quersack und betrat die Unterkunft, die für ihn vorgesehen war. In dem langen, schmucklosen Saal standen zweiunddreißig Betten und dahinter ebenso viele Truhen. An die Wände waren Lanzen- und Schwerthalter gelehnt sowie eine Reihe von Ständern für Helme und Rüstungen. In diesem großen, tristen Raum wirkten die funkelnden, verzierten Rüstungen eher wie Schmuck als wie Instrumente des Todes.

Ein Helot half ihm, die Rüstung auszuziehen und legte die wenigen Kleidungsstücke und Dinge, aus denen sein Gepäck bestand, ordentlich in eine Truhe und sagte ihm, dass im Nebenzimmer bald das Essen verteilt würde. Kleidemos ließ sich auf sein dürftiges Lager fallen, das der Helot ihm gewiesen hatte. Sein Herz war in Aufruhr. Wie sehr wünschte er sich, zum Haus der Kleomeniden zu laufen, sein Pferd zu nehmen und in die Berge zu galoppieren, um die Lichtung, die Hütte wieder zu sehen, »Mutter!« zu rufen, so laut, dass es jeder hören könnte, sogar Kritolaos, der am Waldrand begraben war. Er würde zur Quelle aufsteigen, zur Zufluchtsstätte von Karas, spüren, wie seine Knochen unter der kräftigen Umarmung knacken würden … o allmächtige Götter, würde Karas dort sein, um auf ihn zu warten? Würden sie wieder gemeinsam zur Jagd gehen, den Bogen des Königs holen, der unter der Erde verborgen war? Und vielleicht wüsste Karas … nein, ganz sicher würde er wissen, wo Antinea war … er würde ihn fragen und sofort zu ihr laufen. Du bist doch verrückt, dachte er da sogleich und fuhr sich mit der Hand über die Stirn. Idiot, was erwartest du denn? Bestimmt ist sie die Frau irgendeines Hirten oder Bauern geworden und du wirst ihren von der Mühsal und den Schwangerschaften verformten Körper nicht wieder erkennen, ebenso wenig wie ihre Seele, die zunächst durch das lange Warten enttäuscht worden ist, um dann zu resignieren und von jahrelanger Sklaverei gezähmt zu werden.

Dennoch hatte er das Gefühl, sehen zu müssen, dass in ihrem Innersten immer noch das Feuer von einst brannte, weil ein Teil ihres Herzens die Wiesen der Hochebene des Taygetos niemals verlassen hatte … Ja, er würde Karas wieder finden und sich zu ihr bringen lassen.

Lautes Stimmengewirr riss ihn aus seinen Gedanken und sofort sah er etwa dreißig nackte, junge Männer lachend und scherzend in das Zimmer stürmen. Das waren die Mitglieder der Syssitie, der er zugewiesen worden war. Als die Ersten von ihnen den Neuankömmling bemerkten, blieben sie einen Moment verblüfft stehen, dann trat einer von ihnen vor und rief, an seine Kameraden gewandt, laut, um den Lärm zu übertönen: »Alles in einer Reihe aufstellen, Männer! In einer Reihe, habe ich gesagt! Ihr habt den Kommandanten des Bataillons in Thrakien vor euch, seht ihr nicht den Schild? Ihr steht dem Sohn des großen Aristarchos gegenüber, habt ihr mich gehört?« Dann sagte er zu Kleidemos, der aufgestanden war: »Kommandant, ich bin Aincias, Sohn des Onesikritos, Kommandant der Syssitie. Willkommen bei uns und ... verzeih, wenn ich keinen militärischen Gruß anordne, doch wenn man nackt ist, wie du wohl sehen kannst, verbieten es die Bestimmungen. Aber wenn du eine Minute Geduld hast, können meine Männer ihre Rüstungen anziehen und im Hof paradieren, wenn du willst.«

»Ich danke dir«, erwiderte Kleidemos mit einer Handbewegung, »aber ihr seid sicher müde und hungrig, also rührt euch und macht euch für das Abendessen fertig. Ich werde im Speisesaal zu euch kommen.«

Das Essen stand gleich nach Sonnenuntergang auf dem Tisch und Kleidemos nahm daran teil, obgleich ihm nicht nach Gesellschaft zu Mute war. Er musste sich ganz normal verhalten, damit er nicht unnötig die Aufmerksamkeit der Autoritäten auf sich zog. Kleidemos war überzeugt, dass Pausanias' Plan nunmehr stark gefährdet war. Dennoch schien es das Beste zu sein, weiterzumachen, als wenn nichts geschehen wäre. Sollte die Sache einen positiven Ausgang nehmen, umso besser, wenn Pausanias sich nach seiner Rückkehr nach Sparta jedoch als machtlos erweisen würde, so würde er sicher nicht versuchen, die Heloten aufzuwiegeln und sinnlos in ihr Verderben treiben. Jedenfalls war es angebracht, ein gutes Verhältnis zu den Kriegern aufzubauen. Die Männer des Bataillons in Thrakien waren zu einem großen Teil zurückgekehrt und hatten seinen Ruhm als tadellosen Kommandanten und unermüdlichen Kämpfer verbreitet. Während des Essens bemerkte er sogar, dass ein Satz, den er zwei Jahre zuvor im Feldlager in Thrakien ausgesprochen hatte, bereits die Runde durch alle Kasernen der Stadt gemacht hatte. Damals hatte ein Offizier aus Byzanz, der gekommen war, um das Lager zu besichtigen, eine ironische Bemerkung über seinen lahmen Fuß gemacht und er hatte geantwortet: »Ich bin hier, um zu kämpfen, und nicht, um wegzulaufen.«

Er bemerkte, dass über ihn tausend Gerüchte kursierten und dass seine Männer ihm unzählige Fragen stellen würden, um mehr über ihn zu erfahren. Die jungen Männer wollten vor allem, dass er von der Schlacht an den Thermopylen erzählte, deren einziger Zeuge er nunmehr war. Andere wiederum hätten gern etwas über Pausanias erfahren, ob es stimmte, dass er sich wie die Perser kleidete und wie sie lebte, ob er wirklich ein persönliches Heer habe und nach Sparta zurückkehren würde. Doch was sie am meisten interessierte, war natürlich seine eigene unglaubliche Geschichte, auch wenn keiner darüber zu sprechen wagte: dass er die Wölfe auf dem Taygetos überlebt und seinen Bruder Brithos wieder gefunden hatte, um an seiner Seite in Platää zu kämpfen, und dass er dann seinen Platz unter den Gleichen wieder eingenommen hatte, er, der Lahme, Entrechtete.

Kleidemos jedoch ging nicht auf die Andeutungen ein, die in der Unterhaltung immer wieder auftauchten, und gab damit zu verstehen, dass er zwar ein leidvolles Leben hatte, sich deshalb jedoch nicht für überlegen oder anders hielt. Und das trug ihm die Anerkennung dieser Männer ein, die gewohnt waren, dass selbst die Könige ihr bescheidenes Mahl, ihr einfaches Lager teilten, und die auch stets die Ersten waren, wenn Unannehmlichkeiten auftauchten und Gefahr drohte. Nun kehrte die Unterhaltung erneut zu Pausanias zurück. »Was ich nicht verstehen kann, Kommandant«, sagte ein Krieger mit Namen Boiskos, »wie es sein kann, dass der Sieger von Platää mit den Persern anbändelt. Ich habe fast den Eindruck, dass jemand seinen Ruhm und seinen Ruf zerstören will, um ihm seine Macht streitig zu machen. Was sagst du dazu?«

Kleidemos überlegte einen Moment, wog seine Antwort gut ab, dann sagte er: »Freund, niemand hat bewiesen, dass diese Gerüchte begründet sind. Zu glauben, dass jemand sie absichtlich in die Welt gesetzt hat, nun, auch das scheint mir ein Gerücht zu sein, da es auch dafür keine Beweise gibt. Was mich betrifft, so hat Pausanias mich mit Wohltaten bedacht und mir die Ehre seiner Achtung erwiesen, und dafür bin ich ihm dankbar.«

»Dennoch hast du ihn verlassen, und das hat etwas zu bedeuten.«

»Als ich erfahren habe, dass die Ephoren und die Ältesten ihm das Kommando entzogen haben, begriff ich, dass meine Bürgerpflicht sich nicht mit meiner Dankbarkeit Pausanias gegenüber in Einklang bringen ließ und deshalb bin ich zurückgekehrt.«

»Aber was hat der König jetzt vor?«, fragte sein Gegenüber wieder.

»Ich weiß es nicht …«, erwiderte Kleidemos, »aber ich glaube, er wird zurückkehren, wenn auch nur, um sich zu verteidigen und eine Erklärung abzugeben.«

Niemals wäre er darauf gekommen, dass zur gleichen Zeit, in den Verließen des Ratssaales, die gleiche Frage in ungleich bedrohlicherem Ton gestellt wurde, und zwar von einem Offizier der Krypteia an einen gefolterten Mann, der in Ketten gelegt, mit blauen Flecken übersät war und Blut spuckte … Karas.

»Wir wissen, dass du dich heimlich mit Pausanias getroffen hast und glauben dir nicht, dass ein König von Sparta sich ohne guten Grund mit einem elenden Sklaven trifft!«

»Ich habe euch doch schon gesagt, dass der König mir

nur Nachrichten von dem bringen wollte, den wir Talos nennen und den ihr Kleidemos nennt«, entgegnete Karas mit erloschener Stimme.

»Heimlich, in einer heruntergekommenen Hütte, im Schutze vor neugierigen Blicken?«, fragte der Offizier mit einem höhnischen Grinsen und schlug brutal mit der Peitsche zu. Karas stöhnte vor Schmerz und biss die Zähne zusammen. »Habt Erbarmen«, sagte er, sobald er wieder zu Atem kam, »ich habe nichts Böses getan. Ein Diener des Königs kam zu meiner Hütte und sagte mir, dass Pausanias mich sprechen wolle, weil er Nachrichten von Talos habe. Ich weiß nicht, warum er mich an jenem Ort treffen wollte. Vielleicht dachte er, es sei unangebracht, einen Mann wie mich an einem gut besuchten Ort oder gar bei sich zu Hause zu treffen. Er sagte mir nur, dass Talos ihn gebeten habe, mich suchen zu lassen, damit ich seine Worte zu der Frau brächte, die ihn großgezogen hat.«

»Und du willst mir wirklich erzählen, dass ihr über nichts Anderes gesprochen habt?«, brüllte der Offizier. »Sprich, Verfluchter, oder du kommst hier nicht mehr lebend raus!«

Karas hob seine schweißnasse Stirn. »Herr«, keuchte er, »ihr wisst sehr wohl, dass ich euren König nie zuvor gesehen habe, warum also sollte ich für ihn diese Folter über mich ergehen lassen? Ich würde euch alles sagen, damit ihr mich frei lasst.«

Der Offizier blickte fragend zum Ephoren Mnesikles, der dem Verhör beiwohnte und der in dem Moment aus einer dunklen Ecke heraustrat, in der er sich die ganze Zeit halb versteckt hatte. »Dieser Mann hat im Grunde Recht«, sagte er in einem Ton, der Karas erschauern ließ. »Warum sollte er den Schmerz ertragen und … sein Leben für den Spartanerkönig riskieren, den er kaum kennt und gewiss nicht liebt? Wir wissen jedoch«, fuhr er fort, während er die Peitsche aus der Hand des Offiziers nahm und sich dem Gefangenen näherte, »dass dein Freund Talos all die Jahre Pausanias' vollstes Vertrauen hatte, und um ihn zu schützen, würdest du doch sicher jede Tortur hinnehmen, ist es nicht so?«

Karas hob die in Ketten gelegte Hand, um seine Stirn abzuwischen und einen Moment zum Nachdenken zu gewinnen, um nicht in die Falle zu gehen und sich nicht zu verraten, dann sagte er: »Ich weiß nicht, wovor ich ihn beschützen sollte, doch selbst wenn ich es wüsste, würde ich es nicht tun. Für die Leute in den Bergen gibt es keinen Talos mehr. Der Mann, den ihr Kleidemos nennt, ist für mich ein Niemand, und wenn ihr mich fragt, würde ich es vorziehen, ihn nie wieder zu sehen. Doch die Frau, die ihn großgezogen hat und eine Mutter für ihn war, hätte ihr Leben gegeben, nur um zu wissen, dass er lebt und dass es ihm gut geht. Deshalb habe ich mich darauf eingelassen, den König zu sehen.«

»Du lügst!«, schrie der Ephore und schlug ihm den Griff der Peitsche auf die Nase. Ein Blutstrom schoss aus dem gequälten Fleisch und ergoss sich über Mund und Brust des in Ketten gelegten Riesen. Karas' Gesicht war zu einer entstellten Maske verzogen, die Augen zugeschwollen, die Lippen von Fäusten aufgeschlagen. Sein Atem war ein gequältes Röcheln.

»Herr«, sagte er mit letzter Kraft, »... ich kann dir nichts sagen, was ich nicht weiß, aber wenn du mir sagst, was du hören willst, werde ich es sagen, um mein Leben zu retten.« Dann sank sein Kopf auf die Brust. Der Ephore trat mit dem Offizier der Krypteia zurück, um sich mit ihm zu beraten.

»Er ist sehr stark«, sagte er, »nicht ein Wort haben wir ihm abgerungen. Oder ... er weiß wirklich nichts. Gerade schien er noch tun zu wollen, was wir verlangen, falls wir Pausanias anklagen wollen ...«

»Ich weiß nicht«, entgegnete der Offizier verwirrt, »vielleicht kennt er unser Gesetz, demzufolge die Zeugenaussage eines Sklaven gegenüber einem Mitglied der

Gleichen keinen Wert hat, und schon gar nicht gegenüber einem Königs. Kann sein, dass er uns nur deshalb das Angebot gemacht hat, um uns loszuwerden, denn vielleicht weiß er, dass wir ohnehin nichts mit seiner Aussage anfangen können.«

»Was denkst du sollen wir tun?«, fragte der Ephore.

»Ihn weiter foltern. Vielleicht haben wir seinen Widerstand noch nicht gebrochen. Letztendlich ist ganz gleich, ob er spricht oder schweigt, wir müssen ihn töten. Im Moment hasst er uns mehr als dass er uns fürchtet und er könnte uns gefährlich werden. Vergiss nicht, dass er gestern Nacht mit bloßen Händen das Joch zerbrochen hat, an das er gefesselt war, und als der Wächter kam, war er gerade dabei, die Gitterstäbe zu verbiegen ...« Der Ephore warf Karas, der nun ohnmächtig schien, einen Blick zu. »Damit bin ich nicht einverstanden. Es gibt schließlich Menschen, die sich nicht unter der Folter beugen, und er scheint einer von ihnen zu sein. Wenn wir ihn töten, werden wir nie erfahren, was er vor uns geheim hält. Du musst die Folter bis an die Grenzen des Möglichen treiben, der Schmerz muss ihn vernichten, er muss Angst bekommen.« Mit einer Kopfbewegung deutete er auf ein Eisen, das in einem Kohlenbecken erhitzt wurde. »Du weißt, was ich meine.« Der Offizier nickte. »Wenn er dann immer noch Widerstand leistet, lass ihn frei, aber lass ihn verfolgen, verliere nicht seine Spur, und vor allem benachrichtige mich, sobald er Anstalten macht, sich mit Kleidemos oder auch nur der Frau in den Bergen zu treffen. Du hast schließlich Heloten, die für dich arbeiten, also dürfte es nicht schwierig für dich sein. Wenn unser Verdacht richtig ist, wird er sich früher oder später verraten. Und nun gehe ich, du brauchst mich nicht mehr. Morgen wirst du mir alles berichten.« Er zog die Kapuze über den Kopf und ging.

Der Offizier näherte sich wieder dem Gefangenen und schüttete ihm einen Eimer Wasser ins Gesicht, um ihn zu wecken, dann ging er zum Kohlenbecken. Karas sah alles erst verschwommen, doch dann immer klarer. Panik erfasste ihn und drohte, seine Seele zu zerreißen. Eine Handbreit von seinem Gesicht strahlte ein grelles Licht, er konnte die Hitze spüren.

»Jetzt wirst du reden«, sagte der Offizier ruhig und packte ihn am Schopf.

In einem vergeblichen, verzweifelten Versuch, sich zu befreien, spannte Karas seine Muskeln an, doch sofort zerrissen Krämpfe seine zu hart auf die Probe gestellten Glieder und er rührte sich nicht, sondern versuchte, all seine noch verbliebenen Kräfte, all seinen Mut zusammenzunehmen – wie ein Keiler nach einem ungleichen Kampf mit einer Hundemeute, der sich, ausgeblutet von den Wunden und völlig entkräftet, an einen Baumstamm drängt und darauf wartet, dass ihm die Lanze des Jägers die Kehle durchschneidet.

»Rede!«, brüllte der Offizier und hielt das glühende Eisen noch näher an ihn heran. Karas schnaubte Blut, verzog den speichelbedeckten Mund. »Ich weiß … nichts«, stieß er zwischen seinen krampfartig aufeinander gebissenen Zähnen hervor. Der Offizier packte ihn fester und drückte ihm das glühende Eisen in das linke Auge.

Karas' Schrei explodierte unter der Erde, drang durch die Mauern des Rathauses hinaus auf den Platz und schreckte zwei Hopliten auf, die auf ihre Lanzen gestützt dösten.

Kurz darauf verließ der Offizier der Krypteia das Rathaus und überquerte – ohne den Gruß der Wachen zu erwidern – den leeren Platz und verschwand in der Dunkelheit. Er hatte seine Arbeit gewissenhaft erledigt, wie es ihm aufgetragen worden war. Nun war er überzeugt, dass dieser Unglückselige dort unten im Kerker wirklich nichts wusste. Ein jämmerlicher Hirte konnte nicht so viel Kraft und Zähigkeit aufbringen. Er hatte ihn Glauben gemacht, dass er ihn vollkommen blenden würde und dennoch hatte er nicht gesprochen. Bevor er ohnmächtig zusammenbrach, hatte er in dem übrig gebliebenen, verquollenen Auge eine Panik gesehen, die über jegliche Vorstellung hinausging und deshalb hatte er, bevor er ging, die Fesseln gelöst und die kleine Tür des Gefängnisses, die nach draußen, aus der Stadt hinaus führte, offen gelassen. Er hatte seinen Männern befohlen, dort Posten zu beziehen und ihm zu folgen. Der Ephore Mnesikles hatte Rechte. Wenn dieser Mann das überlebte und wenn er so dumm war, nicht so weit wie möglich davonzulaufen, wenn er wirklich etwas mit Pausanias ausgeheckt hatte, dann würde er sich – von Hass verzehrt – verraten und alles würde ans Tageslicht kommen. Nun konnte er sich in seine Unterkunft zurückziehen und endlich von dem anstrengenden Tag erholen.

Inzwischen erlangte Karas sein Bewusstsein zurück, wachgerüttelt von dem kalten Wind, der von dem offen gelassenen Gang hereinwehte. Ein heftiger Schmerz in der linken Augenhöhle riss ihn in die Wirklichkeit der erlittenen grausamen Verstümmelung zurück und die völlige Dunkelheit, die ihn umgab, ließ ihn zunächst glauben, vollkommen blind zu sein. Da brach er in Tränen aus. Alles war vorbei, er wünschte sich nur noch, dass man ihm einen schnellen Tod schenken würde. Während er in derart finstere Gedanken versunken war, begann sich die Dunkelheit aufzulösen und vor ihm tauchten verschwommen die Umrisse der Gegenstände um ihn herum auf. Er bemerkte, dass er von den Ketten, die von der Wand herabhingen, befreit war. Mühsam stand er auf und sah sich um, sah, dass die kleine Tür geöffnet war und ging hindurch. Lange lief er durch die tiefe Dunkelheit, stolperte hier und da, zuckte angewidert zusammen, wenn er mit dem ekelhaften Ungeziefer in Berührung kam, das diese finstere Höhle bewohnte. Endlich bemerkte er, dass er fast im Freien war, als ein frischer Wind über sein gequältes Gesicht strich und er aus dem Schlund des Ganges die

Sterne Orions leuchten und in dem milchig blauen Himmel flirren sah … das Morgengrauen war nicht mehr fern. Er schlug den Weg zum Taygetos ein: Das gewaltige Gebirge, das noch im Dunkeln lag, nahm ihn schützend auf und verbarg ihn in seinen undurchdringlichen Wäldern.

Pausanias, der seinen Aufenthalt in Troas allmählich nicht mehr vertreten konnte, entschloss sich, zurückzukehren, in der Gewissheit, dass die Ephoren keine Beweise gegen ihn hatten. Doch was die Ephoren vergeblich über Karas in Erfahrung bringen wollten, wurde ihnen von jemandem angeboten, den sie noch nicht einmal kannten.

Sie glaubten, dass Pausanias über einen der Heloten – die in seinem Hause dienten und die sie bereits mit Drohungen und Versprechen auf ihre Seite gezogen hatten – versuchen würde, zu Karas Kontakt aufzunehmen, oder aber zu Kleidemos, den sie ebenfalls ständig überwachten.

Pausanias, der sich seiner Lage bewusst war, fühlte sich wie ein Löwe im Käfig. Alle mieden ihn und er hatte keine Gelegenheit, einen von denen zu treffen, auf die er hätte zählen können, auch wollte er Kleidemos nicht in Gefahr bringen, der – wie er glaubte – von den Spionen der Krypteia umgeben war. Er beabsichtigte, sich erst einmal der Gewalt der Ephoren und der Ältesten zu unterwerfen und darauf zu warten, dass sich die Lage mit der Zeit wieder zu seinen Gunsten wenden würde.

Eines Morgens, vor Sonnenaufgang, hörte der Ephore Mnesikles, wie es an die Tür pochte. Er öffnete und fand sich einem jungen Ausländer mit dunkler Haut gegenüber, dessen Gesicht halb unter einer Kapuze verborgen war und der ihn sprechen wollte.

»Ich heiße Argheilos«, sagte er. »Ich stand in Byzanz im Dienste von König Pausanias. Ich habe dir Dinge von höchstem Interesse zu erzählen.«

»Komm herein«, sagte der Ephore und schloss hinter

ihm sofort die Tür. Er bat ihn, Platz zu nehmen und der junge Mann legte Mantel und Kapuze ab. Er war Ausländer, ganz ohne Zweifel, vermutlich ein Asiate.

»Dein Name ist griechisch«, sagte der Ephore, »aber du siehst fremdländisch aus.«

»So ist es«, erwiderte der junge Mann, »mein richtiger Name ist Lahgal und ich bin Syrer. Ich war jahrelang bei König Pausanias und habe ihm treu gedient, doch nun bin ich hier, um ihn zu verraten … Ich bin kein Spion, glaubt mir, sondern ein Mann, der eine ungeheure Ungerechtigkeit rächen will. Zum Dank für meine Treue wollte der König mich töten lassen, damit die Intrigen, die er mit dem Großkönig einfädelt, geheim bleiben.«

»Was du sagst, ist sehr ernst«, sagte der Ephore. »Ist dir klar, dass du einen König von Sparta des Hochverrats anklagst? Sei auf der Hut: Wenn du deine Beschuldigungen nicht beweisen kannst, riskierst du dein Leben.«

»Ich kann alles, was ich gesagt habe, beweisen, wenn du willst«, erwiderte Lahgal.

»In dem Fall ist es nur recht und billig, dass die Wahrheit so schnell wie möglich ans Licht kommt. Sag mir alles, was du weißt Und du sollst es nicht bereuen, uns geholfen zu haben, einen schändlichen Verrat zu vereiteln.«

Lahgal erzählte alles, was er in den Jahren mit Pausanias gesehen und mitbekommen hatte, er erzählte auch von der Reise nach Kelainai, doch er erzählte eine Version, die Kleidemos' Rolle in dem Ganzen entlastete.

»Du kennst Kleidemos, den Kleomeniden, also gut«, sagte der Ephore, »wir wissen, dass Pausanias ihn sehr schätzte und ihm wichtige Aufgaben übertrug.«

»Ich kenne ihn«, sagte Lahgal. »Ich selbst habe ihm einige Male die Anordnungen des Königs überbracht, als er das Bataillon von Thrakien kommandierte, doch ich kann dir versichern, dass er von Pausanias' Verrat nichts wusste. Der König hatte ihm befohlen, mit mir nach Kelainai zu kommen, um die Standorte der Perser im Landesinneren zu studieren. Der Vorwand lautete, eine Militärspedition vorzubereiten, um die Perser hinter den Halys zurückzudrängen. Nur ich kannte den wahren Grund der Mission: Nämlich Artabazos mitzuteilen, dass Pausanias bereit war, gegen Sparta zu ziehen und dass er dafür Geld und Männer vom Großkönig benötigte. Kleidemos hingegen hatte eine Nachricht, in der stand, dass ich ein persischer Spion sei. Nach Beendigung der Mission, wenn meine Dienste als Übersetzer nicht mehr von Nöten gewesen wären, hätte er mich töten sollen. Doch es gelang mir, die Nachricht zu lesen, während er schlief und so floh ich.«

»Gut«, hob der Ephore wieder an, »nun wisse, dass du als Ausländer nicht gegen einen Mann aus der Kaste der Gleichen und schon gar nicht gegen einen König aussagen kannst, und Pausanias ist sowohl das eine als auch das andere, selbst wenn seine Regierungszeit sich dem Ende neigt, denn Prinz Pleistarchos kommt bald in die Pubertät. Wir müssen Pausanias also dazu bringen, in Gegenwart spartanischer Vollbürger, die als Zeugen aussagen dürfen, zu reden. Höre meinen Plan: Auf der Halbinsel Tänaron steht ein altes, verlassenes Haus. Du musst Pausanias irgendwie wissen lassen, dass du zurückgekehrt bist und an jenem Ort auf ihn wartest. Er wird ganz bestimmt kommen. Bringe ihn zum Reden, sodass ein paar Zeugen, die sich hinter einer falschen Wand verstecken werden, ihn hören können. Den Rest übernehmen wir. Nun geh, es ist nicht gut, wenn du noch länger bleibst; versuche, dich versteckt zu halten und nicht aufzufallen. Natürlich wirst du für den Dienst, den du uns erweist, eine Belohnung bekommen. Doch wie du sicher wissen wirst, tragen die Gleichen kein Geld bei sich, deshalb kann ich dich noch nicht bezahlen, ich werde mir jedoch welches besorgen. Was ziehst du vor, athenisches Geld, oder lieber euböisches … oder vielleicht kyzikenisches?«

»Ich mache das nicht, um eine Belohnung zu bekommen«, erwiderte Lahgal. »Deshalb werde ich dein Geld auch nicht annehmen.« Damit stand er auf, bedeckte sich den Kopf und ging hinaus.

Drei Tage später fand Pausanias in seinem Haus eine Nachricht vor, doch keiner der Sklaven konnte ihm sagen, wer sie gebracht hatte. Was in der Nachricht stand, erfüllte den König mit Entsetzen, und er fühlte sich verloren: Lahgal war am Leben, also hatte Kleidemos ihn angelogen oder geradewegs verraten. Zunächst dachte er an Flucht, doch dann wurde ihm klar, dass er damit seine Schuld eingestanden hätte. Und wer hätte schon einem Mann auf der Flucht, nunmehr gänzlich entmachtet, Unterschlupf gewährt? Besser war es, sich der Situation zu stellen. Wenn es wirklich Lahgal war, der die Nachricht geschrieben hatte – und einige Sätze ließen daran keinen Zweifel –, so gelang es ihm vielleicht, ihn zu überzeugen oder zumindest von ihm in Erfahrung zu bringen, wer sein Geheimnis noch kannte. Also ging er zu der Verabredung. Den Ort kannte er. Es handelte sich um einen alten, halb verfallenen Wachturm, der fast an der Spitze der Landzunge stand, ein trockenes und ödes Fleckchen Erde, an dem unablässig ein rauer Wind ging.

Er stieß die lose in den Angeln hängende Tür auf und vernahm im Halbdunkel des Innenraumes sogleich eine wohl bekannte Stimme.

»Man sagt, dass nie jemand aus der Unterwelt zurückgekehrt ist, nicht wahr, Pausanias? Und doch bin ich hier … aber komm rein, bleib nicht in der Tür stehen.«

»Hör zu«, sagte der König.

»Nein, hör du zu«, entgegnete der junge Mann, der nun aus dem Schatten trat. »Ich bin im Moment stärker als du.« Pausanias legte – vielleicht unbewusst – die Hand auf den Griff seines Schwertes.

»Dummkopf, glaubst du etwa, ich hätte mich nicht bewaffnet, für den Fall, dass du zum zweiten Mal versuchen würdest, mich zu töten?« Pausanias ließ die Arme hängen und senkte den Kopf. »Ich höre dir zu«, sagte er resigniert.

»Ich habe dich hierher gebeten, weil ich wissen möchte, aus welchem Grund du mich zum Tode verurteilt hattest. Weil ich dir treu und tadellos gedient habe, weil ich dich gepflegt habe, wenn du krank warst, weil ich dir wie ein Schatten gefolgt bin, immer und überall hin, weil ich deine Wollust über mich habe ergehen lassen …«

»Ich dachte, du liebtest mich«, unterbrach ihn Pausanias. Lahgal lachte höhnisch: »So weit ist es mit dir gekommen? Du weißt ganz genau, dass es keine Liebe geben kann zwischen dem, der befiehlt, und dem, der dient, sondern nur Gewalt, die von dem einen zugefügt, von dem anderen erlitten wird. Also glaube nicht, dass du auf meine Gefühle zählen kannst, denn es hat sie nie gegeben. Ich habe dir lediglich eine Zeit lang meine vollkommene Hingabe geschenkt als Gegenleistung für die Freiheit, die du mir versprochen hast. Ein ehrlicher Handel, von Mann zu Mann.«

»Ich war aufrichtig, als ich dir die Freiheit versprach und ich hätte mein Wort gehalten.«

»Ich verstehe«, entgegnete Lahgal mit einem spöttischen Grinsen, »du dachtest, wenn du mich aus dem Weg räumst, befreist du mich von allen bösen Gedanken und Sorgen.«

»Mach dich nicht lustig über mich«, unterbrach ihn der König betrübt, »und hör mir zu. Ich kann es dir erklären … wenn du mir versprichst, über meine Worte nachzudenken und dich nicht von Zorn und Wut mitreißen zu lassen. Wenn du mich schon gerufen hast, solltest du auch bereit sein, mich anzuhören.«

»Also sprich«, sagte der junge Mann kalt.

»Ich werde sprechen, doch zuerst will ich wissen, warum Kleidemos mich verraten hat.«

»Dein Herz muss wirklich voller Niedertracht sein«, sagte Lahgal, »wenn du Verrat siehst, wo keiner ist. Kleidemos hat treu deine Anweisungen erfüllt … bis auf einen. Ich habe deinen Befehl gelesen, während er schlief, und bin geflohen. Nicht weil ich fürchtete, dass er mich wirklich töten würde. Er ist ein gütiger Mann, aber ich wollte sein Gewissen nicht auf die Probe stellen. Doch lassen wir das, du weißt, dass ich etwas ganz Anderes von dir hören möchte.«

Pausanias erleichterte diese Antwort sehr. Also war doch noch nicht alles verloren, er musste nur Lahgal überzeugen. Er fuhr fort, ohne zu ahnen, dass er in diesem Moment sein Todesurteil sprach: »Ich wollte deinen Tod nicht, Lahgal, ich schwöre es. Die Perser haben mir diese Bedingung auferlegt. An dem Punkt, an dem ich war, gab es für mich kein Zurück mehr, ich hätte ihr Misstrauen erregt, alles wäre in Rauch aufgegangen, sie hätten mich vielleicht sogar als ihren Feind betrachtet … Das Leben von Tausenden von Menschen stand auf dem Spiel, ich konnte nicht … aber du musst mir glauben, ich habe diesen Befehl gegen meinen Willen und mit unsäglicher Bitterkeit geschrieben. Vielleicht hast du mich in all den Jahren, die du an meiner Seite gelebt hast, über dich ergehen lassen, weil du dachtest, so deine Freiheit erkaufen zu können, aber ich habe dich geliebt, und es kann nicht sein, dass du nicht gemerkt hast, wie ernst es mir war. Sage mir, mein junger Freund, ob ich dir wehgetan habe, oder ob ich dir nicht stattdessen in jeder erdenklichen Weise Gutes getan habe; ob ich dich nicht an meinem Leben habe teilnehmen lassen, an meinen Plänen, meinen Träumen. Du hingegen hast mich betrogen, denn du hast mich glauben lassen, dass du mich liebtest.«

Lahgal sah diesen zerbrochenen Mann an, der nunmehr der Gnade seiner Feinde ausgesetzt war, der Held Platääs, der panhellenische Alleinherrscher, der nunmehr zu einem Schatten seiner selbst geworden war. Der Tonfall seiner Worte schien ihm ehrlich und er war versucht, Mitleid zu empfinden, doch sein Zorn und seine Rachlust hatten ihn zu weit getrieben, und nun gab es kein Zurück mehr. Alles musste sich erfüllen. Daher antwortete er mit trügerischen Worten und Pausanias ging davon, voller Reue, einst den Tod dieses Mannes angeordnet zu haben.

Als er gegen Abend nach Sparta zurückkehrte, überlegte er, wie er zu Kleidemos wieder Kontakt aufnehmen könnte, und seinen Gedanken nachhängend bemerkte er nicht, dass die fünf Ephoren, umgeben von etwa zwanzig bewaffneten Kriegern, vor den Pforten Amykläs standen. Als er näher kam, wurde ihm bewusst, dass sie auf ihn warteten. Der Ephore Episthenes, der hinter den anderen stand, machte ihm ein Zeichen. Da verstand er, dass es vorbei war. Er gab seinem Pferd die Sporen, um zu fliehen, doch einer der Krieger schleuderte seine Lanze, die das Pferd in die Flanke traf und niederstreckte. Pausanias rollte in den Staub, stand jedoch wieder auf und rannte los, seine Verfolger dicht auf den Fersen. Als er in die Nähe der Akropolis kam, sah er sich erschöpft um, auf der Suche nach einem Unterschlupf, doch um ihn herum gab es nichts als feindselige oder gleichgültige Blicke und verrammelte Türen. Im Bronzehaus, das nicht weit von ihm seine Pforten öffnete, suchte er Zuflucht. Niemand würde wagen, den heiligen Ort zu entweihen; keuchend schloss er die Tür und verkroch sich hinter dem Altar.

Da die Ephoren nicht hineinkonnten, um ihn festzunehmen, ließen sie die Türen zumauern und das Dach abdecken. Dort also blieb der König, Tag um Tag, ausgedörrt vom Durst, unter den glühenden Strahlen der Sonne, vom Hunger gequält, unter den gleichgültigen Blicken seiner Feinde, die ihn von den nackten Dachbalken betrachteten und auf seinen Tod warteten. Lange Zeit hörte man in der Nacht seine Schreie, sein Fluchen, und irgendwann wurde es still.

Die Ephoren wurden nun gewahr, dass sie das Bronzehaus auch entweihen würden, wenn sie ihn dort sterben ließen. Also öffneten sie die Türen und brachten ihn hinaus, als er noch am Leben war. Als sie ihn in den Hof hinausgezogen hatten, war er fast nur noch ein Skelett, von

Fieberkrämpfen geschüttelt, und seine glasigen Augen rollten – verrückt vor Angst – in den Augenhöhlen.

Nachdem er in den Staub geworfen worden war, versuchte Pausanias, seinen abgemagerten Arm zu heben, um seine Feinde zu verfluchen, doch seine Kräfte verließen ihn und mit einem letzten Röcheln brach er erschöpft zusammen.

Das waren der Todeskampf und das Ende desjenigen, der bei Platää die Armee des Großkönigs besiegt hatte.

VII
DAS SAKRILEG

Als die Ephoren und der Ältestenrat sich zur Beratung versammelten, entschieden sie zunächst, dass Pausanias' Leichnam in den Fluss Keadas geworfen werden sollte, wie es bei Verrätern Brauch war, doch der Ephore Epithenes, der ein geheimer Freund des Königs gewesen war, bemerkte, dass der Mann zwar die Gesetze der Stadt missachtet und mit den Feinden gemeinsame Sache gemacht hatte, er außerhalb Spartas jedoch immer noch derjenige war, der Griechenland von den Barbaren befreit hatte und unter den Hellenen ein hohes Ansehen genoss. Es sei also nicht angebracht, noch über den Tod hinaus grausam zu sein, stattdessen solle man seinen sterblichen Überresten ein würdevolles Begräbnis zugestehen. Der Vorschlag schien weise, und so wurde er mit seinen Waffen an der Stelle begraben, an der er seinen letzten Atemzug getan hatte.

Dennoch störte der Geist von Pausanias noch eine ganze Weile die Nachtruhe vieler in Sparta. Manch einer behauptete sogar, mitten in der Nacht beim Bronzehaus seine schauerlichen Schreie gehört zu haben, manch anderer versicherte, nach Sonnenuntergang des siebten Tages eines jeden Monats ein metallisches Geräusch in seinem Grab zu hören, als schlage er die Waffen gegen die Wände seiner Gruft. Man beschloss, das delphische Orakel zu Rate zu ziehen, das die folgende Antwort gab:

Der Göttin des Bronzehauses
Habt ihr einen Leichnam genommen.
Den Zorn der Gottheit besänftigt ihr,
Wenn dafür zwei Leichen ihr gebt.

Im Rathaus wurde lange diskutiert, um den Orakelspruch zu deuten. Es wurde vorgeschlagen, zwei Heloten zu opfern, andere wiederum sagten, dass ein Tod nicht noch mehr Tode nach sich ziehen dürfe und man eine andere Art der Entschädigung finden müsse. Schließlich wurde entschieden, dass zwei Statuen gebaut und dem Tempel gewidmet werden sollten, und so glaubten die Ephoren und die Ältesten, mit zwei leblosen, von menschlicher Hand geformten Figuren den Zorn der Götter besänftigt zu haben.

Niemand sprach mehr über diese Ereignisse und ihr Echo verhallte, denn der menschliche Geist vergisst schnell. Doch es stand geschrieben, dass das Blut des Königs zu einem Fluch für die Stadt wurde.

Lahgal verschwand so, wie er gekommen war und niemand hörte je wieder von ihm. Kleidemos, der von nichts wusste, machte sich inzwischen auf das Schlimmste gefasst, als er erfuhr, dass Pausanias im Bronzehaus eingeschlossen worden war, doch niemand suchte nach ihm, auch wurden ihm keine Fragen gestellt. Seine einzige Begegnung mit den Ephoren blieb also die, um die man ihn kurz nach seiner Rückkehr gebeten hatte. Bei der Gelegenheit hatte er lange von seinem Oberkommando, das er in Thrakien innehatte, berichtet, und seine Erzählungen waren von den Männern des vierten Bataillons, das seit einiger Zeit zurück war, bestätigt worden. Das hohe Ansehen seines Namens schützte ihn vor einer erniedrigenden Inquisition und sein Wort als Krieger musste dem, der ihn befragte, genügen. Deshalb zogen die Ephoren es vor, ihn zu überwachen, um zu sehen, ob sich irgendein Grund zur Anklage finden ließe, denn sein enges Verhältnis mit Pausanias und die Tatsache, dass er seine gesamte Jugend mit den Heloten verbracht hatte, hielten – trotz des untadeligen Verhaltens des Sohnes Aristarchos' – das allgemeine Misstrauen aufrecht.

Der Tod des Königs nahm Kleidemos seine letzten

Hoffnungen und der Plan, den Pausanias ihm in Byzanz unterbreitet hatte, schien nur noch ein Traum, der seinem Leben einst wieder Sinn gegeben hatte und der, als er sich auflöste, nur noch Leere in seinem Herzen hinterließ. Er fühlte jedoch, dass er dem Leben nicht mehr entkommen konnte. War er ein weiteres Mal einer Todesgefahr entgangen, so gab es für ihn vielleicht wirklich ein Schicksal, das er erfüllen musste. Er musste also weiterleben, so gut die Umstände es ihm gestatteten, und warten, dass die Ereignisse reiften.

Er machte keinen Hehl aus seinem Wunsch, die Frau um sich zu haben, die ihn auf dem Taygetos großgezogen hatte, und als er das Haus der Kleomeniden in Besitz nehmen durfte, wurde ihm gestattet, seinen Wunsch zu erfüllen. Die Ephoren dachten, dass für sie so noch einfacher wäre, mögliche verdächtige Kontakte zu überwachen.

Zu Beginn des Winters durfte Kleidemos also die Syssitie verlassen, wo er monatelang in Disziplin und unter vollkommener Beachtung der strengen Regeln des Militärs gelebt hatte, um endlich sein Haus und sein Erbe in Besitz zu nehmen.

Er verließ die Kaserne eines Morgens bei Sonnenaufgang, gefolgt von einem Heloten aus dem Haus seines Vaters, der einen Esel mit seinem Gepäck und seinen Waffen beladen hatte. Er verließ die Stadt durch das Osttor und schritt gemächlich voran und sah sich um: In etwa zehn Stadien Entfernung konnte man bereits das Haus der Kleomeniden erkennen, das noch im Schatten lag. Seltsame, widersprüchliche Gefühle nahmen von seinem Herzen Besitz. Er dachte daran, dass er bald das Haus wieder sehen würde, in dem er geboren worden war, in dem er für einen Augenblick Ismene kennen gelernt hatte, die Mutter, die ihm das Leben geschenkt hatte. Und dorthin würden sie ihm bald die Frau bringen, die ihn großgezogen und die Liebe gegeben hatte, die ihm von seiner Mutter verweigert worden war. Sein zerrissenes Herz war voller Ungewissheit. Würde er je die Leute, mit denen er seine Jugend verbracht hatte, wieder sehen? Würde er eines Tages zu ihnen zurückkehren? Kritolaos hatte ihm vor vielen Jahren das Erbe eines Anführers vermacht und an einem geheimen Ort wartete der große Bogen darauf, wieder von Talos, dem Wolf, in Besitz genommen zu werden. In einer dunklen Gruft warteten die Rüstung von König Aristodemos und dessen verfluchtes Schwert darauf, wieder das Tageslicht zu erblicken, doch wann würde jener Tag kommen?

Das Haus der Kleomeniden war nur noch einen Katzensprung entfernt, das Haus des Drachen … das Haus des Aristarchos … seines Vaters. Da, dort unten hatte er ihn zum ersten Mal gesehen, und nie würde er den Schmerz vergessen, der in diesen tiefgründigen Augen wütete, die Verzweiflung, die in diesem Blick lag, als er sich auf diesen lahmen Fuß legte. Er dachte an die Worte von Perialla, der geflohenen Pythia, zurück:

Wolf und Drache werden sich erst mit
unerbittlichem Hass bekämpfen …

In jener sternklaren Nacht auf den Hügeln von Plataä, diese Worte auf Brithos' Lippen … der Wolf des Taygetos und der kleomenidische Drache … Aber Aristarchos war tot, Brithos war tot, wo war nun der Drache, wenn nicht in ihm, im Herzen Kleidemos', des Kleomeniden, zusammen mit dem Wolf von Messenien? Dort gingen die beiden Raubtiere mit stets neuem Zorn aufeinander los, ohne Rast und Ruhe … wie lange noch? Warum hatten die Götter einem verkrüppelten Kind solch ein unmenschliches Schicksal bestimmt?

Er bemerkte, dass der Helot vor dem Haustor stehen geblieben war. Der Hof war von Unkraut überwuchert, das bröckelnde Mäuerchen halb zerfallen, auf dem Hausaltar schimmerten Melas' Knochen. Seit Jahren hatte niemand mehr einen Fuß an diesen Ort gesetzt …

»Weißt du, wo meine Mutter Ismene begraben liegt?«, fragte er den Heloten.

»Ja, edler Herr«, erwiderte der Diener. »Sie ist dort hinten begraben, zwischen den Zypressen«, und er zeigte auf einen klobigen Sarkophag inmitten des Feldes, das das Haus umgab.

»Warte hier auf mich«, sagte er zu dem Heloten und ging zum Grab seiner Mutter. In dem Moment ging die Sonne auf und tauchte das Tal in ihr warmes Licht. Das Haus trat aus den Schatten hervor und die Zypressen schimmerten zart in der Morgenbrise. Kleidemos verweilte lange mit gesenktem Haupt am Grab. Plötzlich, als die strahlende Sonne die klare Luft durchbrach, meinte er – halb bedeckt von dem Moos, das auf dem Grabstein wuchs –, eine Inschrift zu erkennen. Er stand auf, zog das Schwert aus der Scheide und schabte das Moos ab; da war wirklich eine Inschrift, welche lautete:

ISMENE TOCHTER DES EUTIDEMOS
BRAUT DES ARISTARCHOS DEM DRACHEN
ZWEIER TAPFERER SÖHNE
UNGLÜCKLICHE MUTTER

DAS WERTVOLLE GESCHENK
DES LÖWEN VON SPARTA
NEIDETEN DIE GÖTTER IHR

Er rief laut nach dem Heloten, der den Esel anband und sogleich angelaufen kam.

»Wer hat diese Inschrift diktiert?«, fragte er und zeigte auf den beschlagenen Stein. Der Helot betrachtete eine Weile die Inschrift, dann sagte er: »Herr, ich wurde dir als Diener zugewiesen, weil ich lange Zeit die Felder deines Vaters Aristarchos bestellt habe, und die Ältesten haben mich gerufen, damit ich mit einigen Kameraden dieses Grab baue. Ich kann keine Schriftzeichen lesen, doch ich erinnere mich genau, dass nur die ersten vier Zeilen eingraviert worden sind, dessen bin ich mir sicher. Wenn du mir nicht glaubst, so frage meine Kameraden oder konsultiere die Archive des Rates, denn dort gibt es sicher eine Kopie dieser Inschrift, die mit öffentlichen Geldern bezahlt wurde.«

»Bist du dir wirklich sicher?«, fragte Kleidemos noch einmal.

»Es ist, wie ich dir sage, Herr. Aber du kannst dich leicht überzeugen.«

»Ich danke dir«, erwiderte er, »doch nun kümmere dich erst einmal um mein Gepäck und um das Haus, ich komme bald nach.« Während der Diener davonging, betrachtete Kleidemos noch immer die Inschrift: Es gab keinen Zweifel, drei Zeilen waren hinzugefügt worden. Man konnte gut erkennen, dass es sich um eine andere Handschrift handelte, außerdem waren die ersten Zeilen in die Mitte des Steines gesetzt, während die folgenden so weit unten angebracht waren, dass sie fast den unteren Rand berührten. Es war nicht nötig, weitere Zeugen zu Rate zu ziehen. Doch wer konnte diese Worte hinzugefügt haben? Und von welchem Geschenk sprachen sie? Scheinbar enthielten diese Worte eine Botschaft, eine wichtige Botschaft vielleicht sogar. Er musste herausfinden, an wen sie gerichtet war und was sie bedeutete.

Inzwischen ging er zum Haus; der Helot war im Stall, wo er den Esel versorgte. Mit Mühe öffnete Kleidemos die Eichentür, die in ihren verrosteten Angeln knarrte. Das Innere des Hauses war in desolatem Zustand. Die Decke des Atriums war mit Spinnweben übersät und alles war mit einer dicken Staubschicht bedeckt. Fette Ratten verkrochen sich eilig, als er eintrat. Auch die kleomenidischen Helden in ihren Nischen waren mit Staub bedeckt und in Spinnennetze eingewoben, und in der Weihlampe war kein Öl mehr. Er betrat die angrenzenden Räume, sah das, was das Ehegemach seiner Eltern gewesen sein musste.

Von dem großen, alten Bett war lediglich der Rahmen aus massivem Eichenholz übrig geblieben, die Matratze und die Decken waren zu Mäusenestern geworden. Er vernahm das Geräusch von Schritten im Atrium: Der Diener war gekommen, um Befehle entgegenzunehmen.

»Ich möchte, dass das Haus geputzt wird, damit es wieder in seinem alten Glanz erstrahlt, denn ich möchte darin wohnen«, sagte Kleidemos zu ihm und steuerte auf den Saal zu, »und wenn alles aufgeräumt ist, werde ich die Frau rufen lassen, die mich großgezogen hat wie einen Sohn deines Volkes. Wie heißt du?«, fragte der dann den alten Diener.

»Alesos, Herr.«

»Und du weißt, von wem ich spreche?«

»Ich weiß es, Herr. Du sprichst von der Tochter von Kritolaos. Deine Geschichte ist in dieser Stadt wohl bekannt.«

»Um so besser«, fuhr Kleidemos fort. »Ich werde heute Nacht im Atrium schlafen.«

Den Rest des Tages arbeitete er zusammen mit Alesos und den anderen Sklaven, die er von den Feldern hatte holen lassen. Als es Abend wurde, zündete er in der Mitte des Atriums das Feuer an, dann die Weihlampe, und nun schien das Leben in den alten Wohnsitz zurückgekehrt. Er setzte sich mit dem Diener, der ihn begleitet hatte, neben die Feuerstelle.

»Wie alt bist du?«, fragte Kleidemos ihn.

»Über siebzig, Herr.«

»Und wie lange dienst du schon in diesem Haus?«

»Seit ich geboren bin, und ebenso mein Vater und der Vater meines Vaters.«

»Du hast also lange Zeit mit dem Herren dieses Hauses gelebt, mit Aristarchos.«

»Ja, Herr, und solange ich noch kräftig genug war, folgte ich ihm als persönlicher Offiziersdiener in den Krieg.«

»Erzähl mir von ihm … Was war er für ein Mensch?«

»Er war ein großer Krieger, aber nicht nur das. Militärische Tugenden sind in diesem Land nichts Besonderes. Aber er war auch ein gerechter und großherziger Mann, und deshalb konnte er uns vertrauen.« Er stand auf, um noch etwas Holz ins Feuer zu legen, dann setzte er sich wieder und fuhr mit leiser Stimme fort: »Unser Volk mag die Spartaner nicht, Herr …«

»Ich weiß, Alesos, ich habe lange in deinem Volk gelebt.«

»Sie haben eine Schale aus Eisen und Bronze, doch darin steckt kein Herz.«

»Es ist sehr mutig, so mit dem Kommandanten des vierten Bataillons der Gleichen zu reden.«

»Aber dein Vater war ein richtiger Mann. Nie hat er jemanden geschlagen oder erniedrigt.«

»Und was denkst du über mich?«

»Willst du wirklich wissen, was ich denke?«

»Ja, das will ich, du kannst ganz offen mit mir reden.«

»Die Stimme des Blutes kann man nicht auslöschen, und es stand geschrieben, dass du dorthin zurückkehren würdest, woher du gekommen warst. Nur du kennst das Geheimnis deiner Seele, doch ich denke auch, dass Kritolaos' Erbe nicht verloren gegangen ist. Unter der Asche glüht es noch lange weiter und nur Narren glauben, dass das Feuer verloschen ist, doch wenn der Wind wieder zu wehen beginnt, erwacht die Flamme zu neuem Leben.« Kleidemos blickte zu Boden. »Ich weiß nicht, wovon du redest, Alter.«

»Herr, unter deinen Sklaven sind einige, die die traurige Notwendigkeit oder schlichtweg die Angst dazu gebracht hat, zu Augen und Ohren der Mächtigen zu werden, die unser Volk unterdrücken. Hüte dich vor ihnen, denn ich werde dir ihre Namen verraten. Was mich betrifft, so wisse, dass ich Kritolaos kannte und schätzte, so wie ich auch deinen Vater Aristarchos liebte. Du bist eine

Pflanze, die in zwei verschiedenen Feldern verwurzelt ist, doch ich habe beide mit Liebe bestellt und wenn du willst, werde ich es dir beweisen. Es ist recht so, dass du dich um das Haus kümmerst, in dem du geboren wurdest und das Andenken an deinen berühmten und unglücklichen Vater in Ehren hältst. Doch der Weg, den du beschreiten musst, ist im Moment vielleicht sogar dir unbekannt und nur die Götter können ihn dir weisen.«

Kleidemos erhob sich, um das Feuer zu schüren.

»Die Götter kennen den Weg, den wir beschreiten müssen«, sagte er und sah in die Flammen, die in der Feuerstelle kühn hervorzüngelten. »Morgen wirst du in die Berge gehen und mir die Frau bringen, die zwanzig Jahre lang meine Mutter war … Sage ihr, dass ich nie aufgehört habe, an sie zu denken und dass mich nur das Schicksal so lange von ihr fern gehalten hat … und dass ich mit der Liebe eines Sohnes auf sie warte.«

»Noch vor Sonnenaufgang werde ich aufbrechen«, sagte der Diener und erhob sich, »wenn du nun gestattest, werde ich zu Bett gehen.«

»Geh nur«, sagte Kleidemos, »mögen die Götter dir eine angenehme Nachtruhe vergönnen.«

»Auch dir, Herr«, erwiderte der Alte und öffnete die Tür, um hinauszugehen.

»Wird sie kommen?«, fragte Kleidemos, ohne sich umzudrehen, als denke er laut.

»Sie wird kommen«, sagte der Alte und schloss die Eichentür hinter sich.

Kleidemos legte sich neben das Feuer und dachte lange an seine Mutter, die in ihrer Hütte auf dem Berg wartete, und er dachte auch an die Mutter, die für immer in ihrem eisigen Sarkophag schlief, bewacht von schwarzen Zypressen.

Er sah sie von weitem auf dem Rücken des Esels, den Alesos am Zügel führte und erkannte sie sofort: Er ließ die Sichel fallen, mit der er gerade das Unkraut im Hof schnitt, und lief so schnell er konnte, obgleich sein lahmer Fuß ihn in der schlechten Jahreszeit sehr schmerzte. Doch kein Schmerz konnte groß genug sein, ihn in diesem Moment aufzuhalten. Er hob sie von dem Esel und drückte sie lange ganz fest an sich, ohne auch nur ein Wort herauszubringen. Alesos brachte inzwischen den Esel zum Stall.

»Mutter …«, gelang es ihm schließlich zu sagen. »Mutter, wie lange ist das her … deine Haare … sind weiß geworden.« Und er streichelte ihren Kopf und ihr Gesicht, um sie gleich wieder fest an sich zu drücken. Er spürte, wie ihre warmen Tränen über sein Gesicht rannen, dann vernahm er ihre zitternde Stimme.

»Sohn, ich danke den Göttern für ihre Güte, dass ich diesen Tag erleben darf. Seit du fortgegangen bist, habe ich jeden Abend, bevor ich die Tür schloss, zu dem Weg gesehen, der von der Ebene heraufführt, weil ich immer hoffte, dich heraufkommen zu sehen.«

»Oh, Mutter«, erwiderte Kleidemos, »stattdessen musst du als alte müde Frau zu mir kommen …« Er legte ihr einen Arm um die Schultern und ging mit ihr zum Haus. Sie traten ein, schlossen die Tür und in der Einsamkeit des großen Wohnsitzes ließen sie ihren Gefühlen, die sie so lange in ihren Herzen verschlossen gehalten hatten, freien Lauf; ihre Tränen waren süß, und sie blickten einander lange in die Augen, ohne ein Wort zu sagen.

Kleidemos bemerkte, dass die Lippen seiner Mutter nicht mehr den Namen Talos aussprachen, wie er es von ihr erwartet hätte. Sie nannte ihn »Sohn« und gab sicherlich ihr ganzes Herz hinein, in dieses Wort, das für sie das wertvollste Wort ihres ganzen Lebens war, doch den Namen Talos hielt sie in sich verschlossen, wie eine Erinnerung, die man eifersüchtig hütet, um darauf zu warten, dass die Dinge ihren Lauf nahmen. Kleidemos hatte so viele Fragen an sie und doch wagte er es nicht, sie zu stellen. Was war aus Antinea geworden und was hatte sie von Karas gehört?

Er war lange Zeit fort gewesen und hatte keine Möglichkeit gehabt, von sich hören zu lassen. Wie war es möglich, dass die Erinnerung an ihn in den Menschen, die er liebte, lebendig geblieben war? Seine Mutter war es, die zu sprechen begann, ohne dass er gefragt hatte.

»Hast du eine Frau?«, fragte sie.

»Ich hatte viele Frauen in der Zeit, in der ich fort war, aber ich habe keine von ihnen geliebt. Deshalb bin ich immer noch allein.«

»Du bist fast dreißig Jahre alt, Sohn. Du kennst den Brauch: Wenn die Gleichen dieses Alter erreichen, müssen sie sich eine Ehefrau suchen.«

»Mutter, ich habe nie aufgehört, Antinea zu lieben. Wie kann ich mir da eine andere Frau nehmen?«

»Hör zu, Antinea gehört zu unserem Volk und du weißt ganz genau, dass …«

»Wo ist sie? Mutter, sage mir nur, wo sie ist, ich will es wissen.«

»Was würde es dir nützen? Du könntest sie zu deiner Geliebten machen, aber gewiss nicht zu deiner Ehefrau. Die Stadt wird nicht wollen, dass das Geschlecht der Kleomeniden ausstirbt, deshalb wurde dir das Haus deines Vaters zurückgegeben, verstehst du das nicht? Und wenn du dir keine Frau aussuchst, werden die Ältesten von ihrem Vorrecht Gebrauch machen und eine Jungfrau aus einer angesehenen Familie auswählen, sie in dein Haus bringen und sie dir zur Frau geben. Aber wenn du willst, kannst du sie dir vorher ansehen, wenn sie mit nackten Schenkeln auf dem Sportplatz Gymnastik macht …«

»Das ist doch nicht möglich …«, sagte Kleidemos und runzelte die Stirn, »niemand kann mich zwingen …«

»Das stimmt, sie können dich nicht zwingen, zu heiraten, doch sie werden sie solange in dein Bett legen, bis du ihr den Samen der Kleomeniden in den Bauch pflanzt. Du warst lange Zeit fort, ich merke, die Bräuche dieser Stadt sind dir nicht geläufig.

Diese Stadt wurde schon immer von der Angst gequält, dass die Zahl der Gleichen sich verringert. Es gibt Spartiaten, die ihren Vater nicht kennen, obgleich sie ihn jeden Tag treffen. Männer, die sich nicht fortpflanzen können, haben ihre Frauen von berühmten Kriegern befruchten lassen, um starken und robusten Nachwuchs zu bekommen. Auf die gleiche Weise lassen wir eine Stute von dem stärksten Hengst decken, um die Rasse unserer Tiere zu verfeinern. Die Stadt darf nicht zulassen, dass sich die Anzahl der Gleichen verringert, noch dass eine Familie der Gleichen ausstirbt, vor allem, wenn es ohnehin schon wenige Geburten gibt. Deshalb darfst du nicht einmal daran denken, dich wieder mit Antinea zu vereinen.«

Schweren Herzens schwieg Kleidemos. Die Worte führten ihm wieder den Fluch seines Lebens vor Augen, doch wenn er einst in Thrakien den Entschluss gefasst hatte, sich das Leben zu nehmen, so war er nun bereit, zu kämpfen und nicht mehr vor Hindernissen, die unüberwindlich schienen, den Kopf einzuziehen.

»Mutter«, sagte er daher, »ich möchte, dass du mir sagst, was du über Antinea weißt, auch wenn es Dinge gibt, die mich verletzen könnten. Was mich angeht, so weiß ich, was zu tun ist, wenn der Moment gekommen ist.«

»Ich weiß über Antinea nur, was Karas mir erzählt hat. Sie lebt mit ihrem Vater Pelias in Messenien, etwa drei Tagesmärsche von hier entfernt. Pelias ist nunmehr alt und schwach und Antinea ist sein einziger Halt. Ihr Herr Krattippos ist vor drei Jahren gestorben und auch der Sohn ist in der Schlacht gefallen, als die Spartaner in Asien Krieg geführt haben. Die Erträge ihrer Ländereien gehen nun an die Stadt, doch es kann sein, dass sie zurückgerufen und einer anderen Familie zugewiesen werden. Ich kann dir auch sagen – da du es ja wissen willst –, dass Antinea dich nie vergessen hat und sich mit keinem anderen Mann vereint hat. Auch die Liebe zu ihrem Vater hat sie davon abgehalten. Wäre sie mit einem anderen Mann gegangen, hätte sie schließlich Pelias allein lassen müssen, der viel zu alt und schwach ist, um sich allein um den Hof zu kümmern. Sie hätten ihn fortgejagt und er wäre elendig zu Grunde gegangen.«

»Und Karas? Erzähl mir von ihm. Wo ist er jetzt, wann hast du ihn zum letzten Mal gesehen?«

»Karas war all die letzten Jahre meine einzige Stütze, auch wenn er manchmal für lange Zeit verschwand. Doch das hat mir keine Schwierigkeiten bereitet. Die Leute in den Bergen haben Kritolaos nicht vergessen und haben mich immer unterstützt. Leider habe ich seit drei Monaten nichts mehr von Karas gehört und niemand weiß, wo er steckt. Ich habe die Hirten gefragt und auch die Bauern, die manchmal aus der Ebene heraufkommen, doch keiner konnte mir etwas sagen. Anfangs habe ich mir keine Sorgen gemacht, weil er schon oft seine Hütte an der oberen Quelle verlassen hat, aber dann habe ich doch Angst bekommen, weil er mich sonst immer wissen ließ, wenn er für längere Zeit fortging.«

»Wusste er, dass ich zurückgekehrt bin?«, fragte Kleidemos plötzlich traurig.

»Er wusste es. Er hat es mir sogar gesagt. Er sagte, dass wir dich bald wieder in die Arme schließen würden und dass er die ganze Stadt in die Luft jagen würde, nur um dich wieder zu sehen.«

»Das glaub' ich gern«, sagte Kleidemos lächelnd. »Aber dann ist es unerklärlich, dass er verschwunden ist. Doch es gibt im Moment viele Dinge, die mich durcheinander bringen und ich muss nachdenken. Seit ich ein Junge war, bin ich von rätselhaften Dingen und Ereignissen umgeben … seit Kritolaos mich in jener Nacht in den Wald hinaus führte … du weißt wohin, Mutter, nicht wahr?« Die Frau nickte und sah zu Boden. »Und seltsamerweise hat Kritolaos nie deutlich zu mir gesprochen, er hat mir nie gesagt, was er wirklich von mir wollte, und als er starb, kam Karas. Seine Gegenwart war mir immer viel wert, doch auch er hat mich geführt, wie Kritolaos … mehrere Male hat er mir den Weg gezeigt, doch er hat mir nie gesagt, wohin der Weg führte … was genau das Ziel war. Ich kann dir sagen, Mutter, ich weiß nicht, wer er in Wirklichkeit ist. Das Einzige, was ich sicher weiß, ist, dass Kritolaos ihn gerufen haben muss, bevor er starb … Er kennt das Geheimnis des verfluchten Schwertes, er weiß, wo sich die Waffen von König Aristodemos befinden. Doch nun ist der Moment gekommen, in dem ich über das Schicksal meines Lebens bestimmen werde. Karas muss zurückkehren und dann werde ich alles verstehen. Alle Fragen, die ich mir seit Jahren stelle, wobei ich in meiner Erinnerung suche, mir Blicke, Worte, Sätze ins Gedächtnis rufe … auf alle Fragen werde ich endlich eine Antwort finden. Auch du Mutter, auch du verschweigst mir vielleicht Dinge, die ich wissen möchte …«

»O nein, Sohn, ich habe dir immer alles gesagt, und auch jetzt habe ich dir alles gesagt, was ich weiß … In unserem Volk entscheiden die Männer und nicht die Frauen. Die Männer kümmern sich um das, was das Gemeinwohl betrifft. Doch auch ich glaube, dass Karas eines Tages zurückkehren wird und dann werden wir alle wissen, was zu tun ist.«

»Mutter«, sagte Kleidemos, »ich bin vor zehn Jahren aus den Bergen fortgegangen, um meinen Weg zu finden, doch leider hat das Schicksal es mir versagt. Dafür habe ich andere Dinge gefunden. Viele Dinge, die ich nicht wusste, habe ich herausgefunden: Derjenige, der mich als Kind ausgesetzt hat, hat mich geliebt, auch wenn das Gesetz der Stadt ihm nicht erlaubte, es zu zeigen; mein Bruder Brithos war im Grunde ein ehrlicher und großherziger Mensch und auch er hat mich geliebt. Ich habe Pausanias kennen gelernt, einen der berühmtesten Männer Hellas', und ich weiß, was sein größter Traum war: Ich habe geglaubt, mit ihm mein spartanisches Blut retten und Kritolaos' Volk von seiner langen Sklaverei befreien zu können. Doch nun bin ich verloren, denn ich bin allein; ich weiß nicht, wem von den Gleichen in Sparta ich trauen kann, und ich weiß nicht einmal, ob ich den Heloten vertrauen kann, die mich umgeben. Soviel ich weiß, sind einige von ihnen – vielleicht aus Not, vielleicht auch, weil sie gezwungen werden – Spione der Ephoren und der Ältesten geworden. Mutter, jetzt, da du bei mir bist, musst du mir sagen, wer von den Leuten der Berge auf meiner Seite ist und wer gegen mich …«

»Es ist schwierig, deine Frage zu beantworten, Sohn«, erwiderte die Frau, »denn es gibt auch solche, die Talos, den Wolf, lieben und Kleidemos, den Drachen, hassen …« Kleidemos stand auf und sah sie fest an. »Ich bin, was ich bin, Mutter! Die Götter haben es so gewollt, dass ich zweimal zur Welt komme und zwei Mütter und zwei Namen habe und dass ich Sohn zweier Völker bin, die einander Todfeinde sind, doch ich werde nicht mehr weinen und den Kopf einziehen.« Seine Augen funkelten unter den zusammengezogenen, schwarzen Augenbrauen und in seiner klaren Stimme lag Entschlossenheit. »Und die Götter müssen mir den Weg zeigen! Was die Menschen betrifft: Die, die mich kennen, wissen, dass ich nicht fähig bin, zu heucheln und Verrat zu begehen, sie wissen, dass ich gelitten habe wie ein Hund und dass ich keine Angst habe vor dem Tod. Ich will nur wissen – wenn du es mir sagen willst –, vor wem ich auf der Hut sein muss und mit wem ich offen reden kann, ohne Angst haben zu müssen, verraten zu werden. Ich habe einen Diener in diesem Haus … sein Name ist Alesos …«

»Ich kenne ihn, du kannst ihm beruhigt vertrauen. Er war es, der dich gewarnt hat, als die Männer der Krypteia in jener Nacht in unser Haus kamen, und Karas hätte Brithos ohne seine Hilfe sicher nicht die Rüstung seines Vaters bringen können … Er ist heute einer der Ältesten unseres Volkes und die Leute hören auf ihn.«

»Er hat gesagt, dass er meinem Vater Aristarchos treu gedient hat und ich glaube, er war ihm sehr zugetan.«

»Das kannst du ihm glauben. Er ist ein weiser Mann und er liebt Mut und Tapferkeit, wo auch immer er sie findet. Vielleicht kann er dich besser verstehen als jeder andere, denn er kannte Kritolaos und er kannte Aristarchos.«

»Und du, Mutter, kannst du mich verstehen?«

»Die Götter wollten, dass ich keine Kinder empfangen kann«, sagte sie und hob ihren weißhaarigen Kopf, »doch du bist mein Sohn … du bist mein Sohn …« Und ihre tränenerfüllten, grauen Augen blickten ihn an.

Der kurze Wintertag neigte sich allmählich seinem Ende zu und der Schatten des Berges senkte sich wie die Hand eines Riesen über das Haus der Kleomeniden, breitete sich über die Ebene, über die Häuser, bis zum eisigen Wasser des Eurotas, glitt über die weißen Häuser Spartas, der Unbesiegbaren, bis er die Akropolis und die erhabenen Mauern des Bronzehauses erreichte.

Der Offizier der Krypteia schritt im Mondlicht seine Männer ab. Es waren etwa fünfzig Männer auf Pferden, nur leicht bewaffnet, für eine Blitzaktion. In einer verlassenen Ölmühle in der Nähe des Vorgebirges des Tänaron hatten sich alle Anführer der Heloten versammelt, als Vertreter der Leute aus den Bergen und der Ebene. Unter ihnen musste auch der Mann sein, den er im Kerker des Ratssaales gefoltert und geblendet hatte. Der Befehl lautete, sie zu vernichten, denn sie bereiteten einen Aufstand vor. Niemand durfte entkommen, damit die Heloten mit einem Schlag all ihre Anführer verlieren und endlich merken würden, dass sie jede Hoffnung auf Befreiung fahren lassen konnten. Dann würden sie sich endlich damit abfinden, dass ihre Sklaverei ewig war.

Nachdem er das Signal gegeben hatte, schoss er – gefolgt von dem Reitertrupp – im Galopp über die dunklen

Straßen des Limnaiviertels und ritt auf die Straße in Richtung Amyklä hinaus. Gegen Mitternacht hieß er seine Männer zu Füßen des kleinen Hügels, auf dem die verlassene Ölmühle aufragte, stehen zu bleiben. Alles lief ausgezeichnet, auch der Mond war untergegangen und die Männer konnten sich die Dunkelheit zu Nutze machen und das Gebäude vollständig umstellen, ohne gesehen zu werden. Als er jedoch Zeichen gab, abzusteigen, bellte ein Hund, dann noch einer, und bald hallte in der ganzen Gegend wütendes Hundegebell wider. Die Heloten hatten ihre Schäferhunde bei sich, die nun Alarm schlugen. Die erschrockenen Pferde begannen zu tänzeln und zu wiehern und versuchten, zu fliehen, und in ihrer Überraschung vermochten die Männer sie nicht zurückzuhalten.

»Lasst sie laufen!«, schrie der Offizier. »Wir fangen sie später wieder ein. Los jetzt, sie dürfen uns nicht entkommen!«

Die Heloten, die die Gefahr inzwischen erkannt hatten, waren auf der Hinterseite der Mühle herausgekommen und suchten Schutz in der Dunkelheit, doch das Gelände war nackt und karg, ein offener, felsiger Platz am Meeresufer, der dem Wind preisgegeben war. Nicht weit entfernt, am äußersten Ende des Vorgebirges, ragte der Poseidon-Enosigeos-Tempel auf, der Tempel des Meeresgottes, den die Schifffahrer anriefen, wenn sie um das von spitzen Felsen gekrönte Kap Tänaron herumsegelten. Die Flüchtigen suchten vergeblich in den geweihten Mauern Zuflucht. Die Männer der Krypteia drangen ein und verteilten sich überall, umstellten den kleinen Platz vor der Säulenhalle der geweihten Stätte.

Die Heloten zogen sich zum Altar zurück und knieten dort nieder, begaben sich, wie Flehende, in den Schutz des Gottes. Die Spartaner blieben verunsichert stehen und drehten sich zu ihrem Offizier um, doch dieser zog sein Schwert und gab Befehl zum Angriff. So stürzten die Krieger sich auf ihre wehrlosen Opfer und fielen über sie her.

Die Schwerter gingen unermüdlich nieder, drangen unbarmherzig in das Gewirr aus Körpern, brachen Knochen, zerquetschten nackte Brüste, ließen das Blut in Strömen hervorschießen, das den heiligen Stein des Altars tränkte. In der Säulenhalle des Tempels hallten verzweifelte Schreie wider, Flüche, die sich mit dem wütenden Gebell der Hunde und dem Wiehern der Pferde mischten, die entsetzt durch die Nacht liefen.

Währenddessen war der Offizier in den Tempel gegangen und mit zwei brennenden Fackeln wieder herausgekommen, um den Platz zu beleuchten. Die Szenerie, die sich ihm darbot, war so grausam, dass selbst er – obwohl er daran gewöhnt war, Blut zu sehen – spürte, wie ihn Brechreiz überkam und sich ihm der Magen umdrehte. Im Dunkeln hatten seine Männer nicht mit der Präzision von Kriegern zugeschlagen, sondern mit der Brutalität von Schlächtern.

Er wandte den Blick ab von dem Gemetzel und ordnete den Rückzug an. Über den Vorplatz des Tempels senkte sich wieder bleierne Stille, die beiden Fackeln, die auf dem Boden zurückgeblieben waren, verbreiteten zischend ein flackerndes Licht.

Da zeichnete sich plötzlich, in dem blutroten Licht, ein schwarzer Schopf ab; die verlöschenden Flammen beleuchteten ein bärtiges Gesicht, die Zähne krampfhaft aufeinander gebissen, die gewaltige Stirn gerunzelt, und unter der Stirn leuchtete unheilvoll ein einziges, weit aufgerissenes Auge wie ein glühendes Stück Kohle.

In dieser Nacht heulten in den Bergen lange die Wölfe und die Menschen des Taygetos wunderten sich, denn es war noch keine Paarungszeit, aber die Alten, die – von diesem schaurigen Chor aus dem Schlaf gerissen – auf ihren Lagern wachten, spürten, wie ihnen das Herz gefror und einige von ihnen, die ahnten, dass ein großes Unheil über ihr Volk kommen würde, weinten im Dunkeln bittere Tränen.

VIII
ANTINEA

Aufgebracht trat Alesos ein, um seinem Herrn von dem Blutbad, das die Spartaner am Tänaron angerichtet hatten, zu berichten, doch er fand ihn nicht. Er war noch vor Tagesanbruch gen Messenien geritten. Im Stall fehlte der Fuchs, den er aus Asien mitgebracht hatte. Zur gleichen Zeit hatte Kleidemos bereits Sellasia passiert und die nördlichen Ausläufer des Taygetos hinter sich gelassen. Nun ritt er die Westflanke des Berges hinunter, um zur Straße nach Thuria zu gelangen.

Er ritt den ganzen Tag, stieg nur ab und zu aus seinem Sattel, um sich die Beine zu vertreten und ein bisschen aufzuwärmen. Der Himmel war bedeckt und der Wind schob große dunkelgraue Wolken zum Golf von Messenien hin. Der Pass, der vor ihm lag, verteilte sich auf viele kleine – nunmehr ganz nackte – Täler, die von bewaldeten Bergrücken voneinander getrennt wurden. Hier und da traf er einen Hirten, den er nach dem Weg fragte und mit dem er ein paar Worte wechselte. Sie sprachen fast den gleichen Dialekt wie die Heloten des Taygetos.

Im Schutze eines Felsens aß er ein Stück Brot mit getrockneten Feigen, während sein Pferd ein wenig gelbes Gras fraß, dann nahm er seine Reise nach Westen wieder auf. Gegen Abend verfinsterte sich der Himmel noch mehr und es drohte zu regnen. So machte er sich auf die Suche nach einem Unterschlupf für die Nacht. Inmitten der Ebene an einem kleinen Bächlein stand eine bescheidene Holzhütte, die von einem Zaun umgeben war – sicherlich das Haus eines helotischen Hirten –, und er lenkte sein Pferd dort hin.

Als er näher kam begann ein Hund zu bellen. Er stieg

ab und wartete am Rand des Hofes, in der Gewissheit, dass jemand herauskommen würde, um nachzusehen. Und in der Tat stieg Rauch aus dem kleinen Kamin auf, ein Zeichen, dass die Bewohner gerade von der Arbeit zurückgekehrt waren. Die Tür öffnete sich und ein alter, jedoch immer noch kräftiger Mann trat heraus, der in einen langen, bis zum Boden reichenden Wollchiton gehüllt war und versuchte, seine Augen an die Dunkelheit zu gewöhnen. Da trat Kleidemos vor und sagte: »Sei gegrüßt, mein Freund, mein Name ist Kleidemos, ich bin fremd hier und die Nacht hat mich überrascht. Ich habe keinen Unterschlupf und ich fürchte, dass es regnen wird. Ich bitte dich, mir Zuflucht zu gewähren und meinem Pferd ein bisschen Heu.«

»Du hast Recht«, sagte der Mann, »es wird sicher regnen, vielleicht sogar schneien. Komm rein, Fremder.« Kleidemos streckte ihm die Hand entgegen und bemerkte, dass der Mann die Lanze ansah, die in dem Steigbügel steckte.

»Woher kommst du?«, fragte der Mann, der ihm voran in das Haus ging.

»Aus Megara. Ich will nach Thuria, Wolle kaufen.«

Der Mann bot ihm an, Platz zu nehmen.

»Ich kann dir nicht viel anbieten«, sagte er, »aber es würde mich freuen, wenn du mein Abendessen mit mir teilen willst.«

»Ich esse gern mit dir«, erwiderte Kleidemos, »aber auch ich habe etwas in meinem Quersack«, fügte er hinzu und zog Brot, Oliven und Käse hervor und legte alles auf den Tisch.

»Gut«, gab der Mann zurück, »mach es dir bequem und wärme dich ein wenig am Feuer. Ich werde mich um dein Pferd kümmern. Es wird ebenfalls müde und hungrig sein.«

Kleidemos blickte sich um. Die Behausung war ärmlich und das Mobiliar bestand lediglich aus einem Tisch und zwei Schemeln. In einer Ecke befanden sich ein paar Geräte: eine Hacke, eine Harke, ein Sack mit Gerste. Auf dem Tisch stand ein Holzteller mit in Essig und Salz eingelegten Wurzeln und zwei Eiern und ein Krug Wasser. Sein Gastgeber musste wirklich arm sein. Er hörte ihn einen Moment im Heuschuppen hantieren, dann öffnete sich die Tür und er sah, wie er – sich die Hände reibend – eintrat.

»Wie ich es dir gesagt habe«, hob er wieder an, »es fängt an zu schneien. Ich lege besser noch etwas Holz ins Feuer.« Er nahm ein Bündel Reisig und warf es auf die Feuerstelle. Eine schöne, knisternde Flamme erhob sich und verbreitete ein wenig Wärme im Zimmer. Es gab keine Öllampe, dieser Hirte konnte sich sicher nicht erlauben, Öl zu verbrennen, wenn er nicht einmal welches hatte, um sein Essen zu würzen.

Sie begannen zu essen und Kleidemos nahm von den Wurzeln, um die Gastfreundschaft des Mannes zu würdigen, und bot seinerseits von seinem Essen an, das dem Mann gut zu schmecken schien.

»Verrätst du mir deinen Namen?«, fragte plötzlich Kleidemos.

»Ich heiße Basias«, erwiderte der Mann. »Verzeih, dass ich mich noch nicht vorgestellt habe. Weißt du, hier kommt nie jemand vorbei und ich bin es nicht gewöhnt, Gäste zu empfangen.«

»Aber hast du denn keine Angst, ganz allein hier zu leben?«, fragte Kleidemos.

»Wovor denn? Für Diebe gibt's hier nichts zu holen. Die Herde gehört meinem Herrn und der ist Spartaner. Niemand würde es wagen, einen Spartaner zu bestehlen. Aber erzähl mir lieber von dir. Du hast ein Pferd und eine Lanze … du musst ein richtiger Herr sein …«

»Erscheint es dir seltsam, dass ein Händler mit einer Lanze bewaffnet auf einem Pferd reist? Nun, ich sage dir, die Lanze und das Pferd waren lange Zeit mein Brot. Ich habe viele Jahre als Söldner in Asien gekämpft, bis ich eines Tages vom Pferd fiel und meinen Fuß verletzte, der lahm geblieben ist. Da habe ich beschlossen, mich zurückzuziehen und einen kleinen Handel zu eröffnen.«

»Aber ist es nicht etwas früh«, fragte Basias, »um Wolle zu kaufen? Die Tiere werden erst in zwei Monaten geschoren, vielleicht auch erst in drei Monaten, wenn das Wetter noch länger so schlecht bleibt.«

»Das stimmt«, erwiderte Kleidemos, »doch ich dachte, wenn ich früher komme, kann ich einen besseren Preis aushandeln, und außerdem möchte ich noch jemanden treffen … einen Mann namens Pelias … kennst du ihn vielleicht?« Der Mann blickte von seinem Teller hoch und sah seinen Gast überrascht an. »Pelias? Ich kenne einen helotischen Bauern, der nicht viel weiter als einen Tagesmarsch von hier wohnt.«

»Einen Tagesmarsch?«, sagte Kleidemos. »Das könnte er sein. Wenn das Wetter so schlecht bleibt, könnte ich ihn für morgen Nacht um Quartier bitten … Ich kann auch bezahlen.«

»Ja«, sagte Basias, der seinen Bart säuberte und die Krümel vom Tisch sammelte, »ich denke, das wäre gut. Du wirst seinen Hof morgen nach Einbruch der Dunkelheit auf dieser Straße finden. Dein Pferd wird in dem Schnee nicht sehr schnell vorankommen. Wenn du dich nicht verirrst, bist du ein paar Stunden nach Sonnenuntergang dort. Sag ihm, Basias, der Hirte, schickt dich und sag, dass du mein Gast warst: Er wird dich gerne aufnehmen. Aber gib ihm ruhig etwas, wenn du kannst … er ist sehr arm.«

»Lebt er auch allein, so wie du?«

»Nein, er hat eine Tochter, die ihm hilft, wenn ich mich recht erinnere, aber es geht ihm nicht gut. Gib ihm etwas, wenn du kannst.« Er stand auf, um noch etwas Holz aufzulegen, dann ging er wieder hinaus, um den Strohsack für das Schlaflager seines Gastes zu holen.

»Ich habe nichts Anderes«, sagte er und verteilte das Stroh auf dem Fliesenboden, »du musst dich mit einem bescheidenen Bett zufrieden geben.«

»Mach dir keine Sorgen«, erwiderte Kleidemos, »ich war Soldat und habe oft auf dem nackten Boden geschlafen. Das ist schön trockenes Stroh, darauf werde ich gut schlafen. Aber wo schläfst du?«

»Im Stall, bei den Schafen.«

»O nein, ich will nicht, dass du mir deinen Platz überlässt. Ich werde im Stall schlafen.«

»Wenn es darum ginge, wäre hier Platz für uns beide, wie du siehst. Aber ich möchte lieber im Stall schlafen, weil ich fürchte, dass heute Nacht Wölfe in der Gegend sind.«

»Wenn es so ist, bin ich einverstanden«, sagte Kleidemos, »aber wenn du Hilfe brauchen solltest, wecke mich ruhig ... ich habe meine Lanze und kann dir gut helfen.«

»Ich danke dir, Gast«, sagte Basias, »ich werde daran denken. Doch jetzt wünsche ich dir erst einmal eine gute Nacht.«

»Gleichfalls«, erwiderte Kleidemos. Er begleitete ihn zur Tür und bemerkte, dass der Schnee bereits alles zugedeckt hatte und immer noch in dicken Flocken herabrieselte. Ein unbestimmtes Licht ließ den Hof und die Holzhütte mit Strohdach, in der die Tiere untergebracht waren, erkennen. Basias ging darauf zu, wobei er tiefe Spuren in der Schneedecke hinterließ, dann öffnete er unter dem freudigen Geblöke seiner Tiere die Tür und schloss sie sogleich wieder hinter sich.

Kleidemos betrachtete noch eine Weile den Schnee, der herabfiel, und ihm kamen die langen Winter in Thrakien in den Sinn, die unendliche Traurigkeit dieser einsamen Einöde, die langen Fußmärsche durch den Schnee, in der Rüstung, die zu einer Schale aus Eis wurde, die Überfälle auf verschlafene Dörfer, die Schreie der Frauen, das Feuer, der Schlamm, das Blut ... Nun wirkte der Schnee, der bedächtig herabrieselte und einen weißen Schleier über die

Welt deckte, wie ein Zeichen des Friedens. Ihm war, als fiele er auch in sein Innerstes und bedeckte die tiefen Wunden, löschte die Schreie aus, die Ängste, das Aufschrecken in der Nacht … Alles weiß …

Aus dem Stall drang verhaltenes Blöken. Gewiss träumten die in das Fell der Mütter gekuschelten Lämmer von blühenden Wiesen und der große Widder mit den gebogenen Hörnern hob ab und zu seine dampfenden Nüstern, wenn der scharfe Geruch des Räubers in der Luft lag … des Wolfes.

Er zog den Mantel enger zu und wollte wieder hineingehen, doch plötzlich vernahm er das leise Knistern von Zweigen. Forschend durchsuchte sein Blick die Dunkelheit, doch da war nichts, vielleicht war es ihm nur so vorgekommen. Doch auf einmal blitzten am Ende des Hofes zwei gelbe Augen auf und er sah einen Wolf, der sich näherte, ein großes männliches Tier mit silbrigem Fell. Er wollte die Lanze holen, doch stattdessen blieb er reglos stehen und sah fest in die beiden funkelnden Augen. Das Tier kam noch näher an ihn heran und blieb ein paar Schritte entfernt stehen. Es hob seine Schnauze, als wolle es ihn beschnuppern, und ließ den Schwanz hängen, sodass er den Schnee berührte. Dann drehte es sich um und preschte in den wirbelnden weißen Flocken davon. Seltsamerweise hatte der Hund nicht gebellt und die Tiere im Stall hatten keinerlei Anzeichen von Angst von sich gegeben …

Kleidemos schloss die Tür hinter sich, streckte sich neben dem Feuer aus und betrachtete die Flammen, die aus der leicht mit Asche bedeckten Glut bläulich emporzüngelten. Er legte noch etwas Holz nach, machte es sich wieder bequem und deckte sich mit dem Mantel zu. Die Wärme kroch in seine müden Glieder und seine Augen fielen zu. Und während der Schlaf von ihm Besitz ergriff, hörte er, wie in der Nacht ein Heulen erklang, und dann noch eines, diesmal lang gezogen und weiter entfernt … Doch der Hund draußen schlief, zusammengekauert unter seinem Dach, und es schliefen auch die Lämmer, in das Fell ihrer Mütter gekuschelt, und es schlief der große Widder mit den gebogenen Hörnern.

Mitten in der Nacht wurde er von der Kälte geweckt: Das Feuer war erloschen und der Wind drang durch die vielen Ritzen herein und ließ das Zimmer gefrieren. Er blies in die Glut und legte noch etwas Reisig obenauf, bis die Flamme sich wieder erhob. Als er gerade wieder einschlafen wollte, hörte er die Stalltür knarren und den Hund verhalten winseln, als wäre jemand gekommen, den der Hund kannte. Er ging zur Tür, öffnete sie einen Spalt und sah, wie zwei Gestalten mit dunklen Kapuzen in den Stall gingen. Er ging lautlos hinaus und drückte sich an die Wand, die dem Haus gegenüber lag. Durch einen Spalt in einer Holztafel konnte er ins Innere des Stalls blicken, das von einer qualmenden Fackel ein wenig erhellt wurde.

Einer der beiden Männer begann zu sprechen: »Wir bringen dir schlechte Nachrichten, Basias. Die Anführer unseres Volkes, die sich in der alten Ölmühle am Kap Tänaron versammelt haben, wurden von der Krypteia umstellt und massakriert. Sie hatten sich in den Poseidontempel geflüchtet, doch man sagt, dass die Spartaner nicht einmal vor dem heiligen Ort Respekt hatten und sie sogar auf dem Altar, an den sie sich klammerten, getötet haben. Ein Aufstand ist jetzt nicht mehr möglich; deswegen sind wir hier, damit du es den anderen weiter erzählst. Wir können kein weiteres Risiko auf uns nehmen und müssen warten, bis die Zeiten sich ändern und sich eine neue Gelegenheit bietet.«

Basias senkte den Kopf, den schweren Schlag musste er erst einmal verdauen. »Keiner hat sich gerettet?«, fragte er nach einem langen Schweigen.

»Keiner«, erwiderte sein Gegenüber. »Unsere Leute durften ihre Leichen bestatten.«

»Auch … der Wächter?«

»Nein, er nicht. Sein Leichnam war nicht darunter. Vielleicht konnte er fliehen, vielleicht ist er auch erst gekommen, als die anderen schon tot waren und er ist weggelaufen.«

»Die Spartaner könnten seine Leiche aber auch versteckt haben. Hat ihn seitdem niemand mehr gesehen?«

»Nein, nicht dass wir wüssten. Aber warum sollten sie seinen Leichnam verstecken? Es gibt keinen Grund dafür. Nein, er muss am Leben sein, und wahrscheinlich vertraut er niemandem mehr. Aber er wird gewiss wieder auftauchen, und dann wird er uns sagen, wann der Tag der Rache gekommen ist und … vielleicht der Freiheit.«

Die drei schwiegen eine Weile und Kleidemos, der völlig außer sich war, zitterte vor Aufregung und Wut, dass er nicht einmal mehr die Kälte wahrnahm. Die Wolken hatten sich geöffnet und die Sterne glitzerten am klaren Nachthimmel.

»In deinem Haus ist jemand«, sagte schließlich einer der beiden Männer, »wir haben den Rauch aus dem Kamin gesehen und das Licht des Feuers.«

»Ja«, sagte Basias, »ein Reisender, der mich um Quartier für die Nacht gebeten hat. Er hat gesagt, er sei ein Händler aus Megara und eine Zeit lang als Söldner in Asien gewesen, aber er war etwas merkwürdig. Er hat keinen megaresischen Akzent, sondern eher einen lakonischen.«

»Sei vorsichtig. Es sind Spione der Krypteia unterwegs. Die Spartaner sind sehr misstrauisch und sie räumen jeden von uns aus dem Weg, der ihnen als ein möglicher Rebell erscheint.«

»Bei den Göttern!«, rief Basias aus. »Wenn es so ist, wie du sagst, werde ich ihn töten. Ich halte mich nicht an das Gastgesetz, schließlich haben die Spartaner auch nicht den heiligen Boden des Poseidontempels respektiert.«

»Nein, Basias. Wer auch immer der Mann sein mag, du darfst nicht die Hand gegen ihn erheben. Überlass es den Spartanern, sich mit Sakrilegen zu beflecken und den

Zorn der Götter herauszufordern. Wenn er wirklich ein Spion der Krypteia ist, kannst du ihn so leicht nicht töten, und selbst wenn es dir gelingen würde, würde Spartas Rache noch mehr Trauer über unser Volk bringen. Lebwohl, Basias, mögen die Götter dich beschützen.« Der Mann stand auf und hüllte sich wieder in seinen Mantel. Kleidemos zog sich zurück, verwischte seine Fußspuren mit dem Saum seiner Chlamys und verschwand gerade noch rechtzeitig im Haus.

Die beiden Männer traten in den Hof, schritten schweigend durch den Schnee und begaben sich wieder auf den Weg, der nach Osten führte. Das Licht im Stall erlosch und Kleidemos legte sich hin, das Herz in Aufruhr. Sein Kummer ließ ihn nicht schlafen, er hörte noch immer die Worte der Männer, stellte sich das Blutbad vor, die Schreie, das letzte Aufröcheln im Todeskampf, das Blut, das vom Altar troff ... und noch ein anderer Gedanke beunruhigte ihn: Wer war derjenige, den Basias ›den Wächter‹ genannt hatte? Nicht einmal Kritolaos hatte dieses Wort je ausgesprochen, noch hatte er ihm je von einer ähnlichen Person erzählt, und doch spürte er, irgendwo in der Tiefe seines Herzens, dass er die Antwort auf diese Frage kannte.

Er wälzte sich lange auf seinem Lager hin und her, ohne Frieden zu finden, bis endlich der Gedanke an Antinea von ihm Besitz ergriff und ihr Gesicht sich deutlich vor seinen Augen abzeichnete. Da überkam ihn von neuem der Schlaf und vertrieb seinen Kummer und die Mühsal seiner müden Glieder.

Der Wind hatte nunmehr alle Wolken vertrieben und die sieben Sterne des Großen Bären strahlten über den Hügeln Messeniens.

Es war nicht schwer für Kleidemos, die Richtung zu halten, denn der Weg führte, obgleich er vom Schnee bedeckt war, durch ein Tal und man konnte sich gar nicht von ihm entfernen, es sei denn, man erklomm die Hänge der felsigen Hügel, die ihn zu beiden Seiten einschlossen. So kam er sehr viel rascher voran, als er gedacht hatte. Plötzlich öffnete sich das Tal auf das Meer, wo viel weniger Schnee lag als weiter oben. Hungrig und müde, weil er nicht ein einziges Mal Rast gemacht hatte, erreichte er also kurz nach Sonnenuntergang den Bauernhof, auf dem Pelias wohnen musste.

Er verließ den Weg und trieb sein Pferd die Küste entlang, bis er die gesamte Ebene überblicken konnte, in der sich der kleine Hof mit den Gehegen für die Tiere erhob. Gen Osten breiteten sich ein Olivenhain und ein Weingarten mit vielleicht hundert Pflanzen aus, doch es war inzwischen dunkel und man konnte nicht mehr viel sehen. Er richtete seinen Blick wieder auf das Haus und sah, dass der kleine Kamin qualmte: Endlich war er angekommen. Gleich würde er von seinem Pferd steigen, an die Tür klopfen und sein Herz hätte ihm die richtigen Worte eingeflüstert, sein Herz, das beinah überquoll vor Glück.

Er würde mit dem Abendwind eintreten, mit den Jahren, die auf seinen Schultern lasteten, einer von Zweifeln geplagten Seele, er würde eintreten wie ein von Kälte und Hunger getriebener Wolf. Er streichelte den Hals seines Pferdes, das weiße Dampfwolken durch seine reifbedeckten Nüstern stieß. Die Erde wurde wieder hart und die eisige Kälte ließ die Glieder sich zusammenziehen. Er schlug seinem Fuchs die Absätze in die Flanken und das Tier stieg zur Ebene hinab. Ein Hund, der an ein Seil gebunden war, begann laut zu bellen. Als Kleidemos sich mitten im Hof befand, öffnete sich die Tür und eine Gestalt zeichnete sich ihm Türrahmen ab … Antinea … eine schwarze Gestalt vor dem rötlichen Licht des Feuers … weder Augen noch Gesicht … Sie presste einen Schal gegen ihre Brust und blickte hoch, als erforsche sie im Dunkeln den Reiter, der reglos wie eine Statue auf dem Rücken des reifbedeckten Fuchses saß.

Der Hund hatte aufgehört zu bellen und alles war in

tiefe Stille getaucht. Die Frau zitterte angesichts des finsteren Reiters, der eine Lanze in der Hand hielt, und wagte nicht zu sprechen. Stattdessen hörte sie eine leise, etwas raue Stimme »Antinea« sagen. Eine Stimme, die gleich wieder verlosch, wie ein Blitz in einer schwarzen Wolke. Sie trat einen Schritt vor und aus dem Inneren des Hauses vernahm man eine zitternde Stimme, die fragte: »Ist da jemand? … Ist da jemand?« Sie kniff ihre Augen zusammen, um die Züge dieses Gesichtes zu erkennen, und die Stimme sagte abermals »Antinea« und versetzte ihr einen Stich ins Herz und machte ihre Knie weich.

Er war nun von seinem Pferd gestiegen, ging auf sie zu und trat in den schwachen Lichtschein, der durch die Tür drang.

»Mir ist kalt …«, sagte die Stimme drinnen. Sie sah ihn fest an und zitterte wie Espenlaub. Ein raues, von einem schwarzen Bart umrahmtes Gesicht und leuchtende Augen unter einer zerfurchten Stirn … um die Augen herum waren Falten und eine Falte der Bitterkeit hatte sich auch an den Mundwinkeln eingegraben, wie eine Narbe, doch die Augen leuchteten hinter einem Tränenschleier, wie an jenem weit zurückliegenden Tag in der Ebene, als er sie fortgehen sah und im Licht der Sonne mit erhobenen Armen Abschied nahm.

Sie vermochte nicht zu sprechen, noch sich zu bewegen, während er auf sie zukam und nun mit tieferer, klangvollerer Stimme »Antinea« sagte. Und als die Flamme des Feuers ihn gänzlich beleuchtete, löste sie ihre Hände von der Brust und streckte sie nach seinem Gesicht aus. Und erst, als sie ihn berührt hatte, spürte sie, wie ihr die Tränen aus den Augen quollen. »Du bist es«, sagte sie und streichelte ihn, berührte seine Augen, seine Stirn, seinen Hals. »Du bist zurückgekehrt … du bist zu mir zurückgekehrt.« Die Stimme zitterte immer mehr, während sie immer wieder sagte: »Du bist zurückgekehrt.« Vollkommen außer sich brach sie in Tränen aus.

Er sah, dass sie beinah ohnmächtig wurde und nahm sie in die Arme, deckte sie mit seinem weiten Mantel zu und drückte sie fest an sich; und so standen sie eine Weile im Schnee und weinten stumm. Der Nachtwind zerzauste sein Haar und ließ die Tränen auf seinen Wangen gefrieren, doch er fühlte nichts, nur Antineas' Herzschlag, und dieser Herzschlag schien in seinem Innersten ein Leben wieder zu erwecken, das er für immer verloren geglaubt hatte. Als er sich endlich von ihr löste und ihr Gesicht anhob, sah er, dass die Jahre in diesen glühenden Augen keine Spuren hinterlassen hatten … die Zeit war stehen geblieben. Es war noch derselbe Blick, den er nie vergessen hatte, der Blick, den eine Göttin angenommen hatte, um ihn zu verführen, in einer trüben Nacht im fernen Zypern; das Licht, das er so oft vergeblich in den Augen der Frauen Asiens und Thrakiens gesucht hatte, ein reines Licht, wie das Wasser einer Quelle, ein Licht ferner Frühlinge, blühend, warm wie die Sonne …

Er schlang einen Arm um ihre Hüften und führte sie zur Tür, die immer noch offen stand. Ein in eine Decke gehüllter Alter saß neben dem Feuer; er hob den kahlen Kopf und erstarrte bei dem Anblick, der sich ihm bot. Er glaubte, dass seine schwachen Augen ihn täuschten, und erst, als er die Stimme seiner Tochter sagen hörte: »er ist zurückgekehrt«, hob er seine knöchernen Hände und flüsterte: »unsterbliche Götter … oh, unsterbliche Götter … danke, dass ihr einen alten Sklaven getröstet habt.« Die Tür schloss sich hinter ihnen und Kleidemos vergaß, sein Pferd anzubinden, doch das Ross suchte allein Unterschlupf unter dem Dach des Stalls und auch das schüchterne Blöken der Schafe vermochte das stolze Tier nicht aus der Ruhe zu bringen, das an das Geräusch zischender Pfeile und den schrecklichen Klang von Kriegshörnern gewöhnt war. Am nächsten Tag würde sein Herr – die glänzende Lanze in der Hand – wieder auftauchen und seine blonde Mähne streicheln.

Stundenlang erzählte Kleidemos Pelias und Antinea von den Ereignissen der letzten Jahre, in denen er fort gewesen war, bis er merkte, dass der Alte zu müde wurde. Da hob er ihn hoch, trug ihn in sein Zimmer und legte ihn auf sein Bett. Es war, als trüge er ein Kind, so sehr war er geschrumpft, und während er ihn zudeckte, dachte er daran, was für ein Leben Antinea führen musste, um einen kranken Alten zu versorgen und auf dem Feld zu arbeiten. Er schloss langsam die Tür des kleinen Zimmers hinter sich und setzte sich an das Feuer. Antinea hatte noch etwas Holz aufgelegt und das Licht gelöscht.

»Hast du daran geglaubt, dass ich eines Tages zurückkehren würde?«, fragte er plötzlich.

»Nein, ich wünschte es, natürlich, aber ich wollte nicht daran denken, um nicht unnötig zu leiden. Mein Leben war ohnehin schon recht hart. Jedes Jahr hat Karas uns besucht, vor allem zur Erntezeit, so hat er mir die größte Mühsal erspart. Wir haben von dir gesprochen, von damals, als wir noch alle zusammen auf dem Berg gelebt haben.«

»Wusstest du, dass ich nach Sparta zurückgekehrt war?«

»Nein. Ich habe Karas seit fast einem Jahr nicht mehr gesehen.«

»Ich bin gegen Ende des Sommers zurückgekehrt und wohne im Haus der Kleomeniden.«

»Du bist … jetzt Spartaner.«

»Ich bin ich, Antinea, und ich bin deinetwegen zurückgekehrt.«

Antinea erhob sich, ohne den Blick von ihm abzuwenden und löste die Träger an den Schultern, die ihr Kleid hielten. Sie ließ es zu Boden gleiten, dann löste sie die Schärpe, die ihre Hüften umgab.

»Man sagt, die Frauen Asiens hätten glatte Körper wie aus Marmor und würden sich mit Blumenöl parfümieren«, sagte sie und blickte zu Boden, doch schon umarmte er sie mit unaufhaltsamer Kraft, legte sie auf das Ochsenfell vor der Feuerstelle und küsste sie mit unendlicher Zärtlichkeit und zitterte wie beim ersten Mal, als er begriffen hatte, dass er sie liebte. Und erst, als sein Herz gesättigt war und seine Lenden erschöpft, legte er seinen Kopf auf ihren Bauch und gab sich dem Schlaf hin. Antinea betrachtete ihn lange, streichelte sein Haar und wurde nicht müde, sein Gesicht anzusehen, das, gewiss, gezeichnet war von der Sonne langer Sommer und der Kälte langer Winter, ausgemergelt von Leid und Entbehrung, ein Gesicht, das anders war, als das, das sie lange Zeit vor Augen gehabt hatte, und doch war es dasselbe wie das, das sie zuerst geliebt hatte. War wirklich die Zeit gekommen, ins Leben zurückzukehren, oder war dieser Moment nur ein Lichtblick, der für einen Augenblick ihr Dasein erhellte und der wieder verlöschen würde, um sie für immer in der Dunkelheit zurückzulassen? Sicher würde er wieder fortgehen … aber würde er je zurückkehren? Sie wusste nicht, was die Götter sich ausgedacht hatten, die über das Schicksal der Menschen bestimmen, aber sie wusste, dass sie diesen Augenblick mehr als alles Andere auf der Welt herbeigesehnt hatte, und deshalb wurde sie nicht müde, sein Gesicht anzusehen.

Oft war die Nacht ihr beängstigend und endlos erschienen und sie hatte darauf gewartet, dass das Licht des anbrechenden Tages sie von finsteren Geistern befreite; nun hingegen wünschte sie, dass diese Nacht niemals enden würde, denn die Sonne hielt sie ja bereits in den Armen. Sie konnte ihre Wärme und ihr Leben spüren.

Sie dachte auch daran, wie er sie besessen hatte und vielleicht den Samen in ihren Bauch gepflanzt hatte, der Menschen entstehen lässt, und sie war voller Angst. Hatte er denn nicht daran gedacht, dass, wenn sie ihm einen Sohn gebären würde, er den gleichen Fluch tragen würde … Sohn Spartas und Sohn eines Sklavenvolkes? Oder hatte er alles vergessen, war er, so wie sie, von einer unbändigen Kraft überwältigt worden? Sicher würden die warmen Westwinde bald den Frühling bringen, der die bittere Absynthpflanze wachsen lässt. Ihre Blätter verursachten, wenn man sie aß, plötzliche Krämpfe im Schoß und ließen das Leben, das sich dort eingenistet hatte, vertrocknen … Doch das hatte sie nicht vor.

Ihr Vater, der alte Pelias, würde nicht mehr lange leben, und sie wusste nicht, welche Zukunft das Schicksal für sie bereithielt, aber sie würde nicht die bitteren Blätter des Absynth kauen. Sie betrachtete noch einmal dieses Gesicht, diese Stirn, diese Hände und hoffte mit jeder Faser ihres Herzens, dass ihr das nicht gleich wieder weggenommen würde. Sie dachte an die Wiesen auf dem Taygetos, die bald, mit Hereinbrechen des Frühlings, wieder erblühen würden, an die Lämmer auf den oberen Weiden und an das gelbe Korn in der Ebene, und sie merkte gar nicht, dass der Schlaf sie besiegt hatte und sie träumte, ausgestreckt auf dem Ochsenfell.

IX
ENOSIGEOS

»Nimm nicht denselben Weg zurück«, sagte Pelias. »Auf dem Pass ist bestimmt noch mehr Schnee gefallen und du kommst vielleicht nicht durch. Halte dich lieber östlich, bis du an einen Fluss kommst, der Pamisos heißt; durchquere das Tal bis zu einer Weggabelung. Dort biegst du rechts ab in Richtung Gahteae und Belemina, die du in etwa zwei Tagen erreichst. Danach hältst du dich in Richtung Karystos, das über dem Tal des Eurotas liegt; von dort reitest du nach Süden weiter und nach einem weiteren Tagesritt kannst du in Sparta sein. Wir werden sehnsüchtig auf Nachrichten von dir warten und einen Weg finden, dich von uns wissen zu lassen. Mögen dich bis dahin die Götter begleiten und dir zur Seite stehen. Du weißt gar nicht, wie viel Trost du uns geschenkt hast.«

»Ich werde einen meiner Leute schicken, damit er euch bei den Frühjahrsarbeiten hilft«, sagte Kleidemos und zog seinen Mantel an. »Inzwischen wird das Geld, das ich euch dagelassen habe, euch mit dem Nötigsten versorgen. In Sparta werde ich sehen, was in meiner Abwesenheit vorgefallen ist und mir etwas überlegen, wie ich euch zurückholen kann. Vielleicht erlauben mir die Ephoren, euch auf einem meiner Grundstücke unterzubringen, sie werden es sogar ganz sicher erlauben, wenn ich den gewünschten Preis in die Staatskasse einzahle. Wenn wir wieder nebeneinander wohnen, wird alles anders werden … vielleicht können wir wieder glücklich sein, oder uns zumindest über die lange Zeit hinwegtrösten, die wir getrennt waren.«

Er drückte sie lange an sich, dann stieg er in den Sattel und gab seinem Pferd die Sporen. Er ließ das Pferd ein ganzes Stück galoppieren, dann zügelte er es und ließ es im Schritt weitergehen. Die Sonne schien zwischen den Wolken hindurch, als er die Ufer des Pamisos erreichte, einem nicht sehr langen Fluss, der sehr zügig floss und viele Strudel hatte. Bis zum Mittag ritt er flussaufwärts, kam durch zwei kleine Bauerndörfer und erreichte schließlich am frühen Nachmittag die Weggabelung. Er aß im Schutze eines Mäuerchens, das einen Olivenhain begrenzte, dann nahm er seine Reise am rechten Ufer des Pamisos wieder auf. Es begann zu dunkeln, als er auf dessen linker Seite einen kahlen Berg bemerkte, der mit seiner Masse mehrere Hügel mit einer spärlichen Vegetation aus Mastixbäumen und Wacholder beherrschte. Auf dem Gipfel zeichneten sich ein paar Häuser ab und er dachte, dass er dort vielleicht ein Quartier für die Nacht finden könnte. Er verließ die Straße und schlug einen Weg aus gestampfter Erde ein, der bald zum Fuß des Berges führte. Dort war es seltsam öde und leer, so weit das Auge reichte war kein Haus, geschweige denn ein Dorf zu sehen. Je höher er kam, desto deutlicher wurden die bizarren Formen auf dem Berggipfel, und er konnte nun die Ruinen einer Mauer erkennen und zerbröckelte und verfallene Türme, die sich zu beiden Seiten der abgerissenen Mauer erhoben: Kein Zweifel, das musste die Totenstadt der Heloten sein!

Erschrocken brachte er sein Pferd zum Stehen und wollte kehrt machen, doch die Neugier war stärker als die Angst und er ritt weiter hinauf. Das Tageslicht war noch nicht ganz erloschen und der Berggipfel leuchtete noch ein wenig. Die Stadtmauer musste uralt sein, man konnte die riesigen Steinblöcke erkennen, die wohl einmal rechteckig gewesen sein mussten und die ihr Fundament bildeten. Als er endlich den Gipfel erreicht hatte, war es dunkel. Er trat durch eines der Tore, von dem nur noch die Pfosten übrig geblieben waren – der Architrav lag zerbrochen auf dem Boden –, in das Innere der Stadt. Er lief durch die Ruinen und drang immer weiter in die Stadt ein, wobei er merkwürdigerweise nicht die geringste Furcht verspürte, trotz der grauenhaften Geschichten, die er als Junge so oft über diesen verfluchten und heiligen Ort gehört hatte. Unter diesen Steinen schlief in einer dunklen Gruft König Aristodemos, der einst den großen Bogen aus Horn in die Hand genommen hatte.

Er kehrte zur Mauer zurück, um einen Unterschlupf für die Nacht zu suchen und sein Pferd zu versorgen. Gern hätte er ein Feuer entfacht, wie er es von den Thrakern gelernt hatte, nämlich indem man zwei trockene Holzstücke aneinander rieb, aber leider gab es weit und breit nichts als ein paar feuchte Zweige. »So entstehen Gerüchte«, dachte er, »wer weiß, was die Hirten unten im Tal denken würden, wenn sie in den Ruinen der Totenstadt plötzlich ein Feuer flackern sehen würden!«

Er nahm die Pferdedecke und breitete sie an einer geschützten Stelle aus; der Mond ging auf und nun konnte man erkennen, wie weit sich die Ruinenlandschaft erstreckte. Es musste eine große und wichtige Stadt gewesen sein, doch gewiss war sie seit undenklichen Zeiten verlassen und seit sie zerstört worden war, hatte niemand versucht, sie wieder aufzubauen. Er dachte an Kritolaos und an Karas, die immer an die Befreiung der Leute in den Bergen geglaubt hatten. Er dachte an das Massaker am Kap Tänaron und war plötzlich untröstlich. Leider war das die Antwort auf so viele Hoffnungen. Mit Pausanias war die einzige wirkliche Chance auf eine große Veränderung gegangen, auf einen Umsturz der Institutionen der Stadt, durch die Hand des Königs und zumindest zum Teil von den Gleichen unterstützt, vielleicht sogar von außen, von den Athenern. Doch nun gab es keine Möglichkeit mehr, diesen Plan durchzuführen. Seit Themistokles ins Exil verbannt worden war, hatte Athen eine konservative Regierung, die mit den Ephoren befreundet war. Diese hielten wiederum König Pleistarchos unter ihrem Einfluss, den Sohn von König Leonidas, wie auch seinen jungen Kameraden Archidamos. Sie waren beide tapfer, doch unerfahren, und sie hätten sich nur schwerlich der Bevormundung durch die Ephoren und den Ältestenrat entziehen können. Dennoch hatte die Erinnerung daran, wie die Stadt Ithome untergegangen war, den Stolz der Heloten und die Hoffnung Kritolaos' lebendig gehalten.

Kleidemos kauerte sich unter der Decke zusammen, um zu schlafen, doch nun wirbelten erneut Gedanken durch seinen Kopf; ferne Worte, Sätze hallten in ihm wider, verblasste Bilder wurden wieder deutlicher … der furchtbare Traum, den er als Junge geträumt hatte, in jener Nacht, in der er den Bogen des Königs an seine Brust gepresst hatte … das Orakel der Pythia Perialla … Karas' geheimnisvoller Satz auf dem Schlachtfeld von Platää ›erinnere dich an diese Worte, Sohn Spartas und Sohn deines Volkes, am Tag, an dem du mich wieder siehst …‹, ein Tag, der nicht mehr fern sein konnte. Die Worte des sterbenden Kritolaos … ›an jenem Tag wird ein Mann zu dir kommen, der auf einem Auge blind ist, er kann den Fluch vom Schwert des Königs nehmen …‹. Was wollte Kritolaos damit sagen? Und die Inschrift auf Ismenes Grabstein … wer hatte diese Worte hinzugefügt? Welche Botschaft enthielten sie? Was war das für ein wertvolles Geschenk? Vielleicht Brithos' Leben, das König Leonidas retten wollte? Aber wer konnte die Gedanken des Königs, der in der Schlacht an den Thermopylen gefallen war, kennen? Kein Überlebender der Spartaner war zurückgekehrt, außer Brithos und Aghias … Wer konnte die Gedanken des Königs kennen?

Die Müdigkeit machte schließlich seine Lider schwer und Kleidemos gab sich zwischen den Mauern Ithomes, der Totenstadt, dem Schlaf hin. Und er glaubte – vielleicht träumte er auch – ein kleines Lagerfeuer zu sehen … den schlafenden Brithos … Aghias, von der Müdigkeit überwältigt, ein Schatten, der sich näherte … sich über Brithos beugte und wieder verschwand … allmächtige Götter! Die Nachricht des Königs! Die Nachricht des Königs!

Mit einem Ruck setzte er sich auf, alles schien ihm plötzlich klar zu sein. Das Geschenk des Königs Leonidas, auf das die Inschrift auf Ismenes Grabstein anspielte, musste Brithos' Leben gewesen sein (oder auch das seine?), das der König retten wollte. Er gab ihm auch einen Freund mit, der ihn begleiten sollte, Aghias, einen Heloten – was wusste der König wirklich über diesen Heloten, über Talos, den Lahmen? – und eine Nachricht, die er den Ephoren und den Ältesten übergeben sollte. Was hatte in der Nachricht gestanden? Niemand hatte es je gesagt. Brithos selbst hatte ihm damals, als sie gemeinsam in Phokis und Böotien gekämpft hatten, gesagt, dass diese Nachricht immer ein Geheimnis geblieben war. Vor allem Brithos hatte sich immer gefragt, warum sich das Gerücht verbreitet hatte, dass er und Aghias sich vor der Schlacht an den Thermopylen gedrückt hatten, um ihr Leben zu retten und warum die Ephoren nichts getan hatten, um diesem Gerede den Wind aus den Segeln zu nehmen. Es hatte sogar das Gerücht gegeben, dass in der Nachricht gar nichts gestanden habe, doch das machte keinen Sinn. Was für einen Grund sollte König Leonidas gehabt haben, eine leere Rolle nach Sparta zu schicken? Es sei denn, sie wäre gestohlen und ausgetauscht worden … in jener Nacht, beim Lagerfeuer. Wer die letzten Zeilen in den Grabstein Ismenes graviert hatte, schien den letzten Willen des Königs zu kennen, der sicherlich in der Originalnachricht gestanden hatte, die Brithos und Aghias nach Sparta brachten. Nun war dieser letzte Wille – verschlüsselt in den Worten auf dem Grabstein seiner Mutter – ein Zeichen für den Letzten der Kleomeniden … Oder für Talos, den Wolf? Aber wer konnte sie geschrieben haben, einer der Ältesten oder der Ephoren? All das war sehr seltsam …

Manchmal war er nicht einmal mehr sicher, ob er gesehen hatte, wie sich jemand in jener Nacht Brithos genähert hatte, er konnte nicht sagen, ob er vielleicht nur geträumt hatte ... Mittlerweile gelang es ihm nicht einmal mehr, in seinem eigenen Leben Traum und Wirklichkeit zu unterscheiden.

Er hoffte, dass die Nacht ihm noch ein wenig Erholung bringen würde und hörte auf, sich weiter zu quälen, denn er dachte nunmehr, dass er nur in Sparta die Lösung für all seine Zweifel würde finden können, die Antwort auf all seine Fragen. Der Boden, auf dem er sich niedergelassen hatte, war trocken und die große Wolldecke hielt ihn warm. Er schlummerte von Neuem ein. Auch der Wind hatte sich gelegt und der Platz war in tiefe Stille getaucht. Doch plötzlich konnte man das Schlagen von Flügeln hören. Die Raubvögel erhoben sich von den schaurigen Ruinen und glitten auf der Suche nach Nahrung durch die Dunkelheit.

Das Wiehern seines Pferdes weckte ihn unsanft kurz vor Sonnenaufgang. Das Tier war unruhig, als erschrecke es vor irgendetwas, es scharrte mit den Hufen in der Erde und schnaubte. Während Kleidemos aufstand, um das Tier zu beruhigen, bäumte es sich auf, um sich zu loszumachen, und wieherte erneut, panisch. Kleidemos sah sich um, doch er konnte nichts erkennen; er näherte sich dem Pferd, sprach beruhigend auf es ein und löste die Zügel, die er um einen Baum gebunden hatte. Dann versuchte er, seine Nüstern zu streicheln, doch das Tier machte keine Anstalten, sich zu beruhigen, im Gegenteil, es schien immer ängstlicher zu werden. Ohne die Zügel loszulassen, hob Kleidemos seine Decke vom Boden auf und zog das Pferd vor die Stadtmauer.

Da vernahm er plötzlich ein dumpfes Getöse, eine Art verhaltenes Donnergrollen, das von unter der Erde zu kommen schien. Ihm wurde angst und bange. All die Geschichten, die er als Kind über diesen Ort gehört hatte, schienen ihm plötzlich glaubhaft und er bereute, überhaupt einen Fuß innerhalb diese alten Mauern gesetzt zu haben. Während er versuchte, das Pferd hinter sich den Abhang hinunterzuziehen, hörte er erneut das Getöse und spürte, wie die Erde bebte; zuerst eine ganz leichte Erschütterung, dann eine etwas stärkere, die ihn schwanken ließ, und schließlich bebte die Erde derart, dass es ihn zu Boden riss und mit ihm sein Pferd, das ihn beinah zerquetschte. Noch als er den matschigen Weg hinabrollte, hörte er, wie hinter ihm etwas zusammenbrach, und als er sich umdrehte, sah er, wie große Felsbrocken von den Mauern und Türmen herabstürzten. Die Erde bebte noch einmal, zuckte unter ihm zusammen, und noch mehr Steine fielen herab und wirbelten eine schwarze Staubwolke auf. Die Götter zerstörten, was von Ithome übrig geblieben war, und über der Stadt zogen sich bleifarbene, mit Regen vollgesogene Wolken zusammen.

Hinter der fahlen Wolkendecke zuckte auf einmal ein Blitz, der den Berg in ein grelles Licht tauchte, und gleich darauf folgte ein Donner. Weitere Blitze folgten schnell aufeinander und zeichneten die gespenstischen Umrisse der Bollwerke ab. Und wieder ertönte bedrohlich laut knatterndes Donnergrollen, dass man meinte, die Erde würde sich jeden Augenblick auftun und die Stadt verschlucken.

Starr vor Schreck blieb Kleidemos einen Augenblick stehen und betrachtete wie gebannt die Szenerie, überzeugt, dass die freigelegten Mauern der Fundamente auf ihn stürzen und ihn unter sich begraben würden. Dann drehte er sich um und rannte, so schnell seine Beine ihn trugen, den Abhang hinunter, stolperte einige Male und fiel hin, stand jedoch gleich wieder auf, von oben bis unten mit Schlamm besudelt und Ellbogen und Knie aufgeschlagen, dass sie bluteten. Endlich war er am Fuß des Berges angelangt. Sofort rief er nach seinem Pferd, das – die Zügel zwischen den Beinen baumelnd – angelaufen kam, sprang auf dessen

Rücken und gab ihm die Sporen. Mit wehendem Schweif galoppierte das Tier davon, stieß heißen Dampf aus seinen geweiteten Nüstern und riss bei jedem Blitz die Pupillen weit auf. Sein Reiter trieb es in rasendem Tempo weiter über den engen Weg, auf den nun auch Regen fiel. Bald schon fegte eine Windböe über die menschenleere Gegend hinweg und der Regen verwandelte sich in eine wahre Sturzflut, doch Kleidemos gab dem Pferd die Sporen wie ein Verrückter, bis er merkte, dass das Tier zu keuchen begann und immer kurzatmiger wurde und er die Zügel anzog, um es etwas zu bremsen. Als sie das Unwetter hinter sich gelassen hatten, zog er abermals an den Zügeln, damit das regen- und schweißnasse Pferd im Schritttempo weiterging. Er durchquerte ein kleines Dorf, dann noch eines, und wohin er auch kam, boten sich ihm Bilder des Schreckens: In Panik gruben Menschen mit bloßen Händen in den Trümmern ihrer Häuser, versuchten, ihre Tiere wieder einzufangen, die die Zäune niedergerissen hatten und erschrocken über die Felder liefen.

Vollkommen erschöpft vor Hunger und Müdigkeit erreichte er am späten Nachmittag Gatheae und schließlich, gegen Abend, Belemina, beides Orte, die das Erdbeben völlig zerstört hatte. Die Auswirkungen des Bebens wurden sogar immer schlimmer, je mehr er sich Lakonien näherte. Die Holzhäuser hatten widerstanden, doch die Steinhäuser waren von der Wucht der Erschütterungen in Schutt und Asche gelegt worden. Wohin man auch sah, überall in Tränen aufgelöste Frauen, Männer, die wie betäubt zwischen den Trümmern umherliefen, Kinder, die verzweifelt nach ihren Eltern schrien, die unter den Ruinen ihrer Häuser begraben waren. Erledigt von der Anstrengung und der Angst schlief er ein paar Stunden in einem Heuschober, dann machte er sich wieder auf den Weg in Richtung Karystos, unterbrach die Reise nur hier und da kurz, um seinem Reittier einen Augenblick Ruhe zu gönnen. Mit Schrecken dachte er daran, wie er wohl sein Haus vorfinden würde und was seiner Mutter zugestoßen sein könnte. Es war nunmehr klar, dass das Erdbeben einen großen Teil des Peloponnes heimgesucht hatte und er konnte nicht sicher sein, dass nicht auch der Bauernhof von Pelias und Antinea eingestürzt und zerstört war. Auch Karystos schien verwüstet und er sah Hunderte von Leichen, die längs der Straßen aufgereiht waren; und wo sich die Überlebenden einen Weg durch die Trümmer bahnten, wurden auch die Reihen der Toten länger. Er hielt ein paar Reiter an, die auf der Straße angaloppiert kamen, die von Süden herführte. »Woher kommt ihr?«, rief er ihnen zu.

»Aus Tegea. Und wer bist du?«

»Ich bin Kleidemos, der Sohn des Aristarchos, Spartaner. Was habt ihr für Nachrichten von der Stadt?«

»Schlechte«, antwortete einer der Reiter kopfschüttelnd, »der größte Teil der Häuser ist eingestürzt oder zumindest einsturzgefährdet. Es gibt Tausende von Toten. Alle starken Männer werden für Hilfsdienste und Aufräumarbeiten benötigt. Viele der Ältesten sind tot, und auch ein paar der Ephoren. Überall herrscht ein furchtbares Chaos.«

»Und der König?«

»König Archidamos lebt. Einer meiner Kameraden hat ihn in der Nähe der Akropolis gesehen, wo er sein Hauptquartier aufgeschlagen hat. Aber über König Pleistarchos weiß ich nichts.«

»Und wo wollt ihr jetzt hin?«

»Nach Norden, Hilfe holen. In Arkadien, oder auch in Achäa, wenn nötig, aber bis jetzt haben wir überall nur Trümmer und Tote gefunden. Wir haben zwei Wachen des Königs getroffen, die nach Sikyon und Korinth reiten, um Hilfe zu holen. Amyklä ist dem Erdboden gleichgemacht, Gytheion ist fast völlig zerstört. Beeile dich, wenn du noch Angehörige in Sparta hast, denn die Stadt ist verwüstet.« Darauf galoppierten sie gen Norden davon, während

Kleidemos in entgegengesetzter Richtung davonpreschte und sein Pferd mit den Zügeln peitschte, um es anzutreiben.

Auf dem Weg kam er an Flüchtlingszügen mit Karren und Lasttieren vorbei, an Gruppen schlammbedeckter Reiter, die ihre Pferde mit der Peitsche antrieben und schon von weitem riefen, dass man ihnen den Weg frei machen solle, inmitten dieses Ameisenhaufens aus Menschen, die alle ihr Dach über dem Kopf verloren hatten und all ihr Hab und Gut. Er ließ das halbzerstörte Sellasia hinter sich und erreichte die Ufer des Eurotas, dessen dunkles Wasser sich träge durch das Flussbett wälzte. Nunmehr waren es nur noch wenige Stunden bis Sparta, wenn das Pferd die ungeheure Anstrengung, die er ihm abverlangte, überstand. Das gütige Tier, das mit dem Bauch fast den Boden berührte und den Kopf rhythmisch nach vorn bewegte – die Muskeln des kräftigen Halses zum Bersten angespannt –, verschlang die Straße förmlich, doch Kleidemos musste es ab und zu zügeln, damit es am Ende nicht vor Erschöpfung zusammenbrach.

Die Zeichen der Zerstörung wurden immer grausiger und dramatischer, je näher er der Stadt kam, und von vielen Dörfern war nichts übrig geblieben als ein großer Trümmerhaufen, in dem keine einzige Mauer mehr stand: Ganze Bevölkerungen mussten ausgelöscht worden sein, wenn die Erschütterungen, die er in Ithome gespürt hatte, nur das ferne Echo des Bebens gewesen war, das ganz Lakonien erschüttert und sieben Städte dem Erdboden gleichgemacht hatte, wobei es den größten Teil der Bewohner im Schlaf überrascht hatte.

Irgendwann bemerkte er Gruppen von Hopliten in Kriegsrüstung, die an Straßenkreuzungen standen oder auch inmitten der Landschaft patrouillierten und dabei halb in den vom Regen aufgeweichten Äckern versanken – eine Übung, deren Sinn er sich nicht erklären konnte. Die Patrouillen wurden immer zahlreicher. Sie bestanden zuweilen aus ganz jungen Männern mit Verletzungen, die so gut es ging verbunden waren, die dennoch den Schild mit dem roten Lambda trugen. Kleidemos versuchte gar nicht erst, mehr zu erfahren; im Augenblick kümmerte ihn nur das Schicksal seiner Mutter.

Bei Einbruch der Dunkelheit konnte er endlich das Haus der Kleomeniden sehen. Aus der Entfernung sah er jedoch nur die dunklen Umrisse in der Landschaft aufragen. Er vermochte nicht zu erkennen, ob das Gebäude noch stand oder nur noch ein unförmiger Trümmerhaufen war. Als er den Eingang zum Hof erreichte, seufzte er erleichtert auf: Hier und dort waren zwar Risse und auch ein Teil des Dachs war heruntergekommen, doch alles in allem hatte die stabile Konstruktion, deren Steine in den Ecken über Kreuz miteinander verbunden waren, Stand gehalten, während die Ställe und die Unterkünfte der Bauern eingestürzt waren. Im Inneren des Hauses brannte jedoch kein Licht und es war totenstill. Er stieß die von Schutthaufen halb blockierte Tür auf und trat ein; es war noch ein wenig Glut in der Feuerstelle und es gelang ihm, das Feuer wieder zu entfachen und eine Fackel anzuzünden.

Viele Deckenbalken hatten sich verschoben und hingen lose aus ihren Aufhängungen heraus. Er rief mehrmals nach der Mutter, nach Alesos, doch keiner antwortete. Er lief von einem Zimmer ins andere, fand jedoch niemanden. Das Haus war vollkommen leer, obwohl in der vorangegangenen Nacht das Feuer gebrannt haben musste, und es gab auch keine Blutspuren. Das Bett seiner Mutter war von Schutt und Staub bedeckt, doch es schien niemand darin geschlafen zu haben. Nunmehr voller Furcht kehrte er in das Atrium zurück und setzte sich ans Feuer. Was war während seiner Abwesenheit geschehen? Anscheinend hatte seine Mutter das Haus verlassen … oder war sie vielleicht mit Gewalt weggebracht worden, während er fort gewesen war? Er konnte sich nicht vorstellen, dass sie gegangen war, ohne ihm eine Nachricht zu hinterlassen. Inzwischen war er jedoch so erschöpft, dass er nicht mehr die Kraft hatte, sich auf dunklen Feldern, oder – schlimmer noch – in der verwüsteten Stadt auf die Suche nach ihr zu machen. Er ging hinaus, um sein Pferd zu versorgen. Das arme schweißgebadete Tier war am Ende seiner Kräfte und hätte in dem kalten Nachtwind sterben können. Mit etwas Heu, das er unter den Trümmern des Stalls fand, rieb er es so gut es ging trocken, legte ihm eine Decke über den Rücken, brachte es an eine geschützte Stelle und warf ihm etwas Futter hin. Dann kehrte er endlich ins Haus zurück. Ungeachtet der Gefahr, dass weitere Erschütterungen das nunmehr morsche Dach über ihm zum Einsturz bringen könnten, zog er sein Bett an das Feuer heran und sank totmüde darauf nieder.

Aus der Ferne drangen gedämpft das Stöhnen und die Schreie der gequälten Stadt zu ihm, das Wehklagen Spartas, der Unbesiegbaren.

Weit fort, auf dem von der Sturmflut gepeitschten Vorgebirge des Tänaron, war der Poseidontempel von seinen Fundamenten gestürzt und die Statue des Gottes, den die Seeleute Enosigeos nannten, ›Der die Erde erschüttert‹, war von seinem Sockel gekippt und zu Füßen des immer noch blutbeschmierten Altars gerollt.

Noch bevor die Sonne aufging stand Kleidemos auf, geweckt von dem Blöken der hungrigen Ochsen, die vor dem Erdbeben geflohen waren und sich nun auf der Suche nach Futter um die zerstörten Ställe versammelt hatten. Er blieb einen Augenblick sitzen und versuchte, seine noch wirren Gedanken zu ordnen. Das Verschwinden seiner Mutter bereitete ihm große Sorgen, doch zugleich hoffte er, dass sie sich mit Alesos in die Berge gerettet hatte, wo die Holzhäuser der Heloten dem Erdbeben besser Stand gehalten haben mussten. Voller Bitterkeit dachte er an die Nacht, die er in den Ruinen Ithomes verbracht hatte. Dort hätte er, wie durch Eingebung, fast die Wahrheit über den Tod seines Bruders und von Aghias entdeckt, die – von der Stadt zurückgewiesen – in den Tod getrieben worden waren: Zum Selbstmord der eine, zu einer Verzweiflungstat der andere, in dem Wunsch, seine Ehre zurückzugewinnen. Und als die Wahrheit zum Greifen nah gewesen war, war die Stadt von einem Erdbeben zerstört worden. Andererseits, was für einen Sinn hatte es, herauszufinden, was wirklich in der Nachricht Leonidas' gestanden hatte? Sparta hatte den Tod seines Vaters Aristarchos und seines Bruders Brithos gewollt und war auch verantwortlich für den Tod Ismenes, die von einem Schmerz zerrissen worden war, den kein Mensch hätte aushalten können. Geblieben waren nur die wenigen Worte auf ihrem Grab – wer weiß von wem geschrieben –, die vielleicht ihm gewidmet waren. Eine blasse Spur, die ihn zu einer Wahrheit führen sollte, die ihm nun nicht mehr viel bedeutete. Sparta zahlte für ihre unmenschliche Härte, zahlte für ihr grausames Sakrileg am Kap Tänaron. Die Götter fegten die Stadt einfach fort.

Es war Zeit, eine Entscheidung zu treffen. Er erhob sich, um etwas zu essen zu suchen und seinen quälenden Hunger zu besänftigen, und nachdem er ein Stück altbackenes Brot gegessen hatte, das er in einem Backtrog gefunden hatte, ging er in den Hof hinaus. Ein Wind hatte sich erhoben, der den Boden ein wenig trocknete und die Wolken forttrug; er sah nach Sparta und bemerkte viele Patrouillen, die zwischen den niedergerissenen Häusern umherliefen. Auf einmal hatte er das Gefühl, das irgendetwas vor sich ging. Man konnte Trompetenstöße hören, von allen Seiten kamen noch mehr Krieger angelaufen und ein Mann auf einem Pferd, das vor- und zurücktänzelte, hob den rechten Arm, als würde er Befehle erteilen. Er trug einen Helm mit Federbusch, vielleicht war das einer der Könige – Pleistarchos oder Archidamos. Was ging hier vor?

Er wandte den Blick zum Berg und verstand. Hunderte und Aberhunderte von Männern stiegen den Taygetos herab, tauchten hier und da aus den Wäldern und aus dem Gebüsch auf, um wieder zu verschwinden und gleich darauf weiter unten im Tal erneut aufzutauchen. Sie waren mit Lanzen, Schwertern und Stöcken bewaffnet. Da, jetzt hatten sie den Olivenhain erreicht, der sich zwischen den Berghängen und der Stadt ausbreitete.

Der Zorn der Götter war noch nicht besänftigt: Die Heloten griffen Sparta an!

X
DAS WORT DES KÖNIGS

In kurzer Zeit hatten die Heloten die Ebene erreicht und als sie nicht mehr weit von der Stadt entfernt waren, blieben sie stehen, als hätten sich die Gruppen, die sich ungeordnet vorwärts bewegten, abgesprochen. Die Ersten stellten sich in einer Reihe auf, die anderen hinter ihnen, bis sie eine einigermaßen regelmäßige Front bildeten, die sehr viel länger war als die dünne Reihe der Krieger, die die Spartaner zusammenbekommen hatten. Kleidemos verließ den Hof und ging auf die Ebene zu, bis er zu einem verfallenen Haus kam, von dem aus er das Geschehen besser beobachten konnte.

Da ertönte plötzlich ein Grauen erregender Schrei und die Heloten gingen zum Angriff über. Die Spartaner wichen zwischen die Ruinen der Stadt zurück, damit ihre Flanken gedeckt waren, dann bildeten sie mit gesenkten Lanzen eine geschlossene Front. Wenige Augenblicke später trafen die beiden Kampftruppen aufeinander. Die Reihen der Heloten stürmten im Eifer des Gefechts los, als wollte sich keiner von ihnen das Massaker an den seit Jahrhunderten gehassten und gefürchteten Feinden entgehen lassen, doch die Spartaner verteidigten mit aller Kraft ihr Leben, denn sie waren sich sehr wohl darüber im Klaren, dass – wenn sie an jenem Tag unterliegen würden – sie das Ende ihrer Stadt mitansehen müssten, zusehen müssten, wie ihre Frauen vergewaltigt und getötet, die Kinder mit Schwertern durchbohrt und all die vernichtet würden, die das Erdbeben verschont hatte.

Kleidemos war drauf und dran, nach Hause zu laufen und zu den Waffen zu greifen, um sich ebenfalls in den Kampf zu stürzen; das war der Tag, von dem Kritolaos immer geträumt hatte, für sich und sein Volk. Doch allein der Gedanke, die Rüstung anzuziehen, die Aristarchos und Brithos gehört hatte, um der Stadt, für die sie ihr Leben gegeben hatten, den Todesstoß zu versetzen, hielt ihn, zitternd und verzweifelt, in seinem Versteck zurück, und das Einzige, was er tun konnte, war, dem Kampf mit weit aufgerissenen Augen zuzusehen, das Herz in Aufruhr vor Leidenschaft. Sein Herz war für ihn das wahre Schlachtfeld, in ihm bekämpften sich die beiden Völker in rasendem Hass, in ihm säten sie Tod, Blut und Geschrei, Schrecken und Leid. Er konnte nicht lange zusehen und sackte langsam auf die Knie, lehnte den Kopf gegen die Mauer und begann – von fürchterlichen Krämpfen geschüttelt – untröstlich zu weinen.

Doch vor den niedergerissenen Häusern Spartas wurde die Schlacht immer grausamer, denn die Heloten stürmten unaufhaltsam vorwärts, rückten immer wieder nach, während ihre Kämpfer der ersten Reihen sich erschöpft oder verletzt zurückzogen. Die Mauer aus Lanzen vor ihnen troff schon vor Blut und schien unüberwindlich; die mit Speeren gespickte Front der Feinde wich nicht einen Schritt zurück. König Archidamos selbst hatte sich mitten in ihren Reihen aufgestellt und schlug sich tapfer. Die Hopliten an seiner Seite vollbrachten wahre Wunder, um ihrem König keine Schande zu machen. Dann kamen noch mehr Krieger zur Verstärkung und bezogen an den Seiten Aufstellung, wo die Gefahr, umzingelt zu werden, am größten war, und dann kamen immer mehr – und mit ihnen die Flötenspieler, die in ihre Instrumente bliesen. Jene Musik, die sich zwischen den zerfallenen Häusern erhob und die Schreie der Kämpfenden übertönte, schwebte über die Felder wie die Stimme von einem, der tödlich verletzt ist und nicht sterben will. Schließlich gelang es den Heloten, sich in den Wald zurückzuziehen und ihre Verletzten und Gefallenen mit sich zu nehmen.

Die Spartaner folgten ihnen nicht. Sie begnügten sich

damit, sie in die Flucht geschlagen zu haben und, nachdem sie die Waffen niedergelegt hatten, machten auch sie sich daran, ihre Verwundeten zu versorgen und die Toten einzusammeln. Der König kommandierte Trupps ab, die vor der Stadt Wache schieben sollten, dann nahm er die kräftigsten Männer mit sich und begann, den Leuten zu helfen, die noch immer in den Ruinen gefangen waren. Den Rest des Tages sah man ihn, wie er in zerrissenen Kleidern unermüdlich zwischen den Trümmern umherlief und überall da, wo Hilfe von Nöten war, mit anpackte. Als es Abend wurde, hatten bereits viele der Überlebenden einen Unterschlupf in einem der Lagerzelte, die er an mehreren Stellen der Stadt, überall da, wo sich ein freier Platz befand, hatte aufstellen lassen. Die Frauen hatten Feuer angezündet und bereiteten etwas zu essen zu, um die entkräfteten und hungrigen Leute zu stärken. Im Licht der Fackeln und Öllampen arbeiteten die Militärärzte unermüdlich, nähten Wunden, setzten gebrochene Gliedmaßen wieder zusammen, brannten mit glühenden Eisen Entzündungen aus oder stillten Blutungen.

Währenddessen ritt König Pleistarchos, begleitet von einem Wachtrupp, gen Norden. Er wollte in Korinth Hilfe holen und versuchen, Kontakt zu den Athenern aufzunehmen. Kimon würde ihm seine Hilfe gewiss nicht verwehren und vielleicht seine Flotte mit Getreidevorräten schicken, um den Hunger seines Volkes zu stillen. In dieser verzweifelten Lage konnte der Sohn Leonidas' den Sohn des Miltiades, des Siegers von Marathon, sicherlich um die Hilfe bitten.

In dem Augenblick, in dem die Heloten sich zurückgezogen hatten, war Kleidemos auf dem Boden ohnmächtig zusammengebrochen und war dort – nur halb bei Bewusstsein – lange Zeit liegen geblieben, bis ihn irgendwann die Kälte der Nacht aufrüttelte. Sein Magen krampfte sich vor Hunger zusammen und er beschloss, ins Haus zurückzukehren. Er wollte etwas essen und sich ausruhen, denn am nächsten Morgen wollte er für immer seinen Weg wählen. Es gelang ihm gerade noch, ein Feuer zu entfachen und sich in der Glut ein Fladenbrot zu backen, dann sank er erschöpft auf sein Lager. Dann, als die Nacht schon fortgeschritten war und er noch tief und fest schlief, war ihm, als klopfe jemand an der Tür. Er spitzte die Ohren: In der Tat, da klopfte wirklich jemand. Er sprang aus dem Bett, packte sein Schwert, nahm eine Fackel und ging öffnen, sah jedoch niemanden. »Wer ist da?«, fragte er und ließ den Blick forschend durch das Dunkel schweifen.

Er stieg die Treppen hinunter, um in den Hof zu sehen und hob die Fackel hoch, um etwas mehr Licht zu machen. Er sah nach rechts, zum Stall hinüber, und dann nach links, wobei er die Mauern des Hauses beleuchtete. Da sah er plötzlich einen Mann, der reglos dastand, in einen Mantel gehüllt, der sein Gesicht zur Hälfte bedeckte. Über dem linken Auge trug er eine schwarze Augenklappe. Kleidemos zuckte überrascht zusammen, dann hielt er drohend sein Schwert vor.

»Wer bist du?«

Der Mann hob die rechte Hand an den Mantelkragen und enthüllte sein von Narben gezeichnetes Gesicht: Karas!

Kleidemos ließ das Schwert fallen und starrte ihn sprachlos an.

»Empfängst du so einen Freund, den du lange nicht gesehen hast?«, fragte Karas, während er auf ihn zuging.

»Ich ...«, stammelte Kleidemos, »ich konnte nicht glauben ... ich hätte nicht erwartet ... oh, allmächtige Götter ... Karas ... du bist es wirklich ... aber dein Auge ... *an jenem Tag wird ein Mann zu dir kommen, der auf einem Auge blind ist ...*, was hast du mit deinem Auge gemacht?« Karas warf seinen Mantel über die Schultern und öffnete die Arme.

»Ach alter Freund, lieber, alter Freund ...«, sagte Kleidemos mit zitternder Stimme und umarmte ihn fest. »Ich hatte schon Angst, dass ich dich nie wieder sehen würde ... *er kann den Fluch vom Schwert des Königs nehmen ...*«

Sie gingen in das Atrium und setzten sich an die Feuerstelle, wo Kleidemos das inzwischen verloschene Feuer wieder entfachte.

»Beim Pollux ... dein Gesicht«, sagte er und betrachtete Karas' schwarze Augenklappe, die Narben in seinem Gesicht. »Wer hat dir das angetan?«

»Die Krypteia. Ich habe Pausanias getroffen, als er aus Asien zurückkam, und die Ephoren wollten wissen, worüber wir gesprochen haben. Sie hätten mich beinah zu Tode gefoltert, aber ich habe nichts gesagt ... schließlich waren sie überzeugt, dass ich nichts wusste, und haben mich gehen lassen. Vermutlich haben sie sich vorgenommen, überall auf dem Berg Spione abzustellen und jede meiner Bewegungen zu überwachen. Deshalb musste ich mich lange verstecken, aber jetzt ist die Stunde gekommen, ihnen alles ein für alle Mal heimzuzahlen.«

»Ich bin gerade aus Messenien zurückgekehrt«, sagte Kleidemos, »ich habe Antinea gesehen und Pelias.«

»Ich weiß ... ich habe deine Mutter auf den Berg zurückgebracht.«

»Ich habe gehört, dass die Heloten heute die Stadt angegriffen haben.«

»Das stimmt, aber sie wurden zurückgedrängt. Sie wollten nicht auf mich hören und haben alles aufs Spiel gesetzt. Sie haben große Verluste gemacht ... einige sind tot, andere sind verletzt ... Sie brauchen jemanden, der sie führt ...« Karas blickte hoch und sein Auge funkelte im Widerschein der Flammen. »Für dich ist der Moment gekommen, deinen Weg zu wählen. Die Götter haben ihren Willen kundgetan«, sagte er, dann fügte er feierlich hinzu:

Dem Bronzevolk kehrt er den Rücken,
wenn Enosigeos Peloponnes Boden erschüttert.

»Die Götter haben dieses Land mit dem Erdbeben erschüttert … das ist das Zeichen.«

Kleidemos schloss die Augen. Es gab keinen Zweifel mehr und der Mann mit nur einem Auge, von dem Kritolaos auf dem Sterbebett gesprochen hatte … das war Karas selbst, Karas, den er nun, nach so vielen Jahren, vor sich hatte. Und nun, nun schien es ihm, als habe er ihn erst vor wenigen Tagen verlassen. Er sah ihn wieder auf dem Schlachtfeld von Platää vor sich, im Licht des Sonnenuntergangs, wie er ihm direkt in die Augen sah und die Worte der Pythia Perialla flüsterte und hinzufügte: *erinnere dich an diese Worte, Sohn Spartas und Sohn deines Volkes, am Tag, an dem du mich wieder siehst …*

»Du hast Recht, Karas«, sagte er, »die Götter haben mir das Zeichen gegeben, auf das ich seit Jahren warte, und doch fühle ich mich immer noch unsicher, zweigeteilt in meinem Innersten. Ich habe dich vorhin angelogen. Es stimmt nicht, dass ich heute aus Messenien gekommen bin, in Wirklichkeit bin ich schon gestern gekommen. Ich habe heute die Heloten vom Berg herunter kommen sehen.« Karas sah ihn plötzlich finster an. »Aber ich konnte mich nicht rühren. Ich wollte loslaufen und meine Waffen nehmen, konnte aber einfach nur dasitzen, ich habe gezittert, mir auf die Hände gebissen … ich habe nichts getan. Ich konnte nicht das Schwert meines Vaters und meines Bruders nehmen und es gegen die Stadt verwenden, für die sie ihr Leben gegeben haben. Und noch etwas Anderes will ich dir sagen: Nicht weit entfernt von diesem Haus liegt Ismene begraben, meine Mutter, und auf dem Grabstein ist eine Inschrift, die eine Botschaft zu sein scheint: ›Ismene, Tochter des Eutidemos, Braut des Aristarchos, dem Drachen, zweier tapferer Söhne unglückliche Mutter. Das wertvolle Geschenk des Löwen von Sparta neideten die Götter ihr‹. Ich bin sicher, dass jemand den letzten Satz hinzugefügt hat und ich versuche schon eine Weile, herauszufinden, was er bedeutet. Karas, wenn ich die letzte große Entscheidung meines Lebens treffen muss, wenn es wahr ist, dass die Götter mir mit diesem Erdbeben ein Zeichen geben wollten, wenn ich wieder zu den Waffen greifen und meinem Schicksal ohne zu Zögern entgegen gehen soll, will ich kein ungelöstes Rätsel zurücklassen. Alles muss klar sein, damit ich keine Reue empfinde. Kein Mensch kann sicher seinen Weg gehen, wenn seine Seele nicht in Frieden ist. Ich weiß, was du von mir willst, und ich weiß, dass Kritolaos, wenn er noch leben würde, das Gleiche wollen würde, und es erscheint dir sicher seltsam, dass ich die Bedeutung einer Grabinschrift suche, während ein ganzes Volk sich erhebt, um seine alte Freiheit wiederzugewinnen und sein Leben aufs Spiel setzt.«

»Seltsam ist das nicht«, entgegnete Karas mit einem rätselhaften Gesichtsausdruck. »Sprich weiter.«

»Ich begleitete meinen Bruder und seinen Freund Aghias von den Thermopylen nach Sparta, so wollte es Leonidas. Sie sollten den Ephoren und den Ältesten eine Nachricht bringen, doch niemand hat je erfahren, was darin stand. Ich habe sogar gehört, dass die Rolle leer gewesen sein soll, dass nichts darin geschrieben stand. Du weißt, was mit Aghias geschehen ist und was mit Brithos geschehen wäre, wenn wir es nicht verhindert hätten. Und dennoch starb Brithos in Plataä bei seiner Wahnsinnsaktion, als er sich allein auf die Perser stürzte.«

Er erhob sich und lief im Atrium auf und ab, dann ging er zur Tür, schob den Riegel beiseite und öffnete die Tür, um Sparta sehen zu können. Nur wenige Lampen verbreiteten einen schwachen Lichtschein, doch rings um die Stadt waren Lagerfeuer zu sehen: Die Krieger waren auf der Hut. Er schloss die Tür wieder und kehrte zur Feuerstelle zurück:

»Ich bin zu der Überzeugung gelangt, dass derjenige, der diese letzten Worte auf Ismenes Grabstein geschrieben hat, den Inhalt der Nachricht des Königs kannte. Was sonst sollten diese Worte bedeuten, die auf das Geschenk des Königs anspielen? Leonidas wollte Brithos retten … und vielleicht auch mich. Leonidas musste wissen … Mein Vater war ihm immer sehr verbunden und vor ihm König Kleomenes.« In der Ferne ertönte ein Dröhnen, wie das Dröhnen des Erdbebens, das das Haus hatte erzittern lassen. Karas sah zu den Deckenbalken, ohne sich zu rühren.

»Ich glaube, ich kann dir helfen«, sagte er, »wenn es stimmt, was ich denke, wirst du die Heloten im Krieg gegen Sparta anführen – ohne Reue.«

»Was willst du damit sagen?«

»Denk doch mal nach«, fuhr Karas fort. »Wenn es stimmt, dass die Rolle leer war – was auch ich glaube, denn ich habe es ebenfalls gehört –, muss jemand die Rollen vertauscht haben.« Kleidemos fuhr hoch und dachte an jene Nacht am Golf, an den Schatten, der eilig durch das Lager geglitten war, sich über Brithos gebeugt hatte und wieder verschwunden war. »Wenn es so ist, kann es nur die Krypteia getan haben. Und ganz ohne Zweifel wird die Krypteia die Rolle den Ephoren gebracht haben. Nun war aber einer der Ephoren, Episthenes, ein Freund Pausanias' und in dessen Pläne eingeweiht. Er könnte diesen Satz in den Grabstein deiner Mutter eingraviert haben, damit du ihn siehst und versuchst, die Wahrheit herauszufinden. Das Erdbeben hat unter den Spartanern viele Opfer gefordert und wenn Episthenes tot ist, hat er sicher sein Geheimnis mit ins Grab genommen, doch wenn er lebt … Du weißt, wo sein Haus ist und wenn du willst, werde ich dich begleiten.«

»Nein, das ist zu gefährlich, ich werde allein gehen, noch heute Nacht.« Er stand auf, öffnete die Tür und betrachtete den noch dunklen Himmel. »Noch zwei Stunden, dann bricht der Tag an«, sagte er, »das wird genügen.«

»Ich wünschte, es wäre nicht nötig, Junge«, sagte Karas und erhob sich ebenfalls und ging zur Tür.

»Auch ich wünschte es, aber ich kann nicht anders. Seit Tagen quält mich dieser Gedanke, seit ich auf dem Rückweg in … den Ruinen von Ithome Rast gemacht habe.«

»Du warst in der Totenstadt? Warum?«

»Ich weiß nicht, ich habe sie bei Einbruch der Dunkelheit plötzlich vor mir auftauchen sehen und das Bedürfnis verspürt, mich in diese Mauern zu begeben. Aber du musst nun gehen, Karas, und gib auf dich Acht …«

»Gib du auf dich Acht. Und wenn du die Antwort gefunden hast, nach der du suchst, weißt du ja, wo du mich findest.«

»In der Hütte, an der oberen Quelle.«

»Nein«, erwiderte Karas, »du findest mich am Eingang zu der Höhle, hinter der Lichtung mit den Steineichen … Die Zeit ist gekommen, Aristodemos' Schwert unter der Erde hervorzuholen und sein Volk zu befreien.« Er hüllte sich in seinen Mantel und ging hinaus; Kleidemos sah ihm nach. Nach ein paar Schritten war er nur noch einer der unzähligen Schatten der Nacht.

Er nahm den grauen Mantel mit der Kapuze von dem Haken an der Wand, zog ihn an und ging in den Hof hinaus, um sich in die Stadt zu begeben. Als er die Ufer des Eurotas erreichte, stieg er in das Flussbett hinab, damit er nicht von den Wachen bemerkt würde, die das Land um Sparta herum kontrollierten. In der Nähe des Bronzehauses verschwand er zwischen den in die Dunkelheit getauchten Häusern des Mesoaviertels. Die Stadt war wie ausgestorben; es hatte weitere Erschütterungen gegeben und die Leute waren aus den einsturzgefährdeten Gebäuden geflohen. Hier und da sah man Lichter, die bestimmte Viertel erleuchteten. Auf freien Plätzen und vielleicht auch in der Agora hatte man Feuer entfacht, damit die Flüchtlinge sich daran wärmen konnten. Dicht an die Mauern gedrückt bewegte Kleidemos sich vorwärts und versuchte, sich so gut es ging zu orientieren. Die tiefe Finsternis schützte ihn, machte es ihm jedoch auch schwer, etwas wieder zu erkennen. Zuweilen waren Straßen von Trümmerhaufen versperrt und er musste umkehren, um einen anderen Weg zu suchen. Irgendwann erkannte er eine Nische mit einem Bildnis der Artemis wieder: Noch zwei Häuserblocks, dann wäre er auf dem Vorplatz des Ratssaales. Doch wie er befürchtet hatte, war der Platz von einer Gruppe von Soldaten belagert, die neben einem Feuer auf dem Boden saßen. Kleidemos drückte sich dicht an die Mauern einer Säulenhalle, die sich an der Südseite des Platzes erstreckte, dann glitt er blitzschnell von einer Säule zur nächsten, bis er unbemerkt einen Bogen um die beleuchtete Zone gemacht hatte. Wenig später stand er vor dem halb zusammengestürzten Haus des Ephoren Episthenes. Er drückte sich an den zerstörten Eingang und lauschte, doch er konnte nichts hören. Also nahm er all seinen Mut zusammen und trat ein. Ein großer Teil des Daches war eingestürzt und überall auf dem Boden lagen Balken und Schutt, doch ein Teil des Gebäudes war abgestützt und so gut es ging wohnlich gemacht worden, vor einer kleinen Hermesstatue brannte eine Öllampe: Episthenes musste sich also gerettet haben und wohnte vielleicht noch dort. Plötzlich vernahm er das Geräusch von Schritten auf der Straße, vermutlich von Nagelschuhen der Hopliten: Es waren zwei, vielleicht drei.

Er suchte in einer Ecke Zuflucht und hoffte, sie würden vorübergehen, doch sie waren ausgerechnet vor dem Eingang stehen geblieben. Die Männer wechselten ein paar Worte, dann setzten sie sich wieder in Bewegung. Vielleicht war das eine Patrouille. Er neigte sich vor, um sich zu vergewissern, dass alles ruhig war, und erblickte einen Mann mit einer Laterne in der Hand, der in das Atrium trat und die Tür hinter sich schloss. Als er sich umdrehte und die Lampe sein Gesicht erleuchtete, erkannte er ihn: Es war Episthenes, in einen abgenutzten Chiton gehüllt, das Gesicht von allzu großer Mühsal gezeichnet. Er nahm einen Schemel, setzte sich und stellte die Lampe auf den Boden. Da stand Kleidemos auf und kam aus seinem Versteck.

»Sei gegrüßt, o Episthenes, mögen die Götter dich beschützen.« Als er den Eindringling sah, zuckte der Mann zusammen, dann nahm er die Lampe und hielt sie ihm ans Gesicht.

»Beim Herakles, der Sohn des Aristarchos … wir dachten schon, du wärst tot.«

»Ich konnte mich retten, wie du siehst, doch ich musste viele, schreckliche Gefahren überstehen. Verzeih mir, dass ich mich heimlich in dein Haus geschlichen habe, aber ich habe gute Gründe, die mich zu diesem ungewöhnlichen Besuch getrieben haben.« Episthenes richtete seine geröteten Augen zu Boden. »Ich habe gehofft, dass du eines Tages zu mir kommen würdest«, sagte er, »doch im Moment überschlagen sich die Ereignisse und wir können nicht in Ruhe reden.«

»Da ist ein Satz«, sagte Kleidemos, »… der in den Grabstein meiner Mutter graviert ist, ein Satz, der eine Botschaft enthält, und ich glaube, du kannst ihn mir erklären.«

»Du hast einen scharfen Verstand, wie ich mir schon gedacht habe, aber ich fürchte, dass das, was ich dir zu sagen hatte, nicht mehr viel Bedeutung hat. Ich habe diese Worte eingravieren lassen, um die Ungerechtigkeit zu bezeugen, in der Hoffnung, dass du, wenn du nach Hause kämest, dich nach dem Sinn dieser Worte fragen und nach der Wahrheit suchen würdest. Ich war zu alt und zu müde, um mehr zu tun, als ich getan habe. Doch nun … ist ohnehin nichts mehr von Bedeutung. Die Stadt wurde vom Zorn der Götter bestraft. Was können Menschen da noch Schlimmeres anrichten?«

»Ich weiß nicht, was du damit sagen willst, Episthenes, du kennst die Geheimnisse dieser Stadt, aber du kannst dir nicht vorstellen, wie wichtig es für mich ist, die Wahrheit über mich und meine Familie zu erfahren; eine Wahrheit, die ich jetzt wissen muss, bevor der neue Tag beginnt.« Der Ephore erhob sich mühsam, die Hände auf die Knie gestützt, und näherte sich seinem Gesprächspartner. »Sag mir, du kanntest Pausanias' Pläne, nicht wahr?« Kleidemos schwieg. »Sprich ruhig ganz offen, hier hört uns niemand, und der dir gegenüber sitzt, hat versucht, den König vor dem Tod zu bewahren ... ohne Erfolg, leider.«

»Ich kannte sie.«

»Und du hättest ihm geholfen, sie in die Tat umzusetzen?«

»Ich hätte es getan. Aber warum fragst du? Pausanias ist tot und meine Hoffnungen ebenfalls. Das Einzige, was mich an diese Stadt gebunden hat, ist die Erinnerung an meine Eltern und an meinen Bruder Brithos. Ich will wissen, ob es noch einen Grund für mich gibt ... Ich habe dieser Stadt zehn Jahre gedient, ich habe für sie Menschen getötet, die ich noch nicht einmal kannte. Meine Eltern wurden gezwungen, mich auszusetzen, um ihren unmenschlichen Gesetzen treu zu bleiben, meine Mutter ist vor Kummer gestorben ... mein Vater und mein Bruder sind in der Schlacht gefallen. Aber ich will wissen, welches Geheimnis hinter dieser grausamen Geschichte steckt. Ich weiß, dass der Brauch es verbietet, alle Männer einer Familie in den Krieg zu schicken: Warum wurde dieser Brauch bei meinem Vater und meinem Bruder ... und auch bei mir verletzt? Denn ich glaube, dass ihr wusstet, wer Talos, der Lahme, in Wirklichkeit war.«

»So ist es, doch wenn ich dir sage, was ich weiß, wirst du – fürchte ich – nur noch den Wunsch haben, dich zu rächen ...«

»Du irrst, edler Episthenes. An dem Punkt, an dem ich nun bin, habe ich Mitleid mit der Stadt, die die Götter verflucht haben. Ich will es nur wissen, weil ich nicht mehr mit der Ungewissheit und der Angst leben möchte. Es ist

Zeit, dass ich ein für alle Mal meinen Weg finde.« Er ging zu der nur noch lose in den Angeln hängenden Tür und blickte durch die Risse nach draußen. »Der Morgen ist nicht mehr fern.«

»Du hast Recht«, erwiderte der Ephore, »setz dich und hör mir zu.«

Er bot Kleidemos einen Schemel an, der sich nun ebenfalls setzte.

»Seit vielen Jahren stehen nun die Könige zu den Ephoren und den Ältesten in Konkurrenz und es hat oft unerbittliche Kämpfe um die Macht gegeben. So haben die Ephoren zum Beispiel König Kleomenes' Tod verursacht, indem sie sein Essen mit einer Droge vergiftet haben, die ihn ganz allmählich wahnsinnig gemacht hat. Dein Vater Aristarchos und dein Bruder Brithos waren dem König sehr zugetan und jemand fürchtete, dass sie Verdacht geschöpft hätten. Als König Leonidas zu den Thermopylen geschickt wurde, sorgten meine Kollegen also dafür, dass er beide mit sich nahm, indem sie Aristarchos zum Feldadjudanten des Königs ernannten und deinen Bruder in die königliche Wache einschrieben. Es sollte aussehen wie eine große Ehre, die einer Familie zuteil wurde. Doch in Wirklichkeit wussten alle, dass diese Männer nie zurückkehren würden. Der König aber musste es bemerkt haben und schickte die beiden Söhne des Aristarchos mit einer Botschaft nach Sparta zurück und gab ihnen noch einen anderen Krieger zur Begleitung mit, um sicher zu gehen, dass sie dort ankommen würden.«

»Willst du damit sagen, dass Leonidas wusste, dass ich Brithos' Bruder war?«

»So ist es. Als ihr durch Thespien kamt, sah euch ein Spion der Krypteia und bemerkte auch den großen Umschlag mit dem königlichen Siegel um Brithos' Hals. Er dachte sich gleich, dass etwas Wichtiges darin sein musste … etwas, das vielleicht besser nicht der Öffentlichkeit zugeführt werden sollte. Dieser Mann folgte euch also den ganzen Tag und als ihr am Golf euer Lager aufschlugt, wartete er, bis ihr eingeschlafen wart und dann stahl er die Nachricht des Königs.«

»Aber was hat Brithos denn dann den Ephoren gegeben?«

»Einen anderen Umschlag, doch der war leer. Der Spion, der heute ein hoher Offizier der Krypteia ist, fälschte das Siegel, doch er wagte nicht, eine andere Nachricht zu schreiben, denn er konnte die Schrift des Königs nicht fälschen, und außerdem hätte er auch nicht gewusst, was er hätte schreiben sollen.« Kleidemos schlug sich mit der Faust auf das Knie: »Beim Herakles! Ich habe alles gesehen, doch ich war so erschöpft vor Müdigkeit, dass ich glaubte, ich hätte geträumt … Wenn ich es doch nur gemerkt hätte …«

»Ich selbst habe den Umschlag vor dem Ältestenrat geöffnet und war verblüfft, als ich sah, dass er leer war. Damals kannte ich die Wahrheit noch nicht, ebenso wenig wie die anderen, die im Rat saßen. Deshalb verbreitete sich das Gerücht, dass Brithos und Aghias sich einen Trick ausgedacht hatten, um dem Tod am Thermopylenpass zu entgehen. Vielleicht wurde dieses Gerücht auch von demjenigen in die Welt gesetzt, der die Wahrheit kannte, weil er Brithos aus dem Weg räumen wollte, aus Angst, dass er vielleicht eines Tages dahinter kommen könnte. Dann hing Aghias sich auf und Brithos verschwand. Alle dachten, er wäre tot, doch als sich die Nachricht verbreitete, dass in Phokis und in Böotien ein Krieger mit dem Drachenschild gegen die Perser kämpfte, wurden Spione der Krypteia ausgesandt, um herauszufinden, ob er das wirklich war. Als Brithos in Platää auftauchte und kurz darauf in der Schlacht starb, waren meine Kollegen sehr erleichtert. Brithos wäre nur noch als Held gefeiert worden und niemand hätte mehr nach der Geschichte mit der Nachricht des Königs geforscht …«

»Aber ich war doch auch noch da«, unterbrach Kleidemos. »Ich war an den Thermopylen und ich war mit Brithos zurückgekehrt, ich habe ihn auf all seinen Unternehmungen in Phokis und Böotien begleitet.«

»Auf meinen Rat hin nahm Pausanias dich mit sich und deshalb warst du jahrelang sicher, wenn auch überwacht. Als man Pausanias sterben ließ …« Die Stimme des Ephoren zitterte leicht und er zog den Mantel enger um die Schultern, als schauderte es ihn, »wollten die Ephoren um jeden Preis herausfinden, ob du mit seinen Plänen zu tun hattest, doch du warst sehr vorsichtig. Da nahmen sie einen helotischen Hirten, einen Riesen mit ungeheurer Kraft, gefangen, denn sie wussten, dass er dein Freund war und dass er sich mit Pausanias getroffen hatte. Sie übergaben ihn der Krypteia und folterten ihn aufs Grausamste. Doch offensichtlich sagte er kein Wort und so ließen sie ihn frei, in der Hoffnung, dass sie ihn verfolgen und so andere Dinge herausfinden könnten, wenn er versucht hätte, dich zu treffen. Auch er war sehr vorsichtig. Vielleicht hatte er bemerkt, dass dein Haus bewacht war, jedenfalls wurde er nie mehr gesehen, selbst gestern, als die Heloten die Stadt angegriffen haben, hat ihn keiner gesehen.«

»Ich habe ihn gesehen«, sagte Kleidemos, »er hat mir geraten, zu dir zu gehen. Er war überzeugt, dass nur du eine Antwort auf meine Fragen hättest.« Der Ephore schwieg eine Weile, und in der Stille konnte Kleidemos das Krähen der Hähne hören. Die Sonne würde sehr bald aufgehen.

»Er hat richtig gedacht«, sagte der Ephore. »Ich habe die Nachricht von König Leonidas gesehen und habe sie abgeschrieben, bevor sie zerstört wurde. Ich hatte nie den Mut, dir zu sagen, was darin stand und ließ diese Worte in den Grabstein deiner Mutter gravieren. Ich dachte, wenn in deinen Adern wirklich das Blut des großen Aristarchos fließt, würdest du eines Tages nach der Wahrheit suchen, wo auch immer sie verborgen ist.« Er erhob sich und zeigte Kleidemos die Hermesstatue, die in einer Nische in der Wand hinter ihm stand.

»Dort ist sie«, sagte er, »in der Statue.«

Kleidemos stand auf und hob die kleine Statue mit zitternden Händen hoch, drehte sie um und zog die Lederrolle hervor.

»Geh«, sagte Episthenes, »flieh', die Sonne geht gleich auf ... mögen die Götter dich begleiten.« Kleidemos versteckte die Rolle an seiner Brust, ging zur Tür und sah auf die leere Straße. »Mögen die Götter dich beschützen, edler Episthenes«, sagte er, als er sich noch einmal umdrehte, »denn sie haben diese Stadt verflucht.«

Er hüllte sich in seinen Mantel, zog die Kapuze über den Kopf und lief eilig durch die Straßen davon. Er machte einen Bogen um den Platz des Rathauses und schlug sich durch die engen und dunklen Gassen des Mesoaviertels, bis er in das Tal des Eurotas gelangte. Im Schutze des Deiches lief er, so schnell seine Füße ihn trugen, am Flussufer entlang, bis er nicht mehr weit von seinem Haus entfernt war. Inzwischen hatte sich ein so dichter Nebel erhoben, dass er hervorkommen konnte, ohne Angst haben zu müssen, entdeckt zu werden. In der Ferne sah er, durch den weißlichen Schleier des Nebels, wie die Spitzen der Zypressen schaukelten, die um Ismenes Grab standen, sodass er sicheren Schrittes zum Haus der Kleomeniden fand. Er trat ein und schloss gleich die Tür hinter sich, nachdem er sich vergewissert hatte, dass das Haus leer war.

Die Sonne, die gerade über den Horizont gestiegen war, verbreitete ein milchiges Licht im Zimmer. Kleidemos zog die Lederrolle hervor, öffnete sie – wobei er nur mit Mühe das Zittern seiner Hände unter Kontrolle brachte – und überflog die Worte, die König Leonidas in ängstlicher Erwartung seiner letzten Stunde an seine Stadt schicken wollte; Worte, die dreizehn lange Jahre stumm geblieben waren:

Leonidas, Sohn des Anaxandridas, König der Spartaner, panhellenischer Herrscher, an die ehrenwerten Ephoren und hochwürdigen Ältesten, seid gegrüßt.
Wenn Ihr diese Worte lest, werde ich nicht mehr unter den Lebenden weilen. Und mit mir gehen die tapferen Söhne Spartas in den Tod, die sich der schrecklichen Macht der Barbaren entgegengestellt haben. Es ist also nur recht und billig, dass der, der mit seinem eigenen Blut bezahlt, seine Meinung kundtut. Mit dieser letzten Tat wollte ich eine große Familie von tapferen Männern vor dem Untergang bewahren und verhindern, dass sie zu Unrecht geopfert werden. Es handelt sich um Brithos und Kleidemos, die Söhne des Aristarchos, Kleomeniden. Der erste wurde gegen die Gesetze seiner Stadt zum Tode verurteilt, der zweite ist dem Tod entgangen, der ihm vor langer Zeit von den Gesetzen der Stadt vorbestimmt war, und lebt seitdem als Sklave. Sie sind das Fleisch gewordene Bild der Zustände, die in Sparta herrschen, denn zwischen diesen Felsen vergießen die Heloten ebenso ihr Blut wie die Krieger. Diesen beiden Söhnen Spartas möge man ihr gemeinsames Geschlecht enthüllen und für sie wünsche ich, dass ein neues Gesetz gegründet wird, damit zwei Geschlechter, die auf demselben Boden leben, für den sie gleichermaßen ihr Blut geben, in Zukunft unter gleichem Recht und in Frieden leben können. Und euch bitte ich, die verletzte Ehre meines Bruders Kleomenes wieder herzustellen, eures Königs, der nicht von göttlicher Hand, sondern, wie ich glaube, von menschlicher Hand in den Wahnsinn und in den Tod getrieben wurde. Wenn all das nicht geschieht, und wenn es wahr ist, dass die Götter den Sterbenden wahre Weissagungen schicken, so wird die Stadt, für die ich nun mein Blut geben werde, eines Tages vom Fluch der Götter heimgesucht wurden, aus Zorn desjenigen, der grundlos Unrecht und Missbrauch erfahren hat.

Kleidemos ließ die Rolle zu Boden fallen und lief weinend in das Zimmer seiner Eltern, öffnete den großen Schrank aus Zypressenholz, holte die Rüstung und den Schild der

Kleomeniden hervor und schleppte sich damit zu Ismenes Grab. Er legte die reich verzierte Rüstung, die Beinschienen mit den wunderbaren Reliefs, den Helm mit den drei schwarzen Federbüschen und den Drachenschild auf die Steinplatte. Dann kniete er nieder und lehnte den Kopf gegen den eiskalten Stein. Und nachdem er ein letztes Mal den Schild berührt hatte, in dem er als kleines Kind geschlafen hatte und in dem nun die Gebeine seines Bruders gesammelt waren, lief er zum Taygetos und verschwand im Nebel. Da begann es plötzlich im Inneren des Berges gewaltig zu rumoren und die Erde bebte bis hin zu den Tiefen des Tartaros. Die mächtigen Mauern des Hauses der Kleomeniden schwankten, die Verbindungen der Ecksteine barsten und das alte Gebäude brach mit einem ungeheuren Getöse in seinen Fundamenten zusammen.

XI
ITHOME

Er überquerte die Lichtung mit der großen Steineiche, drang in das Dickicht ein und fand sich zu Füßen des Grabhügels wieder. Dort saß Karas in seinen Umhang gehüllt an einem Reisigfeuer, wie ein Felsblock.

»Ich habe dich erwartet«, sagte er und stand auf, »komm, gehen wir rein.«

Er schob die Steine beiseite, die den Eingang zu dem Grabhügel versperrten und auf denen sich ein weicher Mantel aus Moos und Farn gebildet hatte. Nie wieder hatte jemand die Steine angerührt, seit Kritolaos diesen Ort aufgesucht hatte.

Karas nahm einen Stock, der mit Flachs umwickelt war, und zündete ihn am Feuer an. Dann trat er als Erster in die Höhle, gefolgt von Kleidemos. Er befestigte die Fackel an der Mauer der Grabkammer und öffnete den Deckel der großen Truhe. Die fantastische Rüstung funkelte im Halbdunkel und Kleidemos betrachtete sie eine Weile mit weit aufgerissenen Augen. Karas zog den Brustpanzer, der aus drei großen, miteinander verbundenen Platten bestand, heraus, dann den Bronzeschild, der mit Bernsteinen verziert war und auf dem ein Wolfskopf prangte, und schließlich den Helm, der von Wolfszähnen gekrönt war. Als Letztes streckte er die Hand zum Schwert aus und Kleidemos lief ein Schauer über den Rücken. Karas nahm die Fackel von der Wand und hielt sie an die Klinge. Das Fett, mit dem sie bedeckt war, entzündete sich und die Waffe schien selbst zu einer Fackel geworden zu sein. Als die Flamme erlosch, blitzte das Eisen leicht bläulich.

Da blickte Karas hoch und flüsterte leise: »Er wird stark und unschuldig sein, getrieben von einer so großen Liebe zu seinem Volk, dass er selbst die Stimme seines Blutes opfert …«

»Ich habe diese Worte schon aus Kritolaos' Mund gehört«, sagte Kleidemos.

»Das sind die Worte einer alten Prophezeiung, die sich in diesem Moment verwirklicht. Du, der du dein spartanisches Blut für dein Volk opferst … du bist der letzte Wolf Messeniens, Talos, Sohn von Sparta und Sohn deines Volkes. Es ist der Moment gekommen, in dem du das Schwert von Aristodemos nehmen musst, dem König der Messenier, dem Erben des Nestor, des Hirten der Völker. Die Zeit ist gekommen, in der der alte Fluch weicht.« Karas' Auge glänzte unter der gerunzelten Stirn, vielleicht stand eine Träne darin, doch sein Gesicht blieb reglos. Er drückte Kleidemos, der nicht zurückwich, die Schwertspitze auf die Brust, bis Blut daraus hervorspritzte, dann hob er das Schwert mit beiden Händen hoch. Der rote Tropfen rann langsam die mittlere Rille hinab, bis er die bernsteinerne Griffstange erreichte. Nun rammte Karas das Schwert in den Boden, kniete nieder und lehnte seine Stirn, auf der Schweißperlen standen, gegen den Griff. Dann murmelte er, mit zitternder Stimme, Worte, die Kleidemos nicht verstand, und doch schienen sie sich, eines nach dem anderen, in sein Gedächtnis einzubrennen.

Er blickte zu Kleidemos, der zu Stein erstarrt schien, und fügte hinzu: »Und nun nimm es.«

Kleidemos gab sich einen Ruck und streckte die Hand zum Bernsteingriff aus, umklammerte ihn fest, zog das Schwert aus dem Boden und presste es an seine Brust. Karas erhob sich. »Kritolaos war der letzte Wächter des Schwertes; ich bin der Wächter der Worte … Worte, die seit hundertvierundachtzig Jahren überliefert werden. Nun besitzt du das Schwert und kennst die Worte … Du bist der Wolf.«

Alle kampftauglichen Männer der Berge hatten sich schon seit einer Weile auf der großen Lichtung an der oberen Quelle versammelt, bewaffnet und nach Sippen aufgestellt. Sie sprachen miteinander und sahen von Zeit zu Zeit zum Wald hinüber, als warteten sie auf jemanden. Plötzlich zeigten einige von ihnen mit dem Finger auf das dichte Dickicht der Eichen und riefen: »Sie kommen!«

Da tauchte Karas' eindrucksvolle Gestalt auf, in der rechten Hand die Lanze, einen Lederschild am linken Arm. Und hinter ihm erschien ein von Kopf bis Fuß bewaffneter Krieger, den Kopf unter einem Helm, der mit Wolfszähnen geschmückt war; um den Hals einen großen Bogen aus Horn. An dem breiten Gurt hing ein Schwert mit Bernsteingriff. Als sie ihn sahen, knieten die Alten nieder und reckten ihre Hände gen Himmel, während Karas, der näher gekommen war, seine Lanze hob und rief: »Der Wolf ist zurückgekehrt, erweist ihm eure Ehre!« Da stellten sich die Männer in Reihen auf und begannen, ihre Schwerter gegen die Schilde zu schlagen. Ein gewaltiges Dröhnen erhob sich, das immer mehr anwuchs und immer rhythmischer wurde, ein unglaubliches Getöse, das von den umliegenden Berggipfeln widerhallte.

Ein Greis mit langem, weißem Bart trat auf wackeligen Beinen vor den Krieger, blickte mit tränenerfüllten Augen zu ihm hoch und stammelte: »Wir haben schon lange auf diesen Tag gewartet, Herr. Mögen die Götter dir beistehen und dir Kraft geben, dieses Volk zu führen.« Dann nahm er seine Hand und küsste sie. Kleidemos nahm den Helm ab und hob die Hand, um um Ruhe zu bitten. »Volk der Berge!«, rief er. »Hört! Viele Zeichen der Götter, Weissagungen, die sich bewahrheitet haben, haben mich dazu geführt, diese Rüstung anzuziehen und das Schwert zu nehmen, das einst Aristodemos gehörte. Ich war lange Zeit fort, um die Wahrheit über mein Leben und über die Welt, in der wir leben, herauszufinden. Ich habe viel Kummer und Leid erfahren, weil die Götter mir ein hartes

Schicksal vorherbestimmt haben, doch nun sind meine spartanischen Wurzeln verdorrt und mein Weg ist gezeichnet. Ich werde euch also mit Karas' Hilfe führen, des Wächters der Worte, den mein Großvater mir vor vielen Jahren zum Freund gab. Ich habe euch vor zwei Tagen in der Ebene kämpfen sehen und ich habe Sparta gesehen und das, was sich dort zusammenbraut. Wir dürfen das Schicksal nicht noch einmal herausfordern und die Stadt erneut angreifen. Ihr seid zu lange nicht mehr daran gewöhnt, zu kämpfen, wohingegen Sparta noch immer über viele perfekt ausgerüstete und ausgebildete Krieger verfügt, die von zwei ausgesprochen tapferen jungen Königen angeführt werden. Außerdem weiß ich, dass die Stadt bald Unterstützung von ihren Verbündeten bekommt, auch von den Athenern, die zurzeit die Herrscher der Meere sind. Ich denke, dass wir in die alte Heimat unseres Volkes, nach Messenien zurückkehren und Ithome wieder aufbauen sollten!« Ein Flüstern ging durch die Reihen der Krieger. »Die Spartaner werden eine Weile damit beschäftigt sein, ihre zerstörte Stadt wieder aufzubauen und sich neu zu organisieren, und wir haben genug Zeit, nach Ithome zu gehen und die Mauern wieder aufzurichten. Die natürliche Lage des Ortes ist ausgezeichnet und leicht zu verteidigen. Wir werden uns nicht auf dem offenen Feld mit der Phalanx des Peloponnes schlagen müssen. Wir werden die Brunnen und Zisternen wieder in Betrieb nehmen, die Bollwerke verstärken, während die Rinder- und Schafherden, die ihr die ganze Zeit für eure Herren gehütet habt, uns Nahrung geben. Also holt eure Familien her, die Frauen und Kinder, und macht euch bereit, denn schon morgen werden wir aufbrechen.« Ein Schrei aus tausend Mündern erhob sich, alle hoben die Lanzen, und Karas machte sich sofort daran, die Aufgaben zu verteilen. Er stellte auf allen Wegen und an allen Punkten, von denen man die Ebene überblicken konnte, Wachen auf, unterteilte die kräftigen Männer in Gruppen und wählte darunter die Besten aus, die er zu Kommandanten ernannte. Er ließ alle verfügbaren Lasttiere zusammentreiben, alle Karren und Zugbullen, und ordnete an, dass ein jeder all sein Hab und Gut zur großen Lichtung brachte und alle Vorräte auf einem Haufen gesammelt wurden.

In jener Nacht schlief Kleidemos bei der Frau, die ihm im Hause Kritolaos' so viele Jahre eine Mutter gewesen war. Das Gehege für die Tiere war immer noch da und im Inneren des Hauses war alles wie früher, als wäre es nie verlassen worden. Da stand noch immer der Schemel, auf dem Kritolaos in langen Winternächten gesessen und wunderbare Geschichten erzählt hatte, während er aus schmalen Ginsterzweigen Körbe flocht. Und da war immer noch das Bett, in dem er als Kind geschlafen und mit offenen Augen geträumt hatte; oder in dem er an Sommermorgen dem Zwitschern verliebter Amseln gelauscht hatte oder dem Gesang der Lerchen, die sich von den Sträuchern erhoben, um der Sonnenscheibe entgegenzufliegen.

In zwei Tagen Fußmarsch würde er bei Antinea sein und sie für immer mit sich nehmen. Er schlief ein, erschöpft von den vielen Tagen voller Strapazen und Mühen, und neben ihm lag die Rüstung des Königs von Messenien, die ein wunderbarer Kunsthandwerker in einem alten, strahlenden Palast erschaffen hatte und die über Generationen in der Gruft auf dem Berg eingeschlossen gewesen war. Und nicht weit entfernt, in einem bescheidenen Hügelgrab am Rand des Eichenwaldes, schlief Kritolaos. Neben ihm hatte eine fromme Hand eine junge Blumenesche gepflanzt, deren Knospen in der lauen Luft der Meeresbrise bereits aufgingen.

Die lange Wanderung begann im Morgengrauen, als die Wachen, die von ihren Posten zurückgekehrt waren, berichtet hatten, dass alles ruhig war. Kleidemos unterteilte die Bewaffneten in zwei Züge, mit je fünf Männern vorweg. Zwischen den beiden Zügen brachte er Karren, Lasttiere, Frauen, Kinder und Alte mit ihrem Hab und Gut unter. Die Vorhut bildeten berittene Erkundungstrupps, die die Straße überprüften, und weitere Trupps ritten in einiger Entfernung hinter dem Zug aus Menschen und Tieren, um im Falle eines Angriffs Alarm zu schlagen.

Doch die ganze Reise über, die fünf Tage dauerte, gab es keinerlei böse Überraschungen und am Nachmittag des fünften Tages tauchte der Berg von Ithome vor dem Bergvolk auf. Kleidemos ließ sie am Fuße des Berges, wo es Wasser gab und wo ein nahe gelegener Wald ausreichend Holz lieferte, das Lager aufschlagen. Schmiede und Tischler bauten sofort ihre Geräte auf und in wenigen Tagen standen Hütten bereit, die Schutz boten, während alle kräftigen Männer und auch viele Frauen unermüdlich in der Stadt arbeiteten, um die Mauern auszubessern, die Breschen im Wall zu schließen, Dächer zu decken und die Straßen vom Schutt zu befreien. Selbst die jüngsten Knaben und sogar Kinder gaben sich daran, zu tun, was sie konnten, um ihren Vätern zu helfen. Antinea und der alte Pelias hatten sich der Kolonne angeschlossen, als diese in ihrer Gegend vorüberzog. Karas hatte sie auf einen Karren steigen lassen und ihn erzählt, was inzwischen geschehen war. Kleidemos, der an der Spitze der Kolonne ritt, hatte Antinea gewunken und ihr einen langen Blick zugeworfen, seinen Platz jedoch nicht verlassen. Er würde noch Zeit haben, um mit ihr zu sprechen und bei ihr zu sein. Das Wichtigste war jedoch zunächst, all diese Leute in Sicherheit zu bringen, ehe die Spartaner beschlossen, anzugreifen. Und seltsamerweise gaben die Spartaner gute drei Monate kein Lebenszeichen von sich, sodass an dem Tag, an dem die Wachen am Eingang des Tals einen kleinen berittenen Erkundungstrupp entdeckten, Ithome bereits zu neuem Leben erwacht und bereit war, alle Menschen des Taygetos aufzunehmen. Es waren dreitausendachthundert Leute, von denen achthundert in der Lage waren, eine Waffe in die Hand zu nehmen.

Kleidemos unterzog seine Leute einem harten Training, um ihnen alle Kampftechniken beizubringen, die er in den Jahren gelernt hatte, in denen er ein spartanischer Krieger gewesen war. Eines Nachts, als er zusammen mit Karas einen Kontrollgang auf den Mauern machte, blieb er auf einem Turm stehen und erforschte mit dem Blick das mondbeschienene Tal.

»Woran denkst du?«, fragte Karas.

»Dass irgendwann dort hinten das spartanische Heer auftauchen wird.«

»Das ist nicht gesagt«, erwiderte Karas. »Vielleicht lassen sie uns in Ruhe.«

»Nein«, sagte Kleidemos und schüttelte den Kopf. »Du weißt ganz genau, dass sie niemals eine unabhängige und feindliche Stadt, die nur fünf Tagesmärsche von ihnen entfernt ist, hinnehmen werden. Ich hoffe nur, dass die Ephoren die Möglichkeit in Erwägung ziehen werden, zu verhandeln. Wir könnten ihre offizielle Herrschaft über dieses Gebiet anerkennen, wenn sie uns dafür in Frieden lassen. Leider wissen wir nichts darüber, was im Eurotastal vor sich geht, aber ich mache mir keine Illusionen ...«

»Diese Stadt darf nicht sterben«, sagte Karas nach einem langen Schweigen. »Ich habe schon gehört, wie einige Alte den Kindern Geschichten von der großen Wanderung vom Taygetosgebirge erzählt haben, die Geschichte von Talos, dem Wolf. In ein paar Jahren werden diese Ereignisse ebenso besungen werden wie die Heldentaten der alten Könige.«

»Ich weiß, was du sagen willst«, erwiderte Kleidemos. »Ich habe mich entschieden, mit dir zusammen die Leute an diesen Ort zu bringen, weil ich glaubte, es sei der einzig mögliche Weg zur Erlösung und zur Freiheit, doch nun habe ich Angst.«

»Die Messenier haben uns schon akzeptiert, von ihrer Seite gab es keine Feindseligkeiten, im Gegenteil ... die Ältesten der Stadt und der umliegenden Dörfer haben uns wissen lassen, dass sie uns als Blutsverwandte betrachten, als Nachkommen der gleichen Vorväter.«

»Das stimmt, und das ist schon ein großer Vorteil, doch wenn die Spartaner uns angreifen würden, glaube ich nicht, dass sie unseretwegen in die Schlacht ziehen würden. Doch es ist unnütz, zu versuchen, die Zukunft vorauszusehen. Wir müssen auf das Schlimmste gefasst sein. Wenn uns das Schicksal dann geneigt ist – umso besser. Doch allein zu erleben, wie die Totenstadt wieder auferstanden ist, war wunderbar. Kritolaos' Traum … wenn er das alles nur sehen könnte …«

»Kritolaos war der Wächter des Schwertes«, sagte Karas. »Sein Geist wird immer bei seinen Leuten sein.«

»Das alles kommt mir so unglaublich vor, dass ich manchmal fürchte, nur geträumt zu haben. Dich wieder gefunden zu haben, Antinea, meine Mutter … und diese Leute, die bereit sind, zu kämpfen, wer weiß, wie lange schon.«

»Schon immer«, sagte Karas. »Nachdem die Griechen die Schlacht bei Platää gewonnen hatten, plünderten viele der unseren noch in derselben Nacht im persischen Lager und hielten diese Reichtümer für lange Zeit versteckt. Sie dienten dazu, Waffen für unsere Krieger zu kaufen, die Waffen, mit denen sie ihre Freiheit verteidigen werden, unter Einsatz ihres Lebens. Diese Leute werden nie wieder Sklaven sein, denke daran, nie wieder. Eher würden sie sterben … alle.«

In dieser Nacht legte sich Kleidemos zu Antinea und hielt sie lange fest im Arm.

»Mein Vater wird bald sterben«, sagte Antinea, »aber er wird glücklich von uns gehen. Er fühlt, dass das Leben ihn verlässt, doch er trauert ihm nicht nach. Du hast ihm die Stadt seiner Väter gezeigt, du hast seinen Lebenstraum erfüllt.« Kleidemos drückte sie noch fester an sich.

»Antinea«, sagte er, »o Antinea, ich wünschte, dass dieser Traum nie endete, doch ich habe Angst vor dem, was uns bevorsteht … Sparta ist nicht zu besänftigen.«

»Was uns bevorsteht zählt nicht, und es zählt auch nicht, lange zu leben, wenn man ein Sklave ist. Alle sind bereit zu kämpfen und alle sind glücklich, dir gefolgt zu sein. Mein Vater stirbt, doch in meinem Bauch wächst ein Kind heran. Es ist das Zeichen dafür, dass das Leben weitergeht, nicht, dass es endet.« Kleidemos suchte im Dunkeln ihren Blick und spürte einen Kloß im Hals. »Ein Kind«, flüsterte er, »in der Totenstadt wird ein Kind geboren werden ...« Und er küsste sie lange und streichelte zärtlich ihren weichen Bauch.

Die ersten Truppen von Sparta tauchten zu Beginn des Sommers auf, doch es handelte sich lediglich um ein bescheidenes Kontingent. Die Ephoren wollten die Stadt der Heloten nur aus der Nähe überwachen lassen, um zu verhindern, dass die anderen, die noch in Lakonien geblieben waren, sich mit den Rebellen verbanden. Es verging viel Zeit, ehe die Krieger versuchten, in das Tal einzudringen, das mit einem Erdwall verstärkt worden war. Die Leute von Ithome hatten gesät und wollten ernten, ehe der Winter kam. Deshalb wurde der Erdwall Tag und Nacht streng bewacht, um zu verhindern, dass die Feinde es überquerten. Als das Korn allmählich gelb wurde, schickten die Spartaner Abgesandte und forderten die Rückgabe der Stadt und die Rückkehr der Heloten auf den Taygetos. Sie wären bereit, auf Rache und Bestrafung zu verzichten, wenn ein jeder zu seiner Arbeit auf dem Feld und auf den Wiesen zurückkehren würde. Vom Erdwall aus antwortete Karas ihnen: »Dieses Volk hat lange Zeit unter der Sklaverei gelitten, viele der unseren sind im Dienste eurer Krieger in der Schlacht gestorben, doch ihr Blut wurde verachtet und als feige angesehen. Deshalb haben wir Lakonien verlassen, um in unsere alte Heimat zurückzukehren, und wir haben diese Stadt wieder aufgebaut. Es gibt fast niemanden unter uns, der nicht Unrecht, Schläge oder Leid erdulden musste, doch wir wollen keine Rache nehmen. Wir wollen nur in Freiheit und Frieden leben. Wenn ihr also dieses Land verlasst, werdet ihr von uns nichts zu befürchten haben. Doch für nichts auf der Welt werden wir wieder das Joch auf unsere Schultern legen lassen. Eher setzen wir uns zur Wehr und riskieren unser Leben, aber wir werden uns nicht ergeben.«

»Nehmt euch in Acht!«, rief daraufhin der Spartaner. »Unsere Ahnen haben schon einmal diese Stadt zerstört und wir werden es ihnen gleich tun.«

»Geh!«, schrie Karas wütend. Der Spartaner sah ihn höhnisch an. »Der Blinde und der Lahme«, spottete er an die Männer seines Gefolges gewandt, »da haben die sich ja schöne Anführer ausgesucht, dieses Lumpengesindel!« Doch er hatte keine Zeit mehr, weiterzusprechen. Karas nahm einen riesigen Felsblock, hob ihn über seinen Kopf und schleuderte ihn mit Gebrüll. Der Spartaner bemerkte zu spät, was die Kraft des Riesen vermochte und hob zum Schutz vergeblich den Bronzeschild. Der Stein schmetterte ihn zu Boden und zerquetschte seinen Brustkorb, dass die Eingeweide aus der Rüstung hervorquollen. Die anderen legten bestürzt die Lanzen nieder, legten den Leichnam in einen Schild und gingen schweigend davon.

Karas sandte Kundschafter zu den umliegenden Hügeln aus, die die Zusammensetzung der feindlichen Truppen erkunden sollten, und diese berichteten, dass diese von eher bescheidenem Ausmaß seien. In der Tat wagten die Ephoren nicht, zu viele Krieger von Sparta abzuziehen, denn sie fürchteten, dass die Arkader und Messenier sich gegen sie erheben könnten. Sie hatten die Athener um Hilfe gebeten und hofften, dass Attika ein starkes Kontingent entsenden würde. Vor allem vertrauten sie auf die Unterstützung von Kimon, dem Oberhaupt der aristokratischen Partei und Förderer eines engen Bündnisses zwischen den beiden größten Mächten Griechenlands. Wenn der Tag gekommen wäre, könnten sie zum endgültigen Angriff übergehen, um die in den Mauern Ithomes verschanzten Heloten zu vernichten. Doch als es Kimon endlich unter größten Schwierigkeiten und nur dank seines persönlichen Ansehens gelungen war, die starke Opposition der Demokraten zu überstimmen und von der Volksversammlung von Athen die Entsendung von fünf Hoplitenbataillons nach Messenien zu erwirken, neigte sich der Sommer bereits seinem Ende zu und man konnte kaum noch hoffen, die Stadt vor Beginn der Regenzeit einzunehmen. Mit Einsetzen des schlechten Wetters würde es schwierig, wenn nicht gar unmöglich werden, die Belagerung aufrecht zu erhalten.

Antinea brachte zu Beginn des Herbstes einen Jungen zur Welt und er wurde, auf Wunsch der Ältesten, Aristodemos genannt. Es war ein gesundes und kräftiges Kind mit den dunklen Haaren des Vaters und den grünen Augen der Mutter. Als die Hebamme es in einem Korb zu Kleidemos brachte, nahm er es gerührt auf den Arm, drückte es an seine Brust, deckte es mit seinem Mantel zu und betete aus tiefstem Herzen: »O Götter, die ihr ewig lebt und Macht über Leben und Tod besitzt, ihr, die ihr mir ein so bitteres Schicksal auferlegt habt und mich – noch klein und hilflos – den väterlichen Armen entrissen habt. Wenn es geschrieben stand, dass eine alte Ursünde durch mein Leid gesühnt werden kann, so flehe ich euch an, gebt euch mit der harten Bestrafung eines Unschuldigen zufrieden und verschont dieses Kind, das ich mit unendlicher Liebe gezeugt habe.«

So betete er, das Herz voller Hoffnung und Angst.

Die Ankunft der athenischen Truppen ließ die Operationen nicht großartig voranschreiten und die spartanischen Offiziere bemerkten sehr schnell, dass viele ihrer Verbündeten der demokratischen Partei entstammten und eher lustlos für die Versklavung der rebellischen Heloten kämpften. Es ging sogar das Gerücht um, dass einige der athenischen Kommandanten Kontakte mit den Messeniern der umliegenden Landstriche unterhielten, die

Sparta unterworfen und durch eiserne Verbündungsverträge an die Stadt gebunden hatte, die jedoch den Mut der Verteidiger von Ithome bewunderten.

Peinlich berührt und voller Misstrauen entließen die Ephoren schließlich das athenische Kontingent mit der Behauptung, keine Hilfe mehr zu brauchen, und so kehrte das Heer Athens nach Attika zurück. Diese Geste Spartas rief große Empörung in der Volksversammlung hervor, und Kimon, den man für die erlittene Schmach verantwortlich machte, wurde von seinen Gegnern heftig angegriffen, die seine Absetzung und Verbannung forderten. Über den Vorschlag wurde abgestimmt und der tapfere Kommandant, Sieger zahlreicher Schlachten zu Wasser und zu Lande, musste seine Stadt verlassen. Die Demokraten rissen erneut die Macht an sich und von jenem Moment an kühlten die Beziehungen zwischen Sparta und Athen immer mehr ab und wurden immer schwieriger. Inzwischen hatten die Ephoren und die Ältesten die Kontrolle über die Lage in Lakonien zurückgewonnen, die Schäden des Erdbebens größtenteils beseitigt und beschlossen, einen Entscheidungsangriff gegen Ithome zu führen, weil sich in der Zwischenzeit viele Messenier mit den Aufständischen verbündet hatten und die Gefahr bestand, dass eine ganze Region verloren ginge.

Im darauf folgenden Frühling umzingelte ein Heer von fünftausend Hopliten die Stadt und belagerte sie, und als die warmen Südwinde die Erde fast vollständig ausgetrocknet hatten, gab König Archidamos Befehl zum endgültigen Angriff. Es war an einem schwülen Tag im Frühsommer und der König hatte seine Truppen in vier große Bataillone aufgeteilt, die von kretischen Bogenschützen und von einer leicht bewaffneten Infanterie angeführt wurden, denen die Aufgabe zukam, die Mauern mit jeglicher Art von Geschossen unter Beschuss zu nehmen, während die Infanterie der ersten Reihen die Leitern an die Mauern stellen sollten. Bei Sonnenaufgang begannen die Krieger zu marschieren und kamen von allen Seiten zum Fuß des Berges von Ithome.

Vollständig bewaffnet, verteilten Kleidemos und Karas alle kampftauglichen Männer auf den Mauern, während die Frauen und Kinder Steine und Sand brachten, mit denen sie Schilde füllten, um sie in der Sonne zum Glühen zu bringen. Auch Antinea stand hinter ihrem Mann, um ihm die Pfeile für den großen Hornbogen zu reichen. Als Archidamos zum Angriff blies, begannen die Krieger, die Berghänge Schulter an Schulter schweigend hinaufzumarschieren. Als Erste erreichten die Bogenschützen die Befestigungsmauer und begannen, Unmengen von Pfeilen auf die Glacis abzuschießen, wo die Verteidiger versuchten, sich mit ihren Schilden zu schützen. Als die wegen der Rüstungen langsameren und schwerfälligeren Hopliten in die Nähe der Mauer kamen, öffnete sich – ohne dass das Schießen unterbrochen wurde – die Menge der Bogenschützen und Schleuderer, um den Weg freizugeben. Ein starker Wind hatte sich erhoben, der von den Flanken des Berges Staubwolken aufwirbelte, und in diesem Dunst schritten die Krieger Spartas mit gesenktem Kopf und weiß gewordenen Rüstungen und Helmen vorwärts wie schaurige, todbringende Geister.

Oben auf der Glacis zog Kleidemos sein Schwert und gab seinerseits ein Zeichen, und mit dem Mut der Verzweiflung begannen seine Bogenschützen, auf die Feinde zu schießen. Viele der Leichtinfanteristen, die die spartanischen Truppen unterstützten, fielen, doch der Pfeilregen schien an den Schilden der Hopliten, die im Staub vorrückten, abzuprallen. Die nunmehr schon recht hoch am Himmel stehende Sonne ließ ihre Rüstungen hier und dort aufleuchten und die verschiedenen Abteilungen, die nun den Berggipfel erreicht hatten, vereinten sich, um Ithome zu umzingeln und in die Zange zu nehmen. Von den Türmen aus wirkten sie wie ein Haufen abscheulicher, in ihre Metallpanzer eingeschlossene Insekten. Die

Verteidiger begannen, Steine zu werfen und die mit glühendem Sand gefüllten Schilde umzudrehen. Der Sand traf die Angreifer und drang durch die Ritzen in ihre Rüstungen, dass sie vor Schmerzen zurückwichen. Doch es kamen immer neue nach, während die Leichtinfanteristen, die von den kretischen Bogenschützen gedeckt wurden, Dutzende von Leitern brachten. Als Kleidemos sah, dass es sinnlos war, weiterhin Pfeile abzuschießen, legte er den Hornbogen nieder und wandte sich zu Antinea um, um sich eine Lanze geben zu lassen.

In dem Moment fiel der Pfeil eines kretischen Bogenschützen in einer langen Parabel vom Himmel und traf Antinea, die mit einem Aufstöhnen zusammenbrach. Kleidemos ließ seinen Schild zu Boden fallen, stürzte zu ihr und hob sie hoch, doch in der Zwischenzeit kletterten Hunderte von spartanischen Hopliten, die inzwischen an die Mauern gelehnten Leitern hinauf und tauchten überall auf der Glacis auf, die nur unzureichend verteidigt wurde. Karas, der nicht weit entfernt stand, wurde zur gleichen Zeit von einer Gruppe Leichtinfanteristen angegriffen, die die Bastion überwunden hatten. Er durchbohrte einen von ihnen mit dem Schwert, worauf dieser – das Eisen noch in der Brust – von der Glacis stürzte. Entwaffnet packte Karas einen anderen Angreifer, der sich auf ihn stürzen wollte, hob ihn hoch und schleuderte ihn seinen Kameraden entgegen, die gerade heraufkletterten und die er mit sich in die Tiefe riss. Der Riese drehte sich nach links und erblickte oben auf dem Ostturm Kleidemos, der die blutbefleckte Antinea in den Armen hielt und hinter ihm eine Gruppe Spartaner, die ihn hinterrücks angreifen wollten. Karas erschauerte bei diesem Anblick, es war, als erschiene ihm König Aristodemos mit seiner geopferten Tochter auf dem Arm, bevor er von der Unterwelt verschluckt würde, und er schrie sich die Seele aus dem Leib, um das Getöse der Schlacht und die Schreie der Verletzten zu übertönen: »Rettet den König!« Und schon stürzte er vorwärts und riss eine Lanze aus einem Leichnam, der auf der Galerie lag. Kleidemos legte Antinea sanft auf dem Boden ab und wandte sich mit gezogenem Schwert um. Die Angreifer waren bereits überall um ihn herum. Karas überrannte jegliches Hindernis und kam gerade noch rechtzeitig, um den Kreis der Feinde zu zerschlagen. Einer von ihnen wandte sich ihm zu, doch er schleuderte sofort die Lanze, durchbohrte seinen Schild und seine Rüstung und hob ihn – aufgespießt – hoch und ließ ihn über seinen Kameraden kreisen, die entsetzt zurückwichen. Kleidemos trat an seine Seite, wirbelte mit seinem Schwert herum und so wurden die Angreifer auf die andere Seite der Mauer zurückgedrängt.

Als ihre Mitstreitenden das sahen, fassten sie neuen Mut und eroberten die Bastion zurück, indem sie die Feinde zurückdrängten, die Leitern zurückstießen und auf die, die unten standen, einen Regen aus Steinen und Pfeilen niedergehen ließen und ausgerissene Balken über die Brüstung schleuderten. Nun nahm Kleidemos Antinea und brachte sie hinter einer Schutzwand, wo die Frauen sich um die Verletzten kümmerten, in Sicherheit.

Die Spartaner schickten eine Delegation, die um einen Waffenstillstand bat, damit sie ihre Toten holen konnten. Ihrem Wunsch wurde stattgegeben und die Träger stiegen langsam zu den Mauern der Stadt hinauf, sammelten die gefallenen Krieger ein und setzten so gut es ging ihre von den Steinen zerquetschten Gliedmaßen wieder zusammen. König Archidamos, der am Eingang seines Lagers stand, wohnte gesenkten Hauptes dem traurigen Zug der Träger bei, die mit den Überresten seiner Hopliten zurückkehrten. Einen nach dem anderen betrachtete er sie, die Zähne aufeinander gebissen, die Fäuste geballt, und als sie schließlich vorüber waren, sah er zur Stadt hinauf. Die untergehende Sonne färbte die Berghänge rot, tiefrot, wie das Blut seiner Krieger.

XII
DER WOLF

Lange Zeit rang Antinea, der man den Pfeil aus der Schulter gezogen hatte, mit dem Tod, verzehrt von einem hohen Fieber, und jede Nacht, wenn Kleidemos von der Stadtmauer zurückkehrte, wachte er vor dem Schlafengehen lange bei ihr, streichelte ihr die Stirn und flehte zu den Göttern, dass sie sie retten mögen. Den Kleinen hatte er einer Amme anvertraut, die gerade ihr Kind bei der Geburt verloren hatte und ausreichend Milch hatte, um Antineas' Sohn zu stillen. Währenddessen riefen die Ältesten, die auf den Ruinen des alten Zeus-IthometaTempels ein neues Heiligtum errichtet hatten, den Gott an, um Gesundheit für ihren Anführer und Rettung für seine Frau zu erbitten. Endlich wurden sie erhört und Antinea erholte sich zusehends, doch ihr Leben bestand aus ständiger Angst, zumal wenn sie sah, dass Kleidemos die Rüstung anzog, das Schwert umband und hinausging. Der Winter brachte mit dem Regen und den Stürmen auch ein wenig Frieden, denn die Kampfhandlungen verlangsamten sich. In der Tat beschränkten die Spartaner sich darauf, ein verkleinertes Kontingent im Tal zu lassen, und so konnten die Menschen von Ithome sich wieder mit Vorräten eindecken, indem sie nachts einzeln mit Lasttieren loszogen und in den Nachbardörfern, wo sie von den Messeniern versorgt wurden, Getreide holten.

In jenen Dörfern erhielten sie auch Nachrichten darüber, was in der Gegend oder auch auf dem restlichen Peloponnes geschah. So erfuhr Kleidemos, dass Sparta beträchtliche Schwierigkeiten mit den Nachbarstaaten hatte, vor allem mit den Argivern, die ihnen schon immer feindlich gesinnt waren, und mit den Arkadern, die ihre Alleinherrschaft nicht hinnehmen wollten. Das machte ihm Hoffnung, den Widerstand der Stadt noch verlängern zu können. Allmählich nahte jedoch der Frühling und sein Kind tat die ersten Schritte, sprach die ersten Worte, und Kleidemos dachte mit Sorge daran, was geschehen würde, wenn Sparta doch noch seine gesamte Streitmacht um Ithome herum aufstellen würde. Als er sich vergewissert hatte, dass die Ephoren und die Ältesten beschlossen hatten, dem Krieg in Messenien ein für alle Mal ein Ende zu setzen, beschloss er, um jeden Preis Antineas' Leben, das seines Sohnes und auch das seiner alten Mutter zu retten.

Also bat er Karas, sie mit sich zu nehmen und fort von Ithome an irgendeinen sicheren Platz in Arkadien oder Argolis zu bringen, wohin er nachkommen oder von wo er sie zurückholen lassen würde, wenn es ihm gelänge, die Freiheit für sein Volk und für sich zu erobern. Karas erklärte sich bereit, den Auftrag zu erfüllen, ehe der Frühjahrsfeldzug begann, und so eröffnete Kleidemos Antinea eines Nachts seine Absicht: »Hör mir gut zu«, sagte er zu ihr, »ich habe erfahren, dass in Sparta vor kurzem die Entscheidung getroffen wurde, diesem Krieg ein Ende zu setzen, was nur eines bedeutet: Die Zerstörung Ithomes und die Vernichtung oder Versklavung seiner Bewohner. Deshalb habe ich eine Entscheidung getroffen. Du wirst mit dem Kleinen und mit meiner Mutter fliehen. Karas hat sich bereiterklärt, euch an einen geheimen Ort in Arkadien zu führen, wo er euch einer liebenswürdigen Familie anvertrauen wird, die er kennt. Ich bleibe hier, um die Stadt zu verteidigen, und wenn es uns gelingt, Stand zu halten oder die Spartaner zu besiegen, können wir vielleicht unsere Freiheit wiedererlangen und dann hole ich dich zurück oder komme nach.« Antinea brach in Tränen aus. »Sind das deine Wünsche zum Abschied? Du weinst ja, als wäre ich schon tot.« Antinea drehte sich zu ihm und umarmte ihn fest. »Schick mich nicht fort, ich bitte dich, schick mich nicht fort. Ich sterbe vor Angst, wenn ich nicht bei dir bin und nicht weiß, was dir geschieht ... das werde ich bestimmt nicht aushalten.«

»Doch, du wirst es aushalten«, erwiderte Kleidemos und löste sich sanft aus der Umarmung. »Denk an den Kleinen. Er braucht dich.« Antinea war untröstlich. »Ihr könnt euch nicht retten, die Spartaner geben nicht eher Ruhe, ehe sie die Stadt dem Erdboden gleichgemacht haben und wenn du stirbst, will ich mit dir sterben, mit meinem Kind, wenn es sein muss, mit meinem Volk.«

»Nein, Antinea, du weißt nicht, was du sagst ... Außerdem habe ich so entschieden und du wirst mir gehorchen. Ihr werdet in der ersten Neumondnacht mit Karas aufbrechen. Ich schicke dich fort, um dich vor großer Gefahr zu bewahren, aber nicht ohne Hoffnung. Das Kommando des nächsten Feldzuges wird König Pleistarchos übertragen, Leonidas' Sohn ... Ich werde versuchen, ihn zu treffen und mit ihm zu reden. Vielleicht können wir ein sinnloses Massaker verhindern. Nicht einmal Sparta darf ungestraft das Leben seiner Krieger aufs Spiel setzen. Viele sind bei dem Erdbeben ums Leben gekommen, viele andere sind in diesem Krieg gefallen.«

Antinea antwortete nicht, denn sie verspürte in ihrem Herzen eine tiefe, unüberwindliche Traurigkeit. Sie lehnte den Kopf an Kleidemos' Brust und lauschte seinem Herzschlag.

»Viele Jahre lang hat das Schicksal uns voneinander getrennt«, fuhr er fort, »als ich dich das letzte Mal auf dem Rücken deines Esels davonreiten sah, weinte ich bittere Tränen, weil ich sicher war, dich nie wieder zu sehen, und doch habe ich dich wieder gefunden, nachdem ich in fernen Ländern hundert Mal mein Leben riskiert habe. Wir müssen hoffen, Antinea, hoffen, dass wir uns wieder sehen ... Manchmal gönnen die Götter uns keinen anderen Trost, doch in uns steckt eine Kraft, die nicht erlaubt, dass die Hoffnung stirbt. Diese Kraft hat mich von den fernen Ländern Asiens und dem wilden Thrakien zu dir zurückgebracht. Ich werde immer bei dir sein, Antinea, und bei dem Kleinen, doch lass mich nicht alleine glauben und hoffen. Wenn auch du sicher bist, mich wieder zu sehen, werden wir eines Tages wieder vereint sein; frei, um ein glückliches Leben zu führen, zusammen alt zu werden, und wir werden die Kinder unserer Kinder aufwachsen sehen, kräftig, wie junge Olivenbäume. Inmitten eines Unwetters vergisst man, dass es die Sonne noch gibt und man fürchtet, dass die Dunkelheit die Welt beherrschen wird, doch oberhalb der schwarzen Wolken scheint noch immer die Sonne und früher oder später werden ihre Strahlen sich einen Weg bahnen, um neues Licht und neues Leben zu bringen.«

Antinea schmiegte sich an ihn und schwieg. Sie versuchte, seinen Worten ihr Herz zu öffnen und die glühenden Tränen zurückzuhalten, die ihr in die Augen stiegen.

In der ersten Neumondnacht ließ Karas die beiden Frauen mit dem Kind auf einen Karren steigen, um sie weit von Ithome fortzubringen und Kleidemos sah ihnen nach, als sie sich entfernten und hob seine Arme, wie an jenem weit zurückliegenden Tag in der Ebene. Er war glücklich, dass sie an einen sicheren Ort gingen, wo sie sicher waren vor der drohenden Gefahr, und in seinem Herzen spürte er, wie der Tod von denen abließ, die er mehr liebte als sein Leben. Die Leute von Ithome sahen ihn an, wie er voller Trauer und Hoffnung unter dem Nordtor stand. Auch sie wünschten, dass der Sohn von Talos, dem Wolf, in Sicherheit gebracht würde, und sie wussten, dass ein Anführer in einer solchen Stunde allein sein musste.

Die Belagerung begann mit dem Frühling und wurde zunächst von zwei Strategen und vier Bataillonskommandanten geführt. König Pleistarchos sollte später kommen, wenn die Feierlichkeiten zu Ehren der Artemis Orthia, denen er gemeinsam mit seinem Kollegen Archidamos vorsitzen musste, vorüber waren. In Sparta hatten die Ephoren lange versucht, herauszufinden, wer die Heloten anführte, und als die ersten Zeugnisse der Soldaten, die in Messenien kämpften, über einen geheimnisvollen Soldaten in einer seltsamen, nie zuvor gesehenen Rüstung eintrafen, setzten sie alles daran, mehr über ihn zu erfahren, doch ohne Erfolg. Man wusste, dass dieser Mann hinkte, und manch einer dachte an Kleidemos, den Sohn des Aristarchos, der während des Erdbebens verschollen war, doch man fand keine sicheren Beweise und der Ephore Episthenes, der die Wahrheit ahnte, sagte nichts. Außerdem konnte keiner der Spartaner je sein Gesicht sehen, denn Kleidemos kämpfte immer mit Helm, der sein Gesicht größtenteils bedeckte.

Nachdem Karas seine Mission vollbracht hatte, kehrte er nicht sofort nach Ithome zurück, sondern blieb noch in Arkadien, um herauszufinden, was es an Neuigkeiten gab. Als er endlich, gerade noch rechtzeitig, ehe der Belagerungsring um die Stadt geschlossen wurde, zurückkehrte, berichtete er Kleidemos, was er gehört hatte: Die Athener waren tief beeindruckt gewesen von dem hartnäckigen Widerstand der Heloten und übten Druck auf Sparta aus, damit man sie freiließ. Was die Spartaner dachten, hatte er jedoch nicht herausfinden können. Als endlich König Pleistarchos im Lager ankam, ließ Kleidemos nichts unversucht, ein Treffen zu erwirken, doch ohne Erfolg. Eines Tages sah er von seiner Mauer aus, wie er den Weg, der vom Tal heraufführte entlangritt, um die Befestigungsanlagen der besetzten Stadt in Augenschein zu nehmen. Da schrieb er eine kurze Nachricht und befestigte sie an einem Pfeil; dann richtete er den Hornbogen zum Himmel aus, berechnete haargenau die Flugbahn und schoss. Der Pfeil flog mit einem Zischen los und nachdem er eine lange Parabel beschrieben hatte, schlug er wenige Schritte neben dem Pferd des Königs in die Erde ein.

Pleistarchos stieg ab, hob den Pfeil auf und überflog schnell die Nachricht. Dann sah er zur Stadt hoch: Die

Glacis waren vollkommen leer, doch hoch oben auf einem Turm sah er einen Krieger in einer funkelnden Rüstung, der reglos dastand und ihn zu beobachten schien. Der König sah ihn gleichfalls lange an, kurze Zeit später schickte er mit einem Zeichen sein Gefolge fort. Dann wirbelte er seine Lanze und schleuderte sie mit einer solchen Wucht, dass sie in einem verdorrten Olivenbaum auf halbem Wege zwischen ihm und der Stadt stecken blieb. Der Krieger verschwand vom Turm, doch wenig später öffnete sich eine der Türen und er tauchte auf der Bergkuppe auf, steckte die Lanze in die Erde und ging langsam auf den Olivenbaum zu. Da setzte sich auch der König in Bewegung und unter dem Blick der Männer seines Gefolges näherte er sich dem Stamm bis auf wenige Schritte. Der Krieger hob zum Gruß die Hand und ohne ein Wort zu sagen blickte der König ihn eine Weile forschend an. Die Rüstung, die er nie zuvor gesehen hatte, verwirrte ihn, und er versuchte, unter das mit Wolfszähnen geschmückte Visier zu sehen. Das waren nicht die Augen eines Sklaven, eines Sohns und Enkels von Sklaven, die aus den schmalen Öffnungen der Sturmhaube aus Goldbronze blinzelten.

Kleidemos stand zum ersten Mal dem König gegenüber. Nur wenige Male hatte er in Sparta Gelegenheit gehabt, ihn zu sehen, jedoch immer nur aus der Ferne. Er war ein schöner junger Mann, nicht viel älter als zwanzig, muskulös, von dunkler Haut, mit langem, gelocktem Haar, das ihm bis auf die Rüstung herabfiel. Auf seinem Schild war der Sperber der Agiaden eingraviert, dem Herrscherhaus, zu dem sein Vater, der große Leonidas, gehört hatte.

»Wer bist du?«, fragte der König auf einmal.

»Ist mein Name von Bedeutung?«, fragte Kleidemos zurück.

»Nein, in der Tat, aber auf deinem Schild ist der Wolfskopf des Königs von Messenien …«

»Der dir gegenübersteht, trägt die Rüstung von Aristodemos und somit die Macht über das Volk von Ithome.« Pleistarchos zeigte sich überrascht. »Was willst du von mir?«, fragte er.

»Ich weiß, dass du ein tapferer, würdiger Sohn eines großen Vaters bist. Deshalb glaube ich, dass du den Mut dieser Leute, die seit mehr als drei Jahren für ihre Freiheit kämpfen, zu schätzen weißt. Dieser Krieg dauert schon viel zu lange und es wurde sinnlos Blut vergossen. Lass dieses Volk auf dem Boden seiner Vorväter in Frieden leben. Wenn du deine Krieger zurückziehst, wirst du von uns nichts zu befürchten haben; wir sind bereit, einen Friedenseid zu schwören, den wir niemals brechen werden.«

»Es steht nicht in meiner Macht, darüber zu entscheiden, auch wenn ich es wollte«, sagte Pleistarchos. »Wenn du diese Menschen retten willst, überzeuge sie davon, nach Lakonien auf ihre Felder zurückzukehren. Wenn du wirklich Macht über sie hast, überzeuge sie, und ich gebe dir mein Wort, das Wort eines Königs, dass ihnen kein Leid zugefügt wird.«

»Das ist nicht möglich, lieber würden sie sterben. Wenn sie den Tod fürchteten, hätten sie sich schon längst ergeben.«

»Dann habe ich dir nichts mehr zu sagen. Bereite dich darauf vor, im Kampf zu sterben.« Er riss die Lanze aus dem Stamm des Olivenbaumes und drehte sich um, um zu seinem Gefolge zurückzukehren.

»Warte, wenn dir das Andenken deines Vaters teuer ist!«, schrie Kleidemos. Auf diese Worte drehte der König sich um und kehrte zurück.

»Hör gut zu«, sagte Kleidemos, »denn was ich dir nun sagen werde, wird dir unglaublich erscheinen, doch ich schwöre bei den Göttern der Unterwelt, dass es die Wahrheit ist.«

»Sprich!«, sagte der König.

»Dein Vater hätte diesen Krieg vermieden. Bevor er an

den Thermopylen starb, schickte er den Ephoren und den Ältesten eine Nachricht, in der er darum bat, dass die Heloten als freie Menschen anerkannt würden, denn er hatte sie in der Schlacht an der Seite der Gleichen sterben sehen, wie Söhne ein und desselben Landes, und er wollte, dass die beiden Völker in diesem Land in Frieden leben. Er bat auch um die Wiederherstellung der Ehre von König Kleomenes, deinem Onkel, den die Ephoren langsam vergiftet und so in den Wahnsinn und schließlich in den Tod getrieben haben.« Pleistarchos nahm den geschmückten Helm ab und zeigte sein angespanntes Gesicht. »Doch die Nachricht, die von Brithos, dem Sohn des Aristarchos, und von Aghias, dem Sohn des Antimakos, nach Sparta gebracht werden sollte, wurde von der Krypteia gestohlen und durch eine leere Rolle ersetzt. So wurden die beiden Krieger, die sie nach Sparta brachten, verleumdet und sie gingen freiwillig in den Tod, da sie die Schmach nicht ertragen konnten.«

»Wie kann ich dir glauben?«, fragte der König.

»Ich war an den Thermopylen und kehrte mit Brithos und Aghias zurück. Und ich sah, wie die Nachricht gestohlen wurde«, erwiderte Kleidemos und nahm den Helm ab, »denn ich bin Kleidemos, der Sohn des Aristarchos, den die Heloten Talos, den Wolf, nennen.«

»Soll ich dem Wort eines Verräters glauben?«, sagte Pleistarchos in hartem Tonfall.

»Ich bin kein Verräter. Als ich erfuhr, wer ich wirklich bin, beschloss ich, der Stadt zu dienen, deren Gesetze verlangten, dass ich als Kind den wilden Tieren im Wald überlassen wurde. Ich, der ich bestimmt war, zu sterben oder als Sklave zu leben, habe in erster Reihe in Platää gekämpft, ich habe vier Jahre lang ein Bataillon der Gleichen kommandiert und seit drei Jahren halte ich eure Heere in Schach. Ich habe mich entschieden, zu den Leuten zurückzukehren, die mir das Leben gerettet und mich großgezogen haben, als ich erfahren habe, dass die Regierung von Sparta mit Nachdruck versucht hat, meine Familie auszulöschen, indem sie Vater und Sohn auf ein aussichtsloses Unternehmen schickte, aus dem es kein Entrinnen gab; als ich erfahren habe, dass Sparta den letzten Willen eines großen, tapferen und weisen Königs verraten hat ... deines Vaters; als ich erfahren habe, dass Sparta Betende an einem heiligen Ort abgeschlachtet hat ...«

»Ich will dich nicht mehr anhören!«, unterbrach Pleistarchos ihn.

»Du kannst gehen, wenn du willst«, drohte Kleidemos, »doch die Wahrheit wird dir keinen Frieden lassen. Vergiss meine Worte, wenn du kannst, und gib Befehl, Ithome anzugreifen, doch wenn du eines Tages wissen willst, wie sinnlos dieses grausame Gemetzel war, lies die Worte, die in den Grabstein meiner Mutter Ismene, die vor lauter Herzeleid in meinen Armen starb, eingraviert sind. Grabe unter den Ruinen des Hauses der Kleomeniden, und in einem eisernen Schrein neben dem Altar im Atrium wirst du die wahren Worte des Königs finden, deines Vaters!«

Pleistarchos stand einen Moment wie vom Blitz getroffen da, dann setzte er seinen Helm wieder auf und ging langsam zu seinem Pferd. Kleidemos kehrte zur Stadt zurück; von der Glacis sahen ihm zahlreiche Krieger, Frauen und Alte zu – den Blick voller ängstlicher Ungewissheit –, wie er mühsam und gebeugt den Berg erklomm, als hätte die glänzende Bronze seiner Rüstung sich in Blei verwandelt.

König Pleistarchos schlief unruhig, und da er immer wieder erwachte, konnte er nicht umhin, an die Worte zu denken, die er gehört hatte. In Sparta hatten viele das Erdbeben als Zeichen der Götter gedeutet, das ihren Zorn über das am Kap Tänaron begangene Sakrileg kundtun sollte. Die schreckliche Geschichte der Kleomeniden, der grausame Tod Pausanias', für den das delphische Orakel Wiedergutmachung verlangte, hatten den Ältesten der Stadt schlaflose Nächte beschert. Sparta, die Unbesiegbare, vermochte den Aufstand einer Hand voll Sklaven nicht niederzuschlagen: War nicht auch das ein Zeichen der Götter? Und die Nachricht seines Vaters? War es möglich, dass zwei tapfere Krieger eine Nachricht von den Thermopylen brachten, in der nichts geschrieben stand? Und wenn die echte Nachricht wirklich unter den Ruinen des Hauses der Kleomeniden begraben lag? Diese Leute hinter den Mauern von Ithome würden sehr bald nichts mehr zu essen haben, und dennoch würden sie weiterkämpfen.

Er ahnte nicht, dass zur gleichen Zeit zwei Priester des Bronzehauses von Delphi zurückkehrten, wo sie, auf Befehl des Ältestenrates, den Gott zu dem Krieg befragt hatten, den man gegen Ithome führte. Auch Kleidemos konnte das nicht ahnen. Er hatte die Oberhäupter des Volkes einberufen und plante nun ein verzweifeltes Unternehmen, vielleicht das Einzige, das die Stadt vor einem langen Ringen mit dem Hungertod bewahren und ihr vielleicht einen endgültigen Sieg verschaffen konnte, wenn die Götter ihnen beistehen würden: Er plante einen nächtlichen Angriff auf die spartanischen Reihen.

Zur gleichen Zeit berichteten die Priester, die nach Sparta zurückgekehrt waren, den Ältesten und den Ephoren den Orakelspruch des delphischen Gottes:

Lasst die Flehenden von
Zeus Ithometa frei

Es bestand kein Zweifel an der Bedeutung der Prophezeiung und die Ältesten beugten sich. Die Athener hatten bereits zu verstehen gegeben, dass sie bereit waren, den Heloten von Ithome eine Heimat anzubieten, weshalb die Ephoren einen Botschafter nach Attika geschickt hatten, um die nötigen Vereinbarungen zu treffen. Noch ein Tag, dann hätten sie die Antwort. Als der Botschafter im frühen Morgengrauen aufbrach, verblasste die schmale

Mondsichel gerade über dem Taygetos. Das war das letzte Viertel vor Neumond und in jener Nacht würde Kleidemos seine vom Hunger schon völlig erschöpften Männer angreifen lassen und auf die Dunkelheit und den Beistand der Götter hoffen.

Als der Moment gekommen war, versammelte er sie in der Stadtmitte, verteilte sie auf zwei Züge, von denen er einen selbst anführen würde, um im feindlichen Lager Unruhe zu stiften. Der zweite Zug, größer und stärker als der erste, stand unter Karas' Kommando und sollte geschlossen zum Erdwall vordringen und die Flucht der Bevölkerung decken. Dann, wenn der Angriff geglückt wäre, würden die beiden Kontingente abwechselnd die Nachhut übernehmen, um die Feinde aufzuhalten, bis der Flüchtlingszug Arkadien erreicht hätte. Die übrigen Reichtümer, die aus der Plünderung auf dem Schlachtfeld von Platää fünfzehn Jahre zuvor stammten, waren dafür vorgesehen, auf der Reise Nahrung zu erstehen.

»Wenn es uns gelingt, das Meer zu erreichen«, schloss Kleidemos, »können wir vielleicht an Bord gehen und jenseits des Meeres eine neue Heimat suchen, wo uns niemand mehr zu Sklaven machen kann. Karas hat mir gesagt, dass es auf Sizilien eine große Stadt gibt, die vor vielen Jahren von messenischen Flüchtlingen gegründet wurde. Vielleicht nehmen sie uns auf, wenn sie hören, dass wir Brüder sind und das gleiche Schicksal erlitten haben.« Er sah die Männer im Schein der Fackeln an. Ihre Gesichter waren müde, gezeichnet von der Anstrengung und dem Hunger. Würde es ihnen gelingen, die mächtigste Armee Griechenlands zu schlagen? Ihr Herz war bereit, doch würden ihre Glieder diese letzte, ungeheure Anstrengung überstehen?

Er stand auf, zog den Helm an und nahm den Schild. In seiner funkelnden Rüstung sah er Furcht erregend aus.

»Wir kämpfen für unser Leben und unsere Freiheit«, sagte er. »Sie werden uns nicht aufhalten. Nun löscht die

Fackeln und folgt mir.« Er ging zur Tür und die Krieger bildeten hinter ihm schweigend eine Kolonne, passierten zwei stumme Flügel mit Alten, Frauen und Kindern. Der Berg war in tiefe Dunkelheit getaucht und über den gesamten Himmel verstreutes Gewölk verfinsterte noch das spärliche Licht der Sterne. Sie stiegen den Weg hinab, der ins Tal führte, bis sie fast direkt hinter den ersten Vorposten der Spartaner standen. Kleidemos, der sich hinter einem Felsen versteckte, konnte ein paar Wachen erkennen, die um ein Lagerfeuer saßen. Ihm kam eine Taktik in den Sinn, der sich die Thraker bedienten, als er das vierte Bataillon der Gleichen kommandierte: Sie zündeten große Feuer an, um ein großes Gebiet zu erleuchten, doch ihre Wachen hielten sich immer im Dunkeln auf, damit sie sehen konnten, ohne gesehen zu werden. Mit einer Kopfbewegung rief er eine Gruppe Bogenschützen herbei und zeigte auf die beiden Silhouetten, die nicht weit entfernt waren. »Sie dürfen kein Geräusch von sich geben«, sagte er und gab das Zeichen. Die Bogenschützen schossen alle zugleich und die beiden Wachen sackten, von dem Pfeilregen durchbohrt, zusammen.

»Und jetzt«, sagte er, »können wir hinter das Lager gelangen, ohne dass jemand Alarm schlagen wird. Wenn ich das Zeichen gebe, greift ihr an, löst die Seile der Zelte, damit sie über den Schlafenden zusammenfallen, schreit, so laut eure Lungen es euch gestatten, sie müssen denken, dass wir Tausende sind. Zündet an, was ihr könnt, lasst die Pferde frei, zerstört die Lagerbestände, doch gebt Acht, dass ihr nie alleine seid, bleibt immer in der Gruppe zusammen, Kompanie für Kompanie. Wenn ihr das Lager durchquert und zerstört habt, lauft zum Erdwall am Ende des Tales, wie wir abgemacht haben. Die Bogenschützen bleiben hinter euch, denn sie können im Schutz der Dunkelheit auf das Lager schießen, das im Licht des Feuers noch besser zu treffen sein wird. Mögen die Götter euch beistehen.«

Dann hob er die Hand und gab das Zeichen zum Angriff. Die Männer strömten fächerförmig aus und stürzten sich mit Gebrüll auf die Vorposten. Sie warfen sich auf die Besatzungssoldaten und brachten sie zu Fall, während die spartanischen Krieger – geweckt durch den nächtlichen Überfall – versuchten, nach ihren Waffen zu greifen und ins Freie zu kommen, nur um direkt in die Arme der Angreifer zu laufen, die sich bereits überall verteilt hatten. Der Nahkampf nahm in der Dunkelheit schnell Formen der Raserei an, und als die Feuer ihr rötliches Licht verbreiteten, wurde ein Schreckensszenarium sichtbar. Überall hallten Schreie wider, Befehle wurden gebrüllt und mischten sich mit Flüchen und Pferdegewieher. Blutende Körper lagen überall verstreut. Sehr bald fanden Kleidemos' Männer sich auf dem offenen Feld wieder und mussten feststellen, dass das eigentliche Lager etwa hundert Schritt entfernt war. König Pleistarchos musste die Anordnung in den letzten Stunden geändert haben, vielleicht weil er einen Ausfall befürchtet hatte, und hatte in der ersten Reihe lediglich die leicht bewaffneten Truppen gestaffelt. Als Kleidemos' Männer wieder losrannten, um den offenen Platz schnell zu überqueren, hatten die Trompeten bereits Alarm geblasen und Pleistarchos' Hopliten nahmen Aufstellung. Unter diesen Bedingungen und auf dem offenen Feld eine geschlossene Phalanx anzugreifen, wäre reinster Wahnsinn gewesen, daher befahl Kleidemos allen, nach rechts zum Erdwall zu rennen, in der Hoffnung, dass Karas ihn bereits besetzt hatte. Er würde mit seiner Kompanie da bleiben, um den Rückzug zu decken. Der Kampf begann von neuem, während die Heloten versuchten, geordnet zurückzuweichen, und die Bogenschützen hielten Pleistarchos' Phalanx – die auf dem unebenen Boden langsam vorrückte, um geschlossen zu bleiben – einen Augenblick in Schach. Bei Tagesanbruch stand das spartanische Heer vor dem Erdwall, auf dem sich alle Heloten versammelt hatten, die unbeschadet die Stellung erreicht hatten. Hinter ihnen wanderte die gesamte Bevölkerung Ithomes, beschützt von einer Hand voll Bewaffneter, gen Osten. Pleistarchos ritt auf seinem Pferd voran, um Befehl zum letzten Angriff zu geben und die Feinde zu vernichten, die nunmehr erschöpft waren und sich nicht mehr hinter den schützenden Mauern ihrer Stadt verbergen konnten. Er hob die Lanze, während die Sonnenstrahlen sich mühsam einen Weg durch die Wolken bahnten, doch noch bevor er sie senken konnte, kam ein Reiter auf das freie Feld zwischen Phalanx und Erdwall galoppiert.

»O König«, sagte er und sprang vor Pleistarchos vom Pferd, »o König, eine Nachricht der Ephoren und der Ältesten.«

»Ich lese sie später«, entgegnete der König und hob erneut die Lanze.

»Nein«, gab der Bote zurück und hielt ihm eine Rolle hin, »du musst sie sofort lesen.«

Pleistarchos nahm den Helm ab, während die beiden Heere einander schweigend gegenüberstanden und las:

Die Ephoren und die Ältesten Spartas an König Pleistarchos, Sohn des Leonidas, sei gegrüßt!
Das Unglück, das unsere Stadt ereilt hat, und die Furcht vor dem Zorn der Götter haben uns dazu getrieben, das delphische Orakel zu befragen, das uns diese Antwort gegeben hat:

Lasst die Flehenden von
Zeus Ithometa frei

Lass also, o König, die Einwohner der Stadt frei und setze diesem Krieg ein Ende, denn so lautet der Wille des Gottes. Die Athener werden ihnen einen Ort anbieten, an dem sie leben können. Sie müssen nur den Abgesandten dieser Stadt folgen, die wir mit dem Überbringer dieser Nachricht mitgeschickt haben. Geehrt sei dein Mut und deine Treue gegenüber den Gesetzen des Vaterlandes.

Der König blickte verwundert hoch und fand sich zwei athenischen Offizieren gegenüber, die ein wenig hinter dem Boten zurückgelegen hatten und in der Zwischenzeit eingetroffen waren.

»O König«, sagte einer der beiden, »seit einiger Zeit haben wir die Ephoren und die Ältesten gebeten, diesem Krieg ein Ende zu setzen, der nur Blutvergießen und Unheil mit sich bringt, und als wir gebeten wurden, diese Menschen aufzunehmen, haben wir eingewilligt. Gestatte also, dass wir sie aus diesem Land fortbringen und nimm den Gruß und das Geschenk der Athener an, die noch immer dem Andenken an deinen Vater Ehre erweisen.«

»Wenn es so entschieden wurde, soll es so sein«, erwiderte der König. Dann rief er einen Offizier: »Gebt Befehl zum Rückzug. Noch heute werden wir nach Lakonien zurückkehren.«

Die spartanischen Soldaten nahmen verblüfft den Befehl des Königs entgegen und leiteten die Schwenkung ein, um unter den ungläubigen Blicken der Heloten, die sich nicht erklären konnten, was da vor sich ging, zum Lager zurückzukehren. Die beiden Athener gaben ihren Pferden die Sporen und begaben sich auf den Rücken des Erdwalls.

»Männer von Ithome!«, rief der Offizier, der mit dem König gesprochen hatte. »Eure Stadt ist verloren, doch auf Grund des Willens des delphischen Gottes und der Barmherzigkeit eurer Herrscher Archidamos, Sohn des Zeuxidamos und Pleistarchos, Sohn des Leonidas, sowie der Großzügigkeit der Athener – die uns schicken, damit wir euch führen –, wird euch eine neue Heimat zugestanden. Männer von Ithome, ihr seid frei!« Ein Raunen ging durch die Menge, das allmählich anwuchs, denn die, die weiter vorne standen, berichteten den anderen, was sie gehört hatten.

»Ihr seid frei!«, rief noch einmal der athenische Offizier. Da wurde das Stimmengewirr immer lauter, bis es zu einem unbändigen Schrei wurde. Verrückt vor Freude fielen die Heloten einander um den Hals, einige fielen auf die Knie, reckten ihre Arme empor und blickten mit Tränen in den Augen gen Himmel, andere tanzten übermütig schreiend durch die Reihen, wieder andere stürzten davon, um den Flüchtigen, die in Begleitung von Karas' Männern davonmarschierten, die freudige Botschaft zu überbringen.

Als sich die Begeisterung etwas gelegt hatte, bildete sich eine lange Kolonne hinter den athenischen Offizieren auf ihren Pferden, die die Straße zum Meer einschlugen. Gegen Mittag erreichten sie Karas' Gruppe, die als Nachhut die Flüchtlinge beschützte, die zwar am Ende ihrer Kräfte waren, doch voller Freude über die unglaubliche Nachricht, die Eilboten bereits überbracht hatten.

Als die Spitze des Zuges die Ufer des Pamisos erreichte, ordnete Karas an, Lager aufzuschlagen, und begab sich sogleich zu den athenischen Offizieren, um sich mit ihnen zu besprechen. »Ich danke euch«, sagte er, wobei er sich den Schweiß von der Stirn wischte und ihnen die Hand hinhielt. »Im Namen dieses unglücklichen Volkes, das knapp dem Tode entgangen ist, als es schon keine Hoffnung mehr gab. Unser Anführer wird euch sicher erklärt haben, was in dieser Nacht geschehen ist.« Die beiden Offiziere sahen einander verblüfft an. »Nein, wir kennen euren Anführer nicht, aber wir haben viel von ihm gehört und würden uns glücklich schätzen, ihn kennen zu lernen.« Karas' Gesicht verfinsterte sich, denn ihm wurde bewusst, dass er ihn nicht mehr gesehen hatte, seit er ihn vor dem Angriff verlassen hatte. Er entschuldigte sich hastig und lief durch das Lager und fragte alle, die ihm begegneten, ob sie ihn gesehen hätten, doch schon bald musste er sich davon überzeugen, dass er nicht da war. Diejenigen, die auf dem Erdwall Posten bezogen hatten, hatten geglaubt, er hätte die Vorhut eingeholt, während diese wiederum sicher war, er wäre zurückgeblieben. Da trommelte Karas alle Oberhäupter zusammen und riet ihnen, den Athenern zu folgen. Er wolle zurückkehren und das Schlachtfeld absuchen. Nachdem er ein Pferd gefunden hatte, galoppierte er denselben Weg, den er gekommen war, zurück, während die Sonne langsam sank. Bei Sonnenuntergang erreichte er Ithome, sprang ab und ließ das Pferd laufen.

Das leere Schlachtfeld war leichenübersät: Die Spartaner waren bereits aufgebrochen und hatten nur ihre Toten mitgenommen. Er begann, fieberhaft zu suchen, drehte die Gefallenen nacheinander um, versuchte erfolglos, die von den Verletzungen entstellten Gesichter zu erkennen. Vollkommen außer sich stieg er den Berg hinauf, über den die Sonne noch ein wenig rotes Licht breitete. Über dem Berg lag eine Grabesstille, die nur hin und wieder vom Kreischen der Krähen durchbrochen wurde, die in Erwartung eines ausgiebigen Mahles weite Kreise über dem Schlachtfeld zogen. Die weit geöffnete Tür hoch oben in den schwarzen Stadtmauern wirkte wie eine Augenhöhle in einem Totenkopf. Karas blieb auf halbem Weg keuchend und erschöpft von der Anstrengung stehen und warf einen Blick in das leere Tal hinunter, das nun in Dunkelheit getaucht war. Da legte er die Hände an den Mund und fing an zu rufen, so laut er konnte, doch ihm antwortete nur sein fernes Echo. Entkräftet und das Herz voller Verzweiflung kauerte er sich auf dem Boden zusammen und als er traurig dachte, dass er dahin zurückkehren sollte, wo er hergekommen war, war ihm, als sehe er zu seiner Rechten ein kleines Licht, nur ein paar Dutzend Schritt entfernt. Er stand auf und kniff die Augen zusammen. Es waren Augen, die gelben Augen eines großen grauen Wolfes. Das Tier kam auf ihn zu, hob die Schnauze, als wolle es an ihm schnuppern, dann stieß es ein lang gezogenes Heulen aus und entfernte sich längs des Berghanges, wobei es immer wieder stehen blieb und sich umdrehte. Als Karas wieder Mut gefasst hatte, machte er sich daran, ihm zu folgen, bis das Tier den großen, verdorrten Olivenbaum erreichte, der im Halbdunkel mit seinen knorrigen, zum Himmel gereckten Ästen wie eine verzweifelte Gestalt aussah. Da verschwand der Wolf hinter einem Felsen. Karas lief zu dem Olivenbaum, wobei er einen Steinschlag auslöste. Eine Masse von Kieseln rutschte ins Tal und schlug prasselnd auf die darunter liegenden Felsen auf. Als er den Baum erreichte, blieb er wie versteinert stehen. An eine der Wurzeln gelehnt lag, funkelnd und blutbeschmiert, die wunderbare Rüstung: der reich bemalte Brustpanzer, der Hornbogen, der große Schild, das Schwert mit dem Bernsteingriff und der mit den Wolfszähnen geschmückte Helm.

Der Riese fiel auf die Knie und vergoss heiße Tränen, schlug mit den Fäusten in den Staub und blieb lange reglos sitzen, bis er erneut das Echo des heulenden Wolfes vernahm. Da rappelte er sich hoch, sammelte Stück für Stück die Rüstung auf und stieg den Berghang wieder hinab. Als er wieder im Tal war, begab er sich zu dem Fluss, aus dem die Leute von Ithome Wasser geholt hatten, als sie zum ersten Mal aus Lakonien gekommen waren. In dem klaren Wasser wusch er den Brustpanzer, das Schwert, den Schild, dann rief er sein Pferd, lud die Rüstung auf seinen Rücken, deckte es mit dem Mantel zu und ritt gen Osten, zum Taygetos, um sie dorthin zurückzubringen, wo er sie hergeholt hatte.

Eines Tages, wenn sein Volk ihn brauchen würde, würde Talos, der Wolf, sie wieder tragen.

HEYNE BÜCHER

Philip Pullman

»An J. R. R. Tolkien muß sich jede Fantasy-Literatur messen lassen. Pullman kommt diesem Maßstab so nahe wie wenige vor ihm.«

DIE WOCHE

01/10965

Der goldene Kompaß
01/10657

Das Magische Messer
01/10965

HEYNE-TASCHENBÜCHER